中华当代学术著作辑要

儒释道
与晚明文学思潮

（增订版）

周群 著

图书在版编目(CIP)数据

儒释道与晚明文学思潮/周群著.—增订版.—北京：商务印书馆，2023
（中华当代学术著作辑要）
ISBN 978-7-100-22421-5

Ⅰ.①儒… Ⅱ.①周… Ⅲ.①中国文学—古典文学—文学思想史—晚明 Ⅳ.① I209.48

中国国家版本馆 CIP 数据核字（2023）第 076570 号

权利保留，侵权必究。

中华当代学术著作辑要

儒释道与晚明文学思潮

（增订版）

周群 著

商务印书馆出版
（北京王府井大街36号 邮政编码100710）
商务印书馆发行
上海雅昌艺术印刷有限公司印刷
ISBN 978-7-100-22421-5

2023年10月第1版　　开本 710×1000　1/16
2023年10月第1次印刷　印张 35

定价：148.00元

中华当代学术著作辑要

出 版 说 明

学术升降,代有沉浮。中华学术,继近现代大量吸纳西学、涤荡本土体系以来,至上世纪八十年代,因重开国门,迎来了学术发展的又一个高峰期。在中西文化的相互激荡之下,中华大地集中迸发出学术创新、思想创新、文化创新的强大力量,产生了一大批卓有影响的学术成果。这些出自新一代学人的著作,充分体现了当代学术精神,不仅与中国近现代学术成就先后辉映,也成为激荡未来社会发展的文化力量。

为展现改革开放以来中国学术所取得的标志性成就,我馆组织出版"中华当代学术著作辑要",旨在系统整理当代学人的学术成果,展现当代中国学术的演进与突破,更立足于向世界展示中华学人立足本土、独立思考的思想结晶与学术智慧,使其不仅并立于世界学术之林,更成为滋养中国乃至人类文明的宝贵资源。

"中华当代学术著作辑要"主要收录改革开放以来中国大陆学者兼及港澳台地区和海外华人学者的原创名著,涵盖文学、历史、哲学、政治、经济、法律、社会学和文艺理论等众多学科。丛书选目遵循优中选精的原则,所收须为立意高远、见解独到,在相关学科领域具有重要影响的专著或论文集;须经历时间的积淀,具有定评,且侧重于首次出版十年以上的著作;须在当时具有广泛的学术影响,并至今仍富于生命力。

自1897年始创起,本馆以"昌明教育、开启民智"为己任,近年又确立了"服务教育,引领学术,担当文化,激动潮流"的出版宗旨,继上世纪八十年代以来系统出版"汉译世界学术名著丛书"后，近期又有"中华现代学术名著丛书"等大型学术经典丛书陆续推出，"中华当代学术著作辑要"为又一重要接续，冀彼此间相互辉映，促成域外经典、中华现代与当代经典的聚首，全景式展示世界学术发展的整体脉络。尤其寄望于这套丛书的出版，不仅仅服务于当下学术，更成为引领未来学术的基础，并让经典激发思想，激荡社会，推动文明滚滚向前。

商务印书馆编辑部

2016 年 1 月

目　录

序　言 ··· 卞孝萱　1

第一章　概　论 ·· 5
  第一节　晚明三教特色 ································· 9
  第二节　晚明文学思潮概况及特征 ······················ 17
  第三节　阳明及其后学与晚明文学思潮 ·················· 21
  第四节　佛教与晚明文学思潮 ·························· 30
  第五节　道家及道教与晚明文学思潮 ···················· 39

第二章　理学到心学的嬗变：晚明文学思潮的酝酿及其学术根源 ··· 45
  第一节　理学到心学的嬗变与李梦阳等人的非常之论 ······ 45
  第二节　王畿"灵明洒脱"的良知说与唐宋派以意为本、
      "直摅胸臆"的文学主张 ························· 56
  第三节　心性理论与王世懋、屠隆等人对性灵的重新诠释
       ·· 66

第三章　学宗王门：徐渭与文学思潮的兴起 ····················· 90
  第一节　再传阳明：徐渭的学术底色 ···················· 92
  第二节　取法王畿："惕之与自然非有二"与本色论 ········ 96
  第三节　兼取王、季：宗经稽古与抒写真我的统一 ······· 103
  第四节　祖述儒典：论"中"而求变 ····················· 107
  第五节　师法唐宋：文思学理的调适 ··················· 111

第四章　《金刚》扫相：徐渭的"本色"文艺观 ··················· 118
  第一节　《金刚经序》与《西厢序》 ······················ 119
  第二节　《金刚经跋》与《题昆仑奴杂剧后》 ·············· 122

　　　　第三节　"有异"于时、嗣响晚明 …………………………… 125
　　　　第四节　启导晚明的学殖动因 ………………………………… 128
第五章　《楞严》义理：徐渭的真我说及其艺术实践的学术底色 … 132
　　　　第一节　《楞严经》与"真我"内涵 ………………………… 132
　　　　第二节　《楞严经》与《翠乡梦》题旨 ……………………… 138
　　　　第三节　《楞严经》"根大"义理与徐渭集诸艺于一身的审美体验 ……………………………………………………… 144
第六章　出入三教、高张个性：李贽的文化心态与"童心说""化工说" ………………………………………………………………… 149
　　　　第一节　李贽兼取三教的学殖 ………………………………… 151
　　　　第二节　"童心说"及其学术渊源 …………………………… 155
　　　　第三节　《华严经》与诗画理论 ……………………………… 164
　　　　第四节　"化工说"与自然情性论 …………………………… 169
　　　　第五节　"童心者之自文"："下笔无状"的作品 ………… 177
第七章　融通儒释、以儒为本：焦竑亦"灵"亦"实"的文论 …… 184
　　　　第一节　融通儒释与反对模拟 ………………………………… 185
　　　　第二节　儒学精神与尚实之论 ………………………………… 197
　　　　第三节　"性灵"及其理论奥援 ……………………………… 210
　　　　第四节　释道学殖与诗文理论 ………………………………… 218
　　　　第五节　冲融雅润的诗文 ……………………………………… 224
第八章　"可上人之雄""李百泉之杰"：汤显祖的"尚情论"及革新派的创作高标"临川四梦" ……………………………………… 233
　　　　第一节　"邃于理"："为情作使"的儒学根基 …………… 235
　　　　第二节　"幼得于明德师""听李百泉之杰"与文学情感论 ………………………………………………………………… 249
　　　　第三节　"紫柏禅"与后期作品中的矛盾心态 ……………… 266
第九章　论学宗儒、论文尚本：公安派先驱袁宗道重"学"冲和的文论 … 279
　　　　第一节　首开公安派之骅骝 …………………………………… 280

第二节　培本尚学与冲和允洽的文学革新论 …………… 290
　　第三节　清润婉妙的诗文 ………………………………… 306

第十章　阳明濡染、卓吾发皇：袁宏道"性灵说"与晚明文学思潮的
　　　　高涨 ……………………………………………………… 311
　　第一节　王学与"性灵说" ………………………………… 312
　　第二节　李贽与"性灵说" ………………………………… 322

第十一章　推挹庞蕴、别解禅法：佛学与袁宏道前期文学思想 … 335
　　第一节　推挹庞蕴及其思想动因 ………………………… 337
　　第二节　佛禅与"性灵说" ………………………………… 346
　　第三节　别解"禅"义与文学通变观 ……………………… 352

第十二章　《合论》净土、自为一《庄》：袁宏道后期学术思想及美学
　　　　　旨趣 …………………………………………………… 359
　　第一节　修持净土与注重学殖 …………………………… 360
　　第二节　《广庄》及其"淡""质"的美学旨趣 …………… 367

第十三章　禅光佛影、老庄风韵：袁宏道性灵诗文的学术氤氲 … 375
　　第一节　"好句逢僧得"：佛理禅意与诗歌创作 ………… 376
　　第二节　"十分漆园学得五"：道家思想与山水游记 …… 387

第十四章　学承阳明、兼习佛禅：公安派羽翼陶望龄的"偏至说"
　　　　　与"内外论" ………………………………………… 395
　　第一节　融汇三教的学殖 ………………………………… 395
　　第二节　援经论诗的独特途径 …………………………… 405
　　第三节　讲性气、重才情以反复古 ……………………… 411
　　第四节　陶望龄与公安"三袁"的唱和交谊 …………… 421
　　第五节　颇得佛理禅意的诗歌 …………………………… 432

第十五章　"中行"与禅悟：公安派殿军袁中道继踵哲昆、力矫其偏的
　　　　　文论 …………………………………………………… 439
　　第一节　"性灵说"与三教学殖 …………………………… 442
　　第二节　"中行"、佛禅与含蓄蕴藉 ……………………… 454

　　　　　第三节　于山水自然中证悟灵慧之心 ················ 469
第十六章　大慧临御:公安"三袁"推尊宗杲的学术与文学意义 ······ 475
　　　　　第一节　承学宗杲的显性表现 ······················ 475
　　　　　第二节　承学宗杲的内涵及其文学意义 ·············· 480
　　　　　第三节　承学宗杲与公安派学术思想的调适 ·········· 485
　　　　　第四节　大慧临御的原因及影响 ···················· 488
第十七章　"如说"《楞严》、"遇"适《庄子》:竟陵派对"性灵说"的
　　　　　新变 ··· 492
　　　　　第一节　一个屡受非议的文学流派及其学殖 ·········· 492
　　　　　第二节　钟惺《楞严如说》与"古人精神" ·············· 499
　　　　　第三节　"孤行静寄"与静观默照 ···················· 506
　　　　　第四节　佛教"苦谛"与荒寒境界 ···················· 513
　　　　　第五节　谭元春"化身庄子"与宽闲气象 ·············· 517
第十八章　儒学与"情教说":冯梦龙的通俗文学观及晚明文学思潮的
　　　　　消退 ··· 524
　　　　　第一节　一位尚俗的文学活动家 ···················· 524
　　　　　第二节　本于儒学的"情教说" ······················ 528
主要参考文献 ·· 537
后　记 ·· 548

序　言

　　周群同志于1991年考取南京大学中文系博士生，研修文学史，1993年，获博士学位。他以两年半的时间，撰成博士论文，又以两年半的时间，将博士论文进一步充实、提高，撰成《儒释道与晚明文学思潮》专著。近十年来，我与他接触甚多，对他严肃认真的治学态度、锲而不舍的治学精神、融会中西的治学方法深为赞赏。现在上海书店出版社已接受他的书稿，即将梓行，老怀欣慰，命笔为序。

　　首先，我将此书的研究重点介绍给读者。周群同志研究的重点是晚明文学思潮与儒释道之间的关系，而不是对前者本身的系统研究，因为文学不但受到哲学、宗教的影响，还受到其他社会意识形态和文学本身发展规律等因素的制约。他选择这一课题进行研究主要是基于这样的认识：晚明文学思潮是明代中后期个性解放思潮在文学领域里的反映，而这种启蒙思潮与欧洲启蒙运动的一个明显区别在于，主要是借助于对传统儒释道思想做新的诠释而实现的。因此，要研究个性解放思潮对文学的影响就不可回避对这一课题的研究。晚明文学思潮的高涨时期正是佛教盛行之时，李贽、焦竑、袁宏道等人还对佛教有深刻的研究。人们过去主要是将佞佛之风的盛行与文学革新锐气的减弱相联系，强调佛教作为遁逃薮的作用，而对佛教与正统思想相悖的方面给晚明文学思潮的启迪作用认识不足。过去的研究往往强调了晚明文学思潮与正统儒学的对立方面，而忽视了在明代中后期称盛的儒学固有的狂者精神对晚明文人心态的影响。

　　其次，介绍一下此书所采用的研究方法。以往对晚明文学思潮的研究主要是从文学批评史、文学史的纵向角度，而对其与同时代的文化背景

之间的横向关系研究不够,这在一定程度上影响了对晚明文学思潮研究的深入。此书采取了以下三种研究方法:

一、文学与哲学等学术思想相结合。这是由中国传统学术文化特质决定了的传统的研究方法。儒释道影响于晚明文学思潮本质上是其哲学思想。晚明文学思潮的核心是理论批评,这与以文学作品为研究核心的文学史有一定的区别,虽然创作与理论批评是不可分割的,但由于研究的角度不同,方法及重点应有所区别。哲学对文学理论的影响比对文学创作的影响更为直接。

二、文学理论批评与文学创作相结合。这是由创作与批评之间固有的联系所决定的:一方面,中国古代文论虽然也有系统的理论著作,但更多的则散见于尺牍、序跋乃至诗歌等文学作品之中,如袁宏道的诗禅之论主要是通过诗歌表现出来的;另一方面,作品是作家文学思想的具体体现,又深化和丰富了其文学思想。汤显祖的"至情"论便是在创作《牡丹亭》时所写的《牡丹亭记题词》中提出的。但是,此书所说的文学思想与作品之间的结合,仅限于同一作者的文学思想与作品间的互证,因为纯粹从作品中"开掘"出的文学思想,难免带有研究者见仁见智的偏颇看法。因此,此书对缺乏文学思想的作家的作品一般不予讨论。

三、文人性格与审美情趣相结合。古语云"士先器识而后文艺",文人性格对文学思想、审美兴趣有着深刻的影响。晚明文学思潮则是在一大批具有傲岸不羁、"伉壮不阿"的个性解放精神的狂狷之士的鼓荡之下形成的。从文人的心态、性格方面研究,可以加深对晚明文学思潮的理解。

再次,向读者介绍此书的主要内容。周群同志以李梦阳、唐顺之、王世懋、屠隆等人的文学思想标志着革新思潮的酝酿期,以徐渭、李贽、焦竑、汤显祖、袁宗道、袁宏道、陶望龄等人的文学思想标志着革新思潮的高涨,以袁中道、钟惺、谭元春、冯梦龙等人的文学思想显示了对革新思潮的修正。由于文学思潮不同于一个时代的文学随着王朝的更替而起止那样具有确定的时间界限,因此,对于晚明文学思潮的兴衰及发展过程中的三个阶段,此书以文学批评家的文学思潮特质第一、时间界限第二的原则进行区分。如王世懋、屠隆的生卒年均在徐渭之后,但由于徐渭的文学思想与李、汤、袁等人十分相似,他们都代表着高涨时期的成熟思想;王、屠诸人的性灵之论,对袁宏道有着深刻的影响,但王、屠都具有所谓"沿王、李之涂饰,而又兼涉三袁之纤佻"①,由格调而及性灵的过渡特征。因此,此书将王世懋、屠隆列于酝酿时期,徐渭列于高涨时期进行论述。

晚明文学思潮中的文学批评家和作家虽然人数很多,但由于明代文坛每每新论乍起,则"操觚谈艺之士,翕然宗之"②,即使倡言"各极其变,各穷其趣"③的公安派亦不能免。基于这样的原因,此书重点研究的是晚明文学思潮中最具代表性的文学批评家和作家。

最后,郑重介绍此书的新颖观点。周群同志提出,儒释道名曰三教,但影响于文学,尤其是文学思想的,主要是其学术思想而非宗教践履。儒释道在不同的历史时代,体现出的特点也稍有区别。影响于晚明文学思潮的儒学,是以王学左派为主而带有"异端"的色彩;佛教以禅、净二宗为主;而道家及受道家影响的魏晋名士风流比道教的影响更大。

晚明文学思潮是受到明代中后期个性解放思潮的影响而高涨的。其间具有代表性的文人虽然文学主张、作品风格各有偏胜,但一般都主张文学应"疏瀹心灵,搜剔慧性"④,抒写真情,崇尚信腕直寄的创作风格,推重闾阎之诗、小说、戏曲等民间俗文学。他们既反对七子派拘守古法高格、摹拟前人的偏颇之论,又吸取了李梦阳、王世懋、屠隆等人关于"真情""性灵"及提倡民间俗文学的文学思想。李、王、屠等人与唐宋派的部分思想为晚明文学思潮的兴起提供了理论准备。徐渭、李贽、汤显祖、袁宏

---

① [清]永瑢等:《四库全书总目》卷一百七十九《白榆集》提要,中华书局1965年版,第1621页。

② [清]张廷玉等:《明史》卷二百八十五《文苑一》,中华书局1974年版,第7307页。

③ [明]袁宏道著,钱伯城笺校:《袁宏道集笺校》卷四《叙小修诗》,上海古籍出版社2018年版,第202页。

④ [清]钱谦益撰集,许逸明、林淑敏点校:《列朝诗集·丁集》第十二《袁稽勋宏道》,中华书局2007年版,第5317页。

道等人以基本一致的文学观念互相推挹,形成了晚明文学思潮的高峰。钟惺、谭元春及冯梦龙等人,或注重师心与师古的结合,或着意于"真情"与儒家教化之间的联系,但都不同程度继承了徐、李、汤、袁等人的文学思想,对其"矫枉过直"之论又有所修正。总之,此书从对哲学、宗教思想的研究入手,圆满地论证了晚明文学思潮产生的理论渊源,起点高,视角新,资料丰,析理透,是周群同志的力作。此前,他已出版了《刘基评传》(列入"中国思想家评传丛书")和《充溢文苑的爱国精神》二书,不久还有第四部学术著作问世。周群同志正在英年,希望他继续努力,精进不已,勇攀一个又一个新的学术高峰。

卞孝萱

1996 年冬于南京大学

第一章 概 论

当明代文坛王、李之学盛行,黄茅白苇,弥望皆是之时,以徐渭、李贽、汤显祖、公安"三袁"等为代表的晚明士人以矫激之姿,昌言击排,天下文士起而应之,文坛模拟涂泽云雾为之一扫。文士们究竟以何良方使滋蔓既久的文坛沉痼芟薙于晚明?揭其谜底,对于探求晚明文学思潮激荡澎湃的内在动因以及文学演变的规律无疑大有裨益。有幸的是,时人留下了诸多或晦或显的提示:钱谦益谓其"疏瀹心灵,搜剔慧性"①。黄汝亨在判分秦汉文与宋文特征的前提下,进而对晚明文学高潮兴起之前的文坛有这样的描述:

> 文者道之器。……才矜其道者,秦、汉之文也;理掩其才者,宋文也。我明之有北地、信阳、历下、琅琊辈也,负秦、汉之鼎而霸焉者也;其有金华、天台、毗陵、晋江辈也,握宋之符而王焉者也。②

七子乃因"才矜其道"之文而霸,唐宋派则以"理掩其才"之文而王。比较而言,晚明文学思潮的肇启者之一袁宗道的记述更为直截,也更具说服力。其《论文》专论中锋芒直指王、李阵营"视古修词,宁失诸理"的标识,谓"夫孔子所云辞达者,正达此理耳,无理则所达为何物乎?无论《典》《谟》《语》《孟》,即诸子百氏,谁非谈理者?""汉、唐、宋诸名家,如

---

① [清]钱谦益撰集,许逸民、林淑敏点校:《列朝诗集·丁集》第十二《袁稽勋宏道》,中华书局2007年版,第5317页。
② [明]黄汝亨:《歇庵集序》,载[明]陶望龄撰,李会富编校:《陶望龄全集》附录二,上海古籍出版社2019年版,第1394页。

董、贾、韩、柳、欧、苏、曾、王诸公,及国朝阳明、荆川,皆理充于腹而文随之。"他诘问李攀龙:"彼何所见,乃强赖古人失理耶?"直击王、李要害:"沧溟强赖古人无理,而凤洲则不许今人有理",乃"一时遁辞,聊以解一二识者模拟之嘲";进而开出疗救模拟之良方:"然其病源则不在模拟,而在无识。若使胸中的有所见,苞塞于中,将墨不暇研,笔不暇挥,兔起鹘落,犹恐或逸;况有闲力暇晷,引用古人词句耶?故学者诚能从学生理,从理生文,虽驱之使模,不可得矣。"①袁宗道的纠矫路径是:"从学生理,从理生文。"具体而言,"学"便是三教;"理"便是融通三教而成的"性"等范畴,且被视为从根本上避免模拟之习的正法眼藏。揆诸晚明文学思潮的主将袁宏道,在标举性灵之前,有这样的经历:"以通明之资,学禅于李龙湖,读书论诗,横说竖说,心眼明而胆力放",进而"昌言击排,大放厥辞。以为'唐自有诗,不必《选》体也;初、盛、中、晚皆有诗,不必初、盛也;欧、苏、陈、黄各有诗,不必唐也'"。②"学禅于李龙湖""读书论诗"是其高擎性灵文学旗帜,冲击复古营垒的学术动能储备。"学问"与"文字"的关系,乃是"学问自参悟中来,出其绪余为文字,实真龙一滴之雨"③。同样,汤显祖为文尚"高广而明秀,疏夷而苍渊",与其于圣门慕"曾点之空寰,子张之辉光"正相符契。由于其具有"天人之际,性命之微,莫不有所窥也"的深厚学养,方能创作出"无诡于型,无羡于幅,峨峨然,渢渢然"④的篇章。这些文坛隽杰笔下记载的实际生活情状大致是:"斋头相对,商榷学问,旁及诗文,东语西语,无所不可。"⑤他们视学问与言语乃一体共生

---

① [明]袁宗道著,钱伯城标点:《白苏斋类集》卷二十《论文》下,上海古籍出版社2007年版,第285—286页。

② [清]钱谦益撰集,许逸民、林淑敏点校:《列朝诗集·丁集》第十二《袁稽勋宏道》,中华书局2007年版,第5317页。

③ [明]袁中道著,钱伯城点校:《珂雪斋集》卷十一《中郎先生全集序》,上海古籍出版社2019年版,第555页。

④ 徐朔方笺校:《汤显祖集·诗文集》卷三十二《揽秀楼文选序》,中华书局1962年版,第1077页。

⑤ [明]袁宗道著,钱伯城标点:《白苏斋类集》卷十六《答陶石篑》,上海古籍出版社2007年版,第234页。

的关系,即所谓:"有一派学问,则酿出一种意见。有一种意见,则创出一般言语。"①显然,他们反复古,是反对模拟古代诗文格法,而深谙古人之"学"、古人之"理",恰恰是晚明文人纠矫复古之习的内在动因。

明代思想界以阳明学最为显耀,时人尝云:"当代可掩前古者,惟阳明一派良知学问而已。"②但阳明"致良知"乃其晚年提出,未及详论而殁。门人论解纷纭,"说玄说妙,几同射覆"③,由此也开出了"非名教之所能羁络"④的思想新篇。但这些锋颖凛凛的思想仍然是通过对传统学术的诠释而实现的。以其卓荦代表李贽为例,他既不重训诂章句,又不依傍他人篱壁,对"至圣先师"孔子也不思膜拜,曰:"夫天生一人,自有一人之用,不待取给于孔子而后足也。"⑤尽管如此,他被视为"异端"的思想主要还是借助于儒道范畴、佛教名相来表达的。⑥ 他也谈"道",但没有孔墨天道观中的神秘色彩,与老子言"道"的义理性、规律性既有联系又有区别。他所说的"道"是人之"道","人即道也,道即人也"⑦,强调的是人的主体性。他也谈"礼",但不是孔子言礼所指的关于尊卑名分的等级制度,而是"好恶从民之欲,而不以己之欲,是之谓礼"⑧;不是以统治者的意志为绳墨,而是顺从于百姓的物质愿望、精神需求之"礼",实乃对儒家民本思想的发展。至于其"童心说"则是汲取了原始儒家,经禅宗及阳明心学而

---

① [明]袁宗道著,钱伯城标点:《白苏斋类集》卷二十《论文下》,上海古籍出版社2007年版,第285页。
② [明]袁宏道著,钱伯城笺校:《袁宏道集笺校》卷二十一《答梅客生》又,上海古籍出版社2018年版,第797页。
③ [清]黄宗羲著,沈芝盈点校:《明儒学案》卷十《姚江学案》,中华书局2008年版,第178页。
④ [清]黄宗羲著,沈芝盈点校:《明儒学案》卷三十二《泰州学案》,中华书局2008年版,第703页。
⑤ [明]李贽:《焚书》卷一《答耿中丞》,中华书局2009年版,第16页。
⑥ 诚如唐君毅所说:"卓吾虽于天下万世之人之是非,多颠倒之,以快其一时之论,亦犹未以孔子为非;并尝以二溪为圣人,而未尝非之;又著《三教归儒说》,以言佛道之归,并在于儒。近溪之《盱坛直诠》一书,亦称及卓吾。"(唐君毅:《中国哲学原论·原教篇》,中国社会科学出版社2006年版,第288页。)
⑦ [明]李贽:《李温陵集》卷十九《道古录》,明刻本。
⑧ [明]李贽:《李温陵集》卷十八《道古录》,明刻本。

发育流行的心性理论和道家自然论思想因子而形成的。由此可见,明代后期越出传统矩矱的人文思潮恰恰是通过阐论儒释道传统而实现的。晚明文苑童心流衍,性灵驰突,实乃这一思潮在文苑的激荡洄洑。文学新论也是深受儒、释、道思想沐染而成。因此,研究三教与晚明文学思潮之间的关系,既可揭示晚明文学的理论渊源、形成机制,同时也有助于更精准地抉发文学思想的深层意蕴。

  文学与宗教是意识形态领域中不同的范畴。二者是人类历史上最早出现的文化形态,从其产生时起即存在着一体共生、托体同根的关系。但随着人类社会的发展,宗教与文学逐渐分野,前者以信仰为前提,以虚无缥缈的天国作为精神皈依而获得情感的宁静;后者则通过形象塑造而获得审美愉悦,现实世界、现实人生是文学重要的创作源泉。但其间的联系、影响仍然存在,宗教与文学本质上都是人本精神的体现,都是为了营造人类精神栖息的家园。文学与宗教都注重感悟与体验,都借径于想象等。古代中国的宗教意识相对淡薄。名曰"三教",但儒家主要是一种有关社会政治、伦理,主张王道政治的学说,并无严格的宗教仪规。古代印度佛教是讲出世的宗教,但传至中土,尤其中国佛教产生后,则发生了由入世求解脱的变化。道教作为中国本土宗教,虽然有神仙信仰的宗教特点,但根本则是希望顺同自然之化,全生葆真,以此实现长生久视。而道家虽然对道教的产生具有一定的影响,但二者存在着明显的差异,道家是产生于先秦的一种学术思想。就对中国传统文化的形成与发展来看,道家的作用更加深刻。由于道教与道家殊异,而迥异于佛、儒两家。因此,通常所说的构成中国传统文化主干的儒释道三教中的"道",事实上更多的是从道家的意义上而言的。从民族审美经验的积淀及与文学的关系来看,道家的确定性更加显豁。通常所说的儒释道三教对于中国文学的影响当然主要并不在于宗教仪规。宫观庙宇,晨钟暮鼓,虽然也是古代文苑中常见的意象,但这还仅是形而下层面的一景一物,儒释道之于文学更深层的联系还在于学术义理的神脉互通。因此,其影响往往体现于学术思想而非宗教信仰,人生态度而非宗教践履。从这个意义上说,释,主要是佛学,亦即佛教哲学;道则主要指道家思想。我们讨论的儒释道与晚明文学思潮的关系,亦主要将依据这一历史史实。

第一节　晚明三教特色

儒释道三教作为中国文化的核心部分,相互激荡融通,形成了学术思想发展的内在动能。迄至晚明,三教在承秉各自学理基因的前提之下,又呈现出了新的时代面相。之所以如此,一个不可忽视的原因是,随着宗教统绪意识甚淡的文学之士对三教学术的深度介入,为三教融通互摄提供了别样的挫锐解纷途径。他们从容圆通而又不尽刻核地错综于三教之间,活化了三教的边际。

首先,三教合流之势更趋明显。自两汉佛教传入,道教产生始,三教之间既互争雄长,又相互汲取,诚所谓"其发轸迥殊,而归宗非别"①。宋代理学的产生与三教融合有着密切的关系,尤其是"洎于明道推阐天人,研穷性命,往往契《金刚》无住之旨、《维摩》不二之门"②。明代后期,这种融合更趋明显和深化,大多不再像宋儒那样阴取释教而阳为掊击。③诚如彭绍升所云:"越至明之末造,藩篱既撤,华梵交宣。观弥陀于数仞墙中,谒庖牺于菩提树下。"④王阳明虽然也曾写过《谏迎佛疏》,但他诋諆佛教也仅限于佛教与治世无甚补益等有限的范围内,受佛教影响乃至着意

---

① [清]彭绍升撰,张培锋校注:《居士传校注》四十四《瞿元立》,中华书局2014年版,第393页。
② [清]彭绍升撰,张培锋校注:《居士传校注》四十四《瞿元立》,中华书局2014年版,第393页。
③ 宋代理学家中仅杨慈湖、真德秀不反对佛学。如陈北溪答陈师复书曰:"浙间年来象山之学甚旺,由其门人有杨(慈湖)、袁(甫)贵显,据要津唱之,不读书,不穷理,专做打坐工夫,求形体之运动知觉者以为妙诀,又假托圣人之言,牵就释意,以文盖之。"([清]黄宗羲原撰,[清]全祖望补修,陈金生、梁运华点校:《宋元学案》卷七十四《慈湖学案》,中华书局1986年版,第2478页)
④ [清]彭绍升撰,张培锋校注:《居士传校注》四十四《瞿元立》,中华书局2014年版,第393页。

于融通儒释,是其主导性思想倾向,他甚至以《六祖法宝坛经》做教材。①当门人问儒学所谓三更时分,扫荡胸中思虑,空空静静,与佛教之"静"有何区别时,他说:"动静只是一个。那三更时分,空空静静的,只是存天理,即是如今应事接物的心。如今应事接物的心,亦是循此天理,便是那三更时分空空静静的心。故动静只是一个,分别不得。知得动静合一,释氏毫厘差处亦自莫掩矣。"②王阳明认为三教一家,一统于道,他说:"道一而已,仁者见之谓之仁,知者见之谓之知。释氏之所以为释,老氏之所以为老,百姓日用而不知,皆是道也,宁有二乎?"③只是因为各个所见有别,歧分为三教,而"其初只是一家,去其藩篱,仍旧是一家"④。当然,阳明又不失儒者立场,其"道"实乃三教归儒后的儒家之道:"譬之厅堂三间共为一厅,儒者不知皆吾所用,见佛氏,则割左边一间与之;见老氏,则割右边一间与之;而己则自处中间,皆举一而废百也。"⑤王阳明的门人王畿以心性之学为标准来划分正统与异端,而不囿于三教门户,认为"学佛老者,苟能以复性为宗,不沦于幻妄,是即道释之儒。为吾儒者,自私用智,不能普物而明宗,则亦儒之异端而已"⑥。他认为"吾儒之学与禅学、俗学,只在过与不及之间"⑦,并无本质的区别。徐渭认为儒佛应互补:"大约佛之精,有学佛者所不知,而吾儒知之。吾儒之粗,有吾儒自不能全,而学佛者

---

① 黄绾曰:"(王阳明)又令看《六祖坛经》,会其本来无物、不思善、不思恶,见本来面目,为直超上乘,以为合于良知之至极。又以《悟真篇后序》为得圣人之旨。以儒与仙、佛之道皆同,但有私己、同物之殊。"([明]黄绾撰,张宏敏编校:《黄绾集》卷三十四《久庵日录卷一》,上海古籍出版社2020年版,第657页)

② [明]王守仁撰,吴光等编校:《王阳明全集》卷三《传习录下》,上海古籍出版社2011年版,第111页。

③ [明]王守仁撰,吴光等编校:《王阳明全集》卷六《寄邹谦之》四,上海古籍出版社2011年版,第229页。

④ [清]黄宗羲著,沈芝盈点校:《明儒学案》卷二十五《南中王门学案》一《明经朱近斋先生得之·语录》,中华书局2008年版,第587页。

⑤ [明]王守仁撰,吴光等编校:《王阳明全集》卷三十五《年谱三》,上海古籍出版社2011年版,第1423页。

⑥ 吴震编校整理:《王畿集》卷十七《三教堂记》,凤凰出版社2007年版,第486页。

⑦ 吴震编校整理:《王畿集》卷十五《自讼长语示儿辈》,凤凰出版社2007年版,第426页。

反全之者。"①而"卓吾李老合和儒释"②。焦竑更直截了当,云:"则释氏诸经,即孔孟之义疏也。"③同时期的管志道、林兆恩、何心隐等人的学术路向也基本相似。他们以儒家立场推扬三教合流的学说,受到了佛教丛林中人的呼应,袾宏作《儒释和会》《儒佛交非》《儒佛配合》,虽然其表述不及焦竑那样率尔直言,但认为"禅宗与儒典和会"是"聪明人"所为。④真可则是"不以释迦压孔老,不以内典废子史。于佛法中不以宗压教,不以性废相,不以贤首废天台",见地融朗,圆摄万法,即使被羁之时仍"阐抉儒释性命之渊奥,如河决川委"。⑤ 德清尝言:"为学有三要:所谓不知《春秋》,不能涉世;不精老庄,不能忘世;不参禅,不能出世。"⑥德清、智旭还注释《四书》《易》《老》《庄》,直接继承了宋代智圆、契嵩等人的融通精神。这些丛林高僧不但持论通达,且与文士情怀多有顾盼,如真可"横口所说,无罣碍,无偏党。与傀墙倚壁,随人妍媸者,大不侔矣。其于《石门文字禅》《东坡禅喜集》称之不去口。盖此方真教体,清净在音闻,欲以文字般若作观照实相之阶梯,不妨高台慧业,诱掖利根则,又此老之深心密意也"⑦。道教方面,明代著名道士张三丰云:"窃尝学览百家,理综三教,并知三教之同此一道也。儒离此道不成儒,佛离此道不成佛,仙离此道不成仙。"⑧伍守阳(伍冲虚)亦著有《仙佛合宗语录》。晚明三教基于各自

---

① [明]徐渭:《徐渭集·徐文长三集》卷十九《赠礼师序》,中华书局1983年版,第532页。
② [清]李中黄:《逸楼四论·论禅》,转引自厦门大学历史系编:《李贽研究参考资料》第二辑,福建人民出版社1976年版,第158页。
③ [明]焦竑撰,李剑雄点校:《澹园集》卷十二《答耿师》,中华书局1999年版,第82页。
④ [明]袾宏撰,心举点校:《竹窗随笔·儒释和会》,华东师范大学出版社2013年版,第4页。
⑤ [明]顾大韶:《跋紫柏尊者全集》,[明]钱谦益纂阅:《紫柏尊者别集》附录,《卍续藏经》第73册,新文丰出版公司1993年版(后文省略出版单位信息,不再一一标明),第432页。
⑥ [明]德清撰述:《憨山老人梦游集》卷三十九《学要》,《卍续藏经》第73册,第746页。
⑦ [明]顾大韶:《跋紫柏尊者全集》,[明]钱谦益纂阅:《紫柏尊者别集》附录,《卍续藏经》第73册,第432页。
⑧ [明]张三丰著,方春阳点校:《张三丰全集》卷一《大道论》上篇,浙江古籍出版社1990年版,第3页。

的义理立场,激荡互融,共同成就了晚明以阳明及其后学"风行天下"及佛教全面复兴为主要特征的学林气象。而阳明学优容的学术取向则是晚明三教融通以及晚明士林佛学流衍的关键因素。佛学对阳明学的主动学习姿态,使晚明三教深契成为可能。对此,刘宗周曾有这样的判断:"今之言佛氏之学者,皆其有意于圣人之道者",不幸而当于圣远言湮之日,言佛者不得已由迩及远,借径于阳明,云:"今之言佛氏学者,既莫不言阳明子","譬之出亡之子,犹识有父母,一面时时动其痛养,则父母固得而招之,自祢而上,益恍惚矣。阳明子者,吾道之祢也。今之言佛氏之学者,招之以孔、孟而不得,招之以程、朱又不得,请即以阳明子招之"。① 所言虽然不无儒士自矜的色彩,但也真切地透露出了晚明的儒佛大势。这与宋代大慧禅作为"禅家之侠"以恢宏的气魄风靡一世,"学子们被大慧禅的气势所压倒,陷入了儒佛一致的妄想中"②的情势有所不同。

　　晚明三教合流的思潮产生了两种社会效果:一是促进了佛教的发展。万历年间佛教大盛,除了因为帝王的提倡外,与此有着密切的关系。此前的佛教弘传往往受制于儒家传统的夷夏之别等观念,但儒佛和会后"诸浅识者,不复以儒谤释,其意固甚美矣"③,佛教徒无疑欣慰有加。事实上,心学直接诱发了禅悦之风的盛行,正如陶望龄所说:"今之学佛者皆因'良知'二字诱之也。"④这从阳明的自述中也得到了印证:"夫禅之学与圣人之学,皆求尽其心也,亦相去毫厘耳。"⑤心学与禅学的交互作用,共同弱化了程朱之学的影响。二是为晚明文人提供了优容广博的学术资源。

---

① [明]刘宗周:《答胡嵩高、朱绵之、张莫夫诸生》,载吴光主编:《刘宗周全集》第三册《文编上》,浙江古籍出版社2007年版,第348—350页。

② [日]荒木见悟著,杜勤、舒志田等译:《佛教与儒教》,中州古籍出版社2005年版,第133页。

③ [明]袾宏撰,心举点校:《竹窗随笔·儒释和会》,华东师范大学出版社2013年版,第4页。

④ [明]陶望龄撰,李会富编校:《陶望龄全集·歇庵集》卷十六《辛丑入都寄君奭弟书十五首》其十,上海古籍出版社2019年版,第963页。

⑤ [明]王守仁撰,吴光等编校:《王阳明全集》卷七《重修山阴县学记》,上海古籍出版社2011年版,第286页。

他们大多三教兼综。李贽即提倡三教归儒①,落发为僧。袁宏道既喜欢适世之道,又说"唯禅宗一事,不敢多让"②,还服膺阳明儒学,认为"一切人皆具三教"③。袁中道云:"道不通于三教,非道也。"④汤显祖则既砥砺名节、附应东林,又与名僧紫柏过从甚密。这种兼综的特色,不但影响了他们的生活态度、创作实践。同时,三教融通体现出的宽阔学术精神,正是晚明文人不拘既定格法、师心自运文学观的思想基础。晚明儒林、丛林、文苑融契无碍的情形从真可悼近溪,临川兼悼近溪、真可的诗歌中可略窥一斑。真可云:"君不见儒释老,三家儿孙横烦恼。罗公一笑如春风,无明桩子都吹倒。"⑤汤显祖诗云:"可到姑山一了心,罗公踪迹在禅林。门前便是西来意,紫柏香销涕泪深。"⑥其情意浃洽无碍,恰是晚明三教融合、学术与文学一体贯通的真实写照。

其次,三教各自呈现出新的特色。就儒学而言,阳明学及其现成派风靡天下,"门徒遍天下,流传逾百年"⑦。史载:"嘉、隆而后,笃信程、朱,不迁异说者,无复几人矣。"⑧阳明学与程朱之学的根本区别在于:程朱将"天理"与"人心"分隔,天理成了超然于世俗之外的准则。阳明认为良知即天理,是人人具足而非外在的规范。良知既是与物无对的宇宙法则,又是贯注于万物的流行发用。阳明强调良知具有灵性的特征,与理学家所说的天理的超验峻厉明显不同。阳明晚年提出"四句教法",因王畿、钱

---

① 详见[明]李贽:《续焚书》卷二《三教归儒说》,中华书局 2009 年版,第 75—76 页。
② [明]袁宏道著,钱伯城笺校:《袁宏道集笺校》卷十一《张幼于》,上海古籍出版社 2018 年版,第 539 页。
③ [明]袁宏道著,钱伯城笺校:《袁宏道集笺校》卷四十四《德山麈谭》,上海古籍出版社 2018 年版,第 1401 页。
④ [明]袁中道著,钱伯城点校:《珂雪斋集》卷二十四《示学人》,上海古籍出版社 2019 年版,第 1124 页。
⑤ [明]德清阅:《紫柏尊者全集》卷二十九《游飞鳌峰悼罗近溪先生》,《卍续藏经》第 73 卷,第 399 页。
⑥ 徐朔方笺校:《汤显祖集·诗文集》卷十八《答张了心往寻达公吊明德师处》,中华书局 1962 年版,第 746 页。
⑦ [清]张廷玉等:《明史》卷二百八十二《儒林传序》,中华书局 1974 年版,第 7222 页。
⑧ [清]张廷玉等:《明史》卷二百八十二《儒林传序》,中华书局 1974 年版,第 7222 页。

德洪的不同理解肇启了阳明学派的分化。黄宗羲《明儒学案》按流播地域将阳明后学分为浙中王门、江右王门、南中王门、楚中王门、北方王门、粤闽王门以及泰州学派等。阳明后学中，泰州学派与王畿的思想最具特色，影响最显。王畿以先天正心之学称显于时，认为良知不待修证而现成自在，心中自觉之知即是尧舜所具的最高境界的良知。其工夫践履，全在一个"悟"。以王艮为首的泰州学派据《大学》而提出以身为本的"淮南格物"说，认为"身与天下国家一物也"。由身及于天下，是"物"之本末的关系。王艮认为"百姓日用即道"，提出"乐""学"一体的"乐学说"，将传统儒学的精英文化转向平民文化。王艮之学经数传而至罗汝芳，罗是一位学术伦辈远晚于王畿而学术影响与王畿相埒的泰州学派集大成者。罗汝芳认为"赤子之心即是良知"，修养工夫就是葆其赤子之心顺适当下。罗汝芳认为天地无心，以生物为心。他所体认的宇宙是生意勃发的，人更是天地间的"一团灵物"。李贽更是一位深受泰州、龙溪影响的以儒学为主体的思想家，其"童心说"将阳明心为本体的思想发挥到了极致，认为"六经、《语》、《孟》，乃道学之口实，假人之渊薮"。① 李贽继承了泰州学派的学术传统，将百姓日用视为道之所存、人伦所在，他说："穿衣吃饭，即是人伦物理；除却穿衣吃饭，无伦物矣。"②李贽演绎了阳明及其后学的思想端绪，将个体原则发挥到了极致。批评者谓其"荒经蔑古，纵欲败检，几至不可收拾"③。而这正是晚明文学思潮产生的学理基础。阳明学之于晚明文坛的影响主要即通过李贽依循王畿、罗汝芳等人的思维逻辑，书写了中国思想史上鲜见的锋颖凛然的新篇章，并直接成为晚明文学思潮最重要的学理资源。同时，李贽承传了泰州学派富有特色的论学方式，这就是王艮通俗的乐以论道的方式，王襞、王栋等人文道相兼，视圣门教法之常乃是夫子文章（即性天流行）。最终李贽融通儒林、文苑而为一，这既是其思想结晶"童心说"形成的内在机制，又是其沾溉晚明文苑，助

---

① ［明］李贽：《焚书》卷三《童心说》，中华书局2009年版，第99页。
② ［明］李贽：《焚书》卷一《答邓石阳》，中华书局2009年版，第4页。
③ ［清］张伯行：《正谊堂续集》卷四《王学质疑序》，清乾隆刻本。

推晚明文学思潮形成与高涨的思想动因。由于晚明儒学呈现出了以性理之学为核心而浸溢于艺文的浑融一体的特征,晚明文苑卓荦之士几乎都深受阳明学的濡染。徐渭、李贽、焦竑、汤显祖都是阳明的再传弟子,从某种程度上承继了阳明的学脉。他们不但在诗文中表现出对阳明的敬奉之情,还著有一些与阳明学有关的专论,如徐渭作《为请复新建伯封爵疏》,李贽作《阳明先生道学钞序》《阳明先生年谱》,焦竑作《刻传习录序》,陶望龄作《重修阳明先生祠碑记》,钟惺作《王文成公文选序》等。晚明文苑正是由这样一批带有阳明余裔色彩的文学之士向滋蔓多年的拟古之习发起冲击的。

就佛教而言,晚明佛教呈现出复兴气象,尤以居士佛教为甚。明代宣宗至穆宗一百多年间,佛教呈衰颓之势,但明代神宗朝大建穹丽冠海内的慈寿、万寿诸寺,且大开经场,佛教渐兴。云栖袾宏、紫柏真可、憨山德清、蕅益智旭誉著丛林。同时居士佛教也极为隆盛。这从清人彭际清所编的《居士传》中所列居士即可看出。《居士传》凡五十六卷,其中第三十七至五十三卷为明代居士传记。万历之前的仅四人,另有正传六十七人,附传三十六人,他们都生活于万历至崇祯年间,且多为声名较著的文人学士,包括李贽、陶望龄、黄辉、虞淳熙、焦竑、瞿汝稷、公安"三袁"、钟惺等。由于文士们所服膺的阳明、心斋"直契心源,痛除枝叶"的为学特征,恰恰"宜乎登少林之堂,饮曹溪之水"①,因此,文士们常因归慕阳明而谈禅论佛,如徐渭、李贽、焦竑、公安"三袁"等人都有类似的为学经历。同时,晚明禅净合流之风盛行。晚明佛学的复兴主要限于禅、净二宗。晚明四大高僧大致都不出禅、净二门。袾宏虽然对禅学、华严颇有造诣,但归趣在净土。他在《普劝念佛往生净土》中说:"若人持律,律是佛制,正好念佛;若人看经,经是佛说,正好念佛;若人参禅,禅是佛心,正好念佛。"②禅、教、律总归净土。真可调和诸宗,而以

---

① [清]彭际清述:《居士传》卷四十四,《卍续藏经》第88册,第266页A。
② [明]袾宏:《云栖法汇(选录)》卷二十一《普劝念佛往生净土》,《嘉兴大藏经》(新文丰版)第33册,第147页。

禅为归,据载,当楞严寺禅堂五楹既成之时,真可"刺臂血题其柱云'若不究心坐禅,徒增业苦'"①。传记亦见列于《五灯会元续略》等文献之中。德清则被称为曹溪中兴祖师。而智旭则说:"如此则终日参禅看教学律,皆与大事大心正法眼藏,相应于一念间矣。"②以念佛总摄一切,因此被后人奉为净土第九祖。圣严法师曾在行持方面对晚明居士进行分类,其中禅行 12 人,净土行 28 人,修念佛三昧 6 人,禅净双修 5 人,先禅后净 8 人。③ 显然,晚明居士修行以禅行与净土行为主。李贽被视为狂禅的代表,但又作《净土诀》。袁宏道一方面尝自谓"唯禅宗一事不敢多让。当今勍敌,唯李宏甫先生一人"④;另一方面对净土造诣颇深,所著《西方合论》被智旭收录于《净土十要》。文士们的禅净之变往往伴随着学术与文学观念的调适与修正。

就道教而言,虽然对既往道书进行了诠疏阐释,但新义不多。据《明会典》载,明初置元教观,后改道箓司,以"专一检束天下道士"⑤。但世宗朱厚熜为帝时,道教盛行,原龙虎山上清宫道士邵元节,被官拜礼部尚书,享一品服。⑥ 世宗如宋徽宗一样,集皇帝、教主、天仙于一身。⑦ 总体而言,明代道教主要继承了正一道斋醮烧炼、符箓扶乩的传统。就全真道来

---

① 喻谦:《新续高僧传》四集卷七《明余杭径山寺沙门释真可传》,《大藏经补编》第 27 册,第 86 页 A。

② [明]智旭:《灵峰蕅益大师宗论》卷二《法语三》,《嘉兴大藏经》(新文丰版)第 36 册,第 285 页。

③ 详见圣严法师:《明末佛教研究》,宗教文化出版社 2006 年版,第 217 页。

④ [明]袁宏道著,钱伯城笺校:《袁宏道集笺校》卷十一《张幼于》,上海古籍出版社 2018 年版,第 539 页。

⑤ [明]申时行等修,[明]赵用贤等纂:《大明会典》卷二百二十六《道箓司》,《续修四库全书·史部·政书类》,上海古籍出版社 2002 年版,第 789 册,第 1110 页。

⑥ 《明史·邵元节传》:"嘉靖三年,征元节入京,见于便殿,大加宠信,俾居显灵宫,专司祷祀。……数加恩元节,拜礼部尚书,赐一品服。"([清]张廷玉等:《明史》卷三百七《邵元节传》,中华书局 1974 年版,第 7894—7895 页)

⑦ 《明史·陶仲文传》:"(嘉靖)三十五年……帝自号灵霄上清统雷元阳妙一飞玄真君,后加号九天弘教普济生灵掌阴阳功过大道思仁紫极仙翁一阳真人元虚玄应开化伏魔忠孝帝君,再号太上大罗天仙紫极长生圣智昭灵统元证应玉虚总掌五雷大真人玄都境万寿帝君。"([清]张廷玉:《明史》卷三百七《陶仲文传》,中华书局 1974 年版,第 7897—7898 页)

说,虽有武当道(后归全真道)的一时之盛,而真正继承其传统的则是全真道的三教平等、三教合一的思想。

与道教对晚明文学鲜有影响不同,明代后期道家思想颇为流行。文士们借诠释《老》《庄》以达己意,他们主要汲取其朴素、贵真、恬淡自然的美学思想及适心任性的人生态度,而对超然物外的无为思想多有摒弃。同时,深受道家思想影响的魏晋名士风流在明代后期的社会背景下得到了再现。从明代中后期的吴中诗人,到徐渭、王世懋、屠隆、李贽、汤显祖、袁宏道、冯梦龙、张岱等人,都钦慕竹林名士嵇康、阮籍等人。他们正是挟带着这样的个性精神以与文坛传统势力相颉颃。道家思想对晚明文人冲破复古藩篱提供了精神与学术动能。

第二节 晚明文学思潮概况及特征

晚明文学思潮是以徐渭、李贽、焦竑、汤显祖、公安"三袁"、钟惺、谭元春等人为核心,以反对模拟因袭,主张抒写真情,不拘格套,重视俗文学为基本特征,以童心说、性灵说为主要标识的文学运动。这一思潮又经历了一个长期的孕育过程,某些理论端绪又是包蕴在明代以来文学流派的迭兴与演变过程之中得以潜滋暗长的。从前七子魁杰李梦阳[①],到唐宋派(尤其是唐顺之)及七子派的王世懋、屠隆等人,他们都程度不同地瞻顾到了文学抒写一己真情的意趣。当然,他们毕竟还不同于晚明文人,其"情真"仍羁縻于古法高格之中。因此,这还仅是文学革新思潮的酝酿时期。徐渭、李贽、焦竑、汤显祖、袁宗道、袁宏道、陶望龄等人的文学思想颇为接近,他们大多师心自恣,相互推挹,同气相求,形成了晚明文学思潮的高涨期。其中,徐渭以其"匠心独出,有王者气,非彼巾帼而事人者所敢

---

① 详见章培垣:《李梦阳与晚明文学新思潮》,载日本《古田教授退官纪念中国文学语学文集》,转载于《安徽师大学报》(哲学社会科学版)1986 年第 3 期。陈建华:《晚明文学的先驱——李梦阳》,《学术月刊》1986 年第 8 期。

望"的诗文风格,"当时所谓骚坛主盟者,文长皆叱而奴之"①的胆识,以及高标本色的文学观念,实开晚明文学革新运动的先河。李贽声著于道林艺圃,乃至云合景从,直接助推了晚明文学思潮的高涨。他既以"教主"②的身份影响着汤、袁等人,又是晚明文学思潮的重要代表之一。其"童心说"以及"不以孔子之是非为是非",尊崇个性的思想取向,成了晚明文学新思潮的重要精神依凭。其"快口直肠,目空一世"③,不合时宜但却颇得文人心印的愤激之论,是晚明文人高张性灵旗帜的重要诱因。文学方面,李贽唯求抒写真情性,"非于情性之外复有所谓自然而然"④,推尚俗文学。当王、李主盟文坛之时,与徐渭一道"崭然有异"⑤于时的汤显祖,不但主张写恍惚而来的自然灵气,其"文章之妙不在步趋形似之间"⑥的文学观念与公安三袁相顾盼,而且"为情作使",创作出宝光陆离、奇彩腾跃的"临川四梦",为革新派文论提供了令人信服的实践范例,助推文学新思潮渐成狂飙之势。当然,晚明文学新思潮中较为系统的理论形态则是公安"三袁"所高倡的"性灵说"。其中,袁宗道首著先鞭,袁中道桴鼓相应且纠偏于后。"三袁"之魁杰则是袁宏道。他既是公安派的主将,也是晚明文学思潮杰出的代表。无论是"独抒性灵"的文论,还是清新宕逸的诗文,在文坛"黄茅白苇,弥望皆是"⑦之时,起到了廓清文坛拟古风习之效。而焦竑与陶望龄是岿然负通人之望,兼及文苑、儒林的人物,一并见列于黄宗羲《明儒学案·泰州学案》之中。他们与公安"三袁"同气相求,

---

① [明]袁宏道著,钱伯城笺校:《袁宏道集笺校》卷十九《徐文长传》,上海古籍出版社2018年版,第772页。
② [明]沈德符:《万历野获编》卷二十七《二大教主》,中华书局1959年版,第691页。
③ [明]焦竑:《李氏焚书序》,载[明]李贽:《焚书》,中华书局2009年版,第2页。
④ [明]李贽:《焚书》卷三《读律肤说》,中华书局2009年版,第132页。
⑤ [清]钱谦益撰集,许逸民、林淑敏点校:《列朝诗集·丁集》第十二《袁稽勋宏道》,中华书局2007年版,第5317页。
⑥ 徐朔方笺校:《汤显祖集·诗文集》卷三十二《合奇序》,中华书局1962年版,第1078页。
⑦ [清]钱谦益撰集,许逸民、林淑敏点校:《列朝诗集·丁集》第十二《袁稽勋宏道》,中华书局2007年版,第5317页。

虽然文论不如李贽、袁宏道等人那样矫激恣肆，但他们注重辞章与学问的互济，与李、袁等人的矫厉豪迈风格具有相得益彰之效。其后以钟、谭为首的竟陵派等人接武公安，但为了矫公安率、俚之偏，倡导深幽孤峭的风格，抒写一己之幽情单绪，虽然他们不排斥师法古人，但与七子派迥然有别，他们求古必先求诸己，而以抒写性灵为归。冯梦龙则以"六经"为"情教"①，将"情"与儒家的教化功能结合起来，与汤显祖相似，把"忠孝节烈"视为"从至情上出"的政治道德规范。② 冯梦龙厌恶"假诗文"，推重俗文学，其尚俗的根本动因在于尚真。他认为"有假诗文，无假山歌"，小说具有助益"万世太平之福"的功能，可与《康衢》《击壤》之歌"并传不朽"③，从而将袁宏道"宁今宁俗"④的文学观在文学体裁方面得到了更彻底的实现。他们共同组成了晚明文学思潮的殿军。袁中道以及竟陵派承续了袁宏道抒写性灵、描摹真情的文学旨趣，同时又寻求师古与师心的契合。这种倾向的进一步发展，则出现了明末文社在政治腐败、国运衰微之时"兴复古学"、高倡风雅比兴传统，但他们大多"欲以捐无忧之躯，授不羁之命"⑤，以国势的兴衰为己任，作家的视线更多地投向世况而不是内心，重视"兴观群怨"的传统文学观。在学术方面，他们的主张与明清之际经世致用的实学思想相暗合，这都与晚明以公安派为代表的性灵文学迥然有别。因此，陈子龙以及明末诸文社的出现，标志着晚明文学新思潮已趋于消歇。

以抒写性灵相标榜的晚明文士，一般都曾有谈道论性的经历，这与复

---

① 《詹詹外史序》云："六经皆以情教也。"（[明]冯梦龙：《詹詹外史序》，载魏同贤主编：《冯梦龙全集·情史》卷首，凤凰出版社2007年版，第3页）
② 详见魏同贤主编：《冯梦龙全集·情史》卷一《情贞类》总评，凤凰出版社2007年版，第36页。
③ [明]冯梦龙：《〈醒世恒言〉叙》，载魏同贤主编：《冯梦龙全集·醒世恒言》卷首，凤凰出版社2007年版，第1页。
④ [明]袁宏道著，钱伯城笺校：《袁宏道集笺校》卷二十二《冯琢庵师》又，上海古籍出版社2018年版，第843页。
⑤ [明]陈子龙著，王英志编纂校点：《陈子龙全集·陈忠裕公全集》卷二十四《求自试表》，人民文学出版社2011年版，第754页。

古派文人普遍以辞章称名有显著的区别。比较而言,前后七子为代表的复古派文人中王世贞最称博学,读书垂五车,著书数百卷。但除诗文之外,其著述以史学较富。当友人规劝其"以足下资,在孔门当备颜、闵科,何不为盛德事,而方人若端木哉?"之时,王世贞"愧不能答"。① 学术旨趣与其后的晚明文学思潮迥然有异。这与复古派归慕盛唐诗学的审美取向,尊信严羽"诗有别趣,非关理也"有关。而晚明文人则迥然有别,他们依循的是"理充于腹而文随之"的为文路径。晚明文人虽然饱饫三教经籍,但与汉唐注疏、丛林格义孜求信达不尽相同,他们注经以"用"为是,而不胶执于恪守本义。如李贽云:"经可解,不可解。解则通于意表,解则落于言诠。解则不执一定,不执一定即是无定,无定则如走盘之珠,何所不可。解则执定一说,执定一说即是死语,死语则如印印泥,欲以何用也?"②李贽所论是针对李通玄《略释新华严经修行次第决疑论》而发。李贽是一位对李通玄推尊殊甚的学人,曾云:"《华严合论》精妙不可当,一字不可改易,盖又一《华严》也。"③肯认的正是李著"又一《华严》"的特质。同样,袁宏道与中道虽然也曾据《庄子》而作《广庄》《导庄》,但诚如宏道自述:"寒天无事,小修著《导庄》,弟(宏道)著《广庄》,各七篇。导者导其流,似疏非疏也;广者推广其意,自为一《庄》,如左氏之《春秋》,《易经》之《太玄》也。"④宏道昆仲"《蒙庄》不去手",实乃因其"卓有出尘志"。⑤ 乃至时人有这样的感叹:"不观《鸿苞》不知赤水之博,不读《广庄》不尽中郎之奇。"⑥这样的经典习读目的决定了他们对于三教汲取的

---

① 吴震编校整理:《王畿集》卷十六《曾舜征别言》,凤凰出版社2007年版,第459页。
② [明]李贽:《焚书》卷四《书决疑论前》,中华书局2009年版,第134页。
③ [明]李贽:《焚书》增补一《又与从吾孝廉》,中华书局2009年版,第257页。
④ [明]袁宏道著,钱伯城笺校:《袁宏道集笺校》卷二十二《答李元善》,上海古籍出版社2018年版,第824页。
⑤ [明]袁宏道著,钱伯城笺校:《袁宏道集笺校》卷二十六《途中怀大兄诗》,上海古籍出版社2018年版,第945页。
⑥ [明]何伟然选:《十六名家小品·袁中郎先生小品》卷一,明崇祯六年陆云龙刻本。

独特方式,因此,袁宏道对于佛教经典也是"随根说法"①,"止啼之黄叶耳"②。别解"禅"云:"然窃闻之,禅者定也,又禅代不息之义。"③其归趣在于"既谓之禅,则迁流无已,变动不常,安有定辙,而学禅者,又安有定法可守哉"④。他们取法三教经典之"奇",缘于其文士而非经师的从容身份,缘于其强烈主体情结的立场持守,缘于其在强大的尚古传统背景之下,急切改变文坛"黄茅白苇,弥望皆是"现状的心情。理论依凭难觅,不得已曲说而致其"奇"。因此,三教与晚明文学思潮之间的关系既有学理的自然疏贯,也不乏文士们基于自身立场对三教经典的"强制阐释"。这是我们探究晚明文学思潮的学殖背景以及形成机制时首先需要予以辨识的。

第三节 阳明及其后学与晚明文学思潮

阳明及其后学的学说是儒学在晚明的主要呈现形式。钱锺书尝言:"有明弘正之世,于文学则有李、何之复古模拟,于理学则有阳明之师心直觉,二事根本抵牾,竟能齐驱不倍。"⑤将此乖悖列为"论难一概"之例。但是,阳明之学风行天下曾经历了一个过程。据年谱记载:"(弘治)十有五年壬戌,先生三十一岁,在京师。……京中旧游俱以才名相驰骋,学古诗文。先生叹曰:'吾焉能以有限精神为无用之虚文也!'遂告病归越,筑室

---

① [明]袁宏道著,钱伯城笺校:《袁宏道集笺校》卷五《曹鲁川》,上海古籍出版社2018年版,第272页。

② [明]袁宏道著,钱伯城笺校:《袁宏道集笺校》卷五《曹鲁川》,上海古籍出版社2018年版,第272页。

③ [明]袁宏道著,钱伯城笺校:《袁宏道集笺校》卷五《曹鲁川》,上海古籍出版社2018年版,第272页。

④ [明]袁宏道著,钱伯城笺校:《袁宏道集笺校》卷五《曹鲁川》,上海古籍出版社2018年版,第272页。

⑤ 钱锺书:《谈艺录(补订本)》九一,中华书局1984年版,第303页。

阳明洞中,行导引术。"①其实,这似乎并不能视为"论难一概"的正例。阳明弃学古诗文,就是因为不满"傍人门户,比量揣拟"之小技,而期以言论"须一一从圆明窍中流出,盖天盖地"之大丈夫所为,这正是晚明文人荡涤模拟之习的基本学理精神。同时,阳明是因"泰州、龙溪而风行天下",阳明学的广泛传播得益于阳明后学群体的弘宣与发展。阳明学跨越儒林畦界,浸淫文苑,主要是通过王畿、罗汝芳、王时槐等王门后学实现的。至李贽、焦竑、陶望龄等人的著述,其儒林、文苑的畦界已浑化成一种史上鲜见的学术文化样态,并孕育成了冲决传统思想、文学观念的动能,其极致形态则是李贽的"童心说"。这一理论是由"龙洞山农叙《西厢》末语"而肇其端,围绕文之真假,最终得出了六经、《语》、《孟》,乃"道学之口实,假人之渊薮"②的骇俗之论。这种文学与心学浑然而形成的学理逻辑,最终在中国思想的星空中留下了一道炫目的光芒。其冲决经典的强大势能也成为文学荡涤模拟之习的原动力。而反溯动力之源,主要形成于"弘正之世"的阳明学。这从袁宏道高倡性灵,文学之"格式"与阳明心学之"脉络"互动关系中同样得到了证明:"白、苏、张、杨,真格式也。阳明、近溪,真脉络也。"③这些晚明文学思潮中坚的亲述及思想形成机制清晰地告诉我们这一史实:以阳明学为核心的性理之学是晚明文学思潮兴起的重要

---

① [明]王守仁著,王晓昕、赵平略点校:《王文成公全书》卷三十二《年谱一》,中华书局2015年版,第1392页。其详情王畿《曾舜征别言》有载:"弘、正间,京师倡为词章之学,李、何擅其宗,阳明先师结为诗社,更相倡和,风动一时。炼意绘辞,寖登述作之坛,几入其髓。既而翻然悔之:'以有限之精神,蔽于无用之空谈,何异隋珠弹雀,其昧于轻重亦甚矣!纵欲立言为不朽之业,等而上之,更当有自立处,大丈夫出世一番,岂应泯泯若是而已乎?'社中人相与惜之:'阳明子业几有成,中道而弃之,可谓志之无恒也。'先师闻而笑曰:'诸君自以为有志矣。使学如韩、柳,不过为文人;辞如李、杜,不过为诗人。果有志于心性之学,以颜、闵为期,当与共事,图为第一等德业。譬诸日月终古常见,而景像常新。就论立言,亦须一一从圆明窍中流出。盖天盖地,始是大丈夫所为。傍人门户,比量揣拟,皆小技也。善《易》者不论《易》,诗到无言,始为诗之至。'"(吴震编校整理:《王畿集》卷十六《曾舜征别言》,凤凰出版社2007年版,第459—460页)

② [明]李贽:《焚书》卷三《童心说》,中华书局2009年版,第99页。

③ [明]袁宏道著,钱伯城笺校:《袁宏道集笺校》卷四十三《答陶周望》,上海古籍出版社2018年版,第1359页。

动因。明乎此,我们便不难理解公安派主将袁宏道何以发出"当代可掩前古者,惟阳明一派良知学问而已"①的浩叹了。

还应指出的是,文苑同样反哺儒林。晚明儒林,乃姚江之学得泰州龙溪而"风行天下"之时,而这种风行流衍本身是以与文苑交互作用为特征的。时人董其昌有这样的肯綮之言:"程、苏之学,角立于元祐,而苏不能胜。至我明,姚江出以良知之说。变动宇内,士人靡然从之。其说非出于苏,而血脉则苏也。程、朱之学几于不振。"②而"苏"之学又是与其"引物连类,千转万变而不可方物"③之辞章融合一体的。晚明文坛"东坡临御",与阳明之学"风行天下"互相借力,客观上开辟了阳明学传衍的文学路径,从学术底层赋予了晚明文学思潮兴起的深层动能,其内容主要体现在以下几个方面。

首先,心性理论与晚明文学思潮的核心范畴。晚明文学思潮以"性灵说""童心说"等为主要标志,儒佛心性论是其形成的学术根基,其路径诚如袁中道所言:"论性者,必以夫子之言,合佛氏之言,而后其说始明。"④袁宏道以"独抒性灵"相标榜,但抒写性灵并非一空依傍,而是主张涵养学术而后为文。他认为,"文之不正,在于士不知学",又说"圣贤之学惟心与性。"⑤ 袁宏道所论的心性,既有阳明、近溪的"脉络",又有佛学的因子。既强化了性的本体、超越义,又带有文士论学的色彩,振叶寻根而不失诸顽空:"性一而已,相惟百千。离百求一,一亦不成;离相言性,性复何有? 是故非耆德大宿,登相家之阃阈,鲜有能涉性海之洪澜,跻智岳于层

---

① [明]袁宏道著,钱伯城校笺:《袁宏道集笺校》卷二十一《答梅客生》又,上海古籍出版社2018年版,第797页。
② [明]沈德符:《万历野获编》卷二十七《释道·紫柏评晦庵》,中华书局1959年版,第689页。
③ [明]焦竑撰,李剑雄点校:《澹园集》附编一《佚文辑录·刻坡仙集抄引》,中华书局1999年版,第1185页。
④ [明]袁中道著,钱伯城点校:《珂雪斋集》卷二十《论性》,上海古籍出版社1989年版,第850页。
⑤ [明]袁宏道著,钱伯城校笺:《袁宏道集笺校》卷十八《叙四子稿》,上海古籍出版社2018年版,第752页。

颠者也。"①为了论性之本体义,消除"俗儒小说,以耳听目视为性"的误识,以求十方消殒与天地位、万物育的统一,证得"性"之正法眼藏,深谙佛理的袁宏道强解《中庸》"率性之谓道,修道之谓教"云:"性即宗也,教即体此宗者也。"②以佛理解性,目的在于抉发性之超越层面的意义,为文学"性灵"说张本。袁宗道同样孜孜以证心性的周遍无碍,他说:"夫心量之大,非数等譬喻之所及也。心生虚空,虚空立世界。所以道空生大觉中,如海一沤,发则心量之大何如哉!"③袁宗道则暗用《楞严经》七处征心,以月譬法,以证孟子性善之说,说明性的本真无对。④ 而"性,体也。性发而为情"⑤,从而为性灵说与文学情感论提供学术背景。焦竑则对宋人范浚的《性论》甚为推举,谓其"见地超然,殆宋儒所仅见者"⑥。《性论》云:"天降衷曰命,人受之曰性,性所存曰心。惟心无外,有外非心;惟性无伪,有伪非性。"⑦心性之周遍与真,为焦竑文学性灵论奠定了基石。这种周遍性,使焦竑的抒写性灵之文具有"唯心无外"亦即通乎人我的内

---

① [明]袁宏道著,钱伯城校笺:《袁宏道集笺校》卷十八《八识略说叙》,上海古籍出版社2018年版,第756页。
② [明]袁宏道著,钱伯城校笺:《袁宏道集笺校》卷四十一《明教说》,上海古籍出版社2018年版,第1331页。
③ [明]袁宗道著,钱伯城标点:《白苏斋类集》卷之十九《读孟子》,上海古籍出版社2007年版,第278页。
④ 袁宗道云:"古人喻论性者曰:如有一人,曾于七处住止,适人问月出没于何地。首则曰月自水东出,而水西没,曾居水国见之。又云月自山顶出,而山下没,曾居山中见之。又云月自城头出,而城外没,曾居城中见之。又或指月出没于舟之左右,楼之上下,村之前后,郭之东西,皆其曾居而见之。而智者咸不许其说,当知彼所指处,未尝非月也,惟是月实不于此七处出没。原其所指之谬者无他,虽随处见月,惟未曾仰天一见耳。如告子所指杞柳湍水食色,无善无不善;又或者谓性可以为善,可以为不善,有性善有性不善,与论月出没于七处者何异?彼固非无所见而漫说者,其奈束于所见。何哉? 世有能仰天一见者,始默契孟子性善之说于言外矣。"([明]袁宗道著,钱伯城标点:《白苏斋类集》卷之十九《读孟子》,上海古籍出版社2007年版,第276页)
⑤ [明]袁宗道著,钱伯城标点:《白苏斋类集》卷之十九《读孟子》,上海古籍出版社2007年版,第276页。
⑥ [明]焦竑撰,李剑雄点校:《焦氏笔乘·续集》卷四《性论》,中华书局2008年版,第357页。
⑦ [明]焦竑撰,李剑雄点校:《焦氏笔乘·续集》卷四《性论》,中华书局2008年版,第357页。

涵。同时,焦竑还认为"文有天机,自是性中一事"①,他谈道论学,澄然空明之性,是其摛翰属文去其"前识"的逻辑前提。可见,文学性灵论是其学术思想的自然延展。

晚明文士都孜孜以从超越的层面阐论心性,有些直接成为学术焦点问题的亲历者。无善无恶之辨堪称是晚明思想界影响最大的一次讨论。许孚远作《九谛》以诘难阳明,认为"无善无恶"不可为宗,周汝登作《九解》以复。陶望龄则以《书周子九解后》为周汝登喝彩助阵。徐渭同样是季本与王畿等人龙惕说的见证人与参与者。② 他们以文士论学也许不及儒林主将谛解往复的谨严周致,但从文苑杀出的助阵偏师,虽无张弓露刃的破阵之功,但摇旗擂鼓为阳明阵营赢得阵势。更重要的是,他们往往以虔敬之心,厕身儒林,染香行露,渐被薰习,得性理资粮而回师文苑以破复古营垒。

其次,阳明及其后学与文学情感论。自然地抒写情感,"为情作使"是徐渭、汤显祖等晚明文人深为自得的人生经历,他们对"情"的认识深受阳明及其后学的沾溉。王阳明主张性情"体用一源",不可分为两截,云:"喜、怒、哀、惧、爱、恶、欲,谓之七情,七者俱是人心合有的",认为"情"为"心"所固有,如天之生云一般;"良知"与"情"并无根本的乖悖,曰"七情顺其自然之流行,皆是良知之用",将"情"看成与良知一样,是无所谓善恶的,曰:"不可分别善恶,但不可有所著;七情有著,俱谓之欲,欲俱为良知之蔽";王阳明反对的是情之"著",但才有"著"时,并不可怕,"良知亦自会觉,觉即蔽去"。③ 他认为"自然"的七情是与良知完全统一

---

① [明]焦竑撰,李剑雄点校:《澹园集》附编一《大司成冯公具区集序》,中华书局2008年版,第1188页。
② 见《徐文长三集》卷二十九《读龙惕书》([明]徐渭:《徐渭集》,中华书局1983年版,第677—679页),以及[明]季本:《龙惕书》,明万历三十一年(1603)刻本。
③ [明]王守仁撰,吴光等编校:《王阳明全集》卷三《传习录下》,上海古籍出版社2011年版,第126页。

的,而"自然"的"七情"与"欲"已难以区别了。① 王阳明在心与情的关系方面,消除了程朱理学以性化情、存理灭欲的强制色彩,强调了主体的自为能力,他将普遍之"理"内化于个体之"心"中。王门后学中的王畿深受晚明文人的推敬。其论学以良知现成为特色,他说:"若是见性之人,真性流行,随处平满,天机常活,无有剩欠,自无安排。"②这与晚明文人不拘格套,自然抒写情感若合符契。王畿论学唯求其"真",云:"若从真性流行,不涉安排,处处平铺,方是天然真规矩。"③所谓"真性""天然真规矩",正是晚明文人真情直寄文学表现论的学术奥旨。晚明文人尚真绌伪的文论,深得王畿学术思想的滋育。如果说王畿的良知自然论,主要是从方法论上对晚明文人多有启迪,那么泰州学派的一些学者对自然情感的表述更为直接。泰州后学颜钧则将"制欲"与"体仁"判为二端④,对晚明文人影响甚大的罗汝芳也认为"天机以发嗜欲,嗜欲莫非天机也"⑤。虽然他们的主观愿望是维护儒家名教,但客观上肯定了自然情欲存在的合理性。其"赤子之心"以及李贽的"童心"都是依循儒学经典而演绎出的浑融性理之学与文学为一体的典型表述。

深受阳明及其后学沾溉的晚明文苑以抒写自然情感而见著于文学史。晚明文学先驱徐渭说:"人生堕地,便为情使。聚沙作戏,拈叶止啼,情昉此已。……摹情弥真则动人弥易,传世亦弥远。"⑥写情圣手汤显祖

---

① "情"与"欲"在中国古代各个时期的含义并不一致。《礼记·礼运》:"何谓人情,喜、怒、哀、乐、惧、爱、恶、欲,七者弗学而能。""情"中已含"欲"。(详见[清]孙希旦撰,沈笑寰、王星贤点校:《礼记集解》卷二十二《礼运第九之二》,中华书局1989年版,第606页)而明朱橚《普济方》四《三因论》:"七情者,喜、怒、忧、思、悲、恐、惊。""情"中不含"欲"。(详见[明]朱橚:《普济方》卷四《方脉总论》,清文渊阁四库全书本)

② 吴震编校整理:《王畿集》卷七《龙南山居会语》,凤凰出版社2007年版,第168页。

③ 吴震编校整理:《王畿集》卷十六《池阳漫语示丁惟寅》,凤凰出版社2007年版,第469页。

④ 详见[清]黄宗羲著,沈芝盈点校:《明儒学案》卷三十四《泰州学案》三《参政罗近溪先生汝芳》,中华书局2008年版,第760—761页。

⑤ [清]黄宗羲著,沈芝盈点校:《明儒学案》卷三十四《泰州学案》三《参政罗近溪先生汝芳·语录》,中华书局2008年版,第800页。

⑥ [明]徐渭:《徐渭集·补编·选古今南北剧序》,中华书局1983年版,第1296页。

在论及戏曲本原时说:"人生而有情。思欢怒愁,感于幽微,流乎啸歌,形诸动摇。"①他还是一位鲜见的从宇宙论层面论述诗歌情感论的文学家,他说:"世总为情,情生诗歌,而行于神。"②其得意之作《牡丹亭》就是一曲"情"的颂歌——"天下女子有情宁有如杜丽娘者乎"③。袁宏道在情与理的关系方面,一反儒学正统轨辙,提出"理在情内"④,尊情绌理,顺情而为。"情"还是性灵说的内容之一,"情与境会,顷刻千言",即是"独抒性灵"的一种表现。⑤ 可见,正面歌赞自然情欲,是晚明文坛的一个显著表征。传统的文学情感论经过阳明及其后学的熏染,被赋予了新的内涵。

最后,狂者人格与文学革新精神。儒家尚圣狂而恶乡愿,狂乃志向高远者。孔子尝言:"不得中行而与之,必也狂狷乎!狂者进取,狷者有所不为。"(《论语·子路》)当其在陈之时,思鲁地"斐然成章"的狂简之士。明儒王守仁承祧孔子将狂者"列中行之次"的传统,而力辟"世所谓败阙"的误识,慨然"愿为狂以进取,不愿愿以媚世"。⑥ 尤其是自征藩以后,阳明不惧谤议,笃信良知真是真非,"信手行去,更不著些覆藏",径言:"我今才做得个狂者的胸次,使天下之人都说我行不掩言也罢。"⑦阳明狂者

---

① 徐朔方笺校:《汤显祖集·诗文集》卷三十四《宜黄县戏神清源师庙记》,中华书局1962年版,第1127页。
② 徐朔方笺校:《汤显祖集·诗文集》卷三十一《耳伯麻姑游诗序》,中华书局1962年版,第1050页。
③ 徐朔方笺校:《汤显祖集·诗文集》卷三十三《牡丹亭记题词》,中华书局1962年版,第1093页。
④ [明]袁宏道著,钱伯城笺校:《袁宏道集笺校》卷四十四《德山麈谭》,上海古籍出版社2018年版,第1401页。
⑤ [明]袁宏道著,钱伯城笺校:《袁宏道集笺校》卷四《叙小修诗》,上海古籍出版社2018年版,第202页。
⑥ 邹守益:《阳明先生文录序》,[明]王守仁著,王晓昕、赵平略点校:《王文成公全书·旧序》,中华书局2015年版,第3页。
⑦ [明]王守仁著,王晓昕、赵平略点校:《王文成公全书》卷三《传习录下》,中华书局2015年版,第144页。

胸次为泰州学派所继承,形成了一代高似一代的"英雄"①气质,书写了思想界"不受名教羁络"的新篇章。这一切都被晚明文士视为儒学"真脉络"而赓续传承。他们将狂狷与豪杰精神浑然为一,李贽云:"求豪杰必在于狂狷,必在于破绽之夫。"②袁中道尝致书宗道云:"狂狷者,豪杰之别名也。"③他们引以为尚的豪杰气概正是廓清文坛模拟云雾的精神动力。

"狂",在原始儒家的语境之中原本即与文学具有天然的联系。孔子思鲁而叹"吾党之小子狂简,斐然成章"。曾点谈春风沂水,婆娑啸咏。经典中狂者本具的文学因子推助了文士们对儒家中行人格的悬置与对狂狷人格的认同。晚明文士礼敬阳明,服膺甚笃,深得阳明所体认的"狂者志存古人,一切纷嚣俗染,举不足以累其心,真有凤凰翔于千仞之意"④的高迈情怀,形成了迥绝流俗的伉壮不阿之气。他们有意无意地将狂的内涵混沌化,将经典所赋的言意高远与世俗理解相结合⑤,并成为晚明的士林风尚。这种"凤凰翔于千仞"的气象与晚明才情卓绝的一批文人不期而遇。他们不期期以克念成圣,而是以峥嵘卓立的人格,眼空一世,不拘礼俗,他们以"浩浩焉如鸿毛之遇顺风,巨鱼之纵大壑"⑥盖天盖地"谁能当之"⑦的强劲心理势能,冲击文苑的因袭之弊。将狂者诉诸文苑,如袁中道将中行、狂狷、乡原与文学相比况,以"言有尽而意无穷"为至妙,为中

---

① 李贽云:"盖心斋真英雄,故其徒亦英雄也,波石之后为赵大洲,大洲之后为邓豁渠。山农之后为罗近溪,为何心隐,心隐之后为钱怀苏,为程后台,一代似一代,所谓大海不宿死尸。"([明]李贽:《焚书》卷二《为黄安二上人三首·大孝一首》,中华书局 1975 年版,第 80 页)

② [明]李贽:《续焚书》卷一《与焦弱侯太史》,中华书局 2009 年版,第 16 页。

③ [明]袁中道著,钱伯城点校:《珂雪斋集》卷二十三《报伯修兄》,上海古籍出版社 2019 年版,第 1030 页。

④ [明]王守仁著,王晓昕、赵平略点校:《王文成公全书》卷三十四《年谱三·嘉靖二年二月》,中华书局 2015 年版,第 1466 页。

⑤ 晚明士林对于狂者的认识深受流俗影响,这从袁宏道与张献翼的交游赠答中可以看出。袁宏道尝赠张献翼诗,中有"家贫因任侠,誉起为颠狂"句,引起张献翼不满,袁宏道复为"颠狂"辩。"颠狂"句终致两人反目。(详见拙著:《袁宏道评传》第三章,南京大学出版社 2000 年版,第 154—156 页)

⑥ [明]袁中道著,钱伯城点校:《珂雪斋集》卷十八《吏部验封司郎中中郎先生行状》,上海古籍出版社 2019 年版,第 801 页。

⑦ [明]李贽:《焚书》卷一《与耿司寇告别》,中华书局 2009 年版,第 27 页。

行,以"能言其意之所欲言"为狂狷,"效颦学步,是为乡愿耳"。在他看来,唯《三百篇》及苏李《河梁》、《古诗十九首》沉郁蕴藉,即便是杜甫、李白,亦因发泄太尽之故而不可入中行之列。因此,狂狷之文,虽发挥有余,蕴藉不足,已足为贵。他还饱蘸激情地状写狂者的为文情状:"直抒胸臆处,奇奇怪怪,几与潇湘九派同其吞吐。大丈夫意所欲言,尚患口门狭,手腕迟,而不能尽抒其胸中之奇,安能嗫嗫嚅嚅如三日新妇为也。"①他们深以楚狂为自得,袁中道之子袁祈年诗径题为《楚狂之歌》。同样,汤显祖状写的为文之自然灵气,"怪怪奇奇,莫可名状。非物寻常得以合之"也与"宁为狂狷,毋为乡愿"②的人生境界相应和,一如孔子思鲁地"斐然成章"之"狂简"者。

晚明文人对于儒家狂狷人格的体认随着文坛状况变化而呈现出历时的特征,当"不拘格套"的狂飙一扫王、李因袭之弊,文坛谢华启秀,面貌为之一新之后,其冲口而出又成浅露俚易之新弊。袁中道则着意于分别狂圣,云:"狂者,是资质洒脱,若严密得去,可以作圣。既至于圣,则狂之迹化矣。必谓之狂即是圣,此无忌惮者之所深喜也。"③袁宏道于万历三十七年(1609)典试秦中时,更是将狂狷人格作为科场策问之题,并作对策程文云:"夫狂,龙德也;中行者龙之全,而狂其分也。"④虽然袁宏道之策论显然是援济东林,但他们在疏解狂狷之时,瞻顾文苑的态度则一以贯之,且依循晚明文士"六经注我"的一贯风格,赋"狂"以己意,于"闲旷远淡之中,而旋乾转坤之机轴出焉"⑤。在袁宏道看来,狂以超越于才局的

---

① [明]袁中道著,钱伯城点校:《珂雪斋集》卷十《淡成集序》,上海古籍出版社 2019 年版,第 515 页。
② 徐朔方笺校:《汤显祖集·诗文集》卷三十二《合寄序》,中华书局 1962 年版,第 1078 页。
③ [明]袁中道著,钱伯城点校:《珂雪斋集》卷二十四《示学人》,上海古籍出版社 2019 年版,第 1121 页。
④ [明]袁宏道著,钱伯城笺校:《袁宏道集笺校》卷五十三《第五问》,上海古籍出版社 2018 年版,第 1653 页。
⑤ [明]袁宏道著,钱伯城笺校:《袁宏道集笺校》卷五十三《第五问》,上海古籍出版社 2018 年版,第 1654 页。

识趣胜,"才气如疾风振落,枯朽自除;识趣如明月澄空,万象朗彻"①。他认为,"曾点而后,自有此一种流派,恬于趣而远于识。无蹊径可寻,辟则花光山色之自为工,而穷天下之绘不能点染也","此正吾夫子之所谓狂"。②狂者之"识趣"可见诸大用,亦可通乎性灵:"率真则性灵现,性灵现则趣生。"③将"狂"化成于性灵文学"趣"之审美范畴的构建之中。同样,儒家"狂"之含义,孟子有明晰的诠释:"其志嘐嘐然,曰古之人,古之人,夷考其行而不掩焉者也。"焦循诠解狂者言"古之人",意为"既欲之而又慕之"④,但李贽几乎反其意而用之,云:"狂者不蹈故袭,不践往迹,见识高矣。所谓凤凰翔于千仞之上,谁能当之?"⑤将"狂"释为一空依傍,摧廓文坛榛芜的豪迈气韵。如此训典,切莫为怪,这是晚明文士们普遍的援经述意的基本方法。

第四节　佛教与晚明文学思潮

晚明文坛的卓荦奇伟之士,几乎都沉浸佛学多年。李贽、焦竑、钟惺、公安"三袁"等人都见列于清人彭际清所撰的《居士传》之中。徐渭亦曾"扣于禅"⑥,潜心研究《楞严经》《金刚经》等佛教经典,并用于论艺衡文的实践之中。汤显祖与高僧真可过从甚密,撰有《〈蜀大藏经〉序》《〈五灯会元〉序》《〈袾宏先生戒杀文〉序》等。他称赞《大藏经》"乃迦叶尊者文

---

① [明]袁宏道著,钱伯城笺校:《袁宏道集笺校》卷五十三《第五问》,上海古籍出版社2018年版,第1653页。
② [明]袁宏道著,钱伯城笺校:《袁宏道集笺校》卷五十三《第五问》,上海古籍出版社2018年版,第1656页。
③ 陆云龙:《叙袁中郎先生小品》,引自[明]袁宏道著,钱伯城笺校:《袁宏道集笺校》附录三,上海古籍出版社1981年版,第1721页。
④ [清]焦循撰,沈文倬点校:《孟子》卷二十九《尽心章句下》,中华书局1987年版,第1028页。
⑤ [明]李贽:《焚书》卷一《与耿司寇告别》,中华书局2009年版,第27页。
⑥ [明]徐渭:《徐渭集·徐文长三集》卷二十六《自为墓志铭》,中华书局1983年版,第638页。

殊大智,闵昧筌文,纽玄撰极。苍品仁其渊色,眷属皈其檀度。所以拯接根蒙、圆明窍幻者。自周昭掩宿而后,莫与伦采矣",自谓"虽转迹于风埃,实韬怀于月相",①其礼佛乃至皈依之意甚浓。袁宏道自谓与挚友陶石篑的异同处云:"石篑间一为诗,弟无日不诗;石篑无日不禅,弟间一禅。此是异同处。"②他们都是诗禅共证的同道,袁宏道尝言:"友则陶周望、公望、虞长孺、僧孺、王静虚,皆禅友也,然皆禅而诗。"③汤显祖亦云:"长孺、僧孺兄弟似无着天亲。"④李贽、袁宏道是晚明文学思潮最杰出的代表,也是当时最著名的居士,这并非偶然巧合。虽然文苑谈禅论艺者在在可见,但晚明文人涉佛之深远过往哲。诚如清人彭际清所云:"柳子厚制诸沙门碑铭,为苏子瞻所推服,然如曹溪一碑,和会儒释,与《六祖坛经》之旨全无交涉,况摩诘、梦得之文,抑又逊之","白、苏二公其在佛门亦别有长处,与宗门无与,诸书无可取者",韩愈、欧阳修等人"平生愿力全在护儒,一机一境偶然随喜,不足增重佛门"。⑤ 相反,对于"元明士大夫文字",虽然仍依循出入儒佛的旧径,但彭际清在编撰《居士传》之时,则采择了这一时期士大夫"行解相应"的护法之文。而《居士传》所录之人,晚明最多。可见,晚明士人尤其是文学之士谈禅论佛之风最盛,对佛法的精研亦最为深湛。

　　佛学三藏十三部经、八万四千法门,典籍汗牛充栋,内容丰赡,晚明文人学士浸淫其中,往往各得其属意者,其情诚若黄宗羲得先师学术之喻:"中衢之樽,持瓦瓯桦枓而往,无不满腹而去者。"⑥晚明文人于佛学往往因其所好而各自有性相殊分、禅净不同的别择。总体而言,其对《楞严

---

① 徐朔方笺校:《汤显祖集·诗文集》卷三十二《蜀大藏经叙》,中华书局1962年版,第1071—1072页。
② [明]袁宏道著,钱伯城笺校:《袁宏道集笺校》卷十一《伯修》,上海古籍出版社2018年版,第527页。
③ [明]袁宏道著,钱伯城笺校:《袁宏道集笺校》卷十一《吴敦之》,上海古籍出版社2018年版,第541页。
④ 徐朔方笺校:《汤显祖集·诗文集》卷三十三《溪上落花诗题词》,中华书局1962年版,第1098页。
⑤ 彭际清:《居士传》卷首《居士传发凡》,《卍续藏经》第88册,第180页。
⑥ [清]黄宗羲著,沈芝盈点校:《明儒学案·明儒学案序》,中华书局2008年版,第8页。

经》《圆觉经》《金刚经》等研摩最勤;对宗杲、庞居士、李通玄最为尊奉;与"万历佛教三大师"交游甚密,而以真可为最;所涉宗教以禅净为多。

晚明文士出入佛禅成为一时风尚,这与文苑深受阳明学的浸润有关。对于"继阳明起,诸大儒无不醉心佛乘"①的原因,荒木见悟先生认为,阳明的"良知"与朱熹的"天理"不尽相同,朱熹认为"本来善"的天理存在于内心,阳明学则认为人心拥有创造"本来善"的能力,可以创造新善,因此,王阳明的良知说教导人们对心绝对信赖,乃至认为每个人都与孔子同格,即所谓"个个人人有仲尼",这与《圆觉经》"一切众生皆证圆觉"等佛学思想相通。《楞严经》佛理与《圆觉经》多有应和,因此也受到了阳明后学较普遍的重视。对此,耿天台云:"今江左之学,胥从《楞严经》中参会,入者只会得一无便了。"②虽然这是耿天台有感于罗近溪涉佛的为学路径而发,但基本道出了当时阳明后学论学的特色。正因为阳明学与《楞严经》《圆觉经》具有多方面的暗合,王锡爵乃有这样的体认:"良知一说断自《楞严》《圆觉》翻来。"③

比较而言,晚明时期《楞严经》更为流行。历代注解《楞严经》的著作明代占其半,尤以晚明为甚。《楞严经》在晚明的风行状况诚如虞淳熙所说:"当是时,士习多闻,狭六籍而治《楞严》者半学宫。"④由于《楞严经》的义理与晚明文士文学思想、审美趣味颇多契合,《楞严经》也受到了晚明文士的普遍欢迎。袁宏道所谓"《楞严》以一微尘转大法轮"⑤,即是对《楞严经》触处即真观念的肯认,他所体认的"真"也与自然之身色有关。晚明文人讨论"一切事究竟坚固",是与他们尊身重我、抒写自然、不拘格

---

① [明](释)蕅益:《蕅益大师全集》卷四之三《阅〈阳明全集〉毕偶书二则》其一,台北东初出版社1991年版,第10901页。
② 耿定向:《耿天台先生文集》卷四《与邹汝光三首》之三,《四库全书存目丛书》,齐鲁书社1997年影印本,集部,第131册,第94页上。
③ [明]王锡爵:《王文肃公文集》卷十三《王仪台给事》,明万历刻本。
④ [明]虞淳熙:《虞德园先生集》卷六《楞严玄义序》,明末刻本,第15页a。
⑤ [明]袁宏道著,钱伯城笺校:《袁宏道集笺校》卷五《管东溟》,上海古籍出版社2018年版,第253页。

套的文学观念结合在一起的,并为他们"不拘格套"地抒写自然之文提供了思想资源。《楞严经》六根互用思想与文学通感论多相符契,兼通诸艺的徐渭习得尤深。《楞严经》译笔华美,也是深受文人喜爱的原因之一。屠隆为《楞严经》文字之妙所叹服:"余读《楞严》《维摩》,神幻精光,文心绝丽。"①《楞严经》所谓"本如来藏常住妙明,不动周圆妙真如性",对"童心说""性灵说"颇多启示。晚明文学思潮兴起的重要机缘是,锋颖未露之时的袁宏道"走西陵",拜访长其四十一岁的思想"教主"李贽,导致其文学观念的根本转变。李贽对袁宏道青眼有加而启教之,忘年相契的重要原因在于"诵君《金屑》句,执鞭亦忻慕"②。《金屑编》是袁宏道所著的第一部著作,其核心思想即是《楞严经》。③ 从这个意义上看,《楞严经》也是李贽、袁宏道相知相得的重要津梁。

晚明时期文苑佛影飘忽,与丛林高僧与居士的巨大影响有关。"诗与禅,一理也"④是晚明文人普遍认同的理念。但晚明文人对菩提达摩、慧能等鲜有论及。他们尊奉最甚、引据最多的当是大慧宗杲,并贯及文学观念矫激与修正的不同阶段。因为一方面,大慧主张"道无不在,触处皆真"⑤。这与晚明文人"自心而出,信口而谈"的文学观宛若体用。事实上,宗杲论妙悟,也是强调"自见得,自悟得,不被古人言句转,而能转得古

---

① ［明］屠隆:《白榆集》卷十《与王太初田叔二道友》,明万历龚尧惠刻本,第9页a。
② 引自［明］袁中道著,钱伯城点校:《珂雪斋集》卷十八《吏部验封司郎中中郎先生行状》,上海古籍出版社2019年版,第800—801页。
③ 该书直接引《楞严经》开篇,其弟袁中道所作的《金屑编叙》也昭示了该书本于《楞严经》的痕迹:中道叙文中述及的"元明"与"识精",即主要见诸《楞严经》。据中道所述,《金屑编》的撰著目的是说明"佛与众生毫厘不隔,本自如如",并解除众生"于元明体转增幻屑""离见无见""觅见为屑""见见为屑"(袁宏道:《金屑编叙》,《金屑编》卷首,清响斋刻本)的昏昧,这正是袁宏道在《金屑编》篇首所列的《楞严经》卷二的内容:"吾不见时,何不见吾不见之处?若见不见,自然非彼不见之相。若不见吾不见之地,自然非物,云何非汝?"(［唐］般剌蜜帝译:《大佛顶如来密因修证了义诸菩萨万行首楞严经》卷二,《大正新修大藏经》[以下简称《大正藏》]第19册,新文丰出版公司1983年版[本书出版社信息下文略],第111页下)可见,袁宏道《金屑编》是以《楞严经》为立宗旨的。
④ ［明］袁中道著,钱伯城点校:《珂雪斋集》卷十《送虚白请经序》,上海古籍出版社2019年版,第521页。
⑤ ［宋］蕴闻编:《大慧普觉禅师语录》卷二,《大正藏》第47册,第819页中。

人言句"①。因此,晚明文人视大慧宗杲的入悟之法为"到家消息"。另一方面,大慧主张禅修不二,行住坐卧,时时提撕。宗杲对李参政的开示屡屡为晚明文人称引,而被视为"保命符子",即在于宗杲的禅修思想是晚明文人调和生死心切与文人情怀的理想选择,在其文学思想的修正期亦可得到宗杲禅修思想的诸多启示。同时,宗杲所为文章,纵横自在,弘法颇具诗性色彩,且尝以"东坡后身"自许。晚明文人崇坡殊甚,因此,深得禅悟三昧的晚明文人,阅藏而及于大慧普觉禅师语录时,缘起于会心的尊崇自然便难以掩抑。同时,晚明也是佛教"龙象"人物迭出的时期,与晚明文人交流甚密的"万历佛教三大师"魅力各别,弘法风格也各有不同,诚所谓"紫柏猛士,莲池慈姥,憨山大侠耳"②。尤其是紫柏真可,他与李贽一起,被视为"二大教主",其"聪明机辨,实宇内无两"③。时人称其"气盖一世,能于机锋笼罩豪杰"④,"名振东南,缙绅趋之如鹜"⑤。晚明文人对其钦慕有加,其中以汤显祖尤甚,汤氏云:"厌逢人世懒生天,直为新参紫柏(即真可)禅。"⑥公安派羽翼陶望龄也曾作《紫柏和尚像赞》,其跋云:"予久向紫柏师。辛丑入北都,而师住西山,忻然欲以瓣香见之。"⑦陶望龄所作释氏像赞,唯真可和禅宗初祖菩提达摩等数位而已,足见他对于真可的钦敬。陶望龄与晚明文人视真可为"师",非为禅师,实乃导师。真可扬榷经义时体现出的"妄增意识"、舒张个性的思想路径都与阳明及其后学相似,"万历佛教三大师"著声文苑与阳明学"风行天下"、沾溉文

---

① [宋]蕴闻编:《大慧普觉禅师书》卷第二十六《答陈少卿》,《大正藏》第47册,第923页中。

② [明]虞淳熙:《东游集序》,《虞德园先生集》卷五,《四库禁毁书丛刊》集部第43册,北京出版社1997年版,第216页上。

③ [明]沈德符:《万历野获编》卷二十七《释道·吴江异人》,中华书局1959年版,第688页。

④ [明]沈德符:《万历野获编》卷二十七《紫柏祸本》,中华书局1959年版,第690页。

⑤ [明]沈德符:《万历野获编》卷二十七《憨山之谴》,中华书局1959年版,第692页。

⑥ 徐朔方笺校:《汤显祖集·诗文集》卷十四《达公来自从姑过西山》,中华书局1962年版,第530页。

⑦ [明]陶望龄:《歇庵集》卷十,明万历刻本,第1页b。

士,其理一也。汤显祖"幼得于明德师"到"壮得于可上人"的嬗变,隐然具有内在的学理逻辑。

晚明卓荦文士多为佛门外护,因此,对于居士佛教别有会心。而往古居士,最著者概有三人:"庞居士之于宗,李长者之于教,刘遗民之于净土。百世之师矣。"①晚明文人对三位中的唐代居士李通玄与庞蕴最为推挹。对李通玄的尊奉当与李氏"托事表法"的形象性表达以及隐含非圣之理有关。同时,李通玄认为,自信佛与众生本自具足的"真本大智",即可不依佛、不依佛法而修行成佛。这种"智"具有如来藏的特征,是众生本具、恒常不变的自性清净心,这也是晚明文士们从儒释不同的角度交相互证的核心思想,也是支撑晚明文学思潮的"真我""童心""性灵"等的学理基础。加之李通玄以《易》解《华严经》,融通儒释的言说方式,深契晚明文士学兼华梵的学术路径。比较而言,晚明文人礼敬庞蕴,抠衣吟唱"白首庞公是我师",概因庞蕴习佛而不剃染,不出家,"神通并妙用,运水及搬柴"的任运禅法深契晚明文士"一帙《维摩》三斗酒"②的人生态度,缘此,他们以"楚袁萧洒似庞公"③为自得。庞蕴偈颂的直白浅显与晚明文士"宁今宁俗"的审美取向若有符契,因此而有"销心白傅诗,遣老庞公偈"④,"冶习聊同白,禅心久似庞"⑤的咏叹。

就佛教宗派而言,晚明文人几乎都汲汲于禅净二宗,这大致基于以下的原因。禅宗直接悟证本来真性,直显心性的悟证方式,为晚明文人师心不师古的文学观念提供了学理支撑。同时,禅宗因上根利器方可证得,所

---

① [清]彭际清:《居士传》卷首《居士传发凡》,《卍续藏经》第88册,第180页。
② [明]袁宏道著,钱伯城笺校:《袁宏道集笺校》卷十五《和韵赠黄平倩》,上海古籍出版社2018年版,第686页。
③ [明]袁中道:《珂雪斋集·外集》卷十三《师友见闻语》,明万历四十六年刻本。
④ [明]袁宏道著,钱伯城笺校:《袁宏道集笺校》卷十六《赠王以明纳赀归小竹林》,上海古籍出版社2018年版,第713页。
⑤ [明]袁中道著,钱伯城点校:《珂雪斋集》卷三《别苏潜夫分得江字》,上海古籍出版社2019年版,第148—149页。

谓"上根不动干戈,自然清风拂拂。中下恰恰用心,落在无生窠窟"①。晚明文士多自视高迈,因此,习佛由禅而入乃是晚明居士的寻常路径。但当其老病之时,往往有参禅不实,不得往生之忧。诚如袁中道所说:"生死事甚不容易,眼见谭禅诸公,大限到来,手忙脚乱,如落汤螃蟹,全不得力。皆由生平学问,俱是口头三昧,世情实未放下,资粮实未办足故也。"②而净土的念佛法门,全仗他力,仅凭念佛,即可办足往生西方净土资粮。同时,持名念佛的笃实功夫,往往与文士们由精猛而稳实,修正激矫之论的文学实践相顾盼。因此,晚明居士后期往往都经历了由禅入净的过程。

不难看出,晚明文坛氤氲于禅光佛影之中,既有承传统慧业文人借佛门经藏、梵刹莲宫以点缀诗苑的一面,更有在晚明文坛特有的历史情境驱使之下,潜心道妙,将深湛的佛学义理与丰富的文学实践相资为用,并使"搜剔慧性"成为晚明文学的独特表征的一面。概而言之,佛禅之于晚明文学具有以下几方面的作用。

首先,离经慢教与文学革新。宋明理学对佛教阴取而阳为排击,士大夫常常因涉佛而受到诟病与讥弹。但晚明文学之士往往以谈禅论佛为尚,以显示其与正统儒学别样的学术取向。袁中道在《传心篇序》中论"心"时,讲述了禅悦的原因:"世间高明之士,所以轻宋儒者有故。心体本自灵通,不借外之见闻。而儒者为格物支离之学,其沉昏阴浊莫甚焉。心体本自潇洒,不必过为把持。而儒者又为庄敬持守之学,其桎梏拘挛莫甚焉。世间之大知慧者,岂肯米盐琐碎,而自同木偶人哉?宜其厌之而趋禅也。"③徐渭力图为佛教辩护,以与正统思想相颉颃,曰:"而今之诋佛

---

① [明]居顶辑:《续传灯录》卷二十一《大沩怀秀禅师法嗣》,《大正藏》第51册,第610页a。
② [明]袁中道著,钱伯城点校:《珂雪斋集》卷二十三《与曾太史》,上海古籍出版社2019年版,第1004页。
③ [明]袁中道著,钱伯城点校:《珂雪斋集》卷十《传心篇序》,上海古籍出版社2019年版,第483页。

者,动以吾儒律之,甚至于不究其宗祖之要眇,而责诸其髡缁之末流,则是据今之高冠务干禄之徒,而谓尧舜执中以治天下者教之也,其可乎？其或有好之者,则又阴取其精微之说以自用,而阳暴其阙漏。"①李贽之事佛,更直接与正统儒学相抗衡:"弟学佛人也,异端者流,圣门之所深辟。"②因此,李贽所事之佛是这样的佛:"不必矫情,不必逆性,不必昧心,不必抑志,直心而动,是为真佛。"③袁宏道是师事李贽以后才"发为语言,一一从胸襟流出,盖天盖地,如象截急流,雷开蛰户"④的。师事的原因,首先是因为李贽"冥会教外之旨"而"走西陵质之"⑤,这也成为袁宏道高倡"性灵说"的起点。袁宏道认为诗文理论与"禅宗儒旨,一以贯之"⑥。总体而言,拟古派是以弘扬正统儒家诗教,强调诗歌言志功能的姿态出现的,即使间或有言"情"之论,也往往在高格古法的框束之下。因此,晚明文人往往以慧业文人自居,以别样的学殖相颉颃,期以廓清文坛拟古之风。事实上,他们的文学思想与浸淫佛教义理关系甚切,晚明文学思潮重要的理论形态——"性灵说"就是在这一理论的影响下得到深化的。诚如屠隆所言:"佛为出世法,用以练养性灵。"⑦"写性灵者,佛祖来印;骋意气者,道人指呵。"⑧

其次,佛教影响了晚明文人作品的内容与风格。由于中国佛学"既不

---

① [明]徐渭:《徐渭集·徐文长三集》卷十九《逃禅集序》,中华书局1983年版,第545页。
② [明]李贽:《焚书》增补一《答李如真》,中华书局2009年版,第253页。
③ [明]李贽:《焚书》卷二《为黄安二上人三首·失言三首》,中华书局2009年版,第82页。
④ [明]袁中道著,钱伯城点校:《珂雪斋集》卷十八《吏部验封司郎中中郎先生行状》,上海古籍出版社2019年版,第801页。
⑤ [明]袁中道著,钱伯城点校:《珂雪斋集》卷十八《吏部验封司郎中中郎先生行状》,上海古籍出版社2019年版,第800页。
⑥ [明]袁宏道著,钱伯城笺校:《袁宏道集笺校》卷十《小陶论书》,上海古籍出版社2018年版,第506页。
⑦ [明]屠隆著,汪超宏主编:《屠隆集》第六册《佛法金汤》上,浙江古籍出版社2012年版,第585页。
⑧ [明]屠隆著,汪超宏主编:《屠隆集》第六册《娑罗馆清言》卷下,浙江古籍出版社2012年版,第550页。

同于中国的传统思想,也不同于印度的思想,而是吸取了印度学说所构成的一种新说"①,佛教本具的异域文化基因为晚明文人作品增添了别样的色彩。因所涉佛学内容殊异,文学作品亦各具风采。黄辉、陶望龄、袁宏道既是文坛声气相求的诗友,又都是晚明著名居士,袁中道述其异同时云:"万历中间出三异人,乃黄詹事平倩,陶祭酒石篑,予兄袁吏部中郎是也。三人皆学禅。陶、黄从戒定入,中郎从慧入,其诗文出自灵窍,黄新而古、陶新而细、袁新而奇。"②徐渭曾注《楞严经》而深会于心,因此,在《四声猿·玉禅师翠乡一梦》中,将久已流传的柳翠与红梦故事赋予了新的含义。其中,最为突出的改变则是将《楞严经》序分中阿难为摩登伽女所惑的故事作为该剧的隐含主题。同样,其贵本色、贱相色的曲论与文论,明显是援据《金刚经》扫除诸相的学理,以摒斥"相色",孜求"本色"。可见,佛学对于徐渭的文学创作与理论提供了丰厚的思想、文化资源。磊砢居居士云:"徐山阴,旷代奇人也。行奇,遇奇,诗奇,文奇,画奇,书奇,而词曲为尤奇。"③徐渭之"奇",与其深得佛学这一"不同于中国的传统思想"的别样文化资源有关。屠隆、汤显祖亦然,《翠娱阁评选汤若士先生文集》评屠隆《鸿苞集》与汤显祖"四梦"云:"《鸿苞》一书,包括三教,四梦亦该括三教。《鸿苞》似为渐阶,四梦大启顿门。言幻、言真,俱指南之车。"④虽然在中国文学史上,文人谈禅论诗在在可见,但像晚明时期文人涉佛人数如此之多,精研佛理的程度如此之深,乃至文人论佛著述普遍受到丛林高僧推尊的现象,实属罕有。在晚明,佛学与文学融通相济,更加成熟自然。

---

① 吕澂:《中国佛学源流略讲·序论》,中华书局 1979 年版,第 1 页。
② [明]袁中道:《珂雪斋集·外集》卷十三《师友见闻语》,明万历四十六年刻本。
③ [明]磊砢居士:《四声猿跋》,载[明]徐渭:《徐渭集》附录,中华书局 1983 年版,第 1359 页。
④ 引自徐朔方笺校:《汤显祖集·诗文集》卷三十三《南柯梦记题词》,中华书局 1962 年版,第 1097 页。

第五节　道家及道教与晚明文学思潮

明代道教在世宗一朝十分盛行,并见诸小说戏曲创作之中,但由于是以斋醮烧炼为特征而缺乏理论建树的正一道为主,其对晚明文学思想的影响远不及儒佛。与其不同的是,晚明文人往往饱饫道家典籍,留下了诸多有关道家的著作。诸如《老子解》(李贽著)、《庄子解》(李贽著)、《广庄》(袁宏道著)、《导庄》(袁中道著)、《解老》(陶望龄著)、《解庄》(陶望龄著)、《遇庄》(谭元春著)等专论。他们往往借《老》《庄》(尤其是《庄》)以申己意,或"自为一《庄》"①,或"藏去故我,化身庄子"②,化成为他们倡求文学新论的学理素材。道家思想直接影响了晚明文人的人生态度、审美情趣、文学思想及作品风格,其影响与作用概以下特征。

首先,道家求真绌礼以与儒家思想相颉颃是晚明文人纠矫复古之弊的重要学理基础。"真"则是贯及晚明文学思潮,始终与学术融为一体的核心价值观念,是晚明文人荡涤文坛模拟矫饰之习的学理动力。"真"是道家,尤其是《庄子》的重要价值取向。《庄子·渔父》中渔父曾这样回答孔子"真"之问,云:"真者,精诚之至也。不精不诚,不能动人。故强哭者虽悲不哀,强怒者虽严不威,强亲者虽笑不和。真悲无声而哀,真怒未发而威,真亲未笑而和。真在内者,神动于外,是所以贵真也。……礼者,世俗之所为也;真者,所以受于天也,自然不可易也。故圣人法天贵真,不拘于俗。"③《庄子》中渔父言"真",是因孔子拜问而起,所言是因应孔子所治之术业乃"性服忠信,身行仁义,饰礼乐,选人伦,上以忠于世主,下以化

---

① [明]袁宏道著,钱伯城笺校:《袁宏道集笺校》卷二十二《答李元善》,上海古籍出版社2018年版,第824页。
② [明]谭元春著,陈杏珍标校:《谭元春集》卷三十三《遇庄序》,上海古籍出版社2018年版,第1208页。
③ [清]郭庆藩撰,王孝鱼点校:《庄子集释·渔父第三十一》,中华书局1961年版,第1032页。

于齐民,将以利天下"①而言。在渔父看来,孔子"湛于人伪"②,孔子闻渔父之教,不耻训诲而欣若登天。以真绌礼,讥弹孔子以与儒学相颉颃的色彩不言而喻。晚明文学思潮的重要表征是李贽的"童心说"和袁宏道不拘格套、抒写一己性灵的诗文。李贽与袁宏道的文学观念和实践明显汲取《庄》学资源,隐然有与拘儒相抗的痕迹。李贽所说"童心",即是"绝假纯真"之心。在李贽看来,儒家的"六经、《语》、《孟》,乃道学之口实,假人之渊薮也"③。李贽缘此掊击假文,提出古今至文"不可得而时势先后论也"的文学观。同样,雷思霈也认为晚明文学思潮主将袁宏道"千变万态,未始有极"之诗文,是"任吾真率"而成。与"山之有云,水之有波,草木之有华"④一样,袁宏道的作品是深植于学术根底之上的,雷思霈认为其根底就是儒家"六经"之外的以《庄》《骚》为代表的学术世界。他更径引《庄子·渔父》中的"真者,精诚之至,不精不诚,不能动人。强笑者不欢,强合者不亲"以评说袁宏道的诗文,称叹其"姱节高标,超然物外"之风姿,以及缘此而著成的与"道学先生"相悖的"独创神情之句""根极理道之谭"。袁氏《潇碧堂集》乃"蒙庄、屈、宋之外,又别立世界者耶"⑤。不难看出,李贽斟酌渔父意趣以真为本的"童心",袁宏道涵濡《庄子》为代表的"六经之外"学术资源而自然流出的"任吾真率"的文字,都清晰地昭示了这样的史实:以《庄子》为代表与拘儒俗学相悖的道家思想,是晚明文学思潮兴起的重要学术资源,"真"是得自《庄》学而熔铸成的晚明文学新思潮的灵魂价值。

其次,晚明文人对道家思想的汲取主要是在三教互动的赡博学术视

---

① [清]郭庆藩撰,王孝鱼点校:《庄子集释·渔父第三十一》,中华书局1961年版,第1025页。

② [清]郭庆藩撰,王孝鱼点校:《庄子集释·渔父第三十一》,中华书局1961年版,第1032页。

③ [明]李贽:《焚书》卷三《童心说》,中华书局2009年版,第99页。

④ [明]袁宏道著,钱伯城笺校:《袁宏道集笺校》附录三《潇碧堂集序》,上海古籍出版社2018年,第1844页。

⑤ [明]袁宏道著,钱伯城笺校:《袁宏道集笺校》附录三《潇碧堂集序》,上海古籍出版社2018年,第1845页。

野中实现的。李贽虽然痛诋六经、《语》、《孟》等儒家原典为"假人之渊薮",但对阳明、龙溪、近溪极为尊仰。非经疑圣与学桃阳明之于李贽,看似矛盾恰是史实,这正是李贽思想锋颖凛然的重要表征。究其机制,仍在于李贽以我为本而植学于三教。儒,主要是以阳明学为核心的新儒学。这在文学本体论、文人心理方面体现得尤为显著。

晚明文学思潮所倡的文学本体论是以心性理论为根基的。《庄子》虽然也论缮性,但其"性"多具"生"的含义,对于心性本体不及阳明学与佛学的分疏精细,阐论深入。其"薄辨议"的言说取向,难以形成具有心性本体的学术逻辑。因此,晚明文人往往将道家自然贵真的价值取向与儒佛心性理论融摄,化成为与文坛拟古派迥异的"文士家语"。他们多以真性、真心为文学本体,亦即将文学本体与心性相结合,为文学本体论立基。晚明文人论真时对本体的瞻顾在他们的论学过程中往往已经得到了实现。如袁宗道说:"伯安所揭良知,正所谓'了了常知'之知,'真心自体'之知,非属能知所知也。"①又说:"我也,诚也,仁也,总一真心,但异名耳。"②这为他们移师文苑提供了便捷的思想资源。他们将儒佛心性本体与道家贵真思想相结合,目的是为文学张本,以说明"从虚明中流出,为真文章"③。

道家尤其是《庄子》独与天地精神往来的气韵与被阳明称扬的"狂者胸次"氤氲而成了晚明文人鼓荡文学新潮的精神气禀。晚明文人虽然"间烧藜火注《逍遥》"④,但道家之真人又是"不雄成",是退藏于密、息常纳于踵的,而这与晚明文人所尚的豪杰精神尚有一定的差异。李贽所谓

---

① [明]袁宗道著,钱伯城标点:《白苏斋类集》卷十七《读大学》,上海古籍出版社 2007 年版,第 239—240 页。
② [明]袁宗道著,钱伯城标点:《白苏斋类集》卷十九《读孟子》,上海古籍出版社 2007 年版,第 279 页。
③ [明]袁中道著,钱伯城点校:《珂雪斋集》卷九《枝江大令赵凤白初度序》,上海古籍出版社 2019 年版,第 470 页。
④ [明]袁宏道著,钱伯城笺校:《袁宏道集笺校》卷四十五《五月十二日退如生辰,蒙以诗见示,聊述二章奉报》其二,上海古籍出版社 2018 年,第 1439 页。

真能文者具有豪杰英灵之气,为文之状乃是"蓄极积久,势不能遏。一旦见景生情,触目兴叹;夺他人之酒杯,浇自己之垒块;诉心中之不平,感数奇于千载。既已喷玉唾珠,昭回云汉,为章于天矣,遂亦自负,发狂大叫,流涕恸哭,不能自止"①。中道为文从刻画钉饾到独抒性灵的转变,亦在于"的然以豪杰自命,而欲与一世之豪杰为友"②。因此,晚明文人虽然借道家资源以发论,但去取由我,自作注疏,如《庄子·大宗师》汲汲于"真人"与"假"的对立,袁中道对于真人的解释是:"真人者,超于一切诸假之外者也,大宗师也","能超于一切诸假之外,故其人为真人,而其知为真知"③。而对于《大宗师》中关于真人"不雄成","天与人不相胜"的深蕴内容一无取法。他虽然"独喜老子、庄周、列御寇诸家言",但"多言外趣,旁及西方之书,教外之语"④。融通三教以成己意,是晚明文人解老释庄的基本路径。

再次,对《庄子》"无端崖之辞"的倾慕。庄子汪洋自恣、敷扬宏衍之文势,讥诮狎出、谐谑恣行的风格,都甚合晚明文人的审美趣味。晚明文人多为才情富赡、睥睨六合之士,因此,他们于道家对庄子偏嗜更甚。同时,一般认为,苏轼"行于所当行,止于所不可不止"之文深得于庄子纵横无穷、开阖万变、妙造自然的行文风格。晚明文人崇坡殊甚,因此,他们将《庄子》的推敬与"东坡临御"的气象相通贯,隐然形成了与七子派迥异的文学高标。上引雷思霈对袁宏道诗文的推赞,即是通过从蒙庄、屈、宋,到"有香山、眉山之风",再到袁宏道"别立世界"之诗文。同样,陶望龄亦有相似的体认,云:"文之了彻事理,无如《盘庚》八诰及庄生《南华经》。"他认为俗儒之所以认为"庄生怪诞不伦,大抵目未经见,命之曰奇,见未能

---

① [明]李贽:《焚书》卷三《杂说》,中华书局2009年版,第97页。
② [明]袁宏道著,钱伯城笺校:《袁宏道集笺校》卷四《叙小修诗》,上海古籍出版社2018年版,第201页。
③ [明]袁中道著,钱伯城点校:《珂雪斋集》卷二十二《导庄·大宗师》,上海古籍出版社2019年版,第1005页。
④ [明]袁宏道著,钱伯城笺校:《袁宏道集笺校》卷四《叙小修诗》,上海古籍出版社2018年版,第201页。

解,命之曰怪",而根本原因是"不通方言"所致。在陶望龄看来,《庄子》正是"辞达"的典范,苏轼则是庄子之后又一位"能使了然于口与手者"的文坛魁杰:"自《南华》后,长公一人而已。"陶望龄认为《南华经》与苏轼的诗文都能"使人心凰意满,如渴饮甘露,饥飡王膳,更无一毫犹夷不足之怀"。苏轼"于诗无所不肖,而似《南华》为极肖"①。晚明文人以不卑方言俚俗,以"信腕信口"之"辞达"为的,不约而同地演绎了从庄子到东坡的妙造自然的文学传统,并以其与七子派标举的秦汉之文、盛唐之诗相颉颃。这是以《庄子》为代表的道家作为学殖作用于晚明文坛之外,在艺术风格方面对晚明文人的垂范与影响。

最后,尚澹(淡)与晚明文人对传统审美的回归。在道家看来,"澹"之意蕴乃是主体之心不滞于一方,迹冥于自然,澹然虚旷而其道无穷;是通玄合变之士,冥真契理之物我尽忘,而又万物归之的境界。因此,《庄子·刻意》云:"澹然无极而众美从之。此天地之道,圣人之德也。"②当然,澹朴之美在晚明并不称盛,这主要是因为"澹"的风格与晚明踔厉风发、狂飙突进的时风、文风有明显差异。如李贽虽极崇"自然",但对"澹"的风格很少论述,而是强调"发于情性,由乎自然"③,崇尚亢壮激越的风格,这种"自然"是豪杰精神、"英灵汉子"性情的真实呈现。而真正与道家思想相契合的"恬澹""质朴"的美学风格,往往是晚明文人对前期矫激之论有所调适,学术趋于稳实之后的美学理想。如,袁宏道在其文学主张由"机锋侧出"④而渐趋平和之时,始追慕道家"澹然无极"的审美取向,并将其融摄于"性灵说"之中,云:"唯淡也不可造;不可造,是文之真性灵

---

① 《精选苏长公合作引》,载[明]陶望龄撰,李会富编校:《陶望龄集·佚文》,上海古籍出版社 2019 年版,第 1332 页。
② [清]郭庆藩撰,王孝鱼点校:《庄子集释》卷六上《刻意第十五》,中华书局 2012 年版,第 537 页。
③ [明]李贽:《焚书》卷三《读律肤说》,中华书局 2009 年版,第 132 页。
④ [清]钱谦益撰集,许逸民、林淑敏点校:《列朝诗集·丁集》第十二《袁稽勋宏道》,中华书局 2007 年版,第 5317 页。

也。"①袁宏道所谓"淡",见著于文学史,则体现为深受苏轼嗜爱的陶渊明诗歌"日薄山而岚出"的"淡适"之境。比较而言,陶望龄对缘起于道家的"平淡"之美,受苏轼等宋人的影响更深。② 他说"文之平淡者乃奇丽之极","奇丽不极,则平淡不来也"。③ "淡"不是"枯寂",而是"奇丽"之极而后的审美境界,是众美所归的"无极"之境,其得乎《庄子》之昭然可见。晚明文人对前期踔厉风发的文学主张进行调适,是文坛拟古芜秽芟薙已尽之时对文学特征的理性回归。

综上所述,晚明文学思潮是在以三教融通为形式,深受阳明心学等学术思想影响下形成的。晚明儒释道三教虽然内涵殊异,但学人们援经发论,往往多具有通变灵活的特征。晚明文士多为深契性理的饱学之士,他们援据富有时代色彩的儒释道三教,开出了晚明文坛迥异于七子派的新境界。概而言之,晚明文士受阳明及其后学的影响最为直接,出入佛禅,援据老庄,加深了他们与正统相背离的色彩,丰富了文学思想及创作。他们直面学坛、文坛乃至政坛的诸种芜秽之习,以笔为戟,慷慨赴阵,独立书斋而心怀苍茫大地;啸歌寄意、淑世情怀、英灵之气是他们的基本禀赋。道家的影响则主要表现于老庄的自在精神及其文学显现,或偶尔蹭蹬时的心理慰藉以及受道家审美风格的沐染,等等。

---

① [明]袁宏道著,钱伯城笺校:《袁宏道集笺校》卷三十五《叙咼氏家绳集》,上海古籍出版社2018年版,第1195页。

② 苏轼言"枯澹",重"外枯"与"中膏"的统一,云:"所贵乎枯澹者,谓其外枯而中膏,似淡而实美,渊明、子厚之流是也。若中边皆枯澹,亦何足道。"([宋]苏轼撰,[明]茅维编,孔凡礼点校:《苏轼文集》卷六十七《评韩柳诗》,中华书局1986年版,第2109—2110页)

③ [明]陶望龄撰,李会富编校:《陶望龄集·歇庵集》卷十六《甲午入京寄君奭弟书五首》之一,上海古籍出版社2019年版,第955页。

第二章 理学到心学的嬗变:晚明文学思潮的酝酿及其学术根源

晚明文学革新思潮并不是突兀而起的平地风雷,而是经历了一段较长时间的酝酿,经过对前人文学思想的批判继承而发展起来的。革新派文人鄙薄复古,但并不能无视其对前人文学观念的汲取。革新思潮虽然是因矫七子之偏而产生的,但七子派与革新派并不是壁垒森严的两种文学流派,他们还存在着互补和融合的关系。① 如晚明革新派思想领袖李贽对李梦阳甚为推敬;②汤显祖与承祧后七子的末五子中的屠隆等人有较密切的书信往还,屠隆曾至遂昌过访汤显祖,问友朋、谈文章;李梦阳的某些文学主张堪为其后真情说、性灵说的滥觞;唐宋派对前七子的讥讽,及后七子中王世贞等人晚年的省悟、末五子的调适与反拨,都为晚明文学思潮的肇兴赋能蓄力。虽然末五子中王世懋、屠隆等人不及徐渭、李贽年长,但由于他们承嗣七子,其纠偏和反拨之论,是复古到革新思潮过渡的真实记录,同时显示了晚明文学思潮必然兴起的内在逻辑。因此,我们一并将其在晚明文学革新思潮的酝酿期中论及。

第一节 理学到心学的嬗变与李梦阳等人的非常之论

明代永乐、宣德两朝基本承祧了洪武年间的传统,成祖即位躬行节

---

① 详见陈文新:《明代前后七子与公安派的对立互补关系及其融合》,《荆州师专学报》1987年第2期。
② 如李贽《与管登之书》:"如空同先生与阳明先生同世同生,一为道德,一为文章,千万世后,两先生精光具在,何必更兼谈道德耶?人之敬服空同先生者岂减于阳明先生哉?"([明]李贽:《焚书》增补一《与管登之书》,中华书局2009年版,第267页)

俭,水旱朝告夕振,无有雍蔽。军事上,"六师屡出,漠北尘清","幅陨之广,远迈汉、唐"。① 宣宗也克绳祖武,统治时期"吏称其职,政得其平,纲纪修明,仓庾充羡,闾阎乐业,岁不能灾"②。明王朝建立六十年来,民气渐舒,颇有治平之象。因此,以褒扬帝德、歌赞承平为宗旨,以雍容典雅、冲融演迤的风格流行于文坛的台阁体应运而生。但至弘正期间,政治状况发生了变化。正所谓晏安则易耽怠玩,富盛则渐启骄奢,虽然孝宗尚能兢兢于保泰持盈之道,但武宗朱厚照则是明代最荒纵的帝王,在他御极之时,纷纭多故,"将疲于边,贼讧于内"③。西北俺答边患日益严峻,各地藩王叛反不断发生,"府藏告匮,百余年富庶治平之业,因以渐替"④,明朝至此"不亡不僇"⑤已是幸事了。在思想上,明初"守儒先之正传,无敢改错"的状况正孕育着变化,正所谓"科举盛而儒术微"⑥,随着甲科日重,朱学也更趋僵化。学术、文学界新变的动能逐渐增强。学术之分,自陈献章、王阳明为始,文学界也不满恢张皇度、粉饰太平而又风格萎弱的庙堂文体,这在李东阳及吴中文人祝允明、唐寅、桑悦等人的文论中已渐露端倪,但并未能够根本扭转这一风气,直至李梦阳、何景明以复古自命,倡以高格逸调,台阁体之平庸冗阘才得到根本的涤除。但由于他们主张"古诗必汉、魏,必三谢,今体必初、盛唐,必杜,舍是无诗焉",又失之牵率模拟,在力矫靡弱的同时,又以新的格套束缚了文学的发展,后人讥刺也就在所难免。其中钱谦益的评价十分严苛,谓其:"如婴儿之学语,如桐子之洛诵,字则字,句则句,篇则篇,毫不能吐其心之所有,古之人固如是乎？天地之运会,人世之景物,新新不停,生生相续,而必曰汉后无文,唐后无诗,此数百年之宇宙

---

① [清]张廷玉等:《明史》卷七《成祖本纪三》,中华书局1974年版,第105页。
② [清]张廷玉等:《明史》卷九《宣宗本纪九》,中华书局1974年版,第125页。
③ [清]张廷玉等:《明史》卷十八《世宗本纪二》,中华书局1974年版,第250页。
④ [清]张廷玉等:《明史》卷十八《世宗本纪二》,中华书局1974年版,第251页。
⑤ [清]傅维鳞:《明书》卷十二《武宗毅皇帝本纪》,清畿辅丛书本。
⑥ [清]张廷玉等:《明史》卷二百八十二《儒林一》,中华书局1974年版,第7222页。

日月尽皆缺陷晦蒙,直待献吉而洪荒再辟乎?"①钱氏及后人的评价虽峻厉却不无道理,李梦阳的作品中确实有执着字句格调之似的痕迹。尤其是李、何等人操持文柄,时人无不争效其体,并被其后的李攀龙、王世贞所步武,明代文坛久为复古思潮所笼盖。以张扬个性、独抒性灵为特征的晚明文学思潮即是因力矫文坛的拟古之习而产生的。尽管如此,本于其"理欲同行"②之论,李梦阳还是提出了一些与晚明文学相通的思想,尤其是他的文学情感论,对晚明文学思潮的酝酿、形成提供了些许理论端绪。

李梦阳与王阳明同庚,后阳明一年而卒。他们都是明代学风、文风转捩期的关键人物。董其昌《罗文庄公合集序》云:"成、弘间师无异道,士无异学,程、朱之书,立于掌故,称大一统。而修词之家,墨守欧、曾,平平尔。时文之变而师古也,自北地(李梦阳)始也;理学之变而师心也,自东越(王阳明)始也。北地犹寡和,而东越挟勋名、地望,以重其一家之言,濂、洛、考亭几为摇撼。"③李梦阳的文学活动稍早于王阳明的"龙场悟道"。但是,李、王同处于明代学术、文学思想的嬗变时期。王阳明也曾参与过李梦阳的文学活动,据黄绾《阳明先生行状》载:"(王阳明)己未登进士,观政工部。与太原乔宇,广信汪俊,河南李梦阳、何景明,姑苏顾璘、徐祯卿,山东边贡诸公以才名争驰骋,学古诗文。"④但是,阳明并未如同李梦阳那样毕生从事文学事业,他对早期所从事的艺文之事多有悔遁之词,云:"某幼不问学,陷溺于邪僻者二十年,而始究心于老、释。赖天之灵,因有所觉,始乃沿周、程之说求之,而若有得焉。"⑤他对七子派徒取形式似

---

① [清]钱谦益撰集,许逸民、林淑敏点校:《列朝诗集·丙集》第十一《李副使梦阳》,中华书局 2007 年版,第 3466 页。
② [明]李梦阳撰,郝润华校笺:《李梦阳集笺校》卷六十六《外篇二·论学下篇第六》,中华书局 2020 年版,第 2000 页。
③ [明]董其昌:《罗文庄公合集序》,载[明]罗钦顺著,阎韬点校:《困知记》附录,中华书局 2013 年版,第 259 页。
④ [明]黄绾:《阳明先生行状》,载[明]王守仁撰,吴光等编校:《王阳明全集》卷三十八《世德纪》,上海古籍出版社 2011 年版,第 1555—1556 页。
⑤ [明]王守仁撰,吴光等编校:《王阳明全集》卷七《别湛甘泉序》,上海古籍出版社 2011 年版,第 257 页。

有所不满,云:"而世之学者,章绘句琢以夸俗,诡心色取,相饰以伪,谓圣人之道劳苦无功,非复人之所可为,而徒取辩于言词之间。古之人有终身不能究者,今吾皆能言其略,自以为若是亦足矣,而圣人之学遂废。"①这一尺牍作于正德七年(1512)。此前,正德元年(1506),李梦阳与王阳明都曾上疏请反对宦官专权,劝谏武宗嘉纳善言,以开忠谠之路。但是,由于君主的昏聩,李、王等人同时被贬出京。其后,前七子掀起的文学复古运动渐入低潮。此时,阳明已将文学视若与"圣人之道""圣人之学"相对立的存在。显然,后期的阳明是鄙薄文艺的。王阳明经过"遍读考亭之书"②,从哲学的角度以"心即理"的途径对朱、陆之学进行了更新改造。李梦阳在其《空同集》中虽然也屡引朱子之论,但是,他往往是从朱学中抽绎某一端绪,达到肯定情乃至欲的目的,如他说:"孟子论好勇、好货、好色。朱子曰:'此皆天理之所有而人情之所不能无者。'是言也,非浅儒之所识也。空同子曰:此道不明于天下,而人遂不复知理欲同行异情之义,是故近里者讳声利,务外者黩货色;讳声利者为寂为约,黩货色者从侈从夸。吁!'君子素其位而行',非孔子言邪?此义惟孔知之,孟知之,朱知之。故曰非浅儒之所识也。"③李梦阳认为,朱熹不但承认人情与天理同在,并且认为"好色"为人情所有,也为天理所有,认为"亚圣"孟子已有此论述。朱熹虽然有"心统性情"④之论,承认"情"的客观存在,但其目的是要以性化情。李氏之论虽然与朱氏原意不尽契合,但从中我们可以窥见其凭朱熹以发论的原因。他对"理欲同行异情"还有一段详细的解释:"理欲同行而异情。故正则仁,否则姑息;正则义,否则苛刻;正则礼,否则

---

① [明]王守仁撰,吴光等编校:《王阳明全集》卷七《别湛甘泉序》,上海古籍出版社2011年版,第257页。
② [清]黄宗羲撰,沈芝盈点校:《明儒学案》卷十《姚江学案·文成王阳明先生守仁》,中华书局2008年版,第180页。
③ [明]李梦阳撰,郝润华校笺:《李梦阳集笺校》卷六十六《外篇二·论学下篇第六》,中华书局2020年版,第2001—2002页。
④ [宋]黎靖德编,王星贤点校:《朱子语类》卷九十八《张子之书一》,中华书局1986年版,第2513页。

拳踞;正则智,否则诈饰;言正则丝,否则簧;色正则信,否则庄笑;正则时,否则诒;正则载色载笑称焉,否则辑柔尔颜讹焉。凡此皆同行而异情者也。"①对李梦阳的"欲""情"之论,不能作过高的评价,他承认其存在,但是要讲究适度,要"正"。李梦阳认为性与情是统一的,曰"情者,性之发也",同时,李梦阳对"情"当真实无伪有专门论述,曰:"天下未有不实之情也,故虚假为不情。"②这与其后徐渭之"真我"、李贽之"绝假纯真"的"童心说"颇为相似。李梦阳的文论中,"情"的观念随处可见,其文学情感论具有这几种内涵:

其一,"情"是诗歌等文学作品产生的根源。他在《结肠操谱序》中引述陈生所言云:"天下有殊理之事,无非情之音。"③又说:"风以几动,几以观通,是故无遁情焉。情者,风之所由生也。"④"情动则言形比之音,而诗生矣。"⑤除此,他还论述了情感产生的条件,云:"情者,动乎遇者也。"⑥其"遇"包含两方面的内容。一是触景生情。看见幽岩寂滨、深野旷林、横斜欹崎之景,悲慨落寞之情便油然而生。对此,他说:"雪益之,色动,色则雪;风阐之,香动,香则风;日助之,颜动,颜则日;云增之,韵动,韵则云;月与之,神动,神则月。"⑦二是因时而发。他说:"鸟,春则鸣也,不春不鸣

---

① [明]李梦阳撰,郝润华校笺:《李梦阳集笺校》卷六十六《外篇二·论学下篇第六》,中华书局2020年版,第2000页。
② [明]李梦阳撰,郝润华校笺:《李梦阳集笺校》卷六十六《外篇二·论学上篇第五》,中华书局2020年版,第1998页。
③ [明]李梦阳撰,郝润华校笺:《李梦阳集笺校》卷五十一《结肠操谱序》,中华书局2020年版,第1671页。
④ [明]李梦阳撰,郝润华校笺:《李梦阳集笺校》卷五十一《观风河洛序》,中华书局2020年版,第1687页。
⑤ [明]李梦阳撰,郝润华校笺:《李梦阳集笺校》卷五十九《题东庄饯诗后》,中华书局2020年版,第1858页。
⑥ [明]李梦阳撰,郝润华校笺:《李梦阳集笺校》卷五十一《梅月先生诗序》,中华书局2020年版,第1679页。
⑦ [明]李梦阳撰,郝润华校笺:《李梦阳集笺校》卷五十一《梅月先生诗序》,中华书局2020年版,第1679页。

乎?""人与物同也。然必春焉者,时使之也。"①阴凝气惨、草木陨零之时与柔风敷焉、阳和四布之季,情感也有内敛与发抒之别,四季轮回是无法改变的自然规律:"夫天地不能逆寒暑以成岁,万物不能逃消息以就情",人们能做到的是"以时动"。② 尽管情的发抒需依凭一定的物境,但是,情、境相较,关键要有真情蕴于中,否则即使有合适的物境、时景也是无病呻吟。他说:"故天下无不根之萌,君子无不根之情。忧乐潜之中而后感触应之外,故遇者因乎情,诗者形乎遇。"③只有"身修而弗庸,独立而端行"之士,才能有"梅之嗜",才能有"月之吟"。④ 李梦阳所谓"时""遇"是对中国传统文论中"比兴""境界"等概念的进一步发展,他所论及的文学作品中的"境界"或"意境",都是"情境"。他对当时的性气诗和宋人作的理语颇不以为然,主张文学体裁有别,表现的方式、内容也各有不同,曰:"诗何尝无理,若专作理语,何不作文而诗为邪?"⑤诗歌的特点在于"比兴错杂,假物以神变",要有"难言不测之妙","感触突发,流动情思"。⑥ 而当时的性气诗派规摹邵雍《击壤集》的格调,虽然不是专发言论,而多描写光风霁月、鱼跃鸢飞,但归趣仍然是借此谈论道学,他们"或浩歌长林,或孤啸绝岛,或弄艇投竿于溪涯海曲"⑦,与台阁体一起构成当时分别盛行于庙堂与山林的两种不同的文学派别。李梦阳为首的七子派能够力矫

---

① [明]李梦阳撰,郝润华校笺:《李梦阳集笺校》卷五十一《鸣春集序》,中华书局2020年版,第1685页。
② [明]李梦阳撰,郝润华校笺:《李梦阳集笺校》卷五十一《鸣春集序》,中华书局2020年版,第1685页。
③ [明]李梦阳撰,郝润华校笺:《李梦阳集笺校》卷五十一《梅月先生诗序》,中华书局2020年版,第1680页。
④ [明]李梦阳撰,郝润华校笺:《李梦阳集笺校》卷五十一《梅月先生诗序》,中华书局2020年版,第1680页。
⑤ [明]李梦阳撰,郝润华校笺:《李梦阳集笺校》卷五十二《缶音序》,中华书局2020年版,第1694—1695页。
⑥ [明]李梦阳撰,郝润华校笺:《李梦阳集笺校》卷五十二《缶音序》,中华书局2020年版,第1694页。
⑦ [清]黄宗羲撰,沈芝盈点校:《明儒学案》卷五《白沙学案》上《文恭陈白沙先生献章》,中华书局2008年版,第81页。

诗坛台阁、性气之风,与他们尚情绌理的创作理论有关。

其二,情因"时"而分正变。李梦阳论"情"而不忘格调,同样本于情的诗歌,为何声韵有刚柔、抑扬之殊呢?他认为是因"时"的不同而产生的,如同雁声,唉唉则秋,雍雍则春一样。同时,还由于主体的通、塞境遇不同,而有悲欢情调的殊异。设想一下旧醅野客,新蕨盘飧,何由得欢呢?他将"情"的表现分成不同的风格,曰:"正则典,变则激,典则和,激则愤。"①显然,他以典正冲和为"正",激愤慷慨为"变"。不难看出,所谓"正则典,变则激"之"正""变",与古代文论中依内容而区分《诗经》,即以雅颂为"正",以讽喻之什为"变"不尽相同。李梦阳所谓因"时"而产生的"正""变",除了作品的内容而外,还指作品的风格以及作者表现于作品中的情感本身。他还说:"夫诗,宣志而道和者也,故贵宛不贵险,贵质不贵靡,贵情不贵繁,贵融洽不贵工巧。"②李梦阳论诗虽然贵"情",但在风格方面则拘执甚严,无论是"道和"还是"贵宛""贵融洽"都显示了拟古派的诗学旨趣。同时,考察其"情"的内涵,就可以看到,李梦阳虽偶尔提及因"蓬飞梗流,忽聚倏散"而产生的"怅离思合"的缱绻踟蹰之情,③但更多论及的是哀婉凄切之情,所撰《结肠操谱》便是"长歌当哭"之作,作品"若迥风陨叶,寒蝉暮聒","若痛而呻,若怨而吟"。④ 这种悲恸之情、嗷杀之声,大致都可以归属于"变"之类。但无论"正""变",都要以"义"为先,情当得乎义,他说:"夫歌以永言,言以阐义,因义抒情,古之道也。"⑤

---

① [明]李梦阳撰,郝润华校笺:《李梦阳集笺校》卷五十一《张生诗序》,中华书局2020年版,第1678页。
② [明]李梦阳撰,郝润华校笺:《李梦阳集笺校》卷六十二《与徐氏论文书》,中华书局2020年版,第1912页。
③ [明]李梦阳撰,郝润华校笺:《李梦阳集笺校》卷五十九《题东庄饯诗后》,中华书局2020年版,第1858页。
④ [明]李梦阳撰,郝润华校笺:《李梦阳集笺校》卷五十一《结肠操谱序》,中华书局2020年版,第1672页。
⑤ [明]李梦阳撰,郝润华校笺:《李梦阳集笺校》卷五十二《送杨希颜诗序》,中华书局2020年版,第1696页。

又说:"夫名莫大于展墓,义莫隆于追亲,程莫要于思本,情莫先于颂义。"①又说:"不已者,情也;发之者言,成言者,诗也;言靡忘规者,义也;反之后和者,礼也。故礼义者,所以制情而全交、合分而一势者也。"②"情"最终还是受到了传统道德规范的束缚。因此,李梦阳虽然继承和发展了古代的"缘情说",但其所论的"情"往往以怅离思合、悼往追怀为主,这些情感经过"圣训"的过滤,了无非礼越教的内容,如他说:"孔子所谓'东西南北之人也!'夫既东西南北人也,于其分,不有怅离思合者乎?"③这与晚明文人那种"为情作使"④的人生态度及其笔下的浓香绝艳、风月良宵、逾礼越义、超度于生死之限的钟情主人翁有很大的不同。这主要是因为李梦阳之"情"还兢兢于"义"的规范、格调的羁络,而不同于晚明文人那种恣肆无碍的宣泄。另外,李氏的情感论主要就诗歌而言,雅文学固有的传统表现手法不如俗文学中那样直露显豁。更深层次的原因则是李梦阳生活的弘正时期,市民阶层及与之相伴的个性解放的社会思潮还尚未形成。尽管如此,李梦阳重提"发乎情,止乎礼义"的古训,对于矫文坛萎靡之风仍起到了一定的作用,为情感论在晚明发扬光大创造了条件。

其三,情会于心。李梦阳生活在理学向心学嬗变的时期,他的文学活动虽稍早于王阳明心学思想的形成,但是,如前所述,王、李年岁相若,操守志趣相得,可以推得,阳明之学在李梦阳的晚年思想中也会留下一定的印记。而此前广东新会人陈献章,学术重端坐澄心,于静中养出端倪,当

---

① [明]李梦阳撰,郝润华校笺:《李梦阳集笺校》卷五十二《送杨希颜诗序》,中华书局2020年版,第1697页。
② [明]李梦阳撰,郝润华校笺:《李梦阳集笺校》卷五十九《题东庄伐诗后》,中华书局2020年版,第1858页。
③ [明]李梦阳撰,郝润华校笺:《李梦阳集笺校》卷五十九《题东庄伐诗后》,中华书局2020年版,第1858页。
④ 徐朔方笺校:《汤显祖集·诗文集》卷三十六《续栖贤莲社求友文》,中华书局1962年版,第1161页。

时即已"名震京师"①。黄宗羲曾说:"而作圣之功,至先生(陈献章)而始明,至文成而始大。"②在明代,心学的形成,不待王阳明龙场悟道,陈献章已发论于先。陈献章"天地我立,万化我出"③的心学观念对李梦阳有所影响也不足为怪。事实上,李梦阳的文学情感论中也屡有"会心"之论。他说:"故遇者物也,动者情也。情动则会,心会则契,神契则音,所谓随寓而发者也。"④"契者,会乎心者也。会由乎动,动由乎遇,然未有不情者也。"⑤他还曾引述陈生所云:"理之言常也,或激之乖则幻化弗测,《易》曰'游魂为变'是也。乃其为音也,则发之情而生之心者也。"⑥"理"显然与朱熹所说的该载万物,"放之则弥六合,卷之则退藏于密"⑦,无所不包的"理"有所不同。而抒写"生于心"之情,则是文学艺术作品的普遍特征。这些虽然不是系统的心学理论,但所谓"发之情而生之心",主张情契于心,也可以透示出学术风尚变化时期的某些消息。当然,李梦阳与陈献章的文学思想、创作风格迥然有异:一是在鸢飞鱼跃的形象中体认普遍本性,一是在既定的诗歌法式中写情状物。尽管如此,我们还是可以看到他们的某些趋同之处,陈献章所作毕竟没有专发议论的宋头巾味,他的诗歌也注重发于性情。他不借诗论道,而是反身内求,寄兴于万物。李梦阳在文人们歌赞国家太平雍熙之状的气氛中,讲求诗歌当会诸心,发不已之情,这也许是七子派虽然泥古而又能笼盖文坛甚久的原因。晚明文人虽

---

① [清]张廷玉等:《明史》卷二百八十三《陈献章传》,中华书局1974年版,第7261—7262页。
② [清]黄宗羲撰,沈芝盈点校:《明儒学案》卷五《白沙学案》上《文恭陈白沙先生献章》,中华书局2008年版,第80页。
③ [明]陈献章著,孙通海点校:《陈献章集》卷二《与林郡博》七,中华书局1987年版,第217页。
④ [明]李梦阳撰,郝润华校笺:《李梦阳集笺校》卷五十一《梅月先生诗序》,中华书局2020年版,第1679页。
⑤ [明]李梦阳撰,郝润华校笺:《李梦阳集笺校》卷五十一《梅月先生诗序》,中华书局2020年版,第1680页。
⑥ [明]李梦阳撰,郝润华校笺:《李梦阳集笺校》卷五十一《结肠操谱序》,中华书局2020年版,第1671页。
⑦ [宋]朱熹:《四书章句集注·中庸章句》,中华书局1983年版,第17页。

然力矫拟古之风,但对李梦阳正面诋诃的文字极少,也是因为其有颇为难得的文学情感论。因此,晚明文学思潮的滥觞可以溯及李梦阳。

在前七子中,尚情之论并不限于李梦阳一人,如"名满士林",有"吴中诗人之冠"①之称的徐祯卿在《谈艺录》中有这样的表述:

> 情者,心之精也。情无定位,触感而兴,既动于中,必形于声。故喜则为笑哑,忧则为吁戏,怒则为叱咤。然引而成音,气实为佐;引音成词,文实与功。盖因情以发气,因气以成声,因声而绘词,因词而定韵,此诗之源也。②

无论是情与心、气、声之间的关系,还是"触感而兴"的情之发动的条件,都与李梦阳十分相似,"情"是徐祯卿诗论的核心。他还说:"情能动物,故诗足以感人。"③"情"是诗歌的灵魂。在情与辞的关系上,"夫情既异其形,故辞当因其势"④。在情与格的关系上,他引喻而论:"譬如写物绘色,倩盼各以其状;随规逐矩,圆方巧获其则。此乃因情立格,持守圜环之大略也。"⑤即注意情与格的调和,但又以情为主,格为从。他描述了一本于"情"的诗歌创作过程:"朦胧萌坼,情之来也;汪洋漫衍,情之沛也;连翩络属,情之一也;驰轶步骤,气之达也;简练揣摩,思之约也;颉颃累贯,韵之齐也;混沌贞粹,质之检也,明隽清圆,词之藻也。"⑥诗歌的创作,虽经濡笔求工、发旨立意等不同的过程,但仍源于"情"。徐祯卿没有详

---

① [清]张廷玉等:《明史》卷二百八十六《徐祯卿传》,中华书局1974年版,第7351页。
② [明]徐祯卿:《谈艺录》,载[清]何文焕辑:《历代诗话》,中华书局2004年版,第765页。
③ [明]徐祯卿:《谈艺录》,载[清]何文焕辑:《历代诗话》,中华书局2004年版,第766页。
④ [明]徐祯卿:《谈艺录》,载[清]何文焕辑:《历代诗话》,中华书局2004年版,第767页。
⑤ [明]徐祯卿:《谈艺录》,载[清]何文焕辑:《历代诗话》,中华书局2004年版,第767页。
⑥ [明]徐祯卿:《谈艺录》,载[清]何文焕辑:《历代诗话》,中华书局2004年版,第767页。

论"情"的具体内涵,但无论是"朦胧萌坼",还是"汪洋漫衍",都很自然地使我们意会到抒写自然情欲的某些特征。徐祯卿虽然也属七子之列,但与李梦阳又稍有不同,李梦阳才雄气猛,善楉张其词;而徐祯卿虑周思深,长密运以意。徐祯卿早年与祝允明、唐寅、文徵明一起号为"吴中四才子",作诗也喜慕白居易、刘禹锡等中唐诗人,及至登第之后,与李梦阳、何景明同游而"悔其少作","然故习犹在",因此,"梦阳讥其守而未化"。①李梦阳的贬议,正说明徐祯卿兼容的一面,他所谓"因情立格"②也体现了这一特点。李、徐之异,一个重要的原因是区域文化的特征有别:北地盛慷慨高迈之风,吴中多绮靡任适之习。正如陈文烛所云:"诗与文,天地自然之声气也。袭二京之遗者,北或失之豪;沿六朝之习者,南或失之靡。"③徐祯卿南人北游,变而未彻,原因亦在于此。虽然我们在作者自定的《迪功集》和《谈艺录》中,看不到徐祯卿多少明确的哲学论述,但是,他论诗也不舍学思,云:"情实眇眇,必因思以穷其奥。"④又云:"诗者乃精神之浮英,造化之秘思也。"⑤其错综于儒道的学殖仍可寻绎,他一方面主张"温雅以发情,微婉以讽事"⑥,隐约可见儒学之旨。另一方面,他又说:"夫道者,载天地而不为大,入毫芒而不为细,渊乎希形,寥乎希声,邈乎无涯浃。故夫道者,乌乎不在也,唯善观者为能大之,循流而达,顺壑而趋,不为戚戚,不为忻忻也。是故体道之要在乎大观。"⑦颇得庄学高蹈任运的意趣,透露出了归慕庄子的心迹,云:"昔庄生放言自清,托乎北溟,齐物

---

① [清]张廷玉等:《明史》卷二百八十六《徐祯卿传》,中华书局 1974 年版,第 7351 页。
② [明]徐祯卿:《谈艺录》,载[清]何文焕辑:《历代诗话》,中华书局 2004 年版,第 767 页。
③ [明]陈文烛:《王奉常集序》,转引自莫伯骥著,曾贻芬整理:《五十万卷楼跋文》集部五《王奉常集六十九卷》,中华书局 2019 年版,第 715 页。
④ [明]徐祯卿:《谈艺录》,载[清]何文焕辑:《历代诗话》,中华书局 2004 年版,第 765 页。
⑤ [明]徐祯卿:《谈艺录》,载[清]何文焕辑:《历代诗话》,中华书局 2004 年版,第 765—766 页。
⑥ [明]李梦阳撰,郝润华校笺:《李梦阳集笺校》卷五十二《徐迪功集序》,中华书局 2020 年版,第 1692 页。
⑦ [明]徐祯卿:《迪功集》卷六《玄溟子记》,清文渊阁四库全书本。

达变,混芒以藏其真,达者贵之。"①其出入儒道的思想取向为"不叛于古"而又"摅其性情"②的文学观念的产生提供了学术诠释。

第二节 王畿"灵明洒脱"的良知说与唐宋派以意为本、"直摅胸臆"的文学主张

唐宋派是以王慎中、唐顺之为主要代表,由归有光、茅坤、陈束、李开先、罗洪先、赵时春、任瀚等人组成的诗歌理论不尽相同,散文理论仿佛一致的文学派别。他们始而承效李、何,为文"初主秦、汉,谓东京下无可取"③。其后王慎中"悟欧、曾作文之法,乃尽焚旧作,一意师仿,尤得力于曾巩"④,"一意为曾、王之文,演迤详赡,蔚为文宗"⑤,开文宗唐宋之风。唐宋派中唐顺之文学理论最为完备,归有光的创作成就最高,但是,先发之功当推王慎中。钱谦益曾说唐顺之"为文始尊秦、汉,颇效空同。已而闻王道思之论,洒然大悟,尽改其少作"⑥,一时天下称之曰王、唐,或晋江、毗陵。他们对诗文都有论及,有些论诗更多于论文(如王慎中),但相对而言,论文的观点显得较为一致,都主张通变灵活,反对"决裂以为体,饾饤以为词"⑦。他们主要标举唐宋期间的韩、柳、欧、苏、曾、王等八大家之文,师法其体态神情,实质是推崇"发于天机之自然"⑧的作品。对前七子文论的诘难,为公安派排诋后七子的文论提供了借鉴,因此,唐宋派的

---

① [明]徐祯卿:《迪功集》卷六《玄溪子记》,清文渊阁四库全书本。
② [明]徐祯卿:《迪功集》卷六《与李献吉论文书》,清文渊阁四库全书本。
③ [清]张廷玉等:《明史》卷二百八十七《王慎中传》,中华书局1974年版,第7368页。
④ [清]张廷玉等:《明史》卷二百八十七《王慎中传》,中华书局1974年版,第7368页。
⑤ [清]钱谦益撰集,许逸民、林淑敏点校:《列朝诗集·丁集》第一《王参政慎中》,中华书局2007年版,第3956页。
⑥ [清]钱谦益撰集,许逸民、林淑敏点校:《列朝诗集·丁集》第一《唐金都顺之》,中华书局2007年版,第3965页。
⑦ [明]唐顺之著,马美信、黄毅点校:《唐顺之集·荆川先生文集》卷十《董中峰侍郎文集序》,浙江古籍出版社2014年版,第466页。
⑧ [明]唐顺之著,马美信、黄毅点校:《唐顺之集·荆川先生文集》卷十《董中峰侍郎文集序》,浙江古籍出版社2014年版,第465页。

文学活动可视为晚明抒写性灵的文学思潮的先导。

唐宋派的学术依据是什么？是否受王学的影响而产生？学界尚有疑问。焦点在于他们受王学影响的时间问题，否定者认为王、唐皈依王学是在晚期，而提倡以唐宋古人为法则在前。但是，我们应该看到，王、唐的文学思想也是经历了一个由师法秦汉到"尽焚旧作"①，标举唐宋的过程，理论的最终形成也在后期。参阅唐宋派文人的自述，稍后于王、唐而竭力排诋王、唐的王世贞云："理学之逃，阳明造基，晋江、毗陵藻梲六朝之华。"②与王、唐同时而声气相求的李开先，记载王慎中在南京时，"与龙溪王畿，讲解王阳明遗说，参以己见，于圣贤奥旨微言，多所契合。曩惟好古，汉以下著作无取焉，至是始发宋儒之书读之，觉其味长，而曾、王、欧氏文尤可喜"③。当王慎中改任江西参议时，在王阳明政教所及之地，寻踪悟学，对王学更为服膺。在今存《遵岩集》中屡有崇奉王阳明的言谈，如他说："自岭南开府设大臣经略以来，名臣相望而事业俊伟，勋名可纪，莫如韩苏州、王阳明公变化运用之妙。"④不难看出，王慎中主张由师法唐宋进而入秦汉，直至上绍六经，与王龙溪对其讲解阳明之学有直接的关系。

唐宋派的另一主将唐顺之则被黄宗羲列于《明儒学案》之中的《南中王门学案》，视为南中王门的直接传人。黄云："先生（唐顺之）之学，得之龙溪者为多，故言于龙溪只少一拜。"⑤对于王、唐之交谊，王畿在《祭唐荆川墓文》中载之甚详：

---

① [清]张廷玉等：《明史》卷二百八十七《王慎中传》，中华书局1974年版，第7368页。
② [明]王世贞：《艺苑卮言》卷五，载丁福保辑：《历代诗话续编》，中华书局2006年版，第1025页。
③ [明]李开先著，路工辑校：《李开先集·闲居集》之十《遵岩王参政传》，中华书局1959年版，第617页。
④ [明]王慎中：《遵岩集》卷二十二《与应儆庵》，清文渊阁四库全书本。
⑤ [清]黄宗羲著，沈芝盈点校：《明儒学案》卷二十六《南中王门学案》二《襄文唐荆川先生顺之》，中华书局2008年版，第598页。

粤自辱交于兄,异形同心,往返离合者,余二十年,时唱而和。或仆而兴,情无拂戾而动无拘牵,或逍遥而徜徉,或偃仰而留连,或蹈惊波,或陟危巅,或潜幽室,或访名园,或试三山之屐,或泛五湖之船,或联袂而并出,或枕肱而交眠,或兄为文,予为持笔,或予乘马,兄为执鞭,或横经而析义,或观象而窥躔,或时控弦,射以角艺,或时隐几,坐而谈玄,或予有小悟,兄为之证,或兄有孤愤,予为之宣,或探罔象,示以摄生,或观无始,托以逃禅。千古上下、六合内外,凡载籍之所纪、耳目之所经、心思之所及,神奇臭腐,无所不语而靡所不研。朋友昆弟、情敬异施,惟予与兄率意周旋。①

王畿的文集中为唐顺之而作的文章有:《与唐荆川》尺牍两篇,《祭唐荆川墓文》一篇,赠别诗有《万履庵偕其师荆川唐子南行予送之兰溪用荆川韵赠别》《送唐荆川赴召用韵》两首。王畿著作多采用"会语""漫语"等语录形式,唐顺之采用的赠答、通函在其文集中颇为罕见。而在其语录中也常有语及唐顺之的内容,王畿与唐顺之交谊甚深,而王畿对唐顺之的影响也不难推得。唐顺之的学术思想受王畿启示,颇富特色并影响于文学的,主要有以下两方面:

一、天机自然论

明代中后期,人性自然的观念被王学门人王畿及泰州学派所弘扬。如王畿说:"良知在人,不学不虑,爽然由于固有,神感神应,盎然出于天成。"②又说:"乐是心之本体,本是活泼,本是脱洒,本无挂碍系缚。"③泰州学派中人则以"赤身担当""掀翻天地"④的气度,倡导个性自由的精神,

---

① 吴震编校整理:《王畿集》卷十九《祭唐荆川墓文》,凤凰出版社2007年版,第573页。
② 吴震编校整理:《王畿集》卷五《书同心册卷》,凤凰出版社2007年版,第121页。
③ 吴震编校整理:《王畿集》卷三《答南明汪子问》,凤凰出版社2007年版,第67页。
④ [明]黄宗羲著,沈芝盈点校:《明儒学案》卷三十二《泰州学案》一,中华书局2008年版,第703页。

正统的礼教法规受到鄙夷和冷眼,如颜山农"平时只是率性所行,纯任自然,便谓之道"①,徐波石所谓"自然明觉,与天同流"②,等等。作为南中王门的唐顺之,与其时的王门后学声应气求,"天机自然"是其学术理论的重要内容。事实上,王畿文集中致唐顺之的两封尺牍,都是讨论"日应万变而常寂然"的"圆机"③。

唐顺之论"天机",虽然也有正统儒学摒弃欲念的成分,如他说:"障天机者莫如欲,若使欲根洗尽,则机不握而自运。"④但更多的是借天机以反胶柱鼓瑟,他认为先秦儒者即是自然圆活的:

> 夫古之所谓儒者,岂尽律以苦身缚体如尸如斋,言貌如土木人不得摇动,而后可谓之为学也哉?天机尽是圆活,性地尽是洒落。顾人情乐率易而恶拘束。然人知安恣睢者之为率易矣,而不知见天机者之尤为率易也。人知任佚宕者之为无拘束矣,而不知造性地者之尤为无拘束也。⑤

这种"天机"任运,是与人力纠矫相对立,与做作虚伪相区别的。他说:"盖其酝酿流行无断无续,乃吾心天机自然之妙,而非人力之可为。其所谓默识而存者,则亦顺其天机自然之妙,而不容纤毫人力参乎其间也。"⑥但是,唐顺之的"天机自然"与其后李贽的蔑视名检,袁宏道、袁中道等人的纵情恣肆迥然有异,他所谓"天机活泼"是与"天理流行"统一

---

① [明]黄宗羲著,沈芝盈点校:《明儒学案》卷三十二《泰州学案》一,中华书局2008年版,第703页。
② [明]黄宗羲著,沈芝盈点校:《明儒学案》卷三十二《泰州学案》一,中华书局2008年版,第725页。
③ 吴震编校整理:《王畿集》卷十《与唐荆川》,凤凰出版社2007年版,第267页。
④ [明]黄宗羲著,沈芝盈点校:《明儒学案》卷二十六《南中王门学案》二《荆川论学语》,中华书局2008年版,第600页。
⑤ [明]唐顺之著,马美信、黄毅点校:《唐顺之集·荆川先生文集》卷五《与两湖书》,浙江古籍出版社2014年版,第222页。
⑥ [明]唐顺之著,马美信、黄毅点校:《唐顺之集·荆川先生文集》卷十《明道语略序》,浙江古籍出版社2014年版,第435页。

的。既然如此,他势必要求人们从思想到行为都诚敬谨守,因此,"天机活泼"又不舍"小心",云:"'小心'两字,诚是学者对病灵药。……小心非矜持把捉之谓也,若以为矜持把捉,则便与鸢飞鱼跃意思相妨矣。江左诸人任情恣肆,不顾名检,谓之洒脱。圣贤胸中一物不碍,亦是脱洒,在辨之而已。兄以为脱洒与小心相妨耶?惟小心而后能洞见天理流行之实,惟洞见天理流行之实,而后能脱洒,非二致也。"①唐顺之与徐渭、李贽、"三袁"在学术思想、行谊风致方面都难称同调,这在他对"江左诸人"的贬议中亦可见得。他"警惕"与"自然"合一的理论显然承嗣于王龙溪,龙溪曾对乾主警惕,坤贵自然,警惕时未可自然,自然时无事警惕的理论提出批评,认为这是"堕落两边见解",云:"夫学当以自然为宗,警惕者,自然之用。戒谨恐惧,未尝致纤毫力,有所恐惧则便不得其正,此正入门下手工夫。……自古体《易》者莫如文王,文王'小心翼翼,昭事上帝',乃是真自然,'不识不知,顺帝之则',乃是真警惕。"②王龙溪援引坟典说明"真自然""真警惕"的统一,还带有浓厚的道德色彩,目的是借此说明封建伦理上合于天,如他所说"惟其自然之良,不待学虑,故爱亲敬兄,触机而发,神感神应。惟其触机而发,神感神应,然后为不学不虑、自然之良也。自然之良即是爱敬之主,即是寂,即是虚,即是无声无臭,天之所为也"③。唐顺之则将其"天机自然"论推及文艺,云:"喉中以转气,管中以转声;气有

---

① [明]唐顺之著,马美信、黄毅点校:《唐顺之集·荆川先生文集》卷六《与蔡白石郎中》二,浙江古籍出版社 2014 年版,第 255—256 页。
② 吴震编校整理:《王畿集》卷九《答季彭山龙镜书》,凤凰出版社 2007 年版,第 212 页。龙溪论警惕与自然的统一,是援引文王作《易》为据。司马迁《史记·太史公自序》:"昔西伯拘羑里,演《周易》。"班固《汉书·艺文志》:"文王以诸侯顺命而行道,天人之占可得而效,于是重易六爻,作上下篇。"马融、陆绩等《周易正义》载为"文王作卦辞,周公作爻辞"。乾、坤两卦的卦辞中并无警惕、自然的微旨在。龙溪所谓文王"昭事上帝""顺帝之则"的自然之论,是指乾第一中的爻辞"君子终日乾乾,夕惕若,厉无咎"及坤第二中的爻辞"含章可贞,或从王事,无成有终"。龙溪的真自然、真警惕,显然是就爻辞而言,依司马迁"(西伯)演《周易》",班固"(文王)重易六爻"之说。
③ 吴震编校整理:《王畿集》卷六《致知议辩》,凤凰出版社 2007 年版,第 137 页。

潭而复畅,声有歇而复宣;阖之以助开,尾之以引首。此皆发于天机之自然。"①这同样也可见王畿的影响。王畿以良知的微而显、隐而见、通乎体用而寂感一贯的特征为"机",以"致良知"的慎独功夫为"机";而唐顺之则以此来论声乐体用一贯、神妙变化的特征,云:"(乐)其妙常在于喉管之交,而其用常潜乎声气之表。气转于气之未潭,是以潭畅百变而常若一气。声转于声之未歇,是以歇宣万殊而常若一声。使喉管声气融而为一而莫可以窥,盖其机微矣。"②这种神妙之"机",形成了音乐的开阖首尾之节,变化灵动是其"机"的内涵,不谙其道的贱工,则"直其气与声而出之,戛戛然一往而不复",只能发出"击腐木湿鼓之音"。③ 不但音乐如此,"言文者何以异此?"④唐顺之的目的是以"天机自然"来论为文之法,其中的要点有二:一是为文之"法"当"密而不可窥",即如同音乐中喉管声气触而为一,是"法寓于无法之中"。⑤ 这是就隐微之"机"而言的。二是为文之有法,不是人们的臆造,而是"出乎自然而不可易者"⑥。"法"不是定于一尊的格调,而是文之所以为文的一定的结构,即"自古以来开阖首尾经纬错综之法"⑦。由于其灵动变化、法乎自然,这种"法"就不是胶柱鼓瑟的不变之法,而是"潭畅百变"⑧之法。因此,同样论法,内涵并不相同。

---

① [明]唐顺之著,马美信、黄毅点校:《唐顺之集·荆川先生文集》卷十《董中峰侍郎文集序》,浙江古籍出版社2014年版,第465页。
② [明]唐顺之著,马美信、黄毅点校:《唐顺之集·荆川先生文集》卷十《董中峰侍郎文集序》,浙江古籍出版社2014年版,第465页。
③ [明]唐顺之著,马美信、黄毅点校:《唐顺之集·荆川先生文集》卷十《董中峰侍郎文集序》,浙江古籍出版社2014年版,第466页。
④ [明]唐顺之著,马美信、黄毅点校:《唐顺之集·荆川先生文集》卷十《董中峰侍郎文集序》,浙江古籍出版社2014年版,第466页。
⑤ [明]唐顺之著,马美信、黄毅点校:《唐顺之集·荆川先生文集》卷十《董中峰侍郎文集序》,浙江古籍出版社2014年版,第466页。
⑥ [明]唐顺之著,马美信、黄毅点校:《唐顺之集·荆川先生文集》卷十《董中峰侍郎文集序》,浙江古籍出版社2014年版,第466页。
⑦ [明]唐顺之著,马美信、黄毅点校:《唐顺之集·荆川先生文集》卷十《董中峰侍郎文集序》,浙江古籍出版社2014年版,第466页。
⑧ [明]唐顺之著,马美信、黄毅点校:《唐顺之集·荆川先生文集》卷十《董中峰侍郎文集序》,浙江古籍出版社2014年版,第465页。

七子派强调"学不的古,苦心无益"①,胶执于古人之法,同时,这种"法"又是根据他们各人不同的审美感受而提出的,带有较强的主观色彩,人为的痕迹。"法"是他们心目中难以臻达的高格,如李梦阳论诗时说:"夫诗有七难:格古、调逸、气舒、句浑、音圆、思冲,情以发之,七者备而后诗昌也。"②"法"又是一成不变的,其云:"是以古之文者,一挥而众善具也。然其翕辟顿挫,尺尺而寸寸之,未始无法也,所谓圆规而方矩者也。"③由于人各殊异的主体审美感受,因此,其"格""法"的内容也不尽相同,如李梦阳喜雄浑沉厚,何景明擅清俊响亮,他们以一己所好强求他人。显然,这样的"法",并不是一定文学样式经过长期演化而形成的某种形式,而主要是由鉴赏者的审美情趣差异形成的不同的美学风格。唐顺之论诗文之"法",与其不同的是强调了法之"机"及自然之法。李梦阳虽然也引王叔武"夫诗者,天地自然之音也","真者,音之发而情之原也。古者国异风,即其俗成声。今之俗既历胡,乃其曲乌得而不胡也",④但是,当其论"法"时,往往拘于一格而少有变通,即便是与其同倡古诗文的"初相得甚欢"⑤的何景明,也因为诗格所尚不同,而互相诋諆,各树坚垒不相下。相比之下,唐顺之以"天机自然"论"法",于"法"中见通变,于"法"中见新意。他称扬董中峰的作品说:"其守绳墨谨而不肆,时出新意于绳墨之余,盖其所自得而未尝离乎法。"⑥当然,唐顺之的"天机自然"与其后公安"三袁"的自然又有所不同,其自然不舍警惕,仅是对为文之"法"的诠解。尽管

---

① [明]李梦阳撰,郝润华校笺:《李梦阳集校》卷六十二《答周子书》,中华书局 2020 年版,第 1925 页。
② [明]李梦阳撰,郝润华校笺:《李梦阳集校》卷四十八《潜虬山人记》,中华书局 2020 年版,第 1617 页。
③ [明]李梦阳撰,郝润华校笺:《李梦阳集校》卷六十二《驳何氏论文书》,中华书局 2020 年版,第 1918 页。
④ [明]李梦阳撰,郝润华校笺:《李梦阳集校·李梦阳诗文补遗·诗集自序》,中华书局 2020 年版,第 2051—2052 页。
⑤ [清]张廷玉等:《明史》卷二百八十六《何景明传》,中华书局 1974 年版,第 7350 页。
⑥ [明]唐顺之著,马美信、黄毅点校:《唐顺之集·荆川先生文集》卷十《董中峰侍郎文集序》,浙江古籍出版社 2014 年版,第 466 页。

论"法"而求"神明变化",但唐宋派反对模拟因袭的力度远不及晚明文人,他们与七子派的区别,仅在于一是师法秦汉,一是师法唐宋;一是尚求格调,一是注重结构而已。因此,唐顺之所谓"天机自然"还是难以摆脱陈因矩矱的束缚。

二、"洗涤心源"与"直摅胸臆"

唐顺之受王畿"灵明洒脱"的良知说的影响比"天机自然"论更为深刻。"一念灵明"在王畿的学术思想中占有重要的地位,他说:"千古圣学只从一念灵明识取,只此便是入圣真脉路。当下保此一念灵明,便是学;以此触发感通,便是教。随事不昧此一念灵明,谓之格物;不欺此一念灵明,谓之诚意。"①所谓"一念灵明"即是先天心体。王畿受到晚明文人的普遍推敬,对徐渭、李贽的影响尤甚,根本的原因是他认为心体作为自然灵窍,变化云为,自见天则,而不须防检,不须穷索,讲求人心的自适。他认为虚明的"人心""原是活泼,岂容执得定",期期要"还他活泼之体,不为诸境所碍"。② 基于活泼无碍之人心,自然不会满足于李、何的模拟因袭之论。这与弘正年间王阳明与李、何先"更相倡和,既而弃去"③的原因不尽相同。王阳明自己认为诗文词章之学,不是第一等德业。学如韩、柳,不过为文人;辞如李杜,不过为诗人。只有有志于心性之学,以颜、闵为期者,才堪当第一等德业。而王畿的论学则是与论文贯通无碍的,云:"就论立言,亦须一一从圆明窍中流出。盖天盖地,始是大丈夫所为。傍人门户、比量揣拟,皆小技也。"④这种源于"圆明窍中""盖天盖地"的自然情性,显然是"傍人门户,比量揣拟"⑤的七子派文学观念所不能涵盖

---

① 吴震编校整理:《王畿集》卷十六《水西别言》,凤凰出版社2007年版,第451页。
② 吴震编校整理:《王畿集》卷七《华阳明伦堂会语》,凤凰出版社2007年版,第161页。
③ [明]黄宗羲著,沈芝盈点校:《明儒学案》卷十二《浙中王门学案》二《郎中王龙溪先生畿》语录,中华书局2008年版,第252页。
④ 吴震编校整理:《王畿集》卷十六《曾舜征别言》,凤凰出版社2007年版,第460页。
⑤ [明]黄宗羲著,沈芝盈点校:《明儒学案》卷十二《浙中王门学案》二《郎中王龙溪先生畿》语录,中华书局2008年版,第252页。

的。因此,王畿虽然也不无轻文重学的色彩,但动因与王阳明有所不同:一是因文学非第一等德业,一是因文坛因袭模拟之风。王畿为文"非世文章家轨则。要其发挥性真、阐明心要"①的风格及其对文学的认识,在唐顺之这里得到了正面的阐发和深化。他说:

> "文莫犹人,躬行未得",此一段公案姑不敢论,只就文章家论之,虽其绳墨布置、奇正转折自有专门师法,至于中一段精神命脉骨髓,则非洗涤心源,独立物表,具今古只眼者,不足以与此。今有两人:其一人心地超然,所谓具千古只眼人也,即使未尝操纸笔呻吟学为文章,但直据胸臆,信手写出,如写家书,虽或疏卤,然绝无烟火酸馅习气,便是宇宙间一样绝好文字;其一人犹然尘中人也,虽其专专学为文章,其于所谓绳墨布置则尽是矣,然番来复去不过是这几句婆子舌头语,索其所谓真精神与千古不可磨灭之见,绝无有也,则文虽工,而不免为下格。此文章本色也。②

又说:

> 盖文章稍不自胸中流出,虽若不用别人一字一句,只是别人字句,差处只是别人的差,是处只是别人的是也。若皆自胸中流出,则炉锤在我,金铁尽熔,虽用他人字句,亦是自己字句。③
> 近来觉得诗文一事,只是直写胸臆,如谚语所谓开口见喉咙者,

---

① [明]萧良干:《龙溪先生文集序》,载吴震编校整理:《王龙溪先生全集》卷首,凤凰出版社 2007 年版,第 1 页。
② [明]唐顺之著,马美信、黄毅点校:《唐顺之集·荆川先生文集》卷七《答茅鹿门知县》二,浙江古籍出版社 2014 年版,第 294—295 页。
③ [明]唐顺之著,马美信、黄毅点校:《唐顺之集·荆川先生文集》卷七《与洪方洲书》,浙江古籍出版社 2014 年版,第 297—298 页。

使后人读之如真见其面目,瑜瑕俱不容掩,所谓本色,此为上乘文字。①

唐顺之反对绳墨布置,主张直抒胸臆,较其"天机自然"而又讲求法度的执中之论更富有批判精神与廓清之效。这与其学"得之龙溪者为多"密切相关。王畿先天正心之学贯及文学,便是直写心源而不外骛,直至发展成师心而不师古。唐顺之论文时所谓"洗涤心源,独立物表",其实质是唯心唯我,使"心"不受世俗的污染,不受礼法规范的束缚。他说:"然人此心至神,本无染着,惟对境处斩截洁静,不使一毫牵扯与一毫潜伏,则本体流行,乃是合下了当。"②他将王学的主体精神运用于文学,主张不求其工,但求本色自然,"但信手写出,便是宇宙间第一等好诗"。这与晚明公安派疏瀹性灵、直抒胸臆的文学观颇为相似。其根本原因在于他们都从王学心性论中抽绎出了个性自由的思想端绪。当然,唐顺之在主张"直撼胸臆,信手写出"的同时,还是以法为要,他们标举唐宋之文,也仅是因为唐宋之文"以有法为法,故其为法也严而不可犯"③,最终还要上窥秦汉,使"法寓于无法之中,故其为法也密而不可窥"④。对古人,唐顺之还徘徊于"欲摹效之,而又不能摹效之"之间,其诗虽"率意信口,不调不格",但还是以"寒山、《击壤》为宗",其文虽然"求一秦字汉语了不可得",但仍有"宋头巾气习"。⑤ 因此,唐宋派对晚明文学思潮有先导之功,尤其是信手抒写胸臆、不拘绳墨的种种表述,为其后的公安派等晚明革新

---

① [明]唐顺之著,马美信、黄毅点校:《唐顺之集·荆川先生文集》卷七《与洪方洲书》又,浙江古籍出版社2014年版,第299页。
② [明]唐顺之著,马美信、黄毅点校:《唐顺之集·荆川先生文集》卷六《与薛畏斋副使》,浙江古籍出版社2014年版,第252页。
③ [明]唐顺之著,马美信、黄毅点校:《唐顺之集·荆川先生文集》卷十《董中峰侍郎文集序》,浙江古籍出版社2014年版,第466页。
④ [明]唐顺之著,马美信、黄毅点校:《唐顺之集·荆川先生文集》卷十《董中峰侍郎文集序》,浙江古籍出版社2014年版,第466页。
⑤ [明]唐顺之著,马美信、黄毅点校:《唐顺之集·荆川先生文集》卷六《答皇甫百泉郎中》,浙江古籍出版社2014年版,第257页。

派文人所继承和发展。

当然,唐宋派的文论还具有明显的过渡痕迹,文坛复古的方向并没有得到根本改变,他们与前七子的分歧实质也仅是师法秦汉还是师法唐宋而已。

第三节 心性理论与王世懋、屠隆等人对性灵的重新诠释

后七子掀起的第二次文学复古运动形成于嘉靖二十三年(1544)之后,主要代表人物是李攀龙与王世贞,他们一起狎主文盟。李殁后,王世贞又独操文柄二十年,声华意气笼盖海内,"一时士大夫及山人、词客、衲子、羽流,莫不奔走门下。片言褒赏,声价骤起"①。但到晚年,渐受世人弹射抉摘,王世贞也"阅世日深,读书渐细,虚气销歇,浮华解驳,于是乎澌然汗下,蘧然梦觉"②,其文学观念亦有新变。③ 与其同时而稍后,或交游唱和,或嗣其余响的还有诸如余曰德等"后五子",俞允文等"广五子",王道行等"续五子",李维桢等"末五子"。但是,他们的文学主张又不完全一致,"其所去取,颇以好恶为高下"④。七子之雄王世贞晚年尚悔其少作,因此,其后不宗一家、不守一格之风渐盛。王世贞之弟王世懋便已如此,钱谦益谓之:"然其论诗,不规规名某氏,以不从门入者为佳。论本朝之诗,独推徐昌谷、高子业二家,以为更千百年,李、何尚有废兴,徐、高必无绝响。其微词讽寄,雅不欲奉历下坛坫,则于其大美,亦可知也。"⑤ 他

---

① [清]张廷玉等:《明史》卷二百八十七《王世贞传》,中华书局1974年版,第7381页。
② [清]钱谦益撰集,许逸民、林淑敏点校:《列朝诗集·丁集》第六《王尚书世贞》,中华书局2007年版,第4454页。
③ 这也得到了晚明文人的认同。如袁宗道《答陶石篑》论及王世贞:"弇州才却大,第不奈头领牵掣,不容不入他市行;然自家本色,时时露出,毕竟不是历下一流人。闻其晚年撰造,颇不为诸词客所赏。词客不赏,安知不是我辈所赏赏者乎! 前范凝宇有抄本,弟借来看,乃知此老晚年全效坡公,然亦终不似也。"([明]袁宗道著,钱伯城标点:《白苏斋类集》卷十六《答陶石篑》,上海古籍出版社2007年版,第234页)
④ [清]张廷玉等:《明史》卷二百八十七《王世贞传》,中华书局1974年版,第7381页。
⑤ [清]钱谦益撰集,许逸民、林淑敏点校:《列朝诗集·丁集》第六《王少卿世懋》,中华书局2007年版,第4470页。

们的通融兼济,为晚明文学思潮的酝酿和发展创造了条件。这也说明,文坛风气的转变,不但是因为徐渭、李贽、汤显祖及公安、竟陵的推扬,而且是复古派自求新变的结果。其中,王世懋、屠隆等人在承认文学的发展变化,提倡以适性自然为美等方面与晚明文学思潮多有契合,尤其是在他们的文论中,屡用"性灵"一词,并赋予其比魏晋时期更丰富的含义,不啻是公安派"性灵说"的理论铺垫。

王世懋(1536—1588),字敬美,太仓人,曾任南京礼部主事,陕西、福建提学副使,太常少卿等职,有《王奉常集》六十九卷存世。王世懋"弱冠称诗"①,"一操觚,遂尔灵异"②,受到了李攀龙、王世贞、汪道昆等人的推引,虽然未参加七子结社,但早年即沉潜于七子的作品中,他读元美、于鳞诗,云:"余朝夕珠玉,左太白右仲宣,把卷沉玩,浸入心脾。"③堪称是与后七子关系最密切者,他主张师法古人,但是并不胶执一端。时人所撰的《王奉常集序》可见其概略:

> 敬美古体风骨本于建安,藻缋原于三谢,响逸而调远,兴高而采烈,可方驾古人也。至于律细,天巧秀色,如春云秋水,难以名状。似王、孟者十之五,似钱、刘者十之二,意极变化,语鲜雷同。④

> 自北地信阳肇基大雅,而司寇诸君子益振之海内,诗薄大历、文薄东京。然大抵皆有所依托模拟,而公神境傅合,无阶级可寻。⑤

---

① [清]钱谦益撰集,许逸民、林淑敏点校:《列朝诗集·丁集》第六《王少卿世懋》,中华书局2007年版,第4470页。
② [明]王世贞:《艺苑卮言》卷七,载丁福保辑:《历代诗话续编》,中华书局2006年版,第1069页。
③ 转引自[清]陈田辑:《明诗纪事》己签卷七《王世懋》,上海古籍出版社1993年版,第1976页。
④ [明]陈文烛:《王奉常集序》,载[明]王世懋:《王奉常集》卷首,明万历十七年吴郡王氏家刻本。
⑤ [明]李维桢:《王奉常集序》,转引自莫伯骥著,曾贻芬整理:《五十万卷楼跋文》集部五《王奉常集六十九卷》,中华书局2019年版,第714—715页。

王世懋较为通脱而与革新派有所应和的文论主要表现在:

首先,他也以"性灵"论诗。王世懋虽然才情不逮哲昆,但并不像李攀龙和其兄早年"大历以后书勿读"①那样拘縻,他主张诗歌当发之性情,抒写性灵,云:"余尝谓诗与乐非二也,其始发于闾巷歌谣,而太师为之节奏而管弦之以荐于房中宴飨,即其究稍殊,而其要归于性情而已。"②他在《李惟寅贝叶斋诗集序》中描述了李惟寅诗凡三变的经历,初而年少气盛,触易形意;然后师习李于鳞诗:"乃检括为深沉之思,刻商引征。"③最终则稍稍纵其性灵时,"翛然自得,博采旁引,未见其止"④。抒写性灵、翛然自得而又不弃"博采旁引",这与袁宏道"性灵说"中"不拘格套"直摅胸臆的含义不尽相同,但比前人所论"性灵"的内涵更具体、丰富。如颜之推所谓"至于陶冶性灵,从容讽谏,入其滋味,亦乐事也"⑤,"性灵"基本没有越出儒家的传统规范。王世懋的"性灵"之论,则并不尽受其挂碍,"性灵"稍纵,便"翛然自得",作为"性灵"所托的诗歌也可宣泄"意不自得"时的"湮郁"之情,这是自然真实的情感。当然,抒写"性灵"要有广阔的采蓄之途,充沛的游矫之神,当"字字快心,言言破的",他认为"登乎彼岸"者,"古唯陈思子美","今则吾兄庶几"。"性灵效矣,变化见矣"⑥是王世懋追慕的文学表现方法与目的。他还提出"根心而生"之作,为"文中宝"。⑦ 这虽然是我国文学的传统观念,但出自"七子派"文士的笔下,便当视为非常之论。这种变化固然与七子派以古相高,受到众人的批评而渐呈颓势有关,还与王世懋个人的性情、学术思想具有一定的关系。

---

① [清]张廷玉等:《明史》卷二百八十七《王世贞传》,中华书局1974年版,第7381页。
② [明]王世懋:《王奉常集》卷七《徐仪父诗集序》,明万历刻本。
③ [明]王世懋:《王奉常集》卷六《李惟寅贝叶斋诗集序》,明万历刻本。
④ [明]王世懋:《王奉常集》卷六《李惟寅贝叶斋诗集序》,明万历刻本。
⑤ [北齐]颜之推撰,王利器集解:《颜氏家训集解》卷四《文章第九》,中华书局1993年版,第237页。
⑥ [明]王世懋:《王奉常集》卷四十七《遗伯兄元美》,明万历刻本。
⑦ [明]王世懋:《王奉常集》卷四十九《跋王胤昌大史梅卷》,明万历刻本。

其次，师古不可胶执一体。王世懋诗文不尽为陈规所缚,他不反对师法古人,但应当法而博,不笃信一体,不可专法一家。他说:"学老杜尚不如学盛唐。何者？老杜结构自为一家言,盛唐散漫无宗,人各自以意象声响得之。"①他认为唐以前诗道未广,迄至唐代,由于以诗仕进,娴于文辞者,争相课业诗作,形成了唐诗的繁盛。但唐诗也不尽善,唐代诗歌仅限于廊庙而不在山林。山林游士,工于诗歌的仅孟浩然等数人。而明代右经术,仅凭诗歌无由得进,诗歌往往是放旷畸世之人的自娱之作。② 因此,明代文人也不必争效唐诗。王世懋认为,从响附人,"按声捉字,刻鹜之谈"做出的"不可卒辨"③的形似之作,并不是好诗。他作序的徐仪父的诗歌,"有率致而寡饎者,有浅道而近晚者,有微嫩而未稳于韵者。然吾于君有取焉,何也？以其从情来,不从人得耳"④。同时,学习古人还不能"姑缘其迹",更应"内缘至性",⑤抒写性灵。他对七子魁首李攀龙与其兄王世贞,有较为客观公允的认识,对二人虽然推重,但也并不以其为圭臬。如他认为王世贞的《艺苑卮言》并非完美无憾:"自钟嵘《诗品》以来,谭艺者亡虑数百十家,前则严沧浪、徐迪功二录,近则余兄《艺苑卮言》最称笃论,然严、徐精而未备,《卮言》备而不专。论诗若夫集诸家之长,穷众体之变,敲宫扣角,兼总条贯,其在胡元瑞之《诗测》乎？"⑥李攀龙七言律固然可嘉,但"海内为诗者,争事剽窃,纷纷刻鹜,至使人厌"⑦。他并未像一般的响应者那样振衣高步,规慕效仿。不但如此,他有时干脆将格调弃之一旁,专以性情为务,云:"诗必自运,而后可以辨体;诗必成家,而后可以言

---

① [明]王世懋:《艺圃撷余》,载[清]何文焕辑:《历代诗话》,中华书局2004年版,第778页。
② 详见[明]王世懋:《王奉常集》卷七《王承父后吴越游诗集序》,明万历刻本。
③ [明]王世懋:《王奉常集》卷七《徐仪父诗集序》,明万历刻本。
④ [明]王世懋:《王奉常集》卷七《徐仪父诗集序》,明万历刻本。
⑤ [明]王世懋:《王奉常集》卷七《徐仪父诗集序》,明万历刻本。
⑥ [明]王世懋:《王奉常集》卷八《诗测序》,明万历刻本。
⑦ [明]王世懋:《艺圃撷余》,载[清]何文焕辑:《历代诗话》,中华书局2004年版,第778页。

格。"①"故予谓今之作者,但须真才实学,本性求情,且莫理论格调。"②这已不是对格调说的补苴修正,而几乎是与革新派同声相应了。

再次,以"逗""变"论诗。他对诗歌因时变化分析尤详,云:"唐律由初而盛,由盛而中,由中而晚,时代声调,故自必不可同。然亦有初而逗盛,盛而逗中,中而逗晚者。何则?逗者,变之渐也,非逗,故无由变。"③世懋所谓"逗",意即渐变。"变"则具有两方面的含义。一方面,指文学发展过程中的"质变"。他以为论诗固然要严于格调,但是,不同时期诗歌的"时代声调"必不相同,由古而今是必然的趋势。他说:"今人作诗,必入故事。有持清虚之说者,谓盛唐诗即景造意,何尝有此?是则然矣。然以一家言,未尽古今之变也。"④世懋以唐诗为极则,唐之前与唐以后有着本质的殊异。唐之前的诗歌历经三变:"两汉以来,曹子建出而始为宏肆,多生情态,此一变也。自此作者多入史语,然不能入经语。谢灵运出而《易》辞、《庄》语,无所不为用矣。剪裁之妙,千古为宗,又一变也。"⑤至盛唐杜子美则"百家稗官,都作雅音,马浡牛溲,咸成郁致"⑥。至此,诗歌的变化臻于极致。而唐以后意欲超迈盛唐已不可能,世懋谓之"子美之后,而欲令人毁靓妆,张空拳,以当市肆万人之观,必不能也",以致效摹前人之风渐盛,"援引不得不日加而繁"⑦。世懋认为这有一定的必然性,但

---

① [明]王世懋:《艺圃撷余》,载[清]何文焕辑:《历代诗话》,中华书局2004年版,第780页。
② [明]王世懋:《艺圃撷余》,载[清]何文焕辑:《历代诗话》,中华书局2004年版,第780页。
③ [明]王世懋:《艺圃撷余》,载[清]何文焕辑:《历代诗话》,中华书局2004年版,第776页。
④ [明]王世懋:《艺圃撷余》,载[清]何文焕辑:《历代诗话》,中华书局2004年版,第774页。
⑤ [明]王世懋:《艺圃撷余》,载[清]何文焕辑:《历代诗话》,中华书局2004年版,第774页。
⑥ [明]王世懋:《艺圃撷余》,载[清]何文焕辑:《历代诗话》,中华书局2004年版,第774页。
⑦ [明]王世懋:《艺圃撷余》,载[清]何文焕辑:《历代诗话》,中华书局2004年版,第774—775页。

是,他认为取法前人当以我为本,而不为古所转,云:"善使故事者,勿为故事所使。"①即如禅家所谓"转《法华》勿为《法华》转"②一样。另一方面,"变"还指与深雄高古相对立的诗歌风格,与"正"相对立,他说:"少陵故多变态,其诗有深句,有雄句,有老句,有秀句,有丽句,有险句,有拙句,有累句。后世别为大家,特高于盛唐者,以其有深句、雄句、老句也;而终不失为盛唐者,以其有秀句、丽句也。轻浅子弟,往往有薄之者,则以其有险句、拙句、累句也,不知其愈险愈老,正是此老独得处,故不足难之。"③此之"变",将秀句、丽句、险句也视为杜诗的重要格法,不必独尚高古沉雄,实质上已不拘于格法的框束。世懋所论实为由"格调"向公安派"直抒胸臆""独抒性灵"的过渡,亦即由拟古而至革新之间之"逗"。

王世懋的文学思想之所以显得较为通脱,这与其学术倾向具有一定的关系。明代中叶的拟古派都摒斥宋学。前七子对性气诗的不满,后七子认为唐宋派"惮于修辞,理胜相掩"④的观点都显示了他们的这一学术路向。王世懋则学宗孔子,意欲恢复汩没于曲儒、陋儒之中的"真儒之道"⑤。其所说"曲儒""陋儒"实质就是他们所反对的宋儒,这是王世懋与七子派的共通之处。⑥ 同样,对于心学,后七子与唐宋派迥然有别。唐宋派深受心学的濡染,而后七子则鄙弃心学,如李攀龙云:"心学奚当于世

---

① [明]王世懋:《艺圃撷余》,载[清]何文焕辑:《历代诗话》,中华书局2004年版,第775页。
② 详见[明]王世懋:《艺圃撷余》,载[清]何文焕辑:《历代诗话》,中华书局2004年版,第775页。
③ [明]王世懋:《艺圃撷余》,载[清]何文焕辑:《历代诗话》,中华书局2004年版,第777页。
④ [明]李攀龙著,包敬第标校:《沧溟先生集》卷十六《送王元美序》,上海古籍出版社2014年版,第491页。
⑤ [明]王世懋:《王奉常集》卷二十八《儒论》,明万历刻本。
⑥ 七子派与晚明革新派厌薄宋学的原因有所不同。七子派反对宋儒是因为"宋儒兴而古之文废矣"([明]李梦阳撰,郝润华校笺:《李梦阳集笺校》卷六十六《外篇二·论学上篇第五》,中华书局2020年版,第1996页),以及宋儒空疏不实。而晚明革新派文人摒落宋儒是因为其窒灭情欲、虚伪伤真。

务？"①而王世懋则不同，他最敬奉的明代学术人物是标示"以自然为宗"②，以"天地我立，万化我出，而宇宙在我矣"③为学术特征的陈献章。他说："我朝道学中第一风流人豪必推白沙先生。"④虽然王世懋纯粹论究学理的作品在《王奉常集》中并不多见，但他主张文学作品当"内缘至性"⑤以及以性灵论诗，可见心学的影响。

后七子一般不满宋儒而多宗法儒学原典，他们诗文高标正脉，学术方面也罕言释、道二氏。而王世懋则稍有不同，他对道家时有回护，认为司马谈论六家要旨，"以儒者列于阴阳名法之间，互推得失而独崇道家言"为"未可尽非也"⑥。他谈禅论佛的内容不多，但偶一论之，便予以较高的评价，云："若道家之学练情归性，已是要断欲忘情，而佛氏所见尤高，直从未生前一点真心求之，故必探极到毫无捉着处，是以老子论道动曰婴儿，佛氏言之已落第二、第三筹矣。"⑦他服膺的是佛教所论的不生不灭的真心，即如来藏。尚求纯真无染，是他论佛的目的。除此，他还从佛教援引了纵心而为、反观内求的为学方法，云："随缘应机，都无染着，纵心自在，亦无束缚，忧喜不遂境生，智慧每从内照，此六祖心诠也。"⑧他所论李惟寅"纵其性灵""翛然自得"的诗歌，与他所谓"六祖心诠"正相符合，无论是否契合佛禅本意，但以禅论诗的意图昭然可见。

本诸"纵心自在"的为学方法，王世懋的性情有其"狂易多恣"⑨的一面。他曾不止一次地自述："不佞束发而好操觚，虽实无所竖立，而犹能窃

---

① ［明］李攀龙著，包敬第标校：《沧溟先生集》卷十九《介石书院子游祠堂记》，上海古籍出版社 2014 年版，第 552 页。
② ［明］陈献章著，孙通海点校：《陈献章集》卷一《送张进士廷实还京序》，中华书局 1987 年版，第 12 页。
③ ［明］陈献章著，孙通海点校：《陈献章集》卷二《与林郡博》七，中华书局 1987 年版，第 217 页。
④ ［明］王世懋：《王奉常集》卷四十六《答唐曙台》，明万历刻本。
⑤ ［明］王世懋：《王奉常集》卷七《徐仪父诗集序》，明万历刻本。
⑥ ［明］王世懋：《王奉常集》卷二十八《儒论》，明万历刻本。
⑦ ［明］王世懋：《王奉常集》卷五十二《望崖录内编》，明万历刻本。
⑧ ［明］王世懋：《王奉常集》卷五十二《望崖录内编》，明万历刻本。
⑨ ［明］王世懋：《王奉常集》卷四十五《答万履庵年伯》，明万历刻本。

浮誉于艺林,方盛壮时,时宰恶其狂率,不疐令校士边徼,展一割之用。"①他与狂士相互激赏,曾为"性好诋呵,人人目为狂生"的方镜狂的诗集作序,云:"其狂弥甚,不佞乃益得展腕为方镜狂诗集序也。"②另作有《顾季狂游楚诗》《顾山人季狂避暑小祇园作山人好持论,辄以相调二首》诸诗。这种"狂易"性格很容易化为一种不拘守陈规的创造力。事实上,他论诗不胶执于一端,屡有通变之论。

当然,尽管王世懋对七子文论多有纠矫,但与其后革新派的文学主张的差异之处仍然较为显著。如,虽然他也有所谓"情实"③、"从情来不从人得"④之论,但是,从总体上来看,他对"情""欲",抑或是"性",都予以贬斥。如,他说:"情是伐性之砒,才是引情之贼。"⑤又说:"情生于恋身,身死于生情,故能以性灭情者外其身者也,若以情灭性则为内其身矣。内其身者不独灭身,兼能灭身内之身,外其身者不独生身,兼能生身外之身。身内之身佛家所谓法身是也,身外之身道家所谓阳身是也。"⑥又说:"人溃道义之防,而恣一身之欲,只谓太认一性字。"⑦这与同时期的李贽等人大相径庭,乃至与屠隆等人比较,也显出了较浓厚的正统色彩。王世懋与屠隆虽然同尚七子,但是对于鳞、元美的态度并不相同。如对于鳞,屠隆虽推敬,但对其有较客观的评价;王世懋则一意赞美,如他作诗云:

历下有佳人,千载色犹动。举体无世情,片语必惊众。鲜洁虽寡俦,等契故深重。白日倾岱宗,斯文泣麟凤。生陪竹林游,死有西州恸。⑧

---

① [明]王世懋:《王奉常集》卷三十六《答邹彦吉》又,明万历刻本。
② [明]王世懋:《王奉常集》卷七《方镜狂诗集序》,明万历刻本。
③ [明]王世懋:《王奉常集》卷六《康对山集序》,明万历刻本。
④ [明]王世懋:《王奉常集》卷七《徐仪父诗集序》,明万历刻本。
⑤ [明]王世懋:《王奉常集》卷三十五《答朱秉器》,明万历刻本。
⑥ [明]王世懋:《王奉常集》卷五十二《望崖录内编》,明万历刻本。
⑦ [明]王世懋:《王奉常集》卷五十四《经子臆解·孟子口之于味章解》,明万历刻本。
⑧ [明]王世懋:《王奉常集》卷二《李观察于鳞》,明万历刻本。

再如,他痛悼于鳞云:

> 大块还真气,中原丧主盟。风流不可见,永夜望长庚。鸡骨生前恨,龙头定后名。犹余千里在,不负阮家声。①

由于王世懋还在一定程度上拘守古法,因此,他的作品中隐约可见承荫古人的影子。如同样是描山画水,革新派文人笔下所状的往往是清新婉秀的自然景观,而王世懋所状的往往是大气磅礴的壮伟山川,其古法逸调,隐约可见,如《昆溟歌为楚人曾先辈作》:

> 君不见,昆仑西来二十四万里,金天屹立何嵯峨。上有积石烛天之玄圃,下有排空堕海之黄河。瑶池群仙,白云登歌,大鹏扶摇乃直上,黄鹤之飞安能过? 又不见大海荡荡水所归,东溟之海称独奇。尾闾雷奔注焦土,波潮地底无西回。宇宙苍茫泛漂梗,楼台恍惚金银披。鲲鱼浮沉日万里,蓬莱碣石秋毫垂。昆仑群仙都,溟海万灵宅。巨丽千秋观,莽荡二仪色。何人合置襟怀间,自是曾郎楚狂客。秀出莲峰天柱悬,气吐霜涛地谁坼。图经山海揽可穷,变化鲲鹏势难测。人言楚狂气太侈,曾郎之狂差得尔。吾闻大千世界须弥山,四州蚁屯山半里。又闻大瀛之海环海外,元气茫茫浴天地。安得凌空姿,振衣一俯视。昆仑小琐才如拳,溟海淳淳一杯水。六合之外安可纪,丈夫襟怀亦如此。呜呼,曾郎之狂差得尔。②

高标超逸,雄迈恣纵,写出了曾郎"昆仑小琐才如拳,溟海淳淳一杯水"的疏狂性情、阔大襟怀,同时又是作者的情感自抒。无论是恣纵的笔法,复沓的结构,还是阔大超逸的气韵,都隐约可见太白遗风。这是晚明

---

① [明]王世懋:《王奉常集》卷五《哭李于鳞先生八首》其四,明万历刻本。
② [明]王世懋:《王奉常集》卷三《昆溟歌为楚人曾先辈作》,明万历刻本。

文人笔下鲜见的审美意象。

屠隆(1542—1605),字长卿,鄞县(今宁波市鄞州区)人,万历五年进士,曾任颍上知县、青浦县令,征授礼部主事,历员外、郎中。著作繁富,有《由拳集》《栖真馆集》《白榆集》《鸿苞集》《清言》《续清言》等二十余种,实为七子派中一成就卓异者。王世贞对其也推奖有加,云:"长卿诗语秀逸,有天造之致,的然大历以前人,文尤瑰奇横逸。"①沈明臣亦云:"长卿诗文宏肆巨丽,高华秀美,烨然动人心目。"②但是,屠隆仕途多舛,与刑部主事俞显卿因事生隙,俞氏具疏屠隆淫纵,有"翠馆侯门,青楼郎署"等媟语,屠隆因此被革职家居。③ 在七子余裔嗣响之中,屠隆的性情、文学思想、作品风格与革新派文人颇多相似之处。屠隆性情恣纵,学崇阳明,后期研习佛教,著成《佛法金汤》三卷,驳斥了宋儒排佛之论,与晚明革新派文人崇奉王学而又谈禅佞佛之风也甚为相得。屠隆较为灵变通脱的文学主张与其错综三教、不拘门墙之碍的学术旨趣具有直接的关系。事实上,他曾正面论及三教与诗歌之间的密切关系,云:"昔者赵简子梦之帝所,听钧天广乐。李王孙,才鬼耳,帝且召而赋玉楼焉。故知帝亦贵诗也。仲尼手删《三百篇》,鼓吹人代矣,而又自为《猗兰》《龟山》诸操,金石其声。故知仲尼亦贵诗也。西王垂《白云》之谣,真诰著《云林》之什,伯阳、平叔谭金丹大道,何与于诗?而语语节奏,故知列真亦贵诗也。大觉金仙,修无上了义,即山河大地,无所不空。乃其所为偈赞,居然诗也。故知竺乾先生亦贵诗也。"④当然,对屠隆诗文理论影响最为显著的是王学及佛禅。屠隆虽然见列于被视为承七子余绪的"末五子"之中,但他的文学主张与王世懋一样,更多地体现了向革新派过渡的倾向。这主要表现在:

首先,客观评价王、李。李攀龙去世时,屠隆时年二十八岁,仍在习经

---

① [清]陈田辑:《明诗纪事》己签卷六《屠隆》,上海古籍出版社1993年版,第1959页。
② [清]陈田辑:《明诗纪事》己签卷六《屠隆》,上海古籍出版社1993年版,第1959页。
③ 详见[明]沈德符:《万历野获编》卷二十五《昙花记》,中华书局1959年版,第645页。
④ [明]屠隆著,汪超宏主编:《屠隆集》第三册《白榆集·文集》卷三《高以达少参选唐诗序》,浙江古籍出版社2012年版,第257页。

应举,搏击科场,大量的著述尚未开始。当其步入文坛之时,王世贞独操文柄。但王世贞晚年又有自悔之论,规仿古人,擅扬格调之风已有所减弱。王、李是当时拟古思潮的主要代表人物,因此,文士们的文学观念从对二人的毁誉抑扬中便可透视一二。对王世贞,屠隆是推敬的,云:"读元美诗,如入武库,不胜利钝。读元美文,如览江海,终成大观。元美千秋,当不在诗而在文。然合诗文而观之,要不失千秋也。元美序记碑铭文字,晚年益妙,如大冶铸物、淮阴将兵矣。"①但是,他又不尽以元美马首是瞻,如对少陵与摩诘的关系,屠隆便对元美之论进行了驳议,云:

> 王元美谓少陵集中不啻有数摩诘,此语误也。少陵沉雄博大,多所包括,而独少摩诘。摩诘之冲然幽适,泠然独往,此少陵生平所短也。少陵慷慨深沉,不除烦热。摩诘参禅悟佛,心地清凉,其胸次元自不同也。摩诘方之太白又颇别,太白清而放,摩诘清而适,故太白语多豪纵,摩诘语多闲淡。高人之调,又自不同也。②

又认为元美论诗极精,赏诗极妙,但"乃至自运,多不如其所评"③。如果说他对元美推崇而不无非议,还仅限于创作及对个别诗人的风格认识不一,那么对李于鳞的訾议便颇为尖锐,且击中了要害所在,云:

> 李于鳞选唐诗,止取其格峭调响类己者,一家货,何其狭也!如孟浩然"欲寻芳草去,惜与故人违",幽致妙语,于鳞深恶之,宜其不能选唐诗。诗道亦广矣,有高华,有悲壮,有峭劲,有凄惋,有闲适,有流利,有理到,有情至,苟臻妙境,各自可采。而必居高峭一格,合则

---

① [明]屠隆著,汪超宏主编:《屠隆集》第八册《鸿苞集》卷十七《论诗文》,浙江古籍出版社 2012 年版,第 444 页。
② [明]屠隆著,汪超宏主编:《屠隆集》第八册《鸿苞集》卷十七《论诗文》,浙江古籍出版社 2012 年版,第 443 页。
③ [明]屠隆著,汪超宏主编:《屠隆集》第八册《鸿苞集》卷十七《论诗文》,浙江古籍出版社 2012 年版,第 443 页。

录,不合则斥,何其自视大,而视宇宙小乎?①

七子派拟古之标的是诗格,李于鳞较为拘执,仅以"格峭调响"为是,而屠隆则不然,他虽然也承认诗当有格,认为诗"语必与情冥,意必与境会。音必与格调,文必与质比"②。但他绝非拘执于一格,一方面他认为诗格是因性情而变、因时而变的,云:"故鸿藻之士,气韵清疏;萧旷之夫,神情朗畅。必发而为文采,郁而为声歌。譬如根之有华,谷之有响。天动神来,恶得禁诸?然其浅深工拙,往往千里。岂惟格以代降,抑亦才缘质殊,舍文而独称诗。"③另一方面,他认为诗品诗格当以"适"为要,云:"其适者美邪。夫物有万品,要之乎适矣;诗有万品,要之乎适矣。"④颇受其心许的屠司马之诗,便是"矢口偶成一诗,取适而已。了不求工,而天机流畅,顾有非呕心枯形者所能到"⑤。可见,屠隆虽然也言及诗格,但实质是因情立格,"天动神来,恶得禁诸"⑥,这已是以自然为格了。有鉴于此,我们就不难理解屠隆为何对于鳞屡发不恭之论了。他还说:"信知于鳞标异,凌厉千古,吞掩前后,则六籍之粹白,汉诏诰之温厚,贾长沙之浩荡,司马子长之疏朗,长卿之词藻,王子渊之才俊,六朝之语丽,不尽废乎?……故愚窃不自量,谓于鳞虽奇而无当。"⑦又说:"今若尽读于鳞诗,初则喜其雄

---

① [明]屠隆著,汪超宏主编:《屠隆集》第八册《鸿苞集》卷十七《论诗文》,浙江古籍出版社2012年版,第443页。
② [明]屠隆著,汪超宏主编:《屠隆集》第三册《白榆集·文集》卷三《李山人诗集序》,浙江古籍出版社2012年版,第243页。
③ [明]屠隆著,汪超宏主编:《屠隆集》第三册《白榆集·文集》卷二《刘子威先生澹思集叙》,浙江古籍出版社2012年版,第226页。
④ [明]屠隆:《由拳集》卷十二《旧集自叙》,明万历刻本。
⑤ [明]屠隆著,汪超宏主编:《屠隆集》第三册《白榆集·文集》卷二《屠司马诗集序》,浙江古籍出版社2012年版,第236—237页。
⑥ [明]屠隆著,汪超宏主编:《屠隆集》第三册《白榆集·文集》卷二《刘子威先生澹思集叙》,浙江古籍出版社2012年版,第226页。
⑦ [明]屠隆:《由拳集》卷十四《与王元美先生》,明万历刻本。

俊,多则厌其雷同。"①于鳞选诗定于一格,欲使后人取法模拟,这样必然会窒碍性情的发抒,必然会产生雷同剿袭的弊端。这也是屠隆对于鳞的评价较为苛厉的原因。

不唯如此,他还溯及复古之源,对李、何所为提出异议:

> 李、何从宋元后,锐志复古,可谓再造乾坤手段。近代后生慕效之,涉猎西京,优孟《左》《史》。不读古人之全书,不识文章之变化,亦李、何启之也。②

他还以排奡恣纵的笔势,纵论今古,对七子派的文论进行了驳议:

> 文莫古于《左》、《国》、秦、汉,而韩、柳、大苏之得意者,亦自不可废;莫质于西京,而丽如六朝者,亦自不可废;莫峭于《左》《史》,而平雅如二班者,亦自不可废;莫简于《道德》,而宏肆如《南华》《鸿烈》者,亦自不可废。诗莫温厚于三百篇,而怨悱如《离骚》者,亦自不可废;赋莫庄于扬、马,而绮艳如江、鲍者,亦自不可废。诗莫天然于十九首,而雕饰如三谢者,亦自不可废;莫雄大于李、杜,而幽适如韦、储者,亦自不可废。唐七言绝莫妙于初、盛,而妍媚如晚唐者,亦自不可废。至于不可废,而轩轾难论矣,人亦求其不可废,而何以袭为也?今人自李、何之后,文章字句摹仿《史》《汉》,即令逼真,此子长之美,而非斯人之美也。子长美而传矣,何必复有我文章?③

---

① [明]屠隆著,汪超宏主编:《屠隆集》第八册《鸿苞集》卷十七《论诗文》,浙江古籍出版社2012年版,第444页。
② [明]屠隆著,汪超宏主编:《屠隆集》第八册《鸿苞集》卷十七《论诗文》,浙江古籍出版社2012年版,第444页。
③ [明]屠隆著,汪超宏主编:《屠隆集》第八册《鸿苞集》卷十七《论诗文》,浙江古籍出版社2012年版,第448页。

第二章 理学到心学的嬗变:晚明文学思潮的酝酿及其学术根源 79

由于屠隆能以融通的姿态论古,因此,他也不苟同七子陈说。如他在论文时,并非以秦汉为鹄的:"唐兴,太宗右文,鸿藻蔚起,贞观、永徽,声隆正始,开元、天宝,臻乎极盛。"①宋代是五星聚奎、文运重光的时代,周、程、张、朱以穷理,欧、苏、曾、王以达词,金溪、横浦以尊性,涑水、金华以攻史,冀方以探数彰,永康以谙兵胜。宋代为"文之一大聚也"②。迄至金、元、明初,散文也各有标胜,其对明初评价尤高,云:"我大明扫除氛秽,再辟乾坤,气运高昌,声灵赫濯,渊颖鸿古。潜溪蔚畅,郁离奇伟,正学典裁,简迪遒劲,缙绅放逸,三杨弘丽,季迪俊藻,名篇雅什,照映朝野。而二祖以天纵巨笔,神来飙发,上下赓酬,争光日月。又文之一大聚也。"③这些都可见屠隆不拘七子陈说的文学观念。

其次,崇古而毋"袭"。屠隆也主张师习古人,就文而言,他宗古的倾向比较明显,认为"黄虞以后,周孔以前,文与道合为一","六经理道既深,文辞亦伟",而"秦汉六朝工于文,而道则舛戾",此后或"合乎道,而文则浅庸",或"陶熔未化",都远慕六经而不可及,原因就在于后人往往"言高于青天,行卑于黄泉。汪洋流漫而无本源,立见其涸,言之垂也必不远",致使藏之名山、副在京师的作品寥寥。④ 因此,他得出了这样的结论:"夫宣尼为六经,柱下为《道德》,漆园为《南华》,释迦为《楞严》,岂常人可以袭取而辨哉?"⑤虽然屠隆论文也标举上古,但他认为后人不可模袭前人,并警示时人云:"文不可袭也。"⑥对诗歌,屠隆同样崇唐抑宋,云:

---

① [明]屠隆著,汪超宏主编:《屠隆集》第八册《鸿苞集》卷十七《文章》,浙江古籍出版社2012年版,第422页。
② [明]屠隆著,汪超宏主编:《屠隆集》第八册《鸿苞集》卷十七《文章》,浙江古籍出版社2012年版,第422页。
③ [明]屠隆著,汪超宏主编:《屠隆集》第八册《鸿苞集》卷十七《文章》,浙江古籍出版社2012年版,第423页。
④ [明]屠隆著,汪超宏主编:《屠隆集》第八册《鸿苞集》卷十七《文章》,浙江古籍出版社2012年版,第423页。
⑤ [明]屠隆著,汪超宏主编:《屠隆集》第八册《鸿苞集》卷十七《文章》,浙江古籍出版社2012年版,第423页。
⑥ [明]屠隆著,汪超宏主编:《屠隆集》第八册《鸿苞集》卷十七《文章》,浙江古籍出版社2012年版,第423页。

"唐人之言繁华绮丽,优游清旷,盛矣。其言边塞征戍,离别穷愁,率感慨沉抑,顿挫深长,足动人者,即悲壮可喜也。读宋而下诗,则闷矣。其调俗,其味短,无论哀思,即其言愉快,读之则不快。"①但是,他崇唐的目的不是要摹习唐人,而是高标唐诗以与当时文坛的因袭之风相比较,目的不是"袭",而是反对"袭"。这在他所描述的诗歌流变史中即可看出:"诗汉魏为古,至曹子建而丽,至六朝而葩,至康乐而俊,至陈、隋而靡,至唐而近,至李、杜而大,至晚唐而衰,至宋而俗,至元而浅,至我朝雅而袭。"②尤其可贵的是他对明代拟古之习的诘难:"至我明之诗,则不患其不雅,而患其太袭;不患其无辞采,而患其鲜自得也。"③这是屠隆与七子派分途而与革新派同辙的一个重要标志。

屠隆痛诘剿袭之习的主张,在两个方面得到了诠释。其一,他认为学习古人,"合"于古人,当为神契,而非字程句仿、尺尺寸寸。他说:"格虽自创,神契古人,则体离而意未尝不合;程古则合,合非摹拟之谓,字句虽因,神情不傅,则体合而意未尝不离。"④学古而求"自创""自得",是屠隆与七子派相区别,而与革新思潮相应和的方面。其二,他认为文学的发展也有不可逆转的自然规律,云:"《三百》之降而两汉也,晋魏之降而六朝也,隋陈之降而李唐也,如西日不返,东流靡回。虽有神功,莫之挽也。"⑤他还从文学随世递迁而不断变化的角度说明不可因袭前人,云:"气运尚随世递迁,天地有劫,沧桑有改,而况诗乎?善论诗者,政不必区区以古绳今,各求其至可也。论汉魏者,当就汉魏求其至处,不必责其不如《三百篇》。论六朝者,当就六朝求其至处,不必责其不如汉魏。论唐人诗,当就

---

① [明]屠隆:《由拳集》卷十二《唐诗品汇选释断序》,明万历刻本。
② [明]屠隆著,汪超宏主编:《屠隆集》第八册《鸿苞集》卷十七《论诗文》,浙江古籍出版社 2012 年版,第 429 页。
③ [明]屠隆著,汪超宏主编:《屠隆集》第八册《鸿苞集》卷十七《论诗文》,浙江古籍出版社 2012 年版,第 443 页。
④ [明]屠隆著,汪超宏主编:《屠隆集》第八册《鸿苞集》卷十七《论诗文》,浙江古籍出版社 2012 年版,第 442 页。
⑤ [明]屠隆著,汪超宏主编:《屠隆集》第三册《白榆集·文集》卷二《刘子威先生澹思集叙》,浙江古籍出版社 2012 年版,第 226—227 页。

唐人求其至处,不必责其不如六朝。"①文学的盛衰兴替,不取决于是否能规仿前人,得其形似,"如必相袭而后为佳诗,止三百篇删后,果无诗矣"②。能反映出时代的风貌,体现时代精神,是文学繁盛的标准,即屠隆所谓"至":"宋诗河汉不入品裁,非谓其不如唐,谓其不至也。"③

倡求作品风格的多样,是矫除蹈袭之风的一个重要途径。屠隆认为,由于时代的不同,作品的内容不同,风格自然也应纷呈各异。他还特别从两方面阐述了作品的风格应该多彩多姿:其一,各地的民风不同,所尚有别,诗文风格也不尽相同。他说:"周风美盛,则《关雎》《大雅》;郑卫风淫,则《桑中》《溱洧》;秦风雄劲,则《东邻》《驷驖》;陈曹风奢,则《宛丘》《蜉蝣》;燕赵尚气,则荆、高悲歌;楚人多怨,则屈《骚》凄愤。"④其二,作者的个性差异也会表现为不同的作品风格:"士之寥廓者语远,端亮者语庄,宽舒者语和,褊急者语峭,浮华者语绮,清枯者语幽,疏朗者语畅,沉著者语深,谲荡者语荒,阴鸷者语险。"⑤这一切都不是拟古派所谓"格古调逸"所能涵盖的。他在《论诗文》中,对这些风格都给予了肯定:凄惋、沉至、高华、冲元、清奥、深秀、平淡、婉壮、清绮、雄大、超逸、闲适、幽雅、简质、俊丽、劲响等等,各种风格,如同百花摇曳,共同组成了一个绚烂的苑囿。对文学风格多样性的论述,屠隆是晚明文人中较为详密的一位。

最后,心性与性灵。"性灵说"以公安"三袁"为主要代表,但是,使用"性灵"频率较高的则是屠隆。如他称颂《抱恫集》的作者"道足以淑身

---

① [明]屠隆著,汪超宏主编:《屠隆集》第八册《鸿苞集》卷十七《论诗文》,浙江古籍出版社2012年版,第442—443页。"气运尚随世递迁",《屠隆集》作"诗之变随世运递迁",此据清咸丰七年(1857)刊本《鸿苞节录》改。
② [明]屠隆著,汪超宏主编:《屠隆集》第八册《鸿苞集》卷十七《论诗文》,浙江古籍出版社2012年版,第443页。
③ [明]屠隆著,汪超宏主编:《屠隆集》第八册《鸿苞集》卷十七《论诗文》,浙江古籍出版社2012年版,第443页。
④ [明]屠隆著,汪超宏主编:《屠隆集》第八册《鸿苞集》卷十八《诗文》,浙江古籍出版社2012年版,第452—453页。
⑤ [明]屠隆著,汪超宏主编:《屠隆集》第三册《白榆集·文集》卷三《王茂大修竹亭稿序》,浙江古籍出版社2012年版,第249页。

心,教足以泽万物,材足以应世故,词足以陶性灵,故可贵也"①,认为诗歌对于"舒畅性灵,描写万象,感通神人,或有取焉"②。他又说:"圣贤淘洗性灵,发为佳言眇论。"③"夫文者,华也,有根焉,则性灵是也。士务养性灵,而为文有不巨丽者,否也。是根固华茂者也。"④这种根柢,是指作家的学问修养,是作家涵茹、陶熔古学而形成的主体意念。性灵与文学,不但如根、华之间的关系,而且性灵直接是文学表现的对象,他在胪列了前人的种种佳作后,谓其"各极才品,各写性灵,意致虽殊,妙境则一"⑤。屠隆所论的"性灵",还具有李贽"童心"的含义,是人所具有的先天的、超然的、善的存在。他说:"知见愈多,性灵愈晦。"⑥屠隆所谓"性灵"大约是指作者的灵枢奥腑,包蕴学殖、情思、才秉等内容。如果说屠隆的"性灵"之论还稍嫌玄虚高妙的话,那么,他论诗时常用的"性情"的意蕴则较为晓易。他之所谓"性情"是以个性为前提,而绝非雷同一律。一己之性情各各有别,从而形成了不同的风格:长吉好异,故其诗声韵诡激;青莲神情高旷,故其诗多闳达之词;少陵志识沉雄,故其诗多实际之语。因此,他说:"诗本性情,写胸次,捷于吹万,肖于谷响,弗可遁也。"⑦性情是因作者多年独抱幽贞、存养气韵而后成,是不假雕饰的,云:"诗不论才,而论性情,

---

① [明]屠隆著,汪超宏主编:《屠隆集》第三册《白榆集·文集》卷二《抱恫集序》,浙江古籍出版社2012年版,第230页。
② [明]屠隆著,汪超宏主编:《屠隆集》第三册《白榆集·文集》卷三《高以达少参选唐诗序》,浙江古籍出版社2012年版,第257页。
③ [明]屠隆著,汪超宏主编:《屠隆集》第八册《鸿苞集》卷二十一《名言》,浙江古籍出版社2012年版,第566页。
④ [明]屠隆著,汪超宏主编:《屠隆集》第八册《鸿苞集》卷十七《文章》,浙江古籍出版社2012年版,第423页。
⑤ [明]屠隆著,汪超宏主编:《屠隆集》第八册《鸿苞集》卷十七《论诗文》,浙江古籍出版社2012年版,第442页。
⑥ [明]屠隆著,汪超宏主编:《屠隆集》第六册《佛法金汤》上,浙江古籍出版社2012年版,第595页。
⑦ [明]屠隆著,汪超宏主编:《屠隆集》第三册《白榆集·文集》卷二《抱恫集序》,浙江古籍出版社2012年版,第229页。

亦存乎养已。"①屠隆的友人李山人"所居有林皋泉石之胜，灌园垂钓，与禽鱼亲"，因此"发为诗歌，力去雕饰，天然冲夷"。②只要是吟咏性情之作，无论是何人、何时所作，都是可以感人的佳什。他说："《诗》三百篇多出于忠臣孝子之什，及闾阎匹夫匹妇童子之歌谣，大意主吟咏、抒性情以风也，固非博综诠吷以为篇章者也。是诗之教也。唐人诗虽非《三百篇》之音，其为主吟咏、抒性情则均焉而已。"③"性情"的根本特征在于自性，他说："诗者，非他人声韵而成，诗以吟咏写性情者也。"④显然，这些都与拟古派相悖，而与革新派多有顾盼。

如果说屠隆所论"性情"还主要秉承中国传统的思想因子，那么，他拈出"性灵"则与其浸淫佛教有关。屠隆自从被黜归里后，常常谈空说玄，修禅悟法，在其早期著作《由拳集》中很少论及"性灵"，"性灵"之论主要集中在其后期的作品中。他批评宋儒排斥佛教，认为出世者贵禅理，贵清虚，在世者尚儒术，尚实际："然天下之道惟空实两端，不有其实，空何由存？不有其空，实何由传？……故儒释之不同者，在世世出，而其大原同也。"⑤认为世儒排佛与阐提谤佛"虽均之造罪，其心则异。阐提广作诸恶，惧佛法之报应，而拨无因果。世儒拥护儒教，虑佛法之蠹害，而自树藩篱。阐提之心私而邪，自投无间之种；世儒之心公而暗，罔知正觉之宗。阐提如篡贼谋逆，凌蔑天主；世儒如夜郎自雄，不知汉大。此两种人，心有公私，罪有大小，皆作过也"⑥。儒、佛二者原无相害，何妨两存？"佛不排儒，儒何必斥佛？故予谓宋儒程朱之排佛者，若以佛果有害于儒而排之，

---

① [明]屠隆著，汪超宏主编：《屠隆集》第三册《白榆集·文集》卷三《李山人诗集序》，浙江古籍出版社2012年版，第242页。
② [明]屠隆著，汪超宏主编：《屠隆集》第三册《白榆集·文集》卷三《李山人诗集序》，浙江古籍出版社2012年版，第242—243页。
③ [明]屠隆：《由拳集》卷二十三《文论》，明万历刻本。
④ [明]屠隆：《由拳集》卷二十三《与友人论诗文》，明万历刻本。
⑤ [明]屠隆著，汪超宏主编：《屠隆集》第三册《白榆集·文集》卷五《重修首山乾明寺观音阁记》，浙江古籍出版社2012年版，第293—294页。
⑥ [明]屠隆著，汪超宏主编：《屠隆集》第六册《佛法金汤》上，浙江古籍出版社2012年版，第582页。

则为识不明。若知佛之无害于儒,而不得不排之,则为量不广",乃至其如此肯定佛学:"盖予既真知佛理之广大精微,为世道群灵之所依怙",甚至誓死为佛学申辩,云:"余是以不辞齑粉,奋臂而起,为置一辞,宁得罪于程朱,不敢得罪于佛法。"①屠隆如此重佛,根本的原因即在于"佛为出世法,用以练养性灵"②,"写性灵者,佛祖来印;骋意气者,道人指呵"③。显然,其"性灵"之论,主要渊源于佛学,甚至可以说佞佛与其论究"性灵"有关。虽然考索佛教经籍,"性灵"并非佛教固有的名相,对其内涵,屠隆本人也鲜有正面论述。但是,从他所著的《佛法金汤》中不难看出"性灵"的要义,他说:"天性者,佛谓之本觉。一切众生,皆有佛性。从本以来,灵灵不昧,了了常知。无始迷倒,不自觉悟。欲成佛果,须先了悟自家佛性。后方称性修习。"④他又说:"人之形气,命也;心神,性也。上焉者以性而立命,次焉者修命而留性。以性立命者,性灵既彻,命蒂自牢;修命留性者,命根既坚,性灵长住。"⑤两相比较,便不难看出,"性灵"与"佛性""自性清静心"的内涵大致仿佛,"性灵"是朗然清净一味绝待、不生不灭、不增不减的"妙明真心",是湛然灵明、圆融无碍、包罗万法、含裹十方的"至灵至妙之物"⑥。同时,"性灵"又是人感知事物的不朽灵心,悟解万物亦空亦不空的智慧。他说:"死汉鞭挞,不疼觉疼,原非形壳;僵尸爬搔,不痒知痒,自是性灵。人奈何轻性灵而重形壳乎?"⑦性灵是感知的主体,是人的

---

① [明]屠隆著,汪超宏主编:《屠隆集》第六册《佛法金汤》上,浙江古籍出版社2012年版,第585页。
② [明]屠隆著,汪超宏主编:《屠隆集》第六册《佛法金汤》上,浙江古籍出版社2012年版,第585页。
③ [明]屠隆著,汪超宏主编:《屠隆集》第六册《娑罗馆清言》卷下,浙江古籍出版社2012年版,第550页。
④ [明]屠隆著,汪超宏主编:《屠隆集》第六册《佛法金汤》上,浙江古籍出版社2012年版,第597页。
⑤ [明]屠隆著,汪超宏主编:《屠隆集》第十册《鸿苞集》卷四十五《销夏言上》,浙江古籍出版社2012年版,第1262页。
⑥ [明]屠隆著,汪超宏主编:《屠隆集》第六册《佛法金汤》上,浙江古籍出版社2012年版,第587页。
⑦ [明]屠隆著,汪超宏主编:《屠隆集》第六册《续娑罗馆清言》,浙江古籍出版社2012年版,第557—558页。

本性、灵魂。

屠隆所论,并没有多少新的创造。值得我们注意的是,他何以以"性灵"言佛理。答案也许只有一个:心、性本是理学与佛教哲学的基本范畴,在中国文学批评史上,虽然直接或间接受其影响而提出自己文学主张的批评家并不少见,但很少有直接以心性阐论文学的现象。心性是哲学人性论的范畴,而"性灵"则早已被谢灵运等人运用于文学方面。虽然前人赋予"性灵"的含义各有不同,但大致都是指作家灵动的才思。屠隆以"性灵"论文学,讲佛理,体现了他"文与道合为一"①的理论旨趣。虽然佛学与文学中"性灵"的含义稍有不同,但都具有以下共通的特征:首先,"真"。佛教之"性灵"指妙明真心,屠隆论诗时也求真绌伪。如他说:"诗不论才,而论性情。……世有心溺珪组,口冒烟霞,其言虽佳,其味必短。何者? 为其非真也。"②其次,自性。如上所述,屠隆之"性灵"具有自性清净心的含义。佛教所谓"自性清静心",是指人本有的,离一切妄染之心。所谓自性指诸法各自具有之不变不改之性。屠隆所论的"性灵"也强调作家的"自得",是"创出胸臆"③。作家当"回光内照,还认得个真我"④,并以此矫文坛模辞拟法、拘而不化之病。最后,尚悟。屠隆在《贝叶斋稿序》中论之甚详:"然诗道大都与禅家之言通矣。夫禅者,明寂照之理,修止观之义。言必寂而后照,必止而后观也。兀然枯坐,阒然冥心。空而不空,不空而空;住而不住,不住而住。无见而无所不见,而卒归之乎无见,而又不以无见名;无解而无所不解,而卒归之乎无解,而又不以无解名。一旦言下照了,乃彻真境。夫诗道亦类是矣。语云:'用志不分,乃凝于神。'夫天下之物,何者非神所到? 天下之事,何者非神所办哉? 方其凝神此道,

---

① [明]屠隆著,汪超宏主编:《屠隆集》第八册《鸿苞集》卷十七《文章》,浙江古籍出版社2012年版,第423页。
② [明]屠隆著,汪超宏主编:《屠隆集》第三册《白榆集·文集》卷三《李山人诗集序》,浙江古籍出版社2012年版,第242页。
③ [明]屠隆:《由拳集》卷二十三《与友人论诗文》,明万历刻本。
④ [明]屠隆著,汪超宏主编:《屠隆集》第四册《白榆集·文集》卷七《与田叔》,浙江古籍出版社2012年版,第345页。

万境俱失。及其忽而解悟,万境俱冥,则诗道成矣。"①诗禅之喻是唐代以降诗歌理论中的一个常见现象。屠隆认为诗禅之契也在于凝神寂照,忽然解悟。他认为妙悟是佛教的要义,云:"佛必悟真空,乃称最上一乘。"②诗歌抒写性灵,也需妙悟,他说:"各极才品,各写性灵,意致虽殊,妙境则一。冥搜而妙悟之,诗家三昧,思过半矣。"③这种妙悟"如禅门之作三观"④。历史上,司空图、严羽等人在论及诗禅关系时,一般都是以妙悟为契,诗歌当有不可言喻的"味外味"。屠隆论诗也颇得佛理禅味,如他说:"诗道之所为贵者,在体物肖形,传神写意,妙入玄中,理超象外,镜花水月,流霞回风,人得之解颐,鬼闻之欲泣也。"⑤他以禅论诗,还提出了更加全面的创作要求,这就是"新不欲杜撰,旧不欲剿袭,实不欲粘带,虚不欲空疏,浓不欲脂粉,澹不欲干枯,深不欲艰涩,浅不欲率易,奇不欲谲怪,平不欲凡陋,沉不欲黯惨,响不欲叫啸,华不欲轻艳,质不欲俚野",说到底,以妙悟说诗,目的是使诗歌臻于"化境"。⑥

与晚明革新派文人相似,屠隆还受到了风靡海内的阳明学的影响,他文推李、何,学崇阳明,云:"李、何诸公以文章雄海内,余姚王先生以功业道学显。"⑦他由衷地推赞阳明道:"新建王文成守仁,灵禀凤成,天才独诣。神采雄迈,智略深沉。气九死而不折,才百炼而弥精。秉操屹于丘山,当机捷于风雨。厝注极其挥霍,理学悟入玄微。负气节而不专于气

---

① [明]屠隆著,汪超宏主编:《屠隆集》第三册《白榆集·文集》卷一《贝叶斋稿序》,浙江古籍出版社2012年版,第209页。
② [明]屠隆著,汪超宏主编:《屠隆集》第六册《栖真馆集》卷十七《与闻仲连》,浙江古籍出版社2012年版,第334页。
③ [明]屠隆著,汪超宏主编:《屠隆集》第八册《鸿苞集》卷十七《论诗文》,浙江古籍出版社2012年版,第442页。
④ [明]屠隆著,汪超宏主编:《屠隆集》第八册《鸿苞集》卷十七《论诗文》,浙江古籍出版社2012年版,第448页。
⑤ [明]屠隆著,汪超宏主编:《屠隆集》第八册《鸿苞集》卷十七《论诗文》,浙江古籍出版社2012年版,第429—430页。
⑥ [明]屠隆著,汪超宏主编:《屠隆集》第八册《鸿苞集》卷十七《论诗文》,浙江古籍出版社2012年版,第448页。
⑦ [明]屠隆:《由拳集》卷十九《吾谨传》,明万历刻本。

节,谭文章而不局于文章。学为儒而不拘于为儒,究仙释而不露其仙释。求之底里,未易窥其际;方之古人,难轻定其品。异人哉!异人哉!"①当然,屠隆推敬阳明的还是其揭良知以示学者:"而人斯恍然觉悟,而寂感巨细,不必他务远索,而惟反而求之吾心之灵明。"②屠隆所理解的良知,即人心之灵明。他认为炉锤天地,宰制六合,无巨无细,都是灵明之所为。他又说:"盖心也者,湛寂灵明,圆融无碍,包罗万法,含裹十方,至灵至妙之物也。"③这一灵明,既可以外观百物,又可以内观自心,既能放光,又能返照,乃至"长空一碧,飞鸟径度。澄波若镜,游鱼行空。深契吾身中事"④。总之,屠隆无非说心能觉、能照、能包容衍化万物,是灵明妙湛的本体,这也就是他所谓的"性灵"。无论这是受良知说还是般若学的影响,都显示了屠隆的"性灵"之论比其后袁宏道所论,更具有哲学的特征、思辨的色彩。

除了"性灵"之外,屠隆的诗文理论中还提及了与革新派相关的某些理论范畴,如他论述了"赤子"之心、"童心"等,他说:"仆行年近四十,而犹有童心,宜志行不立,德业无闻也。然谓非厚足下(孙以德)不可。长门之怨,团扇之歌。怨生于情,令仆遇涂人,当不若是。又意气易动,殊为浅夫,而悲喜咸真,不失赤子矣。"⑤他不鄙俚俗,云:"试取《三百篇》而读之,大率闲雅,且都出于田夫里妇之口,何者不委宛曲折,琅然可诵。"⑥他也

---

① [明]屠隆著,汪超宏主编:《屠隆集》第七册《鸿苞集》卷十一《我朝人物》,浙江古籍出版社2012年版,第288页。
② [明]屠隆著,汪超宏主编:《屠隆集》第三册《白榆集·文集》卷一《刘鲁桥先生文集序》,浙江古籍出版社2012年版,第220页。
③ [明]屠隆著,汪超宏主编:《屠隆集》第六册《佛法金汤》上,浙江古籍出版社2012年版,第587页。
④ [明]屠隆著,汪超宏主编:《屠隆集》第十册《鸿苞集》卷四十五《销夏言》下,浙江古籍出版社2012年版,第1275页。
⑤ [明]屠隆著,汪超宏主编:《屠隆集》第二册《由拳集》卷十六《与孙以德二首》其二,浙江古籍出版社2012年版,第211页。
⑥ [明]屠隆:《由拳集》卷二十三《与友人论诗文》,明万历刻本。

有"化工"之论,云:"良史胸中有化工,一一描写入屏障。"①同时,他与一生"为情作使"②的大戏曲家汤显祖过从甚密。这一切都反映了屠隆与革新派的顾盼之处。

王世懋、屠隆以及与其同时的南京礼部尚书李维桢等人,都论及了"性灵"一词,由于他们的学殖不尽相同,性情、行谊及环境有别,"性灵"的内涵也稍有区别。王世懋受王学"狂者"精神的影响较深,将"性灵"与"湮郁"③的情绪联系在一起;屠隆是著名的居士,他谈论"性灵"受到了佛学思想的影响而赋予其清空的特征;李维桢受传统儒学思想的影响较明显,主要从"事、理、情、景"的角度论"性灵"。其中,屠隆的文学思想最为通脱,无论是声以代变、声以人殊、声以俗移、不主一格的文学通变观,还是对当时剽袭之风及李攀龙"务为工致"④的批评,对"性灵"的阐扬,都与革新派声气相求。虽然他们身上还隐约地留存着七子的流风余韵,但更多地反映了由复古到革新转变的趋向。公安派崭然兴起,一扫复古之风,并不是某一人或某一文学团体的性情、气秉等偶然因素所决定的,而是蕴含着文学自身的发展规律。⑤ 从复古派的自省自悟及对原有观念的反拨中,我们也可以看出这种转变的必然性。虽然王世懋、屠隆等人的转变还不够彻底,"性灵"之论还尚未形成系统,但是,他们新旧嬗递的特征,有意无意地叩合了"允执其中"的古训。他们既没有复古派那样的偏执,又不同于革新派那样的偏激,如果我们联系到袁中道及袁宏道后期的平允的文学主张,就会对王世懋、屠隆等人有更深的理解和更恰当的评价。他

---

① [明]屠隆著,汪超宏主编:《屠隆集》第五册《栖真馆集》卷二《百鸟屏歌》,浙江古籍出版社2012年版,第32页。
② 徐朔方笺校:《汤显祖集·诗文集》卷三十六《续栖贤莲社求友文》,中华书局1962年版,第1161页。
③ [明]王世懋:《王奉常集》卷六《李惟寅贝叶斋诗集序》,明万历刻本。
④ [明]屠隆:《由拳集》卷二十三《与友人论诗文》,明万历刻本。
⑤ 如袁宗道致陶望龄尺牍有这样的记载:"中郎极不满近时诸公诗,亦自有见。三四年前,太函新刻至燕肆,几成滞货。弟尝检一部付贾人换书。贾人笑曰:'不辞领去,奈何无买主何!'可见模拟文字,正如书画赝本,决难行世,正不待中郎之喃喃也。"([明]袁宗道著,钱伯城标点:《白苏斋类集》卷十六《答陶石篑》,上海古籍出版社2007年版,第234页)

们写性灵而不弃古法,尚格调而不执一是,于规矩中见灵动,使师古与师心得到了统一。他们虽受到了七子派文人的荫庇和赞扬,但是,无论是他们的文学思想和实践,还是个人的行谊风姿乃至三教融通的学术主张,都更多地体现了革新派文人的特征。

第三章　学宗王门：徐渭与文学思潮的兴起

徐渭(1521—1593)，字文长(初字文清)，别号田水月、天池山人、青藤道士等，山阴(今浙江绍兴)人。他长李贽六岁，长汤显祖二十九岁，长袁宏道四十七岁，生活于后七子主词翰之席的时期(比王世贞尚长五岁)。其时正如陈田所云："嘉靖之季，以诗鸣者有后七子，李(攀龙)、王(世贞)为之冠，与前七子隔绝数十年，而此唱彼和，声应气求，若出一轨。海内称诗者，不奉李、王之教，则若夷狄之不遵正朔；而喙名者，以得其一顾为幸，奔走其门，接裾联袂，绪论所及，嘘枯吹生。"①当此"王、李之学盛行，黄茅白苇，弥望皆是"之时，"文长(徐渭)、义仍(汤显祖)崭然有异"。② 而徐渭的文学活动又在汤显祖之前，他在拟古之风中卓然自立，实开晚明文学新思潮之先声。当袁宏道和陶望龄阅读其作品时，便灵犀互通，击节称赞，感奋不已。对此，商维浚在《刻徐文长集原本述》中记载云：

> 予尝小筑卧龙山，石匮陶公读书其中。袁中郎偶过越水访公，公与欢饮，各别就寝矣，中郎见几上《四声猿》一帙，阅竟汲趋问公，此必元人笔也。公笑曰："否，否，越中才人徐文长作，尚有诗赋传记表笺尺牍数万言，与吾友商景哲雅相善，故尽得之。"遂出笥中藏，中郎忻然手翻，篝灯达旦，凡读一篇一击节，直恐其尽，至忘假寐。谓公

---

① ［清］陈田辑：《明诗纪事》己签序，上海古籍出版社1993年版，第1867页。
② ［清］钱谦益撰集，许逸民、林淑敏点校：《列朝诗集·丁集》第十二《袁稽勋宏道》，中华书局2007年版，第5317页。

曰:"才思奇爽,一种超轶不羁之致,几空千古。景哲既以嗜古特闻,当不令此书灭没蠹鱼。"①

知音相得,宏道乃至"欲起文长地下,与之把臂恨相见晚也"②。可见,徐渭是真正与袁宏道声气相求的同道。同样,汤显祖与徐渭这两位曲坛巨擘,年岁虽殊,但交谊甚笃。徐渭读了汤氏早期所著的《问棘邮草》,称羡其是"平生所未尝见"③的文字,并赋诗相赠,诗云:"兰苕翡翠逐时鸣,谁解钧天响洞庭?鼓瑟定应遭客骂,执鞭今始慰生平。即收《吕览》千金市,直换咸阳许座城。无限龙门蚕室泪,难偕书札报任卿。"④汤显祖也赋诗寄赠云:"百渔咏罢首重回,小景西征次第开。更乞天池半坳水,将公无死或能来?"⑤热情邀请这位仅凭尺牍之交,而又相知颇深的知己在南京见面。共同的志趣,使他们成了忘年同道。可见,徐渭是革新派文士的真正友朋。当然,徐渭没有擎旗呐喊者那样令世人瞩目。应者寥寥,乃至名不出乡里,与"天下咸望走其门,若玉帛职贡之会,莫敢后至"⑥,操文章之柄,登坛设墠的复古派领袖们反差强烈。但他不甚完备,与时议迥乎不侔的文学思想,乃至狂傲不羁、蔑视礼法的性格特征,都得到了革新派文士的推佑与应和。

---

① [明]商维浚:《刻徐文长集原本述》,载[明]徐渭:《徐渭集》附录,中华书局1983年版,第1347页。
② [明]张汝霖:《刻徐文长佚书序》,载[明]徐渭:《徐渭集》附录,中华书局1983年版,第1348页。
③ [明]徐渭:《徐渭集·徐文长三集》卷十六《与汤义仍》,中华书局1983年版,第485页。
④ [明]徐渭:《徐渭集·徐文长三集》卷七《读问棘堂集,拟寄汤君》,中华书局1983年版,第251页。
⑤ 徐朔方笺校:《汤显祖集·诗文集》卷十《秣陵寄徐天池渭》,中华书局1962年版,第380页。
⑥ [清]钱谦益撰集,许逸民、林淑敏点校:《列朝诗集·丁集》第六《王尚书世贞》,中华书局2007年版,第4453页。

第一节　再传阳明：徐渭的学术底色

徐渭的学术思想远比同时代的拟古派文人复杂，而与其后的李贽、公安"三袁"等人十分相似。徐渭学有兼综，他承绪王门，拜季本、王畿为师，而又不废佛、道。当然，旁及佛道，其实也与承学王门有关。徐渭的老师王畿便主张三教合一。黄宗羲评价王畿曰："夫良知既为知觉之流行，不落方所，不可典要，一著工夫，则未免有碍虚无之体，是不得不近于禅。流行即是主宰，悬崖撒手，茫无把柄，以心息相依为权法，是不得不近于老。"①王畿比其师王阳明谈禅说佛更为明显，他不但自己公开谈论三教合一，并且将阳明的"良知"诠释为三教融合的产物，云："先师提出良知两字，范围三教之宗，即性即命，即寂即感，至虚而实，至无而有。千圣至此，骋不得一些精采；活佛活老子至此，弄不得一些伎俩。同此即是同德，异此即是异端。"②徐渭深受其影响，也有三教兼济之论，云："三公伊何，宣尼聃昙，谓其旨趣，辕北舟南。以予观之，如首脊尾，应时设教，圆通不泥。谁为绘此，三公一堂，大海成冰，一滴四方。"③除此，他还分别论述了儒、佛，佛、道的统一，对于儒、佛关系，他说："大约佛之精，有学佛者所不知，而吾儒知之。吾儒之粗，有吾儒自不能全，而学佛者反全之者。"④对于佛、道关系，他又说："聃也，御寇也，周也，中国之释也，其于昙也，犹契也，印也，不约而同也。"⑤融通众说，是继徐渭而起的李贽、汤显祖、公安"三袁"等革新派文人共同的学术倾向，但是当徐渭孤明先发于浙东之

---

① ［明］黄宗羲著，沈芝盈点校：《明儒学案》卷十二《浙中王门学案》二《郎中王龙溪先生畿》，中华书局2008年版，第239页。
② 吴震编校整理：《王畿集》卷四《东游会语》，凤凰出版社2007年版，第85页。
③ ［明］徐渭：《徐渭集·徐文长三集》卷二十一《三教图赞》，中华书局1983年版，第583页。
④ ［明］徐渭：《徐渭集·徐文长三集》卷十九《赠礼师序》，中华书局1983年版，第532页。
⑤ ［明］徐渭：《徐渭集·徐文长三集》卷十七《论中七》，中华书局1983年版，第493页。

时,革新之论远未形成时风众势,他们不期而同的学术追求,也给我们提供了探究潜隐于其中的必然性的线索。其中固然与他们都学宗王门有关,同时,融通兼取的宽阔的学术态度,也是他们不拘格套、张扬性灵的文学观念的重要学术依傍之一。这样我们便不难理解徐渭何以与李贽、公安"三袁"不相闻而文称同调、学如同门的原因了。

徐渭在自铭其墓时,也叙述其究习词章、学术的经历:"山阴徐渭者,少知慕古文词,及长益力。既而有慕于道,往从长沙公究王氏宗,谓道类禅,又去扣于禅,久之,人稍许之,然文与道终两无得也。"①博综兼取,除了览读儒学经籍之外,自谓有得于《首楞严》《庄周》《列御寇》诸书。② 当然,三教兼及并不是绝对地轻重如一。相对而言,徐渭是以儒学为主,更确切地说,是以王学为本。他不但称"吾儒"③,而且还直接视自己为阳明门人,称"我阳明先生"④。因此,徐渭的融通三教,实质是以儒为本,释道为辅。虽然徐渭狂谲无羁、不轨常辙的性情,"蓬跣不支"⑤的行谊,似乎与道家自然任适的行为更为贴合,但是,徐渭之疏狂不是主动地高蹈任运,而是因为不见用于时,"英雄失路托足无门"⑥使之然。事实上,他不但"自负才略,好奇计,谈兵多中"⑦,而且论诗衡文也求"有济于用"⑧,具有鲜明的儒家入世精神。其实,学宗王门与兼取三教是完全一致的学术取向,这是由王学的特质所决定的。因此,对于徐渭文学思想受三教的影

---

① [明]徐渭:《徐渭集·徐文长三集》卷二十六《自为墓志铭》,中华书局1983年版,第638页。
② 详见[明]徐渭:《徐渭集·徐文长三集》卷二十六《自为墓志铭》,中华书局1983年版,第639页。
③ [明]徐渭:《徐渭集·徐文长三集》卷十七《论中七》,中华书局1983年版,第493页。
④ [明]徐渭:《徐渭集·徐文长三集》卷十九《送王新建赴召序》,中华书局1983年版,第531页。
⑤ [明]徐渭:《徐渭集·徐文长三集》卷十六《奉答少保公书》一,中华书局1983年版,第459页。
⑥ [明]袁宏道著,钱伯城笺校:《袁宏道集笺校》卷十九《徐文长传》,上海古籍出版社2018年版,第772页。
⑦ [明]袁宏道著,钱伯城笺校:《袁宏道集笺校》卷十九《徐文长传》,上海古籍出版社2018年版,第772页。
⑧ [明]徐渭:《徐渭集·徐文长三集》卷十九《诗说序》,中华书局1983年版,第522页。

响,我们这里仅能就其荦荦大者论之。大致说来,以悟论诗明显有得于佛禅,真我、本色论等主要由儒、释思想而来。崇尚自然本当溯源于道家,但迄至明代中叶,道家的这些思想已经为王学,尤其是被对徐渭影响甚深的王畿所汲取,王畿之学与道家思想已氤氲难辨了。徐渭旁及道家,也是因为师法王门而引起的,因此,王学及其佛学是徐渭文学思想最为直接的学术依凭。

徐渭的家乡绍兴是王学的发源地。王阳明虽然生于浙江余姚,但因为曾经隐居绍兴阳明洞,又创办过阳明书院,故世称阳明先生。徐渭出生于王阳明谢世前八年,未及王氏门庭承学。但是,王阳明之后,王学不但没有中绝,相反,在隆庆元年(1567)五月,穆宗降诏旌褒王阳明,"兹赠为新建侯,谥文成,锡之诰命。於戏!钟鼎勒铭,嗣美东征之烈;券纶昭锡,世登南国之功。永为一代之宗臣"①。其学术影响也"自近而远"②,分成浙中王门、江右王门、南中王门、楚中王门、粤闽王门、泰州学派等。徐渭直接承学于浙中王门。他自作《畸谱》,简记自己的生平大事,其中"师类"一目,列有五位:王畿、萧鸣凤、季本、钱楩、唐顺之。其中王畿③、季本④都是王阳明的及门守道之士,对徐渭的影响尤为显著。

---

① [明]王守仁撰,吴光等编校:《王阳明全集》卷三十六《年谱附录一》,上海古籍出版社2011年版,第1496页。
② [清]黄宗羲著,沈芝盈点校:《明儒学案》卷十三《浙中王门学案》一,中华书局2008年版,第219页。
③ 王畿,字汝中,别号龙溪。他与钱德洪曾两次放弃科举,一心就学于王阳明,当时"四方之士来学于越者甚众"。钱德洪"与龙溪疏通其大旨,而后卒业于文成,一时称为教授师"([明]黄宗羲著,沈芝盈点校:《明儒学案》卷十一《浙中王门学案》一《员外钱绪山先生德洪》,中华书局2008年版,第224页)。对其师说,王畿发明尤多,黄宗羲曰:"然先生亲承阳明末命,其微言往往在而。象山之后不能无慈湖,文成之后不能无龙溪,以为学术之盛衰因之。慈湖决象山之澜,而先生疏河导源,于文成之学,固多所发明也。"([明]黄宗羲著,沈芝盈点校:《明儒学案》卷十二《浙中王门学案》二《郎中王龙溪先生畿》,中华书局2008年版,第239页)泰州学派的周汝登更评论、推赞道:"文成之徒,悟领者多,而最称入室则惟先生(王畿)。"([明]周汝登:《刻王龙溪先生集序》,载吴震编校整理:《王畿集》附录五,凤凰出版社2007年版,第857页)王龙溪与徐渭是远房姑表兄弟,龙溪长徐渭二十余岁,被徐渭列为师类第一人。
④ 季本,字明德,号彭山,是王阳明的入室大弟子。著述繁富,有《易学四同》《诗说解颐》《春秋私考》《四书私存》《说理会编》《读礼疑图》《孔孟图谱》等凡一百二十卷,最为称著的是《龙惕》一书。

对王畿,徐渭曾作《龙溪赋》推赞道:

  (王畿)栖志诗书,研精典籍,知乐水之称智,乃临流而托迹,悟江海之处下,合弥谦而受益。斯则琳珰不足以易其守,而恬澹乃足以适其情,故为士林之所贵,而君子之所称。兹托号者之真,而庶几于赋号者之亦非无所因也。①

对王畿的人品、学问都十分推挹。在为王畿之子所作的《继溪篇》中更加形象地描述了其受到王畿思想润泽的情形,将自己和王畿比喻成曾点与孔子的关系。既欣羡继溪有家学可承,又深为师法王畿而自得:"龙溪吾师继溪子,点也之狂师所喜。自家溪畔有波澜,不用远寻濂洛水。年年春涨溪拍天,醉我溪头载酒船。"②徐渭为王畿而作的诗文今存的有《王先生示其夫人哀词,赋此奉慰》《读张君叔学所作姊氏状,即王先生配也,用前韵寄之》《洗心亭——为龙溪老师赋池亭,望新建府碧霞池》《次王先生偈四首——龙溪老师》《答龙溪师书》等。

对季本,徐渭曾作《奉赠师季先生序》《奉师季先生书》《季先生祠堂碑》《先师彭山先生小传》《师长沙公行状》《季先生入祠祭文》等。语极推崇,谓之"心事青天,胸次霁月,儿童不欺,鬼神可格"③。季本对徐渭的影响很大,《畸谱》中《纪师》虽然列十五位,但正如他自己所记:"朱(亡其名字,渭自注)、张(松溪)、二马(艸崖、白峰)、金(天宠)皆短侍,而尤短者朱也,居上虞后,不及一面矣。张不过数日,罢去,住远村,后亦不及一面。汪(青湖)先生命题作文,持往数次阅而已。廿七八岁,始师事季先生,稍觉有进。前此过空二十年,悔无及矣。"④徐渭对于季本"悯其志,启其

---

① [明]徐渭:《徐渭集·徐文长逸稿》卷九《龙溪赋》,中华书局1983年版,第878页。
② [明]徐渭:《徐渭集·徐文长三集》卷五《继溪篇》,中华书局1983年版,第130页。
③ [明]徐渭:《徐渭集·徐文长三集》卷二十八《时祭文》,中华书局1983年版,第661页。
④ [明]徐渭:《徐渭集·补编·畸谱·记师》,中华书局1983年版,第1332页。

蒙"①的恩德十分感念，不但和季本一起登山临水，而且一起商论学术。季本也"每有所得，辄与谈论"，撰《诗说解颐》，还曾赐书徐渭"相与斟酌"。②徐渭则直言不讳地陈说了先儒"欲尽窥诸子百氏之奥"，"而生吞活剥之弊亦有"的教训，指出："解书惟有虚者、活者可以吾心体度而发明之，至于有事迹而事迹已亡，有典故而典故无考，则彼之注既为臆说，我之训亦岂身经，彼此诋讥，后先翻异，辟如疑狱，徒费榜掠考讯之繁，终无指证归结之日，不若一切赦放，尚有农桑劝课之典，休养生息之政，可以与民更始者也。"③他委婉地指出季本所作考证繁冗无益。④ 可见，两人既是情谊甚笃的师生，又是谡诚相待的挚友。

徐渭是二十八岁时从季本究王氏宗旨，然后向王畿问学的。季本与王畿虽同是王门弟子，过从也甚密，但是在学术思想方面则有诸多不同。总体而言，徐渭对两位"师类"的思想兼综融合，去取有致。这直接启迪了其文学思想的形成。

第二节　取法王畿："惕之与自然非有二"与本色论

黄宗羲在《明儒学案》卷十三《季本》本传中明确述及了王畿与季本的理论殊异：

---

① ［明］徐渭：《徐渭集·徐文长三集》卷二十七《师长沙公行状》，中华书局1983年版，第650页。

② ［明］徐渭：《徐渭集·徐文长三集》卷十六《奉师季先生书》二，中华书局1983年版，第457页。

③ ［明］徐渭：《徐渭集·徐文长三集》卷十六《奉师季先生书》二，中华书局1983年版，第457页。

④ 徐渭的批评得到了后人的认同，黄宗羲《明儒学案》卷十三《浙中王门学案》三《知府季彭山先生本传》："《诗说解颐》不免惑于子贡之伪《传》，如以《定之方中》为鲁风，谓《春秋》书城《楚丘》，不言城卫，以内词书之，盖鲁自城也，故《诗》之'秉心塞渊，騋牝三千'与《駉篇》恰合，由是以《三传》《小序》皆不足信。"（［明］黄宗羲著，沈芝盈点校：《明儒学案》卷十三《浙中王门学案》三《知府季彭山先生本》，中华书局2008年版，第272页）

第三章 学宗王门：徐渭与文学思潮的兴起

故先生(季本)最著者为《龙惕》一书，谓"今之论心者，当以龙而不以镜，龙之为物，以警惕而主变化者也。理自内出，镜之照自外来，无所裁判，一归自然。自然是主宰之无滞，曷常以此为先哉？"龙溪云："学当以自然为宗，警惕者，自然之用，戒慎恐惧未尝致纤毫之力，有所恐惧便不得其正矣。"……先生终自信其说，不为所动。先生闵学者之空疏，只以讲说为事，故苦力穷经。①

显然，在"惕"与"自然"的关系上，季本与王畿的观点殊异。王畿认为"天机无安排"②，"良知"是当下现成，不假工夫修整而后得的，悟得良知，便可独往独来，如珠之走盘，"不待拘管，而自不过其则也"③。"良知"也是"因时立法，随缘设教，言若人殊"④，是自然可得的。因此，唐顺之曾说龙溪"笃于自信，不为形迹之防，包荒为大，无净秽之择"⑤。

在"惕"与"自然"的关系上，徐渭并没有回避两位老师的分歧，并且有正面的论述，云：

惕之与自然，非有二也。自然惕也，惕亦自然也，然所要在惕而不在于自然也，犹指目而曰自然明可也，苟不言明而徒曰自然，则自然固虚位也，其流之弊，鲜不以盲与瞽者冒之矣。⑥

徐渭认为，"自然"应是本色无伪的，不应矫揉文饰。如盲聋痿痹，本

---

① [清]黄宗羲著，沈芝盈点校：《明儒学案》卷十三《浙中王门学案》三《知府季彭山先生本》，中华书局2008年版，第272页。
② 吴震编校整理：《王畿集》卷三《水西精舍会语》，凤凰出版社2007年版，第59页。
③ 吴震编校整理：《王畿集》卷四《过丰城答问》，凤凰出版社2007年版，第79页。
④ 吴震编校整理：《王畿集》卷四《东游会语》，凤凰出版社2007年版，第84页。
⑤ [清]黄宗羲著，沈芝盈点校：《明儒学案》卷十二《浙中王门学案》二《郎中王龙溪先生畿》，中华书局2008年版，第238页。
⑥ [明]徐渭：《徐渭集·徐文长三集》卷二十九《读龙惕书》，中华书局1983年版，第678—679页。

非自然,但"卒以此为自然者,则病之久而忘之极也"①。以盲聋痿痹为自然,结果使"忧道者以自然之足以救支离,而不知冒自然者之至于此也"②。因此,徐渭认为"所要在惕而不在于自然",这似乎学宗季本,而与王畿有所不同。但是,这仅是表象的一面,实质上,季本与徐渭论自然、警惕的旨趣并不一致。季本论自然时曰:"自然者,顺理之名也。理非惕若,何以能顺?舍惕若而言顺,则随气所动耳,故惕若者,自然之主宰也。……故圣人言学,不贵自然,而贵于慎独,正恐一入自然,则易流于欲耳。"③又说:"故语自然者,必以理为主宰可也。"④"惕""理"是"自然"之"主",它们是乾主坤属的关系。他说:"敬则惕然有警,乾道也;简则自然无为,坤道也。"⑤只有因"理",持"惕"方能"顺",核心是要求人们惕然有警,而不坠于物欲。因此,季本之惕与自然,实质上是"贵主宰而恶自然"⑥。显然,这还是正统理学家的道德观念。徐渭虽然也主张"要在惕",但是,他孜孜以求的终极目标是要涤除膺伪,恢复自然。他实质上与王畿一样,都是尚自然的学者,不同之处仅在于王畿认为"夫良知既为知觉之流行,不落方所,不可典要,一著工夫,则未免有碍虚无之体"⑦。心、良知是虚灵的。他说:"人心要虚,惟虚集道,常使胸中豁豁,无些子积带,方是学。虚即是道体,虚故神,有物便实而不化。"⑧而徐渭则认为"自然

---

① [明]徐渭:《徐渭集·徐文长三集》卷二十九《读龙惕书》,中华书局1983年版,第677页。

② [明]徐渭:《徐渭集·徐文长三集》卷二十九《读龙惕书》,中华书局1983年版,第678页。

③ [明]季本:《说理会编》,载[清]黄宗羲著,沈芝盈点校:《明儒学案》卷十三《浙中王门学案》三《知府季彭山先生本》,中华书局2008年版,第273页。

④ [明]季本:《说理会编》,载[清]黄宗羲著,沈芝盈点校:《明儒学案》卷十三《浙中王门学案》三《知府季彭山先生本》,中华书局2008年版,第273页。

⑤ [明]季本:《说理会编》,载[清]黄宗羲著,沈芝盈点校:《明儒学案》卷十三《浙中王门学案》三《知府季彭山先生本》,中华书局2008年版,第275页。

⑥ [清]黄宗羲著,沈芝盈点校:《明儒学案》卷十三《浙中王门学案》三《知府季彭山先生本》,中华书局2008年版,第271页。

⑦ [清]黄宗羲著,沈芝盈点校:《明儒学案》卷十二《浙中王门学案》二《郎中王龙溪先生畿》,中华书局2008年版,第239页。

⑧ 吴震编校整理:《王畿集》卷三《水西精舍会语》,凤凰出版社2007年版,第63页。

第三章　学宗王门:徐渭与文学思潮的兴起

固虚位也,其流之弊,鲜不以盲与聩者冒之矣"①,防止因"虚"而致"冒",因"冒"而失"真"。虽然"要在惕",旨归仍在"自然"。王、徐之论并没有根本的殊异。而徐渭本色论、真我说显然直接受到了王畿"以自然为宗"的影响。

徐渭"本色论"的内涵甚为丰富(详见第四章),同时也是徐渭戏曲理论专著《南词叙录》中的精核。《南词叙录》是自南戏产生以来,宋元明清四代专论南戏的唯一著作,主要分为"叙""录"两个部分。"叙"主要考镜南戏源流,描述南戏的声腔格律,考释南戏的术语名词,兼述作家、作品。"录"主要记载了徐渭经眼的宋元及明朝的一部分南戏剧目。南戏滥觞于北宋,称盛于南宋。金元时期,北曲杂剧崛起而雄踞曲坛。至元末明初,尤其是明中叶以后,形成了北曲衰微,南戏及承祧南戏传统的传奇称盛的局面。但是,由于南戏起于"里巷歌谣""村坊小伎","语多鄙下,不若北之有名人题咏也"②。因此,南戏仍被一些文人雅士视为旁门左道。如祝允明云:"自国初来,公私尚用优伶供事,数十年来,所谓南戏盛行,更为无端,于是声乐大乱。……今遍四方,辗转改益,又不如旧……愚人愚工徇意更变,妄名余姚腔、海盐腔、弋阳腔、昆山腔之类,变易喉舌,趁逐抑扬,杜撰百端,真胡说耳。"③这种偏颇之见,必然会限制和阻滞南戏的发展。徐渭作《南词叙录》,努力辩述,他认为南北曲都源于乡里民间:"今之北曲,盖辽、金北鄙杀伐之音,壮伟狠戾,武夫马上之歌,流入中原,遂为民间之日用。"④"夫南曲本市里之谈,即如今吴下《山歌》、

---

① [明]徐渭:《徐渭集·徐文长三集》卷二十九《读龙惕书》,中华书局1983年版,第679页。
② [明]徐渭原著,李复波、熊澄宇注释:《南词叙录注释》,中国戏剧出版社1989年版,第5页。
③ [明]祝允明:《猥谈》,载邓子勉编:《明词话全编·杨仪辑词话》,凤凰出版社2012年版,第2337页。
④ [明]徐渭原著,李复波、熊澄宇注释:《南词叙录注释》,中国戏剧出版社1989年版,第24页。

北方《山坡羊》。"①肯定了南戏是可与北曲媲美的重要剧种。虽然因对南戏的酷爱,徐渭也有贬抑北曲之论,谓其"不过出于边鄙裔夷之伪造耳"②,但是,总的看来,仍不失为公允中鹄之论,如他说:"听北曲使人神气鹰扬,毛发洒淅,足以作人勇往之志,信胡人之善于鼓怒也……南曲则纡徐绵眇,流丽婉转,使人飘飘然丧其所守而不自觉,信南方之柔媚也。"③"壮伟很戾""流丽悠远",共同构成了中国古代戏曲艺术的主体风格。

南戏虽然滥觞于"市里之谈",但随着文人创作的兴盛,逐步臻于完善。然而,文人创作又使得一些南戏作品成了理性观念的图解、道德说教的工具。丘浚《五伦全备纲常记》,通篇宣扬封建道德教条,其中第三出中的四支《金字经》全用《论语》的句子写成,邵灿《五伦香囊记》实为《五伦全备纲常记》的复制品。《五伦香囊记》在表现形式上崇尚骈俪,用典冷僻,甚至直接"以时文为南曲"④,徐渭对此进行了有力抨击:

> 以时文为南曲,元末、国初未有也,其弊起于《香囊记》。《香囊》乃宜兴老生员邵文明作,习《诗经》,专学杜诗,遂以二书语句勾入曲中,宾白亦是文语,又好用故事作对子,最为害事。夫曲本取于感发人心,歌之使奴、童、妇、女皆喻,乃为得体;经、子之谈,以之为诗且不可,况此等耶?直以才情欠少,未免矮补成篇。⑤

---

① [明]徐渭原著,李复波、熊澄宇注释:《南词叙录注释》,中国戏剧出版社1989年版,第25页。
② [明]徐渭原著,李复波、熊澄宇注释:《南词叙录注释》,中国戏剧出版社1989年版,第31页。
③ [明]徐渭原著,李复波、熊澄宇注释:《南词叙录注释》,中国戏剧出版社1989年版,第76页。
④ [明]徐渭原著,李复波、熊澄宇注释:《南词叙录注释》,中国戏剧出版社1989年版,第49页。
⑤ [明]徐渭原著,李复波、熊澄宇注释:《南词叙录注释》,中国戏剧出版社1989年版,第49页。

第三章 学宗王门:徐渭与文学思潮的兴起

为了力矫丘浚、邵灿等人之流弊,徐渭提出了"本色"的理论。他说"《香囊》如教坊雷大使舞,终非本色"①。"本色"原应是戏曲的特色,但文人则多尚雅丽,钱南扬先生说:"宋元戏文原只本色一家,而文人学士是喜欢典雅的,嫌戏文俚俗,不屑一顾,别创文词一派。上也者,卖弄才情,大套细曲过多,不适宜于演唱;下也者,雕章琢句,堆砌典故,开馁饤之门。"②以"本色"论曲较多的是何良俊,他论曲道:

> 郑德辉《倩女离魂·越调·圣药王》内"近蓼花,缆钓槎,有折蒲衰草绿兼葭。过水溍,傍浅沙。遥望见烟笼寒水月笼沙。我只见茅舍两三家"。如此等语,清丽流便,语入本色,然殊不浓郁,宜不谐于俗耳也。③

> 王实甫《丝竹芙蓉亭》杂剧,《仙吕》一套,通篇皆本色语,殊简淡可喜。④

> 《拜月亭·赏春·惜奴娇》如"香闺掩,珠帘镇垂,不肯放燕双飞。走雨内,绣鞋儿分不得帮和底,一步步提,百忙里褪了根儿"。正词家所谓本色语。⑤

何良俊的"本色"之论,主要是指"清丽流便""简淡可喜"的语言风格。徐复祚也有相似的论述:"然愈藻丽,愈远本色。《龙泉记》《五伦全备》,纯是措大书袋子语,陈腐臭烂,令人呕秽,一蟹不如一蟹矣。"⑥

徐渭所谓"本色",一方面与刻意求工、典雅藻饰的语言风格相对立,

---

① [明]徐渭原著,李复波、熊澄宇注释:《南词叙录注释》,中国戏剧出版社1989年版,第51页。
② 钱南扬:《汉上宧文存·谈吴江派》,上海文艺出版社1980年版,第82页。
③ [明]何良俊:《四友斋丛说》卷三十七《词曲》,中华书局1959年版,第338页。
④ [明]何良俊:《四友斋丛说》卷三十七《词曲》,中华书局1959年版,第339页。
⑤ [明]何良俊:《四友斋丛说》卷三十七《词曲》,中华书局1959年版,第342页。
⑥ [明]徐复祚:《三家村老曲谈》,载俞为民、孙蓉蓉编:《历代曲话汇编·明代编》第二集,黄山书社2009年版,第257页。

另一方面还具有真实无伪的含义,广及人物、情节诸方面,是与"相色"相对立的。此之"本色"之论不囿于戏曲领域,而是广及了所有的文学作品。他说:"岂惟剧者,凡作者莫不如此。"①如果说当时曲坛的"本色"论尚见和声,那么,徐渭以"本色"论文,则"崭然有异"于时,和者甚寡。这也就难怪徐渭唏嘘慨叹了。

徐渭不但高扬"本色论",而且还是其践履者,他所作的《四声猿》,不但人物性格的刻画真意淋漓,语言也充分体现了浅易晓畅的特征。如《狂鼓史渔阳三弄》:

> 丞相做事太心欺,呀,一个跷蹊,呀,一个跷蹊。引惹得旁人,跷打蹊,打跷蹊,说是非,呀,一个跷蹊,呀,一个跷蹊。雪隐鹭鸶飞始见,呀,一个跷蹊,呀,一个跷蹊;柳藏鹦鹉,跷打蹊,打跷蹊,语方知,呀,一个跷蹊,呀,一个跷蹊。
>
> 抹粉搽脂只一会而红,呀,一个冬烘,呀,一个冬烘。报恩结怨,烘打冬,打冬烘,落花的风,呀,一个冬烘,呀,一个冬烘。万事不由人计较,呀,一个冬烘,呀,一个冬烘;算来都是,烘打冬,打冬烘,一场空,呀,一个冬烘,呀,一个冬烘。②

完全以口语入曲,不加雕琢,但在回环复沓之中,体现了滑稽排调的风格,传达出了人物的性格。

与尚求自然本色相关联,徐渭对间巷歌辞、民间谣谚也十分推赞,云:"乐府盖取民俗之谣,正与古国风一类。今之南北东西虽殊方,而妇女儿童、耕夫舟子、塞曲征吟、市歌巷引,若所谓竹枝词,无不皆然。此真天机

---

① [明]徐渭:《徐渭集·徐文长佚草》卷一《西厢序》,中华书局1983年版,第1089页。
② [明]徐渭:《徐渭集·四声猿》总目《狂鼓史渔阳三弄》,中华书局1983年版,第1181页。

自动,触物发声,以启其下段欲写之情,默会亦自有妙处,决不可以意义说者。"①在诗坛以古法高格为准的之时,徐渭视出于妇女儿童、耕夫舟子之口的作品为"天机自动",同样是迥绝一时之论。

第三节 兼取王、季:宗经稽古与抒写真我的统一

季本与王门后学一个重要的理论殊异在于他主张宗经稽古,对此,徐渭在《奉赠师季先生序》中云:

> 新建宗谓俗儒析经,言语支离,以为理障,人人得而闻也。后生者起,不知支离者之心足以障理,而谓经之理足以障心,或有特为弃蔑典训,自以独往来于一真,其拘陋者溺旧闻,视附会溃烂之谈,辄摇手不敢出一语。先生则取六经,独以其心之所得,以一路竟往其奥,而悉摧破之。②

如所周知,王阳明的心学是以"心即理"为逻辑起点的,而与朱学的"即物穷理"不同,他甚至认为"盖天地万物与人原是一体,其发窍之最精处,是人心一点灵明"③。即便是儒学六经之学,也仅是"吾心"的注脚而已。他说:"六经者非他,吾心之常道也。"④"故六经者,吾心之记籍也,而六经之实则具于吾心,犹之产业库藏之实积,种种色色,具存于其家。"⑤

---

① [明]徐渭:《徐渭集·徐文长三集》卷十六《奉师季先生书》三,中华书局1983年版,第458页。
② [明]徐渭:《徐渭集·徐文长三集》卷十九《奉赠师季先生序》,中华书局1983年版,第515页。
③ [明]王守仁撰,吴光等编校:《王阳明全集》卷三《传习录下》,上海古籍出版社2011年版,第122页。
④ [明]王守仁撰,吴光等编校:《王阳明全集》卷七《稽山书院尊经阁记》,上海古籍出版社2011年版,第284页。
⑤ [明]王守仁撰,吴光等编校:《王阳明全集》卷七《稽山书院尊经阁记》,上海古籍出版社2011年版,第284页。

人们要探论天理,"须从自己心上体认,不假外求始得"①。王门后学更是荒经蔑古,学尚空疏,不重典据,唯求心上立根。王畿直接秉承了阳明的这一学风,无论是他所谓"不须穷索"②,还是"常使胸中豁豁,无些子积滞,方是学"③,都是强调体悟"一点灵明"④发明本心。但季本则索据问典,宗法六经,著成《易学四同》《春秋私考》《读礼疑图》诸书,借古籍而发微。

就文学思想而论,师古与师心是七子派和革新派的重要区别,如前七子主张"文自西京,诗自中唐而下,一切吐弃"⑤。究其学术思想,则是"学不的古,苦心无益"⑥。革新派则主张信口信腕、直抒胸臆。其学术思想,主要是受到王学及禅学的影响,内求自证、鄙薄传统。但是,在其渐起和渐衰的过程中,对古学及传统的观念并不一致。相对而言,李贽和公安派更多地表现出纵情任性、不拘绳墨的特征。而其后的钟惺、谭元春则品评古诗,期期以"厚"为务,竟陵派文人讲求学问,目的是纠公安派尚自然而过于轻狷之偏。徐渭生活于复古之风称盛之时,与竟陵派文人不同,他虽然"崭然有异"于时,还是提出了较为辩证的"稽古"理论,云:

> 古先圣贤,固已各竭其心思,而试诸行事,历数千百年之久,会诸人之长而笔之于经,以待后来之取,非一人一时之所集,盖为高之丘陵,为下之川泽。吾夫子所称文武之方策,所致力于杞宋之文献者,皆此道也。诸经之不可以忽,而后之学者必有事于稽之者,盖如此。其后辟外驰者过于惩咽,遂欲尽束文字,直取明心,其意本以救支离

---

① [明]王守仁撰,吴光等编校:《王阳明全集》卷一《传习录上》,上海古籍出版社2011年版,第24页。
② 吴震编校整理:《王畿集》卷四《过丰城答问》,凤凰出版社2007年版,第79页。
③ 吴震编校整理:《王畿集》卷三《水西精舍会语》,凤凰出版社2007年版,第63页。
④ 吴震编校整理:《王畿集》卷四《留都会纪》,凤凰出版社2007年版,第99页。
⑤ [清]张廷玉等:《明史》卷二百八十五《文苑传序》,中华书局1974年版,第7307页。
⑥ [明]李梦阳撰,郝润华校笺:《李梦阳集校笺》卷六十二《答周子书》,中华书局2020年版,第1925页。

之弊,而不善学者,顿入于灭裂而不可绳。稽古之义,且视为赘疣,矧其地与其庐舍,曾有及之者乎?①

徐渭认为,儒学经典不单单是古圣昔贤的个人主观创造,更是经过实践的验证,时间的磨洗,"会诸人之长"而见诸文字的人类经验的结晶,因此,"诸经之不可以忽"②。在文学思想方面徐渭也不乏崇古之论,云:

> 古人之诗本乎情,非设以为之者也,是以有诗而无诗人。迨于后世,则有诗人矣,乞诗之目多至不可胜应,而诗之格亦多至不可胜品,然其于诗,类皆本无是情,而设情以为之。夫设情以为之者,其趋在于干诗之名,干诗之名,其势必至于袭诗之格而剿其华词,审如是,则诗之实亡矣,是之谓有诗人而无诗。③

徐渭主张抒写真情,古人佳什正是抒写真性情的典范。可见他并不是唯古是尊者,更不是如七子派那样以古为尚、胶柱鼓瑟。他对古学仅是"有事于稽之"④而已,曰:"慕古而反其所以真为古者,则惑之甚也。"⑤在师古的方法上,他说:"彼以字眼绳者,所得盖少矣,有意而不能发矣。某匍匐学步,殊未到此,然却是望其门墙,不敢苟且作不整也。"⑥反对尺寸古法、徒袭皮毛,而是要学习李白、杜甫、韩愈、苏轼那样"无意不可发,无

---

① [明]徐渭:《徐渭集·徐文长逸稿》卷十九《稽古阁记》,中华书局1983年版,第1004页。
② [明]徐渭:《徐渭集·徐文长逸稿》卷十九《稽古阁记》,中华书局1983年版,第1004页。
③ [明]徐渭:《徐渭集·徐文长三集》卷十九《肖甫诗序》,中华书局1983年版,第534页。
④ [明]徐渭:《徐渭集·徐文长逸稿》卷十九《稽古阁记》,中华书局1983年版,第1004页。
⑤ [明]徐渭:《徐渭集·徐文长三集》卷十七《论中四》,中华书局1983年版,第491页。
⑥ [明]徐渭:《徐渭集·徐文长三集》卷十六《答龙溪师书》,中华书局1983年版,第485页。

物不可咏"①的纵横自如的创作方法,从无法之中见法度,将师古与师心融而为一,云:"其后渭颇学为古文词,亦辄稍应事,则见其书于手者,类不出于其心。"②他并不像七子派那样拘守格调,认为古雅与今俗是时势使其然,并无优劣之分,云:"古字艰,艰生解,解生易,易生不古矣,不古者俗矣,古句弥难,难生解,解生多,多又生多,多生不古,不古生不劲矣,是时使然也,非可不然而故然之也。兴不兴不系也。"③他的理论归趣是要抒写"真我"。此之"真我"是"在小匪细,在大匪泥","在方寸间,周天地所"的本体;它是自然洒脱、"无罣无碍"的,它是轻妙灵动,"来不知始,往不知驰"的;实质即是王学自然灵妙之"心",抒写真我,亦即师心。④ 此之"心",此之"我",既有"周天地所",万物一体于我的含义,又带有阳明心学的主体精神。可见,徐渭尚慕古人,目的是抒写真性情。本于此,徐渭曾痛诋文坛故作高声大语,徒袭格套的风习,他说:

> 予惟天下之事,其在今日,鲜不伪者也,而文为甚。举人之一身,其以伪而供五官百骸之奉者,鲜不重者也,而文为轻。何者?视必组绣,五色伪矣,听必淫哇,五声伪矣,食必脆脓,五味伪矣,推而至于凡身之所取以奉者,靡不然。否则,且怫然逆,故曰重。至于文,则一以为筌蹄,一以为羔雉,故曰轻。然而文也者,将之以授于人也。从左佚而得之,亦必取赵孟而名之。故曰:今天下事鲜不伪者,而文为甚。夫真者,伪之反也。故五味必淡,食斯真矣,五声必希,听斯真矣,五色不华,视斯真矣。凡人能真此三者,推而至于他,将未有不真者。⑤

---

① [明]徐渭:《徐渭集·徐文长三集》卷十六《答龙溪师书》,中华书局1983年版,第485页。
② [明]徐渭:《徐渭集·徐文长三集》卷十九《胡公文集序》,中华书局1983年版,第518页。
③ [明]徐渭:《徐渭集·徐文长三集》卷十七《论中四》,中华书局1983年版,第491页。
④ [明]徐渭:《徐渭集·徐文长三集》卷一《涉江赋》,中华书局1983年版,第36页。
⑤ [明]徐渭:《徐渭集·徐文长逸稿》卷十四《赠成翁序》,中华书局1983年版,第908页。

这一文学归趣又暗合于王畿的学术路向。王畿为文,便是"发挥性真,阐明心要,剔精抉髓"而与世人"窒厥性灵,袭假疑真"的作品迥然有别。①同时,他论学本于己,本于真,云:"盖吾人本心自证自悟,自有天则。"②又云:"吾人心中一点灵明便是真种子。"③王畿所谓灵明"本心""真种子",亦即徐渭所谓"真我"。与"龙溪则兼乎老"④一样,徐渭尚真去伪也颇得老庄神韵。

第四节 祖述儒典:论"中"而求变

与季本"探本极源"⑤的学术路径有关,徐渭也有祖述儒学原典的倾向。论"中"便是其表现之一。

求"中"是人类共同的思维特征和价值趋向。正如日本学者中村元所云:"'中道''中庸'之类的道德观念,在印度、中国和希腊差不多是在同时得到了许多哲学家的提倡,这不能说是偶然的一致,其中一定有某些原因。"⑥印度佛教讲中道、中观、中谛,先秦儒家讲中庸、中行、中和,古希腊哲学家也有类似的思想,但是各自的理论内涵并不完全相同。就以儒释而论,儒家"中庸"学说的基本原则是"允执其中"⑦,"无过无不及"⑧。

---

① [明]萧良干:《龙溪先生文集序》,载吴震编校整理:《王畿集》卷首,凤凰出版社2007年版,第1页。
② 吴震编校整理:《王畿集》卷十六《赵麟阳赠言》,凤凰出版社2007年版,第447页。
③ 吴震编校整理:《王畿集》卷四《留都会纪》,凤凰出版社2007年版,第99页。
④ [清]黄宗羲著,沈芝盈点校:《明儒学案》卷十二《浙中王门学案》二《郎中王龙溪先生畿》,中华书局2008年版,第248页。
⑤ [明]徐渭:《徐渭集·徐文长三集》卷二十八《季先生入祠祭文》,中华书局1983年版,第660页。
⑥ [日]中村元著,吴震译:《比较思想论》,浙江人民出版社1987年版,第219页。
⑦ [宋]朱熹:《四书章句集注·论语集注》卷十《尧曰第二十》,中华书局1983年版,第193页。
⑧ [宋]朱熹:《四书章句集注·论语集注》卷三《雍也第六》,中华书局1983年版,第91页。

二程云:"不偏之谓中,不易之谓庸。中者天下之正道,庸者天下之定理。"①即不偏不倚。佛教的"中道"则如龙树在《中论》中所云:"众因缘生法,我说即是空,亦为是假名,亦是中道义。"②意思是要人们既不执空,而对事物作绝对的否定;亦不执有,而对事物作绝对的肯定。这不同于中国哲学论"中"所具有的"度"的含义,而主要是对事物存在与否的质的判断。中、印哲学的"中"论不尽相同。徐渭的哲学专论并不多见,但是论"中"即有七篇之多,其《论中一》最能见其要旨:

> 语中之至者,必圣人而始无遗,此则难也。然习为中者,与不习为中者,甚且悖其中者,皆不能外中而他之也。似易也,何者,之中也者,人之情也,故曰易也。语不为中,必二氏之圣而始尽,然习不为中者,未有果能不为中者也,此则非直不易也,难而难者也。何者,不为中、不之中者,非人之情也。鱼处水而饮水,清浊不同,悉饮也,鱼之情也。故曰为中似犹易也,而不饮水者,非鱼之情也,故曰不为中,难而难者也。二氏之所以自为异者,其于不饮水不异也,求为鱼与不求为鱼者异也,不求为鱼者,求无失其所以为鱼者而已矣,不求为鱼也。重曰为中者,布而衣,衣而量者也,自童而老,自侏儒而长人,量悉视其人也。夫人未有不衣者,衣未有不布,布未有不量者,衣童以老,为过中,衣长人以侏儒,是为不及于中,圣人不如此其量也。若夫释也者,则不衣矣,不衣不布矣,不布而量何施,故曰不为中。黄之异缁也,则首譬曰,尚欲为鱼也,尽之矣。虽然,鱼有跃者化者,时离水而彻饮者,有矣,似难而易也,鱼不化而不跃而不离水也,而饮必无不清者,有之乎? 似易而难也。故曰:"中庸不可能也。"③

---

① [宋]程颢、[宋]程颐著,王孝鱼点校:《二程集》遗书卷七《二先生语七》,中华书局2004年版,第100页。
② [后秦]三藏鸠摩罗什译:《中论》卷四《观四谛品第二十四》,《大正藏》第30册,第33页。
③ [明]徐渭:《徐渭集·徐文长三集》卷十七《论中一》,中华书局1983年版,第488页。

在徐渭看来,"语中""为中"是人之常情,即如同鱼必然在水中饮水的自然规律一样。但是,值得注意的是,徐渭认为,"语中"只有儒者所为,释、道二氏并无此理论。原因即在徐渭论"中"具有两个特点:其一,完全继承了儒家尤其是孔子"过犹不及""无过无不及"的思维传统,赋予其"度"的含义,而并非释氏中道理论所具有的"空""有"的统一。他以量体裁衣为例,"衣童以老,为过中,衣长人以侏儒,是为不及于中",但由于释氏"不衣矣,不衣不布矣,不布而量何施","故曰不为中"。① 其二,"中"是清浊相混的。道教追慕清虚之境,《云笈七签》卷一百一《元始天王纪》云:"元始天王,禀天自然之胤,结形未沌之霞,记体虚生之胎,生乎空洞之际。……进登金阙,受号玉清紫虚高上元皇太上大道君……位在玉清,掌括上皇高帝之真。"②徐渭则以鱼水为喻,鱼潜水中,而水则清浊相混。而道教孜求至清,然"饮必无不清者,有之乎?似易而难也"③。因此,对道教来说,"中庸不可能也"④。清浊相混,为鱼之情,亦即人之情。由此可以看出,徐渭论"中"带有明显的自然论色彩,即便是"量体裁衣"之喻,"中"也不是先天固有的模式,而是因自然而易,不抑不扬,不拘于一法一式。

徐渭所论之"中",亦即屠隆所谓"适",以其论文学,则是主张因时而变,即文学的语言与时代相符称。他论"中"的旨趣之一是为反对拟古张本,他说:"古《康衢》也,今渐而里之优唱也,古《坟》也,今渐而里唱者之所谓宾之白也,悉时然也,非可不然而故然之也。"⑤文学也应因时求变,如果一意拘泥古法,则会形质相碍,有悖于"中"的规范,这无异于"夺裘葛以取温凉,而取温凉于兽皮也,木叶也"⑥。他还举例说明了古今之变的必然,云:"今之为词而叙吏者,古衔如彼,则今衔必彼也。而叙地者,古

---

① [明]徐渭:《徐渭集·徐文长三集》卷十七《论中一》,中华书局1983年版,第488页。
② [宋]张君房:《云笈七签》卷一百一《元始天王纪》,四部丛刊景明正统道藏本。
③ [明]徐渭:《徐渭集·徐文长三集》卷十七《论中一》,中华书局1983年版,第488页。
④ [明]徐渭:《徐渭集·徐文长三集》卷十七《论中一》,中华书局1983年版,第488页。
⑤ [明]徐渭:《徐渭集·徐文长三集》卷十七《论中四》,中华书局1983年版,第491页。
⑥ [明]徐渭:《徐渭集·徐文长三集》卷十七《论中四》,中华书局1983年版,第491页。

名如彼,今名必彼也。其他靡不然。而乃忘其彼之古者,即我之今也,摹古而反其所以真为古者,则惑之甚也。"①对此,他又说:

> 人有学为鸟言者,其音则鸟也,而性则人也。鸟有学为人言者,其音则人也,而性则鸟也。此可以定人与鸟之衡哉?今之为诗者,何以异于是。不出于己之所自得,而徒窃于人之所尝言,曰某篇是某体,某篇则否,某句似某人,某句则否,此虽极工逼肖,而己不免于鸟之为人言矣。②

"中"即形质相符,人之性而学鸟之言,则有悖于"中"。鸟之言无论其肖与不肖,都不符合人之性。而当时的诗歌,常常是诗人们"干诗之名""袭诗格""剿华词"③敷设而成。由于诗人的个性、情感各各有别,发之于诗,风格也应各有不同:"性畅者其词亮,性郁者其词沈。"④"性"与"词"相符才能得"中"。

乍看起来,徐渭生性豪放不羁,"眼空千古,独立一时"⑤,这与儒家所强调的徐迂优雅、温柔敦厚的"中和之美"很难融通,但他又恰恰追求"中"之境界,把它视为儒者独臻的审美理想。这主要是因为徐渭发展了儒家固有的"中"的内涵,将"无过无不及"的"适度"发展为因应自然,而后者正是晚明文学思潮的一个重要理论特征。这是徐渭有别于前人,有别于时贤的一个理论创造。事实上,他取法儒学原典,诠以己意,目的也是为与时人异质的文学思想张本,他对"兴、观、群、怨"的别

---

① [明]徐渭:《徐渭集·徐文长三集》卷十七《论中四》,中华书局1983年版,第491页。
② [明]徐渭:《徐渭集·徐文长三集》卷十九《叶子肃诗序》,中华书局1983年版,第519页。
③ [明]徐渭:《徐渭集·徐文长三集》卷十九《肖甫诗序》,中华书局1983年版,第534页。
④ [明]徐渭:《徐渭集·徐文长三集》卷十九《肖甫诗序》,中华书局1983年版,第534页。
⑤ [明]袁宏道:《徐文长传》,载[明]徐渭:《徐渭集》附录,中华书局1983年版,第1343页。

解,便是一例,他说:

> 公(许口北)之选诗,可谓一归于正,复得其大矣。此事更无他端,即公所谓可兴、可观、可群、可怨,一诀尽之矣。试取所选者读之,果能如冷水浇背,陡然一惊,便是兴观群怨之品,如其不然,便不是矣。①

自古疏解《论语》之作甚多,但是,如徐渭这样以"如冷水浇背,陡然一惊"为训的似别无他人。这便是有"旷代奇人"②之誉的徐文长之"奇"处,与其后的袁宏道以"迁流无已,变动不常,安有定辙"③释禅宗之"禅",有异曲同工之妙。

第五节 师法唐宋:文思学理的调适

唐宋派是明代文学史上受学术思想濡染最深的流派之一,唐宋派的中坚唐顺之即被黄宗羲列为《明儒学案·南中王门学案》。唐宋派的学术、文学思想也深受王畿的影响。同时,唐顺之又见列于徐渭的师类之中,徐渭的文学思想与唐宋派十分贴近。承学王畿与得唐宋派的神脉,虽然一是文学,一是学术,但两者之间本质上是一致的。徐渭与唐宋派的应和,从某种意义上说,也与得王畿心印有关。

徐渭反对剽拟古人,但并不反对师习古人。他主张博而有约,即学习古人的风神脉理,既深谙古法而又无迹可寻,借格法以求自得。陶望龄深

---

① [明]徐渭:《徐渭集·徐文长三集》卷十六《答许口北》,中华书局1983年版,第482页。
② [明]磊砢居居士:《四声猿跋》,载[明]徐渭:《徐渭集》附录,中华书局1983年版,第1359页。
③ [明]袁宏道著,钱伯城笺校:《袁宏道集笺校》卷五《曹鲁川》,上海古籍出版社2018年版,第272页。

会徐渭之意,谓其:"文实有矩尺,诗又深奥。""往往深于法而略于貌。"①于冲融自得中见自己的风格,这与唐宋派也有互通之处。唐宋派大家归有光也孜求师古以证吾心,得古人神韵而冥会于心,他对"圣人之书""悉心研究,毋事口耳剽窃。以吾心之理而会书之意,以书之旨而证吾心之理,则本原洞然,意趣融液。举笔为文,辞达义精"②。同样,唐顺之主张"法寓于无法之中"③,其意也在于此。从表面上看,他们和七子派一样都主张师法前人,其实他们师法的内容和方法并不相同,如李攀龙便曾"高自夸许,诗自天宝以下,文自西京以下,誓不污我毫素也"④。师法的对象有严格的限制,即文称秦汉,诗学盛唐。秦汉之文、盛唐之诗的成就代有定评,学习古人而求自得,并非坏事,但如果定其为一尊,目不暇顾,势必会陷于绝对化,以至于文徒袭古文辞,诗求古法高格,师法不能迈往凌越,古文古法便成了束缚创作的陈规。"其成言班如也,法则森如也"⑤,结果只能是掇拾前人唾余而已。有鉴于前七子的偏执之弊,唐宋派师法前人务求脉理神韵,打通了被七子派人为割断了的历史,认为"文章有真千古一脉"⑥,破除了古今畦界。徐渭也主张师习唐宋之文,对此,陶望龄在《徐文长传》中云:"越之文士著名者,前惟陆务观最善,后则文长。自古业盛行,操翰者羞言唐宋,知务观者鲜矣,况文长乎?"⑦陶望龄认为陆务

---

① [明]陶望龄:《刻徐文长三集序》,载[明]徐渭:《徐渭集》附录,中华书局1983年版,第1347页。
② [明]归有光著,周本淳校点:《震川先生集》卷七《山舍示学者》,上海古籍出版社2007年版,第151页。
③ [明]唐顺之著,马美信、黄毅点校:《唐顺之集》卷十《董中峰侍郎文集序》,浙江古籍出版社2014年版,第466页。
④ [清]钱谦益撰集,许逸民、林淑敏点校:《列朝诗集·丁集》第五《李按察攀龙》,中华书局2007年版,第4405页。
⑤ [明]王世贞:《弇州四部稿》卷八十三《李于鳞先生传》,明万历刻本。
⑥ [明]孙慎行:《玄晏斋文抄》卷一《读外大父荆翁集识》,明崇祯刻本。
⑦ [明]陶望龄:《徐文长传》,载[明]徐渭:《徐渭集》附录,中华书局1983年版,第1341页。

第三章 学宗王门:徐渭与文学思潮的兴起 113

观与徐文长一是"知务观者鲜矣",一是"名不出于乡党",①都是因为他们师习唐宋,而与操文章之柄的复古派乖隔颇多。徐渭与唐宋派主要人物过从较密,师法唐顺之,作品也颇得唐宋派的心印,以至于"文类宋唐"②。对此,陶望龄《徐文长传》中有这样一段生动的记载:

  时都御史武进唐公顺之,以古文负重名。胡公(胡宗宪)尝袖出渭所代,谬之曰:"公谓予文若何?"唐公惊曰:"此文殆辈吾!"后又出他人文,唐公曰:"向固谓非公作,然其人谁耶?愿一见之。"公乃呼渭偕饮,唐公深奖叹,与结欢而去。归安茅副使坤时游于军府,素重唐公。尝大酒会,文士毕集,胡公又隐谓文语曰:"能识是为谁笔乎?"茅公读未半,遽曰:"此非吾荆川必不能。"胡公笑谓渭:"茅公雅意师荆川,今北面于子矣。"茅公惭愠面赤,勉卒读,谬曰:"惜后不逮耳。"③

徐渭与唐宋派的趋同是多方面的,他们都推尚本色,唐顺之提出"况好文字与好诗,亦正在胸中流出"④,徐渭也主张诗文当"写其胸膈"⑤。这些都与其后的公安派文论相应和。但是,徐渭还有与唐宋派相似而与李贽、"三袁"异致之论。李贽、"三袁"论趣、韵而绌理,但徐渭的文论则有尚理的倾向。这除了因为徐渭"少慕古文词","既而有慕于道"的经

---

① [明]陶望龄:《徐文长传》,载[明]徐渭:《徐渭集》附录,中华书局1983年版,第1341页。
② [明]陶望龄:《刻徐文长三集序》,载[明]徐渭:《徐渭集》附录,中华书局1983年版,第1347页。
③ [明]陶望龄:《徐文长传》,载[明]徐渭:《徐渭集》附录,中华书局1983年版,第1339页。
④ [明]唐顺之著,马美信、黄毅点校:《唐顺之集》卷七《与莫子良主事》,浙江古籍出版社2014年版,第292页。
⑤ [明]徐渭:《徐渭集·徐文长逸稿》卷十四《胡大参集序》,中华书局1983年版,第907页。

历,还与师习唐宋派有关。① 唐宋派之文"理胜相掩"②,唐顺之云:"文士研精于文以窥神明之奥。"③唐顺之自评其诗文云:"其为诗也,率意信口,不调不格,大率似以寒山、《击壤》为宗而欲摹效之,而又不能摹效之然者。其于文也,大率所谓宋头巾气习,求一秦字汉语了不可得。"④带有某些陈庄体的痕迹。徐渭一方面主张诗本乎情,另一方面又推许诗中之理,如他称誉朱邦宪云:"邦宪既大家子孑立,观其诗则又富于学,而深入于理。"⑤有时,他更有与王阳明相似的崇理绌文之论,在《草玄堂稿序》中有这样一段对话:

或问于予曰:"诗可以尽儒乎?"予曰:"古则然,今则否。"曰:"然则儒可以尽诗乎?"予曰:"今则否,古则然。"请益,予曰:"古者儒与诗一,是故谈理则为儒,谐声则为诗。今者儒与诗二,是故谈理者未必谐声,谐声者未必得于理。盖自汉魏以来,至于唐之初晚,而其轨自别于古儒者之所谓诗矣。"曰:"然则孰优乎?"曰:"理优。"谓理可以兼诗,徒轨于诗者,未可以言理也。⑥

他称誉发问者,云:"君诚儒者也,而非区区诗人之流也。"⑦一问一答,冥

---

① [明]陶望龄:《徐文长传》,载[明]徐渭:《徐渭集》附录,中华书局1983年版,第1340页。
② [明]李攀龙著,包敬第标校:《沧溟先生集》卷十六《送王元美序》,上海古籍出版社2014年版,第491页。
③ [明]唐顺之著,马美信、黄毅点校:《唐顺之集》卷十《文编序》,浙江古籍出版社2014年版,第450页。
④ [明]唐顺之著,马美信、黄毅点校:《唐顺之集》卷六《答皇甫百泉郎中》,浙江古籍出版社2014年版,第257页。
⑤ [明]徐渭:《徐渭集·徐文长逸稿》卷十五《寿朱母夫人序》,中华书局1983年版,第961页。
⑥ [明]徐渭:《徐渭集·徐文长逸稿》卷十四《草玄堂稿序》,中华书局1983年版,第906页。
⑦ [明]徐渭:《徐渭集·徐文长逸稿》卷十四《草玄堂稿序》,中华书局1983年版,第906页。

会诸心,"呀然相视而笑",根本原因是他们都"私淑于新建之教",以及有得于唐顺之。① 在《肖甫诗序》中,他肯定了唐顺之等唐宋派在文坛"袭诗之格而剿其华词"之时的纠矫之功,云:"有穷理者起而救之,以为词有限而理无穷,格之华词有限而理之生议无穷也,于是其所为诗悉出乎理而主乎议。"②肖甫与徐渭结发同师,肖甫所作的诗歌"入理而主议","其所造之理,与所主之议,深而高,故其为诗也沈,而为人所难知",但是徐渭"独私好之"。③ 可见,论诗尚理,其源在于王学。虽然李贽与公安派等人都崇奉王学,但他们依傍王学的目的主要在于为自己的理论张本,不如徐渭守师法之笃。同时,徐渭略早于李、袁,文坛正是七子派称盛之时,他对拟古派的不满,自然会引唐宋派为依傍。

当然,就总体而言,徐渭更强调文学因时而变、自然运化,这也是最为公安派认可之论。因此,袁宏道在《徐文长传》中对他的文风、行谊做了这样激情四溢的描述:

> (徐渭)走齐、鲁、燕、赵之地,穷览朔漠,其所见山奔海立,沙起云行,风鸣树偃,幽谷大都,人物鱼鸟,一切可惊可愕之状,一一皆达之于诗。其胸中又有一段不可磨灭之气,英雄失路托足无门之悲,故其为诗,如嗔如笑,如水鸣峡,如种出土,如寡妇之夜哭,羁人之寒起。当其放意,平畴千里,偶尔幽峭,鬼语秋坟。④

两位矫激任性、傲睨一世的文人无缘相晤,仅以文章而得灵犀相通,宏道

---

① [明]徐渭:《徐渭集·徐文长逸稿》卷十四《草玄堂稿序》,中华书局1983年版,第906页。
② [明]徐渭:《徐渭集·徐文长三集》卷十九《肖甫诗序》,中华书局1983年版,第534页。
③ [明]徐渭:《徐渭集·徐文长三集》卷十九《肖甫诗序》,中华书局1983年版,第534页。
④ [明]袁宏道:《徐文长传》,载[明]徐渭:《徐渭集》附录,中华书局1983年版,第1343页。

一气如注的《徐文长传》已足以说明他们文学观念的声应气求了。

综上可见,徐渭对王门的承续,以受教王畿为多。虽然稽古论中,源起于季本,但结论往往与王畿多有神会之处。毕竟,通脱而不拘执,自然而不墨守,才是徐渭在王、李之声华笼盖海内之时能"卓然有异"的精神依托。王畿与传统思想的异质是感慨激烈,是不为世谛所测的徐渭的主要思想奥援。明乎此,我们就不难理解他以"吾儒"自称,而又为何对朱熹的訾诃如此之烈了,他说:

> 文公件件要中鹄,把定执板,只是要人说他是个圣人,并无一些破绽,所以做别人着人人不中他意,世间事事不称他心,无过中必求有过,谷里拣米,米里拣虫,只是张汤赵禹伎俩。此不解东坡深。吹毛求疵,苛刻之吏,无过中求有过,暗昧之吏。极有布置而了无布置痕迹者,东坡千古一人而已。朱老议论乃是盲者摸索,拗者品评,酷者苛断。①

朱熹对苏轼之文虽然有所肯定,认为其文辞伟丽,近世无匹,乃至"若欲作文,自不妨模范",但是在《答程允夫》等书札中对苏氏贬之殊甚,认为程氏"读之(苏轼之文)爱其文辞之工而不察其义理之悖,日往月来,遂与之化,如入鲍鱼之肆,久则不闻其臭矣"。② 这几乎是气极而骂了。朱熹对苏轼也确有不公之苛斥,如对苏轼在《峻灵王庙碑》中记引唐代宗时一比丘尼梦中见上帝一事的指斥,便是以拘板的道学教条,作为灵动恣肆的文学的绳尺。徐渭扬苏轼而抑朱熹与其学宗王门有关③,同时,也是由其对

---

① [明]徐渭:《徐渭集·徐文长佚草》卷二《评朱子论东坡文》,中华书局1983年版,第1096页。
② [宋]朱熹:《晦庵集》卷四十一《答程允夫》,四部丛刊景明嘉靖本。
③ 明人董其昌云:"程、苏之学,角立于元祐,而苏不能胜。至我明,姚江出以良知之说,变动宇内,士人靡然从之。其说非出于苏,而血脉则苏也。"(转引自[明]沈德符:《万历野获编》卷二十七《紫柏评晦庵》,中华书局1959年版,第689页)而朱熹承续二程则是不争的事实。

苏轼文学观念的追慕决定的。徐渭之后,崇仰苏轼之声更响贯文坛,以致形成"东坡临御"之势。① 因此,徐渭扬苏轼而斥朱子也不失为晚明文人的先导。

---

① 晚明文坛尤其是公安派文人推尊东坡几臻极致。如李贽"求复为东坡身"([明]李贽:《续焚书》卷一《与周友山》,中华书局2009年版,第32页),以不可得为憾,云:"《坡仙集》我有批削旁注在内,每开看便自欢喜,是我一件快心却疾之书。"([明]李贽:《续焚书》卷一《与袁石浦》,中华书局2009年版,第47页)陶望龄对东坡十分推敬,云:"初读苏诗,以为少陵之后一人而已。再读,更谓过之。"([明]陶望龄撰,李会富编校:《陶望龄全集·歇庵集》卷十五《与袁六休二首》其二,上海古籍出版社2019年版,第883页)袁宏道"每以长苏自命"([清]孙锡蕃:《袁宏道传》,载[明]袁宏道著,钱伯城笺校:《袁宏道集笺校》附录二,上海古籍出版社2018年版,第1809页),又云:"近日裁诗心转细,每将长句学东坡。"([明]袁宏道著,钱伯城笺校:《袁宏道集笺校》卷十二《偶作赠方子》,上海古籍出版社2018年版,第579页)他们并不囿于对东坡文学成就的评骘,而是对其学术、诗文、才秉、情志、行谊、操守诸方面全面认同。这种评价之中糅杂着晚明文人一种舒张痛快的主观情绪,东坡的隆盛声名成了他们与七子派轩轾相埒的旗帜。

第四章 《金刚》扫相:徐渭的"本色"文艺观

徐渭虽然是一位艺精多门的旷代奇人,但他又是一位甚重"理",亦即学术思想的学人。对于诗与理的关系,他在《草玄堂稿序》中径称"理优",且申之曰:"予为是说久矣。"①基于徐渭这样的为学祈向,追寻其学术本原,不失为透视其文艺思想的重要窗口。徐渭在《自为墓志铭》中记述其为学经历,云:"往从长沙公(季本)究王氏宗,谓道类禅,又去扣于禅。"②"王氏宗"已成为学人们研究徐渭文艺思想时普遍关注的学术底色。比较而言,"扣于禅"、与玉芝等人的方外之契则鲜有学者论及。事实上,徐渭之于佛禅是"扣"诸佛经的潜心探究,他对《楞严经》《金刚经》等多有会心之解,自谓"别有得于《首楞严》"③。陶望龄《徐文长传》载其曾作《首楞严解》数篇,"皆有新意"④。同时,徐渭还颇倾意于《金刚经》,作《金刚经》序跋数篇,成为其艺术本色论的重要学理依凭,并形成了有别于曲坛本色讨论的特色。徐渭系统讨论本色论的《西厢序》与《题昆仑奴杂剧后》,均收录在《徐文长佚草》中,并紧随于《金刚经》序跋之后。《徐文长佚草》原为一钞本,乃徐渭族人徐沁所辑。虽然我们无法判断其次第是否乃徐渭经意所为,但《金刚经》与两部戏曲作品序跋之间意脉通贯的

---

① [明]徐渭:《徐渭集·徐文长逸稿》卷十四《草玄堂稿序》,中华书局1983年版,第906页。
② [明]徐渭:《徐渭集·徐文长三集》卷二十六《自为墓志铭》,中华书局1983年版,第638页。
③ [明]徐渭:《徐渭集·徐文长三集》卷二十六《自为墓志铭》,中华书局1983年版,第639页。
④ [明]陶望龄:《徐文长传》,载[明]徐渭:《徐渭集》附录,中华书局1983年版,第1341页。

痕迹宛然可寻。

第一节 《金刚经序》与《西厢序》

关于艺术本色,徐渭《西厢序》中有这样的表述:

> 世事莫不有本色,有相色。本色犹俗言正身也,相色,替身也。替身者,即书评中婢作夫人终觉羞涩之谓也。婢作夫人者,欲涂抹成主母而多插带,反掩其素之谓也。故余于此本中贱相色,贵本色,众人啧啧者我响响也。岂惟剧者,凡作者莫不如此。①

序文以论"相色"为主,"本色"是通过"相色"的对比而显其意蕴的。"相色"这一颇为鲜见的范畴缘何而来？其义为何？这是理解徐渭本色论的关键。对此,徐渭《天竺僧》一诗为我们提示了清晰的线索:"漏沙自箭准,圣水他涛奔,有为乃复尔,无量何由臻,相色示戏幻,接引讵劳尘。"②天竺僧以相色演示接引度脱的方法,显然,"相色"一词与佛教有关。与"本"对立的"相",是指诸法的形象状态,是表现在外而想象于心的形相。《金刚经》便是以"扫除诸相"为旨趣的一部佛学经典。《金刚经·大乘正宗分第三》中,佛告须菩提云:"须菩提,若菩萨有我相、人相、众生相、寿者相,即非菩萨。"③亦即,菩萨心无我、人、众生、寿者四相之分别计较,"凡所有相皆是虚妄"④。徐渭《金刚经序》中也重点论述了佛学"相"的问题,他以燃灯佛对释迦牟尼的授记为突破口,云:"佛自成佛,生自度生。唯佛自成佛,故什迦于燃灯佛所以发掩泥、以五花供养时,彼佛

---

① [明]徐渭:《徐渭集·徐文长佚草》卷一《西厢序》,中华书局1983年版,第1089页。
② [明]徐渭:《徐渭集·徐文长三集》卷四《天竺僧》,中华书局1983年版,第102页。
③ [后秦]鸠摩罗什译:《金刚经·大乘正宗分第三》,载赖永海主编,陈秋平译注:《金刚经·心经》,中华书局2013年版,第30页。
④ [后秦]鸠摩罗什译:《金刚经·如理实见分第五》,载赖永海主编,陈秋平译注:《金刚经·心经》,中华书局2013年版,第30页。

实无有法可授,什迦实无有法可得。若燃灯能以佛授云云,则燃灯有人相乎?什迦有我相乎?我受者为众生相,而授我者为寿者相乎?"①这就是《金刚经》中须菩提在回答佛发问时所说的"佛于然灯佛所,无有法得阿耨多罗三藐三菩提",以及佛对须菩提所说的"如来者,即诸法如义。若有人言如来得阿耨多罗三藐三菩提,须菩提,实无有法佛得阿耨多罗三藐三菩提"。②徐渭《金刚经序》论及了扫相中最关键的破佛之身相的问题:"四相一空,无佛可名。"③亦即《金刚经》中须菩提所说的"不可以身相得见如来",以及佛陀对须菩提所说的"凡所有相皆是虚妄。若见诸相非相,即见如来"。④扫相至此,再回视《西厢序》中的本色、相色论。相色与本色相对,本色如正身,相色如替身。替身似正身而非正身,这与《金刚经》"凡所有相皆是虚妄。若见诸相非相,即见如来"的意蕴正相契合。基于《西厢序》与《金刚经序》之间清晰的学理联系,我们理应将《西厢序》置于《金刚经》佛理背景之下进行解读。以《金刚经》"凡所有相皆是虚妄"的思维定式,徐渭之于"相色"不但具有《西厢序》中显性的"贱"的态度,更蕴含着《金刚经》中"扫",亦即破斥的意味。"婢作夫人",隐含着的是婢为虚妄、婢非夫人的意蕴。本色与相色主要不是比较,而是真实与虚妄两极间的鲜明对立。因此,《西厢序》中本色论的核心并不是体现戏曲艺术的特征(即所谓"当行"),而是艺术的真伪问题。更重要的是徐渭还由作品溯及作家:"岂惟剧者,凡作者莫不如此。"⑤其摧廓文势既带有《金刚经》破与扫的意脉,也是四相论域所及。显然,《西厢序》所论本色是关于艺术基本问题的认识。吊诡的是,徐渭这位艺术天才明为轻贱实乃摒

---

① [明]徐渭:《徐渭集·徐文长佚草》卷一《金刚经序》,中华书局1983年版,第1088页。
② [后秦]鸠摩罗什译:《金刚经·究竟无我分第十七》,载赖永海主编,陈秋平译注:《金刚经·心经》,中华书局2013年版,第77页。
③ [明]徐渭:《徐渭集·徐文长佚草》卷一《金刚经序》,中华书局1983年版,第1089页。
④ [后秦]鸠摩罗什译:《金刚经·如理实见分第五》,载赖永海主编,陈秋平译注:《金刚经·心经》,中华书局2013年版,第30—31页。
⑤ [明]徐渭:《徐渭集·徐文长佚草》卷一《西厢序》,中华书局1983年版,第1089页。

弃相色,似乎与艺术的本质特征颇多乖隔。"涂抹成主母而多插带"①,正是艺术,尤其是戏曲表演艺术的当行之属。原因为何？这源于依傍的《金刚经》是一部破除一切执著,扫除一切法相的佛经。徐渭在论本色时是挟带着《金刚经》意趣而论文艺的,吊诡的原因在于佛理与文艺本身的殊异。徐渭精熟艺道,明知论佛与论艺本身的差异,而恰恰借助《金刚经》破斥之势,以"一扫近代芜秽之习"②的豪毅笔阵,由文及人,席卷而尽,以成荡涤廓清之功。徐渭该文的着意点在于"岂惟剧者,凡作者莫不如此",论艺而假诸修饰,乃艺术巨擘徐渭心中当然应有之义,"婢作夫人"乃戏曲常态,③《四声猿》中诸多戴面科介足以为证。与论及艺术作品时贱相色留下诸多疑问而需读者猜度其本意不同,徐渭论及"作者"之本色,其对真实与虚妄之间的贵贱去取态度则顿成不刊之论。徐渭的作品,往往感慨激烈,悲于击筑、痛于吞炭、真气淋漓,是作者本色性情的自然呈露。可见,《西厢序》隐含的意旨在于：唯有"本色"的作者,方可创作出恍惚变怪,具有精彩相色的不朽篇章。显然,《西厢序》之本色论,着意点在于人之本色。明乎此,我们便不会再纠结于徐渭论艺之吊诡。就社会效应来看,《西厢序》之本色已与时人所论的戏曲本色内涵有所不同,但其贵"作者"之本色的取向却体现了与晚明文人相呼应的时代气息。这也是晚明文人推重文长的内在的精神、心理动因。《西厢序》中的"本色论"也成为与李贽"绝假纯真"的"童心说"相顾盼,体现晚明气象的理论形态,而自立于曲坛围绕《西厢记》《拜月亭》《琵琶记》而展开的本色讨论之外。其原因与其借助于《金刚经》对于众生四相的破斥、立基于超越层面的辨思有关。

---

① [明]徐渭:《徐渭集·徐文长佚草》卷一《西厢序》,中华书局1983年版,第1089页。
② [明]袁宏道:《徐文长传》,载[明]徐渭:《徐渭集》附录,中华书局1983年版,第1344页。
③ [明]徐渭:《徐渭集·徐文长佚草》卷一《西厢序》,中华书局1983年版,第1089页。

第二节 《金刚经跋》与《题昆仑奴杂剧后》

徐渭是一位借词曲以抒怀的旷世逸才,于文规诗律之外,词曲为其留下了广阔的表现喜怒窘穷、怨恨思慕情感的空间。澄道人对《四声猿》之评,被视为与徐渭"千载赏心,当在流水高山之外"①,其《四声猿引》云:"至于《四声猿》之作,俄而鬼判,俄而僧妓,俄而雌丈夫,俄而女文士,借彼异迹,吐我奇气,豪俊处、沉雄处、幽丽处、险奥处、激宕处,青莲、杜陵之古体耶?长吉、庭筠之新声耶?腐迁之史耶?三闾大夫之《骚》耶?蒙庄之《南华》、金仙氏之《楞严》耶?宁特与实父汉卿辈争雄长,为明曲之第一,即以为有明绝奇文字之第一,亦无不可。"②作为一代曲学名家的徐渭,也曾论及戏曲本色的问题,且同样是在《金刚经》佛理背景下展开的,并主要体现在《金刚经跋》之中。跋文主要论述了文字相的问题:

> 夫经既云无相,则言语文字一切皆相,云何诵读演说悉成功德?盖本来自性不假文字,然舍文字无从悟入,诚信心讽咏久之,知慧自开,真如自见,况上根人具上上知,一聆遂了。如六祖听客诵经,心即开悟。佛说是真实语,的的不诳。则是经也,若自诵,若劝人,持诵功德实有不可思议者。③

徐渭《题昆仑奴杂剧后》诸篇也论述了戏曲本色的问题,如:

> 语入要紧处,不可着一毫脂粉,越俗越家常,越警醒,此才是好水

---

① [明]徐渭:《四声猿原跋》,载[明]徐渭:《徐渭集》附录,中华书局1983年版,第1359页。
② [明]澄道人:《四声猿引》,载[明]徐渭:《徐渭集》附录,中华书局1983年版,第1357页。
③ [明]徐渭:《徐渭集·徐文长佚草》卷二《金刚经跋》又,中华书局1983年版,第1092页。

第四章 《金刚》扫相:徐渭的"本色"文艺观　123

碓,不杂一毫糠衣,真本色。若于此一恧缩打扮,便涉分该婆婆,犹作新妇少年哄趋,所在正不入老眼也。至散白与整白不同,尤宜俗宜真,不可着一文字,与扭捏一典故事,及截多补少,促作整句。锦糊灯笼,玉镶刀口,非不好看,讨一毫明快,不知落在何处矣! 此皆本色不足,仗此小做作以媚人,而不知误入野狐,作娇冶也。

凡语入紧要处,略着文采,自谓动人,不知减却多少悲欢,此是本色不足者,乃有此病。①

《昆仑奴》是梅鼎祚据唐传奇改编的一部剧作。徐渭作《题昆仑奴杂剧后》凡六篇,且曾对梅鼎祚的杂剧进行修改,其自云:"阅南北本以百计,无处著老僧棒喝。得梅叔此本,欲折磨成一菩萨。倘梅叔闻之,不知许我作一渡彼岸舠公否。"②徐渭对《昆仑奴》评价甚高,称赞其:"于词家可占立一脚矣,殊为难得","已到鹊竿尖头",③但其存在着散白过于文饰的不足,谓其"散白太整,未免秀才家文字语,及引传中语,都觉未入家常自然"。④《题昆仑奴杂剧后》中论及的戏曲本色亦与此有关:强调戏曲语言的本真状貌,要求其语言"不可着一毫脂粉,越俗越家常,越警醒"⑤。值得注意的是,徐渭集中讨论的是戏曲创作中最不受重视的散白的特征。臧懋循《元曲选序》中述及宾白时云:"或又谓主司所定题目外,止曲名及韵耳,其宾白则演剧时伶人自为之。"⑥乃至李渔谓之:"自来作传奇者,止

---

① [明]徐渭:《徐渭集·徐文长佚草》卷二《题昆仑奴杂剧后》又,中华书局1983年版,第1093页。
② [明]徐渭:《徐渭集·徐文长佚草》卷二《题昆仑奴杂剧后》又,中华书局1983年版,第1093页。
③ [明]徐渭:《徐渭集·徐文长佚草》卷二《题昆仑奴杂剧后》又,中华书局1983年版,第1092—1093页。
④ [明]徐渭:《徐渭集·徐文长佚草》卷二《题昆仑奴杂剧后》,中华书局1983年版,第1092—1093页。
⑤ [明]徐渭:《徐渭集·徐文长佚草》卷二《题昆仑奴杂剧后》又,中华书局1983年版,第1093页。
⑥ [明]臧懋循:《元曲选序》,载俞为民、孙蓉蓉编:《历代曲话汇编·明代编》第一集,黄山书社2009年版,第619页。

重填词,视宾白为末着。"①但徐渭则对宾白,尤其是最不为人注意的散白予以特别重视,体现了其孜求本真的一贯思想。徐渭强调散白"宜俗宜真",乃至于"不可着一文字",这与诗论家们以不着一字讨论诗禅之契显然有别。②诗禅关系中"不着一字,尽得风流"的审美意趣,是指诗要不落言筌,以追求含蓄之美。如清人王士禛云:"色相俱空,政如羚羊挂角,无迹可求。"③诗歌独特的审美体验与禅宗的顿悟颇多相似,意在让读者涵咏、体悟而得诗境。但是,这种"色相俱空"目的是要体悟含蓄的意蕴,是要具"余味""余意",虽不着一字,亦要"尽得风流"。比较而言,徐渭论戏曲散白不可着文字,似乎颇令人费解,但借助于上揭《金刚经跋》中的表述似可勘破其真实意蕴:"盖本来自性不假文字,然舍文字无从悟入,诚信心讽咏久之,知慧自开,真如自见。"④显然,所谓"不可着一文字",乃是求"本色",求"了"义,求"真如自见"的境界。《金刚经》云:"佛说般若,即非般若,是名般若。"⑤亦即,佛所说的般若等佛法,是度众生的权宜施设,而非实相般若本身。众生借文字般若入门,悟证佛法之后则一切名相皆当舍弃。徐渭之"不可着一文字",并非求得诗意的含蓄与"尽得风流",而是与其用喻"不可着一毫脂粉""不杂一毫糠衣"同义,即脱略文采,直显本真。其所尚不是含蓄蕴藉,不是味外味,而是真与俗,着意于剧中人物"真本色"的呈现,而不为文字相所碍。读者和观众所感受的是剧中人物的本真状貌,不因文饰而害其淋漓元气、自然风采。徐渭虽然讨论的也是语言风格这一本色论的核心话题,但是论述方式与时人明显不同。如

---

① [清]李渔:《李渔全集》第三卷《闲情偶记》,浙江古籍出版社1991年版,第44页。
② [明]徐渭:《徐渭集·徐文长佚草》卷二《题昆仑奴杂剧后》又,中华书局1983年版,第1093页。
③ [清]王士禛撰,宫晓卫等点校:《王士禛全集·分甘余话》卷四,齐鲁书社2007年版,第5026页。
④ [明]徐渭:《徐渭集·徐文长佚草》卷二《金刚经跋》又,中华书局1983年版,第1092页。
⑤ [后秦]鸠摩罗什译:《金刚经·大乘正宗分第三》,载赖永海主编,陈秋平译注:《金刚经·心经》,中华书局2013年版,第23页。

何良俊认为"盖《西厢》全带脂粉,《琵琶》专弄学问,其本色语少"①,他追求词曲特有的语言风格"须要有蒜酪"②;而徐渭论散白之本色在于"不可着一文字",以消解文字相而呈露本真为期许。显然,徐渭孜求的"本色",是依循《金刚经》的扫相途辙,以消解相色,呈露本色为旨归,最终达到不着文字痕迹的自然境界。如果说诗禅关系的契合点在于悟,那么,徐渭的"不可着一文字"则是意在破文字相而求本真。

第三节 "有异"于时、嗣响晚明

明代中后期,何良俊、王世贞等人曾进行了一场戏曲本色问题的大讨论。一般认为徐渭关于"本色"的论述乃其先导。这一判断似乎主要是根据署名徐渭所作《南词叙录》而得,但《南词叙录》中论及"本色"并不是围绕《琵琶》《拜月》优劣而展开的。徐渭虽然与何良俊、王世贞等人大约同时论及戏曲本色,但讨论"本色"的目的、方式与何、王等人殊异,徐渭之论是自立于这场争论旋涡之外的戛戛独造,是其基本艺术取向在曲坛的自然延展,而与晚明革新派文人意脉相通。

曲坛本色讨论是何良俊、王世贞等曲论家们以纠矫戏曲作品案头化倾向为旨归,以辨体、当行为核心内容而展开的戏曲文体类型学层面的论争,是围绕着"弦索化",品置《拜月亭》《琵琶记》《西厢记》等问题进行的、以词曲为主的辨体之论。其论域限定于曲学范围之内,但又可溯源于诗学。王骥德《曲律》云:"当行本色之说,非始于元,亦非始于曲,盖本宋严羽沧浪之说诗。"③严羽在《沧浪诗话·诗辩》中有这样的表述:"大抵禅道惟在妙悟,诗道亦在妙悟。……惟悟乃为当行,乃为本色。"④辨体、尊

---

① [明]何良俊:《四友斋丛说》卷三十七,中华书局1959年版,第337页。
② [明]何良俊:《四友斋丛说》卷三十七,中华书局1959年版,第342页。
③ [明]王骥德:《曲律》,载俞为民、孙蓉蓉编:《历代曲话汇编·明代编》第二集,黄山书社2009年版,第112页。
④ [宋]严羽著,郭绍虞校释:《沧浪诗话校释·诗辨》四,人民文学出版社1961年版,第12页。

体,法第一义,师法盛唐之诗、秦汉之文,是王世贞等人的基本取向。厘判艺文与学理的畛域,乃至刻意排拒学理,是后七子以及曲坛的主流取向。何良俊虽然持论比七子派通达,但也认为"文章因世代高下"①,并着意于文体之别,即所谓"文以纪记政事,诗以宣畅性情"②。因此,他们论本色,与严羽追慕第一义一样,讨论的是以曲词风格为主的戏曲文体特征。曲坛本色论之发端者李开先在《西野春游词序》中云:"用本色者为词人之词,否则为文人之词矣。"③且以戏曲称盛的金元为高标:"俱以金、元为准,犹之诗以唐为极也。"④尚慕第一义,以得体式之正,是他们论本色的根本驱动力。因此,曲坛本色论实质是复古派追求诗文古法高格的价值观念在曲坛的自然延展。而徐渭论本色则并不是围绕当时曲坛争论的核心问题,他以表现本真、自然抒写为期,且论域不囿于戏曲。徐渭虽然也论及《西厢》《昆仑》,但并无优劣之判,而是自身文艺思想在戏曲领域的贯彻与表现,并不以辨体为归趣。同时,明代中后期曲坛本色的讨论是前后相因的历时过程,后起的曲论家们往往承前贤的论题而展开,如臧懋循在《元曲选序》中说:"何元朗评施君美《幽闺》(《拜月亭》)出《琵琶》上,而王元美目为好奇之过。"⑤徐复祚则在《三家村老曲谈》中专列"何良俊、王世贞论《拜月亭》与《琵琶记》"条,对王世贞指责何良俊的观点进行辩驳:"何元朗良俊谓施君美《拜月亭》胜于《琵琶》,未为无见。《拜月亭》宫调极明,平仄极叶,自始至终,无一板一折非当行本色语,此非深于是道者不能解也,弇州(王世贞)乃以'无大学问'为一短,不知声律家正不取于弘词博学

---

① [明]何良俊:《四友斋丛说》卷二十三,中华书局1959年版,第203页。
② [明]何良俊:《四友斋丛说》卷四,中华书局1959年版,第30页。
③ [明]李开先:《西野春游词序》,载俞为民、孙蓉蓉编:《历代曲话汇编·明编》第一集,黄山书社2009年版,第412页。
④ [明]李开先:《西野春游词序》,载俞为民、孙蓉蓉编:《历代曲话汇编·明编》第一集,黄山书社2009年版,第412页。
⑤ [明]臧懋循:《元曲选序》,载俞为民、孙蓉蓉编:《历代曲话汇编·明编》第一集,黄山书社2009年版,第619页。

也。"①而徐渭与何、王等人则并无交谊与互动,后起的曲学家讨论本色亦基本与徐渭无涉。这一切,都说明徐渭的本色论乃是相对独立的艺术诉求。

徐渭虽然也推尚古人,但其敬慕的是"无一字不写其胸臆"②、"出于己之所自得"③的创作方法,摒斥"徒窃于人之所尝言"、人学为鸟言的"极工逼肖",④乃至发出了"今天下事鲜不伪者,而文为甚"⑤的叹息。徐渭论戏曲本色,是其诗文理论的自然延展。本色、相色对举,正身、替身之喻,"语入要紧处,不可着一毫脂粉,越俗越家常,越警醒"⑥等等,都体现了存真去伪的一贯取向。这也恰恰与李贽、袁宏道等激进派文人孜求表现绝假纯真的"童心","不拘格套,独抒性灵"的文艺观声气相求,而"格套"恰恰正是主流曲论家们论本色时所辨所尊之"体"。徐渭生前虽"名不出乡里",而其后被袁宏道极力推佑,根本原因则在于袁氏对徐渭"尽翻窠臼,自出手眼"⑦创作方法的服膺。由于与何、王等人讨论本色的理路殊异,晚明革新派文人论及戏曲本色,往往与当行分途。如冯梦龙云:"词家有当行、本色二种,当行者,组织藻绘而不涉于诗赋;本色者,常谈口语而不涉于粗俗。"⑧同时,徐渭论戏曲本色还倾意于曲论家们不屑论而

---

① [明]徐复祚:《三家村老曲谈》,载俞为民、孙蓉蓉编:《历代曲话汇编·明代编》第二集,黄山书社2009年版,第256页。
② [明]徐渭:《徐渭集·徐文长逸稿》卷十四《胡大参集序》,中华书局1983年版,第907页。
③ [明]徐渭:《徐渭集·徐文长三集》卷十九《叶子肃诗序》,中华书局1983年版,第519页。
④ [明]徐渭:《徐渭集·徐文长三集》卷十九《叶子肃诗序》,中华书局1983年版,第519页。
⑤ [明]徐渭:《徐渭集·徐文长逸稿》卷十四《赠成翁序》,中华书局1983年版,第908页。
⑥ [明]徐渭:《徐渭集·徐文长佚草》卷二《题昆仑奴杂剧后》又,中华书局1983年版,第1093页。
⑦ [明]袁宏道著,钱伯城笺校:《袁宏道集笺校》卷二十二《冯侍郎座主》,上海古籍出版社2018年版,第830页。
⑧ [明]冯梦龙:《太霞新奏》批语,载俞为民、孙蓉蓉编:《历代曲话汇编·明代编》第三集,黄山书社2009年版,第24页。

被认为是"演剧时伶人自为之"①的散白,亦即曲中最"俗"的部分。这也与晚明文人追求自然、"宁今宁俗"的取向正相顾盼。徐渭"崭然有异"于文坛"黄茅白苇,弥望皆是"②之时,其作品及孜求本色的文艺观对晚明文学思潮具有骅骝开道之功。

第四节　启导晚明的学殖动因

徐渭在明代文坛何以"有异"于时而臧功于后?一个不可忽视的因素在于徐渭与其后的晚明文人具有相似的思想学术的背景,而与时人颇多殊异。

后七子的肇兴是因纠矫唐宋派"以议论为诗"的倾向而起,王世贞径将唐宋派的核心成员归于理学之列,云:"理学之逃,阳明造基,晋江(王慎中)毗陵(唐顺之)藻棁六朝之华。"③与王、唐等人不同,后七子谈诗论文则杜绝性理。王世贞认为曾巩之文,虽然"其辞亦多宏阔遒美",但又有"不免为道理所束"之憾,对邵尧夫作品更是直斥其"种种可厌",譬若"馁鱼败肉"。④ 对于佛禅,何良俊自号"柘湖居士",王世贞晚年亦颇多禅悦之趣,但他们一般仅限于因佛论佛,鲜有臻于援佛入艺、论艺的程度,与其后晚明文人往往对佛学有深湛的研究,多有佛学专门著述不同。因此,彭际清在《居士传》中罕有正德、嘉靖年间的传主。而晚明文学思潮则是挟阳明良知之势,乘晚明禅悦之风而兴起的,文士们衡艺论文之时,不以性理、佛禅为碍。晚明文人多承祧或私淑阳明及泰州学派,李贽、汤显祖

---

① [明]臧懋循:《臧懋循著辑词话·元曲选序》,载邓子勉编:《明词话全编》,凤凰出版社2012年版,第4786页。
② [清]钱谦益撰集,许逸民、林淑敏点校:《列朝诗集·丁集》第十二《袁稽勋宏道》,中华书局2007年版,第5317页。
③ [明]王世贞:《艺苑卮言》卷五,载丁福保辑:《历代诗话续编》,中华书局2006年版,第1025页。
④ [明]王世贞:《读书后》卷四《书陈白沙集后》,清文渊阁四库全书补配清文津阁四库全书本。

亲承泰州之学,徐渭则是阳明再传弟子。同时,晚明文学思潮兴起之时,也是禅悦之风兴盛,高僧、居士辈出的时期。诚如陈垣先生所说:"万历而后,禅风寖盛,士夫无不谈禅,僧亦无不欲与士夫结纳。"①徐渭与何良俊、王世贞年虽相若,但徐渭注《楞严》而"皆有新意"②,且援佛论艺,显示了晚明时期学术、艺术畛域渐消而互融互证的特征。其效果有二:一方面,就学术而言,"尚真"是毋庸置疑的学术价值取向,而文学艺术则是生活的形象再现,真实与虚构的关系当依循于艺术的法则。晚明时期学术与文艺的互融互证,看似与文论的演进趋向相背离,但这一理论趋向是因应文坛"琢字成辞,属辞成篇,以求当于古之作者而已"③,"有才者诎于法,而不敢自伸其才,无之者,拾一二浮泛之语,帮凑成诗"④的现状而产生的。泯会学术与文学的路径,恰可借助于学术尚真的理性正义为力矫文坛摹拟弊习提供沉雄有力的动能。因此,这些深谙艺道的文人学士,多援学术以论艺。李贽《童心说》以绝假纯真的童心自出之言为绳,扬《西厢》《水浒》而抑《六经》《语》《孟》,提出"古今至文,不可得而时势先后论也"⑤。袁宏道将文学与学术思想视作表里两个方面,云:"白、苏、张、杨,真格式也;阳明、近溪,真脉络也。"⑥袁宏道还是一位著名的居士,所著的《西方合论》被高僧智旭作为唯一的居士著述而被列为《净土十要》之一。佛学是其提出文学性灵说的重要学术依凭,这在另一位居士文人屠隆的相关表述中亦可得到印证。屠隆云:"佛为出世法,用以练养性灵。"⑦屠隆亦以性灵论文,云:"夫文者,华也,有根焉,则性灵是也。士务养性灵,

---

① 陈垣:《明季滇黔佛教考》,河北教育出版社2000年版,第334页。
② [明]陶望龄:《徐文长传》,载[明]徐渭:《徐渭集》附录,中华书局1983年版,第1341页。
③ [明]王世贞:《弇州四部稿》卷八十三《李于鳞先生传》,明万历刻本。
④ [明]袁宏道著,钱伯城笺校:《袁宏道集笺校》卷十八《雪涛阁集序》,上海古籍出版社2018年版,第766页。
⑤ [明]李贽:《焚书》卷三《童心说》,中华书局2009年版,第99页。
⑥ [明]袁宏道著,钱伯城笺校:《袁宏道集笺校》卷四十三《答陶周望》,上海古籍出版社2018年版,第1359页。
⑦ [明]屠隆著,汪超宏主编:《屠隆集》第六册《佛法金汤》上,浙江古籍出版社2012年版,第585页。

而为文有不巨丽者,否也。是根固华茂者也。"①性灵与文学,如同根与华的关系。晚明革新派文士往往以"慧业文人"自居,佛学是文学思想形成的学术资源之一,"不拘格套",无论古今,自然抒写,是他们共同的文艺诉求,这与何良俊、王世贞等人孜孜于辨体的学术取向判若天壤。李贽、焦竑、袁宏道、陶望龄、钟惺等人都是文道兼擅的文人学士,他们对文艺的认识是与社会人生的思考密切相关的。徐渭同样援据《金刚经》之佛理,贵本色而贱相色,这与晚明革新派文人论学路径正相符契。另一方面,革新派这一证学途辙决定了其文论具有超越的品格,使得其论艺衡文往往不拘执于具体的体制范式而多带有艺术本体论的品性。如,李贽《杂说》中论戏曲虽然也曾品别诸剧:"《拜月》《西厢》,化工也;《琵琶》,画工也。"②但这仅是揭示"世之真能文者"③一般规律,以"小中见大","举一毛端建宝王刹,坐微尘里转大法轮"④的例证而已,目的是论述创作天下之至文的一般规律,即"其胸中有如许无状可怪之事,其喉间有如许欲吐而不敢吐之物,其口头又时时有许多欲语而莫可所以告语之处,蓄极积久,势不能遏。一旦见景生情,触目兴叹;夺他人之酒杯,浇自己之垒块;诉心中之不平,感数奇于千载"⑤。汤显祖的尚情论也是植根于"世总为情"⑥这一明显带有哲学与人生理念色彩的命题之上的。同样,徐渭论本色从破相存真处着眼,并溯及于"作者",着意于艺术的共性问题。对社会人生的思考、超越层面的关切,是徐渭及晚明文人文艺观形成与展开的内在动因。从明代中后期文艺思潮的流变过程看,徐渭权衡诗与理而

---

① [明]屠隆著,汪超宏主编:《屠隆集》第八册《鸿苞集》卷十七《文章》,浙江古籍出版社 2012 年版,第 423 页。
② [明]李贽:《焚书》卷三《杂说》,中华书局 2009 年版,第 96 页。
③ [明]李贽:《焚书》卷三《杂说》,中华书局 2009 年版,第 97 页。
④ [明]李贽:《焚书》卷三《杂说》,中华书局 2009 年版,第 98 页。
⑤ [明]李贽:《焚书》卷三《杂说》,中华书局 2009 年版,第 97 页。
⑥ 徐朔方笺校:《汤显祖集·诗文集》卷三十一《耳伯麻姑游诗序》,中华书局 1962 年版,第 1050 页。

径称"理优"的学术取向,是其有别于王世贞,而承泽于"得之龙溪者为多"①的唐顺之②,并为晚明文人热情褒赞的重要原因。不拘格套地自然抒写,是徐渭及晚明文人共同的价值取向,这与何良俊、王世贞等戏曲本色论孜孜于辨体,亦即明晰戏曲"格套"迥然不同。多年后袁宏道"称为奇绝,谓有明一人"③,"欲起文长地下,与之把臂恨相见晚也"④,原因即在于他们相似的文论、相似的学殖。

---

① [清]黄宗羲著,沈芝盈点校:《明儒学案》卷二十六《南中王门学案》二《襄文唐荆川先生顺之》,中华书局2008年版,第598页。

② 徐渭在自著《畸谱》中将唐顺之列于"师类"之中,论学为文深受唐顺之影响,乃至唐顺之也惊叹徐渭之文"殆辈吾"。茅坤也曾误判徐渭之文为唐顺之所作。(详见[明]陶望龄:《徐文长传》,载[明]徐渭:《徐渭集》附录,中华书局1983年版,第1339页)唐顺之亦论及本色,云:"近来觉得诗文一事,只是直写胸臆,如谚语所谓开口见喉咙者,使后人读之如真见其面目,瑜瑕俱不容掩,所谓本色,此为上乘文字。"([明]唐顺之著,马美信、黄毅点校:《唐顺之集》卷七《与洪方洲书》又,浙江古籍出版社2014年版,第299页)

③ [明]陶望龄:《徐文长传》,载[明]徐渭:《徐渭集》附录,中华书局1983年版,第1341页。

④ [明]张汝霖:《刻徐文长佚书序》,载[明]徐渭:《徐渭集》附录,中华书局1983年版,第1348页。

第五章 《楞严》义理：徐渭的真我说及其艺术实践的学术底色

明代后期《楞严经》流行，乃至"士习多闻，狭六籍而治《楞严》者半学宫"①，明代文人"乞取《楞严》一卷，消除几日残春"②。晚明文士喜好《楞严》具有复杂的学理与社会因素。③ 比较而言，徐渭是"诗奇、文奇、画奇、书奇，而词曲为尤奇"的集诸艺于一身的"旷代奇人"④，倾心于《楞严经》，并作《首楞严解》数篇，且"皆有新意"⑤。徐渭自述其课读经历时云："自谓别有得于《首楞严》《庄周》《列御寇》。"⑥《楞严经》被徐渭列为所读"旁书"之首，可见，徐渭对《楞严经》有独特体验与悟证，《楞严经》在徐渭心灵、艺术世界中占据重要地位，是理解其作品与文学思想真正内涵无法回避的作品。

第一节 《楞严经》与"真我"内涵

徐渭的"真我说"往往被视为与李贽的"童心说"、公安竟陵的"性灵说"相似的晚明文学思潮中最具特色的理论形态之一。李贽之"童心"，

---

① ［明］虞淳熙：《虞德园先生集》卷六《楞严玄义序》，明末刻本。
② ［明］王世贞：《弇州四部稿》卷四十六《风寒济南道中，兀坐，肩舆不能开卷，因即事戏作俳体六言解闷，数之政得三十首，当唤白家老婢读之耳》其十九，明万历刻本。
③ 详见拙文：《晚明文士与〈楞严经〉》，《江海学刊》2013 年第 6 期。
④ ［明］磊砢居居士：《四声猿跋》，载［明］徐渭：《徐渭集》附录，中华书局 1983 年版，第 1359 页。
⑤ ［明］陶望龄：《徐文长传》，载［明］徐渭：《徐渭集》附录，中华书局 1983 年版，第 1341 页。
⑥ ［明］徐渭：《徐渭集·徐文长三集》卷二十六《自为墓志铭》，中华书局 1983 年版，第 639 页。

第五章 《楞严》义理:徐渭的真我说及其艺术实践的学术底色　133

是"最初一念之本心";袁宏道抒写的"性灵",乃"从自己胸臆流出",具有一己的特色。但徐渭对"真我"的体认则颇为复杂。后世讨论徐渭的真我说,多以其《涉江赋》为据。这是徐渭三十二岁"既落名乡试,涉江东归"①时所作,其中有云:

> 壬子季秋,予既被弃,涉江东归。……伯仲谓予:"岂以忧故?进退有时,失得有数。"予告伯仲:"予岂不知,细故芥蒂,何足以疑?人生之处世兮,每大己而细蚁。视声利之所在兮,水趋壑而赴之。量大块之无垠兮,旷荡荡其焉期,计四海之在天地兮,似罍空之在大泽,中国之在海内兮,太仓之取一稊。物以万数,而人处其一,则又似乎毫末之在于马腄。彼营营之微声,沽沽之细利,又何殊于曳虫股,嚃蝇脾,入孔穴,实粮赍,第因小而形大,曾一蚁之何加?"再语伯仲,更听予陈:"无形为虚,至微为尘,尘有邻虚,尘虚相邻。天地视人,如人视蚁,蚁视微尘,如蚁与人,尘与邻虚,亦人蚁形。小以及小,互为等伦,则所称蚁,又为甚大,小大如斯,胡有定界?物体纷立,伯仲无怪,目观空华,起灭天外。爰有一物,无罣无碍,在小匪细,在大匪泥,来不知始,往不知驰,得之者成,失之者败,得亦无携,失亦不脱,在方寸间,周天地所。勿谓觉灵,是为真我。觉有变迁,其体安处?体无不含,觉亦从出,觉固不离,觉亦不即。立万物基,收古今域。"②

这虽是一篇赋作,但恰如一篇思路清晰、逻辑严谨的论说之文。真我,是全文广征博喻之后得出的结论与归宿,这也是学界将"真我说"视为徐渭文艺思想典型形态的基本文献依据。但徐渭孜孜以证的"真我"意蕴为何?这是我们必须要勘破的。徐渭之所以"勿谓觉灵"而谓之"真我",是因为"觉有变迁,其体安处"。这自然使我们联想到徐渭曾注解过

---

① [明]徐渭:《徐渭集·徐文长三集》卷一《涉江赋》,中华书局1983年版,第35页。
② [明]徐渭:《徐渭集·徐文长三集》卷一《涉江赋》,中华书局1983年版,第35—36页。

的《楞严经》中所言:"一切众生从无始来,生死相续,皆由不知常住真心,性净明体,用诸妄想,此想不真,故有轮转。"①《楞严经》的心体是含吐十虚、弥纶万有的如来藏心:"色心诸缘及心所使,诸所缘法,唯心所现。"②"不知色身,外泊山河虚空大地,咸是妙明真心中物。"③"一切世间诸所有物皆即菩提妙明元心,心精遍圆,含裹十方。"④徐渭之真我,正是万物无殊的见性,也就是如来藏心。智旭《楞严经玄义序》谓之"随缘不变,融四科而惟是本真;不变随缘,妙七大而各周法界"⑤。而徐渭之所以称"真我"而"勿谓觉灵",是因为"觉有变迁,其体安处"。不难看出,徐渭所谓"觉灵",正是《楞严经》中"妄见",尤其是指同生妄见。其"觉有变迁",正是如来开悟阿难时所云:"以动为身,以动为境,从始洎终,念念生灭,遗失真性,颠倒行事。"⑥其结果则是"轮回是中,自取流转"⑦,不能获得解脱。徐渭要表达的正是《楞严经》十番显见之见不动义。其"真我"正是《楞严经》所谓"本如来藏常住妙明,不动周圆妙真如性"⑧。他所要表现的思想特征正是其最为重视的,体现为释氏之道的《楞严经》卷二"晦昧为空"一章的内容。徐渭曾说:"以某所观,释氏之道如《首楞严》所云:'大约谓色身之外皆己,色身之内皆物,亦无己与物,亦无无己与物。'"⑨这也就是佛陀对阿难顽空之相的批难:"晦昧为空,空晦暗中,结暗为色,色杂妄想,想相为身。聚缘内摇,趣外奔逸,昏扰扰相,以为心性。一迷为心,决定惑为色身之内。不知色身外泊山河虚空大地,咸是妙明真心中物。"⑩对此,我们尚需注意徐渭与玉芝交谊的一个细节,据徐渭《聚禅师

---

① 赖永海主编,刘鹿鸣译注:《楞严经》卷一,中华书局2013年版,第14页。
② 赖永海主编,刘鹿鸣译注:《楞严经》卷二,中华书局2013年版,第60页。
③ 赖永海主编,刘鹿鸣译注:《楞严经》卷二,中华书局2013年版,第61页。
④ 赖永海主编,刘鹿鸣译注:《楞严经》卷三,中华书局2013年版,第151页。
⑤ [明]智旭撰述,道昉参订:《楞严经玄义》,《卍续藏经》第13册,第196页。
⑥ 赖永海主编,刘鹿鸣译注:《楞严经》卷一,中华书局2013年版,第50页。
⑦ 赖永海主编,刘鹿鸣译注:《楞严经》卷一,中华书局2013年版,第50页。
⑧ 赖永海主编,刘鹿鸣译注:《楞严经》卷二,中华书局2013年版,第98页。
⑨ [明]徐渭:《徐渭集·徐文长三集》卷十九《逃禅集序》,中华书局1983年版,第545页。
⑩ 赖永海主编,刘鹿鸣译注:《楞严经》卷二,中华书局2013年版,第60—61页。

第五章 《楞严》义理：徐渭的真我说及其艺术实践的学术底色

传》载："又令(聚禅师)作《首楞严》昧晦为空一章解，合千有余言，据案落笔，应手而成，奥旨猜辞，一时皆彻。"①徐渭对玉芝解经释文的钦敬，足证其对《楞严经》已了然于胸。同时还应注意的是，玉芝也曾问学于阳明，且颇得阳明心许。徐渭《聚禅师传》载："(玉芝)从师海盐之资圣寺，与董从吾翁谒阳明先生于会稽山中，问独知旨，持诗为赞。先生器之，答以诗。"②徐渭乃阳明再传弟子，阳明弟子王畿与季本是对徐渭沾溉最深的"两师"③。可见，徐渭得之于《楞严》无碍其学传阳明的基本学术取向。《楞严经》中所说的"心""法"实乃体用、本末的关系，且体用不二、本末一如，这与阳明学的心体意动，尤其是阳明后学心物一致、即体即用的思想相契无碍。"性觉妙明，本觉明妙"④与阳明所说的"天理之昭明灵觉""心之本体即是天理"⑤的意蕴也颇为相似。正因为阳明学与《楞严经》有诸多暗合，王锡爵就曾得出这样的结论："良知一说断自《楞严》《圆觉》翻来。"⑥徐渭问师龙溪也往往借释氏相证。如徐渭曾作《次王先生偈四首》中有云："不来不去不须寻，非色非空非古今。大地黄金浑不识，却从沙里拣黄金。"⑦学宗阳明与旁通《楞严》的互通兼济，形成了徐渭基本的学术取向。

佛教真常之我就是诸法平等的如来藏心、佛性，所谓"真我与佛无差别，一切有情所归趣"⑧。竺道生亦云："向云我即佛藏，今云佛性即我，互其辞耳。"⑨亦即佛性即我。真常正是徐渭"真我说"最重要的特征。佛性

---

① [明]徐渭：《徐渭集·徐文长三集》卷二十五《聚禅师传》，中华书局1983年版，第622页。
② [明]徐渭：《徐渭集·徐文长三集》卷二十五《聚禅师传》，中华书局1983年版，第622页。
③ 徐渭《壬子武进唐先生过会稽，论文舟中，复偕诸公送至柯亭而别，赋此》诗前自注中云"荆公为两师言"，"两师"即"彭山、龙溪两老师"。(详见[明]徐渭：《徐渭集·徐文长三集》卷四《壬子武进唐先生过会稽，论文舟中，复偕诸公送至柯亭而别，赋此》，中华书局1983年版，第66页)
④ 赖永海主编，刘鹿鸣译注：《楞严经》卷四，中华书局2013年版，第158页。
⑤ [明]王守仁撰，吴光等编校：《王阳明全集》卷二《传习录中·答欧阳崇一》，上海古籍出版社2011年版，第81页。
⑥ [明]王锡爵：《王文肃公文集》卷十三《王仪台给事》，明万历刻本。
⑦ [明]徐渭：《徐渭集·徐文长三集》卷十一《次王先生偈四首(龙溪老师)》，中华书局1983年版，第349页。
⑧ [唐]般若译：《大乘理趣六波罗蜜多经》卷一，《大正藏》第8册，第868页。
⑨ [梁]宝亮等集：《大般涅槃经集解》卷十八，《大正藏》第37册，第448页。

是遍在圆满的,真心"在方寸间,周天地所",得之于佛性而与一己之义判若天壤。可见,徐渭所论之真我,与"常住真心"①,亦即与徐渭体悟的佛教"精微之旨"颇为相似,是破斥攀缘心以摆脱科场失意的苦闷心境、求得心灵解脱的方式。徐渭在《涉江赋》中详论真我,依傍《楞严经》的痕迹隐然可寻。同时,又是其深受阳明学派的浸染而成。阳明学虽然以挺立主体精神而见著于时,但其主体价值观念还是沿着张横渠、程明道等民胞物与、万物一体之仁的思想路径,以成圣为旨归。阳明所说之"一",并不是要归于一己,而是要将仁心诚体,如春风之化、时雨之润,遍润一切而无有穷极。这个天心仁体就是真我,此之真我不是私己、小己,而是罗汝芳等人所说的"大人"所该备的与万物同一的仁心。徐渭所说的"真我"就是兼取佛教义理,并与当时流行的罗汝芳等人"合天地万物,而知其为一我也"②交融互浸的结果。《涉江赋》也是徐渭纾解科场失意以求心理慰藉以及疏解下第尴尬的作品。

《涉江赋》的创作旨趣及思想内核决定了对徐渭的"真我说"需做全面的理解。尽管如此,徐渭为文还是孜孜于求真,并时或笼罩在《楞严经》的理论光环之下,如《赠成翁序》云:"予惟天下之事,其在今日,鲜不伪者也,而文为甚。举人之一身,其以伪而供五官百骸之奉者,鲜不重者也,而文为轻。何者? 视必组绣,五色伪矣;听必淫哇,五声伪矣;食必脆浓,五味伪矣,推而至于凡身之所取以奉者,靡不然。"③由此而及于文,云:"然而文也者,将之以授于人也。从左伕而得之,亦必取赵孟而名之。故曰今天下事鲜不伪者,而文为甚。夫真者,伪之反也。……故真也则不摇,不摇则神凝,神凝则寿。"④五色伪、五声伪,正是以《楞严经》为绳,尤

---

① 赖永海主编,刘鹿鸣译注:《楞严经》卷一,中华书局2013年版,第14页。
② 方祖猷、梁一群、李庆龙等编校整理:《罗汝芳集·语录汇集类·近溪子续集》,凤凰出版社2007年版,第249页。
③ [明]徐渭:《徐渭集·徐文长逸稿》卷十四《赠成翁序》,中华书局1983年版,第908页。
④ [明]徐渭:《徐渭集·徐文长逸稿》卷十四《赠成翁序》,中华书局1983年版,第908页。

其是论及"真"时,以不"摇"这一鲜见之词状之,显然出自《楞严经》"觉明空昧,相待成摇"①。"相待成摇",一松的解释是:"既有所缘之顽空及夫能缘之无明,互相生起。致有动转,故云相待成摇。"②这也是《楞严经》卷四开示三如来藏之前的审除细惑部分,即"觉明空昧,相待成摇,故有风轮执持世界"③一节,这也是《楞严经》中逻辑跳跃性最大且颇为难解的一部分。《赠成翁序》中"真也则不摇,不摇则神凝"的表述显然源于此。缘此推论,其五色、五声、五味之伪,同样可以从《楞严经》中寻得理论痕迹:"五阴、六入,从十二处至十八界,因缘和合,虚妄有生,因缘别离,虚妄名灭。殊不能知生灭去来,本如来藏常住妙明,不动周圆妙真如性。"④不难看出,徐渭的"真我说"虽然与李贽的"童心说"、袁宏道的"性灵说"所具有的一己特征形同而实异,但其黜伪求真的取向则是一致的。徐渭之真我是立万物之基,收古今之域,至大无外的妙明真心。本于这样的学术基点,徐渭的作品既有抒写一己之情性,同时还具有强烈的时代气息与社会情怀,"更供诗料到吟鞍"⑤,其作品的题材也更加宽广。徐渭的疏狂是科场"八而不一售"⑥,"英雄失路,托足无门"⑦,志不得遂的压抑使其然,这与袁宏道唯求"适世",亦即"自适之极"⑧的人生明显有别。徐渭浸淫于佛教如来藏心,"真我"之"我"是无限遍满,超越于时空的精神性本体,而袁宏道等人为文论学则具有强烈的主体性意向。

---

① 赖永海主编,刘鹿鸣译注:《楞严经》卷四,中华书局2013年版,第160页。
② [明]一松说,灵述记:《楞严经秘录》卷四,《卍续藏经》第13册,第103页。
③ 赖永海主编,刘鹿鸣译注:《楞严经》卷四,中华书局2013年版,第160页。
④ 赖永海主编,刘鹿鸣译注:《楞严经》卷二,中华书局2013年版,第98页。
⑤ [明]徐渭:《徐渭集·徐文长三集》卷十一《上谷歌九首》其三,中华书局1983年版,第359页。
⑥ [明]徐渭:《徐渭集·徐文长三集》卷二十六《自为墓志铭》,中华书局1983年版,第639页。
⑦ [明]袁宏道:《徐文长传》,载[明]徐渭:《徐渭集》附录,中华书局1983年版,第1343页。
⑧ [明]袁宏道著,钱伯城笺校:《袁宏道集笺校》卷五《徐汉明》,上海古籍出版社2018年版,第234页。

第二节 《楞严经》与《翠乡梦》题旨

徐渭的杂剧《四声猿》受到时人的高度评价,澄道人称其"为明曲之第一,即以为有明绝奇文字之第一,亦无不可"①。但是,《四声猿》的立意题旨又颇难索解,尤以其中的《玉禅师翠乡一梦》(以下简称《翠乡梦》)为最。王定柱谓其"忏僧冤"②,但是《四声猿》一般被视为写悲怨旨趣的作品。《四声猿》刚问世不久,即有人质疑其悲怨题旨,徐渭以"要知猿叫肠堪断,除是依身自做猿"③为应。猿鸣,数百年来无数人难以参破其中的玄机,关键在于猿鸣之悲,与《雌木兰》《女状元》圆满欢乐的结局气氛迥异。联系到徐渭科场蹭蹬,乃至病狂杀妻,革籍下狱,木兰、春桃以一女子而能铭绝塞、标金闺,作者于标举巾帼功业的欢快气氛中,"须眉汉,就石榴裙底"④,能不抑郁悲慨?亦即,猿鸣之悲是通过剧中故事反向传达出来的。如果说《狂鼓史》中祢衡在阴间击鼓骂曹而为沈炼鸣怨,为君昏臣佞的现实而悲,那么,《翠乡梦》则是为丛林佛教的禅修现状而悲。

《翠乡梦》由两个原本独立的红莲、柳翠故事演变融合而成,这与大致同时的田汝成《西湖游览志》中的情节颇为相似,唯《翠乡梦》将清了改为月明,以与李寿卿的《月明禅师度柳翠》(以下简称《度柳翠》)相契。由于《西湖游览志》记述十分简括,因此,真正将两个故事融为一体且以艺术形态展现出来始于徐渭创作的《翠乡梦》。这些故事多以佛法度脱为旨趣,通过月明或清了现身说法,示彼前因,表达的是佛教因果报应思想,但都与《楞严

---

① [明]澄道人:《四声猿引》,载[明]徐渭:《徐渭集》附录,中华书局1983年版,第1357页。
② [清]王定柱:《后四声猿序》,载陈公水等编:《齐鲁古典戏曲全集·明清杂剧卷》,中华书局2011年版,第652页。
③ [明]徐渭:《徐渭集·徐文长逸稿》卷八《倪某别有三绝见遗》其三,中华书局1983年版,第854页。
④ [明]知和氏:《四声猿题辞·沁园春(读四声猿)》,载[明]徐渭:《徐渭集》附录,中华书局1983年版,第1358页。

第五章 《楞严》义理：徐渭的真我说及其艺术实践的学术底色　　139

经》无涉。如《西湖游览志》载："如晦乃以化缘诣柳翠，为陈因果事，柳翠幡然萌出家之想。如晦乃引见清了，清了为说佛法奥旨及本来面目，末且厉声曰：'二十八年烟花业障，尚尔耽迷耶？'柳翠言下大悟，归即谢铅华，绝宾客，沐浴而端化。"①《度柳翠》也是通过观音开示，云："柳翠，因为你枝叶触污微尘，罚往人世，填还宿债。今日月明尊者引度你归空了么？"②即使在其后冯梦龙的《古今小说·月明和尚度柳翠》中，柳翠也因听到偈语中"我身德行被你亏，你家门风还我坏"而"心中豁然明白"③，同样是以因果报应为度脱的根本。徐渭的《翠乡梦》虽然在原柳翠故事部分基本承续了李寿卿《度柳翠》的题旨，但对红莲故事部分的题旨进行了重构。

《翠乡梦》的情节主要取自原红莲、柳翠故事，但徐渭首次将红莲故事与《楞严经》序分故事进行比较。剧中描述玉通破戒时，玉通与红莲分别有这样的表述：

（生）当时西天那摩登伽女，是个有神通的娼妇，用一个淫咒把阿难菩萨霎时间摄去，几乎儿坏了他戒体。亏了那世尊如来才救得他回，那阿难是个菩萨，尚且如此，何况于我。

［侥侥令］摩登浑欲海，淫咒总迷天，我如今要觅如来何由见？把一个老阿难戒体残，老阿难戒体残。（红）师父，我还笑这摩登没手段，若遇我红莲呵，由他铁阿难也弄个残，铁阿难也弄个残。④

将玉通因红莲毁戒体与《楞严经》序分相比较，这是《翠乡梦》迥异于

---

① ［明］田汝成撰，陈志明编校：《西湖游览志》卷十三《南山分脉城内胜迹》，东方出版社 2012 年版，第 177 页。
② ［元］李寿卿：《月明和尚度柳翠》，载徐征等主编：《全元曲》第四卷，河北教育出版社 1998 年版，第 2400 页。
③ 详见魏同贤主编：《冯梦龙全集·古今小说》第二十九卷《月明和尚度柳翠》，凤凰出版社 2007 年版，第 437 页。
④ ［明］徐渭：《徐渭集·四声猿·玉禅师翠乡一梦》第一出，中华书局 1983 年版，第 1190 页。

同类红莲题材的独创。《楞严经》序分记述了阿难因乞食而经历淫室,遭大幻术,摩登伽女以咒语将其摄入淫席。如来得知,敕文殊师利前往以神咒消灭恶咒,将阿难及摩登伽女带回佛所。阿难悔恨自己一向多闻,道力未全,其后,佛告以一切众生从无始来,生死相续,皆由不知常住真心性净明体,有诸妄想,故有轮转,等等。《翠乡梦》中柳宣教遣红莲诱使玉通,玉通破戒,便是以阿难尚且如此为借口的。不难看出,《翠乡梦》的情节几乎是《楞严经》序分内容的再现,只是以玉通饰演阿难,红莲饰演摩登伽女而已。《楞严经》序分中关于阿难乞食险遭毁戒失身的过程,虽然在《楞严经》中所占篇幅甚小,但意义重大,这既是佛陀宣说《楞严经》的因缘,更喻示了《楞严经》的重要主题:破魔、护戒与禅定修习。尤其是该经详细讲述的禅定修习法门,使其成为著名的禅修宝典。因此,序分虽短,但堪称是《楞严经》宗旨具体而微的形象浓缩。徐渭将《翠乡梦》的情节与《楞严经》直接对应,并使这一故事统摄于《楞严经》的理论背景之下。但是,《翠乡梦》与《楞严经》序分情节有一根本殊异:玉通破戒,与阿难被摩登伽女摄入淫席,将毁戒体而未毁的结果完全不同,而这正是《翠乡梦》中的猿鸣之悲及作者借玉通毁戒经历以弘宣《楞严经》的创作意图。《楞严经》卷十佛陀有言:"理则顿悟,乘悟并消;事非顿除,因次第尽。"①对其顿悟渐修的宗旨,钱谦益云:"一经十轴,纶贯以一十六言,使末法行人,永为标准,最后垂范。"②玉通因未能依循"事非顿除,因次第尽"之训而守心护戒,因此,一俟破戒,玉通即有这样的悔唱:"[新水令]我在竹林峰坐了二十年,欲河堤不通一线。虽然是活在世,似死了不曾然。这等样牢坚,这等样牢坚,被一个小蝼蚁穿漏了黄河堙。"红莲亦戏谑道:"(红)师父,吃蝼蚁儿钻得漏的黄河堙,可也不见牢。师父,你何不做个钻不漏的黄河堙?"③《楞严经》"从破魔始,至破魔终",最后,佛陀主动讲说了五阴禅定

---

① 赖永海主编,刘鹿鸣译注:《楞严经》卷十,中华书局2013年版,第466页。
② [明]钱谦益钞:《楞严经疏解蒙钞》卷十,《卍续藏经》第13册,第812页。
③ [明]徐渭:《徐渭集·四声猿·玉禅师翠乡一梦》第一出,中华书局1983年版,第1188页。

第五章 《楞严》义理：徐渭的真我说及其艺术实践的学术底色　　141

境界的各种魔境，玉通则破魔护戒不成而陷入冤冤相报的循环恶趣。

《翠乡梦》虽然在情节结构上以《楞严经》为背景，但度脱者月明和尚又兼有《金刚经》佛理背景。《金刚经》以扫相破执为宗旨，"离一切诸相即名诸佛"①。《金刚经》中佛陀开示须菩提云："若菩萨有我相、人相、众生相、寿者相，即非菩萨。"②"离四相"的本质是离我相。月明禅师认为玉通跌落翠乡的根本原因在于"我相未除，欲根尚挂"③，亦即下场诗中点示的"老玉通一丝我相"④。可见，徐渭笔下的月明唤醒"梦"中玉通的法宝是依《金刚经》以破我执、扫我相。同时，月明出场的定场白表述了其理解的法门大意："万虑徒空，管堆起几座好山河大地。俺也不晓得脱离五浊，尽丢开最上一乘。刹那屁的三生，瞎帐他娘四大。……只要一棒打杀如来，料与狗吃；笑倒只鞋顶将出去，救了猫儿。所以上我这黄齑淡饭，窝出来臭刺刺的东西，也都化狮子粪，倒做了清辣香材；狗肉团鱼，呕出来鏖糟糟的涓滴，便都是风磨铜，好妆成紫金佛面。"⑤显然，这是因循《金刚经》扫除诸相的思路而破斥一切妄相。与《金刚经》须菩提所言"不可以身相得见如来"⑥相似，《翠乡梦》也将如来、四大一并否定。他不但要破玉通之我相，还要破佛陀之相。这也是月明度脱玉通，亦即徐渭意欲在《翠乡梦》中昭示的佛理，如其在《金刚经序》中所说："以故四相一空，无佛可名，无众生可名。"⑦

---

① ［后秦］鸠摩罗什译：《金刚经·离相寂灭分第十四》，载赖永海主编，陈秋平译注：《金刚经·心经》，中华书局2013年版，第62页。
② ［后秦］鸠摩罗什译：《金刚经·大乘正宗分第三》，载赖永海主编，陈秋平译注：《金刚经·心经》，中华书局2013年版，第23页。
③ ［明］徐渭：《徐渭集·四声猿·玉禅师翠乡一梦》第二出，中华书局1983年版，第1193页。
④ ［明］徐渭：《徐渭集·四声猿·玉禅师翠乡一梦》第二出，中华书局1983年版，第1197页。
⑤ ［明］徐渭：《徐渭集·四声猿·玉禅师翠乡一梦》第二出，中华书局1983年版，第1193页。
⑥ ［后秦］鸠摩罗什译：《金刚经·如理实见第五》，载赖永海主编，陈秋平译注：《金刚经·心经》，中华书局2013年版，第30页。
⑦ ［明］徐渭：《徐渭集·徐文长佚草》卷一《金刚经序》，中华书局1983年版，第1089页。

徐渭何以从《楞严经》入而由《金刚经》出？这当与红莲、柳翠故事原初的基本线索以及徐渭追求的戏剧艺术效果有关。《楞严经》是一部内容宏富而被称为"宗教司南，性相总要"①之作，在两出的杂剧中详述禅修之法表现势必拖沓冗长。哑谜相参，既与《金刚经》的扫相旨趣以及"无得、无说"②的思想相通，与禅门宗趣相得，又极具戏剧效果。《楞严经》序分与红莲、玉通故事情节的相似、结局的背离，为故事的缘起与"猿鸣"基调提供了一个异常合适的契入口。加之徐渭精通《楞严经》，多有会心之得，与其作《首楞严解》相似，红莲故事成为徐渭艺释《楞严经》极好的素材，这也是其创作《翠乡梦》的最初动因。而原柳翠剧的度脱情节主要则是依循《金刚经》的佛理背景。如李寿卿《度柳翠》中虽然观音还是通过"月明尊者引度你（柳翠）归空"③，月明和尚开示柳翠即是直接以《金刚经》的偈为示："柳也，听我佛的偈。（偈云）一切有为法，如梦幻泡影。如露亦如电，应作如是观。"④唱道："[鸳鸯煞]撇下这人相我相众生相，出离了生况死况别离况。驾一片祥云，放五色毫光。唱道是佛在西天，月临上方。"⑤该剧最后的题目、正名更是径示其度脱思想援据于《金刚经》：

题目　显孝寺主诵金经
正名　月明和尚度柳翠⑥

---

① ［明］智旭汇集：《阅藏知津》卷十一《大乘经藏·方等部第二之十》，《嘉兴大藏经》（新文丰版）第 32 册，第 25 页。
② ［唐］玄奘译：《大般若波罗蜜多经》卷三百七十八《初分无杂法义品第六十七之一》，《大正藏》第 6 册，第 955 页。
③ ［元］李寿卿：《月明和尚度柳翠》，载徐征等主编：《全元曲》第四卷，河北教育出版社 1998 年版，第 2400 页。
④ ［元］李寿卿：《月明和尚度柳翠》，载徐征等主编：《全元曲》第四卷，河北教育出版社 1998 年版，第 2400 页。该偈出于《金刚经·应化非真分第三十二》，详见赖永海主编，陈秋平译注：《金刚经·心经》，中华书局 2013 年版，第 112 页。
⑤ ［元］李寿卿：《月明和尚度柳翠》，载徐征等主编：《全元曲》第四卷，河北教育出版社 1998 年版，第 2400 页。
⑥ ［元］李寿卿：《月明和尚度柳翠》，载徐征等主编：《全元曲》第四卷，河北教育出版社 1998 年版，第 2400 页。

第五章 《楞严》义理:徐渭的真我说及其艺术实践的学术底色

从全剧内容来看,李寿卿《度柳翠》的题目与正名之间的关系如同元杂剧《梧桐雨》《看钱奴》《青衫泪》《贬黄州》《东窗事犯》等一样,都是因果关系,所谓"显孝寺主诵金经"就是指月明和尚引《金刚经》的偈,以及扫相旨趣。不难看出,《翠乡梦》中原柳翠故事部分,徐渭基本依循原有情节以及度脱佛理,真正体现徐渭独创的则是对红莲故事的佛学改造,以及将两个故事联成一剧。核心是将红莲故事与《楞严经》序分相比附,使全剧切入到《楞严经》的思想背景之中。这是《翠乡梦》与同源题材作品的根本殊异。

从徐渭著作的接受来看,袁宏道从陶望龄书室中得《阙编》诗一帙,"读未数首,不觉惊跃"①,称叹其贡献主要是"诗文倔起,一扫近代芜秽之习"②。自袁宏道举扬徐渭,赞其为"有明一人"③之后,"海内无不知有徐文长"④。相对而言,《四声猿》更多受到了方外人士的褒赞,天放道人在《四声猿序》中径谓"而《玉通》一剧,尤其宗风之衍矣"⑤。而澂道人亦将《四声猿》视若"金仙氏之《楞严》"⑥。因此,《四声猿》尤其是《翠乡梦》被普遍认为是体现佛教,尤其是《楞严经》旨趣的作品。

---

① [明]袁宏道:《徐文长传》,载[明]徐渭:《徐渭集》附录,中华书局1983年版,第1342页。
② [明]袁宏道:《徐文长传》,载[明]徐渭:《徐渭集》附录,中华书局1983年版,第1344页。
③ [明]陶望龄:《徐文长传》,载[明]徐渭:《徐渭集》附录,中华书局1983年版,第1341页。
④ [明]张汝霖:《刻徐文长佚书序》,载[明]徐渭:《徐渭集》附录,中华书局1983年版,第1348页。
⑤ [明]天放道人:《四声猿序》,载[明]徐渭:《徐渭集》附录,中华书局1983年版,第1357页。
⑥ [明]澂道人:《四声猿引》,载[明]徐渭:《徐渭集》附录,中华书局1983年版,第1357页。

第三节 《楞严经》"根大"义理与徐渭集诸艺于一身的审美体验

《楞严经》中阿那律陀无目而见,跋难陀龙无耳而听,殑伽神女非鼻闻香,骄梵钵提异舌知味,舜若多神无身觉触,其六根互用的佛理对于通感艺术多有启示,这也是《楞严经》深受文士们喜爱的重要原因。而徐渭是一位诸艺皆精,尤其是集书画、诗文、戏曲艺术成就于一身的"旷世奇人",其艺术表现手法并不是"听之如可见"等六根偶然错用的通感修辞,而是融诸根识于一体而形成的浑成之境,这也是徐渭卓然挺立于明代文化史的重要特征。与此相联系,徐渭偏好《楞严经》,更有六根互用之外他人鲜能体悟的会心之得。

佛教认为六尘与六根都没有独立的自性,即所谓"相、见无性,同于交芦"①。但因《楞严经》所持的一根拔除、六根解脱的旨趣,因此,该经在地水火风空识"六大"之外,另外提出"都摄六根"之"根大"(或称"见大"),以使六根圆融周遍,云:"如一见根,见周法界,听、嗅、尝触、觉触、觉知,妙德莹然,遍周法界,圆满十虚,宁有方所?"②智旭释之云:"十法界见闻觉知,一往皆是,寄在六根,总名根大。"③根大,乃六根之"总名","根大"之称,其意即在于六根融通。《楞严经》中关于六根圆融周遍特征在选根直入部分有详细生动的记述,如观世音获得妙妙闻心后,见、闻、觉、知等功能不再被六根分隔,而成一"圆融清净宝觉",因此而能现众多妙容,即其所谓"由我所得圆通本根,发妙耳门,然后身心微妙含容,周遍法界"。④徐渭曾注解《楞严经》,当集诸种艺术于一身的徐渭诵读观音所言之时,不难体现到其会心、兴奋的脉动,徐渭必当会获得微妙含容的生命体验,以圆融清净宝觉之灵妙感悟,诸觉浑成为一,吮墨挥毫,进入其特有的艺

---

① 赖永海主编,刘鹿鸣译注:《楞严经》卷五,中华书局2013年版,第207页。
② 赖永海主编,刘鹿鸣译注:《楞严经》卷三,中华书局2013年版,第146页。
③ [明]智旭撰述,道昉参订:《楞严经文句》卷三,《卍续藏经》第13册,第273页。
④ 赖永海主编,刘鹿鸣译注:《楞严经》卷六,中华书局2013年版,第260页。

术天地。①

缘此,我们在徐渭的作品中看到种种独有的审美境界,如徐渭作品的画面独具声闻之效:"嫩筱捎空碧,高枝梗太清。总看奔逸势,犹带早雷惊。"②诗作虽然与画面有互文之效,画中"早雷惊"的隐曲难言,在诗中得以释出。但由于是同一创作主体,在勾写嫩筱意态之时,作家的视觉与听觉已浑融为一,正是这种根尘会通产生的艺术穿透力,使风雨"声"回荡在嫩筱高枝叠构而成的画面之中。再如,徐渭状写画中雪梅:"似闻燕话香可泥,恍见蝇肌寒乍粟。"③味之香、触之寒虽在诗中得以点示,但同样是源于其画作显现出的直觉审美感受,这正是徐渭将六根融通的思维路向内化于审美心理之中而玉成的立体、浑成的审美境界。这样的作品在徐渭的题画诗中在在可见,如:"叶叶枝枝逐景生,高高下下自人情。两梢直拔青天上,留取根丛作雨声。"④"带烟笼雾自生香,薄粉浓铅不用妆。莫以轻盈窥宋玉,冯将淡白恼何郎。"⑤"画里看花不下楼,甜香已觉入清喉。无因摘向金陵去,短㩝长丁送茗瓯。"⑥"莫讶春光不属侬,一香已足

---

① 徐渭对观音的推尊与理解亦可佐证其深得《楞严经》三昧、六根圆通的神髓。徐渭有四篇关于观音大士的赞文。对于观音的解释都以《楞严经》为是,云:"一观音法,而有二评,《法华》他机,《楞严》自行。"([明]徐渭:《徐渭集·徐文长三集》卷二十一《观音大士赞》,中华书局1983年版,第580页)其意是说《法华》与《楞严》两部佛经对观音有不同解释。《法华经·普门品》云:"若有无量百千万亿众生受诸苦恼,闻是观世音菩萨,一心称名,观世音菩萨即时观其音声皆得解脱。"(赖永海主编,王彬译注:《法华经·观世音菩萨普门品第二十五》,中华书局2013年版,第483页)此乃度他义,徐渭谓之"他机"。《楞严经》卷六则讲述了观音菩萨耳根圆通法门。此乃自修义,徐渭谓之"自行"。徐渭则从《楞严》,云:"大士观音,道以耳入。卅二其相,化门非一。"([明]徐渭:《徐渭集·徐文长三集》卷二十一《白描观音大士赞》,中华书局1983年版,第580页)即是《楞严》所述之耳根圆通,以及"蒙彼如来授我如幻闻熏闻修金刚三昧,与佛如来同慈力故,令我身成三十二应,入诸国土"。(赖永海主编,刘鹿鸣译注:《楞严经》卷六,中华书局2013年版,第248页)
② [明]徐渭:《徐渭集·徐文长三集》卷十《题画四首》一,中华书局1983年版,第326页。
③ [明]徐渭:《徐渭集·徐文长三集》卷五《雪梅花画》,中华书局1983年版,第142页。
④ [明]徐渭:《徐渭集·徐文长三集》卷十一《竹》,中华书局1983年版,第387页。
⑤ [明]徐渭:《徐渭集·徐文长三集》卷十一《梨花五首》二,中华书局1983年版,第398页。
⑥ [明]徐渭:《徐渭集·徐文长三集》卷十一《画玫瑰花》,中华书局1983年版,第404页。

压千红。总令摘向韩娘袖,不作人间脑麝风。"①"避暑西斋扫竹枝,无边墨海浸银螭。忽然卷向谁家去,犹觉余凉解粟肌。"②显然,徐渭笔下更多的是本之于《楞严经》"根大""见大"圆融一体佛理而形成的眼里闻声、闻香等。徐渭描写水墨花卉之所以取得卓异成就,不仅是诗画技法运用的高妙、根与识之间的交错对应,还在于融诸识于同一艺术作品之中。徐渭的六根互用并不是简单的修辞手法,而是其浸润于佛教尤其是《楞严经》佛理而形成的独特的思维方式和审美体验,是基于对佛理的研读,汲取佛理而形成的心理积淀,并在作品中得到浑成自然的多维呈现。

《楞严经》中佛陀说六根圆通目的在于证解常住真心,于是释德清乃至将根大与见精相统一:"见大乃八识之见分,亦名见精。"③使根大具有了佛性的含义。徐渭《半禅庵记》亦有云:"人身具诸佛性,辟如海水;结诸业习,辟如海冰。"④作为"眼空千古,独立一时"⑤的徐渭,"结诸业习",或许更应理解为其因艺术而习得佛理的过程。本于这样的佛理,徐渭涵濡《楞严经》,更有超越于根尘之妄,妙会于含吐十界,弥纶万有,即"妙七大而各周法界"⑥如来藏心的心理积淀。他的作品更有超越于感官的融通,乃至泯会实、幻,而无论时空的奇谲之制。如《伏日写雪竹》诗云:"昨夜苦寒眠不得,起写生箪雪两竿。莫问人间凉与否,苍蝇僵拌研池干。"⑦苍蝇之"僵"是因"箪雪"而"冻""僵",是作者对自己艺术的自信、自赞,更是作者沉浸于创作的画境之中,深受《楞严经》不生不灭圆通周遍的如来藏心的影响而产生的灵思妙想,画境与现实之间在徐渭那里已浑然一

---

① [明]徐渭:《徐渭集·徐文长三集》卷十一《兰》,中华书局1983年版,第405页。
② [明]徐渭:《徐渭集·徐文长三集》卷十一《顾御史索画竹》二,中华书局1983年版,第391页。
③ [明]德清述:《楞严经通议》卷三,《卍续藏经》第12册,第565页。
④ [明]徐渭:《徐渭集·徐文长三集》卷二十三《半禅庵记》,中华书局1983年版,第607页。
⑤ [明]袁宏道:《徐文长传》,载[明]徐渭:《徐渭集》附录,中华书局1983年版,第1343页。
⑥ [明]智旭撰述,道昉参订:《楞严经玄义》,《卍续藏经》第13册,第196页。
⑦ [明]徐渭:《徐渭集·徐文长三集》卷十一《伏日写雪竹》,中华书局1983年版,第392页。

体。画焉？实焉？在他的诗画作品中已泯合无痕。再如，他笔下的石榴已泯合于现实之中："五寸珊瑚珠一囊，秋风吹老海榴黄。宵来酒渴真无奈，唤取金刀劈玉浆。"①笔下果蔬亦可备厨艺之需："葡菜葱茄满纸生，墨花夺巧自天成。若教移向厨房里，大妇为韭小妇羹。"②不但如此，徐渭更有超越于时空的卓绝奇构："南京解元唐伯虎，小涂大抹俱高古。壁松水阁坐何人，若论游鱼应着我。"③作者钦敬唐寅"小涂大抹"，自然挥洒而深得高古之趣的艺术成就，因而想象将"我"化为一尾自在游鱼，与图中人物顾盼神契，以"我"融入他人之画，超越时空、实幻畦界。徐渭奇绝的想象，亦与其深受《楞严经》的濡染，对"大佛顶"之周遍法界、含摄森罗、竖穷三际、横亘十方理体的精思妙会有关，成为其陶钧文思、挥染设色之腹笥所贮。因此，徐渭笔下浑成立体的艺术世界，更易于表现物象的内在神韵。"送君不可俗，为君写风竹，君听竹梢声，是风还是哭？若个能描风竹哭，古云画虎难画骨。"④竹、风、哭，由有形到无形，再到心灵世界，层层展现，环环紧扣，最难描摹的是心海的情感波澜。但徐渭诸艺兼能，且《楞严经》七处征心，十番显见之腹笥已备，其"难"已在其积学贮宝阶段得到了某种程度的准备与消解，因此，徐渭笔墨总能以"写意"令人叫绝，引后世无数诗画巨擘为之折腰。"莫把丹青等闲看，无声诗里颂千秋。"⑤丹青可寄意、可言志、可明心，诗亦可通乎诸根，一体征心。明乎此，对"半生落魄已成翁，独立书斋啸晚风。笔底明珠无处卖，闲抛闲掷野藤中"⑥这一徐渭屡屡书写的自况诗作，我们固然可从象征、比喻等技法层面予以解读，但更应注意到这位"旷世奇人"是曾诠解过《楞严经》，深谙佛性，与聚禅

---

① ［明］徐渭：《徐渭集·徐文长三集》卷十一《画石榴》，中华书局1983年版，第402页。
② ［明］徐渭：《徐渭集·徐文长逸稿》卷八《题自画菜四种》，中华书局1983年版，第868页。
③ ［明］徐渭：《徐渭集·徐文长三集》卷十一《唐伯虎古松水壁阁中人待客过画》，中华书局1983年版，第385页。
④ ［明］徐渭：《徐渭集·徐文长三集》卷五《附画风竹于笺送子甘题此》，中华书局1983年版，第160页。
⑤ ［明］徐渭：《徐渭集·徐文长三集》卷十一《独喜萱花到白头图》，中华书局1983年版，第407页。
⑥ ［明］徐渭：《徐渭集·徐文长三集》卷十一《葡萄》一，中华书局1983年版，第401页。

师过从甚密的禅悦之士。其意似为比,更是融。唯有依循其学殖、艺术一体的原有进路,才能真正体味到徐渭作品写意之"大"。值得注意的是,徐渭圆融诸根,乃至妙会如来藏心的作品,在画作及题画诗中表现得最为充分。由于徐渭的诗画作品大多是其自创,因此,与一般的诗画互文有所不同,其艺术的呈现更加自然熨帖,了无他者释读补成时可能形成的曲说与误识。徐渭作品克服了单一艺术样式"相、见无性,同于交芦"①的不足,包蕴的内涵与气象大大超越了各自体裁的畦界,化成为其作品中独有的诸识与精神气韵浑然一体的审美境界。当然,徐渭又是深谙戏曲艺术的大作手,对综合艺术有深切的体悟。但传统的戏曲艺术听觉、视觉的综合效果通过场上演员的表演很容易得以展现,徐渭诗画艺术中的会通则是以文本的形式实现的,是基于诸根的互通而非诸识的共存。《楞严经》佛理的深层滋育,对徐渭之为徐渭,作用不可轻忽。"崭然有异"②于时的徐渭,虽然没有看到晚明文学思潮狂飙突进,拟古之风为之一扫的情景,但是在其后袁宏道的推赞之中,可以感受到徐渭对于晚明文学思潮的先导之功。宏道云:"宏于近代得一诗人曰徐渭,其诗尽翻窠臼,自出手眼。有长吉之奇,而畅其语;夺工部之骨,而脱其肤;挟子瞻之辨,而逸其气。无论七子,即何、李当在下风。"③宏道虽然傲兀自矜、俊迈雄视,但是,他对徐渭如此推敬,足以证明他们是真正的知音同道。徐渭与王世懋、屠隆等人相比较,更加通脱,对伪饰蹈袭的批判也更为猛烈。他抒写磊落不羁性情的诗文、戏曲,与其尚求抒写真情、本色自然的文学理论都标志着晚明文学新思潮的兴起。

---

① 赖永海主编,刘鹿鸣译注:《楞严经》卷五,中华书局2013年版,第207页。
② [清]钱谦益撰集,许逸民、林淑敏点校:《列朝诗集·丁集》第十二《袁稽勋宏道》,中华书局2007年版,第5317页。
③ [明]袁宏道著,钱伯城笺校:《袁宏道集笺校》卷二十二《冯侍郎座主》,上海古籍出版社2018年版,第830页。

第六章　出入三教、高张个性：李贽的文化心态与"童心说""化工说"

李贽（1527—1602），初名载贽，号卓吾、笃吾、宏甫，别署温陵居士，泉州晋江（今福建泉州）人。他以"务反宋儒道学之说"①的"异端"自居，在晚明社会形成了巨大的社会影响，一时间，豪隽归慕，争相影从。正如沈瓒所云："儒释从之者几千万人，其学以解脱直截为宗，少年高旷豪举之士，多乐慕之。"②同时他也得到了一些端方正直之士、渊博演迤之人的推佑，焦竑谓其"未必是圣人，可肩一狂字，坐圣门第二席"③，并且迎接其"抵白下，为精舍以居师"④。御史马经纶则云："夫其不知于世人也，是先生所以超出千万劫之世人者也；其不知于道人也，是先生所以超出于千万劫之道人者也。"⑤而"延载贽抵舍，焚香和南执弟子礼"⑥。在李贽遭逢封建势力的迫害时，他们还设法仗义相助。汤显祖、公安袁氏昆仲都以师从李贽为自得，汤显祖云："见以可上人（真可）之雄，听以李百泉（指李贽）之杰，寻其吐属，如获美剑。"⑦公安"三袁"都走西陵、访李贽，宏道更

---

① ［清］沈瓒编：《近事丛残》卷一《李卓吾》，清刻本。
② ［清］沈瓒编：《近事丛残》卷一《李卓吾》，清刻本。
③ ［清］黄宗羲著，沈芝盈点校：《明儒学案》卷三十五《泰州学案》四《文端焦澹园先生竑》，中华书局2008年版，第829页。
④ ［明］汪本钶：《卓吾先生告文》，转引自厦门大学历史系编：《李贽研究参考资料》第一辑，福建人民出版社1975年版，第58页。
⑤ ［明］马经纶：《答张又玄先生》，转引自张建业汇编：《李贽研究资料汇编·明代》，社会科学文献出版社2013年版，第88—89页。
⑥ ［明］沈鈇：《李卓吾传》，载［明］何乔远编：《闽书》卷一百五十二《畜德志》上，明万历刻本。
⑦ 徐朔方笺校：《汤显祖集·诗文集》卷四十四《答管东溟》，中华书局1962年版，第1229页。

是"留三月余,殷殷不舍,送之武昌而别"①。既见龙湖,始悟以往株守俗见:"至是浩浩焉如鸿毛之遇顺风,巨鱼之纵大壑。能为心师,不师于心;能转古人,不为古转。发为语言,一一从胸襟流出。"②中道则将其与苏轼相比,云:"龙湖先生,今之子瞻也。"③崇仰甚至。尽管李贽晚年被张问达劾为"狂诞悖戾""肆行不简"④,以七十六岁的高龄被捕下狱,迫害致死。其后又被顾炎武等人视为"小人之无忌惮"⑤,但正是李贽"以解脱直截为宗"的学问,使"儒教溃防,而释宗绳检,亦多所屑弃"⑥,对传统礼教发起了冲击,个性得到了张扬,为晚明文学反对摹拟因袭、抒张性灵的文学思想提供了精神依凭。其"童心说"不但缘起于文学,而且对"性灵说"的产生具有直接的影响。李贽"于上下数千年之间,别出手眼",其"掊击道学,抉摘情伪"的狂者精神,⑦影响了一大批文人,进而形成了晚明文学的狂飙。他是晚明有志于文学革新者真正的"大教主"⑧。李贽对于晚明的巨大影响,不但因其锋芒裎露的思想,还在于其思想的快意表达,诚如汪本钶所云:"先生一生无书不读,无有怀而不吐。其无不读也,若饥渴之于饮食,不至于饫足不已;其无不吐也,若茹噎而不下,不尽至于呕出亦不已。以故,一点撺自足天下万世之是非,而一咳唾实关天下万世之名教,不但如嬉笑怒骂尽成文章已也。盖言语真切至到,文辞惊天动地,能令聋

---

① [明]袁中道著,钱伯城点校:《珂雪斋集》卷十八《吏部验封司郎中中郎先生行状》,上海古籍出版社2019年版,第801页。
② [明]袁中道著,钱伯城点校:《珂雪斋集》卷十八《吏部验封司郎中中郎先生行状》,上海古籍出版社2019年版,第801页。
③ [明]袁中道著,钱伯城点校:《珂雪斋集》卷十《龙湖遗墨小序》,上海古籍出版社2019年版,第503页。
④ "中央研究院"历史语言研究所校印:《明实录》第五十九册《明神宗实录》卷三六十九,国立北平图书馆红格本微卷影印本,第6918页。
⑤ [清]顾炎武著,黄汝成集释,栾保群、吕宗力校点:《日知录集释》卷十八《李贽》,上海古籍出版社2006年版,第1070页。
⑥ [清]沈瓒编:《近事丛残》卷一《李卓吾》,清刻本。
⑦ [清]钱谦益撰集,许逸民、林淑敏点校:《列朝诗集·闰集》第三《卓吾先生李贽》,中华书局2007年版,第6377页。
⑧ [明]沈德符:《万历野获编》卷二十七《二大教主》,中华书局1959年版,第691页。

者聪,瞆者明,梦者觉,醒者醒,病者起,死者活,躁者静,聒者结,肠冰者热,心炎者冷,柴栅其中者自拔,倔强不降者亦无不意俯而心折焉。"①对于李贽之于晚明文学思潮的关系,钱谦益早有允论:"万历之季,海内皆诋訾王、李,以乐天、子瞻为宗,其说唱于公安袁氏。而袁氏中郎、小修,皆李卓吾之徒,其指实自卓吾发之。"②

第一节　李贽兼取三教的学殖

李贽的文论主要体现于"童心说"及与之相联系的"化工说"。"童心说"与"化工说"是基于其出入三教、去取由我的学术意趣而生。李贽尝云:"三教圣人,顶天立地,不容异同,明矣。故曰天下无二道,圣贤无两心。"③李贽历来被儒学正统目为"异端之尤",这源于李贽基于三教的复杂文化心态,其特征主要体现在以下两个方面。

首先,兼取三教,被目为"狂禅"而又以非圣自命。李贽的著作常表现出一种矛盾的文化心态。一方面表现为兼取儒佛乃至道家,如他曾这样描述其学术经历:"某生于闽,长于海,丐食于卫,就学于燕,访友于白下,质正于四方。自是两都人物之渊,东南才富之产,阳明先生之徒若孙及临济的派、丹阳正脉,但有一言之几乎道者,皆某所参礼也,不扣尽底蕴固不止矣。"④具有融通三教的倾向,如他评论孟子"不仁而得国者,有之矣;不仁而得天下者,未之有也"一句时云:"镜花水月,大是禅语。"⑤以禅诠儒。但是,另一方面,他又以非圣自命,云:"余自幼倔僵难化,不信学、

---

① [明]汪本钶:《续刻李氏书序》,载[明]李贽:《续焚书》卷首,中华书局2009年版,第4页。
② [清]钱谦益著,[清]钱曾笺注,钱仲联标校:《牧斋初学集》卷三十一《陶仲璞遁园集序》,上海古籍出版社1985年版,第919页。
③ [明]李贽:《李温陵集》卷十《三教品序》,明刻本。
④ [明]李贽:《焚书》增补一《答何克斋尚书》,中华书局2009年版,第254—255页。
⑤ [明]李贽:《四书评·孟子卷之七》,上海人民出版社1975年版,第290页。

不信道、不信仙释。故见道人则恶,见僧则恶,见道学先生则尤恶。"①因此,顾炎武云:"敢于叛圣人者,莫甚于李贽。"②我们认为,总体而言,李贽的思想是汲取了儒、佛乃至道家人文精神的思想要素,诠以己意,加以改造和发展而形成的具有个性解放色彩的新思想体系。这与唐宋以后兼触三教而产生的维护封建统治秩序的理学不同,明代中后期的思想家在"天崩地解"的时代,找不到更精良的理论武器,他们赋予传统理论形式以新的内容。虽然李贽在社会伦理规范方面与传统儒学多有异致,但是在基本理论构架乃至思想方法、理论范畴等方面,都显示了以儒学为主,兼融三教的理论取向。其中,对儒学在明代中后期的主要表现形式——王学汲取尤多。李贽这一矛盾文化心态的关键,在于其对儒家文化的态度。

其次,对儒学的批判与承续。李贽在《初潭集序》中开篇明志:"卓吾子之落发也有故,故虽落发为僧,而实儒也。是以首纂儒书焉,首纂儒书而复以德行冠其首。然则善读儒书而善言德行者,实莫过于卓吾子也。"③但他又是一儒学"异端"。他对六经、《语》、《孟》等儒家经典提出了质疑,对儒学祖师也以常人视之,云:"夫天生一人,自有一人之用,不待取给于孔子而后足也。若必待取足于孔子,则千古以前无孔子,终不得为人乎?"④他认为人们当尊崇个性,不依傍古圣昔贤。因此,他还提出不以孔子之是非为是非的著名论断,云:"前三代吾无论矣,后三代,汉、唐、宋是也。中间千百余年,而独无是非者,岂其人无是非哉? 咸以孔子之是非为是非,故未尝有是非耳。"⑤他对"亚圣"孟子所论也敢质疑,认为《孟子》中也偶有"议论不甚妥"⑥之处,破除了儒家信奉的亘古不变的是非标

---

① [明]李贽:《阳明先生年谱后语》,载[明]李贽:《阳明先生年谱》卷末,明刻本。
② [清]顾炎武著,黄汝成集释,栾保群、吕宗力校点:《日知录集释》卷十八《李贽》,上海古籍出版社 2006 年版,第 1070 页。
③ [明]李贽:《初潭集序》,载[明]李贽:《初潭集》卷首,中华书局 2009 年版,第 1 页。
④ [明]李贽:《焚书》卷一《答耿中丞》,中华书局 2009 年版,第 16 页。
⑤ 《藏书世经列传总目前论》,载[明]李贽:《藏书》卷首,中华书局 1974 年版,第 17—18 页。
⑥ [明]李贽:《四书评·孟子卷之三》,上海人民出版社 1975 年版,第 208 页。

准和人格标准。同时,他对儒家道德理论的虚伪性进行了揭露和抨击。如,他同情寡妇再嫁,认为卓文君不待父母之命,媒妁之言,而夜奔相如是正确的,云:"斗筲小人,何足计事,徒失佳偶,空负良缘,不如早自抉择,忍小耻而就大计。"①置"饿死事小,失节事大"的儒家道德标准于不顾。但是,李贽之非儒,主要集中在儒学的名教,集中在理学虚伪的道德规范方面,而绝非对儒家思想体系的全面否定。我们以上所列的李贽的"不经"之言,仅是因为在人们对儒家思想不敢置喙之时,李贽表现出的迥绝于时的一些思想火花,仅此,便已显示出了李贽思想的独特可贵之处。但是,这并不代表李贽对儒学态度的全部。事实上,他对孔子的学行十分赞叹。如在《四书评》里,他屡屡慨叹"圣人"②,"大圣人"③,"绝妙文章"④,"的是圣笔"⑤等,都显示了儒学是其基本学术底色。

对李贽影响最为直接的是阳明学以及使阳明学"风行天下"⑥的泰州之学。对于李贽与王学及泰州之学的关系,学界认识不一。陶望龄称其为"荷泽妙门,姚江正令"⑦。我们以为,判断李贽与王学及泰州学派的关系,既要看李贽对王学及泰州学派人物的态度,更要辨析他们相互间的思想异同。就李贽对他们的态度来看,他选编了《阳明先生道学钞》《龙溪王先生文录钞》,选评了《赵文肃公集》。他在《续藏书》中对王阳明的事功、学术评价极高,云:"先生与于(于谦)与杨(杨善)又为千古三大功臣焉者也。呜呼,天生先生,岂易也邪? 在江西为三大忠,在浙江为三大人,在今古为三大功,而

---

① [明]李贽:《藏书》卷三十七《词学儒臣·司马相如传论》,中华书局1974年版,第2104页。
② [明]李贽:《四书评·论语卷之四》,上海人民出版社1975年版,第65页。
③ [明]李贽:《四书评·孟子卷之五》,上海人民出版社1975年版,第243页。
④ [明]李贽:《四书评·孟子卷之四》,上海人民出版社1975年版,第230页。
⑤ [明]李贽:《四书评·论语卷之七》,上海人民出版社1975年版,第118页。
⑥ [清]黄宗羲著,沈芝盈点校:《明儒学案》卷三十二《泰州学案》一,中华书局2008年版,第703页。
⑦ [明]陶望龄撰,李会富编校:《陶望龄全集·歇庵集》卷十一《祭李卓吾先生》,上海古籍出版社2019年版,第657页。

况理学又足继孔圣之统者哉?"①他对泰州学派中人都十分推奉,云:

> 当时阳明先生门徒遍天下,独有心斋为最英灵……心斋之后为徐波石,为颜山农。山农以布衣讲学,雄视一世而遭诬陷;波石以布政使请兵督战而死广南。云龙风虎,各从其类,然哉!盖心斋真英雄,故其徒亦英雄也。波石之后为赵大洲,大洲之后为邓豁渠;山农之后为罗近溪,为何心隐,心隐之后为钱怀苏,为程后台:一代高似一代。②

对阳明以后的学人,李贽最为敬奉的是王畿、罗汝芳。王畿虽然并非泰州学派中人,但晚明士人都以二溪(王畿,号龙溪;罗汝芳,号近溪)并称,其思想也与泰州学派颇多顾盼。在《王龙溪先生告文》中,李贽哀叹王畿道:"圣代儒宗,人天法眼;白玉无瑕,黄金百炼。今其没矣,后将何仰!"③极度称颂了王畿"随地雨法",广布良知说的功绩:"以故四域之内,或皓首而执经;五陵之间,多继世以传业。遂令良知密藏,昭然揭日月而行中天;顿令洙、泗渊源,沛乎决江、河而达四海。"④他对罗汝芳之死的哀痛也表现得深切自然:"盖余自闻先生讣来,似在梦寐中过日耳。乃知真哀不哀,真哭无涕,非虚言也。"⑤由于罗汝芳泛爱容众,无论是牧童樵竖、钓渔老翁、市井少年、织妇耕夫,还是布衣韦带、黄冠白羽、缁衣大士,罗汝芳都能抵掌其间、坐而谈笑。李贽崇奉罗汝芳,很重要的原因在于其"同流合污","有柳士师之宽和","有大雄氏之慈悲",⑥即泛爱众生的性格和平等的观念。他的"异端"思想,正是在与泰州学派中人的砥砺论榷中

---

① [明]李贽:《续藏书》卷十四《勋封名臣·新建侯王文成公》,中华书局1974年版,第927页。
② [明]李贽:《焚书》卷二《为黄安二上人三首·大孝一首》,中华书局2009年版,第80页。
③ [明]李贽:《焚书》卷三《王龙溪先生告文》,中华书局2009年版,第121页。
④ [明]李贽:《焚书》卷三《王龙溪先生告文》,中华书局2009年版,第121页。
⑤ [明]李贽:《焚书》卷三《罗近溪先生告文》,中华书局2009年版,第124页。
⑥ [明]李贽:《焚书》卷三《罗近溪先生告文》,中华书局2009年版,第125页。

逐渐形成的。王学,特别是王门后学中的王畿、罗汝芳的思想是李贽"童心说"最直接的理论之源。

总体而言,李贽对于阳明及其后学的态度是:摒弃了王学及泰州学派中部分学者所持的以孔子之是非为是非,注重修身、明德的正统观念,继承和发展王学及泰州学派中具有人文精神的内容以及三教合一的理论特征。而王学及泰州学派错综三教的学术取向,在李贽的文论中表现得尤为显著。

第二节 "童心说"及其学术渊源

李贽思想的核心是"童心说"。如果说"性灵说"是晚明文学理论的典型表述,"童心说"则是明代后期个性解放思潮的灵魂。它因文学而发,但又不限于文学,核心在于反道学。"性灵说"可以视为"童心说"在文学领域中的展开。李贽的"童心说"是这样表述的:

> 龙洞山农叙《西厢》末语云:"知者勿谓我尚有童心可也。"夫童心者,真心也,若以童心为不可,是以真心为不可也。夫童心者,绝假纯真,最初一念之本心也。若失却童心,便失却真心;失却真心,便失却真人。人而非真,全不复有初矣。
>
> 童子者,人之初也;童心者,心之初也。夫心之初曷可失也!然童心胡然而遽失也?盖方其始也,有闻见从耳目而入,而以为主于其内而童心失。其长也,有道理从闻见而入,而以为主于其内而童心失。其久也,道理闻见日以益多,则所知所觉日以益广,于是焉又知美名之可好也,而务欲以扬之而童心失;知不美之名之可丑也,而务欲以掩之而童心失。夫道理闻见,皆自多读书识义理而来也。古之圣人,曷尝不读书哉!然纵不读书,童心固自在也,纵多读书,亦以护此童心而使之勿失焉耳,非若学者反以多读书识义理而反障之也。夫学者既以多读书识义理障其童心矣,圣人又何用多著书立言以障学人为耶?童心既障,于是发而为言语,则言语不由衷;见而为政事,

则政事无根柢;著而为文辞,则文辞不能达。非内含于章美也,非笃实生辉光也,欲求一句有德之言,卒不可得。所以者何? 以童心既障,而以从外入者闻见道理为之心也。

夫既以闻见道理为心矣,则所言者皆闻见道理之言,非童心自出之言也。言虽工,于我何与,岂非以假人言假言,而事假事文假文乎? 盖其人既假,则无所不假矣。由是而以假言与假人言,则假人喜;以假事与假人道,则假人喜;以假文与假人谈,则假人喜。无所不假,则无所不喜,满场是假,矮人何辩也? 然则虽有天下之至文,其湮灭于假人而不尽见于后世者,又岂少哉! 何也? 天下之至文,未有不出于童心焉者也。苟童心常存,则道理不行,闻见不立,无时不文,无人不文,无一样创制体格文字而非文者。诗何必古选,文何必先秦。降而为六朝,变而为近体;又变而为传奇,变而为院本,为杂剧,为《西厢曲》,为《水浒传》,为今之举子业,皆古今至文,不可得而时势先后论也。故吾因是而有感于童心者之自文也,更说甚么六经,更说甚么《语》《孟》乎?

夫六经、《语》、《孟》,非其史官过为褒崇之词,则其臣子极为赞美之语。又不然,则其迂阔门徒、懵懂弟子,记忆师说,有头无尾,得后遗前,随其所见,笔之于书。后学不察,便谓出自圣人之口也,决定目之为经矣,孰知其大半非圣人之言乎? 纵出自圣人,要亦有为而发,不过因病发药,随时处方,以救此一等懵懂弟子、迂阔门徒云耳。药医假病,方难定执,是岂可遽以为万世之至论乎? 然则六经、《语》、《孟》,乃道学之口实,假人之渊薮也,断断乎其不可以语于童心之言明矣。呜呼! 吾又安得真正大圣人童心未曾失者而与之一言文哉! ①

"童心说"阐发的是不依傍六经、《语》《孟》,写真心自发之文。但是作为一种学术理论,它的形成,必然会自觉或不自觉地汲取前人的理论精核。事实上,李贽并不反对学习前人。就文学而言,他对杜甫十分崇奉,

---

① [明]李贽:《焚书》卷三《童心说》,中华书局2009年版,第98—99页。

云:"至于子美,盖所谓上薄风雅,下该沈、宋,才旁苏、李,气吞曹、刘,掩颜、谢之孤高,杂徐、庾之流丽,尽得古人之体势,而兼昔人之所独专矣。故予谓诗人以来未有如子美者。"①尽管他与七子派的文学观念迥然有异,但也不无赞佩之辞,云:"李(梦阳)天才雄健,徐(祯卿)陶冶精融,而景明藻思秀逸,皆艺苑之杰也。"②其对主张诗歌既应"格古、调逸",又当"情以发之"③的李梦阳尤其推敬,云:"如空同先生与阳明先生同世同生,一为道德,一为文章,千万世后,两先生精光具在,何必更兼谈道德耶?人之敬服空同先生者岂减于阳明先生哉?"④他反对的是以先贤为绳墨,而窒息、束缚自己的创作,影响自己的情感表达。他的"童心说"便既是植根于中国传统文化土壤之上,同时又充分体现了李贽个性精神的理论,是融摄了儒、佛、道的思想精华,而带有浓郁时代色彩的学术思想。内求而不外骛,童心自运,"各人只就题目里滚出去"⑤而自成文。即如其所说:"凡人作文皆从外边攻进里去,我为文章只就里面打出来,就他城池,食他粮草,统率他兵马,直冲横撞,搅得他粉碎,故不费一毫气力而自然有余也。"⑥"童心说"的学殖主要体现在:

首先,在儒学方面,他主要汲取了王阳明的"良知说"、王畿的求"真"论,及罗汝芳的"赤子良心"论。

"致良知"是王阳明最为自得的理论发明,王阳明曾曰:"吾平生讲学,只是致良知三字。"⑦并且视其为"孔门正法眼藏"⑧和"千古圣圣相传

---

① [明]李贽:《藏书》卷三十九《词学儒臣·杜甫》,中华书局1974年版,第2240页。
② [明]李贽:《续藏书》卷二十六《文学名臣·副使何公》,中华书局1974年版,第1685页。
③ [明]李梦阳撰,郝润华校笺:《李梦阳集笺校》卷四十八《潜虬山人记》,中华书局2020年版,第1617页。
④ [明]李贽:《焚书》增补一《与管登之书》,中华书局2009年版,第267页。
⑤ [明]李贽:《续焚书》卷一《与友人论文》,中华书局2009年版,第6页。
⑥ [明]李贽:《续焚书》卷一《与友人论文》,中华书局2009年版,第6页。
⑦ [明]王守仁撰,吴光等编校:《王阳明全集》卷二十六《寄正宪男手墨二卷》,上海古籍出版社2011年版,第1091页。
⑧ [明]王守仁撰,吴光等编校:《王阳明全集》卷五《与杨仕鸣》,上海古籍出版社2011年版,第207页。

的一点滴骨血"①。他说:"良知即是未发之中,即是廓然大公,寂然不动之本体,人人之所同具者也。"②良知,是一种抽象的先天人性论,它以个人的主观标准为核心,具有鲜明的主体性色彩。同时,良知本体"人人之所同具",具有一定的平等意蕴。良知是自然现成,不假外求的,这些都为李贽所汲取,李贽的"童心"也是人所固有而不假外求,基于主体的原则而与外在的规范相对立的。"童心"在"人之初"人人具有,童心之"失"与否,是后天的因素使其然,因此,在这个意义上,"童心"也含蕴着平等的意义。但王阳明的"良知说"带有浓郁的正统道德色彩,这种道德修养论以"存天理,去人欲"为理论归宿,他将"良知"等同于"天理",云:"吾心之良知,即所谓天理也"③,"见父自然知孝,见兄自然知弟,见孺子入井自然知恻隐,此便是良知"④。而李贽则将"天理"与"人欲"等同起来,云:"穿衣吃饭,即是人伦物理,除却穿衣吃饭,无伦物矣。"⑤王阳明的"良知说"只限于善与恶的判断,而李贽的"童心说"的核心是关于真与伪的分判厘辨。在这方面,他更有得于王畿。王畿论学的一个基本特征就是尚"真",王畿文集中"真"这一范畴在在可见,如"真性""真知""真机""真识""真心""真良知""真见""真自然""真警惕""真种子""真根子""真常""真体""真血脉""真境象""真面目""真精神""真工夫"等等。他以"本来之真"⑥的良知,反对世儒的幻伪之说。而王畿论良知的"变动周流之旨"⑦,则潜蕴着突破礼教教条的思想因子。王畿的这些理论取向对李贽

---

① [明]王守仁撰,吴光等编校:《王阳明全集》卷三十二《补录·旧本未刊语录诗文汇辑·传习录拾遗》四十四条,上海古籍出版社2011年版,第1300页。
② [明]王守仁撰,吴光等编校:《王阳明全集》卷二《传习录中·答陆原静书》又,上海古籍出版社2011年版,第71页。
③ [明]王守仁撰,吴光等编校:《王阳明全集》卷二《传习录中·答顾东桥书》,上海古籍出版社2011年版,第51页。
④ [明]王守仁撰,吴光等编校:《王阳明全集》卷一《传习录上》,上海古籍出版社2011年版,第7页。
⑤ [明]李贽:《焚书》卷一《答邓石阳》,中华书局2009年版,第4页。
⑥ 吴震编校整理:《王畿集》卷三《金波晤言》,凤凰出版社2007年版,第65页。
⑦ 吴震编校整理:《王畿集》卷一《抚州拟岘台会语》,凤凰出版社2007年版,第18页。

的启迪不言而喻。

"童心说"是以反对"道理闻见",即正统的伦理道德规范为特征的,"童心"是未受"道理闻见"浸染过的天然纯真的原初状态,是人的本能状态,是"心之初"。这与罗汝芳的"赤子良心"更相契合。黄宗羲云:"先生(罗汝芳)之学,以赤子良心、不学不虑为的,以天地万物同体、彻形骸、忘物我为大。此理生生不息,不须把持,不须接续,当下浑沦顺适。"①陈省在《重刻近溪子续集序》中亦云:"先生之书,总之二言:仁也、孝弟也,赤子之心也,而归之性善,归之中庸。"②显然,赤子之心是罗汝芳论学的重要内容。罗汝芳所论的赤子之心最显著的特点便是本非学虑,浑然天理,具有"神迹""化于天然自有之知能"的品性。罗汝芳认为,赤子之心不失而大人入圣之事备矣,否则,从思索以探道理,泥景象以成操执,虽自认为用力于学,但实质"而不知物焉而不神,迹焉而弗化,于天然自有之知能,日远日背,反不若常人"③。赤子之心则虽然不知向学而浑沦于日用之间,但却如泉源一般,虽不异而自流;如果种一般,虽不培而自活。无工夫可言,无定法可守,浑沦顺适,自然现成,是赤子之心的本质特征。罗汝芳主张恢复赤子孩提之时,因为"赤子孩提,欣欣长是欢笑,盖其时身心犹相凝聚"④。"赤子之心"是"不学不虑"⑤的。罗汝芳说:"此身浑是赤子,赤子浑解知能,知能本非学虑,至是精神自是体贴,方寸顿觉虚明,天心道脉,信为洁净精微也已。"⑥李贽反对"道理闻见",其所谓"最初一念"的

---

① [清]黄宗羲著,沈芝盈点校:《明儒学案》卷三十四《泰州学案》三《参政罗近溪先生汝芳》,中华书局2008年版,第762页。
② [明]陈省:《重刻近溪子续集序》,载方祖猷、梁一群、李庆龙等编校整理:《罗汝芳集》附录,凤凰出版社2007年版,第943页。
③ 方祖猷、梁一群、李庆龙等编校整理:《罗汝芳集·语录汇集类·近溪子集》,凤凰出版社2007年版,第145页。
④ [清]黄宗羲著,沈芝盈点校:《明儒学案》卷三十四《泰州学案》三《参政罗近溪先生汝芳·语录》,中华书局2008年版,第764页。
⑤ [清]黄宗羲著,沈芝盈点校:《明儒学案》卷三十四《泰州学案》三《参政罗近溪先生汝芳·语录》,中华书局2008年版,第762页。
⑥ [清]黄宗羲著,沈芝盈点校:《明儒学案》卷三十四《泰州学案》三《参政罗近溪先生汝芳·语录》,中华书局2008年版,第764页。

"童心",与罗汝芳所说的"赤子""本非学虑"是完全一致的。李贽体悟罗汝芳的学术甚深,自信"能言先生(罗汝芳)者实莫如余"①,受罗汝芳的影响也清晰可见。

其次,就佛学而言,以《心经》证"童心"。李贽是晚明著名居士,沈德符《万历野获编》中径将其与真可并称为"二大教主"②。他曾撰有《净土决》《心经提纲》《华严经合论简要》等佛学著作。在李贽生前(六十四岁时)即已印行的《焚书》中,《心经提纲》紧列于《童心说》之后,从两文的内容也可见其顾盼之处。《童心说》中明显留有佛学(尤其是《心经》)的痕迹。

《心经》全称为《般若波罗蜜多心经》。该经的要旨,原出于大部《般若经》内有关舍利子的各品。整个经文十分简约,但该摄了般若甚深广大之义,得其心要,故名为《心经》。有多种译本,其中以玄奘译本流行最广。其后,注疏该经者极为繁多,明代就有宋濂、林兆恩、诸万里、宗泐、如玘、德清、智旭等人。但李贽所著的《心经提纲》别具风格,体现了李贽的思想特色。内涵概有以下几个方面:

其一,以论"心"见著。《心经》的要旨,本是说诸法皆空之理,是从对外扫相、对内破执的角度来言空。但《心经》同时又是一部开示依般若修行,即可达涅槃彼岸,以亲证不生不灭之真心实相的一部经典。在《心经》玄奘译本中,仅有"心无罣碍"一句中提及"心",李贽论述《心经》,也许是因为对华严研究素深,也依贤首《心经略疏》中题解《心经》的方法。贤首曰:"谓般若等,是所显之法;心之一字,是能显之喻。"③李贽也说:"《心经》者,佛说心之径要也。"④但是他又不同意贤首的能、所之别,云:"心本无有,而世人妄以为有;亦无无,而学者执以为无。有无分而能、所

---

① [明]李贽:《焚书》卷三《罗近溪先生告文》,中华书局2009年版,第124页。
② 详见[明]沈德符:《万历野获编》卷二十七《二大教主》,中华书局1959年版,第691页。
③ [明]钱谦益集:《般若心经略疏小钞》卷上,《卍续藏经》第26册,第771页。
④ [明]李贽:《焚书》卷三《心经提纲》,中华书局2009年版,第100页。

立,是自罣碍也,自恐怖也,自颠倒也,安得自在? 独不观于自在菩萨乎? 彼其智慧行深,既到自在彼岸矣。"①"心"即色即空,并不是有无、色空的"二物相对",而是"复合而为一",他消除"能""所"之"罣碍",目的是以"能"摄"所"。如自在菩萨,以其"智慧行深"即到彼岸。与其能、所罣碍相似,"童心"之"障",是因为"从外入者闻见道理为之心也"②。当然,这与王阳明所谓"盖天地万物与人原是一体,其发窍之最精处,是人心一点灵明"③的意思也比较接近。但是李贽论述佛教即色即空的理论,似乎并没有王阳明那样浓厚的主观唯心色彩。同时,李贽以佛理论"心",目的在于"得自在",做一个不受罣碍的"自在菩萨",到"自在彼岸",由此可以推演出个性自由的理论。以之论文,便是要抒写"童心自出之言"④,无所罣碍,无所束缚。

其二,强化了佛教众生平等的理论。众生平等是佛教的重要教义,但是在《心经》中并未提及,而李贽作《心经提纲》,卒章显志,云:"菩萨岂异人哉? 但能一观照之焉耳,人人皆菩萨而不自见也,故言菩萨则人人一矣,无圣愚也。"⑤人人平等,皆可为圣、为菩萨。李贽的思想,所以能在士人之中引起强烈共鸣,纷纷附从,与其依据佛学倡行的人性观念有关。邹颍泉语录载:"刘元卿问于先生(邹颍泉)曰:'何近日从卓吾者之多也?' 曰:'人心谁不欲为圣贤,顾无奈圣贤碍手耳。今渠谓酒色财气,一切不碍菩提路,有此便宜事,谁不从之?'"⑥基于这种莫辨圣愚、众生平等的人性观念,在文学方面,就作者和鉴赏者而言,无论是闾阎百姓,还是文人雅士,并无高下之别;就风格而言,亦是雅俗等列。这样历来不登大雅之堂

---

① [明]李贽:《焚书》卷三《心经提纲》,中华书局2009年版,第100页。
② [明]李贽:《焚书》卷三《童心说》,中华书局2009年版,第99页。
③ [明]王守仁撰,吴光等编校:《王阳明全集》卷三《传习录下》,上海古籍出版社2011年版,第122页。
④ [明]李贽:《焚书》卷三《童心说》,中华书局2009年版,第99页。
⑤ [明]李贽:《焚书》卷三《心经提纲》,中华书局2009年版,第100页。
⑥ [清]黄宗羲著,沈芝盈点校:《明儒学案》卷十六《江右王门学案》一《文庄邹东廓先生守益·颍泉先生语录》,中华书局2008年版,第345页。

的戏曲、小说,也可以与六经、《语》、《孟》及盛唐诗歌相提并论,都是"有感于童心者之自文"①。他认为《水浒传》便是出于"童心"的"天下之至文"②。"童心说"也是因《西厢记》而肇其端的。因此,"童心说"在文学方面的表现之一,便是对俗文学的推崇。同时,李贽还是这种观念的践履者。今存《西厢记》《琵琶记》《幽闺记》《玉合记》《红拂记》等五种署名李卓吾的批评文字,基本可以认定出自李贽之手。其他尚有十数种署名李贽评点戏曲的文字,虽然真伪难辨,但即便后人擅取李贽之名作伪,也从一个侧面体现了李贽对戏曲、小说等俗文学的推崇。其中李贽详为评点的《水浒传》,对小说的价值予以空前的肯定,是明代最具影响力的评点文字,直接影响了其后金圣叹对《水浒》的评点,张竹坡对《金瓶梅》的评点,陈士斌对《西游记》的评点,以及脂砚斋对《红楼梦》的评点等。这种批评的方式推动了小说理论的深化和发展以及小说创作的繁荣。小说这一艺术样式,由闾阎坊肆渐成为明清时期文学成就的主要代表,李贽的贡献不容忽视。

其三,以《心经》证古今同一。李贽《心经提纲》云:"言三世诸佛则古今一矣,无先后也。"③佛教所谓三世诸佛,是指过去佛(迦叶诸佛)、现在佛(释迦牟尼佛)、未来佛(弥勒诸佛),各各承绍佛位。但空宗有生老病死皆无所得的道理,因而,李贽云:"虽过去现在未来三世诸佛,亦以此智慧得到彼岸,共成无上正等正觉焉耳。"④消泯了古今之别。《心经》中虽然也论及"诸法空相,不生不灭"⑤,但并没有三世诸佛、古今同一的论述。李贽昭明这一结论,与文坛厚古薄今的风习有一定的关系,其意在于破除权威、破除经典、破除藩篱,倡导自由自在地抒写自我的真文。论证文学的古今必变,是"童心说"的一个重要内容,即他所谓:"诗何必古选,文何

---

① [明]李贽:《焚书》卷三《童心说》,中华书局2009年版,第99页。
② [明]李贽:《焚书》卷三《童心说》,中华书局2009年版,第99页。
③ [明]李贽:《焚书》卷三《心经提纲》,中华书局2009年版,第101页。
④ [明]李贽:《焚书》卷三《心经提纲》,中华书局2009年版,第100页。
⑤ [唐]玄奘译:《般若波罗蜜多心经》,《大正藏》第8册,第848页。

第六章 出入三教、高张个性：李贽的文化心态与"童心说""化工说"

必先秦。降而为六朝，变而为近体；又变而为传奇，变而为院本，为杂剧，为《西厢曲》，为《水浒传》，为今之举子业，皆古今至文，不可得而时势先后论也。"① 这样，传奇、院本、杂剧就与盛唐之诗、先秦之文一样是"古今至文"②。清人焦循说过："夫一代有一代之所胜。"③ 李贽将传奇乃至《西厢》《水浒》都看成了一代之胜，小说、戏曲的成就超迈于正统雅文学之上，被视为明清时期最具代表性的文学样式。

李贽的"童心说"隐约还可见《楞严经》的影响。《楞严经》是李贽倾意的另一部佛经，其诗有云："十卷《楞严》万古心，春风是处有知音。"④ 更重要的是，李贽《焚书》中《解经题》《解经文》均是专论《楞严经》的。《焚书》乃李贽生前"自集其与夷游书札，并答问论议诸文"⑤。因此，两文之题显示李贽径将"经"专指《楞严》，由此亦可见《楞严经》在李贽心目中的地位。《楞严经》全称乃是《大佛顶如来密因修证了义诸菩萨万行首楞严经》，其"大佛顶"即是指经中所言之"常住真心，性净明体"⑥，这也是该经的根本宗旨。此之心体含吐十界，弥纶万有，其心体"随缘不变，融四科而惟是本真；不变随缘，妙七大而各周法界"⑦。李贽之"童心"，是深受儒佛思想濡染而成的。其中既有罗汝芳赤子之心不学不虑的论学旨趣，亦有佛学常住真心周遍法界、含摄森罗的意蕴在，亦即其在《杂说》中所说："小中见大，大中见小，举一毛端建宝王刹，坐微尘里转大法轮。"⑧ 其由童心而及于六经、《语》、《孟》，缘此而产生了对学坛与文坛"一扫而空之"⑨的深刻影响。

---

① ［明］李贽：《焚书》卷三《童心说》，中华书局2009年版，第99页。
② ［明］李贽：《焚书》卷三《童心说》，中华书局2009年版，第99页。
③ ［清］焦循：《易余籥录》卷十五，《丛书集成续编》第91册，上海书店出版社1994年版，第463页。
④ ［明］李贽：《续焚书》卷五《石潭即事四绝》其二，中华书局2009年版，第114页。
⑤ ［明］焦竑：《李氏焚书序》，载［明］李贽：《焚书》，中华书局2009年版，第2页。
⑥ 赖永海主编，刘鹿鸣译注：《楞严经》卷一，中华书局2013年版，第14页。
⑦ ［明］智旭撰述，道昉参订：《楞严经玄义》，《卍续藏经》第13册，第196页。
⑧ ［明］李贽：《焚书》卷三《杂说》，中华书局2009年版，第98页。
⑨ ［明］沈德符：《万历野获编》卷二十七《紫柏评晦庵》，中华书局1959年版，第690页。

第三节 《华严经》与诗画理论

李贽援佛论文，除了注解《心经》，提出"童心说"而外，还著有《华严合论简要》，其华严教义与禅家直指心性的方法，影响了其"形神相即"的诗画理论。

《华严经》有《六十华严》《八十华严》《四十华严》几个版本。弘传、注疏《华严经》的主要有宗内、宗外两个系统。一是由隋代杜顺（法顺）在终南山弘通此经，并著有《华严五教止观》和《华严法界观门》。其后智俨著有《华严经搜玄记》《华严经孔目章》等，法藏著《华严经探玄记》《华严经文义纲目》等。以上都是疏解《六十华严》的著作。而此后的慧苑则依《八十华严》，清凉（澄观）更大振华严的宗风，发挥了贤首的正统学说，依据《八十华严》与《四十华严》，其弟子宗密著有《新华严合经论》等。这样便形成了弘传此经而蔚成一宗的法顺、智俨、法藏、澄观、宗密五师，世称华严五祖。一是宗外研究和探论《华严》的学匠，主要是唐代学者李通玄。他在智俨、法藏、清凉一系之外，别树旌帜，著有《新华严经论》《华严经中卷大意略叙》《华严经修行次第决疑论》等，流布甚广。但由于李通玄并非宗门中人，因此，直接承嗣李通玄的学者并不多见。迄至明代，华严宗已若存若亡，注疏诠解《华严》的学者十分鲜见。而李贽则直接承祧李通玄，作《华严经合论简要》①，与明代方泽所作的《华严经合论纂要》一起，是仅见的两部合论提要著作。李贽对李通玄的《华严合论》推崇至甚，云："《华严合论》精妙不可当，一字不可改易，盖又一《华严》也。"②其尊奉枣柏，一如对"圣代儒索求，人天法眼，白玉无瑕，黄金百炼"的王龙

---

① 《新华严经论》在李通玄死后四五年，经僧人广超等传写弘通，其后志宁又将论文汇入经文之下，成一百二十卷，后又经惠研重新条理，更名《华严经合论》。
② ［明］李贽：《焚书》增补一《又与从吾孝廉》，中华书局2009年版，第257页。

溪的敬服一样。① 为何李贽对李通玄及其著作情有独钟？这与李通玄的佛学思想有关。

赞宁《宋高僧传》李通玄本传载其经历云："言是唐之帝胄,不知何王院之子孙。轻乎轩冕,尚彼林泉,举动之间,不可量度","戴桦皮冠,衣大布缝掖之制。腰不束带,足不蹑履","放旷自得,靡所拘绊"。② 李通玄颇见仙风道骨,同时又"洞精儒释"③,援用《易经》诠释《华严》。因此,李氏的华严学,以三教融通见著,而杜顺一系的宗内高僧,论解《华严》都各守门户,即如主张三教一源的圭峰宗密,在《华严原人论》中,还是驳斥了习儒、道者的"迷执",其归趣还在于华严一乘的宗旨和荷泽禅法。李贽承李通玄而作《华严合论简要》。其尊奉李通玄与其"表法"潜隐着非圣之理有关。袁宏道在《西方合论》中论及李氏之于西方净土,是权非实之论时,有这样直截的揭示："又如此方圣贤,尼父、颜渊等,论中皆云此是表法,本无是人,是一切贤圣皆权也。"④乃至径言："今试定量:文殊、普贤,及与此方贤圣,权耶,实耶? 若言权,则现有其人,及诸遗言往行;若言实,则是长者诳凡灭圣,犯大妄语。"⑤这与李贽之《童心说》中表现的疑经非圣的思想殊为契合,即所谓"夫六经、《语》、《孟》,非其史官过为褒崇之词,则其臣子极为赞美之语。又不然,则其迂阔门徒,懵懂弟子,记忆师说,有头无尾,得后遗前,随其所见,笔之于书"⑥等等。当然,李通玄《新华严经论》还有诸多深得晚明文人心印的思想资源,如清人彭际清概述

---

① 李贽称叹王龙溪文集"前无往古,今无将来,后有学者可以无复著书矣",并深以何泰宁所说的"先生(王龙溪)之书,一字不可轻掷,不刻其全则有沧海遗珠之恨"。([明]李贽:《焚书》卷三《龙溪先生文录抄序》,中华书局2009年版,第118页)

② [宋]赞宁撰,范祥雍点校:《宋高僧传》卷二十二《大宋魏府卯斋院法圆传附李通玄传》,中华书局1987年版,第574页。

③ [宋]赞宁撰,范祥雍点校:《宋高僧传》卷二十二《大宋魏府卯斋院法圆传附李通玄传》,中华书局1987年版,第574页。

④ [明]袁宏道:《西方合论》卷八,《大正藏》第47册,第413页。

⑤ [明]智旭撰,于海波点校:《净土十要》第十《西方合论·第八见网门》,中华书局2015年版,第533页。

⑥ [明]李贽:《焚书》卷三《童心说》,中华书局2009年版,第99页。

《新华严经论》要义云:"论中大要,明众生性即诸佛性,迷即为凡,悟即是佛。但能信入,从始发心,文殊理、普贤行,一时顿印,如将宝位直授凡庸。回观世间,如夜梦千秋,觉已随灭故","诸佛三昧,皆从如来自性方便生,我亦具有如来自体清净之性,与佛平等。从凡夫地,信十方佛一切神通,我亦当得"。① 李通玄认为,成佛在于具"信心":"信自己身心性相全体同诸佛果自体恒真本大智故。"②具此"信心",便可以"不依佛、不依佛法,不依菩萨、不依菩萨法,不依声闻法、独觉法,不依世间法、不依出世间法"③。这种自信平等的精神正是李贽及晚明文人所归慕的价值观念。同时,李通玄将《周易》会通《华严》,以东方智慧悟证般若,以传统文化对《华严》进行了改造,消解了梵呗之音的文化隔膜,使《华严》从烦难名相中解脱出来。李通玄的教外释解,使这部显示佛陀因行果德广大圆满、无尽无碍妙旨的要典为知识阶层的广泛接受创造了条件,缘此而对他们的思维方式提供了别样的思想资源。李贽宗挹李通玄殊甚,是明代后期罕有的论注《华严经》的学人。其受到《华严经》及李通玄的学术润泽,在其别具一格的诗画理论中得到了体现:

> 东坡先生曰:"论画以形似,见与儿童邻。作诗必此诗,定知非诗人。"升庵曰:"此言画贵神,诗贵韵也。然其言偏,未是至者。晁以道和之云:'画写物外形,要物形不改;诗传画外意,贵有画中态。'其论始定。"卓吾子谓改形不成画,得意非画外,因复和之曰:"画不徒写形,正要形神在;诗不在画外,正写画中态。"杜子美云:"花远重重树,云轻处处山。"此诗中画也,可以作画本矣。唐人画《桃源图》,舒元舆为之记云:"烟岚草木,如带香气。熟视详玩,自觉骨戛青玉,身入镜中。"此画中诗也,绝艺入神矣。吴道子始见张僧繇画,曰:"浪得名

---

① [清]彭绍升撰,张培锋校注:《居士传校注》十五《李长者》,中华书局2014年版,第143页。
② [唐]李通玄:《新华严经论》卷七,《大正藏》第36册,第766页。
③ [唐]李通玄:《新华严经论》卷十六《贤首品第十二》,《大正藏》第36册,第825页。

耳。"已而坐卧其下,三日不能去。①

中国古代文学批评史上,受到庄禅影响较深的文论家如皎然、司空图、严羽等人提出了"象外之奇""文外之旨""韵外之致""味外之旨"等美学范畴,意即注重作品的意境,给读者留下想象和回味的余地,这种理论成了中国古代美学的一个重要特征。同时,中国古代诗、画艺术联系格外密切,或因诗作画,或依画题诗。正如上文所引,诗、画各以神、形偏胜。

对于诗画关系,东坡认为画贵神,诗贵韵,而杨慎则认为东坡之论尚有偏颇之失,更认同晁以道和东坡诗,允其为诗画关系之定论。李贽则继踵杨慎,而又一矫前人定论,认为诗画无碍,当各各形神兼具。李贽何以对这一缘起于东坡的论题发论?乃至张大复遂有这样的感叹:"以道、用修、宏甫皆聪明绝世,古今奇男子也,亦安心为长公蛇足邪?"②其实,李贽的诗画之论,是针对复古派所谓"视古修辞,宁失诸理"③,主格调、讲法度的现象而发。形神相即,便克服了摹形逐末、偏执于文辞一端的弊病。关于文质互称,他有这样的表述:"故性格清澈者音调自然宣畅,性情舒徐者音调自然疏缓,旷达者自然浩荡,雄迈者自然壮烈,沉郁者自然悲酸,古怪者自然奇绝。"④说到底,格调法度、文辞音律都应符合自然"童心"的基本要求,形神相即的真正归趣亦在于此。因此,李贽形神相即的诗画论,实质是他所谓"童心者之自文"的补充,是"童心说"在艺术领域的延续。李贽的诗画关系之论,较之于苏轼、晁以道、杨慎等人,不再以贵神、贵韵相高,而以形神互融相即为尚,形的价值重新得到了重估与肯认。李贽这一取向,与枣柏大士释解《华严》"取像表法"⑤的路径,及其以《周易》说《华

---

① [明]李贽:《焚书》卷五《诗画》,中华书局2009年版,第216—217页。
② [明]张大复:《闻雁斋笔谈》卷五《诗画》,明万历三十三年顾孟兆等刻本。
③ [明]李攀龙著,包敬第标校:《沧溟先生集》卷十六《送王元美序》,上海古籍出版社2014年版,第491页。
④ [明]李贽:《焚书》卷三《读律肤说》,中华书局2009年版,第132—133页。
⑤ [唐]李通玄:《新华严经论》卷三十三,《大正藏》第36册,第949页。

严》的方法完全一致。《系辞下》云:"古者包牺氏之王天下也,仰则观象于天,俯则观法于地,观鸟兽之文与地之宜,近取诸身,远取诸物,于是始作八卦。"①李通玄以《易》解《华严》,以求"法、像俱真"②。李贽之"画不徒写形,正要形神在;诗不在画外,正写画中态"③,与李通玄《华严合论》的意趣正相契合。

与形神相即,诗画一体相似,他论及诗之"盐味胶青"妙悟之趣时云:"是以谓之盐味在水,唯食者自知,不食则终身不得知也。又谓之色里胶青。盖谓之曰胶青,则又是色,谓之曰色,则又是胶青。胶青与色合而为一,不可取也。是犹欲取清净本原于山河大地之中,而清净本原已合于山河大地,不可得而取矣;欲舍山河大地于清净本原之外,而山河大地已合成清净本原,又不可得而舍矣。"④对于这一表述,冯友兰先生认为李贽寻径于阳明、龙溪,而导源于禅宗:

> 李贽虽然作了《阳明先生道学钞》和《龙溪先生文录钞》,但是他的哲学思想却不是完全照抄王守仁和王畿,他发展了王守仁和王畿的思想。他的发展在于认为"清净本原"就是"山河大地","山河大地"就是"清净本原"。但是,这种发展并没有出禅宗范围之外,而且比王守仁和王畿更深入禅宗。⑤

其实,山河大地、清净本原(然)原本于《楞严经》,该经在讨论一切法与如来藏性关系时,富楼那尊者对佛说:"世尊,若复世间一切根、尘、阴、

---

① [魏]王弼、[晋]韩康伯注,[唐]孔颖达疏:《周易正义》卷七《系辞下》,[清]阮元校刻《十三经注疏》,中华书局 2009 年版,第 179 页。
② [唐]李通玄:《新华严经论》卷十五,《大正藏》第 36 册,第 816 页。
③ [明]李贽:《焚书》卷五《诗画》,中华书局 2009 年版,第 216 页。
④ [明]李贽:《焚书》卷四《观音问十七条》之九《答自信》又,中华书局 2009 年版,第 171—172 页。
⑤ 冯友兰著,邵汉明编:《冯友兰文集》第五、六册《中国哲学史新编》第五十八章《心学的发展》,长春出版社 2017 年版,第 188 页。

处、界等,皆如来藏清净本然,云何忽生山河大地诸有为相,次第迁流,终而复始?"①在《楞严经》中,佛陀以"性觉妙明,本觉明妙"开示富楼那。②清净本然之如来藏性为真,以山河大地等有为法诸相为妄,解释了无明惑业之依真起妄的原因和过程。李贽实际因乎《楞严经》,但近乎反其意而用之,曰:"若无山河大地,不成清净本原矣,故谓山河大地即清净本原可也。若无山河大地,则清净本原为顽空无用之物。"③李贽体认的"山河大地"是"清净本原"的载体与显现。这与《楞严经》中以山河大地乃是从妄见而生的有为习漏迥然不同。李贽如此诠说,体现了其笃于自信而"我所说与佛不同"④的一贯取向。这也正是宗袒李通玄作《华严合论》,实乃"又一《华严》"⑤独立自运的精神。

第四节 "化工说"与自然情性论

李贽在文学方面除了"童心说"而外,还提出与其相互发明、义理一贯的"化工说",他说:

> 《拜月》《西厢》,化工也;《琵琶》,画工也。夫所谓画工者,以其能夺天地之化工,而其孰知天地之无工乎?今夫天之所生,地之所长,百卉具在,人见而爱之矣,至觅其工,了不可得,岂其智固不能得之欤!要知造化无工,虽有神圣,亦不能识知化工之所在,而其谁能得之?由此观之,画工虽巧,已落二义矣。文章之事,寸心千古,可悲也夫!
>
> 且吾闻之:追风逐电之足,决不在于牝牡骊黄之间;声应气求之

---

① 赖永海主编,刘鹿鸣译注:《楞严经》卷四,中华书局2013年版,第156页。
② 详见赖永海主编,刘鹿鸣译注:《楞严经》卷四,中华书局2013年版,第158页。
③ [明]李贽:《焚书》卷四《观音问十七条》之九《答自信》又,中华书局2009年版,第171—172页。
④ [明]李贽:《焚书》卷四《观音问十七条》之九《答自信》又,中华书局2009年版,第172页。
⑤ [明]李贽:《焚书》增补一《又与从吾孝廉》,中华书局2009年版,第257页。

夫，决不在于寻行数墨之士；风行水上之文，决不在于一字一句之奇。若夫结构之密，偶对之切；依于理道，合乎法度；首尾相应，虚实相生：种种禅病皆所以语文，而皆不可以语于天下之至文也。杂剧院本，游戏之上乘也，《西厢》《拜月》，何工之有！盖工莫工于《琵琶》矣。彼高生者，固已殚其力之所能工，而极吾才于既竭。惟作者穷巧极工，不遗余力，是故语尽而意亦尽，词竭而味索然亦随以竭。吾尝揽《琵琶》而弹之矣：一弹而叹，再弹而怨，三弹而向之怨叹无复存者。此其故何耶？岂其似真非真，所以入人之心者不深耶！盖虽工巧之极，其气力限量只可达于皮肤骨血之间，则其感人仅仅如是，何足怪哉！《西厢》《拜月》，乃不如是。意者宇宙之内，本自有如此可喜之人，如化工之于物，其工巧自不可思议尔。

且夫世之真能文者，比其初皆非有意于为文也。其胸中有如许无状可怪之事，其喉间有如许欲吐而不敢吐之物，其口头又时时有许多欲语而莫可所以告语之处，蓄极积久，势不能遏。一旦见景生情，触目兴叹；夺他人之酒杯，浇自己之垒块；诉心中之不平，感数奇于千载。既已喷玉唾珠，昭回云汉，为章于天矣，遂亦自负，发狂大叫，流涕恸哭，不能自止。宁使见者闻者切齿咬牙，欲杀欲割，而终不忍藏于名山，投之水火。①

以《琵琶记》为"画工"之作，视《拜月亭》《西厢记》为"化工"之品。李贽之所以如此分别，首先必须探讨一下这两类戏曲的不同题旨。

《琵琶记》是元末明初文人高明根据民间广为流传的赵五娘与蔡伯喈的故事改编的一部南戏作品。主人公蔡伯喈既向往功名，又恪守孝道，结果遵从父命，弃亲背妇，中状元之后，又"牛相逼婚"，辞婚、辞官不得之时，并没有陈述已有结发之妻的事实，结果怀着忧喜交加的复杂心情"强就鸾凤"。高明改变了原民间故事中"马踏赵五娘、雷轰蔡伯喈"的悲剧

---

① ［明］李贽：《焚书》卷三《杂说》，中华书局2009年版，第96—97页。

结局,以"一夫二妇"的大团圆而告终。剧中的蔡伯喈是全忠全孝的完人。赵五娘的理想是"做个孝妇贤妻,也落得名标青史"①。她苦心行孝,逆来顺受,既体现了中国古代妇女善良敦厚的美德,又充满着封建道学的理想光晕。而相府千金牛小姐,也是一个恪守礼义规范的贤淑典型,在得知蔡伯喈家有结发之时,不但不迁怒于蔡,而是自责自咎,认为是自己耽误了蔡伯喈的父母和妻子,从而成就了"一门旌表"。全剧虽然也不时赋予主人公们有情有义的一面,但是由于作者的目的是描写"有贞有烈赵真女,全忠全孝蔡伯喈"②,因此,这一切又被封建道德礼义的浓重色彩所湮没。《琵琶记》是高明的精心镂刻之作,李开先《宝剑记序》曰则诚"阖关谢客,极力苦心,歌咏则口吐涎沫,按节拍则脚点楼板皆穿,积之岁月,然后出以示人"③。此剧取得了很高的艺术成就,艺术形象生动感人,是南戏的中兴之作。但是,压抑人性、张扬道德是全剧的基本情调。剧中人物都是按照封建的礼义规范镂刻出的道德观念的传声筒,以至于赵五娘明知丈夫另有新欢时,面对牛小姐,也毫无幽怨。所以李贽谓其"似真非真,所以入人心者不深耶"④。可见,李贽所谓的"画工",除了指恪守律吕、语言精练、结构完整而外,主要是人物的个性受到了既定道德规范的限定,背离了人性自然的原则。这样的作品,"虽工巧之极,其气力限量只可达于皮肤骨血之间"⑤。《琵琶记》这样的"依于理道,合乎法度,首尾相应,虚实相生"⑥的作品,在李贽看来并不能称为"天下之至文"。而《拜月亭》《西厢记》的题旨明显有别。《拜月亭》相传为元人施惠(君美)据关汉卿的同名杂剧改编而成。以"番兵"侵入金国的中都(今北京)这一历史

---

① [元]高明:《琵琶记》第九出《临妆感叹》,载[明]毛晋编:《六十种曲》,中华书局2007年版,第37页。
② [元]高明:《琵琶记》第一出《副末开场》,载[明]毛晋编:《六十种曲》,中华书局2007年版,第2页。
③ [明]李开先:《宝剑记序》,载[明]李开先著,路工辑校:《李开先集·戏曲杂著·宝剑记》卷首,中华书局1959年版,第749页。
④ [明]李贽:《焚书》卷三《杂说》,中华书局2009年版,第97页。
⑤ [明]李贽:《焚书》卷三《杂说》,中华书局2009年版,第97页。
⑥ [明]李贽:《焚书》卷三《杂说》,中华书局2009年版,第97页。

重大事件为背景,着力描写了蒋世隆和王瑞兰的坚贞爱情。虽然同样也是夫妇兄妹大团圆的结局,但主人公并未完全屈从于礼义规范的压力,对月诉幽情而终成眷属。《西厢记》是元明以来,流传最广,最受人们喜爱的一部剧作,歌颂了崔、张对爱情的追求,揭露了封建礼教对自由幸福的摧残。其情节、题旨素为人们熟知,正因为如此,它招致了封建统治者的诟病,被视之为"诲淫"之作。显然,李贽区分《西厢》《拜月》与《琵琶》为两类,除了表现形式方面不尽相同之外,还因为它们在戏曲主题,即作者对封建礼教的态度方面也有明显区别。

值得注意的是,关于《西厢》《拜月》《琵琶》的优劣高下,曾在明代文坛引发一场争论。如何良俊说:

> 金元人呼北戏为杂剧,南戏为戏文。近代人杂剧以王实甫之《西厢记》,戏文以高则诚之《琵琶记》为绝唱,大不然,夫诗变而为词,词变而为歌曲,则歌曲乃诗之流别,今二家之辞,即譬之李、杜。若谓杜之诗为不工固不可。苟以为诗必以李、杜为极致,亦岂然哉。……余家所藏杂剧本几三百种,旧戏文虽无刻本,然每见于词家之书,乃知今元人之词,往往有出于二家之上者。盖《西厢》全带脂粉,《琵琶》专弄学问,其本色语少,盖填词须用本色语,方是作家。①
>
> 《拜月亭》是元人施君美所撰,《太和正音谱》《乐府群英姓氏》亦载此人。余谓其高出于《琵琶记》远甚。盖其才藻虽不及高,然终是当行,其《拜月》《新月》二折,乃隐栝关汉卿剧语,他如《走两》《错认》《上路》馆驿中相逢数折,彼此问答,皆不须宾白。而叙说情事,宛转详尽。全不费词,可谓妙绝。②

何良俊列《拜月》于《琵琶》之上,主要是就曲词的语言风格而论,他

---

① [明]何良俊:《四友斋丛说》卷三十七《词曲》,中华书局1959年版,第337页。
② [明]何良俊:《四友斋丛说》卷三十七《词曲》,中华书局1959年版,第342页。

第六章　出入三教、高张个性:李贽的文化心态与"童心说""化工说"　　173

以当行本色为标准。而对高明所作,何良俊则云:"高则成才藻富丽。如《琵琶记》长空万里。是一篇好赋,岂词曲能尽之,然既谓之曲,须要有蒜酪,而此曲全无,正如王公大人之席,驼峰熊掌肥腯盈前,而无蔬笋蚬蛤,所欠者风味耳。"①大致是说《琵琶记》"专弄学问,本色语少",含蕴不足。何良俊对王实甫乃至《西厢记》的评价则屡有龃龉之处,一方面说:"《西厢》内,如'魂灵儿飞在半天,我将你做心肝儿看待。魂飞在九霄云外,少可有一万声长吁短叹。五千遍捣枕椎床'。语意皆露,殊无蕴藉,如'太行山高仰望,东洋海深思渴'。则全不成语,此真务多之病,余谓郑词淡而净。王词浓而芜。"②另一方面又说:"大抵情辞易工,盖人生于情,所谓愚夫愚妇可以与知者。观十五《国风》,大半皆发于情可以知矣。是以作者既易工,闻者亦易动听,即《西厢记》与今所唱时曲,大率皆情词也。"③其对王实甫及《西厢记》的推赞之语也颇多见,如"王实甫才情富丽,真词家之雄","王实甫《西厢》,其妙处亦何可掩"。④可见,何良俊论曲的独特之处,即在视《拜月》远出于《琵琶》之上。但是,何氏之论,受到了操持文柄的王世贞的驳议,王世贞说:"《琵琶记》之下,《拜月亭》是元人施君美撰,亦佳。元朗谓胜《琵琶》,则大谬也,中间虽有一二佳曲,然无词家大学问,一短也;既无风情,又无裨风教,二短也;歌演终场,不能使人堕泪,三短也。"⑤王世贞论词曲,依"词家大学问"为最高标准,他在作词十法中,也列"俗语、蛮语"等为"不可作者"⑥,注重文辞才藻,显然与当行本色论者难以扣合。因此,他认为文辞藻丽的高明的剧作出《拜月亭》之右,原因就在于"不唯其琢句之工,使事之美而已,其体贴人情,委曲必尽,描写物态,仿佛如生"⑦,而"有裨风教"的论曲标准,更是正统文人的陈词滥

---

① [明]何良俊:《四友斋丛说》卷三十七《词曲》,中华书局1959年版,第342页。
② [明]何良俊:《四友斋丛说》卷三十七《词曲》,中华书局1959年版,第339页。
③ [明]何良俊:《四友斋丛说》卷三十七《词曲》,中华书局1959年版,第338页。
④ [明]何良俊:《四友斋丛说》卷三十七《词曲》,中华书局1959年版,第339页。
⑤ [明]王世贞:《弇州四部稿》卷一百五十二《艺苑卮言附录一》,明万历刻本。
⑥ [明]王世贞:《弇州四部稿》卷一百五十二《艺苑卮言附录一》,明万历刻本。
⑦ [明]王世贞:《弇州四部稿》卷一百五十二《艺苑卮言附录一》,明万历刻本。

调，他认为高明之作"冠绝诸剧"的根本原因，即在于《琵琶记》通过塑造了一系列生动可感的艺术形象，宣扬了正统的封建道德，将礼教涂抹上了浓厚的人情色彩。这种酸腐之论，在晚明受到了文士们的普遍批评。其中，循沈璟"以为式"的徐复祚驳议尤为剀切："弇州乃以'无大学问'为一短，不知声律家正不取于弘词博学也；又以'无风情，无裨风教'为二短，不知《拜月》风情本自不乏，而风教当就道学先生讲求，不当责之骚人墨士也。"①此外，沈德符、凌濛初也有类似的论述。

李贽论《拜月》《琵琶》优劣，形式上与何良俊、徐复祚等人极其相似，都以《拜月》为上，《琵琶》则是高明的"穷巧极工"之作。但是，细究其实，他们驳议元美，推尊《拜月》的根据稍有不同，何良俊、徐复祚都以戏曲应本色当行立论，如徐复祚云："文章且不可涩，况乐府出于优伶之口，入于当筵之耳，不遑使反，何暇思维，而可涩乎哉！"②戏曲在演出时，以舞台艺术形式给人以听觉、视觉的美感，其曲白是通过优伶之口道出的，转瞬即逝，生涩难解之处观众无暇思索，也无法让演员重演，所以当行本色是由戏曲表演形式所决定的。显然，这些曲论家大都是就戏曲艺术本身的特点而论戏曲的。

李贽推扬《西厢》《拜月》则源于另一种理论基础，这就是真实自然。他所谓的"化工"之"至文"是不假雕琢、不刻意求工而自工，"非有意于文"的作家之作品。他由戏曲而肇其端，所论则不囿于戏曲一隅，广及所有的文学、文章。这种发之于自然真情的"化工"文字，在形式上无绳墨可拘，在内容上任情适性，不受礼法规范，"诉心中之不平，感数奇于千载"③。这种一己之情愫，自然包括《西厢记》中表现的崔、张之爱情，但又不限于此，还包括被社会环境、道德力量长期压抑而郁结于胸中的块垒。

---

① ［明］徐复祚：《三家村老曲谈》，载俞为民、孙蓉蓉编：《历代曲话汇编·明代编》第二集，黄山书社2009年版，第256页。
② ［明］徐复祚：《三家村老曲谈》，载俞为民、孙蓉蓉编：《历代曲话汇编·明代编》第二集，黄山书社2009年版，第259页。
③ ［明］李贽：《焚书》卷三《杂说》，中华书局2009年版，第97页。

在李贽看来,剧作家王实甫"当其时必有大不得意于君臣朋友之间者,故借夫妇离合因缘以发其端。于是焉喜佳人之难得,羡张生之奇遇,比云雨之翻覆,叹今人之如土"①。如他所说:"举一毛端建宝王刹,坐微尘里转大法轮。"②艺术形象具有典型化的意义,它是作家"蓄极积久"的种种情感宣泄的载体和途径。由此可见,李贽论述的戏曲乃至整个文学作品的艺术风格,决不仅限于本色当行一格,而是因自然真情的发抒而产生的相应表达形式。只有这些不假雕琢,呈现天然意趣的作品,方可称为天下之"至文",才是"化工"之作。

李贽的"化工"说,学术根源于两个方面:

其一,明显受到了道家自然论的影响。虽然李贽对道家的取法不及对儒学那样明显,但是,在其自然任运的人生态度以及唯求自然抒写的艺术追求之中,无疑可以看出老庄思想的影响。他对释家不知道教现象感叹道:"凡为释子,但知佛教而不知道教。夫道家以老君为祖,孔夫子所尝问礼者。观其告吾夫子数语,千万世学者可以一时而不佩服于身,一息而不铭刻于心耶?若一息不铭刻,则骄气作,态色著,淫志生,祸至无日矣。"③因此,他将"老子《道德经》虽日置案头,行则携持入手夹,以便讽诵"④。他著有《老子解》与《庄子解》。在《庄子解》中,他说:"天均者,天籁也。休则芒然,莫得其偶,而自然两行,以应于无穷也已。"⑤其意在于恢复到不着人为痕迹的天籁,即自然运化,浑然而成道家所谓"大美"。道家的这一美学旨趣明显地体现在"化工"之论中。李贽所谓"化工""画工"之别,即在于:"化工"是以绝圣弃智、天地自然为美,是"无工"而自工的,是"天之所生,地之所长,百卉具在,人见而爱之"的;"画工"则是"以

---

① [明]李贽:《焚书》卷三《杂说》,中华书局2009年版,第97页。
② [明]李贽:《焚书》卷三《杂说》,中华书局2009年版,第98页。
③ [明]李贽:《续焚书》卷二《道教钞小引》,中华书局2009年版,第66页。
④ [明]李贽:《续焚书》卷二《道教钞小引》,中华书局2009年版,第66页。
⑤ 李贽《庄子解》上卷《齐物论第二》,载张建业主编:《李贽文集》第七卷,社会科学文献出版社2000年版,第40页。

其能夺天地之化工"者。① 但"孰知天地之无工乎","化工"是"了不可得"的,"虽有神圣,亦不能识知化工之所在,而其谁能得之?"②因此,他说:"画工虽巧,已落二义矣。"③由此可见,李贽严分"化工""画工"之别,是依据于道家以天地自然为"大美"的审美规范。

其二,以儒佛心性论实现自然与礼义的统一。以儒者自命的李贽,并不可能完全摆脱礼义的规范,因此,他论说"情性"时,则力求取得礼义与自然的和谐统一,这是通过兼取儒佛心性理论而实现的。儒佛心性论的内涵有所不同,儒学心性理论重伦理,而佛教(主要是禅宗)强调"万法在自性"④,心性论具有主体性特征。同时,禅宗还汲取了道家的思想,将其发展成自然现成、触处即性的当下现成论,这与原始佛教及《大乘起信论》的思想有所区别,本质上是一种泛神论的思想。但是,禅宗心性论还是受到了宗教思想的限制,它所论的"自然"仅限于"运水搬柴","饥来吃饭,困来即眠"的"百姓日用"及"青青翠竹""郁郁黄花"的自然物象,并未涉及"情"的范畴。李贽把禅宗心性与自然统一的思想与儒家心性论相融合,认为情性的自然发抒与"礼义"是可以统一的。他说:"故自然发于情性⑤,则自然止乎礼义,非情性之外复有礼义可止也。惟矫强乃失之,故以自然以为美耳,又非于情性之外复有所谓自然而然也。"⑥"情性"不

---

① [明]李贽:《焚书》卷三《杂说》,中华书局2009年版,第96页。
② [明]李贽:《焚书》卷三《杂说》,中华书局2009年版,第96页。
③ [明]李贽:《焚书》卷三《杂说》,中华书局2009年版,第96页。
④ [唐]慧能著,郭朋校释:《坛经校释》二十,中华书局1983年版,第39页。
⑤ 值得注意的是,李贽与传统儒学论性情不同,他标示的是"情性"而非通常所谓"性情"。将"情"列于"性"之前,表示了他别样的理论意趣。因为自《易经·乾卦》中所谓:"利贞者性情也。"([魏]王弼、[晋]韩康伯注,[唐]孔颖达疏:《周易正义》卷一《乾》,[清]阮元校刻《十三经注疏》,中华书局2009年版,第29页)始,到《礼记》《春秋繁露》荀悦《申鉴》、《性理大全》等一般都称说"性情"。虽然"情性"之说并非始于李贽,早在《管子》《列子》《荀子》中即有"情性"的论述,如《白虎通·性情》云:"性情者,何谓也,性者阳之施,情者阴之化也。"([汉]班固撰集,[清]陈立疏证:《白虎通疏证》卷八《性情》,中华书局1994年版,第381页)但这仍然是尊性抑情之论,与董仲舒所谓"性生于阳,情生于阴"意趣完全同一。而李贽的"情性"之论,是以突出与肯定人的自然情感为特征的,与传统的尊性抑情有本质的区别,这与其受王学及禅学的浸润有直接的关系。
⑥ [明]李贽:《焚书》卷三《读律肤说》,中华书局2009年版,第132页。

再"有善有恶",而是与儒家的道德规范相统一。他推赞《拜月》的重要原因亦在于该剧中的礼义与真情得到了和谐的统一。他说:"详试读之,当使人有兄兄妹妹、义夫节妇之思焉。"①"情性"是文学作品的灵魂,其发抒不受任何既定的格套、一成不变的风格所"牵合矫强",是自然而然,无意而为的。他说:"莫不有情,莫不有性,而可以一律求之哉!然则所谓自然者,非有意为自然而遂以为自然也。若有意为自然,则与矫强何异。"②这也就是他所孜求的"化工"之境。

不难看出,"化工说"就作品的内容而言,就是要"自然发于情性,则自然止乎礼义"③,也就是自然即礼义,礼义不再是外在的羁绊,而成了人性自然欲求的外在形式。因此,在李贽那里,"自然"是合乎儒家道德规范而无所不能的。就作品的形式而言,就是要不假雕饰,"非有意为文",不求工而自工。显然,这与"童心说"神脉相通。当然,"童心说"与"化工说"又有所区别,"童心说"的核心在于去伪存真,在于反对虚伪的"道理闻见",重点在于"破";"化工说"的核心在于"自然"与"礼义"的统一,是"自然"合乎"礼义",重点在于"立"。"童心说"多得于阳明及其后学,"化工"说则明显有得于道家。"童心说"是广及哲学、文学、社会伦理等方面的具有普遍意义的理论命题,"化工说"则是"童心说"在文学尤其是戏曲领域的深化,是"童心说"的合理延伸。

第五节 "童心者之自文":"下笔无状"的作品

李贽的诗文是其"种种可喜可愕之谈"④的实录,是其自然情性的直接发抒,是"有感于童心者之自文"⑤。其基本特征是纵横捭阖、"下笔无

---

① [明]李贽:《焚书》卷四《拜月》,中华书局2009年版,第194页。
② [明]李贽:《焚书》卷三《读律肤说》,中华书局2009年版,第133页。
③ [明]李贽:《焚书》卷三《读律肤说》,中华书局2009年版,第132页。
④ [明]张大复:《闻雁斋笔谈》卷三《第一不可说》,明万历三十三年顾孟兆等刻本。
⑤ [明]李贽:《焚书·续焚书》卷三《童心说》,中华书局2009年版,第99页。

状"①,尤其是《焚书》中所载的作品,善谑怒骂,体现了作者"兀傲自放"②的情性,正所谓"气挟风霜,志光日月,掳圣贤之肾肠,寒伪学之心胆"③。其无罣无碍的宏论"名溢妇孺""教弥区宇"④。即便是胸罗三教、目营千载的硕学之士,虽然对其不拘儒家绳墨的思想常有诃訾,但也不得不为其犀利的文字"抚几击节,盱衡扼腕"⑤。

李贽作品的内容横议经典、抵诃伪学,这在以上分析其思想时已经述及,这里主要就其诗文自然抒写的风格简论一二。

李贽最为恣肆无碍的作品是书牍杂著。卢世㴶曾云:"至其书牍及杂著,稍稍涉猎,可三之一。当胸腔幅塞,意绪荒芜时,朗诵一过,如佳茗解渴,名酒破闷也。人生乐事无逾此者。"⑥这些作品文辞清新活泼,全无道学家的文章高冠华簪般的庄肃之气。如《三叛记》的开篇云:

时在中伏,昼日苦热,夜间颇凉。湖水骤满,望月初上,和风拂面,有客来伴,此正老子耻眙时也。杨胖平日好瞌睡,不知此夜何忽眼青,乃无上事,忻然而笑,惊蝴蝶之梦周,怪铁杵之啖广。和尚不觉矍然开眼而问曰:"子何笑?"曰:"吾笑此时有三叛人,欲作传而未果耳。"⑦

---

① [明]张大复:《闻雁斋笔谈》卷三《第一不可说》,明万历三十三年顾孟兆等刻本。
② [清]钱谦益著,[清]钱曾笺注,钱仲联标校:《牧斋初学集》卷三十一《陶不退闾园集序》,上海古籍出版社1985年版,第918页。
③ [明]顾大韶:《温陵集序》,转引自厦门大学历史系编:《李贽研究参考资料》第二辑,福建人民出版社1976年版,第123页。
④ [明]顾大韶:《温陵集序》,转引自厦门大学历史系编:《李贽研究参考资料》第二辑,福建人民出版社1976年版,第123页。
⑤ [清]钱谦益:《牧斋有学集补遗·序·松影和尚报恩诗草序》,清抄本。
⑥ [明]卢世㴶:《尊水园集》卷七,转引自厦门大学历史系编:《李贽研究参考资料》第二辑,福建人民出版社1976年版,第153页。
⑦ [明]李贽:《焚书·续焚书》卷三《三叛记》,中华书局2009年版,第107页。

第六章 出入三教、高张个性:李贽的文化心态与"童心说""化工说"

李贽的诗歌数量不多,但也颇具特色,决无雕肝琢肾之病。运用的是通俗鲜活的口语,自然真切。如:

> 楚国有一士,胸中无一字。令人读《汉书》,便道赖有此。盖世聪明者,非君竟谁与? 所以罗盱江,平生独推许。行年五十一,今朝真死矣! 君生良不虚,君死何曾死! ①

子庸名定理,号楚倥,为耿天台之仲弟。万历九年(1581)到十二年(1584)李贽一直住在定理家中读书著述,与之交谊深笃,但与其兄颇多龃龉。因此,定理卒后,李贽十分哀痛。悲悼之作文辞质朴,亲切感人,字字自胸中流出,既写了定理"读书不成"却"盖世聪明"的特征,又道出了诗人的悠悠思念之情。

李贽的诗作不但直接采录了口语,有时甚至以语气词入诗,生动诙谐,突破了诗格所囿,一任性情,挥洒自如,所作的偈颂也是如此,如:

> 十八罗汉漂海,第一胖汉利害。失脚踏倒须弥,抛散酒肉布袋。犹然嗔怪同行,要吃诸人四大。咄!天无底,地无盖,好个极乐世界。②

> 不去看经念偈,却来神通游戏。自夸能杀怨贼,好意翻成恶意。咦! 南无阿弥陀佛,春夏秋冬四季。③

罗汉,原是小乘佛教修行的最高果位。十八罗汉是据玄奘所译的《大阿罗汉难提密多罗所说法住记》(简称《法住记》)中所载的十六罗汉基础上增益而成的,是指十八位永住世间护持正法的阿罗汉。罗汉在佛教经论(如《贤愚经》《智度论》)中都有记载,一般都活泼有趣,无甚规诫。如,

---

① [明]李贽:《焚书》卷六《哭耿子庸》,中华书局 2009 年版,第 229 页。
② [明]李贽:《焚书》卷六《十八罗汉漂海偈》,中华书局 2009 年版,第 229 页。
③ [明]李贽:《焚书》卷六《十八罗汉游戏偈》,中华书局 2009 年版,第 229 页。

有人说,五百仙人飞行空中,闻女歌声,心狂意醉,失足堕地,这些仙人便是罗汉。李贽描述十八罗汉的偈颂,正是以生动活泼的语言,栩栩如生地描写了十八罗汉自由戏谑的情形,一"咄"一"咦",逼真生动,但又不尽合于偈颂规范。这是他在《读律肤说》中"拘于律则为律所制,是诗奴也,其失也卑"①,以自然为美的创作原则的形象体现。

在心情恬静时所作的诗歌也清雅闲淡,如:

举网澄潭下,凭阑看得鱼。谁将从事酒,一问子云庐?水白沙鸥净,天空木叶疏。中秋今夜月,尔我独踌躇。②

在屡遭挫厄之时,宁死而不夺其志,体现了李贽桀骜不驯的性格,如:

志士不忘在沟壑,勇士不忘丧其元。我今不死更何待,愿早一命归黄泉。③

这些诗作,正如其所云:"有是格,便有是调。"④(李贽之"格"指"性格",而非七子派所谓"古法高格"之"格")他的诗文真实地反映了其个性精神,也是其"童心说"的最好注脚。

李贽卓荦不群,时人对其毁誉也悬殊:誉之者如焦竑、刘晋川等推其为圣人⑤;诟之者谓其"倡异端以坏人心,肆淫行以兆国乱,盖盛世之妖孽,士林之梼杌也"⑥。这也从一个侧面体现了李贽不同于流俗的

---

① [明]李贽:《焚书》卷三《读律肤说》,中华书局2009年版,第132页。
② [明]李贽:《焚书》卷六《中秋刘近城携酒湖上》,中华书局2009年版,第244页。
③ [明]李贽:《续焚书》卷五《系中八绝·不是好汉》,中华书局2009年版,第117页。
④ [明]李贽:《焚书》卷三《读律肤说》,中华书局2009年版,第132页。
⑤ 详见[明]沈德符:《万历野获编》卷二十七《二大教主》,中华书局1959年版,第691页。
⑥ [清]王宏:《山志》卷四《李贽》,转引自厦门大学历史系编:《李贽研究参考资料》第二辑,福建人民出版社1976年版,第194页。

卓异行谊以及著述的有悖时教。他所倡导的"童心说""化工说"直接启导了汤显祖、袁宏道文学思想的形成。他那"夺他人之酒杯,浇自己之垒块"①,"不阡不陌,抒其胸中之独见"②,即抒写自然情性的诗文风格,是晚明革新派文人所崇尚的美学旨趣。晚明文人大多与李贽一样,因现实之路的坎壈不平而郁勃,而疏狂,他们借诗文而尽情抒写,如袁中道"愁极则吟,故尝以贫病无聊之苦,发之于诗,每每若哭若骂,不胜其哀生失路之感"③。他们因与世俗乖舛而心栖丘壑,"视青云如浮沤,轻绿绶如秋叶"④。他们因郁勃而显示了与正统观念迥异的人生态度,"定飞觞律,恨不踢倒醉乡;注种花书,直欲赎回金谷"⑤。因其郁勃、疏狂的人生态度而诗非一律、"文无定体":"倏而鲸翻碧海,倏而翠立兰苕;倏而长剑曼缨,倏而玉壶骊马;倏而走石惊沙,倏而晓风残月;倏而浅黛长红,倏而牛鬼蛇神。变化纵横,不可方物。"⑥晚明文人的性情、行谊、文风,都具有别样的风格。而此风之所滋,宏道总其会,李贽则导其源。

总之,李贽不但以其文学思想、践履,影响了时人,同时,他承秉王学、出入三教,一依自然情性,追求人生价值的思想特质都对晚明文士产生了巨大影响,并为文学革新思潮宛若狂飙突进提供了直接的精神动力。他所著的《焚书》《续焚书》的核心内容是批难封建纲常、伪善道学,因此,李

---

① [明]李贽:《焚书》卷三《杂说》,中华书局2009年版,第97页。
② [明]袁中道著,钱伯城点校:《珂雪斋集》卷十七《李温陵传》,上海古籍出版社2019年版,第764页。
③ [明]袁宏道著,钱伯城笺校:《袁宏道集笺校》卷四《叙小修诗》,上海古籍出版社2018年版,第203页。
④ [清]汤汝楫:《新刻袁中郎全集序》,载[明]袁宏道著,钱伯城笺校:《袁宏道集笺校》附录三,上海古籍出版社2018年版,第1869页。
⑤ [清]汤汝楫:《新刻袁中郎全集序》,载[明]袁宏道著,钱伯城笺校:《袁宏道集笺校》附录三,上海古籍出版社2018年版,第1869页。
⑥ [清]汤汝楫:《新刻袁中郎全集序》,载[明]袁宏道著,钱伯城笺校:《袁宏道集笺校》附录三,上海古籍出版社2018年版,第1869页。

赘首先是以思想家的形象影响晚明文人的。① 他居黄州府龙潭山时，"儒释从之者"就达"几千、万人"②。其"童心说"及其张扬个性、不以权威为标准的理论取向，是晚明文人重要的理论依托。因此，李贽的历史作用，首先在于是晚明文人的真正"教主"。

李贽于明代中后期的学坛、文坛具有重大的影响力。沈德潜将其与紫柏真可并称为"两大教主"，即使"以道德经术标表海内"③的焦竑，亦以"说法教主"④称之。公安派魁杰袁宏道即是在李贽的直接启导之下而鼓荡起文坛风潮的。对此，袁中道《吏部验封司郎中中郎先生行状》载："（中郎）时闻龙湖李子冥会教外之旨，走西陵质之。李子大相契合……留三月余，殷殷不舍，送之武昌而别。先生既见龙湖，始知一向掇拾陈言，株守俗见，死于古人语下，一段精光，不得披露。至是浩浩焉如鸿毛之遇顺风，巨鱼之纵大壑。能为心师，不师于心；能转古人，不为古转。发为语言，一一从胸襟流出，盖天盖地，如象截急流，雷开蛰户，浸浸乎其未有涯也。"⑤李贽于道林艺圃，远远宗挹，著声于时，与其错综于学术与文学之间的学术取向有关。李贽曾自述人生一喜在于洞识谢灵运与慧远之学

---

① 署名李贽所著的《骚坛千金诀》（有《大雅堂订正枕中十书》本，藏于国家图书馆；《李卓吾先生秘书八种》本，藏于上海图书馆等）是一部诗论著作，但是，此书的真伪殊堪疑问，林海权《李贽年谱考略》对该书的真伪已有考论（详见林海权《李贽年谱考略》，福建人民出版社1993年版，第496页），所论甚是。从该书的内容来看，也明显不是出自李贽之手，如该书的内编首题，诗学正宗，下分诗辨等十一目，前五目全抄自《沧浪诗话》，其后数目的内容也与李贽《焚书》《续焚书》等著作中的文学观念迥然有别。如，提出诗有三体，诗有四格，诗有四炼（即炼字、炼句、炼意、炼格），云："炼句不如炼字，炼字不如炼意，炼意不如炼格"，诗有八病（即平头、上尾、蜂腰、鹤膝、大韵、小韵、旁纽、正纽），等等，直接照搬了前人僵硬的声律规范。对格法的推尚，似有过于七子派，并且内容多系拼凑而成，与李贽的人品、文品绝然不同。

② ［清］沈赟编：《近事丛残》卷一《李卓吾》，清刻本。

③ ［明］徐光启：《尊师澹园先生续集序》，载［明］焦竑撰，李剑雄点校：《澹园集》附编二，中华书局1999年版，第1219页。

④ 李贽《与焦弱侯》云："'说法教主'四字真难当。生未尝说法，亦无说法处；不敢以教人为己任，而况敢以教主自任乎？唯有朝夕读书，手不敢释卷，笔不敢停挥，自五十六岁以至今年七十四岁，日日如是而已。关门闭户，著书甚多，不暇接人，亦不暇去教人，今以此四字加我，真惭愧矣。"（［明］李贽：《续焚书》卷一《与焦弱侯》，中华书局2009年版，第5—6页）

⑤ ［明］袁中道著，钱伯城点校：《珂雪斋集》卷十八《吏部验封司郎中中郎先生行状》，上海古籍出版社2019年版，第800—801页。

雅,云:"千载高贤埋没至今,得我方尔出见于世,此一喜也。"①而另一喜则是:"王摩诘以诗名,论者虽谓其通于禅理,犹未遽以真禅归之,况知其文之妙乎!盖禅为诗所掩,而文章又为禅所掩,不欲观之矣。今观《六祖塔铭》等文章清妙,岂减诗才哉!此又一喜也。"②对于苏东坡,亦认为"文章直彼余事耳"③。苏东坡"真洪钟大吕,大扣大鸣,小扣小应,俱系彼精神髓骨所在"④之作,亦当是基于其学殖,体现其卓立精神人格的作品。其论文往往是与论学结合在一起的。他在论述学坛卓荦者之时,对何心隐推挹尤甚。推挹之由,亦与其学、其英雄气的呈现形式有关,即其所谓:"何心老英雄莫比,观其羁绊缧绁之人,所上当道书,千言万语,滚滚立就,略无一毫乞怜之态,如诉如戏,若等闲日子。今读其文,想见其为人。其文章高妙,略无一字袭前人,亦未见从前有此文字,但见其一泻千里,委曲详尽,观者不知感动,吾不知之矣。"⑤这是李贽文学观念的基本呈现方式。李贽的文论是植基于学术,与其学术思想浑融一体的,其"童心者之自文"是"更说甚么六经,更说甚么《语》《孟》乎"⑥的峥嵘学术思想的自然呈现。李贽声著于道林艺圃,乃至云合景从,成为晚明的一时风尚。同时,李贽的这一特征,及其被称为"教主"的影响力,使得其成为承龙溪、近溪之学而浸润文苑的重要枢纽。从这个意义上说,李贽不啻是三教与晚明文学思潮的结穴所在。

---

① [明]李贽:《焚书》增补一《又与从吾孝廉》,中华书局2009年版,第257页。
② [明]李贽:《焚书》增补一《又与从吾孝廉》,中华书局2009年版,第257页。
③ [明]李贽:《焚书》增补二《复焦弱侯》,中华书局2009年版,第271页。
④ [明]李贽:《焚书》增补二《复焦弱侯》,中华书局2009年版,第271页。
⑤ [明]李贽:《续焚书》卷一《与焦漪园太史》,中华书局2009年版,第28—29页。
⑥ [明]李贽:《焚书》卷三《童心说》,中华书局2009年版,第99页。

第七章　融通儒释、以儒为本:焦竑亦"灵"亦"实"的文论

焦竑(1541—1620),字弱侯,号澹园,江宁人,为举子业二十余年,博极群书,岿然负通人之望,是明代后期的一位古文名家,著作以典正雅驯著称。有《澹园集》《澹园续集》《焦氏笔乘》《焦氏类林》等多种著作传世。焦竑虽然并非一位典型的文学家,但是以其在儒林、文苑的清望,深为学人仰慕,早年即"以道德经术标表海内",其著述"亡不视为冠冕舟航",①乃至"宇内业已奉为拱璧"②,"海内人士得其片言,莫不叹以为难得"③。即如李贽、陈季立等人尚不远数千里相就问学,乃至年长十余岁的李贽亦有列于门墙之愿。④ 晚明文学革新思潮的代表——公安派"实自伯修发之"⑤,宗道则首先承学焦竑,引以顿悟之旨,而后才向李贽问学的⑥。当然,这种影响并不限于禅门顿悟之旨,而正如马积高先生分析的

---

① [明]徐光启:《尊师澹园焦先生续集序》,载[明]焦竑撰,李剑雄点校:《澹园集》附编二,中华书局1999年版,第1219页。
② [明]金励甫:《澹园续集序》,载[明]焦竑撰,李剑雄点校:《澹园集》附编二,中华书局1999年版,第1217页。
③ [明]耿定力:《焦太史澹园集序》,载[明]焦竑撰,李剑雄点校:《澹园集》附编二,中华书局1999年版,第1211页。
④ 李贽《书苏文忠公外纪后》云:"余老且拙,自度无以表见于世,势必有长公者然后可托以不朽。焦弱侯,今之长公也,天下士愿藉弱侯以为重久矣。尝一日顾谓弱侯曰:'公能容我作一老门生乎?'弱侯笑曰:'我愿以公为老先生也。'余谓:'余实老矣,公年又少余十五岁,则余实先公而生,其为老先生无疑。但有其实无其名,我不愿也。唯愿以老先生之实托老门生之名,而恒念无四子之才之学,即欲冒托门下以成其名,又安可得耶?'"([明]李贽:《续焚书》卷二《书苏文忠公外纪后》,中华书局2009年版,第67页)
⑤ [清]钱谦益撰集,许逸民、林淑敏点校:《列朝诗集·丁集》第十二《袁庶子宗道》,中华书局2007年版,第5315页。
⑥ 详见[明]袁中道著,钱伯城点校:《珂雪斋集》卷十七《石浦先生传》,上海古籍出版社2019年版,第750页。

那样，将焦竑与宗道都推服白、苏，与"小修《石浦先生传》言伯修早年本学济南、琅琊之文联系起来看，我们完全可以推测伯修在文学观上也受到焦竑的影响，从而发生转变"①。焦竑虽然不像李贽、达观那样被尊为"教主"——以雄肆无羁的气概使一境如狂，但由于焦竑早与胜流，晚登高第，"识弥高，养弥邃，综万方之略，究六艺之归"②，并且其长期居于金陵，而"金陵人士辐辏之地，先生主持坛坫，如水赴壑，其以理学倡率，王弇州所不如也"③，因此，焦竑的学识、声望对晚明文人的影响同样颇为显著。

第一节　融通儒释与反对模拟

与李贽相似，焦竑也是晚明时期错综于儒林与文苑，文道交相胜的一位学苑、文坛魁杰。对此，其弟子陈懿典对焦竑的身份特征有这样的厘定：自三立分途之后，道德事功之儒与文学之儒各有独胜之场，但又互相轻慢，称文者自为文，言学者自为学。文士视文为经国之大业，但仅以绮章琢句相雄长，学道者则嗤之为雕虫小技而不复以修辞为务，致使学失其宗，而文坛则衣冠形似、神情不传，文章词赋亦久失其真。"独韩、欧、曾、王、苏氏诸君子，知本之六经以为文，有志于圣人之学，而不肯为徒文之士"④，遂使文坛面貌为之一新。但在陈懿典看来，唐宋诸君子"庶几足传而学，犹未能知性，是以犹未免于文人之名"，而焦竑则是一位"以知性为要领"，"以明道、象山之见解，运昌黎、南丰之笔力"，⑤具有深厚学殖的文

---

① 马积高：《宋明理学与文学》第十二章《隆庆、万历间的反理学思潮与公安派》，湖南师范大学出版社1989年版，第288页。

② [明]耿定力：《焦太史澹园集序》，载[明]焦竑撰，李剑雄点校：《澹园集》附编二，中华书局1999年版，第1211页。

③ [清]黄宗羲著，沈芝盈点校：《明儒学案》卷三十五《泰州学案》四《文端焦澹园先生竑》，中华书局2008年版，第829页。

④ [明]陈懿典：《尊师澹园先生集序》，载[明]焦竑撰，李剑雄点校：《澹园集》附编二，中华书局1999年版，第1213页。

⑤ [明]陈懿典：《尊师澹园先生集序》，载[明]焦竑撰，李剑雄点校：《澹园集》附编二，中华书局1999年版，第1213—1214页。

学之儒。其所作与"学步效颦,诗必初、盛,文必秦、汉"的七子派迥异其趣的原因,是因其"先沃其根",以使"举其大而细无不苞"。① 可见,就反对文坛拟古之风的途径而言,焦竑与陶望龄等人多以汇通儒林文苑,以深厚的学殖以矫文坛绮章琢句、剽窃支离之风,阐古先之微言,抒胸怀之本趣;袁宏道等人则直接以"信腕信口""宁今宁俗"相倡。途辙虽稍有殊异,但都同归于破斥文坛摹拟之习。焦竑是一位鲜见的将词章,亦即文学也从属于"学"的硕学通儒。他说:"清虚,学也;义理,学也;名节、词章,亦学也。无所往而不为性,故无所往而不为学也,而又何不足与明之有?"②焦竑、陶望龄等人苞举博大之学,又是以三教融合为特征的。从学术师承关系来看,焦竑曾师事罗汝芳、耿天台。黄宗羲将其列于泰州学派,但他又不墨守师说。耿天台在南中曾谓焦竑之子曰:"世上有三个人说不听,难相处。"问:"为谁?"曰:"孙月峰、李九我与汝父也。"③耿天台所以有"难相处"之慨,当是他们对于佛教的态度有别。耿天台曾引程颢斥佛之语以诘焦竑,焦竑复书天台云:"伯淳斥佛,其言虽多,大抵谓'出离生死'为利心。夫生死者,所谓生灭心也,《起信论》有'真如''生灭'二门,未达真如之门,则念念迁流,终无了歇。欲'止其所'不能已。以出离生死为利心,是《易》之'止其所'亦利心也。苟'止其所'非利心,则即生灭而证真如,乃吾曹所当亟求者,从而斥之可乎? 然'止'非程氏'殄灭''消煞'之云也,'艮其背',非无身也,而不获其身,'行其庭',非无人也,而不见其人。不捐事以为空,事即空,不灭情以求性,情即性。此梵学之妙,孔学之妙也。"④但他又相信和附应李贽的思想,对李贽推挹艳羡,视若知音,在《送李比部》诗中云:"昔我从结发,翩翩恣狂驰,凌厉问学场,志意纵横飞","中原一顾盼,千载成相知。相知今古难,千秋一嘉遇。而我狂简姿,得蒙

---

① [明]陈懿典:《尊师澹园先生集序》,载[明]焦竑撰,李剑雄点校:《澹园集》附编二,中华书局1999年版,第1214页。
② [明]焦竑撰,李剑雄点校:《澹园集》卷四《原学》,中华书局1999年版,第19页。
③ [清]黄宗羲著,沈芝盈点校:《明儒学案》卷三十五《泰州学案》四《文端焦澹园先生竑》,中华书局2008年版,第829页。
④ [明]焦竑撰,李剑雄点校:《澹园集》卷十二《答耿师》,中华书局1999年版,第82页。

第七章　融通儒释、以儒为本:焦竑亦"灵"亦"实"的文论　　187

英达顾"。① 因此,焦竑的思想虽然不乏传统理学贬斥情欲的痕迹,但其兼融赅博的学识中也包含了不少诸如要求表现自我,抒胸怀之本趣以及崇尚自然,反对"把三寸柔翰,铅摘缇油,心量而手追随,步武之后,躐其遗尘"②等弥足珍贵的文学思想。他的思想既有渊醇的一面,又有犀利的一面。就学术思想而言,最明显的特色在于三教合一,如《焦氏笔乘》中即有"佛典解易""佛典解庄子"条,《支谈》三篇中三教会通的论述在在皆是。焦竑尤多儒佛合一之论,视佛学为圣学。对此,他屡有论及,如:

> 孔孟之学,尽性至命之学也,独其言约旨微,未尽阐晰,世之学者,又束缚于注疏,玩狎于口耳,不能骤通其意。释氏诸经所发明,皆其理也。苟能发明此理,为吾性命之指南,则释氏诸经,即孔孟之义疏也,而又何病焉!③

将儒释互融为一,又举例说:"所言'本来无物'者,即《中庸》'未发之中'之意也。"④有时,他甚至认为佛学有优于儒学之处,如:

> 知所谓良知,则知舍人伦物理,无复有所谓良知。即欲屏而绝之,岂可得哉? 此理儒书具之,特学者为注疏所惑溺,不得其真,而释氏直指人心,无儒者支离缠绕之病。故阳明偶于此得力,推之儒书,始知其理断断乎非后儒之所讲解者。张商英云"吾学佛而后知儒",亦犹此也。⑤

---

① [明]焦竑撰,李剑雄点校:《澹园集》卷三十七《送李比部》,中华书局1999年版,第588页。
② [明]焦竑撰,李剑雄点校:《澹园集》卷十六《刘元定诗集序》,中华书局1999年版,第173页。
③ [明]焦竑撰,李剑雄点校:《澹园集》卷十二《答耿师》,中华书局1999年版,第82页。
④ [明]焦竑撰,李剑雄点校:《澹园集》卷十二《又答耿师》,中华书局1999年版,第81页。
⑤ [明]焦竑撰,李剑雄点校:《澹园集》卷十二《答友人问》,中华书局1999年版,第87页。

儒释之优劣无须争论,只要达到复性的目的即可:"学者诚有志于道,窃以为儒、释之短长,可置勿论,而第反诸我之心性。苟得其性,谓之梵学可也,谓之孔孟之学可也,即谓非梵学、非孔孟学,而自为一家之学,亦可也。"①这就是他所谓的"无佛无儒"或"能佛能儒"②。

公开阐扬三教合一是晚明学术的重要特征,但是,一般学者的阐扬并不废弃儒学正脉。援佛释儒是当时的主流,李贽、袁宗道、袁宏道大体即是如此。③ 但是焦竑偶有儒释合流、以释为主的言论,他在论及《华严经》时,甚至这样说:"余以谓能读此经,然后知六经、《语》、《孟》无非禅,尧、舜、周、孔即为佛,可以破沉空之妄见,纠执相之谬心。"④乃至清人彭绍升谓其"居常博览群书,卒归心于佛氏"⑤。就儒学正统来说,焦竑堪称"异端"者流,因此受到清人的严厉呵责。四库馆臣谓其"如以孔子所云空空,及颜子之屡空为虚无寂灭之类,皆乖迕正经,有伤圣教。盖竑生平喜与李贽游,故耳濡目染,流弊至于如此也"⑥。这是因为焦竑"于二氏之学本深于儒学",而"说儒理者多涉悠谬"。⑦ 当然,焦竑于朝廷深嫉士林

---

① [明]焦竑撰,李剑雄点校:《澹园集》卷十二《答耿师》,中华书局1999年版,第82—83页。

② [明]焦竑撰,李剑雄点校:《澹园集》卷十七《赠吴礼部序》,中华书局1999年版,第195页。

③ 这一风尚曾受到当途所深嫉。据沈德符《万历野获编》的"黄慎轩之逐"条载:"以宫僚在京时,素心好道,与顾石簧辈,结净社佛。一时高明士人多趋之,而侧目者亦渐众,尤为当途所深嫉。壬寅之春,礼科都给事张诚宇(问达)尚疏劾李卓吾,其末段云:'近来缙绅士大夫,亦有捧咒念佛,奉僧膜拜,手持数珠,以为律戒,室悬妙像,以为皈依,不遵孔子家法,而溺意禅教者。'盖暗攻黄慎轩及陶石簧诸君也。不十日而礼卿冯琢庵(琦)之疏继之,大抵如张都谏之言。上下旨云:'览卿等奏,深于世教有裨。佛仙原是异术,宜在山林独修。有好尚者,任解官自便去,勿以儒术并进,以惑人心。'盖又专指黄晖,逐之速去矣。"([明]沈德符:《万历野获编》卷十《黄慎轩之逐》,中华书局1959年版,第270—271页)

④ [明]焦竑撰,李剑雄点校:《澹园集》卷十六《刻大方广佛华严经序》,中华书局1999年版,第183页。

⑤ [清]彭绍升撰,张培锋校注:《居士传校注》四十四《焦弱侯》,中华书局2014年版,第380页。

⑥ [清]永瑢等:《四库全书总目》卷一百二十八《焦氏笔乘》提要,中华书局1965年版,第1103页。

⑦ [清]永瑢等:《四库全书总目》卷一百四十六《老子翼》《老子考异》提要,中华书局1965年版,第1243页。

第七章　融通儒释、以儒为本：焦竑亦"灵"亦"实"的文论

禅悦之风之时，能畅论三教互通，与其独特的论说旨趣与策略有关。他视"道"为孔孟老庄以及释氏共契的人类普世真理，而广及八荒之表，远及万古之上的先达之师，"非止此数人而已"，隐然将朱元璋入列其中，原因即在于开启了三教无少轩轾的制度，其《赠吴礼部序》云："我圣祖独禀全智，大阐儒风，而玄宗、释部，并隶礼官，若无少轩轾焉者。"①弱侯自谓"尝疑而深求之，取其书而研味之"，遂有这样的儒释比较经历："始也诸《首楞严》，而意儒逊于佛；既读《阿含》，而意佛等于儒；最后读《华严》，而悟乃知无佛无儒，无小无大，能小能大，能佛能儒"，始悟"圣祖之为意渊哉广矣"。② 缘此，焦竑"斡旋三学"便成了"以襄主上"的合乎逻辑的途径③，这也是焦竑与袁宏道等人文学思想同中有异之处。而焦竑是一位具有深厚学殖的学人，他孜求不株守于三教畛域，通乎中外人类共有的"道"为的，以"我之心性"为的，云："道一也，达者契之，众人宗之。在中国者曰孔孟老庄，其至自西域者曰释氏。"④因为这一学术维度，使其以宽广的学术视野，得出"释氏诸经，即孔孟之义疏也"⑤的结论，越出了正统儒家最为介意的形式上的畦界。与此相比较，文学上的格套、时代便显得无足轻重。焦竑融通众说、莫宗一源的学术思想影响于文学，自然对模拟因袭、唯古是宗的七子派诗格、文法进行质疑。因此，虽然焦竑资性醇厚、学术稳实、持论平允，但对七子派的拟古之论抨击甚烈。其要有三：

其一，反对因袭格套。他说：

> 以兴致为敷叙点缀之词，则敷叙点缀皆兴致也；以格调寄俳章偶

---

① [明]焦竑撰，李剑雄点校：《澹园集》卷十七《赠吴礼部序》，中华书局1999年版，第195页。
② [明]焦竑撰，李剑雄点校：《澹园集》卷十七《赠吴礼部序》，中华书局1999年版，第195页。
③ [明]焦竑撰，李剑雄点校：《澹园集》卷十七《赠吴礼部序》，中华书局1999年版，第196页。
④ [明]焦竑撰，李剑雄点校：《澹园集》卷十七《赠吴礼部序》，中华书局1999年版，第195页。
⑤ [明]焦竑撰，李剑雄点校：《澹园集》卷十二《答耿师》，中华书局1999年版，第82页。

句之用,则俳章偶句皆格调也。以故芙蕖初日,惠休揖其高标;错彩镂金,颜生为之却步,非此故欤?不然李唐以来,类欲攀屈宋之逸驾,薄齐梁之后尘矣,遽使之规迹古风,配陶凌谢,其可乎?余观弘、正一二作者,类遗其情,而模古之词句;迨其下也,又模模之者之词句。本之不硕,而第繁其枝,欲其有可食之实,可匠之材,难矣!以彼知为诗,不知其所以诗也。①

焦竑认为:"摹画于步骤者神踬,雕刻于体句者气局,组缀于藻丽者情涸。"②这是赋诗为文之三弊。"神来、气来、情来"③才是成功的文学作品所应有的艺术境界。以其考镜历史,唐代文学之所以能够"众体兼备,始终该博,浩浩乎若元气坱圠"④,根本原因就在于唐代诗人没有走"规迹古风,配陶凌谢"的因袭之途,而是务求无所依傍地抒写真我之神情。焦竑批评了"弘、正一二作者",即李梦阳、何景明等人"类遗其情,而模古之词句"的创作倾向,以及因承李、何,模仿七子而应声和调的末流文人。

其二,不取前人之"法",而求"所以法"。焦竑并不是要菲薄古人,他主张要涵茹古学,冥会于心而后作;主张兼综博取,不拘一格。七子派以文必秦汉、诗必盛唐相标榜,而焦竑则主张博雅多通,作者当"冥搜经子,捃摭玄释;哀达人之短章,采英儒之鸿撰。汉、宋毕收,古今咸载,斯亦六谷九鼎,千珍百叶,总而为宾筵之献也。擅文苑之大观,极词人之巨丽"⑤。他并不胶执于一家一格,而主张"人有其美,咸自名家","能道所

---

① [明]焦竑撰,李剑雄点校:《澹园集》卷二十二《题谢康乐集后》,中华书局1999年版,第275—276页。
② [明]焦竑撰,李剑雄点校:《澹园集》卷二十二《题谢康乐集后》,中华书局1999年版,第275页。
③ [明]焦竑撰,李剑雄点校:《澹园集》卷二十二《题谢康乐集后》,中华书局1999年版,第275页。
④ [明]马得华:《唐诗品汇叙》,载[明]高棅编选:《唐诗品汇》卷首,上海古籍出版社1982年版,第2页。
⑤ [明]焦竑撰,李剑雄点校:《澹园集·续集》卷二《文坛列俎序》,中华书局1999年版,第781页。

第七章　融通儒释、以儒为本：焦竑亦"灵"亦"实"的文论　　191

欲言,则一而已"。① 他认为盛唐的李、杜也难称完美,认为"李白有诗人之材,而无其识,杜甫有诗人之识,而无其度"②。他对郑善夫评点杜诗的观点颇有同感。郑氏认为,诗歌之妙处在于不必说到尽,不必写到真,只有达到"欲说欲写者,自宛然可想,虽可想而又不可道",方得风人之义,而"杜公往往要到真处尽处,所以失之"。③ 因此,他对时人推初盛而薄中晚,对宋人又执李、杜而绳苏、黄的做法不以为然,谓其为"植木索途"的"儿童之见"④。他也认为诗歌当依循于一定的法度,云:"扬子有言:'断木为棋,梡革为鞠,莫不有法,而况于诗乎。'古至屈、宋、汉、魏、六朝,律至三唐,而法具矣。"⑤诗歌于法度而植根前古,即"如骐骥之奔佚,节之銮和,以驾五辂而行大道,沛然非群马所能及已"⑥。前人该备的诗之"法",本身并不是后人学习的直接对象,而应该师其"法法",即"所以法"。对此,他说:"窃谓善学者不师其同,而师其所以同。同者,法也;所以同者,法法者也。……彼得其所以法,而法固存也。夫神定者天驰,气完者材放。时一法不立而众伎随之,不落世检而天度自全。譬之云烟出没,忽乎满前,虽旁歧诘曲,不可以为方。"⑦这种"所以法",并不胶着于形肖,而是要如同"学弋而得鱼,临书而悟画"⑧一般,要经过作者的体悟、创造。因

---

① ［明］焦竑撰,李剑雄点校:《澹园集·续集》卷二《竹浪斋诗集序》,中华书局1999年版,第778页。
② ［明］焦竑撰,李剑雄点校:《澹园集》卷十六《弗告堂诗集序》,中华书局1999年版,第169页。
③ ［明］焦竑撰,李剑雄点校:《焦氏笔乘》卷三《评杜诗》,中华书局2008年版,第108页。
④ ［明］焦竑撰,李剑雄点校:《澹园集·续集》卷二《竹浪斋诗集序》,中华书局1999年版,第778页。
⑤ ［明］焦竑撰,李剑雄点校:《澹园集》卷十五《陈石亭翰讲古律手抄序》,中华书局1999年版,第164页。
⑥ ［明］焦竑撰,李剑雄点校:《澹园集》卷十五《环碧斋稿叙》,中华书局1999年版,第159页。
⑦ ［明］焦竑撰,李剑雄点校:《澹园集》卷十五《陈石亭翰讲古律手抄序》,中华书局1999年版,第164页。
⑧ ［明］焦竑撰,李剑雄点校:《澹园集》卷十五《陈石亭翰讲古律手抄序》,中华书局1999年版,第164页。

此,"所以法"并非僵硬的矩矱,而是"天度自全"的。他认为古代诗歌等艺术样式共同的创作规律是"神定者天驰,气全者调逸,致一于中,而化形自出,此天机所开,不可得而留也"①。焦竑所谓的"所以法"即是天机自任,无法而法,这种"法"是作者熟谙前人创作而进入的自为境界。对此,他还说:

> 夫词非文之急也,而古之词又不以相袭为美。《书》不借采于《易》,《诗》非假途于《春秋》也。至于马、班、韩、柳,乃不能无本祖。顾如花在蜜,蘖在酒,始也不能不藉二物以胎之,而脱弃陈骸,自标灵采。……斯不谓善法古者哉。②

焦竑所标举的"脱弃陈骸,自标灵采",就是要创造性地学习古人,师古而不失自我,不拘于文辞之似,而要如蜜、酒之于花、蘖一样,得其神韵而脱其形骸,亦即学习古人"所以法"。

焦竑谈艺论文尤重学殖,他强调作家含融道体而内化于中之后通乎诸艺的自然抒写原则,即他所谓"古之艺,一道也。神定者天驰,气全者调逸,致一于中,而化形自出,此天机所开,不可得而留也"③。这种通乎诸艺的"一道",即是有深蕴学殖而后体现的"神定""气全"之境以及得乎"所以法"的自在境界。即如詹何得知蒲且子善弋,遂受其术而钓名于楚。吴道子得张颠草书之笔法而施之于画,"其画特为天下妙"④。得其

---

① [明]焦竑撰,李剑雄点校:《澹园集》卷十六《刘元定诗集序》,中华书局1999年版,第173页。
② [明]焦竑撰,李剑雄点校:《澹园集》卷十二《与友人论文》,中华书局1999年版,第93页。
③ [明]焦竑撰,李剑雄点校:《澹园集》卷十六《刘元定诗集序》,中华书局1999年版,第173页。
④ [明]焦竑撰,李剑雄点校:《澹园集》卷十五《陈石亭翰讲古律手抄序》,中华书局1999年版,第164页。

第七章 融通儒释、以儒为本:焦竑亦"灵"亦"实"的文论

诸艺兼通的"所以法","致一于中"即能"不落世检而天度自全"①,能创作出"为天下妙"的佳作。

焦竑认为得其"所以法"而"致一于中",发而为诗,便是若风雷云雾一般自然变幻的情形:"勃勃乎乘云雾而迅起,踔厉风辉,惊雷激电,披拂霾靡,倏忽万变,则放乎前者皆诗也,岂尝有见于豪素哉!"古人的传世之作,"或以散郁结之怀,或以抒经远之致,触遇成言,飞动增势"都是"此物此志"的自然呈现。② 相反,世人则"把三寸柔翰,铅摘缇油,心量而手追,随步武之后,蹑其遗尘",仅以古法为则,"此宁复有诗也耶!"③焦竑以得乎古人"所以法"而反对复古派之胶执于古法。他称赞刘元定"每有篇章,直取胸臆。盖藻绘未施,而神情自迈,与夫立木置途,望洋响若者,当异日谈矣"④。焦竑认为诗是作者致一于中、不见于文字形迹的元气淋漓的发露与呈现,即其所谓"放乎前者皆诗也,岂尝有见于豪素哉"⑤,亦即《陈石亭翰讲古律手抄序》中所描述的"譬之云烟出没,忽乎满前"⑥的情状。这与其论"天下之至文"乃"如倒囊出物"⑦正相符契。焦竑认为,道乃文之实,而豪素无迹。其诗文理论亦是其三教融通学殖的体现,与庄子所谓"得鱼而忘筌"以及禅宗"言语道断"神理相通。

其三,以自性为本。焦竑涵融三教,亦以自立乾坤为贵。他曾列三教

---

① [明]焦竑撰,李剑雄点校:《澹园集》卷十五《陈石亭翰讲古律手抄序》,中华书局1999年版,第164页。
② [明]焦竑撰,李剑雄点校:《澹园集》卷十六《刘元定诗集序》,中华书局1999年版,第173页。
③ [明]焦竑撰,李剑雄点校:《澹园集》卷十六《刘元定诗集序》,中华书局1999年版,第173页。
④ [明]焦竑撰,李剑雄点校:《澹园集》卷十六《刘元定诗集序》,中华书局1999年版,第173页。
⑤ [明]焦竑撰,李剑雄点校:《澹园集》卷十六《刘元定诗集序》,中华书局1999年版,第173页。
⑥ [明]焦竑撰,李剑雄点校:《澹园集》卷十五《陈石亭翰讲古律手抄序》,中华书局1999年版,第164页。
⑦ [明]焦竑撰,李剑雄点校:《澹园集》卷十二《与友人论文》,中华书局1999年版,第93页。

自得之论以说明:

> 王汝中云:"人言世儒借路禅家,非也。岂惟吾儒不借禅家之路,禅家亦不借禅家之路,吾儒亦不借吾儒之路。"数语甚当。香严问沩山西来意。沩山曰:"我说自我底,不干汝事!"终不加答。后因击竹有悟,始礼谢沩山,曰:"当时若与我说破,岂有今日。"禅家不借禅家之路也。尧夫学于李挺之,曰:"原先生微开其端,勿竟其说。"伯淳曰:"吾学虽有所受,天理二字,却是自家体贴出来。"此儒家不借儒家之路也。《经颂》云:"彼既丈夫我亦尔,何得自轻而退屈?"学道者当尽扫古人之刍狗,从自己胸中辟取一片乾坤,方成真受用,何至甘心死人脚下!①

据其孜孜"尽扫古人之刍狗,从自己胸中辟取一片乾坤",可见其决不"甘心死人脚下"的学术精神,其文论亦以自性为本,诗文亦孜求自道所欲言。他曾以学习书法的"临""摹"二义喻诗歌,云:"学书有临、摹二法,摹如梓人作室,梁栋榱桷,悉据准绳;临如双鹄摩空,翩翻浩荡,栖止各异。盖摹得其形,临得其意,自不同也。至于得心应手,神融象滋,无意而皆意,不法而自法,斯妙于书者已。倘但步趋古人,而略不见我之笔意,纵极工好,未免奴书之诮,非名品也。"②于作品中见"我之笔意"是学习前人的基本要求。学习前人,目的在于创造,在于写一己之本真。内求诸己,才能创作出传诸后世的作品。他认为明代诗文不及唐宋,即在于丧失自性,云:"古者贤士之咏叹,思妇之悲吟,莫不为诗情动于中,而言以导之,所谓'诗言志'也。后世摛词者,离其性而自托于人,伪以争须臾之誉,于

---

① [明]焦竑撰,李剑雄点校:《焦氏笔乘·续集》卷二《支谈》上,中华书局2008年版,第286—287页。
② [明]焦竑撰,李剑雄点校:《澹园集》卷二十二《题陈少明诗》,中华书局1999年版,第279页。

第七章　融通儒释、以儒为本：焦竑亦"灵"亦"实"的文论　195

是诗道日微。"①他又说："诗也者,率其自道所欲言而已。"②悼逝伤离,本之襟度之内,"啸歌以宣,非强而自鸣也"③,因此他对"剽夺摹拟""苟驰夸饰""鬻声钓世"④的文章深恶痛绝,大声疾呼："夫摄弓而求羿,不如引臂而彀,率循鉴而扪形,莫如内照于灵府。"⑤他尚求的是直写胸襟的创作方法,即如他所云："剔抉浮华,直举胸臆,铲削奇诡,独妙闲旷。岂其和声顺气,邕浃心膂,缁磷迁染,不得而施者邪!"⑥他对刘元定诗歌"风尘独出,贵富不缁,每有篇章,直取胸臆。盖藻绘未施,而神情自迈"⑦的风格深为赞赏。焦竑在公安派尚未高标性灵之时,即已对复古派频频论难,提出一系列的与公安派相类似的文学主张,其骅骝开道之功不应湮没。

就儒释道三教对焦竑文学思想的影响来看,大约表现在两个方面:其一,囊括三教、融通九流,以成一家之言。其融摄诸家的宽阔学术态度,就无须远绍百代之先的道统、法统,无须借炫示各自的儒宗、佛祖以相互论难。影响于文学,自然就不必以祖述陈法及以"古法高格"为依归,从而为反拟古理论的形成提供了可能。其二,焦竑是晚明期间著名的居士,他与袁宏道、陶望龄等人一样,也是先游禅门而后入净土。他是晚明佛教著作最多的居士之一,在《卍续藏经》中收载的就有《楞严经精解评林》《楞

---

① ［明］焦竑撰,李剑雄点校：《澹园集》卷十六《陶靖节先生集序》,中华书局1999年版,第169页。
② ［明］焦竑撰,李剑雄点校：《澹园集·续集》卷二《竹浪斋诗集序》,中华书局1999年版,第778页。
③ ［明］焦竑撰,李剑雄点校：《澹园集·续集》卷二《竹浪斋诗集序》,中华书局1999年版,第778页。
④ ［明］焦竑撰,李剑雄点校：《澹园集·续集》卷二《重晖堂集序》,中华书局1999年版,第775页。
⑤ ［明］焦竑撰,李剑雄点校：《澹园集·续集》卷二《重晖堂集序》,中华书局1999年版,第776页。
⑥ ［明］焦竑撰,李剑雄点校：《澹园集》卷十六《苏叔大集序》,中华书局1999年版,第172页。
⑦ ［明］焦竑撰,李剑雄点校：《澹园集》卷十六《刘元定诗集序》,中华书局1999年版,第173页。

伽精解评林》《法华经精解评林》《圆觉经精解评林》等。与袁宏道不同，焦竑的佛学著作以禅宗为主。因此，禅的方法势必会影响到他的文学思想。事实上，焦竑也有诗禅之论，他说："近世竺乾之学其徒有教有宗，教可以义诠，而宗不可语解。窃谓《诗》之可悟而不可传也，盖与宗门同风。"①以禅喻诗，或诗禅互证，在中国文人中颇为经见，而焦竑所论则与师古、师心有关。他认为《诗经》当"俟读者虚心而自得之"②，其中有不可言说的意蕴在，须悟而后得。而诗禅之悟的共同特征则是内求而不外骛，即本于自性，后人创作诗歌仍当"卓然有所自见"③，要"内照于灵府"④，应"天机开阖，自我而得"⑤，不可尽法古人。诗与禅，就本于自性方面，在焦竑这里是相得益彰的。

焦竑以道为旨归的文学思想，决定了其审美取向具有一定的性理化色彩。因此，他对邵雍的《击壤集》颇为推崇，并将其溯及白居易。他说："余少读尧夫先生《击壤集》，甚爱之，意其蝉蜕诗人之群，创为一格。久之，览乐天《长庆集》，始知其词格所从出，虽其胸怀透脱，与夫笔端变化，不可方物，而权舆概可见矣。乐天见地故高，又博综内典，时有独悟，宜其自运于手，不为词家蹊径所束缚如此。近世宗尚子美，往往卑其音节不复数。第肤革稍近，而神情邈若燕越，非但不知乐天，亦非所以学杜也。"⑥焦竑于宗尚杜甫的大背景之下，标举白居易，与时议迥异。在焦竑看来，白居易自有不蹈词家蹊径的卓异之处，根源于白居易具有高见而又博综

---

① ［明］焦竑撰，李剑雄点校：《澹园集》卷十四《诗名物疏序》，中华书局1999年版，第128页。

② ［明］焦竑撰，李剑雄点校：《澹园集》卷十四《诗名物疏序》，中华书局1999年版，第128页。

③ ［明］焦竑撰，李剑雄点校：《澹园集》卷十四《刻苏长公集序》，中华书局1999年版，第142页。

④ ［明］焦竑撰，李剑雄点校：《澹园集·续集》卷二《重晖堂集序》，中华书局1999年版，第776页。

⑤ ［明］焦竑撰，李剑雄点校：《澹园集·续集》卷二《三秀亭诗草序》，中华书局1999年版，第775页。

⑥ ［明］焦竑撰，李剑雄点校：《澹园集》卷十五《刻白氏长庆集钞序》，中华书局1999年版，第146页。

内典①,独悟于心而自运于手。邵尧夫《击壤集》所以能独创一格,亦与白居易《长庆集》之启肇不无关系。可见,在焦竑看来,这种深植于学术、博综内典,因此见地卓异的诗人,往往能独创一格。不难看出,融通三教,尤其是博综内典,是走出词家蹊径、另创一格的重要途径。就推崇白居易而言,焦竑有与公安派相似之处,即都强调"自运于手",但区别亦甚明显。焦竑注重的是白居易诗学的学殖对于邵尧夫《击壤集》的肇启之功。这与陶望龄颇多相似,陶望龄亦甚注重邵雍、陈献章等人的性气诗。"学"是他们共同的文论基础。本于通乎经、植于学,以及浓厚的经世情怀,焦竑诗学也具有承续传统的一面。如他说:"夫诗以微言通讽谕,以温柔敦厚为教。不通于微,不底于温厚,不可以言诗。"②同时,他又能据传统以廓清流俗,如其所云:"古者贤士之咏叹,思妇之悲吟,莫不为诗情动于中,而言以导之,所谓'诗言志'也。后世摘词者,离其性而自托于人伪,以争须臾之誉,于是诗道日微。"③这都体现了焦竑在应用文学抒写自性的同时,文学思想在其涵容醇厚的学殖影响下承绍传统的一面。

第二节 儒学精神与尚实之论

儒家论文注重文学的社会功能。孔子论诗重在"迩之事父,远之事君;多识于鸟兽草木之名",认为诗"可以兴,可以观,可以群,可以怨"。④

---

① 焦竑认为白居易的作品与洞达禅理有关,云:"唐韦左、白香山之文,气质闲妙,浑然天成;始若不经意,而人莫能及。然史称左司性高简,所居焚香扫地而坐,意必有超然自得者。香山尝放浪湖山,声伎自随,而洞达禅理,知足而寡欲,此其言语之妙,自有根荄,非偶然而已。"([明]焦竑撰,李剑雄点校:《澹园集》附编一《大司成冯公具区集序》,中华书局1999年版,第1189页)

② [明]焦竑撰,李剑雄点校:《澹园集》卷十六《弗告堂诗集序》,中华书局1999年版,第168页。

③ [明]焦竑撰,李剑雄点校:《澹园集》卷十六《陶靖节先生集序》,中华书局1999年版,第169页。

④ 程树德撰,程俊英、蒋见元点校:《论语集释》卷三十五《阳货下》,中华书局1990年版,第1212页。

这种儒家诗学理论在几千年的中国古代文论发展史上影响很大。魏曹丕将文章视为"经国之大业,不朽之盛事"①。唐代白居易要"以诗补察时政","以歌泄导人情"。② 这些都表现了儒家诗学理论重致用的现实主义精神。迄至晚明,"疏瀹性灵"、返观内求的文学思潮随着自我意识的觉醒而逐渐兴起,文学愉情悦性、遣兴抒怀的功能和世俗倾向被发挥到了极致。但毋庸讳言,晚明文人的矫枉文论又是以文学经世传统的消减为代价的。文人对世况愈发冷漠,乃至沉浸于花酒宴乐之中,放弃了文学对社会的责任。因此,公安派乍兴之后,就受到了淑世文人的指斥,甚至将竟陵派的文学主张与国运衰微联系起来。比较而言,焦竑的文论能兼及自我意识和群体观念,既要求文学当"润色国猷,黼黻大业"③,推尚变风变雅之作,又倡求"从自己胸中辟取一片乾坤"。对此,吴梦旸《焦太史弱侯先生集序》中云:"昔弱侯以廷对第一人,进其文指斥时事,反覆数千言甚伟,而约其旨则唯曰求其实而已。"④重实尚用是焦竑文学思想的基本价值取向:

其一,治世之音与变风变雅。焦竑以殿试第一人而居官翰林修撰,讲习国朝典章,并专领纂修国史之事。皇长子出阁,又以焦竑为讲官,其竭诚启迪,成效显著。虽然仕途坎壈,但据钱谦益《列朝诗集小传·焦修撰竑》载:"尝自言胸中有国家大事二十件,在翰林九年未行一事,林下讲求留京事宜,行得六事,至今不知二十事为国家何等事也。"⑤可见其忠荩之心无时不有。他对文学称扬治世、润饰鸿业的功能也颇为重视,在《弗告

---

① [魏]曹丕:《典论论文》,载[梁]萧统编,[唐]李善注:《文选》卷五十二,上海古籍出版社2019年版,第2316页。
② [唐]白居易著,谢思炜校注:《白居易文集校注》卷八《与元九书》,中华书局2011年版,第322页。
③ [明]焦竑撰,李剑雄点校:《澹园集·续集》卷二《三秀亭诗草序》,中华书局1999年版,第775页。
④ [明]吴梦旸:《焦太史弱侯先生集序》,载[明]焦竑撰,李剑雄点校:《澹园集》附编二,中华书局1999年版,第1213页。
⑤ [清]钱谦益撰集,许逸民、林淑敏点校:《列朝诗集·丁集》第十五《焦修撰竑》,中华书局2007年版,第5832页。

第七章 融通儒释、以儒为本：焦竑亦"灵"亦"实"的文论

堂诗集序》中提倡这样的内容和风格："标格令上，天宇清真，雍容谦和，声华自远，故其诗不激而高，不刻而工，隽永藏于温醇，纤秾寓之雅澹，所称治世之音者。"①这些作品既然歌赞盛颂，必当依循于"温柔敦厚"冲夷不迫的儒家诗法，如同"江、河之在中国，演迤千里，汩然浩然"②。虽然也有龙门三峡，但毕竟不是"水之大凡"。他认为"衔左徒之余声，失黄钟之正响"者，都是"为利涉者病"③。因此"作为诗歌"④，当绝去忿悁、寓之雅淡，表现的也是和平浩渺之音、庄士仁人之度。但是，这种一味强调安闲浑穆、雍容典雅的歌功颂德、粉饰太平的文学主张，在国运渐衰的明代后期，并不能起到有裨世道的作用。曾经居于庙堂之上的焦竑，竟然要求在"要人窃弄威柄"，"名士尽徙之南"之时，⑤不要流露出穷愁侘傺之慨。这与明初台阁派文人称颂"子厚虽在迁谪之中，能穷山水之乐，其高趣如此，诗其有不妙者乎"⑥的理论何其相似？毋庸讳言，这是焦竑文学理论的一大瑕疵。

当然，焦竑的理论重点不在于此，他描述了这样一种"诗道"：

> 古之称诗者，率羁人怨士不得志之人，以通其郁结，而抒其不平，盖《离骚》所从来矣。岂诗非在势处显之事，而常与穷愁困悴者直邪？……吾观尼父所删，非无显融腆厚者厝乎其间，而讽之令人低徊

---

① ［明］焦竑撰，李剑雄点校：《澹园集》卷十六《弗告堂诗集序》，中华书局1999年版，第169页。
② ［明］焦竑撰，李剑雄点校：《澹园集》卷十六《南游草序》，中华书局1999年版，第174页。
③ ［明］焦竑撰，李剑雄点校：《澹园集》卷十六《南游草序》，中华书局1999年版，第174页。
④ ［明］焦竑撰，李剑雄点校：《澹园集》卷十六《南游草序》，中华书局1999年版，第174页。
⑤ ［明］焦竑撰，李剑雄点校：《澹园集》卷十六《南游草序》，中华书局1999年版，第174页。
⑥ ［明］吴宽：《家藏集·匏翁家藏集》卷四十四《完庵诗集序》，四部丛刊景明正德本。

而不能去,必于变风、雅归焉,则诗道可知也。①

所谓"变风变雅",郑玄《诗谱序》云:"故孔子录懿王、夷王时诗讫于陈灵公淫乱之事,谓之变风、变雅。"②通常《国风》中《邶风》以下的十三国风为"变风",《大雅》中《民劳》以后,《小雅》中《六月》以后的诗为"变雅"。"变风变雅"指的是时世由盛变衰,政教纲纪大坏时所作的诗。马瑞辰则认为正变以政教得失而分,而不以时间为界。自《诗经》开始,哀怨之诗及整个讥刺现实的文学作品,便历来受到正直文人的重视。《毛诗序》云"上以风化下,下以风刺上"的风诗、刺诗和"美盛德之形容"的颂诗、美诗应列于同等合法的地位。③虽然有正、变之别,但是"《国风》《雅》《颂》,并列圣经"④,可见"变风""变雅"中的怨刺之作并未被排斥或被视为"异端",而且同样是"诗之主也"的"圣经"。三家诗中齐辕固生把刺诗的作用提得更高,认为"讽刺之道"可以"扶持邦家",⑤有定国安邦的妙用。后世文人在强调揭露黑暗、批判现实的看法时,继承并发扬了汉儒重视刺诗的传统,而焦竑则干脆视讽刺之作为诗之"道"。这大略有三个原因:其一,孔子删诗,并不以美刺为绳,其间尚有"显融臄厚者",因此,讽刺诗曾得到孔圣的肯定;其二,从诗歌的创作来看,并不都是出自身居庙堂之上的达官显要者的手笔,而常常是穷愁困悴者的怨刺之作,这符合诗歌乃"人之性灵之所寄"的本质特征以及诗歌发展的历史;其三,讽刺之作具有感人的艺术力量,它能"令人低徊而不能去"。将讽刺之作奉为诗之"道",这是前人尚未言及的。在明代,它上承刘基"诗人之有作也,大

---

① [明]焦竑撰,李剑雄点校:《澹园集》卷十五《雅娱阁集序》,中华书局1999年版,第155页。
② [汉]郑玄:《诗谱序》,载[汉]毛亨传,[汉]郑玄笺,[唐]孔颖达疏:《毛诗正义》,[清]阮元校刻《十三经注疏》,中华书局2009年版,第556页。
③ [汉]毛亨传,[汉]郑玄笺,[唐]孔颖达疏:《毛诗正义》卷一《毛诗序》,[清]阮元校刻《十三经注疏》,中华书局2009年版,第564—565页。
④ [明]胡应麟:《诗薮·内编》卷一《古体上》,上海古籍出版社1958年版,第3页。
⑤ [清]王先谦撰,吴格点校:《诗三家义集疏》卷一《周南关雎第一》,中华书局1987年版,第3页。

抵主于风谕"①之说,下启陈子龙所谓"诗之本"为"忧时托志者之所作"②的思想。"变风变雅"即诗歌等文学作品的讥刺现实的精神,在元、明两代,如空谷足音,几无嗣响。于是刘基、焦竑、陈子龙等少数关切时风的文人的几声呼号便显得弥足珍贵。当然,与刘、陈等人比较,焦竑的锋芒挫缩了许多。因为,宋代以来,朱熹认为刺诗有害于温柔敦厚的诗教,"下以风刺上"的风气渐趋消歇。焦竑试图将美刺统一起来。他在认为变风、变雅是"诗道"的同时,还推举这样的风格:"虽其和平婉丽,温而不怒,而情之所寄深矣。"③对时人"独词之知,刺讥愤怼,怨而多怒"④的做法颇不以为然。他孜求的是微言讽喻与温柔敦厚的结合,云:"夫诗以微言通讽喻,以温柔敦厚为教。不通于微,不底于温厚,不可以言诗。"⑤这与元人郝经所说的诗歌必须"美而不至于谀,刺而不至于訾,哀之也而不至于伤,乐之也而不至于淫"⑥的思想基本相似。显而易见,焦竑的文学经世思想都来自对儒家诗论的继承和发展。焦竑佞佛,但是并没有舍弃儒学的基本立场。

焦竑文学观念的入世精神,在创作中随处可见。自古以来,文士们往往以山水自然为审美对象,借流连山水以消愁遣闷,放意泉石之表,抒写烟霞之趣,在山灵水秀的天地之中,作家的情感得到了升华,心灵得到了净化和解脱。但是焦竑有所不同,其友人沈孟威"遵彭蠡,升匡山,溯鄂

---

① [明]刘基著,林家骊点校:《刘基集》卷二《送张山长序》,浙江古籍出版社1999年版,第76页。
② [明]陈子龙著,王英志编纂校点:《陈子龙全集·陈忠裕公全集》卷二十五《六子诗序》,人民文学出版社2011年版,第786页。
③ [明]焦竑撰,李剑雄点校:《澹园集》卷十五《雅娱阁集序》,中华书局1999年版,第155页。
④ [明]焦竑撰,李剑雄点校:《澹园集·续集》卷二《刻晋游草序》,中华书局1999年版,第773页。
⑤ [明]焦竑撰,李剑雄点校:《澹园集》卷十六《弗告堂诗集序》,中华书局1999年版,第168页。
⑥ [元]郝经:《陵川集》卷十八《五经论·诗》,清文渊阁四库全书本。

江,终篯岭"①。焦竑在为其所作的《使楚集序》中特别称颂的是其"上接宁城之英达,旁察闾阎之疾苦"的访察民情之举,乃至"以谓章士风,悉民隐,莫近于诗"。②沈氏的《使楚集》具有这样特殊的价值:"故辀轩所至,必形篇什,楚歌既奏,沂咏互发,苍岩佐其锋锷,清商激于金石,飒飒乎可以备诗史。"③冥探古迹,博览名区,以丰草长林为题材的游记亦可以"备诗史"。由此可见,焦竑具有强烈的淑世情怀。这在晚明文坛殊为可贵。

其二,取法白、苏而"务以适用"。焦竑宗法儒学的入世精神,表现在师习古人方面也独具特色。他既不像拟古派那样效慕格法而师法盛唐,与公安派等革新派文人也不尽相同。他推敬古人往往以经世致用为准的。晚明革新派文人对白居易、苏轼诸人十分倾慕,虞淳熙在《袁宏道评点徐文长集序》中曰:"当是时,文苑东坡临御。"④他认为东坡分身为四,除了王世贞以外,便是主张抒写自我的文坛代表人物徐渭、汤显祖、袁宏道。他们称扬白居易的主要是"中隐"之后闲适、感伤的诗作。对苏轼的推崇则是多方面的,既倾慕其卓荦的才华,又艳羡其洒脱豪纵的人生态度,而对白、苏思想中都糅杂佛道尤为称道。焦竑推崇苏轼,也有与晚明文人相似之处,如对于苏文何以能臻于至境,他在《刻苏长公集序》中谓其自"得竺乾语而好之,久之心凝神释,悟无思无为之宗,慨然叹曰:'三藏十二部之文,皆《易》理也。'自是横口所发,皆为文章;肆笔而书,无非道妙"⑤。焦竑认为,东坡之所以能够秀特于唐宋以来的文坛,创作能"得

---

① [明]焦竑撰,李剑雄点校:《澹园集·续集》卷二《使楚集序》,中华书局1999年版,第774页。

② [明]焦竑撰,李剑雄点校:《澹园集·续集》卷二《使楚集序》,中华书局1999年版,第774页。

③ [明]焦竑撰,李剑雄点校:《澹园集·续集》卷二《使楚集序》,中华书局1999年版,第774页。

④ [明]虞淳熙:《袁宏道评点徐文长集序》,载[明]袁宏道著,钱伯城笺校:《袁宏道集笺校》附录三,上海古籍出版社2018年版,第1865页。

⑤ [明]焦竑撰,李剑雄点校:《澹园集》卷十四《刻苏长公集序》,中华书局1999年版,第142页。

心应手,落笔千言,坌然溢出"①,主要是"长公洞览流略,于濠上、竺乾之趣,贯穿驰骋,而得其精微"②使其然。同时,焦竑对东坡还有这样的论述:"公著作凡几所,所谓有所自见而惟道之合者也,而于《易》《论语》二传,自喜为甚。此公所以为文者,而世未尽知也。"③因此,焦竑对于苏轼文学成就的体认,是与其错综三教的学术思想统合一起观照的。焦竑还作有《刻两苏经解序》,叙述了其文道观。焦竑认为,"文之致极于经",乃至认为"世无舍道而能为文者也"。④ 焦竑所论为文之道,其内涵也是融合三教的,至于其孜求实用、经世之道,则主要是见诸儒家经典之道。因此,焦竑推赞苏氏还由于其"忠国惠民,凿凿可见之实用,绝非词人哆口无当者之所及"⑤。与此相联系,焦竑对古代既有命世盛勋,又有传世文章的历史人物深为赞佩。他在《合刻韩范二公集序》中赞美韩忠献(琦)、范文正(仲淹)云:"韩、范两公,以巨才际明主,其议论设施,不必皆合,要以左提右挈,而佐成一代之治,非偶然也。"认为他们传世之作的价值,不在于辞采藻丽、音韵和美,而在于"凡所撰造,必有为而作,精核典重",在于"务以适用而止,凿凿乎如食之必可疗饥,药之必可已疾"。⑥ 同样,他认为杜甫被世人推为诗人之冠冕,不是因为作品"掣鲸碧海"的审美境界、"沉郁顿挫"的诗歌风格,而是诗圣"悯事忧

---

① [明]焦竑撰,李剑雄点校:《澹园集·续集》卷一《刻苏长公外集序》,中华书局1999年版,第752页。
② [明]焦竑撰,李剑雄点校:《澹园集·续集》卷一《刻苏长公外集序》,中华书局1999年版,第752页。
③ [明]焦竑撰,李剑雄点校:《澹园集》卷十四《刻苏长公集序》,中华书局1999年版,第143页。
④ [明]焦竑撰,李剑雄点校:《澹园集·续集》卷一《刻两苏经解序》,中华书局1999年版,第750页。
⑤ [明]焦竑撰,李剑雄点校:《澹园集·续集》卷一《刻苏长公外集序》,中华书局1999年版,第752页。
⑥ [明]焦竑撰,李剑雄点校:《澹园集·续集》卷一《合刻韩范二公集序》,中华书局1999年版,第754页。

时,动关国体"深沉的忧世情怀①,在于杜甫能在文坛"只以为流连之资,而六艺之义微"②之时,力挽其衰,重新发挥了文学劝谕针砭的功能。焦竑还指出:"乐天虽晚出,而讽谕诸篇,直与之相上下,非近代词人比也。"③可见其推奉的是"惟歌生民病"④的讽谕诗,而不是遣兴抒怀的闲适之作。这在晚明堪称只眼独具。

其三,"华实相副"的文论。文与质,即内容与形式是古代文论中的一对重要范畴,孔子即重视文辞的作用,云:"《志》有之:'言以足志,文以足言。'不言,谁知其志? 言之无文,行而不远。"⑤但他论诗又十分注重"迩之事父,远之事君"的功能,因此,孔子实际开了后世文道合一的先声。他所谓"文质彬彬""辞达而已"都体现了这一内容。但是,后世追求遒丽之辞、低昂互节之韵,重文而轻质的倾向时有发生。汉代铺采摛文的大赋,其逐末之俦,往往蔑弃其本,"遂使繁华损枝,膏腴害骨,无贵风轨,莫益劝戒"⑥。赋,成了文人矜才炫博的工具。其后东晋南朝的文学作品,也都有偏重词采、韵律的倾向。迄至明代,七子派操主文柄,天下翕然宗之,无不争效其体。他们规摹前人,但"得史迁、少陵之似,而失其真

---

① 对杜诗的成就,焦竑认为郑善夫《批点杜诗》中不遗余力地指摘疵颣之言,"实子美之知己",且一一列出,诸如:"诗之妙处,正在不必说到尽,不必写到真,而其欲说欲写者,自宛然可想。虽可想,而又不可道,斯得风人之义。杜公往往要到真处尽处,所以失之。""长篇沈著顿挫,指事陈情有根节骨格,此杜老独擅之能,唐人皆出其下。然诗正不以此为贵,但可以为难而已。宋人学之,往往以文为诗,雅道大坏,由杜老起之也。"([明]焦竑撰,李剑雄点校:《焦氏笔乘》卷三《评杜诗》,中华书局2008年版,第108页)《焦氏笔乘》中还列有"杜诗误"数则。

② [明]焦竑撰,李剑雄点校:《澹园集·续集》卷九《题寄心集》,中华书局1999年版,第911页。

③ [明]焦竑撰,李剑雄点校:《澹园集·续集》卷九《题寄心集》,中华书局1999年版,第911页。

④ [唐]白居易撰,谢思炜校注:《白居易诗集校注》卷一《讽谕一·寄唐生》,中华书局2006年版,第78页。

⑤ [周]左丘明传,[晋]杜预注,[唐]孔颖达疏:《春秋左传正义》卷三十六《襄二十五年》,[清]阮元校刻《十三经注疏》,中华书局2009年版,第4311页。

⑥ [梁]刘勰著,范文澜注:《文心雕龙注》卷二《诠赋第八》,人民文学出版社1958年版,第136页。

云"①。盖因其重在格古调逸的形式方面。后七子李攀龙、王世贞同样有"藻饰太甚"②之弊。公安派一扫王、李之云雾,以抒写性灵相号召,反对模拟,打破格调。焦竑则通过华实相符、重实尚用的途径,对徒袭前人诗法、词句的倾向进行了抨击,焦竑承认文学表现形式是不可或缺的基本要素,曰:"惟文以文之,则意不能无首尾,语不能无呼应,格不能无结构者,词与法也。"③但是词与法是以表现内容为务的,因此,"不能离实以为词与法也"④。这击中了片面追求格调的七子派的要害。与公安派所谓"古何必高,今何必卑"⑤的观念不同,焦竑则历数古代成功的作品华实相副、以实取胜的事例,对七子派进行抨击:

> 六经、四子无论已,即庄、老、申、韩、管、晏之书,岂至如后世之空言哉？庄、老之于道,申、韩、管、晏之于事功,皆心之所契,身之所履,无丝粟之疑。而其为言也,如倒囊出物。借书于手,而天下之至文在焉,其实胜也。
>
> 汉世蒯通、隋何、郦生、陆贾游说之文也,而宗战国；晁错、贾谊,经济之文也,而宗申、韩、管、晏；司马相如、东方朔、吾丘寿王,讽之文也,而宗楚词；董仲舒、匡衡、扬雄、刘向,说理之文也,而宗六经；司马迁、班固、荀悦,纪载之文也,而宗春秋左氏：其词与法可谓盛矣,而华实相副,犹为近古,以至于今称焉。⑥

---

① ［清］张廷玉等:《明史》卷二百八十六《李梦阳传》,中华书局1974年版,第7348页。
② ［清］张廷玉等:《明史》卷二百八十七《王世贞传》,中华书局1974年版,第7381页。
③ ［明］焦竑撰,李剑雄点校:《澹园集》卷十二《与友人论文》,中华书局1999年版,第93页。
④ ［明］焦竑撰,李剑雄点校:《澹园集》卷十二《与友人论文》,中华书局1999年版,第93页。
⑤ ［明］袁宏道著,钱伯城笺校:《袁宏道集笺校》卷六《丘长孺》,上海古籍出版社2018年版,第305页。
⑥ ［明］焦竑撰,李剑雄点校:《澹园集》卷十二《与友人论文》,中华书局1999年版,第92页。

焦竑认为汉代以前的散文是在借鉴、汲取的基础上不断发生嬗变的，是华实相副的典范，而唐之文实不胜法，宋之文法不胜词。表面看来，这与七子派同而与唐宋派异。其实，焦竑所论与七子派有质的差异。一方面，学习前人的方法不同。李攀龙等人以拟古为要，如"制辔策于垤中，恣意于马，使不得旁出"①，直接取材于古人。而焦竑则认为学习古人应该是"脱弃陈骸，自标灵采"的重新创造，这种创造，如"花在蜜，蘖在酒"，使"实者虚之，死者活之，臭腐者神奇之"。② 另一方面，学习前人的内容不同。七子派学习古人重在格调、词采，而焦竑则认为"古之词又不以相袭为美"，应当"词必己出"。③ 因此，素来倡以温雅风格的焦竑，对"近世"文人进行了猛烈的鞭挞，认为其"以古之词属今之事"④，实乃"剽贼"。蔑其实而妄为之词，就如同取前人的残膏剩馥，衍成风气，便致使"谬种流传，浸以成习"⑤，危害甚烈！

焦竑华实相副的思想是基于道实文成基础之上的，他认为道为实，"文特所以文之而已"，道致则文从焉，云："道致矣，而性命之深窅与事功之曲折，无不了然于中者。此岂待索之外哉。吾取其了然者，而抒写之文从生焉。"⑥实，亦即道，乃文之内涵，是成其天下之至文的先决条件。道的自然显现便是文。焦竑所述与柳开所谓"文章为道之筌也"⑦、周敦颐

---

① ［明］李攀龙著，包敬第标校：《沧溟先生集》卷三《古诗后十九首并引》，上海古籍出版社2014年版，第88页。
② ［明］焦竑撰，李剑雄点校：《澹园集》卷十二《与友人论文》，中华书局1999年版，第93页。
③ ［明］焦竑撰，李剑雄点校：《澹园集》卷十二《与友人论文》，中华书局1999年版，第93—94页。
④ ［明］焦竑撰，李剑雄点校：《澹园集》卷十二《与友人论文》，中华书局1999年版，第94页。
⑤ ［明］焦竑撰，李剑雄点校：《澹园集》卷十二《与友人论文》，中华书局1999年版，第94页。
⑥ ［明］焦竑撰，李剑雄点校：《澹园集》卷十二《与友人论文》，中华书局1999年版，第92—93页。
⑦ ［宋］柳开撰，李可风点校：《柳开集》卷五《上王学士第三书》，中华书局2015年版，第58页。

所谓"文所以载道"①的观念并不一致,理学家们只是强调文的工具作用,焦竑道致而"文从生焉"则强化了道与文的一体关系。道致之作是作家"了然于中",由乎内而非"索之外",自然抒写而成。同时,又是作家"心之所契""身之所履",亦即经作家深切的创作体验而得。这些都是焦竑与晚明文学新思潮相契合的文学观。同时,焦竑华实相副的理论又是对孔门文学观的继承和发挥。他曾引述孔子"词达而已矣",并且解释道:"世有心知之而不能传之以言,口言之而不能应之以手。心能知之,口能传之,而手又能应之,夫是之谓词达。"②这与公安派所谓"信心而出,信口而谈"③的文学主张正相契合。袁宗道也曾提出与焦竑类似的主张,即所谓"口舌代心者也,文章又代口舌者也"④。其又云:"夫时有古今,语言亦有古今"⑤,并同样引述孔子"辞达而已"作为理论奥援。宗道有得于焦竑,昭然可见。

焦竑论文时,"华实相副"之"实",既包括"曲折"之"事功",又包括"深窅"之"性命"。⑥ 而在论《诗》时,他又提出了虚与实这对范畴,"实者,其名物也"⑦,包括鸟兽草木、象纬堪舆、居食被服、音乐兵戎等等。"虚者,其宗趣也",与"近世竺乾之学"中"不可语解"的禅趣相仿佛⑧,亦

---

① [宋]周敦颐著,陈克明点校:《周敦颐集》卷二《文辞第二十八》,中华书局1990年版,第35页。
② [明]焦竑撰,李剑雄点校:《澹园集·续集》卷一《刻苏长公外集序》,中华书局1999年版,第752页。
③ [明]袁宏道著,钱伯城笺校:《袁宏道集笺校》卷十一《张幼于》,上海古籍出版社2018年版,第537页。
④ [明]袁宗道著,钱伯城标点:《白苏斋类集》卷二十《论文》上,上海古籍出版社2007年版,第283页。
⑤ [明]袁宗道著,钱伯城标点:《白苏斋类集》卷二十《论文》上,上海古籍出版社2007年版,第283页。
⑥ [明]焦竑撰,李剑雄点校:《澹园集》卷十二《与友人论文》,中华书局1999年版,第93页。
⑦ [明]焦竑撰,李剑雄点校:《澹园集》卷十四《诗名物疏序》,中华书局1999年版,第127页。
⑧ [明]焦竑撰,李剑雄点校:《澹园集》卷十四《诗名物疏序》,中华书局1999年版,第127—128页。

即诗禅之悟,即《书》《礼》意尽于言,而《诗》不尽于言之处。① 但是,论及"实",仍然引据儒家正统观点,正如他所言:"当时学《诗》者,惟子贡、子夏为圣人所深取。二子之言诗,以世儒观之,如收经而引其足也。"②不但如此,尚用、辞达等观念都是对孔门文学观的继承和发挥,是"以西来之意,密证六经"③而已。出入于佛禅,并没有深溺于其中,儒学是焦竑的思想底色。

焦竑是一位久励"身心性命之学",而又"时时以古学相切劘",养深性定的学者。④ 因此,他重视致道过程中读书为学的作用,云:"君子之学,凡以致道也。"⑤他反对"诗有别材",认为需要广泛阅读方可赋诗,云:"世乃有谓诗不关书者,遂欲不持寸铁,鼓行词场,宁不怖死!"⑥焦竑与晚明时风迥异的学术取向还在于焦竑重视经典考据,这也是其尚实文论的学术基础。考据必求实,必然尊重第一义。焦竑以廷对胪传第一之尊,既无必要,也不可能借助"不颠不狂,其名不彰"⑦之途以作出骇俗之论。唯求其实的态度使焦竑所论具有较为一贯允洽的特质,因此,其持论虽然没有袁宏道等人的骇俗、醒目,但更加沉厚公允,而较少恍惚变幻之论。

焦竑淹贯的学殖对其文学思想及审美取向影响甚著。他深谙声律、通晓文献考据之学,是《毛诗古音考》作者陈第极为服膺的知音。陈氏《毛诗古音考咏》诗云:"晚逢焦太史,印可豁心灵。稽援惭寡陋,孤唱谁

---

① 详见[明]焦竑撰,李剑雄点校:《澹园集》卷十四《诗名物疏序》,中华书局1999年版,第127页。

② [明]焦竑撰,李剑雄点校:《澹园集》卷十四《诗名物疏序》,中华书局1999年版,第127页。

③ 蒋国榜:《金陵丛书澹园集跋》,载[明]焦竑撰,李剑雄点校:《澹园集》附编二,中华书局1999年版,第1222页。

④ [明]徐咸:《明名臣言行录·焦竑传》,载[明]焦竑撰,李剑雄点校:《澹园集》附编三,中华书局1999年版,第1226页。

⑤ [明]焦竑撰,李剑雄点校:《澹园集》卷十二《与友人论文》,中华书局1999年版,第92页。

⑥ [明]焦竑撰,李剑雄点校:《焦氏笔乘》卷四《作诗不读书》,中华书局2008年版,第162页。

⑦ 周祖譔主编:《旧唐书文苑传笺证》卷二《李邕》,凤凰出版社2012年版,第444页。

尚听。"①其《知己咏》诗又云:"著书原自写吾心,不问何人解赏音。偶值金陵焦太史,却将字字比南金。"②他们是明代泰州、龙溪衍阳明之学而风行天下之时鲜见的重视考据音韵之学的学者。就古音学而言,陈第说:"太史(焦竑)与愚乃笃于自信,真千载一遇矣。"③对于主张道致而文从的学者来说,诗重声调,实乃焦竑的不二选择,他说:"夫诗出于乐,一以声为主","余尝论宋诗主义,于性离;唐诗主调,于性近"。④ 在重调而轻义的前提之下,尊唐抑宋遂顺理成章。当然焦竑的这一表述看似与七子派诗学主张颇为相似,但内涵其实迥然有异。焦竑的这一尊唐之论是就体性为本的诗学而言的。同时,焦竑之主调又是基于其诗学的淑世情怀与诗学的溯源考察而得出的结论。他言宋人诗学"竞以意见相高",乃是痛惜于"古之审声以知治者,几于绝矣"的现实。⑤ 而七子派兴起的重要原因在于纠矫"论道讲业者则又讥薄艺文,以为无当于世"⑥。因此,他们以审音度律、研摩诗法相高。而焦竑之重调,实乃承祧了季札以来审音知世的传统,是基于其诗文所要体现的"性命之深窅与事功之曲折"相统一的"道"的内涵,但诗文所显之"道"又是"了然于中"后使其然。他所肯认的唐廷俊的诗歌虽有"润色国猷,黼黻大业之意"⑦,但又是"天机开阖,自我而得者"⑧。这与七子派以师古为期,取法于外明显有别。

---

① [明]陈第:《毛诗古音考咏》,载[明]焦竑撰,李剑雄点校:《澹园集》附编三,中华书局1999年版,第1265页。
② [明]陈第:《知己咏》,载[明]焦竑撰,李剑雄点校:《澹园集》附编三,中华书局1999年版,第1266页。
③ [明]陈第:《毛诗古音考跋》,载[明]焦竑撰,李剑雄点校:《澹园集》附编三,中华书局1999年版,第1266页。
④ [明]焦竑撰,李剑雄点校:《澹园集·续集》卷二《三秀亭诗草序》,中华书局1999年版,第775页。
⑤ [明]焦竑撰,李剑雄点校:《澹园集·续集》卷二《三秀亭诗草序》,中华书局1999年版,第775页。
⑥ [明]吴国伦:《甔甀洞稿》卷三十九《胡祭酒集序》,明万历刻本。
⑦ [明]焦竑撰,李剑雄点校:《澹园集·续集》卷二《三秀亭诗草序》,中华书局1999年版,第775页。
⑧ [明]焦竑撰,李剑雄点校:《澹园集·续集》卷二《三秀亭诗草序》,中华书局1999年版,第775页。

焦竑论文重实、为文本于学殖,这才是当时"海内人士,得其片言,莫不叹以为难得"①的根本原因。因此,深谙焦竑为文之秘的耿定力在为焦竑文集所作的序文中有这样精准的论述:"盖其所苞蓄者秘且富,故有吞天浴日之奇,而莫测其涯;所冥契者渊且醇,故有弄丸承蜩之巧,而不见其迹。"他认为,焦竑为文之辞达,是因为其"挺命世之才,而负穷理尽性至命之学"。② 因此,所作"旨远辞文,直指横发,借书于手无不了然",亦即通乎道而能达。耿定力自谦这一总结"非敢为海内心仪弱侯者嚆矢"③。耿氏的总结,实本诸焦竑《与友人论文》,亦即,这既是焦竑之文成功之秘,亦是焦竑文论的精要所在。重实、诠道乃焦竑文论的核心。因此,耿定力《序》文开篇径言:"夫文奚为而作?以诠道也。世之畸人韵士,自托于清虚,一切土苴词章,而不知其用。"④在耿氏看来,焦竑便是迥绝于畸人韵士的文人。而焦竑为文所秉之"道",正是焦竑孜孜以证的三教共蕴之道。

第三节 "性灵"及其理论奥援

"性灵说"是晚明文学思潮的理论核心。"性灵"一词运用于文学批评,可以回溯到南北朝时期,但唐宋以后,人们鲜有提及。迄至明代后期,王世懋、屠隆等人的文论中经常使用这一范畴,但作为公安派先驱的文人却很少提及,如李贽常用"情性",汤显祖常用"灵性"。运用"性灵"较多的则是焦竑,但其"性灵"的内涵与王、屠、袁都有所不同,更具有窅冥而又自然、未发之先的理性含义。虽然他没有对"性灵"作正面论述,但是,

---

① [明]耿定力:《焦太史澹园集序》,载[明]焦竑撰,李剑雄点校:《澹园集》附编二,中华书局1999年版,第1211页。
② [明]耿定力:《焦太史澹园集序》,载[明]焦竑撰,李剑雄点校:《澹园集》附编二,中华书局1999年版,第1211页。
③ [明]耿定力:《焦太史澹园集序》,载[明]焦竑撰,李剑雄点校:《澹园集》附编二,中华书局1999年版,第1211页。
④ [明]耿定力:《焦太史澹园集序》,载[明]焦竑撰,李剑雄点校:《澹园集》附编二,中华书局1999年版,第1211页。

他说"诗非他,人之性灵之所寄也"①。可见"性灵"是作家创作的灵源,具有浓郁的理性色彩。他又说:"诗以道性情,盖以洞达性灵而劝谕箴砭,以一归于正。"②窅冥的"性灵"需"洞达",其内容又与"劝谕箴砭"相联系,似乎是指关注现实的风人之旨。焦竑云:"昔人有言,在心为志,发言为诗。声成文谓之音。然则发乎性灵,形于篇咏,远则明天下政途,阐兹王化;近则抒一时感激,羌于国风,其亦有不容自已者乎!"③但是,有时他也以其表示作家飞动的才情,与袁宏道"性灵说"天机活泼的内涵相仿佛,如他说:"竹洞花关,僧寮真馆,莫不恣其清机,颓然自放。故能宅遐心于事外,得佳句于物表,疏导性灵,含写飞动,亹亹乎与山川竞爽矣。"④这里的"性灵",或是指郁结之怀,或是指经远之致,但都是人性所固有的。触物而发,便飞扬无羁,神妙而又灵动,与李贽所谓"童心"相似,是人性原初的品质。他还说:"古者贤士之咏叹,思妇之悲吟,莫不为诗情动于中,而言以导之,所谓'诗言志'也。后世摛词者,离其性而自托于人伪,以争须臾之誉,于是诗道日微。"⑤焦竑所谓"性",便是指"动于中"的"诗情""性灵",又是自由任适的"天机"。发抒之时,往往又冲破了他经常孜求的"不激而高""隽永藏于温醇"的儒家诗学标准⑥,是一种与李贽、袁宏道相类似的恣肆激宕的抒写方式:"天机所开,不可得而留也,勃勃乎乘云雾

---

① [明]焦竑撰,李剑雄点校:《澹园集》卷十五《雅娱阁集序》,中华书局1999年版,第155页。《雅娱阁集序》是焦竑颇为重视且与李贽声气相通的一篇文章。李贽《复焦漪园》云:"《雅娱阁序》当盛传。文非感时发已,或出自家经画康济,千古难易者,皆是无病呻吟,不能工。故此序与《高鸿胪铭志》及《时文引》必自传世。何者? 借他人题目,发自己心事,故不求工自工耳。"([明]李贽:《续焚书》卷一《复焦漪园》,中华书局2009年版,第46页)
② [明]焦竑撰,李剑雄点校:《澹园集·续集》卷九《题寄心集》,中华书局1999年版,第911页。
③ [明]焦竑撰,李剑雄点校:《澹园集》卷十八《孙太公荣寿诗序》,中华书局1999年版,第221页。
④ [明]焦竑撰,李剑雄点校:《澹园集》卷十六《何仁仲留都篇序》,中华书局1999年版,第179页。
⑤ [明]焦竑撰,李剑雄点校:《澹园集》卷十六《陶靖节先生集序》,中华书局1999年版,第169页。
⑥ [明]焦竑撰,李剑雄点校:《澹园集》卷十六《弗告堂诗集序》,中华书局1999年版,第169页。

而迅起,踔厉风辉,惊雷激电,披拂霹靡,倏忽万变,则放乎前者皆诗也。"①这是焦竑少有的一次不以温雅为务而但求任情适性的表述。因为"天机所开""襟灵弥启",故而形成了与"立木置途""相沿于局步"②迥然不同的艺术效果。

值得注意的是,焦竑言"性灵"除了与诗歌创作有关之外,仅有的几次论及性灵出现在这样的语境:对泰州学派盟主王艮的状写,谓其"骨刚气和,性灵澄彻,音咳盼顾,使人意消"③;赞美其师耿天台于崇正书院,踞师儒之任,"摩荡鼓舞,陈言邪说,披剥解散,新意芽甲,性灵挺出"④;称叹佛教"运法航而拯溺,悬朗鉴以烛迷"以使薪灭而火传无尽的情形:"如来说法,万万恒沙。故知人代迁流,性灵不改。"⑤论性灵而具有明显的佛学及泰州学派的背景,这似乎并非偶然。事实上,焦竑的"性灵"论,除了"天机"自发的一面外,还具有较浓厚的理性色彩,这与焦竑的为学特色有关。焦竑的弟子陈懿典有云:"先生之学,以知性为要领。"⑥其心性论与耿定向、罗汝芳没有大的差异,如他说:

> 性自明也,自足也,而不学则不能有诸己。故明也而妄以为昏也,足也而以为歉也,于是美恶横生而情见立焉。情立而性真始牿,故性不能以无情,情不能以无妄,妄不能以无学。学也者,冥其妄以归于无妄者也。无妄而性斯复矣。盖尝论之,情犹子焉,性则其母

---

① [明]焦竑撰,李剑雄点校:《澹园集》卷十六《刘元定诗集序》,中华书局1999年版,第173页。
② [明]焦竑撰,李剑雄点校:《澹园集》卷十六《刘元定诗集序》,中华书局1999年版,第173页。
③ [明]焦竑撰,李剑雄点校:《焦氏笔乘》卷三《王先生》,中华书局2008年版,第103页。
④ [明]焦竑撰,李剑雄点校:《澹园集》卷三十三《资德大夫正治上卿总督仓场户部尚书赠太子少保谥恭简天台耿先生行状》,中华书局1999年版,第528页。
⑤ [明]焦竑撰,李剑雄点校:《澹园集·续集》卷四《琅琊寺悟经台记》,中华书局1999年版,第846页。
⑥ [明]陈懿典:《尊师澹园先生集序》,载[明]焦竑撰,李剑雄点校:《澹园集》附编二,中华书局1999年版,第1214页。

也,情犹枝焉,性则其根也。①

依焦竑所论,情为妄,无妄为性,复性的途径在于学,学的目的在于复无妄之性。性与情的关系是母与子、根与枝的关系。这些都是本于理学的正统观念。他所尚之学是清虚之学、义理之学、名节之学、词章之学,并无新的内容。有时,他还以心性合一的理论来解释何以达到挠情复性的目的,舍弃言心不言性的《大学》和言性不言心的《中庸》,而借助于兼言心性的《孟子》,发了这样一通议论:"知性者不言心,心在其中矣;正心者不言性,性亦在其中矣。何者?性犹水也,心犹波也。水至清,波能摇之;澄其波而水自定矣,然不可谓波非水也。性至静,心能挠之,澄其心而性自复矣。"②孜孜以复性为宗,这还是儒家正统的观念。但应该看到,焦竑所谓"性不能以无情"③的逻辑结果必然是复性当复情。根与枝、母与子之喻,也说明了性、情的本质联系。但是,囿于儒家正统的观念,他不可能推演出与正统儒学相悖的结论来,因此,在解释《四书》时,便就此打住,又借佛理为依凭,堂而皇之地得出了这样的结论:"不捐事以为空,事即空,不灭情以求性,情即性。此梵学之妙,孔学之妙也。"④他不满意伯淳(程颢)的灭情理论,认为"其学去孔孟则远矣",孔孟之学,言约旨微,未尽阐晰,"世之学者又束缚于注疏,玩狎于口耳,不能骤通其意",⑤而"释氏诸经所发明,皆其理也",他借释氏诸经而发的孔孟微旨,便是"情即性",这是焦竑颇为自得的一个理论推演,云:"吾心性之妙也。此即谓之玄机。"⑥如所周知,泰州学派在天理人欲方面进行了很多的理论探索,他们的理论"非名教之所能羁络",也大多借佛禅立论,都具有"以作用见

---

① [明]焦竑撰,李剑雄点校:《澹园集》卷四《原学》,中华书局1999年版,第18页。
② [明]焦竑撰,李剑雄点校:《澹园集》卷六《〈大学〉言心不言性,〈中庸〉言性不言心,〈孟子〉兼言心性解》,中华书局1999年版,第35页。
③ [明]焦竑撰,李剑雄点校:《澹园集》卷四《原学》,中华书局1999年版,第18页。
④ [明]焦竑撰,李剑雄点校:《澹园集》卷十二《答耿师》,中华书局1999年版,第82页。
⑤ [明]焦竑撰,李剑雄点校:《澹园集》卷十二《答耿师》,中华书局1999年版,第82页。
⑥ [明]焦竑撰,李剑雄点校:《澹园集》卷十二《答耿师》,中华书局1999年版,第82页。

性"的特点,①焦竑同样沿着这一理论路径,借禅以诠儒,结论明晰而又骇俗,但又是孔门微旨,这样便可免遭他人诟谩。焦竑这里借用了佛教有空不二的观念来解释性情的关系。佛教认为有相为空性,空性亦为有相,如《般若心经》:"色即是空,空即是色。"②《维摩经·入不二法门品》:"色、色空为二。色即是空,非色灭空,色性自空;如是,受、想、行、识,识空为二,识即是空,非识灭空,识性自空,于其中而通达者,是为入不二法门。"③通过这样的理论比附,焦竑为"情"的存在找到了根据。不管这种比附是否合理,他以思辨的路径回答这一问题,确实使其性灵观念具有了一些新的特色。其玄思妙解的进一步发展,使其又屡次提出"造物之先""未有形体之先"的范畴,并以作家的"妙悟"把握之。焦竑所论,旨在破除拟古派追求字句格法之似的偏执。他说:

> 制义以传圣言,有若画然,以似为工。今夫卷墨设色,摹形取类,皆案物得之,岂知妙悟者索之造物之先,凡赋形出象,触之天机,待其见于胸中者,浓纤疏澹,分布而出矣,然后假之手而寄色焉,斯进于技已。④

又说:

> 古之摛词者,不在形体结构,在未有形体之先,其见于言者,托耳。若索诸裁文匠笔,声应律合,即尽叶于古,皆法之迹也,安知其所以法者哉!⑤

---

① [清]黄宗羲著,沈芝盈点校:《明儒学案》卷三十二《泰州学案》一,中华书局2008年版,第703页。
② [唐]玄奘译:《般若波罗蜜多心经》,《大正藏》第8册,第848页。
③ [后秦]鸠摩罗什译:《维摩诘所说经》卷中《入不二法门品第九》,《大正藏》第14册,第551页。
④ [明]焦竑撰,李剑雄点校:《澹园集》卷二十二《书葛万悦制义》,中华书局1999年版,第280页。
⑤ [明]焦竑撰,李剑雄点校:《澹园集》卷二十二《题词林人物考》,中华书局1999年版,第284页。

中国古代的文论家十分注重作家创作之前的总体谋布,在搦翰之先,"疏瀹五藏,澡雪精神"①。所谓"神思方运,万涂竞萌,规矩虚位,刻镂无形"②,就是描述的这一过程。但刘勰等人主要是从创作过程本身来论述的,神思是指意象尚未形成之前作家的运思最终要"寻声律而定墨","窥意象而运斤",③创造出生动丰富的意象。而焦竑所谓"索之造物之先"强调的是作家当妙悟事物的本体,是一种溯本探源的理性分析,是对事物的理性把握、形上思考。这主要不是形象思维的文学艺术问题,而是抽象思维的哲学问题,实质上,还是与他所特别注重的"性"有关。他曾说:"性之弗知,即博闻强识,瑰行尊伐,炫耀千古而不能当达者之一盼。"④因此"顾知性亦难言矣"⑤。如同"造物之先"⑥一样,"性"也"譬之于水有源有流,圣人所为教者多其支流,而于源则罕言之"⑦。如同"造物之先"需妙悟而得一样,圣人对"性""非不欲言,不能言也",也是"求之于言语之外",⑧经体悟而得。由于焦竑将"造物之先""形体之先"与"性"联类,使其在论及文学之"性灵"时,剔除了道德之"性"的陈腐内容,因为"造物之先"乃为"天机",了无道德的框束。这样,就为"情"的存在、"情"的发抒提供了又一理论依凭。

---

① [梁]刘勰著,范文澜注:《文心雕龙注·神思第二十六》,人民文学出版社1958年版,第493页。
② [梁]刘勰著,范文澜注:《文心雕龙注·神思第二十六》,人民文学出版社1958年版,第493页。
③ [梁]刘勰著,范文澜注:《文心雕龙注·神思第二十六》,人民文学出版社1958年版,第493页。
④ [明]焦竑撰,李剑雄点校:《澹园集·续集》卷一《王顺渠先生集序》,中华书局1999年版,第763页。
⑤ [明]焦竑撰,李剑雄点校:《澹园集·续集》卷一《王顺渠先生集序》,中华书局1999年版,第763页。
⑥ [明]焦竑撰,李剑雄点校:《澹园集》卷二十二《书葛万悦制义》,中华书局1999年版,第280页。
⑦ [明]焦竑撰,李剑雄点校:《澹园集·续集》卷一《王顺渠先生集序》,中华书局1999年版,第763页。
⑧ [明]焦竑撰,李剑雄点校:《澹园集·续集》卷一《王顺渠先生集序》,中华书局1999年版,第763页。

焦竑的文学性灵论是在复性的学术背景之下得以展开的。焦竑论性颇得《华严经》圆教之旨，泯会了释氏真如自性与中国圣人之教的殊异，即他所谓："《华严》圆教，性无自性，无性而非法；法无异法，无法而非性。"①因此，无为法并不以吐弃世故、栖心无寄为碍。本于一性，可于有为界而见示无为，示无为法而不坏有为，最终泯会儒释、入世与出世，破沉空执相之妄见。缘乎此性之灵的文学，既可以描写澹然独与神明俱，于山水自然中适性证道，又可以于淑世有为中"佐成一代之治"②。因此，焦竑通乎《华严经》的性灵文学之性灵，与袁宏道等人主要抒写一己之灵心慧性稍有不同。同时，焦竑对宋人范浚的《性论》甚为推举，谓其"见地超然，殆宋儒所仅见者"③。《性论》云："天降衷曰命，人受之曰性，性所存曰心。惟心无外，有外非心；惟性无伪，有伪非性。"④心性之周遍与真，为焦竑文学性灵论奠定了基石。这种周遍性，使焦竑的抒写性灵之文具有"唯心无外"亦即通乎人我的内涵。焦竑之所以称许范浚《性论》，一方面是其认同孟子性善说，否定扬雄人性善恶混的观点，并以《易·系辞》"一阴一阳之谓道，继之者善也，成之者性也"⑤为证；另一方面，性又是寂然不动与感而遂通的统一，即范浚所谓"故必于寂然之中，有不可以动静名者焉，然后为性"⑥。这是文学之士论述性灵的一个重要资凭。其"不可以动静名者"⑦的变化之几，留下了性之"灵"的取向，这也是文学之士"疏瀹

---

① ［明］焦竑撰，李剑雄点校：《澹园集》卷十六《刻大方广佛华严经序》，中华书局1999年版，第183页。
② ［明］焦竑撰，李剑雄点校：《澹园集·续集》卷一《合刻韩范二公集序》，中华书局1999年版，第754页。
③ ［明］焦竑撰，李剑雄点校：《焦氏笔乘·续集》卷四《性论》，中华书局2008年版，第357页。
④ ［明］焦竑撰，李剑雄点校：《焦氏笔乘·续集》卷四《性论》，中华书局2008年版，第357页。
⑤ ［明］焦竑撰，李剑雄点校：《焦氏笔乘·续集》卷四《性论》，中华书局2008年版，第358页。
⑥ ［明］焦竑撰，李剑雄点校：《焦氏笔乘·续集》卷四《性论》，中华书局2008年版，第357页。
⑦ ［明］焦竑撰，李剑雄点校：《焦氏笔乘·续集》卷四《性论》，中华书局2008年版，第357页。

性灵",自标灵采以泚笔为文的活水之源。这样的空灵、无伪的普遍之性,形诸万物,又各呈异相、纷繁多姿。因乎其性,自然为文,奇崛谲怪,成就了文之无穷变幻之观,但无不因乎真,因乎性,了无"执古之刍狗求之"①的雕镂因袭之迹:"文之变至矣,人出所长,暴耀震发,其势必至恢诡谲怪而已。金玉犀象,人之所宝,梗楠豫章,人之所材。至于通都大市,常珍盈目,非怪产奇玩,不足发人之异观。于是海中腐石出为珊瑚,沟中断木以为牺樽,夫异则异矣,要之如虫蚀木,自然而成,非雕镂所能至也。学者不知文有天机,自是性中一事,而特执古之刍狗求之,譬如脯糟歠醨,无复真味。孰不厌而弃之。"②焦竑从性中得文之天机,以廓清文坛执古因袭之弊。

焦竑认为性与道是二而一的范畴,云:"性道一耳。孰为性,孰为道,孰闻性道? 故可得而闻,犹成二也;不可得而闻,乃真闻也。"③因此,焦竑道致而文从之论,亦可视为性灵文论的另一种表述。同时,"性道一耳"的学术体认,使得焦竑的性灵文学与儒家诗教及其学术思想更加泯会无迹,焦竑道:"蒙庄有言,诗以道性情。盖以洞达性灵,而劝谕针砭,以一归于正,即其恳款切至,要必和平温厚,婉委而有余情。故言之无罪,闻之足以戒也。后世诗与性离,波委云属,只以为流连之资,而六艺之义微。杜子美力挽其衰,闵事忧时,动关国体,世推诗人之冠冕,良非虚语。"④与性合者,乃是遵六艺之教。洞达性灵是根植于学问之上的,而非一空依傍。因此,他肯定陈第的诗歌:"一斋陈子通五经,尤长于《诗》《易》,观其《伏羲图赞》《毛诗古音》,概可见已。其为诗,无非风人之遗意,言非有为,不

---

① [明]焦竑撰,李剑雄点校:《澹园集》附编一《大司成冯公具区集序》,中华书局1999年版,第1188页。
② [明]焦竑撰,李剑雄点校:《澹园集》附编一《大司成冯公具区集序》,中华书局1999年版,第1188页。
③ [明]焦竑撰,李剑雄点校:《焦氏笔乘·续集》卷一《读论语》,中华书局2008年版,第255页。
④ [明]焦竑撰,李剑雄点校:《澹园集·续集》卷九《题寄心集》,中华书局1999年版,第911页。

发于笔端。……其温厚尔雅,动物感时,而无所容怼,此与子美、乐天何异?诸者以此求之,庶可脱近习而还《三百》之旧观。若与时辈同类而共观之,非所以论一斋子矣。"①焦竑所谓"近习",当是对晚明文坛矫激之论的回拨。其文学性灵论在其赡博学术视野之下,既有对七子派文论的批评,又有对公安派文论的调适。

第四节　释道学殖与诗文理论

焦竑以倡明圣学为己任,又冶三教为一炉,成就了学术与文学的舂容气象。当然,对于二氏之学又分别有独到的体认,尤著者有二:于佛,对王维诗歌美学多有会心之见;于道,对老庄道家的别样诠释强化了文学之性体的空明色彩。

其一,佛学与诗学。焦竑是一位饱饫佛典的学者,广泛研读《楞严》《阿含》《华严》诸经,且著有《圆觉经精解评林》《楞严经精解评林》等。焦竑与陶望龄、黄辉和公安"三袁"一样,也是一位著名居士,但陶望龄与公安"三袁"究心佛学,"生死事切"的心理动因较为显著,焦竑论佛则多寻绎性命之理、人间至道。他说:"性命之理,孔子罕言之,老子累言之,释氏则极言之。"②孔子虽罕言,但微言并不少,可惜唐疏宋注,锢人聪明,鲜有通其说者。但"内典之多,至于充栋,大抵皆了义之谈也",乃"截疑网之宝剑,抉盲眼之金鎞"。③ 所撰《支谈》,其意即在于毋分三教,求其至道,忘其支言。在学术上超越于夷夏之大防以寻道为归,在文学上必然不以特定的师法对象为碍,这也是晚明文苑佛影飘忽的根本原因。但正如中国文学历经演变而呈现出各各不同的风貌一样,佛典汗牛充栋,流派纷

---

① [明]焦竑撰,李剑雄点校:《澹园集·续集》卷九《题寄心集》,中华书局1999年版,第911页。
② [明]焦竑撰,李剑雄点校:《焦氏笔乘·续集》卷二《支谈》上,中华书局2008年版,第283页。
③ [明]焦竑撰,李剑雄点校:《焦氏笔乘·续集》卷二《支谈》上,中华书局2008年版,第284页。

第七章 融通儒释、以儒为本：焦竑亦"灵"亦"实"的文论

呈。焦竑则基于佛学学殖，在唐宋诗歌的轩轾轻重中体现出有别于七子与公安的审美取向，丰富了晚明文坛的色彩。

七子派诗法盛唐，公安派及晚明文人多推尊白、苏。焦竑对宋人诗歌以意见相高，对审音知政的传统中绝现象甚为不满。他认为唐诗主调而不主义，尊唐而抑宋。似乎焦竑的诗歌审美与七子派颇多顾盼，其实，焦竑所体认的唐人之诗与七子派明显有别。他视为"妙绝"的诗人是浸淫佛学最深的王维，而非七子派所尊尚的杜甫。焦竑所尚有得于其独特的学殖，如果说对唐诗主调的肯认与其深湛的音韵学殖有关，那么，焦竑认为宋诗于性离，唐诗于性近①，则与其浸淫佛学不无联系。兹以《焦氏笔乘》"摩诘见地超然"条说明之：

> 子瞻云："子美诗'王侯与蝼蚁，同尽归丘墟。愿闻第一义，回向心地初'，知其文字外别有事在。"然子美亦偶及此耳，要非本色。必也，其摩诘乎？观魏居士书胡居士三诗，可谓妙绝，如"即病即实相，趋空定狂走。无有一法真，无有一法垢"。又："因爱果生病，从贪始觉贫。"又："何津不鼓棹，何路不摧辀？"非其见地超然，安能凿空道此？②

焦竑所引苏轼之言出自《评子美诗》中的最后一例③，乃《谒文公上方》中的诗句。而此前苏轼还引杜甫《述古》诗，以显子美自比稷与契；《幽人》诗游仙之旨。焦竑截取《谒文公上方》的内容显然与此前两首有别。杜甫愿闻之"第一义"乃出自《楞严经》《涅槃经》等佛经。"回向心地初"句钱笺云："佛说心地者，以心有能生可依止义喻之。如地佛菩萨，发

---

① 详见［明］焦竑撰，李剑雄点校：《澹园集·续集》卷二《三秀亭诗草序》，中华书局1999年版，第775页。
② ［明］焦竑撰，李剑雄点校：《焦氏笔乘》卷四《摩诘见地超然》，中华书局2008年版，第152—153页。
③ 详见［宋］苏轼撰，［明］茅维编，孔凡礼点校：《苏轼文集》卷六十七《评子美诗》，中华书局1986年版，第2105页。

心修行,最重初心。"①不难看出,苏轼列举的是杜诗中鲜见的体现佛学旨趣的诗歌。这也就是苏轼所谓"文字外别有事在"的内涵。由此切入,焦竑才引出王摩诘见地超然、凿空道出的"妙绝"之诗,由此可以推绎其诗学尊唐的原因及根本旨趣。焦竑所引的摩诘三诗堪称是王维佛学色彩至为浓烈的诗句。"即病"句出自王维《胡居士卧病遗米因赠》,该诗主要体现了《圆觉经》中所论的"此身乃四大和合"。此身毕竟无体,而以和合为相。病乃业生,内观心源,灭颠倒想,病即自愈。"趋空定狂走"源出于《楞严经》。② 是以空观为胡居士解病惑。在鸠摩罗什的翻译之中,"实相"具有"空"的意义。虽然各宗言实相的内涵不一,但一般都视其为最后而究竟者,且不得以言语推测。悟得诸法真性,亦即空,便不受情识、病患的垢染。"因爱果生病,从贪始觉贫"③出自王维《与胡居士皆病寄此诗兼示学人》,是由胡居士患病而开示了佛教烦恼即菩提的道理。"何津不鼓棹,何路不摧辀"出自王维的另一首《与胡居士皆病寄此诗兼示学人》,此句乃承前句"植福祠迦叶,求仁笑孔丘"而来④,明人顾可久注"何津"句云:"迦叶佛是成正等觉,不但脱生死轮回,自登彼岸,又慈彼一切众生苦厄,说法引导众生登岸,作诸福田。此当恭敬者。孔子欲博施济众,亦是度一切众生者,而病未能过津,鼓棹随路摧辀,何曾登岸。此盖赞佛道广大耳。"⑤右佛而左儒,这堪称王维佛学立场最为浓烈的诗句,焦竑引"何津"句,实乃表现了对"植福"句的认同。更重要的是,这又是后句"念此

---

① 转引自[唐]杜甫著,[清]仇兆鳌注:《杜诗详注》卷十一《谒文公上方》,中华书局1979年版,第951页。

② 《楞严经》卷四:"佛告富楼那:'汝虽除疑,余惑未尽。吾以世间现前诸事今复问汝:汝岂不闻室罗城中演若达多?忽于晨朝以镜照面,爱镜中头,眉目可见,嗔责己头,不见面目,以为魑魅,无状狂走。于意云何? 此人何因无故狂走?'富楼那言:'是人心狂,更无他故。'"(赖永海主编,刘鹿鸣译注:《楞严经》卷四,中华书局2013年版,第174页)

③ [唐]王维撰,陈铁民校注:《王维集校注》卷六《与胡居士皆病寄此诗兼示学人二首》其一,中华书局1997年版,第532页。

④ [唐]王维撰,陈铁民校注:《王维集校注》卷六《与胡居士皆病寄此诗兼示学人二首》其二,中华书局1997年版,第535页。

⑤ [唐]王维撰,[明]顾可久注:《唐王右丞诗集注说》卷三《与胡居士皆病寄此诗兼示学人二首》其二,明万历十八年吴氏漱玉斋刻本。

闻思者,胡为多阻修"①之喻。闻思修三慧中,闻慧乃三慧之因,依闻慧生思慧,依思慧而有修慧,而成断烦恼,证涅槃的过程。前二慧为散智,仅发起助缘,修慧才是定智,才具有断惑证理的作用。三慧的区别还在于闻慧是听闻佛法而生智慧,思慧是思维佛理而生智慧,修慧是修禅定而生智慧。"何津"句实是形象描述,言外之旨乃是表现三慧中菩萨所成就的修慧之难。而修慧则是以禅定悟证为特征的,而非闻、思慧于语言文字而得思维、知解。修慧是超越于文字之外的悟证智慧。不难看出,焦竑拈出的乃王维诗歌中佛学旨趣尤为浓郁的诗句,体现了焦竑诗学的审美理想。尤堪注意的是,"摩诘见地超然"条将杜甫、王维同列,不能排除是焦竑与七子分途的经意构思。其轩轾轻重之中,王维"见地超然"而成"妙绝"佳构,不啻是焦竑心目中唐诗"于性近"的典范。

其二,道家与文论。错综三教以言学论文是焦竑的特色。于老庄,焦竑曾精研体认,撰《老子翼》二卷、《庄子翼》八卷。四库馆臣评《老子翼》云:"不立《道经》《德经》之名,亦不妄署篇名,体例特为近古。所采诸说,大抵取诸道藏,多非世所常行之本。竑之去取,亦特精审,大旨主于阐发元言,务明清净自然之理"②。评《庄子翼》云:"然明代自杨慎以后,博洽者无过于竑,其所引据,究多古书,固较流俗注本为有根柢矣。"③焦竑被认为是明代空疏之习中之学殖深厚者。焦竑对于庄子的考证受到了后世学者的认同,如王孝鱼点校郭庆藩《庄子集释》便将《庄子翼》所附《阙误》一并列入。焦竑援儒佛注《老》《庄》,"自成一家之言"④,且成为其文学复性论的重要学术支撑。

---

① [唐]王维撰,陈铁民校注:《王维集校注》卷六《与胡居士皆病寄此诗兼示学人二首》其二,中华书局1997年版,第535页。
② [清]永瑢等:《四库全书总目》卷一百四十六《老子翼提要》,中华书局1965年版,第1244页。
③ [清]永瑢等:《四库全书总目》卷一百四十六《庄子翼提要》,中华书局1965年版,第1247页。
④ [清]周中孚:《郑堂读书记》卷六十九《阴符经解》,民国吴兴刘氏嘉业堂刻吴兴丛书本。

焦竑虽然重视经典,但施诸创作,经典及文献亦即"学"的作用在于"冥其妄"而"无妄",以至于复其性。他说:"情立而性真始牿,故性不能以无情,情不能以无妄,妄不能以无学。学也者,冥其妄以归于无妄者也。无妄而性斯复矣。"①而"复性"又是焦竑为学的最终旨趣,云:"夫学何为者也?所以复其性也。"②《老子》以明道见著于中国文化,但焦竑认为"性道一耳"③。在焦竑的视野中,《老子》又是"累言""性命之理"④的著作,如他释《老子》"绝圣弃智章"云:"见素抱朴,则少私寡欲,而天下无事矣。素未受采,朴未斫器,此所谓性之初也,实也。"⑤同时,焦竑通过对《庄子·缮性》的诠释,使得道家著作归诸性命之学的系统之中,而其途径则基本依林希逸、褚伯秀等人借佛学以诠老庄的传统。焦竑基于更加淹博的学殖,而"自成一家之言"。

《焦氏笔乘·别集》中有焦竑诠解《缮性》的文字。对于《缮性》的旨趣,成玄英疏云:"言人禀性自然,各守生分,率而行之,自合于理。今乃习于伪法,治于真性,矜而矫之,已困弊矣。方更行仁义礼智儒俗之学,以求归复本初之性,故俗弥得而性弥失,学愈近而道愈远也。"⑥焦竑释《缮性》也集矢于对俗学的批判。焦竑云:"谓之俗者,对真而言。"⑦实乃得成玄英之旨。而这正是对俗儒以及文坛习俗的批评,如他说:"古者贤士之咏叹,思妇之悲吟,莫不为诗情动于中,而言以导之,所谓'诗言志'也。后世摘词者,离其性而自托于人伪,以争须臾之誉,于是诗道日微。"⑧焦竑的

---

① [明]焦竑撰,李剑雄点校:《澹园集》卷四《原学》,中华书局1999年版,第18页。
② [明]焦竑撰,李剑雄点校:《澹园集》卷四《原学》,中华书局1999年版,第18页。
③ [明]焦竑撰,李剑雄点校:《焦氏笔乘·续集》卷一《读论语》,中华书局2008年版,第255页。
④ [明]焦竑撰,李剑雄点校:《焦氏笔乘·续集》卷二《支谈上》,中华书局2008年版,第283页。
⑤ [明]焦竑撰,李剑雄点校:《焦氏笔乘》别集《老子》,中华书局2008年版,第537页。
⑥ [清]郭庆藩撰,王孝鱼点校:《庄子集释》卷六上《缮性第十六》,中华书局2012年版,第547页。
⑦ [明]焦竑撰,李剑雄点校:《焦氏笔乘》别集《庄子》,中华书局2008年版,第585页。
⑧ [明]焦竑撰,李剑雄点校:《澹园集》卷十六《陶靖节先生集序》,中华书局1999年版,第169页。

第七章　融通儒释、以儒为本：焦竑亦"灵"亦"实"的文论　223

诠释以"'缮性于俗学''滑欲于俗思'为句,旧解失之"①而引出。其实,旧解并无明显之"失",尤其是成玄英之疏甚明,焦竑目的是要为自己申论。在《缮性》中,焦竑对"知"作了佛学的改造。他说:"以恬养知,乃复性、致明之要","恬者,无为自然之谓,夫谓之养知。若有心于知矣,不知知体虚玄,泯绝无寄,盖有知而实无以知为者也,故又谓之以知养恬。恬即禅家所谓无知者也,知即禅家所谓知无者也"。② 泯绝无寄乃是知的特点,又是无为自然的,这也就是养恬之知。知与恬交相养,这才是培本之正途。"泯绝无寄"显然源自华严五祖圭峰宗密《禅源诸诠集都序》所分的禅之三宗之一,是指石头希迁、牛头法融以下的禅法。此宗主张凡圣等法,皆如梦幻,故须了脱一切执着。焦竑如此注《庄》,为"缮性"于自然无为之外增添了佛学性空因子。在焦竑看来,"文有天机,自是性中一事"③。其"缮性"诠释,正可视为这一表述的学术依凭:"性本无物,惟澄然廓清,而不以忿懥、好乐、忧患、敖惰淈之。"④焦竑虽然重学殖、经典,但目的是复其澄然空明之性,学殖、经典仅是去蔽,去其"前识"的过程。他说:"道无高、坚、前、后也,而见为高、坚、前、后,老子所谓'前识'也。夫博文约礼,颜子之体诸我也,而我之未竭,故前识生焉。"⑤焦竑对于"性"的体认是援据多元学术交相作用的结果。他在《庄子翼》中还屡有相似的表述,如对《齐物论》中"未成乎心而有是非,是今日适越而昔至也"的诠释是:"成心,有见而不虚之谓。未成心,则真性虚圆,天地同量;成心是已离于性,有善有恶矣。今处世应酬,有未免乎成心,即当思而求之未成之前,则善恶皆冥,是非无朕,何所不齐哉?"⑥其"成心"亦即执着,亦即

---

① ［明］焦竑撰,李剑雄点校:《焦氏笔乘》别集《庄子》,中华书局2008年版,第585页。
② ［明］焦竑撰,李剑雄点校:《焦氏笔乘》别集《庄子》,中华书局2008年版,第585页。
③ ［明］焦竑撰,李剑雄点校:《澹园集》附编一《大司成冯公具区集序》,中华书局2008年版,第1188页。
④ ［明］焦竑撰,李剑雄点校:《澹园集》卷十三《答许中丞》,中华书局1999年版,第113页。
⑤ ［明］焦竑撰,李剑雄点校:《焦氏笔乘·续集》卷一《读论语》,中华书局2008年版,第251页。
⑥ ［明］焦竑撰,李剑雄点校:《焦氏笔乘》卷二《成心》,中华书局2008年版,第53页。

《缮性》中知体虚玄,泯绝无寄。其诠释《人间世》谓:"室虚则白生,心虚则道集,盖非有吉祥也,而吉祥莫大焉。"①他称泰州巨子王东崖诗亦云"至道归冲虚"②。焦竑涵茹道家之学,澄彻其空明之性,以应世、以为文。

焦竑所以援佛学以解《老》《庄》的一个重要动因还在于借佛学无我思想以济老庄自然无为,从根本上为空明之性去蔽。如在《徐无鬼》中,对古之真人"以目视目,以耳听耳,以心复心。若然者,其平也绳,其变也循"③的诠释,焦竑云:"'以目视目',不以我视也;'以耳听耳',不以我听也;'以心复心',不以我复也。人惟有我,则不能循物,而失其平者,多矣。耳、目、心皆任之,而一无所与,《列子》所谓废心而用形者也。"④以此破俗学、俗思对性体的遮蔽,以求真学、真思,以做真人,即所谓"性非学不复,而俗学不可以复性;明非思不致,而俗思不可以求明。谓之俗者,对真而言。盖动念即乖,况于缮?拟心即差,况于思?非惟无以彻其覆,而只益之蔽耳。以恬养知,乃复性、致明之要"⑤。真人,即以空明之性,观照万物,自然书写,如"倒囊出物"⑥,著天下之至文。

第五节　冲融雅润的诗文

焦竑博极群书,被视为"东南儒者之宗"⑦,以学问著称。《明史》虽将其列于《文苑传》,但除了有"善为古文,典正驯雅,卓然名家"⑧一句外,多述其讲学于闾阎和林下的事迹及学问特点。钱谦益《列朝诗集小传》、陈

---

① [明]焦竑撰,李剑雄点校:《焦氏笔乘》别集《庄子》,中华书局2008年版,第564页。
② [明]焦竑撰,李剑雄点校:《澹园集》卷三十七《赠王东崖先生五首》之五,中华书局2008年版,第588页。
③ [明]焦竑撰,李剑雄点校:《焦氏笔乘》别集《庄子》,中华书局2008年版,第591页。
④ [明]焦竑撰,李剑雄点校:《焦氏笔乘》别集《庄子》,中华书局2008年版,第591页。
⑤ [明]焦竑撰,李剑雄点校:《焦氏笔乘》别集《庄子》,中华书局2008年版,第585页。
⑥ [明]焦竑撰,李剑雄点校:《澹园集》卷十二《与友人论文》,中华书局1999年版,第92页。
⑦ [清]钱谦益撰集,许逸民、林淑敏点校:《列朝诗集·丁集》第十五《焦修撰竑》,中华书局2007年版,第5832页。
⑧ [清]张廷玉等:《明史》卷二百八十八《焦竑传》,中华书局1974年版,第7393页。

第七章 融通儒释、以儒为本:焦竑亦"灵"亦"实"的文论 225

田《明诗纪事》对其文学业绩也述之不详,其实焦竑的诗文同样具有较高的艺术价值。

一、典雅闳丽之文

焦竑讲性灵而更重经典,其"湛深性命,澄澈今古,无物不函"①的淹博学殖在作品中得到了体现。黄汝亨在《祭焦弱侯先生文》中对其有这样的允评:"其文本原'六经',错综三史,法韩、柳而铲其奇,达曾、王而削其蔓;诗则陶、韦为质,王、孟为神,非若世之文人漓于道术,而雕绘穿蠹,斗捷夸多,以卖声名于天下为也。"②与公安"三袁"、陶望龄、黄辉等人的性情有所不同,焦竑鲜有道人云水之致。今存的《澹园集》《澹园续集》中几乎没有作者登山临水的游记,所记景观,不是烟霞水色,往往是苑囿廊墅,一般雅丽富赡,表达了其"润色国猷,黼黻大业"③的旨趣,如《冶麓园记》《五岳园记》《成功庄记》等,其中《五岳园记》写道:

若夫排层空,驾遥峰,高出星汉之上,坐驰人寰之表,五岳之奇,乃天设也。然亦有基累九成,云峨百里,极玄功以壮址,殚山林而崇构,此所谓玄区,得之神匠。大地蘕乎心造,非夫旷览之士,忘怀畛域之中,得意形骸之外,恶能与于此乎!

榆林杜日章,今之名将也。杜自蓬侯清静,绩最晋阳;元凯淹通,胸藏武库,君起近代,实亢厥宗。凤以貂蝉之英,抗烟霞之志,乃国恩縻之于前,家声系之于后。青山白云,常在梦寐。因叹曰:"羊祜日游岘首,吾未之暇也。筑土以象东山,吾其为康乐乎?"于是五岳草堂作焉。疪工程力,疏凿控会,不易旧区,别成远趣。南曰岣嵝洞,金简玉

---

① [明]黄汝亨:《祭焦弱侯先生文》,载[明]焦竑撰,李剑雄点校:《澹园集》附编三,中华书局1999年版,第1234页。
② [明]黄汝亨:《祭焦弱侯先生文》,载[明]焦竑撰,李剑雄点校:《澹园集》附编三,中华书局1999年版,第1234页。
③ [明]焦竑撰,李剑雄点校:《澹园集·续集》卷二《三秀亭诗草序》,中华书局1999年版,第775页。

牒,仿佛见之,象衡山也;西莲花庵,三峰缥缈,象华岳也;草堂之前,凿石为池,曰天中馆,象中嵩也;东北迤西曰蓬玄阁、太乙楼,二翼八山,吞吐回合,象岱恒也。总之怪石森列,或立或仆,堆阜窍穴,委邃突怒。

夫以宇内名山,所推者五。宗炳图而不能游,李固游而未能尽,君乃千岩万壑,觃缕簇缩,一瞬而得,千里一拳,而当五山。坐使幽遐环傀诡之观,不鞭而来,无胫而致,斯已异矣。或曰君驾四牡,锵八鸾,所至变氛祲为祥光,鼹枭獍无留迹。方将立会表于高阜,敞和门于大荒,令若敖慙其六萃,蚩尤艴其五兵,洸洸乎慭穿庐而震高阙也。胡区区一丘一壑间哉?余应之曰:沉滞者志壅,恬旷者业弘。况乎留连觞咏,寓兵机之浅深;指画山川,得地形之要害。潜养而深畜,必此阶之。异日者献凯云台,饮至宣室,紫绶曳地,金印如斗,即谓兹园为君之土山岘首,其亦可也。是役也,其用虽小,所明者大,非余纪之,曷示后人?①

焦竑所作之文,多为论究国是的敕、策、疏、议、策问,探论学理文心的考、解、说、论、尺牍、序跋以及传记人物的碑铭、行状,还有哀婉凄恻的祭、诔文字。虽然题材、体裁殊异,但都具有雅驯演迤的特点。朱彝尊谓其"诗特寄兴。若储书之富,几胜中簿"②,以喻其文,也颇为合适,如《敕赐吉祥寺重修碑》:

海慧变之为水,龙女献之为珠,天女散之为无著花,善友求之为如意宝。故风柯月渚,总露机锋,薜径萝龛,咸提宗趣。岂以象岩窈窕,非解脱之玄宗,龙藏森严,悖尸罗之妙躅者哉。

---

① [明]焦竑撰,李剑雄点校:《澹园集·续集》卷四《五岳园记》,中华书局1999年版,第838—839页。
② [清]朱彝尊著,姚祖恩编,黄君坦校点:《静志居诗话》卷十六《焦竑》,人民文学出版社1990年版,第467页。

第七章　融通儒释、以儒为本:焦竑亦"灵"亦"实"的文论　　227

吉祥禅寺者,胜国时天妃庙在焉。北接凤皇之岭,形势逶迤;南亘清凉之山,几案迥薄;东则钟陵标举,云椴之所出没;西则马鞍低控,江涛之所激荡。兼之修竹万个,挟淇园之中遗迹;蕡桃千树,藏武陵之旧事,诚南都幽胜处也。①

由于焦竑博雅多识,称誉于文苑儒林,因此,达官显贵为了旌表功德、勒石垂世,殁后由其家人请焦竑撰写的墓志铭、行状,数量相当可观。焦竑所作,确实做到了"其叙事也该而要,其缀采也雅而泽",但并非尽是"标序盛德,必见清风之华;昭纪鸿懿,必见峻伟之烈"的颂揚文字②,而往往较多地寄予了作者的思想和情感。"胸中有国家大事二十件"③的焦竑自然对勋烈彪炳的志士格外推崇,因此,其所作的墓志当中,以宏润简约的文辞标叙功业的颇为多见。即便为孺人所作,往往其先考也是名著一世的有德有勋、隽文烈武的人物。如孺人徐氏,"自国初以军功世隶某卫。父武德将军敬之"④,徐氏本人在宣抚叛乱时"执大义而弥坚,轻死生而不顾",凛凛节操可与"秋霜比质"。⑤ 焦竑所作的诔词写实追虚、文采允集、温润雅驯。虽然内容并无多大意义,但颇见焦竑"善为古文"的特色。如《兵部左侍郎南明汪公诔》:

高山巨泽,龙蛇实生。维公矫矫,系出鲁城。厥祖龙骧,江左蜚声。再卜松明,世隐弗辉。维公鹊起,克构堂基;胸多疆记,笔擅清

---

①　[明]焦竑撰,李剑雄点校:《澹园集》卷十九《敕赐吉祥寺重修碑》,中华书局1999年版,第224页。
②　[梁]刘勰著,范文澜注:《文心雕龙注·诔碑第十二》,人民文学出版社1958年版,第214页。
③　[清]钱谦益撰集,许逸民、林淑敏点校:《列朝诗集·丁集》第十五《焦修撰竑》,中华书局2007年版,第5832页。
④　[明]焦竑撰,李剑雄点校:《澹园集》卷三十二《别驾龙冈黄公元配孺人徐氏墓志铭》,中华书局1999年版,第509页。
⑤　[明]焦竑撰,李剑雄点校:《澹园集》卷三十二《别驾龙冈黄公元配孺人徐氏墓志铭》,中华书局1999年版,第510页。

机;书淫传癖,钻幽晰微;富兼流略,巧圩工俚。学优而仕,乃从国政。威风仪条,乌伤作令。疑狱大明,神君载咏。郎潜二署,民部兵司。榷钱讲武,识洞才恢。驹阴多隙,典寄坟怡。金薤琳琅,大放厥词。襄阳奥区,一麾出守。检柙貂珰,锄平盗寇。汉水安流,奸人束手。长溪乏使,宪节以东。孰是文士……①

除此,数十篇祭文虽然没有《金鹿》《泽兰》之巨悲,但都写得凄婉感人。如《祭耿天台尊师》,历述了在圣远学废之时,姚江剖篱之后"我师崛起,阐发靡遗。仁风义雨,沾洒一时"的学术贡献,及自己"负笈从游,三及师里"的承学过程,表述了"忽承凶问,且愕且呼。哀诚奚诉,肝胆几枯"的悲恸之情。②"呜呼哀哉",六次复沓出现,贯及全文,堪称"隐心而结文"③之作。

除了这些典正驯雅的作品,焦竑的尺牍、考、解、说等,或清新俊爽,或辞约旨丰,与公安派俚俗之中见机趣的作品不同,皆体现了其"能牢笼载籍之菁华"④、学殖深厚的特质。诚如蒋国榜《跋》云:"上之接方正学、宋文宪诸老,下亦不为唐荆川、杨升庵所笼罩。"⑤在明代,宋濂也是"于学无所不通。为文醇深演迤,与古作者并"⑥,其文章"雍容浑穆,如天闲良骥,鱼鱼雅雅,自中节度"⑦,只是焦竑的作品更"以胸中一片天机发之"⑧。

---

① [明]焦竑撰,李剑雄点校:《澹园集》卷三十四《兵部左侍郎南明汪公诔》,中华书局1999年版,第549页。

② [明]焦竑撰,李剑雄点校:《澹园集》卷三十五《祭耿天台尊师》,中华书局1999年版,第566页。

③ [梁]刘勰著,范文澜注:《文心雕龙注·哀吊第十三》,人民文学出版社1958年版,第240页。

④ [明]焦竑撰,李剑雄点校:《澹园集》卷十五《雅娱阁集序》,中华书局1999年版,第155页。

⑤ 蒋国榜:《金陵丛书澹园集跋》,载[明]焦竑撰,李剑雄点校:《澹园集》附编二,中华书局1999年版,第1222页。

⑥ [清]张廷玉等:《明史》卷一百二十八《宋濂传》,中华书局1974年版,第3787页。

⑦ [清]永瑢等:《四库全书总目》卷一六九《宋学士全集》提要,中华书局1965年版,第1464页。

⑧ [明]焦竑撰,李剑雄点校:《澹园集·续集》卷九《题沈启南秋江待渡图》,中华书局1999年版,第908页。

这也是焦竑为公安派同道,而非七子之余韵的根本所在。

二、清俊温润的诗歌

焦竑诗作的数量不及其文,论者很少。陈田在《明诗纪事》中仅有这样一句评价:"弱侯著述甚富,小诗亦有清放之致。"①陈田所指,主要是焦竑的写景短制,所评甚确。如《莫愁湖》:

水阔菰蒲净,城开睥睨斜。怀人倚高阁,落照下平沙。眉黛余山色,钿金但野花。徘徊湖上景,一倍惜芳华。②

这类诗歌的语言风格与其文章不尽相同,文章较多地体现了含茹古学的特点,典雅雍容,而这类诗歌似乎更富有"内照于灵府"③的色彩,体现了诗为"人之性灵之所寄"④的文学观念。事实上,焦竑崇实尚用、"润色国猷"⑤之论,主要是因文而发的。论诗则重乎性灵,但又要"温而不怒""停涵酝藉"。⑥ 他的"性灵"之作,往往情境相融,清新雅淡,如《夜坐》:

客喧随夜寂,无人觉往还。愁心淹独坐,桂子落空山。⑦

---

① [清]陈田辑:《明诗纪事》庚签卷十六,上海古籍出版社 1993 年版,第 2522 页。
② [明]焦竑撰,李剑雄点校:《澹园集》卷三十九《和余学士金陵登览诗二十首·莫愁湖》,中华书局 1999 年版,第 628 页。
③ [明]焦竑撰,李剑雄点校:《澹园集·续集》卷二《重晖堂集序》,中华书局 1999 年版,第 776 页。
④ [明]焦竑撰,李剑雄点校:《澹园集》卷十五《雅娱阁集序》,中华书局 1999 年版,第 155 页。
⑤ [明]焦竑撰,李剑雄点校:《澹园集·续集》卷二《三秀亭诗草序》,中华书局 1999 年版,第 775 页。
⑥ [明]焦竑撰,李剑雄点校:《澹园集》卷十五《雅娱阁集序》,中华书局 1999 年版,第 155 页。
⑦ [明]焦竑撰,李剑雄点校:《澹园集》卷四十三《夜坐》,中华书局 1999 年版,第 684 页。

友朋的过访畅叙,已在夜幕中悄然隐去,只留下愁人独坐。空山独庐之中,仅闻几许萧萧落叶之声。全诗格调凄凉哀婉,文字浅易,全不见"储书之富"①,但形象地展示了作者的心灵一隅。王维、常建等人的诗作,写景可透示出禅寂之趣,焦竑的空山落叶图中还有愁人独坐的"人迹"在,悟出的是人之趣,而非佛之理。焦竑虽然被清人讥为"狂禅"之辈,也偶有诗禅之喻,但是,强烈的用世之心决定了其不可能走上空疏颓落之途。正如他所谓:"只将禅诵供僧腊,不碍菩提混世途。"②因此,焦竑的诗歌中还有一类表现其用世之心,反映现实生活内容的作品,尤以赠别诗为多。如:

> 清朝文轨万方同,地尽云中总汉封。茅土又崇昭代礼,咨诹兼借使臣功。抽毫色借恒山胜,挥麈雄争大国风。回首停云相念否?只凭篇咏托高鸿。③

再如:

> 楚天西望路悠哉,绛节真从霄汉来。分土自勤明主意,采风方试从臣才。长江抱日寒声转,大别盘空远色开。《鹦鹉赋》成应不羡,知君授简向平台。④

这些诗歌的风格高华典雅、醇厚富丽,与其散文颇为相似,在晚明颇

---

① 李剑雄:《焦竑年谱》,载[明]焦竑撰,李剑雄点校:《澹园集》附编四,中华书局1999年版,第1310页。
② [明]焦竑撰,李剑雄点校:《澹园集·续集》卷二十四《赠永庆僧》,中华书局1999年版,第1157页。
③ [明]焦竑撰,李剑雄点校:《澹园集》卷四十二《送史太史册封代藩》,中华书局1999年版,第671页。
④ [明]焦竑撰,李剑雄点校:《澹园集》卷四十二《送吴太史册封楚藩》,中华书局1999年版,第671页。

为罕见,更多地体现了七子派标举盛唐之诗的痕迹。其词、意、格都有一股扑面而来的盛唐气象。如:

> 朔漠曾资定策功,行边新佩宝刀雄。山空壁垒天低目,溪度旌旗夜偃风。应似嫖姚真破虏,敢言魏绛复和戎。清时饮至寻常事,迟尔翩翩到汉宫。①

这些歌赞盛德、标举功业的应制之作,以其"词达"的文学观念,格调自然也当是雄放中不失典正,其中有些委婉致讽的作品也"气温而语恬,体驯而调饬"②。如:

> 南北翻飞旧有名,东山一卧薜萝生。何来五马辞燕地,又载双旌入楚城。老大渐添忧国泪,驰驱难减著书情。远游正尔寻真日,莫漫含凄吊屈平。③

虽有忧国之泪,但还以屈原为戒,这显然受到了班固所谓"暴显君过,露才扬己"的影响,他还有"衔左徒之余声,失黄钟之正响"④的偏颇之论。焦竑诗歌温雅典正的一面,与晚明信腕信口、恣肆任适的旨趣有所不同。

要之,焦竑崇实尚用的文学观念主要依循于儒家的文学传统,而对"性"及"性灵"的论释,往往借助于佛禅之理。前者与公安派的文学观念

---

① [明]焦竑撰,李剑雄点校:《澹园集》卷四十二《送郑司马行边一首》,中华书局1999年版,第667页。
② [明]焦竑撰,李剑雄点校:《澹园集·续集》卷二《刻晋游草序》,中华书局1999年版,第773页。
③ [明]焦竑撰,李剑雄点校:《澹园集》卷四十一《送姚叙卿》,中华书局1999年版,第651页。
④ [明]焦竑撰,李剑雄点校:《澹园集》卷十六《南游草序》,中华书局1999年版,第174页。

相去甚远,但其"指斥时事"①关注现实的精神,正是晚明自我意识觉醒时所缺乏的内容。焦竑身上体现了虚灵与致实的调适,体现了王学向经世致用之学过渡的痕迹,而这正是晚明思想界的一个基本趋势。同时,尚学崇实,"错综雅颂,出入古今"②,"而以胸中一片天机发之"③,较好地解决了师古与创新的关系。这一切,对袁宗道影响较著,在袁宏道那里则很少被吸取。但是从后人(尤其是清人)对公安派的批难之中,也侧面体现了焦竑的理论价值。其对"性"及"性灵"的重视和解说,从学术思想的层面,为袁宏道"性灵说"的登场提供了理论准备。性灵与天机的融摄,使前者从封建理念中解脱了出来,并注入世俗情欲的内容,以焦竑这样的博雅君子,以其"文章南国多门下"④的声望,其理论的影响自可推得。

焦竑文学理论和创作带有明显的过渡色彩,他为晚明文学的狂飙作了一定的理论铺垫,但是理论的调和兼融,使其并无一扫王、李云雾的力度,这出现在狂飙之后的纠偏补苴尚无不可,但作为导风气之先者,其冲融和会的特征,便不能起到矫七子之枉的作用。在其"允执厥中"⑤的文论中,他对屈原的评论显然有失公允。焦竑虽然在理论和创作方面都进行了一系列有益的探索,但文坛风气并未得到根本改变。尽管如此,无论是焦竑对李贽学问的笃信,对公安"三袁"的启迪,还是他对文坛蹈袭之风的抨击,对白、苏的推尚,都显示了焦竑是晚明文学思潮中的重要成员。没有誉著文苑、儒林的焦竑的附应与推求,李贽与公安派的矫激之论要成为时风众势,必然会遇到更大的阻力。

---

① [明]吴梦旸:《焦太史弱侯先生集序》,载[明]焦竑撰,李剑雄点校:《澹园集》附编二,中华书局1999年版,第1213页。

② [明]焦竑撰,李剑雄点校:《澹园集·续集》卷二《竹浪斋诗集序》,中华书局1999年版,第778页。

③ [明]焦竑撰,李剑雄点校:《澹园集·续集》卷九《题沈启南秋江待渡图》,中华书局1999年版,第908页。

④ 李文友诗,转引自[清]陈田辑:《明诗纪事》庚签卷十六,上海古籍出版社1993年版,第2522页。

⑤ [唐]孔颖达等疏:《尚书正义》卷四《大禹谟》,[清]阮元校刻《十三经注疏》,中华书局2009年版,第285页。

第八章 "可上人之雄""李百泉之杰":汤显祖的"尚情论"及革新派的创作高标"临川四梦"

汤显祖(1550—1616),字义仍,号海若、若士,别署清远道人,江西临川人,明代戏剧名家。汤显祖虽后于袁宏道六年而卒,但长其十八岁,文学思想的形成也早于公安"三袁"。他与"三袁"之间既有书信往还,又曾一起"聚首都门"①、"周旋狂社"②。其中,宏道与显祖更是倾盖如故,因其共同的隽逸绝俗情志与审美取向而惺惺相惜、声气相求。③ 他们激扬踔厉,把晚明文学思潮推至高峰。同时,他与晚明文学思潮的另一位先驱徐渭交谊甚深,汤显祖所著《问棘邮草》曾由徐渭作评。汤显祖也称慕徐渭道:"《四声猿》乃词场飞将,辄为之唱演数通。安得生致文长,自拔其

---

① [明]袁中道著,钱伯城点校:《珂雪斋集》卷二十四《答王天根》,上海古籍出版社2019年版,第1108页。
② [明]吕天成撰,吴书荫校注:《曲品校注》卷上,中华书局2006年版,第34页。
③ 袁宏道与汤显祖书牍互通虽然不及与陶望龄等人频密,但从宏道致汤显祖的尺牍,足见两人情志互契,无所不言,如宏道致书汤显祖云:"所云'春衫小座'者,随任否?闻亦是吴囡,若尔,弟亦管得着矣。"([明]袁宏道著,钱伯城笺校:《袁宏道集笺校》卷五《汤义仍》,上海古籍出版社2018年版,第252页)交谊亦以佳士共赏为是。又云:"永嘉黄国信,佳士也,千里而见袁生,又知慕义仍先生者,此其人岂俗子耶?料中郎之屐可倒,义仍之榻亦可下矣。"([明]袁宏道著,钱伯城笺校:《袁宏道集笺校》卷五《汤义仍》,上海古籍出版社2018年版,第252页)又云:"长卿隽人,东上括苍,不知唾落几许珠玑,有便幸赐我一二颗。"([明]袁宏道著,钱伯城笺校:《袁宏道集笺校》卷五《汤义仍》,上海古籍出版社2018年版,第252页)又云:"肠中欲语者甚多,纸上却写不尽,俟异日面谭。"([明]袁宏道著,钱伯城笺校:《袁宏道集笺校》卷五《汤义仍》,上海古籍出版社2018年版,第252页)

舌！"①在李攀龙、王世贞操文柄之时，他与徐渭都是"崭然有异"②于时，不附从时流的杰出文人。就作品而言，无论是其"天网顿物，大冶熔金，左右纵横，无不如意"③的诗文，还是宝光陆离、奇彩腾跃的戏曲作品，都曾被"展相传诵，至令纸贵"④，取得了超迈于拟古派之上的成就，从而壮大了革新派的声容，为革新思潮受到世人认同提供了令人信服的作品。汤显祖之所以能"树帜于词场，扬葩于艺苑"⑤，卓绝一世，成为一位戏剧名家，"冠世博学"⑥是一个重要的原因。

汤显祖出生于书香之家，幼承庭训，便受教多元。他曾说："家大父早综籍于精黉，晚言筌于道术。捐情末世，托契高云。家君恒督我以儒检，大父辄要我以仙游。"⑦而其祖母因与南岳魏夫人同姓，亦"生平精心道佛，好诵元始金碧之文"⑧。当然，对汤显祖平生影响最大的是罗汝芳、李贽和紫柏。⑨ 他曾说："如明德先生者，时在吾心眼中矣。见以可上人（紫

---

① ［明］王思任：《批点玉茗堂牡丹亭叙》，载徐朔方笺校：《汤显祖集·诗文集》附录，中华书局 1962 年版，第 1544 页。

② ［清］钱谦益撰集，许逸民、林淑敏点校：《列朝诗集·丁集》第十二《袁稽勋宏道》，中华书局 2007 年版，第 5317 页。

③ ［明］屠隆：《汤义仍玉茗堂集序》，转引自毛效同编：《汤显祖研究资料汇编》第五编《诗文述评》，上海古籍出版社 2016 年版，第 352 页。

④ ［明］邹迪光：《汤义仍先生传》，转引自毛效同编：《汤显祖研究资料汇编》第二编《生平》，上海古籍出版社 2016 年版，第 83 页。

⑤ ［明］帅机：《汤义仍玉茗堂集序》，转引自毛效同编：《汤显祖研究资料汇编》第五编《诗文述评》，上海古籍出版社 2016 年版，第 350 页。

⑥ ［明］吕天成撰，吴书荫校注：《曲品校注》卷上，中华书局 2006 年版，第 34 页。

⑦ 徐朔方笺校：《汤显祖集·诗文集》卷二《和大父游城西魏夫人坛故址诗》序，中华书局 1962 年版，第 22 页。

⑧ ［明］帅机：《阳秋馆集》卷三《魏夫人诔》，清乾隆四年休献堂刻本。

⑨ 紫柏(1543—1603)，名真可，字达观，紫柏为其号，江苏吴江人。明末四大高僧之一，是"远追临济，上接大慧"的著名禅师。佛学思想兼融各宗，所订《礼佛仪式》，发愿礼拜十方三世、西天东土的一切诸佛诸祖。其一生又是充满矛盾的，一方面持戒极严，乃至"常露坐，不避风霜"；另一方面又强调"世法"与"出世法"的统一，是一位著名的社会活动家。万历二十八年(1600)，因对拒不执行朝廷征收矿税的命令被捕的南康太守吴宝秀深表同情，他赴京游说，最终被捕而卒于狱中。著有《紫柏尊者全集》《紫柏老人集》等。

柏)之雄,听李百泉(李贽)之杰,寻其吐属,如获美剑"①,又说:"弟(汤显祖)一生疏脱。然幼得于明德师,壮得于可上人。"②罗汝芳、李贽都为泰州学派中人。汤显祖有得于罗、李二人,主要是受泰州之学影响;其受佛教的影响主要来自于紫柏。他的一生大致经历了由"仙游"与"儒检"并举,到儒学思想为主,再到佛学思想较为显著的过程,其中,受泰州学派及佛教的濡染最甚。

第一节 "邃于理":"为情作使"的儒学根基

东林魁首之一高攀龙在看到汤显祖《贵生书院》《明复》诸说后,曾发出"不知其邃于理如是"③的浩叹。汤显祖深谙性理之学,这除了自幼即承学罗汝芳,还与其家乡江右浓郁的理学氛围有关。汤显祖亦深以生于理性之乡为傲,尝云:"吾江以西固名理地也。"④汤显祖的这种地域文化体认与当时剧坛"沈汤之争"交融在一起,进而又强化了其对理学的认同。汤显祖以其剧作尤其是《牡丹亭》誉著当时。该剧流播最盛之地在吴中,当时太仓王锡爵家班、常熟钱岱家班以及吴江沈自友家班都以演出《牡丹亭》闻名。《牡丹亭》巨大的感染力乃至引发了这样凄绝的一幕:"娄江女子俞二娘,未有所适,酷嗜《牡丹亭》传奇,蝇头细字,批注其侧。幽思苦韵,有痛于本词者。十七惋愤而终。"汤显祖闻之而作《哭娄江女子二首》,其中第一首云:"画烛摇金阁,真珠泣绣窗。如何伤此曲,偏只在娄江。"⑤吴中乃戏

---

① 徐朔方笺校:《汤显祖集·诗文集》卷四十四《答管东溟》,中华书局1962年版,第1229页。
② 徐朔方笺校:《汤显祖集·诗文集》卷四十七《答邹宾川》,中华书局1962年版,第1352页。
③ [明]高攀龙著,尹楚兵辑校:《高攀龙全集》上册《高子遗书(文)》卷之八上《答汤海若》,凤凰出版社2020年版,第462页。
④ 徐朔方笺校:《汤显祖集·诗文集》卷三十二《揽秀楼文选序》,中华书局1962年版,第1077页。
⑤ 徐朔方笺校:《汤显祖集·诗文集》卷十六《哭娄江女子二首(有序)》,中华书局1962年版,第654—655页。

曲的中心,据载:"吴中曲调起自魏氏良辅,隆万间精妙益出。四方歌曲,必宗吴门。"①而临川之汤显祖与以沈璟为首的吴江剧作家旨趣殊异,遂产生了戏剧观念的强烈冲突。据王骥德记载:"临川之于吴江,故自冰炭。吴江守法,斤斤三尺,不欲令一字乖律,而毫锋殊拙;临川尚趣,直是横行,组织之工,几与天孙争巧,而屈曲聱牙,多令歌者齚舌。"②为了使案头之书成为筵上之曲,曲坛盟主沈璟亲自"为临川改易《还魂》字句之不协者",且请吕玉绳转寄汤显祖。对此,汤显祖甚为悲愤,书牍中屡次言及。他在答凌濛初的尺牍中说:"不佞《牡丹亭》记,大受吕玉绳改窜,云便吴歌。不佞哑然笑曰,昔有人嫌摩诘之冬景芭蕉,割蕉加梅,冬则冬矣,然非王摩诘冬景也。其中驰荡淫夷,转在笔墨之外耳。"③乃至负气回复吕玉绳:"彼恶知曲意哉!余意所至,不妨拗折天下人嗓子。"④由此而起的"沈汤之争",渐而演变成后世曲学家所称的"吴江派"和"临川派"。一般认为,"论律者归沈,尚才者党汤","沈谱""汤词"各有偏胜。显然,能说出"不妨拗折天下人嗓子"矫激之言的汤显祖,何以在吴江于节奏、排场、声韵,务求咫尺合律之外得其胜场,这是其文学生涯中不可忽视的心理因素。吴人、吴地遂成为汤显祖衡文论学时常常言及的话题,如,汤显祖说:"吴地文物浩杂,吾乡吏其土者,或慧或愿,往往有以自见,理学胜也。况夫至慧而处愿,其所自见,固益有异者。"⑤江右人士吏吴,往往以慧、愿胜于吴人。就诗而言,自严羽提出诗有别趣,非关理也,理往往被诗论家视为一病。但汤显祖则不以为然,他说:"江以西有诗,而吴人厌其理致。吴有诗,江以西厌其风流。予谓此两者好而不可厌,亦各其风然,不可强而

---

① [明]徐树丕:《识小录》卷之四,涵芬楼秘笈景稿本。
② [明]王骥德:《曲律》卷第四《杂论第三十九下》,载俞为民、孙蓉蓉编:《历代曲话汇编·明代卷》第二集,黄山书社2009年版,第125页。
③ 徐朔方笺校:《汤显祖集·诗文集》卷四十七《答凌初成》,中华书局1962年版,第1345页。
④ [明]王骥德:《曲律》卷第四《杂论第三十九下》,载俞为民、孙蓉蓉编:《历代曲话汇编·明代卷》第二集,黄山书社2009年版,第126页。
⑤ 徐朔方笺校:《汤显祖集·诗文集》卷四十八《与吴亦勉》,中华书局1962年版,第1412页。

轻重也。"①看似持正公允,实为江右诗之"理致"辨。因此,理,无疑是汤显祖引以为傲的江右之胜场。更重要的是,汤显祖以才藻见著,一方面,他以"豫章多美才"而自得;另一方面,江西又是名理之地,在汤氏看来,理还通乎才,通乎法,通乎常与变。他说:"吾江以西固名理地也。故真有才者,原理以定常,适法以尽变。常不定不可以定品,变不尽不可以尽才。才不可强而致也。品不可功力而求。"②理是"真有才者"适法以尽变的前提,这种通乎才、法、常、变之"理",虽然与性理之"理"不尽相同,但"性理"之学无疑是其文学观的重要学理底色。

  首先,儒家狂者人格精神与"通极天下之变"的才士之文。汤显祖与李贽、袁宏道等人相应和的文学观是基于儒家所尚的狂狷人格而自然形成的。汤显祖依循孔子"吾思中行而不可得,则必狂狷矣"的人格取向而语之于文,谓:"狷者精约俨厉,好正务洁。持斤捉引,不失绳墨。士则雅焉。"而其更为倾意的乃是狂者,他说:"然予所喜,乃多进取者。其为文类高广而明秀,疏夷而苍渊。在圣门则曾点之空餐,子张之辉光。于天人之际,性命之微,莫不有所窥也。因以裁其狂斐之致,无诡于型,无羡于幅,峨峨然,渢渢然。证于方内,未知其何如。"③这种深植于儒家经义、人格精神的"理",是"于天人之际,性命之微,莫不有所窥"而后得的。源自"圣门""方内"而得的精神,衍成其在晚明文坛展现的"狂斐之致"的气象,不拘于格套,"无诡于型,无羡于幅,峨峨然,渢渢然",恣肆无碍的文学情怀。其情状一如袁宏道既见李贽之后"盖天盖地,如象截急流,雷开蛰户,浸浸乎其未有涯也"④的情形。

---

① 徐朔方笺校:《汤显祖集·诗文集》卷三十二《金竺山房诗序》,中华书局1962年版,第1086页。
② 徐朔方笺校:《汤显祖集·诗文集》卷三十二《揽秀楼文选序》,中华书局1962年版,第1077页。
③ 徐朔方笺校:《汤显祖集·诗文集》卷三十二《揽秀楼文选序》,中华书局1962年版,第1077页。
④ [明]袁中道著,钱伯城点校:《珂雪斋集》卷十八《吏部验封司郎中中郎先生行状》,上海古籍出版社2019年版,第801页。

汤显祖所尚的儒学精神,显然与拘儒乡愿判若云泥。他说"世间惟拘儒老生不可与言文。耳多未闻,目多未见。而出其鄙委牵拘之识,相天下文章。宁复有文章乎? 予谓文章之妙不在步趋形似之间。自然灵气,恍惚而来,不思而至。怪怪奇奇,莫可名状。非物寻常得以合之",因此,他说:"士有志于千秋,宁为狂狷,毋为乡愿。"①这种恍惚而来、莫可名状者,亦即汤显祖所擅、所尚的通乎"理"而被其视为"文之体"的"才"或"灵性"。他说:"谁谓文无体耶。观物之动者,自龙至极微,莫不有体。文之大小类是。独有灵性者自为龙耳。"②如同其对吴地顾曲者也偶有认同(如王锡爵等)一样,他对"十余年间,而天下始好为才士之文"感到欣喜之时,也对两位"吴之文得为龙者"予以褒评,云:"龙有醇灏丰烨,云气从瀹郁而兴,幽毓横薄,不可穷施者。钱受之之文也";另一是"有英秀蜷媚,云气从之,夭矫而舒,凌深倾洗,不可测执者,张元长之文也"。③"不可穷施""不可测执"而不胶执于一格,是其共同的特色。与此相关,汤显祖还征诸孔孟,主张为文当养动静之气以求变化之致。他说:"天下有中气,有畸气。中主要而难见,畸挈激而易行。气与机相辅相轧以出。天下事举可得而议也。吾以为二者莫先乎养气。养气有二。子曰:'智者动,仁者静;仁者乐山,而智者乐水。'故有以静养气者,规规环室之中,回回寸管之内,如所云胎息踵息云者,此其人心深而思完,机寂而转,发为文章,如山岳之凝正,虽川流必溶济也,故曰仁者之见;有以动养其气者,泠泠物化之间,亹亹事业之际,所谓鼓之舞之云者,此其人心炼而思精,机照而疾,发为文章,如水波之渊沛,虽山立必陂陁也,故曰智者之见。二者皆足以吐纳性情,通极天下之变。"④

---

① 徐朔方笺校:《汤显祖集·诗文集》卷三十二《合寄序》,中华书局 1962 年版,第 1078 页。

② 徐朔方笺校:《汤显祖集·诗文集》卷三十二《张元长嘘云轩文字序》,中华书局 1962 年版,第 1079 页。

③ 徐朔方笺校:《汤显祖集·诗文集》卷三十二《张元长嘘云轩文字序》,中华书局 1962 年版,第 1079 页。

④ 徐朔方笺校:《汤显祖集·诗文集》卷三十一《朱懋忠制义叙》,中华书局 1962 年版,第 1068 页。

孟子尝自谓:"我知言,我善养吾浩然之气。"①孟子养气,本乎集义,这也被视为孟子为学律令。韩愈承孟子之传,而言及为文之学养。李东阳直接将其用于文章事业,云:"盖文章之与事业,大抵皆气之所为。气得其养,则发而为言,言而成文为声音,皆充然而有余。"②汤显祖则将孟子"养气说"与孔子言知仁之性结合在一起,赋予其新的内涵。他认为气与机相辅相轧以出,重中气、畸气之别,智动、仁静之殊,以求文之缤纷多姿,目的在于"通极天下之变"。这与恶乡愿、恶为文之步趋形似,与尚狂者气象,尚为文"自然灵气,恍惚而来"一样,都体现了迥异于复古派的旨趣。而汤显祖依循的学术端绪,均出自《语》《孟》等儒家经典话头。

其次,以中庸、仁学为天机的淑世之文。与晚明文人一样,汤显祖对于狂者精神、曾点气象的悦慕,主要体现在与李贽、袁宏道等人一道荷戈破阵,为廓清文坛摹拟之习而呼号之时。就体裁而言,主要是纯文学作品以及小品文类,以描摹流水孤村、寒鸦古木、岚烟草树、苍狗白衣等题材为主。这是践履"为情作使"身份的汤显祖,但这并不是汤显祖文学、学术思想的全部。汤显祖虽然以剧作誉著文苑,但他又是一位具有强烈淑世情怀的文人。万历十九年(1591),汤显祖为矫革时弊而上《论辅臣科臣疏》,直陈万历"后十年之政,时行柔而有欲,又以群私人靡然坏之"③,因此而由南京礼部祠祭司主事贬为徐闻典史。显然,汤显祖所论之文,还关乎彝鼎盛烈、建功树善、纪德昭事的作品。因此,汤显祖在为立朝以清直著称的邹元标《太平山房集选》所作序言中,又以中庸、仁为天机,论及邹元标及其文章之道。何谓"天机"?他说:"通人之言曰,善观人者,不观其人,而观其人之天;相千里马者,取其精,遗其粗。见其内,而忘其外,以

---

① [清]焦循撰,沈文倬点校:《孟子正义》卷六《公孙丑章句上》,中华书局1987年版,第199页。
② [明]李东阳著,周寅宾编:《李东阳集·文后稿》卷之四《黎文僖公集序》,岳麓书社2008年版,第978页。
③ 徐朔方笺校:《汤显祖集·诗文集》卷四十三《论辅臣科臣疏》,中华书局1962年版,第1214页。

此谓之天机",天机又是与中庸、仁一体:"中庸者,天机也,仁也。去仁则其智不清,智不清则天机不神。"①与"文"的关系是:"言语者仁之文也,行事者仁之施也。行莫大乎节行,而言莫大乎文章。"②"天机"的具体呈现,汤显祖对邹元标及其《太平山房集选》有这样的描述:"公其天机胜与。何以知之,以其文知之。公所为奏议传赞书论诗歌,无虑若干卷。大抵皆言均天下国家蹈白刃辞爵禄之事,而未尝不出乎道中庸之意。"③淑世是其显著特征。

邹元标与赵南星、高攀龙一起,被誉为"三君子",官至吏部左侍郎,但因说直而屡遭贬谪,曾居家讲学近三十年。因其曾师事胡直,黄宗羲《明儒学案》将其列为《江右王门学案》。但邹元标又曾有过短暂的问师罗汝芳的经历④,受泰州学派影响甚著。⑤ 其学术"远则周程朱陆,近则河东余姚"⑥。他特别称叹周敦颐之于儒学的贡献,云:"天启先生,独辟草

---

① 徐朔方笺校:《汤显祖集·诗文集》卷三十《太平山房集选序》,中华书局1962年版,第1037页。

② 徐朔方笺校:《汤显祖集·诗文集》卷三十《太平山房集选序》,中华书局1962年版,第1036页。

③ 徐朔方笺校:《汤显祖集·诗文集》卷三十《太平山房集选序》,中华书局1962年版,第1037页。

④ 邹元标《明大中大夫云南参政近溪罗先生墓碑》云:"予侍先生左右者月余,承先生教旨不能有所入,迄今二十年。先生已为古人,始知先生坐我春风中不觉,于是悔且恨,恨不得先生起九原而请质之。"([明]邹元标:《愿学集》卷六上《明大中大夫云南参政近溪罗先生墓碑》,清文渊阁四库全书补配清文津阁四库全书本)

⑤ 黄宗羲云:"先生之学,以识心体为入手,以行恕于人伦事物之间、与愚夫愚妇同体为功夫。"([清]黄宗羲著,沈芝盈点校:《明儒学案》卷二十三《江右王门学案八》,中华书局1985年版,第535页)邹元标《会语》中照录王艮《乐学歌》的内容。其《书心斋先生语略后》亦云:"窃尝论新建有泰州,犹金溪有慈湖,其两人发挥师传亦似不殊。斯道不孤,德必有邻。予于兹益信。或曰泰州主乐,末世有猖狂自恣以为乐体,奈何? 予曰,此非泰州之过,学者之流弊也。夫流弊何代无之,终不可以流弊而疑其学。"([明]邹元标:《愿学集》卷之八《书心斋先生语略后》,清文渊阁四库全书补配清文津阁四库全书本)

⑥ [明]黄凤翔:《田亭草》卷五《邹南皋先生集选序》,明万历四十年刻本。邹元标与东林唯一的学术差异在于对阳明"无善无恶"的态度迥异。顾宪成辟东林,集同志,研辩最烈者即阳明"无善无恶心之体"。而邹元标尝言:"今南中辟无善无恶一语不遗余力,予尝不量螳臂拒之曰:'一到家语,一发刃语。'此两途也。"([明]邹元标:《愿学集》卷四《寿海门周公七十序》,清文渊阁四库全书补配清文津阁四库全书本)

昧","远溯厥功,孰与之配?"①邹元标登坛降帐,阐道淑人,具有史汲之直、由夷之洁,荐高攀龙、刘宗周等甚力,因此,与顾宪成、高攀龙等有同志之谊。② 政治立场、品节志趣、学术旨趣俨然东林中人。③ 这一切都与汤显祖甚为相契。除此,邹元标更具和衷共济的精神,其自序尝云:"年少气盛时,妄从光影中窥睍,自以为觉矣。不知意气用事,去道何啻霄壤。"④ 这也是汤显祖视中庸为"天机"的重要原因。

汤显祖所谓天机是"见其内而忘其外",虽显诸仁而又藏诸用的。作为气、机相辅相轧以出之文,是以仁为本、道中庸为内蕴的;是作家虽颠沛造次不可离的仁的体现;是仁、智相激,天机运化而妙成的。这时的汤显祖言文、言人,与荡涤文坛摹拟之习时以狂者胸次、曾点气象为尚稍有不同。这类文以经世为内容,以道中庸为质。就邹元标及《太平山房集选》而言则是:"正而不羁,旁而不离。发愤讥切大臣之事,诎然而止。余多以大雅宽然之思感动主上。所传记悲美,多以表发道术,感慨烈行,幽忧所不能平。与学道人酬答,常治其偏至","必其中有真而后可";得乎中庸,以仁为质,发乎天机,娴雅冲和,"如冰玉之清以明,如芝兰之馨,如英英乎其出云,而昭昭乎其发春也","绪为诗歌,漻然以和"。⑤ 而与狂者所作

---

① [明]邹元标:《愿学集》卷七《卢溪祭濂溪先生文》,清文渊阁四库全书补配清文津阁四库全书本。

② 顾宪成《答邹南皋书》云:"得吾丈《读春游记》诸说,此是丈一腔仁体,到处流行,必欲觉同志而偕之大道也。能无感佩?"([明]顾宪成:《顾端文公遗书·南岳商语·答邹南皋》,清康熙刻本)邹元标《東东林书院同盟》云:"贵地四方之表,从此普天皆邹鲁矣。吾党皆见逐于清时者,不肖尝自体德薄寡积,不能见用于世,即用于世亦无可用,徒生衅端。吾党肯从青山白石,良朋胜地,寻绎千古真脉,方幸锢之不早,不怨不尤,下学上达,是吾辈今日事。"([明]邹元标:《愿学集》卷三《東东林书院同盟》,清文渊阁四库全书补配清文津阁四库全书本)顾宪成卒后,高攀龙为其作《行状》,邹元标为其作《墓志铭》。

③ 清人陈鼎《东林列传》将邹元标列于其中。汤显祖虽然没有参加东林会社,但其《论辅臣科臣疏》《闻罢内操喜而敬赋》《闻都城渴雨,时苦摊税》等作品都表现了与东林开放言路,反对宦官干政以及反对矿税相似的政治主张。其与东林人士同气相求乃是客观史实。

④ 引自黄宗羲:《明儒学案》卷二十三《江右王门学案八·忠介邹南皋先生元标》,中华书局 1985 年版,第 535 页。

⑤ 徐朔方笺校:《汤显祖集·诗文集》卷三十《太平山房集选序》,中华书局 1962 年版,第 1037 页。

"怪怪奇奇"之文迥异其趣。这是汤显祖文学观的另一面。就学术背景而言,以儒家仁心、中庸为本。同时,这种沉蕴于内的冲和旨趣,又与道家旨趣相通贯。因此,汤显祖又说:"列子庄生,最喜天机。天机者,马之所以千里,而人之所以深深。机深则安,机浅则危,性命之光,相为延息。此旨令人憪焉恍焉。"① 同时,汤显祖唯一曾作的文献序解,即是道家类的《阴符经解》,其中体现的也是一气混成、三才互吞的思想。而天机即是人与天地参的重要基点。他说:"天机者,天性也。天性者,人心也。心为机本,机在于发。天机发在斗。斗者,天之目也。"② 当然,汤显祖只是融道家天道自然、深潜以致远的思维方式,以济狂者精神,最终的归趣仍然在于儒家的中庸理念。他以"正而不羁,旁而不离"、大雅宽然的创作心理,以"瀓然以和"为审美特征,以经世为目的,这是"为情作使"的汤显祖文学观中不可忽视的另一面相。

再次,天道观与"世总为情"。基于道家天道自然、一体混成的思想,汤显祖又向慕重立极的周敦颐、主一体的程颢之学,他说:"自孔孟没而微言湮,越千百载而宋四子续。四子之于道也,其几乎?余独于茂叔、伯淳窃有慕焉。盖尝读《太极说》《定性书》,而知其学;读风月玉金之赞,而知其人矣。他如正叔、张、朱不无少逊,而名言非乏。总之,逊心圣道而窥其藩焉者。"③ 汤显祖所慕的周敦颐之学,概是《太极图说》融通形上学与宇宙论的理论旨趣。得乎程颢《定性书》,当是对其由"天地之常,以其心普万物而无心"④ 而立廓然大公之心的认同。可见,汤显祖向慕的乃是周、程二人缘乎天道的一体思维。这也许与"幼得于明德师"不无关系。黄宗羲在总结罗汝芳的论学旨趣时,谓其"以天地万物同体,彻形骸、忘物我

---

① 徐朔方笺校:《汤显祖集·诗文集》卷四十四,中华书局1962年版,第1237页。
② 徐朔方笺校:《汤显祖集·诗文集》卷四十二《阴符经解》,中华书局1962年版,第1207页。
③ 徐朔方笺校:《汤显祖集·诗文集》卷五十《包熺宋儒语录钞释序》,中华书局1962年版,第1471页。
④ [宋]程颢、程颐著,王孝鱼点校:《二程集·文集》卷第二《答横渠张子厚先生书》,中华书局2004年版,第460页。

为大"①。这与程颢所谓"须是合内外之道,一天人,齐上下,下学而上达"②正相符契。向慕周敦颐之学,也是其对明代另一位思想家李见罗称叹有加的原因之一。李材,字孟诚,别号见罗,历官至云南按察使,论学以"止修"为归。黄宗羲《明儒学案》为其一人专立《止修学案》。汤显祖有诗云:"在世何知出世难。向来长羡死灰寒。麻源得见罗夫子,春色渔歌起杏坛。"③他在《答李宗诚》的尺牍中亦曾两次语及李见罗,云"见罗真是奇男子"④,对于"有道如见罗先生,既埋星光于赤土"⑤深以为憾。汤显祖对李材的崇仰,称其为"奇男子",固然与其圣学武功见忌于当路,且因滇事被逮有关。同时,李材论学抗颜师席,主张"儒者之学断须本天"⑥,认为"由仁义而行者,即是本天路径"⑦,承周敦颐的意脉甚显,这同样深得汤显祖之心印。汤显祖远慕近习,涵茹往哲时贤,浑化而成自己的文学思想与实践,呈现出了比与其桴鼓相应的徐渭、袁宏道等人更加宏阔的境界。正是因为其"必参极天人微窈,世故物情,变化无余",成精洞弘丽之文,方可"成一家言"⑧的高远立意,才使其能从"世总为情"的本体维度,将文学情感论实现了形上超越,使中国古典文论达到了一个新的境界。这种泯会天地人的宏阔思维,使其能从超越的层面体味情与性并进行艺

---

① [清]黄宗羲著,沈芝盈点校:《明儒学案》卷三十四《泰州学案三》,中华书局2008年版,第762页。
② [宋]程颢、程颐著,王孝鱼点校:《二程集·河南程氏遗书》卷第三《明道先生语》,中华书局2004年版,第59页。
③ 徐朔方笺校:《汤显祖集·诗文集》卷十八《相者过盱却寄曾舜徵二首》之二,中华书局1962年版,第748页。
④ 徐朔方笺校:《汤显祖集·诗文集》卷四十五《寄李宗诚》,中华书局1962年版,第1257页。
⑤ 徐朔方笺校:《汤显祖集·诗文集》卷四十四《答李宗诚》,中华书局1962年版,第1253页。
⑥ [清]黄宗羲著,沈芝盈点校:《明儒学案》卷三十一《止修学案》,中华书局2008年版,第677页。
⑦ [清]黄宗羲著,沈芝盈点校:《明儒学案》卷三十一《止修学案》,中华书局2008年版,第679页。
⑧ 徐朔方笺校:《汤显祖集·诗文集》卷四十七《答张梦泽》,中华书局1962年版,第1365页。

术呈现。这是汤显祖的独到之处,也是其"为情作使"之时,腕下神来,能超越生死,超越梦觉,亹亹言之,了无畛域之限的学理基础。汤显祖以茂叔、伯淳之浑沦一体思维为氍毹场,演就了"几令《西厢》减价"的精彩剧目。其文学实践具有了笼天地于形内,挫万物于笔端的宏阔气象。汤显祖还以之品鉴时贤所作,如汤显祖称叹同年进士马之骏的作品:"瑶刻大致性乎天机,情乎物际。星月定于衡璇,风云通其律吕。含星吐激,自然而调。"①这一宏阔的文学视野与桴鼓相应、踔厉风发的李贽、袁宏道标举"童心""性灵"等主体精神稍有不同,因为以"劬于伎剧"相标榜的汤显祖,其实还有比同道们更为强烈的兼济天下之志,他尝为星变陈言敷奏:"辅臣欺蔽如故,科臣贿媚方新,伏乞圣明,特加戒谕罢斥,以新时政,以承天戒事。"②虽忠谠远贬而怡然自乐。因此,东林人士成了最为了解汤显祖心曲的知音。东林魁首之一高攀龙尝言:"及观赐稿《贵生》《明复》诸说,又惊往者徒以文匠视门下,而不知其邃于理如是。龙尝读圣贤书,见孔子言仁,便说复礼;孟子言浩然之气,便说集义。夫仁者与万物为一体,浩然之气塞乎天地,可谓大矣!"③高攀龙对"文匠"汤显祖"邃于理"的洞识,源于他们共同的"言仁""言浩然之气"的为学旨趣,更基于他们共同的"仁者与万物为一体,浩然之气塞乎天地",参极天人"可谓大矣"的人生、学术境界。明乎此,我们便不难理解"为情作使"的汤显祖何以能发出"世总为情"的邃理之言了。

最后,《明复说》《秀才说》的文学意蕴。晚明文人错综于儒林、文苑,兼及二氏之学,往往有相关专著、专论传世。李贽、焦竑、袁宏道、钟惺最为突出。比较而言,汤显祖"为情作使,劬于戏剧"乃是其人生主调,但也偶有说理专论,《玉茗堂集》中存有"说"文三篇,其中的《明复说》与《秀才

---

① 徐朔方笺校:《汤显祖集·诗文集》卷四十九《答马仲良》,中华书局1962年版,第1421页。
② 徐朔方笺校:《汤显祖集·诗文集》卷四十三《论辅臣科臣疏》,中华书局1962年版,第1211页。
③ [明]高攀龙著,尹楚兵辑校:《高攀龙全集》上册,《高子遗书(文)》卷之八上《答汤海若》,凤凰出版社2020年版,第462页。

说》即是含有一定文学意蕴的言理之文。

《明复说》是汤显祖鲜见的一篇讨论儒学义理的专论。该文综汇儒家《易传》《大学》《中庸》《论语》《诗经》等经典，以知为的，以复为径，以《论语·子罕》颜渊所说的"既竭吾才，如有所立卓尔。虽欲从之，末由也已"为核心内容。汤显祖为何选择《子罕篇》中的内容而作一专论？我们认为，这与汤显祖"天机""知言养气"文学观以及二重文学观的运用互融有关。

《子罕篇》是说颜渊深知夫子之道无穷尽，无方体，遂而感叹。经过夫子的循循善诱、博文约礼，颜渊竭其才力，因夫子之道而高明广大，峻绝而不可企及。对此，汤显祖先从《易》道论述"天地神气，日夜无隙。吾与有生，俱在浩然之内"，以及《中庸》"君子之道费而隐"，将颜子所处的情境置于"气"与"隐"（亦即精微变化之机）的运化背景之下，肯定"颜之卓，即知止知性"的顿挫精进节奏。对其进路，汤显祖提出先养气，后知性："知皆扩而充之，为尽心，为浩然之气矣"，"君子知之，故能定静。素其位而行，素之道隐而行始怪，阂而不通，非复浩然故物矣。故养气先于知性。至圣神而明之，洗心而藏，应心而出，隐然其资之深，为大德敦化；费然其用之浩，为小德川流，皆起于知天地之化育"。[①] 这个过程是由道隐而行怪，再到养气知性，圣神而明之，应心而出、知天地之化育的过程。正可视为汤显祖文学观中由本于狂者精神而为"合奇"之作，再到以中庸为尚，"正而不羁，旁而不离"，而成"瀄然以和"作品的学术底色。同时，《明复说》还将《中庸》"致曲"与《论语·子罕篇》颜子"如立卓尔"之际相联系。他说："吾儒日用性中而不知者，何也？'自诚明谓之性'，赤子之知是也。'自明诚谓之教'，致曲是也。隐曲之处，可欲者存焉。致曲者，致知也。知极于曲，则端倪光景，时若有见。'如立卓尔'之际也。此谓之形著明。至此始有龙德，可动可变可化。故孔子之学，至于知天命而始活。"[②] "致

---

① 徐朔方笺校：《汤显祖集·诗文集》卷三十七《明复说》，中华书局1962年版，第1164—1165页。
② 徐朔方笺校：《汤显祖集·诗文集》卷三十七《明复说》，中华书局1962年版，第1165页。

曲"乃是求诚之功。朱熹释之为:"致,推致也。曲,一偏也。"①即以不懈的择善求诚之功,发越扩充,以使性体莹和,神明焕发,以变化周流之龙德,至诚以尽性。汤显祖将这一发越贯通之境释之为颜子"如立卓尔"之际。颜子仰钻瞻忽,如立卓尔。邢昺疏曰:"此明绝地不可得言之处也。"②更有学人视其为枯禅。显然,这正是汤显祖谈诗论文时言及作家"性乎天机,情乎物际"之"天机"。《明复说》所论之"复者,乾知之始也"③,与其论文学触机兴发之间的学理通贯隐然可见。或许这是我们理解汤显祖何以选择颜子"从之末由"这一关捩点详为阐论的根本原因。源诸儒学经典的感悟与启迪,以及论文时常常言及的性情等儒家范畴,使这些儒家义理本身已成为其文学理论的重要组成部分。

与《明复说》经意而作不同,《秀才说》的撰写看似偶然。沈际飞评该文云:"《示平昌诸生书》:昨某使者至,辄称某秀才某秀才。诸生时有不怿。夜思之,秀才二字,称之者与当之者俱未易也。因为说。"④但此文仍然蕴含了汤显祖的某些文学意趣。这主要集中在才、情、性的关系方面。

朱彝尊《静志居诗话》有这样的记载:"义仍填词,妙绝一时。语虽斩新,源实出于关、马、郑、白。其《牡丹亭》曲本尤极情挚。人或劝之讲学,笑答曰:'诸公所讲者性,仆所言者情也。'"⑤当然,此说不见载于其他文献,张宗泰发现:"'诸公所讲者性,仆所言者情也。'既见庄昶下,又见汤显祖下",提出"凡此均当一为删正,以省繁复也"。⑥ 但根据"性无善无

---

① [宋]朱熹:《四书章句集注·中庸章句》,中华书局1983年版,第33页。
② [梁]皇侃撰,高尚榘校点:《论语义疏》卷第五《子罕第九》,中华书局2013年版,第218页。
③ 徐朔方笺校:《汤显祖集·诗文集》卷三十七《明复说》,中华书局1962年版,第1165页。
④ 引自徐朔方笺校:《汤显祖集·诗文集》卷三十七《秀才说》附评,中华书局1962年版,第1166页。
⑤ [清]朱彝尊著,姚祖恩编,黄君坦校点:《静志居诗话》卷十五《汤显祖》,人民文学出版社1990年版,第461页。
⑥ 引自[清]钱谦益撰集,许逸民、林淑敏点校:《列朝诗集》附录二《后人对于二书之评骘》,中华书局2007年版,第6924页。

恶,情有之。因情成梦,因梦成戏"①的表述可知,汤显祖认为性、情有别,这与阳明学派性情之论大致相似。阳明一方面秉持心统性情的理学正脉,即他所谓"性,心体也;情,心用也。……夫体用一源也,知体之所以为用,则知用之所以为体者矣"②,同时阳明在答黄勉之来信中关于"性即未发之情,情即已发之性,仁即未发之爱,爱即已发之仁"时又说:"爱之本体固可谓之仁,但亦有爱得是与不是者,须爱得是方是爱之本体,方可谓之仁。若只知博爱而不论是与不是,亦便有差处。"③对情作了是与不是的区别。同样,汤显祖也认为情有善恶,而与性不同。但是,汤显祖一生又以"为情作使"自得,并引白居易、苏轼为奥援,曰:"白太傅、苏长公终是为情使耳。"缘此,他区别情、理,"情有者理必无,理有者情必无"又不无疑惑。他说:"谛视久之,并理亦无,世界身器,且奈之何?"这也与达观"而有痴人之疑,疟鬼之困"④的影响有关。因此,期期为情正名,乃至认情为性,才是汤显祖引以为自得的真实心理。而"性无善无恶,情有之"只是其在《南柯记》《邯郸记》既作以后,为抨击时弊而对"情"的解说。⑤

汤显祖对情的提升在为"秀才"正名的过程中得到了体现。"才"是汤显祖有别于"吴江派",也是其谈诗论文、冲击文坛摹拟之习的重要手段,亦即《秀才说》中所谓"尽其才则日新"。汤显祖释"秀才"云:"秀才之才何以秀也。秀者灵之所为。故天生人至灵也。"⑥并引孟子所言以证其本于人性论。他说:"孟子曰:'以为未尝有才者,岂人之性也哉。不能尽其才

---

① 徐朔方笺校:《汤显祖集·诗文集》卷四十七《复甘义麓》,1962年版,第1367页。
② [明]王守仁著,王晓昕、赵平略点校:《王文成公全书》卷四《答汪石潭内翰》,中华书局2015年版,第179页。
③ [明]王守仁著,王晓昕、赵平略点校:《王文成公全书》卷五《与黄勉之》二,中华书局2015年版,第235—236页。
④ 徐朔方笺校:《汤显祖集·诗文集》卷四十五《寄达观》,中华书局1962年版,第1268页。
⑤ 《复甘义麓》尺牍开篇有言:"弟之爱宜伶学二《梦》,道学也。"徐朔方《笺》云:"[二《梦》]指所作《南柯记》与《邯郸记》传奇。"(徐朔方笺校:《汤显祖集·诗文集》卷四十七《复甘义麓》,中华书局1962年版,第1367页)
⑥ 徐朔方笺校:《汤显祖集·诗文集》卷三十七《秀才说》,中华书局1962年版,第1166页。

者也.'故性之才为才也。尽其才则日新。"但汤显祖所引明显有误,《孟子·告子上》中的话:"人见其禽兽也,而以为未尝有才焉者,是岂人之情也哉!"①汤显祖将孟子的"人之情"改成了"人之性",并将"性"作为《秀才说》的核心范畴。虽然不能排除这是汤显祖的偶然误引,但其中体现的性与情的关系,仍然给我们留下了解读汤显祖思想的重要线索。孟子道性善,对性与情的关系疏于论证,但尝言"先立乎其大者,则其小者弗能夺也",赵岐注云:"先立乎其大者,谓生而有善性也。小者,情欲也。善胜恶,则恶不能夺。"②赵岐将"小者"视为情欲,未必完全符合孟子原意,但也难以否定这一可能。汤显祖所误引的孟子所说之"情",与"才"相关联,且本身即具有"性"的意味。如陈栎曰:"此所谓才与情,与前章'乃若其情''天之降才'意同,皆发于性者也。"③朱熹在释孟子"乃若其情"时即云:"情者,性之动也。人之情,本但可以为善而不可以为恶,则性之本善可知矣。"④至此,我们似可探得汤显祖误引背后存在着的认情为性的主观动机了。同时,汤显祖妙引孟子以诠己意,还在于全文以论"才"为主旨,而《孟子》言"才"本身即含有"性"的意蕴。清人戴震释孟子之"才"云:"才者,人与百物各如其性以为形质,而知能遂区以别焉,孟子所谓'天之降才'是也。气化生人生物,据其限于所分而言谓之命,据其为人物之本始而言谓之性,据其体质而言谓之才。由成性各殊,故才质亦殊。才质者,性之所呈也;舍才质安睹所谓性哉。"⑤"才"乃"性"之呈现。不难看出,汤显祖孜孜以证"秀才",隐然存在着证得"才""情"与"性"统一的目的。认情为性,乃《秀才说》隐然存在着的另一旨趣。而"才"乃是

---

① [清]焦循撰,沈文倬点校:《孟子正义》卷二十三《告子章句上》,中华书局1987年版,第776页。
② [清]焦循撰,沈文倬点校:《孟子正义》卷二十三《告子章句上》,中华书局1987年版,第792页。
③ [明]胡广、杨荣、金幼孜等纂修,周群、王玉琴校注:《四书大全校注·孟子集注大全》卷十一,武汉大学出版社2009年版,第993页。
④ [宋]朱熹:《四书章句集注·孟子集注》卷十一《告子章句上》,中华书局1983年版,第328页。
⑤ [清]戴震著,何文光整理:《孟子字义疏证》卷下《才》,中华书局1982年版,第39页。

临川派的特征;"情"乃是汤显祖引以为自得的贯及一身的行为主体。明乎此,我们便不难理解作为遂昌知县的汤显祖为何于千头万绪的政务之中,独独择取"秀才"之题,而成一生中仅有的三《说》之一。

第二节 "幼得于明德师""听李百泉之杰"与文学情感论

汤显祖受到被牟宗三称之为"泰州派中唯一特出者"①的罗汝芳的直接启教。据《文昌汤氏宗谱》载:"承塘公(显祖父)初延罗明德(汝芳)夫子教子六人于城内唐公庙。"其后,汤显祖又"从明德夫子游"②。嘉靖四十五年(1566),汤显祖十七岁时,祖父让他负笈从罗汝芳学习。万历十四年(1586)罗汝芳至南京讲学,汤显祖当时任太常博士,经常过往论学,罗氏的启教对汤显祖震动很大,领悟甚深。对此,汤显祖在《秀才说》中有明确记载。③ 与其对罗汝芳抠衣称弟子不尽相同,李贽与汤显祖则介乎师友之间。李贽长汤显祖二十三岁,早于汤显祖十四年而卒。从现有文献中未见李、汤往还的记载,但汤显祖对李贽十分崇敬。汤氏文集中共有四处论及李贽,其中《叹卓老》与《读〈锦帆集〉怀卓老》都是李贽卒后所作,其余两篇中一篇是上引《答管东溟》,另一篇则是《寄石楚阳苏州》:"有李百泉先生者,见其《焚书》,畸人也。肯为求其书寄我骀荡否?"④根

---

① 牟宗三:《从陆象山到刘蕺山》,上海古籍出版社2001年版,第204页。
② 徐朔方笺校:《汤显祖集·诗文集》卷三十《太平山房集选序》,中华书局1962年版,第1037页。
③ 《汤显祖集·诗文集》卷三十七《秀才说》:"十三岁时从明德罗先生游。血气未定,读非圣之书。所游四方,辄交其气义之士,蹈厉靡衍,几失其性。中途复见明德先生,叹而问曰:'子与天下士日泮涣悲歌,意何为者,究竟于性命何如,何时可了?'夜思此言,不能安枕。久之有省。知生之为性是也,非食色性也之生;豪杰之士是也,非迂视圣贤之豪。如世所豪,其豪不才;如世所才,其才不秀。传不云乎,三折肱可以医国。吾为诸君慎之。"(徐朔方笺校:《汤显祖集·诗文集》卷三十七《秀才说》,中华书局1962年版,第1166页)
④ 徐朔方笺校:《汤显祖集·诗文集》卷四十四《寄石楚阳苏州》,中华书局1962年版,第1246页。

据徐朔方先生考证,该文作于万历十八年(1590)。① 当时汤显祖在南京礼部祠祭司主事任上。《答管东溟》中所说"得奉陵祠"②也是指祠祭司主事之职,即万历十七年(1589)之后。③ 可见,汤显祖论及李贽最早也在万历十七年之后。汤显祖不阿权贵,但尊师崇贤,不能想象受其浸润而只字不提。因此,李贽对其影响,主要是在万历十七年(即汤显祖四十岁)之后。当《焚书》甫刻之时,汤显祖即已见到,"并殷勤求访,其倾慕有如此者"④。由"寄我骀荡",亦可推得汤显祖倾慕《焚书》中的大概内容。

罗汝芳与李贽都是泰州学派中名动一时的学者。罗汝芳与李贽的学术路径都是主张顺适自然性情。事实上,李贽的"童心说"便是直接受到罗汝芳"赤子良心"之说的影响而产生的。因此,受罗汝芳的启教与对李贽的敬慕是基于同样的学术旨趣。而汤显祖受其影响主要体现在其自然通脱的文学情感论和戏曲作品中表现出的"因情成梦"的旨趣。其文学情感论主要表现在:

其一,"情"与"欲"的调和。"情"是汤显祖人生哲学和文学思想的核心,是他的传世作品"临川四梦"中一以贯之的主题。他的尚情理论发端较早,在未曾卒稿的《紫箫记》中即有所体现,但有关"情"的系统论述大多在万历十四年(1586)之后。在《宜黄县戏神清源师庙记》中说:"人生而有情。思欢怒愁,感于幽微,流乎啸歌,形诸动摇。或一往而尽,或积日而不能自休。盖自凤凰鸟兽以至巴渝夷鬼,无不能舞能歌,以灵机自相转

---

① 徐朔方笺云:"据《苏州府志》卷五十二,石昆玉是年任苏州知府。又据近人容肇祖《李贽年谱》,《焚书》是年始刻于麻城,汤显祖此时已见到,并为殷勤求访,其倾慕有如此者。"(徐朔方笺校:《汤显祖集·诗文集》卷四十四《寄石楚阳苏州》笺,中华书局1962年版,第1246页)

② 徐朔方笺校:《汤显祖集·诗文集》卷四十四《答管东溟》,中华书局1962年版,第1229页。

③ 据徐朔方《汤显祖年表》载:"万历十七年,四十岁,迁南京礼部祠祭司主事。"(徐朔方:《汤显祖年表》,载徐朔方笺校:《汤显祖集·诗文集》附录,中华书局1962年版,第1577页)

④ 徐朔方笺校:《汤显祖集·诗文集》卷四十四《寄石楚阳苏州》笺文,中华书局1962年版,第1246页。

活,而况吾人。"①不但戏剧艺术是"情"的产物,"情致所极,可以事道,可以忘言。而终有所不可忘者,存乎诗歌序记词辩之间"②,"情"是一切文艺作品所应表现的内容。"神情合至"是其追慕的文学意旨和审美理想,他说:

> 世总为情,情生诗歌,而行于神。天下之声音笑貌大小生死,不出乎是。因以憺荡人意,欢乐舞蹈,悲壮哀感鬼神风雨鸟兽,摇动草木,洞裂金石。其诗之传者,神情合至,或一至焉;一无所至,而必曰传者,亦世所不许也。③

所谓"神情合至",核心是"情"。"情"是作品产生艺术魅力的根本原因,而"神"大约是指情感表现的途径和形式,是"情"之感人的效果。值得注意的是,汤显祖提出"神情合至"的美学理想,首先是从"世总为情"这一明显带有哲学与人生理念色彩的命题引起的。因此,汤显祖的尚情之论,与明代中后期的社会思潮密切相关。

明代理学家王阳明在情与心性的关系方面,与宋儒相比,表现出了一些融通的迹象,他承认情为心所固有,消除了程朱以性化情、存理灭欲的强制色彩,强调了主体的自为能力,强化了主体的意识。泰州学派更进一步发展了王阳明的这一思想端绪,对汤显祖影响甚大的罗汝芳一方面强调了"天机"与"嗜欲"的同一性,云:"万物皆是吾身,则嗜欲岂出天机外耶?"④当有人怀疑此论无以立教时,他引述孟子为奥援,云:"形色天性,孟子已先言之。今日学者,直须源头清洁。若其初,志气在心性上透彻安

---

① 徐朔方笺校:《汤显祖集·诗文集》卷三十四《宜黄县戏神清源师庙记》,中华书局1962年版,第1127页。
② 徐朔方笺校:《汤显祖集·诗文集》卷三十《调象庵集序》,中华书局1962年版,第1038页。
③ 徐朔方笺校:《汤显祖集·诗文集》卷三十一《耳伯麻姑游诗序》,中华书局1962年版,第1050—1051页。
④ [清]黄宗羲著,沈芝盈点校:《明儒学案》卷三十四《泰州学案》三《参政罗近溪先生汝芳·语录》,中华书局2008年版,第800页。

顿，则天机以发嗜欲，嗜欲莫非天机也。"①另一方面，他论述了"情"的发抒方法，认为情感由未发而已发是自然而然、不须把持的，云："若人识得此个常体，中中平平，无起无作，则物至而知，知而喜怒哀乐出焉，自然与预先有物横其中者，天渊不侔矣，岂不中节而和哉？"②在"情"的内涵及情与性的关系方面，李贽大大突破了传统儒学的理论框架，正面肯定了一己之"私"的合理性，云："夫私者人之心也。人必有私而后其心乃见，若无私则无心矣。……此自然之理，必至之符，非可以架空而臆说也。然则为无私之说者，皆画饼之谈，观场之见，但令隔壁好听，不管脚根虚实，无益于事，只乱聪耳，不足采也。"③所谓"私"亦即一己之自然情欲。当然"情"与"欲"在中国古代是两个不尽相同的概念。虽然《礼记·礼运》载："何谓人情？喜、怒、哀、惧、爱、恶、欲，七者弗学而能。"④即"情"中含"欲"，但是，其后的论者多将情、欲分别论，如《白虎通》中，称"情"有六种，云："六情者，何谓也，喜、怒、哀、乐、爱、恶谓六情。"⑤将"欲"摒除在外。而理学家们常以性情并称，而将"理"与"欲"对举。"情"有善有恶，"情"与"性"仅是已发与未发的关系。情者性之动，寂然不动为性，感而遂通是情。而"欲"在理学家的眼里则是恶的，人欲是与天理对立的，如《朱子语类》中云："人之一心，天理存，则人欲亡；人欲胜，则天理灭，未有天理、人欲夹杂者。学者须要于此体认省察之。"⑥性、情、欲的排列顺序依次是善、有善有恶、恶。《刘子》云："人之禀气，必有性情。性之所感

---

① ［清］黄宗羲著，沈芝盈点校：《明儒学案》卷三十四《泰州学案》三《参政罗近溪先生汝芳·语录》，中华书局2008年版，第800页。
② ［清］黄宗羲著，沈芝盈点校：《明儒学案》卷三十四《泰州学案》三《参政罗近溪先生汝芳·语录》，中华书局2008年版，第783页。
③ ［明］李贽：《藏书》卷三十二《德业儒臣后论》，中华书局1959年版，第1827—1828页。
④ ［清］孙希旦撰，沈笑寰、王星贤点校：《礼记集解》卷二十二《礼运第九之二》，中华书局1989年版，第606页。
⑤ ［汉］班固撰集，［清］陈立疏证，吴则虞点校：《白虎通疏证》卷八《性情》，中华书局1994年版，第382页。
⑥ ［宋］黎靖德编，王星贤点校：《朱子语类》卷十三《学七·力行》，中华书局1986年版，第224页。

者,情也;情之所安者,欲也。情出于性而情违性,欲由于情而欲害情。"①理学家们所摒弃的是"欲"。而李贽肯定"私"的合理性,实质就是对人欲的正面肯定。同时,他肯定被理学家所摈斥的"声色"等自然情欲,云:"盖声色之来,发于情性,由乎自然,是可以牵合矫强而致乎?"②正因为如此,晚明文人一般不严"情""欲"之辨,他们所谓"情"一般既指喜怒哀乐,也包括被理学家视为"欲"的男女爱情。

汤显祖承秉了罗、李自然通脱的思想路径。在"情"与"性"关系上,汤显祖融情性为一,云:"公(张洪阳)所讲者性,我所讲者情。盖离情而言性,一家之私言也;合情而言性,天下之公言也。"③汤显祖"合情而言性",目的是要以"情"为主导,以"情"论"性",因此,他凿凿有言:"我所讲者情。""性"从封建政治观点来解释便是礼教,因此,他视"人情之大窦"为"名教之至乐"④。这样,"情"不再受到儒家名教的束缚。同样,佛道的清规戒律同样不足为碍,其云:"道心之人,必具智骨;具智骨者,必有深情。"⑤"情"与三教的乖隔被汤显祖一一破除了,"情"成了无妨三教,乃至三教共同的大主题,这样就为他正面抒写自然情欲作了理论准备。

汤显祖堪称是晚明的写情圣手,他以奇幻莫测的故事情节、诗情浓郁

---

① [北齐]刘昼著,傅亚庶校释:《刘子校释》卷一《防欲章二》,中华书局1998年版,第10页。
② [明]李贽:《焚书》卷三《读律肤说》,中华书局2009年版,第132页。
③ 据程允昌《南九宫十三调曲谱序》引,[明]程允昌订:《南九宫十三调曲谱》卷首,明末刻本。
④ 详见徐朔方笺校:《汤显祖集·诗文集》卷三十四《宜黄县戏神清源师庙记》,中华书局1962年版,第1127页。对于"情"与"理"的关系,汤显祖云:"嗟夫,人世之事,非人世所可尽。自非通人,恒以理相格耳。第云理之所必无,安知情之所必有邪?"(徐朔方笺校:《汤显祖集·诗文集》卷三十三《牡丹亭记题词》,中华书局1962年版,第1093页)但是,汤显祖所谓"理"与理学家所讲的道德理念并不相同,他说:"是非者理也。"(徐朔方笺校:《汤显祖集·诗文集》卷五十《沈氏弋说序》,中华书局1962年版,第1481页)"理"是判断是非的标准,与"性""礼"的含义并不相同。
⑤ 徐朔方笺校:《汤显祖集·诗文集》卷二十九《睡庵文集序》,中华书局1962年版,第1015页。

的语言,刻画了一个个栩栩如生的艺术形象,都是为了歌颂"不知所起"的自然情感。杜丽娘的形象历数百年而不褪色,《牡丹亭》"家传户诵,几令《西厢》减价"①,就在于作者着意刻画的是一位"至情"之人。这种至情,具有超乎寻常的力量,可以超越生死之界、梦醒之界。"情"是他创作"临川四梦"的根本题旨。它超越了人与动物的界限——"看取无情虫蚁,也关情"②;亦超越了生死界限——杜丽娘因情而"生者可以死,死可以生"③。汤显祖一生也是"为情作使"④的一生。汤显祖的尚情论与袁宏道的"性灵说"都是晚明文学思潮重要的理论标志。

在"情"的内涵上,汤显祖所谓"情"不再是"哀乐"之情,而是道学家们闻之色变的"花月徘徊之间"⑤的崔、张恋情,是男女之间的相思爱情。如《紫钗记》第一出《本传开宗》云:"人间何处说相思?我辈钟情似此。"⑥《牡丹亭》第一出《标目》亦云:"白日消磨肠断句,世间只有情难诉。"⑦这是"翱而以翔""宴酬啸傲"的自然真情。⑧ 这样,汤显祖不但从哲学本体方面肯定了"情"的普遍意义,解决了"情"与三教关系的矛盾,还通过生动的艺术形象对"情"的内涵作了诠释。可见,"情"是汤显祖思想理论系统中的一个核心范畴。

其二,以"缘情"融摄"言志"。为了达到尊情的目的,汤显祖还将传

---

① [明]沈德符:《万历野获编》卷二十五《填词名手》,中华书局1959年版,第643页。
② 钱南扬校点:《汤显祖集·戏曲集·南柯记》第一出《提世》,中华书局1962年版,第2087页。
③ 徐朔方笺校:《汤显祖集·诗文集》卷三十三《牡丹亭记题词》,中华书局1962年版,第1093页。
④ 徐朔方笺校:《汤显祖集·诗文集》卷三十六《续栖贤莲社求友文》,中华书局1962年版,第1161页。
⑤ 徐朔方笺校:《汤显祖集·诗文集》卷五十《董解元西厢题辞》,中华书局1962年版,第1502页。
⑥ 钱南扬校点:《汤显祖集·戏曲集·紫钗记》第一出《本传开宗》,中华书局1962年版,第1587页。
⑦ 钱南扬校点:《汤显祖集·戏曲集·牡丹亭》第一出《标目》,中华书局1962年版,第1811页。
⑧ 徐朔方笺校:《汤显祖集·诗文集》卷五十《董解元西厢题辞》,中华书局1962年版,第1502页。

统的"缘情说"与"言志说"融合为一,对"志"作了新的诠释。"言志"与"缘情"是我国古代诗论的两个重要命题。但两者之间是相互联系的。人们解释《尚书·虞书》中的"诗言志,歌咏言"时,也说"故哀乐之心感,而歌咏之声发"①,承认诗歌是因"哀乐"等情感而发的。因此,唐人孔颖达认为"言志"与"缘情"并无本质的区别,曰:

> 诗者,人志意之所之适也。虽有所适,犹未发口,蕴藏在心,谓之为志。发见于言,乃名为诗。言作诗者,所以舒心志愤懑,而卒成于歌咏。故《虞书》谓之"诗言志"也。包管万虑,其名曰心;感物而动,乃呼为志。志之所适,外物感焉。言悦豫之志则和乐兴而颂声作,忧愁之志则哀伤起而怨刺生。②

"诗言志"③是中国古代诗论"开山的纲领"④。"志"长期以来被解释成合乎礼教的思想。如前所述,唐孔颖达注意到"志"与"情"的相融关系,但作为经学家的孔颖达所说的"情"也仅局限于"哀乐"之情绪而已,与封建礼教并无太大的干犯。汤显祖发展了孔颖达的这一思想端绪,对"诗言志"作了新的解释,云:

> 《书》曰:"诗言志,歌咏言,声依永,律和声。"志也者,情也。先民所谓发乎情,止乎礼义者,是也。嗟乎,万物之情各有其志。董以董之情而索崔、张之情于花月徘徊之间,余亦以余之情而索董之情于笔墨烟波之际。董之发乎情也,铿金戛石,可以如抗而如坠。余之发

---

① [汉]班固撰,[唐]颜师古注:《汉书》卷三十《艺文志第十》,中华书局1962年版,第1708页。
② [汉]毛亨传,[汉]郑玄笺,[唐]孔颖达疏:《毛诗正义》卷一《关雎》,[清]阮元校刻《十三经注疏》,中华书局2009年版,第563页。
③ [唐]孔颖达等疏:《尚书正义》卷三《舜典》,[清]阮元校刻《十三经注疏》,中华书局2009年版,第276页。
④ 详见朱自清:《诗言志辨·序》,广西师范大学出版社2004年版,第3页。

乎情也,宴酣啸傲,可以以翱而以翔。①

虽然形式上还保留了"发乎情,止乎礼义"的古训,但直截明快地释"志"为情,礼义便失去了规范"情"的作用。"情"不再囿于哀乐之情,而是"花月徘徊之间"的崔、张爱情。这样,写"情"成了诗歌、戏曲等文学作品的不二主题。"情"的至上地位得到了肯定。汤氏所论,溯其源,实由李贽开其端,李贽云:"非情性之外复有礼义可止也。"②汤显祖虽未直接阐论"情"与"礼义"的关系,但通过对"性""志"的阐释而与李贽的理论殊途同归。

其三,分别"情"之善恶。宋明理学家一般都论及情之善恶,但他们认为"恶情"之尤者,是声色之欲。与宋明理学家有所不同,李贽反对将"情""牵合矫强"③,他重点对"情"作"真""伪"之别。汤显祖虽然形式上也分别"情"之善恶,他说:"性无善无恶,情有之。"④但是,他判断善恶的标准与理学家截然不同,汤氏剧作中的"善情"正是被理学家视为"恶"情的男女爱情。他的作品中所表现的"善情"受到历代文人的普遍推赞,如吴从先赞叹《牡丹亭》云:"情之一字,遂足千古,宜为海内情至者惊服。"⑤但对他所作的"临川四梦"中所描写的"恶情"鲜有评述。其实,汤显祖所描写的"恶情"与宋明理学家所论不尽相同,而与李贽所谓"矫合牵强"的"情"之"伪"者颇多相似。他在谈到"二梦"(《南柯记》《邯郸记》)时说:"因情成梦,因梦成戏。戏有极善极恶,总于伶无与。"⑥所谓"极恶"之戏,就是剧中所揭示的"恶情",这主要表现为两个方面:一方面是指功名利禄和污浊的官场况味。"二梦"中的主人公淳于梦与卢生都

---

① 徐朔方笺校:《汤显祖集·诗文集》卷五十《董解元西厢题辞》,中华书局1962年版,第1502页。
② [明]李贽:《焚书》卷三《读律肤说》,中华书局2009年版,第132页。
③ [明]李贽:《焚书》卷三《读律肤说》,中华书局2009年版,第132页。
④ 徐朔方笺校:《汤显祖集·诗文集》卷四十七《复甘义麓》,中华书局1962年版,第1367页。
⑤ [明]吴从先著,吴言生译注:《小窗自纪》,上海古籍出版社2016年版,第119页。
⑥ 徐朔方笺校:《汤显祖集·诗文集》卷四十七《复甘义麓》,中华书局1962年版,第1367页。

是穷途落拓之人,但都追求功名利禄、声色钱财。这在汤显祖看来,都是"恶情"所使。作者以"梦"之一瞬,写出"恶情"的虚幻,虽然这些情节在唐传奇中已经存在,但汤氏选择两部传奇进行再创作,无疑融进了汤显祖的上述思想。另一方面,"恶情"又是指李贽所深恶痛绝的虚伪的道学。如《邯郸记·极欲》中描写了这样一出精彩场面:宇文融伏诛之后,卢生历经磨难,终于得以钦取还朝,尊为上相。皇帝赐予二十四名女乐,卢生心中暗喜,但仍装得道貌岸然,云:"原来教坊之女,咱人不可近他。"①卢生因欢心而禁不住赞叹女乐,同时又不能超越道学藩篱的矛盾心态,演出了这样的滑稽剧:

〈生〉……容止则光风霁月,应对则流水行云。加之粉则太白,加之朱则太赤。高一分则太长,低一分则太短。诗家说道:月出皎兮,美人嫽兮。巧笑倩兮,美目盼兮。那一盼你道是甚么盼,把你的心都盼去了。那一笑你道是甚么笑?把人那魂都笑倒了。故曰:皓齿蛾眉,乃伐性之斧;莺声燕语,乃叫命之枭;细唾黏津,乃腐肠之药;翻床跳席,乃橛痿之机。老子曰:五色令人目盲,五音令人耳聋。所以小人戒色,须戒其足。君子戒色,须戒其眼。相似这等女乐,咱人再也不可近他。〈旦〉这等,公相可谓道学之士,何不写一奏本,送还朝廷便了。〈生笑介〉这却有所不可。《礼》云:不敢虚君之赐。所谓却之不恭,受之惶愧了。②

经一番假意推诿之后,终于找到了冠冕堂皇的理由,还是"唱的唱,舞的舞"③,笑纳了。这种"矫情"与李贽所刻画的"所讲者未必公之所行,所

---

① 钱南扬校点:《汤显祖集·戏曲集·邯郸记》第二十七出《极欲》,中华书局 1962 年版,第 2408 页。
② 钱南扬校点:《汤显祖集·戏曲集·邯郸记》第二十七出《极欲》,中华书局 1962 年版,第 2408—2409 页。
③ 钱南扬校点:《汤显祖集·戏曲集·邯郸记》第二十七出《极欲》,中华书局 1962 年版,第 2409 页。

行者又公之所不讲"①的道学家嘴脸何其相似?汤氏剧作始终流贯着赞美自然之情,鞭挞矫饰虚伪之情的意旨。

其四,"情"与政治理想。"情"历来主要是道德伦理、文学艺术领域中常用的范畴。理学家虽然在心性论中赋予其一定的理性色彩,但并没有改变其感性体验的性质。汤显祖则将"情"视为自己世界观的核心,云:"世总为情。"②这样,"情"的外延得到了超越。他还将"情"视为治国之本,曰:"是故圣王治天下之情以为田,礼为之粗,而义为之种。"③"情"具有治理社会的神奇力量:"可以合君臣之节,可以浃父子之恩,可以增长幼之睦,可以动夫妇之欢,可以发宾友之仪,可以释怨毒之结,可以已愁愦之疾,可以浑庸鄙之好。"④以"情"治天下与以"法"治天下是根本对立的,他反对"灭才情而尊吏法"⑤的统治方式。汤显祖以情治国的政治理想,是基于对万历朝黑暗政治的反感,同时也与罗汝芳的影响有关。

罗汝芳是泰州学派中的卓荦者,时人将其与王畿并称为"二溪"(王畿号"龙溪",罗汝芳号"近溪")深受时人推重,李贽尝云:"近老解经处,虽时依己见,然纵横自在,固无一言而不中彀率也。虽语言各别,而心神符契,诚有德之言,俾孔孟复起,岂不首肯于百世下耶!"⑥牟宗三对罗汝芳有这样的评价:"顺泰州派家风作真实工夫以拆穿良知本身之光景使之真流行于日用之间,而言平常、自然、洒脱与乐者,乃是罗近溪,故罗近溪是泰州派中唯一特出者。"⑦罗汝芳虽然甚少谈"情",而强调"天理"的至

---

① [明]李贽:《焚书》卷一《答耿司寇》,中华书局2009年版,第30页。
② 徐朔方笺校:《汤显祖集·诗文集》卷三十一《耳伯麻姑游诗序》,中华书局1962年版,第1050页。
③ 徐朔方笺校:《汤显祖集·诗文集》卷三十四《南昌学田记》,中华书局1962年版,第1117页。
④ 徐朔方笺校:《汤显祖集·诗文集》卷三十四《宜黄县戏神清源师庙记》,中华书局1962年版,第1127页。
⑤ 徐朔方笺校:《汤显祖集·诗文集》卷三十四《青莲阁记》,中华书局1962年版,第1113页。
⑥ [明]李贽:《评近溪子集》,载方祖猷、梁一群、李庆龙等编校整理:《罗汝芳集》附录,凤凰出版社2007年版,第935页。
⑦ 牟宗三:《从陆象山到刘蕺山》第三章《王学之分化与发展》,上海古籍出版社2001年版,第204页。

上性,但其师颜钧便曾提出"是制欲,非体仁也"①的思想,他自己也认为"赤子良心、不学不虑",主张"解缆放船,顺风张棹",②认为顺其本心,即合天理。更有甚者,罗汝芳还认为嗜欲合乎"天机",他说:"万物皆是吾身,则嗜欲岂出天机外耶?"③因此,包括罗汝芳在内的泰州之学,往往被道学先生们视为"其弊也至于荡轶礼法,蔑视伦常,天下之人恣睢横肆,不复自安于规矩绳墨之内而百病交作"④。更重要的是,罗汝芳为政实践具有顺乎民情、反对吏法的特色。据《明儒学案》载:"一邻媪以夫在狱,求解于先生(罗汝芳),词甚哀苦。先生自嫌数干有司,令在座孝廉解之,售以千金,媪取簪珥为质。既出狱,媪来哀告,夫笞其行贿,詈骂不已。先生即取质还之,自贷十金偿孝廉,不使孝廉知也。人谓先生不避干谒,大抵如此。"⑤为官所得金钱,大多散赐贫乏者,路过麻城,自己以五两重金激赏勇敢者救出火中小儿,任宁国知府时,遇到兄弟争夺资产时"汝芳对之泣,民亦泣,讼乃已"⑥。罗汝芳曾作《宁国府乡约训语》,实行轻徭薄赋,使得民风清淳,政治晏然,乃至僧侣们也认为罗汝芳功德圆满。平心而论,龙、近二溪并称,声名远播,龙溪是以承袭和发展阳明的学问而见长,罗汝芳在一定程度上是以以情治政、品行高洁而蜚声儒林的。这一切,汤显祖的《南柯记》中隐约可见:

青山浓翠,绿水渊环。草树光辉,鸟兽肥润。但有人家所在,园池整洁,檐宇森齐。何止苟美苟完,且是兴仁兴让。街衢平直,男女

---

① [清]黄宗羲著,沈芝盈点校:《明儒学案》卷三十四《泰州学案》三《参政罗近溪先生汝芳》,中华书局2008年版,第760—761页。
② [清]黄宗羲著,沈芝盈点校:《明儒学案》卷三十四《泰州学案》三《参政罗近溪先生汝芳》,中华书局2008年版,第762页。
③ [清]黄宗羲著,沈芝盈点校:《明儒学案》卷三十四《泰州学案》三《参政罗近溪先生汝芳·语录》,中华书局2008年版,第800页。
④ [清]陆陇其:《三鱼堂集》卷二《学术辨上》,清康熙刻本。
⑤ [清]黄宗羲著,沈芝盈点校:《明儒学案》卷三十四《泰州学案》三《参政罗近溪先生汝芳·语录》,中华书局2008年版,第806页。
⑥ [清]张廷玉等:《明史》卷二百八十三《罗汝芳传》,中华书局1974年版,第7275页。

分行。但是田野相逢,老少交头一揖。①

　　征徭薄,米谷多,官民易亲风景和。老的醉颜酡,后生们鼓腹歌。……行乡约,制雅歌,家尊五伦人四科。……多风化,无暴苛,俺婚姻以时歌《伐柯》。家家老小和,家家男女多。……人间夜户不闭,狗足生毛。……雨顺风调,民安国泰。终年则是游嬉过日,口里都是德政歌谣。②

这一虚构的升平图画,是现实生活的投影,是以罗汝芳在宁国顺乎民情、教化民俗的实绩,以及作者在遂昌,赵仲一在滕县实行清政为蓝本的,同时又着染了政治理想的色彩而形成的一个风清俗淳的理想社会图景。当然,罗汝芳所重者"民情",还是儒家"民贵君轻"思想的演绎,"情"是官对民的体恤,是富有人情味的德政。说到底,还是封建官吏的为政操守,与自然人欲,尤其是男女爱情有根本殊异。而对后者,罗汝芳并无非常之论,汤显祖尚情论中的矛盾与此不无关系。

其五,亲"情"的扭曲表现——孝道。"孝"是中国古代重要的伦理范畴,是中国封建社会特有的产物。汤显祖虽然通过他的剧作表达了个性自由的意旨,但是,他对孝道也屡有论及,并同样表现在他的剧作中,这与罗汝芳对其幼年的启教不无关系。

"孝悌"观念的产生,渊源于人的亲情,是宗法制度的一个产物。孔子也说过:"亲亲为大。"③罗汝芳生于世儒之家,"方就口食,先妣即自授《孝经》《小学》《论》《孟》诸书"④。及长,罗汝芳论学四方,"独以孝弟慈

---

① 钱南扬校点:《汤显祖集·戏曲集·南柯记》第二十四出《风谣》,中华书局1962年版,第2176页。
② 钱南扬校点:《汤显祖集·戏曲集·南柯记》第二十四出《风谣》,中华书局1962年版,第2176—2177页。
③ 程树德撰,程俊英、蒋见元点校:《论语集释》卷三十七《微子下》,中华书局1990年版,第1293页。
④ [清]黄宗羲著,沈芝盈点校:《明儒学案》卷三十四《泰州学案》三《参政罗近溪先生汝芳·语录》,中华书局2008年版,第781页。

为化民成俗之要"①。他以"孝弟慈"的伦理道德观念对"修齐治平"的思想进行了诠释,曰:"由一身之孝弟慈而观之一家,一家之中,未尝有一人而不孝弟慈者;由一家之孝弟慈而观之一国,一国之中,未尝有一人而不孝弟慈者;由一国之孝弟慈而观之天下,天下之大,亦未尝有一人而不孝弟慈者。"②"孝弟慈"是罗汝芳励行德政的内容和手段,并对汤显祖有所影响。在汤显祖看来,"孝有至性",诸生谭玮丧母,悲痛几绝,喑喑田田,三年不出苫次,郁郁而死。汤显祖作《南安孝子谭德武哀辞》对殉姑之孝子给予了很高的评价。在他的"四梦"之中,也时有弘扬孝道之辞,这里仅以《南柯记》为例,略作分析。

《南柯记》对"孝"的表现有两方面的内容:一方面,仍不脱封建的传统观念,以婚姻作为孝敬父母的代价。瑶芳选郎,琼英曾说:"知他同谁虹作夫妻分?了你蜉亲父母恩。"③另一方面,又以"情"写"孝",将"孝"融摄于"情"之中。汤显祖的"情"是一个宽泛的概念,就《南柯记》中的主人翁淳于棼来说,既有男女之爱情,又有对父母的亲情,和追求功名理想的世宦之情。写淳于棼的"孝"集中于全剧的最后两出——《转情》和《情尽》之中。《南柯记》全剧四十四出,以"情"名之的关目仅有三出,除上述两出外,仅有纯粹写淳、瑶产生恋情的《情著》一出。由此可见,"孝"是"情"的重要内容。《转情》《情尽》两出,虽然为"万事无常,一佛圆满"的佛家生死轮回、万法虚无的教义所笼罩,但对淳于棼因情入地、升天,不顾人、蚁之限的形象描绘,是杜丽娘因情死而复生之外的又一曲爱情颂歌,并更富有悲剧的壮美。因此,这两节被誉为"全曲当以此为冠冕也"④。但有一点被人们忽略了,即占据两出较大篇幅而描写得同样真挚感人的父子之情。当契玄禅师问淳

---

① [清]黄宗羲著,沈芝盈点校:《明儒学案》卷三十四《泰州学案》三《参政罗近溪先生汝芳·语录》,中华书局2008年版,第779页。
② [清]黄宗羲著,沈芝盈点校:《明儒学案》卷三十四《泰州学案》三《参政罗近溪先生汝芳·语录》,中华书局2008年版,第782页。
③ 钱南扬校点:《汤显祖集·戏曲集·南柯记》第五出《宫训》,中华书局1962年版,第2103页。
④ [清]梁廷楠:《曲话》卷三,清《藤花亭十七种》丛书本。

于棼有何祈请时,淳于棼说:"小生第一要看见父亲生天,第二要见瑶芳妻子生天,第三愿尽槐安一国普度生天。"①为了实现这些愿心,淳于棼不惜燃指为香,以示虔诚,祈盼奇验的出现。父子相见之前,淳于棼又叹息道:"小生最苦是我父亲,许下丁丑年相见,则除是今夜生天相见也。"②

〈净〉待见呵,不怕几重泉,则要你孝意坚;不怕几重天,则要你敬意虔;不怕几重缘,则要你道意专。这点心黑钻钻地孔穿,明晃晃天坛现,敢盼着你老爷爷月下星前。③

在父子相见之时,出现了这样感人的场面:

呀,天门又开了。〈内风起介〉〈外扮老将上〉淳于棼我儿,你父亲来了。〈生跪哭介〉是我的爹。
〈外〉叹游魂几年,叹游魂几年,你孝心平善,果然丁丑重相面。〈生〉爹爹,儿子生不能事,死不能葬,罔极之罪也。母亲同来么?……〈生哭介〉爹爹那里去?〈合〉喜超生在天,喜超生在天,两下修行,和你人天重见。
〈生哭介〉亲爹,你也下来,待儿子摩你一摩儿。④

父子、夫妻相见是淳于棼焚烧十指虔诚祈请的结果。人们常常以此来赞扬淳、瑶的依依眷属之情,但炽烈的父子亲情同样应当受到赞美。燃

---

① 钱南扬校点:《汤显祖集·戏曲集·南柯记》第四十三出《转情》,中华书局1962年版,第2264页。
② 钱南扬校点:《汤显祖集·戏曲集·南柯记》第四十三出《转情》,中华书局1962年版,第2265页。
③ 钱南扬校点:《汤显祖集·戏曲集·南柯记》第四十三出《转情》,中华书局1962年版,第2265页。
④ 钱南扬校点:《汤显祖集·戏曲集·南柯记》第四十四出《情尽》,中华书局1962年版,第2268—2270页。

指之举,既无自毁的惨烈,又无愚孝的痕迹,所见的只是人间纯真的骨肉亲情。此时此刻,"孝"不再是一种抽象的伦理概念,不再是一个以牺牲个性为代价的阴冷字眼。淳于棼的燃指行为不是来自道德规范的压力,而完全是自然情感的驱使,孝与情的交融是《南柯记》的重要特色。可堪注意的是,《南柯记》本于《南柯太守传》和《大槐宫记》,但原作中并无《转情》《情尽》的情节,父子亲情在原作中无一处涉及,平添两出渲染孝亲,作者之用意昭然可鉴。但是,"孝"的范畴,历来是本于伦理而向政治领域延伸的。和罗汝芳提倡以孝治天下一样,汤显祖也是将"忠""孝"并论。他说:"《孝经》自天子诸侯卿大夫庶人,皆为分明其孝。曰:'资孝以事君而敬同。'《春秋》多严君之义。周公以父配天,孔子以王系天。所谓其敬同。诸侯卿大夫有事君不忠者,非孝也。"①"孝"是用以说明封建独裁统治秩序合理性的理论依据。这样,汤显祖视孝为情,必然扭曲了"情"的基本内涵。不难看出,汤显祖对"孝"道的渲染以及顺情治天下的政治主张,受罗汝芳的影响宛然可见。当然,就其"尚情论"的主要内容来看,其受"聪明盖代,目空一世"②的李贽的影响更为明显。

其六,情感论与性灵说。汤显祖与袁氏昆仲是声气相求的诗文同道,他们的文学思想颇多相似。汤显祖虽然以戏曲名世,但时人已称他的制义、传奇、诗赋为"昭代三异"③,其诗文与文学思想也颇具特色。尤其是有关"灵"的论述对袁宏道的"性灵说"也有先发之功。他说:

> 世间惟拘儒老生不可与言文。耳多未闻,目多未见,而出其鄙委牵拘之识,相天下文章,宁复有文章乎?予谓文章之妙不在步趋形似之间,自然灵气,恍惚而来,不思而至,怪怪奇奇,莫可名状,非物寻常

---

① 徐朔方笺校:《汤显祖集·诗文集》卷三十一《春秋楫略序》,中华书局1962年版,第1059页。
② 吴虞:《明李卓吾别传》,转引自厦门大学历史编:《李贽研究参考资料》第一辑,福建人民出版社1975年版,第42页。
③ [明]邱兆麟:《汤若士绝句序》,载[清]童范俨等修,[清]陈庆龄等纂:《(同治)临川县志》卷四十九,清同治刻本。

得以合之。苏子瞻画枯株竹石,绝异古今画格,乃愈奇妙。若以画格程之,几不入格。米家山水人物,不多用意,略施数笔,形像宛然。正使有意为之,亦复不佳。故夫笔墨小技,可以入神而证圣。自非通人,谁与解此。①

天下大致,十人中三四有灵性。能为伎巧文章,竟伯什人乃至千人无名能为者。则乃其性少灵者与?老师云,性近而习远。今之为士者,习为试墨之文,久之,无往而非墨也。犹为词臣者习为试程,久之,无往而非程也。宁惟制举之文,令勉强为古文词诗歌,亦无往而非墨程也者。则岂习是者必无灵性与……盖十余年间,而天下始好为才士之文。然恒为世所疑异。曰,乌用是决裂为,文故有体。嗟,谁谓文无体耶。观物之动者,自龙至极微,莫不有体。文之大小类是,独有灵性者自为龙耳。②

天下文章所以有生气者,全在奇士。士奇则心灵,心灵则能飞动,能飞动则下上天地,来去古今,可以屈伸长短生灭如意,如意则可以无所不如。③

所谓"灵""灵性"是指本于"心"的才情,是有生气的奇士所独具的一种气禀。"灵"的特点是恍惚变怪、往来屈伸、不可名状。正因为如此,"灵"是不受既定格法所拘碍的。显然,这是与七子派异而与公安派同的革新之论。诚如郭绍虞先生所说:"七子为常人说法,所以标举典型,可以转移一时之耳目;若士为奇士说法,所以独往独来,自不为七子所范围。"④同样,他的戏曲之论也主张不拘声律之囿,他在给吕姜山的尺牍中对格律论者的批评提出了驳议,云:

---

① 徐朔方笺校:《汤显祖集·诗文集》卷三十二《合奇序》,中华书局1962年版,第1078页。
② 徐朔方笺校:《汤显祖集·诗文集》卷三十二《张元长嘘云轩文字序》,中华书局1962年版,第1078—1079页。
③ 徐朔方笺校:《汤显祖集·诗文集》卷三十二《序丘毛伯稿》,中华书局1962年版,第1080页。
④ 郭绍虞:《中国文学批评史》五九《公安派的前驱与羽翼》,上海古籍出版社1979年版,第411页。

第八章 "可上人之雄""李百泉之杰":汤显祖的"尚情论"及革新派的创作高标"临川四梦"

> 寄吴中曲论良是。"唱曲当知,作曲不尽当知也",此语大可轩渠。凡文以意趣神色为主。四者到时,或有丽词俊音可用。尔时能一一顾九宫四声否?如必按字摸声,即有窒滞迸拽之苦,恐不能成句矣。①

汤显祖的曲论与其诗文理论一样,以声色意趣、才情气机为要,一任灵性自由发抒。当然,汤显祖并不是不谙声律,不懂九宫四声,而是主张得自然之趣,声韵格律也因时势而变,他说:"葛天短而胡元长,时势使然。总之,偶方奇圆,节数随异。四六之言,二字而节,五言三,七言四,歌诗者自然而成。乃至唱曲,三言四言,一字一节,故为缓音,以舒上下长句,使然而自然也。"②这与其论制义文时所谓"法若止而机若行"③一样,是要"法"因"气机"而变,即因作家的情性而立格。情性,亦即"灵""灵性""气机"才是首要的。显然,汤显祖本于情感论的"灵""灵性"之论,与袁宏道的"性灵说"气韵相通。

汤显祖于哲智茂盛的晚明儒林而受近溪、卓吾影响最深。卓吾以"教主"之望而为"童心"之文,出入儒林、文苑的双重身份自不待言。汤显祖对近溪的体认,也是兼具学术与文学两个方面。汤显祖以《礼记·经解》"其为人也,温柔敦厚而不愚,则深于《诗》者也","洁静精微而不贼,则深于《易》者也"揆诸其师罗汝芳,云"今之世诵其诗,知其厚以柔。而师之卒也,以学《易》。其静以微,亦非世所能知也。静故厚,微故柔。虽然,论其世知其人者,亦几其人哉。则亦诵其诗而可矣"④。诗,不但是了解近

---

① 徐朔方笺校:《汤显祖集·诗文集》卷四十七《答吕姜山》,中华书局1962年版,第1337页。
② 徐朔方笺校:《汤显祖集·诗文集》卷四十七《答凌初成》,中华书局1962年版,第1345页。
③ 徐朔方笺校:《汤显祖集·诗文集》卷三十三《汤许二会元制义点阅题词》,中华书局1962年版,第1100页。
④ 徐朔方笺校:《汤显祖集·诗文集》卷三十二《明德罗先生诗集序》,中华书局1962年版,第1084页。

溪的一个重要维度,同时,还是近溪化俗而"巧力于时"的重要手段。他说:"明德夫子之巧力于时也,非所得好而私之。其于先觉觉天下也,可谓任之矣。"汤显祖游诸近溪之世,领略其以诗化俗,"若元和之条昶,流风穆羽,若乐之出于虚而满于自然也,已而瑟然明以清",其师虽没,但仍可觉人于后世,"诵其诗",于"厚以柔"的审美愉悦中得到灵魂的洗礼与升华。① 汤显祖对近溪、卓吾的礼敬,在于他们的思想以及思想的审美呈现方式。

第三节 "紫柏禅"与后期作品中的矛盾心态

汤显祖与徐渭、李贽、公安"三袁"一样,兼综三教而著于文。其文学生涯亦受"二氏"启示而呈现出历时特征。汤显祖经历了"稍读二氏之书,从方外游"之后,在文学方面"因取六大家文更读之",得知"宋文则汉文也。气骨代降,而精气满劲",他一生的经历是"学道无成,而学为文。学文无成,而学诗赋。学诗赋无成,而学小词。学小词无成,且转而学道。犹未能忘情于所习也"②。"二氏"比较,释氏影响更著。据其自述,"情"与"想"是纠结于人生中的一组矛盾。所谓"情",即是"劬于伎剧"的艺术生活,"想"主要是指释氏,尤其是西方净土。当其六十五岁时,他曾自省道:"岁之与我甲寅者再矣。吾犹在此为情作使,劬于伎剧。为情转易,信于疹疟。时自悲悯,而力不能去。嗟夫,想明斯聪,情幽斯钝。情多想少,流入非类。吾行于世,其于情也不为不多矣,其于想也则不可谓少矣。随顺而入,将何及乎? 应须绝想人间,澄情觉路,非西方莲社莫吾与归矣。"③其实,"情""想",抑或"情""理"相辅而成,才是汤显祖艺术生涯的

---

① 徐朔方笺校:《汤显祖集·诗文集》卷三十二《明德罗先生诗集序》,中华书局1962年版,第1084页。
② 徐朔方笺校:《汤显祖集·诗文集》卷四十七《与陆景邺》,中华书局1962年版,第1338页。
③ 徐朔方笺校:《汤显祖集·诗文集》卷三十六《续栖贤莲社求友文》,中华书局1962年版,第1161页。

真实状貌。佛学的影响贯及其一生。《蜀大藏经叙》中曾述及自己的涉佛经历:"虽转迹于风埃,实韬怀于月相。流慈善友,非今日矣。丙子朱明,谬翻经于长干故寺。己卯玄朔,忝升座于清凉胜墟。① 今已剪情严律,含识无学。"②汤显祖对佛典的赞慕,既在于其圆明窈玄的佛理奥义,又与"自周昭掩宿而后,莫与伦采"的辞章之美有关。在汤显祖看来,释教是与儒道相济相成的重要资源。其云:"象帝摽玄窍之观,似已涉其空实;素王开贯一之宗,亦未消其能所。道则纵而荒寔,儒则拘而矞宇。明虚者伤华辩之雕,守残者虑小言之破。由斯以则,殆邈绝于西音矣。"③与同时期的慧业文人比较,汤显祖虽无专门的闵昧笺文之作,但显然有过阅藏悉檀、潜心净果的经历。更重要的是,他深受紫柏的启教,谓:"弟一生疏脱。然幼得于明德师(罗汝芳),壮得于可上人(即紫柏)。"④后期虽不失"儒检"⑤之志,以社稷安危为己任,指陈时弊,勇上《论辅臣科臣疏》,但佛学思想逐渐滋蔓,诚如其诗所云:"厌逢人世懒生天,直为新参紫柏禅。"⑥在后期的创作中,由对紫柏禅师"神秀"风骨的感染,进而深味佛理禅意,并隐然成为其创作《南柯记》《邯郸记》的学理底色。

汤显祖对紫柏十分景仰,他与紫柏交游期间的行年概略及面晤紫柏前后的重要行事,详见下表:

---

① 徐朔方笺:"(丙子朱明,缪翻经于长干故寺)万历四年夏读释典于南京报恩寺。报恩寺旧名长干寺","(己卯玄朔,忝升座于清凉胜墟)万历七年九月初一于南京清凉寺讲经,时三十岁"。(引自徐朔方笺校:《汤显祖集·诗文集》卷三十二《蜀大藏经叙》,中华书局1962年版,第1072页)
② 徐朔方笺校:《汤显祖集·诗文集》卷三十二《蜀大藏经叙》,中华书局1962年版,第1072页。
③ 徐朔方笺校:《汤显祖集·诗文集》卷三十二《蜀大藏经叙》,中华书局1962年版,第1071页。
④ 徐朔方笺校:《汤显祖集·诗文集》卷四十七《答邹宾川》,中华书局1962年版,第1352页。
⑤ 徐朔方笺校:《汤显祖集·诗文集》卷二《和大父游城西魏夫人坛故址诗》序,中华书局1962年版,第22页。
⑥ 徐朔方笺校:《汤显祖集·诗文集》卷十四《达公来自从姑过西山》,中华书局1962年版,第530页。

表 8-1　汤显祖与紫柏交游记表

年月	汤显祖行年概略	文献载录
万历十八年（1590）庚寅十二月至万历十九年（1591）辛卯春	初会紫柏于邹元标家中。作《报恩寺迎佛牙夜礼塔，同陆五台司寇达公作》《江东神祠夜听达公赞呗》《达公过奉常，时予病滞下几绝，七日复苏，成韵二首》《苦疟问公》《苦滞下七日达公来》《高座陪business达公》《代书寄可上人》《送乳林赟经入东海见大慈国，寄达师峨嵋》《高座寺怀可上人》等。上《论辅臣科臣疏》，劾首辅申时行等人。	紫柏："野人追维往游西山云峰寺，得寸虚（汤显祖）于壁上，此初遇也。至石头晤于南皋斋中，此二遇也。辱寸虚冒风雨而枉顾栖霞，此三遇也。"（《紫柏尊者全集》卷二十三《与汤义仍》）汤显祖："予庚午秋举，赴谢总裁参知余姚张公岳。晚过池上，照影搔首，坠一莲簪，题壁而去。庚寅达观禅师过予于南比部邹南皋郎舍中，曰：'吾望子久矣。'因诵前诗，三十年事也。"（《汤显祖集·诗文集》卷十四《莲池坠簪题壁二首·序》）
万历二十六年（1598）戊戌	作《牡丹亭》。	明刊《〈牡丹亭还魂记〉题词》署为："万历戊戌秋清远道人题。"
万历二十六年（1598）至二十七年（1599）己亥	再会紫柏。作《达公忽至》《达公舟中同本如明府喜月之作》《己亥发春送达公访白云石门，过旴吊明德夫子二首》《达公过旴便云东返，寄问贺知忍》《达公来自从姑过西山》《得冯具区祭酒书示紫柏》《拾之偶有所缱，恨不从予同达公游，为咏此》《达公来别云欲上都二首》《谢埠同紫柏至沙城，不肯乘驴，口号》《别达公》《章门客有问汤老送达公悲涕者》《归舟重得达公船》《江中见月怀达公》《离达老苦》《思达观》《奉和吴体中明府怀达公》《奉怀开府曾公河南四十韵并怀达公》《怀达公中岳因问曾中丞》《寄曾开府并问达公》《奉寄李峒峤卢氏并问达师二十韵》等。	紫柏："万历二十六年，十二月十九日，予自庐山归宗寺。挈开先寿公，与吴门朗驱乌，来临川。于二十九日黄昏，舟次筲溪石门寺西南隅者。"（《紫柏尊者全集》卷十四《礼石门圆明禅师文》）汤显祖："己亥上元，（紫柏）别吴本如明府去栖炉峰，别予章门。"（《汤显祖集·诗文集》卷十四《梦觉篇·序》）
万历二十八年（1600）庚子	作《南柯记》。	明刊本《南柯记题词》署为"万历庚子夏至清远道人"。

续表

年月	汤显祖行年概略	文献载录
万历二十八年（1600）庚子	紫柏赴京，汤显祖劝阻未果。	憨山德清《达观大师塔铭》："予度岭之五年，庚子，上以三殿工，下矿税令。中使者驻湖口，南康守吴宝秀不奉令，劾奏被逮。其夫人哀愤缳死，师（紫柏）时在匡山闻之曰：'时事至此，倘阉人杀良二千石，及其妻，其如世道何！'遂杖策越都门。"（《紫柏尊者全集》卷首）汤显祖："后一年，而紫柏先生来视予，曰，且之长安。予止之曰：'公之精神才力体貌，固不可以之长安矣。'先生解予意，笑曰：'我当断发时，已如断头。第求有威智人可与言天下事者。'"（《汤显祖集·诗文集》卷二十九《滕赵仲一生祠记·序》）
万历二十九年（1601）辛丑	作《邯郸记》。	见《古本戏曲丛刊》影印明天启元年刊本《邯郸梦记题词》作者署文。
万历三十一年（1603）癸卯	紫柏死于狱中，作《西哭》三首以悼紫柏。	德清《达观大师塔铭》："时执政欲死师，师闻之曰：'世法如此，久住何为！'乃索浴罢，嘱侍者小道人性田曰：'吾去矣。'幸谢江南诸护法。……言讫端然安坐而逝。……时癸卯十二月十七日。"（《紫柏尊者全集》卷首）

万历十八年(1590)，汤显祖初晤紫柏，此时虽然受其影响，但并未信从其出家。同时，汤显祖以滞下七日之躯①，很难久谈不辍，而万历二十六年(1598)十二月，紫柏从庐山到临川，与汤显祖一起登山临水，倾心交谈乃至"几夜交芦话不眠"②，直至次年上元节。因此，汤显祖真正受到紫

---

① 汤显祖其时曾作诗，题为《达公过奉常，时予病滞下几绝，七日复苏，成韵二首》。（详见徐朔方笺校：《汤显祖集·诗文集》卷九《达公过奉常，时予病滞下几绝，七日复苏，成韵二首》，中华书局1962年版，第300页）

② 徐朔方笺校：《汤显祖集·诗文集》卷十四《归舟重得达公船》，中华书局1962年版，第532页。

柏的影响主要是在万历二十六年之后。这种影响集中体现在"情"与"佛"之间,入世精神与梦幻的虚无之间的矛盾心态之中。

这种心态在万历二十八年(1600)、二十九年(1601)创作的《南柯记》《邯郸记》中有所反映。王思任曾将"四梦"的"立言神旨"概括为"《邯郸》,仙也;《南柯》,佛也;《紫钗》,侠也;《牡丹亭》,情也"①。虽然从表面看来"《邯郸》,仙也",剧中的仙道色彩十分浓厚,但表达的其实是佛教旨趣。因为道教徒修炼的目的是成仙,而在道教看来,神仙与常人并不是对立的,区别仅在于神仙能神通变化、长生久视而已。这一特点在早期道教著作中就已得到体现。② 因此,成仙是对世俗生活的继续,而不是对现实生活的否定。佛教则认为现实世界是虚幻不实的,佛教中欲界、色界、无色界有着本质的区别。《邯郸记》中吕洞宾引度点悟卢生成仙,是与"梦中之境,逐位点醒"③的过程联系在一起的,因此,梦与觉隐含着凡、仙意味。但汤显祖在《邯郸记》中着意于梦与觉的对立,与《南柯记》的言佛旨趣又十分相似,其中"达师"的影响宛然可见。汤显祖受紫柏的影响而体现出矛盾的文化心态,主要集中于以下两个方面。

首先,"情了为佛"与"为情作使"的矛盾。情与佛是对立的。紫柏也主张以理折情,认为"情生即痴",但紫柏又与李贽一起被时人目为"二大教主",并非笃守佛教教条而不关注世情的出世僧徒。关于"情",他还说过:"圣人岂无情哉?唯其通而不昧,情而无累,情故无所不达。……所以一切大菩萨,饥馑之岁,身化为鱼米肉山;疾疫世,身化为一切药草,此情耶?非情耶?无情则同木石,有情则不异众生。"④"情"是"圣人""大菩萨"都具有的,是无所不达的。而事实上,紫柏正是一位对国事民瘼十分

---

① [明]王思任:《批点玉茗堂牡丹亭叙》,载徐朔方笺校:《汤显祖集·诗文集》附录,中华书局1962年版,第1544页。
② 《老子想尔注》便将《道德经》第十六章中的"公乃王,王乃大"改变为"公乃生,生乃大",体现了长生的特点。
③ 钱南扬校点:《汤显祖集·戏曲集·邯郸记》第三十出《合仙》,中华书局1962年版,第2428页。
④ [明]德清阅:《紫柏尊者全集》卷二《法语》,《卍续藏经》第73册,第157页。

关切,对友朋同道具有饱满真情的入世之人。汤显祖为情作使而企求见谅于紫柏,其遁词恰恰正是"以达观而有痴人之疑,疟鬼之困,况在区区,大细都无别趣"①。足见紫柏禅与汤显祖之"情事"乖悖甚为有限。汤显祖于万历二十七年(1599)别紫柏之后所作的怀念紫柏的诗作,几乎都纠结于"情"之有无的主旨。如《章门客有问汤老送达公悲涕者》:"达公去处何时去,若老归时何处归?等是江西西上路,总无情泪湿天衣。"《归舟重得达公船》:"无情当作有情缘,几夜交芦话不眠。送到江头惆怅尽,归时重上去时船。"《江中见月怀达公》:"无情无尽恰情多,情到无多得尽么。解到多情情尽处,月中无树影无波。"《离达老苦》:"水月光中出化城,空风云里念聪明。不应悲涕长如许,此事从知觉有情。"②这种矛盾心理在其即将创作的《南柯记》《邯郸记》中隐然可寻。

《南柯记》本于唐李公佐《南柯太守传》。原作之中,禅智寺、孝感寺、契玄禅师仅在一女子对淳于棼述往之中一语带过。而《南柯记》则迥然有别,"大槐安国"的虫蚁生灵被热油浇注,五百年后又灵变升天,处于生死轮回之中。契玄禅师不再是可有可无的人物,而是为偿还五百年前的业债而贯穿于全剧的关键人物。汤显祖再创作过程中佛教内容的大量增益出于其处理"情"与"佛"关系的创作旨趣。全剧佛意最浓之处集中于《禅请》《情著》《转情》《情尽》四出。除《禅请》一出是为契玄禅师出场而设外,其余三出都以"情"出目(全剧仅此三出以"情"名之)。《情著》一出,是淳于棼与瑶芳爱情的开始,恰恰又是在僧侣成群的孝感寺中,在讲经说法的契玄禅师面前。这一切,都体现了作者着意于处理"情"与"佛"

---

① 徐朔方笺校:《汤显祖集·诗文集》卷四十五,中华书局1962年版,第1268页。"痴人之疑"乃是紫柏《答于润甫》之二中所言:"噫,人为万物灵,果于经世出世,两无所就,又甘与愚痴人,竟不明,更错矣。思之思之。有省则宜收拾世故,自别有受用地,幸莫忽。"([明]德清阅:《紫柏尊者全集》卷二十四,《卍续藏经》第73册,第350页)"疟鬼之困"是指紫柏《长松馆记》所载:"顾予非有道者耳,往年抱疟松云间,来慈偕其弟匡石,多方调治。予性不耐服药,复恣情所爽口者,故疟鬼得肆焉。既而予疟稍瘥,遂有曹溪之役。"([明]德清阅:《紫柏尊者全集》卷十四,《卍续藏经》第73册,第265页)

② 以上引自徐朔方笺校:《汤显祖集·诗文集》卷十四,中华书局1962年版,第532—533页。

关系的匠心。"情"与"佛"在这特定的氛围中发生了碰撞。在《情尽》一出中,淳于棼、瑶芳被契玄持剑猛砍而强行分开后,淳于棼唱道:"咱为人被虫蚁儿面欺,一点情千场影戏,做的来无明无记。都则是起处起,教何处立因依?"①"情了"之后,"淳于生立地成佛"②。我们不必为贤者讳,紫柏欲"打破寸虚馆"③,度汤显祖出家的目的虽然没有完全达到,但汤显祖后期因紫柏而"禅寂意多。渐致枯槁"④,受佛教的消极影响也显而易见。但植根于中国文化土壤之上的中国佛教具有入世求解脱的现实主义品格。晚明时期,佛性自然的倾向更趋明显。李贽、袁宏道饱饫佛经,但并非真正皈依佛教,紫柏注重于"世法"与"出世法"的结合,贬情抑欲也与他的"贵生"思想有关。其后的德清甚至提出了所谓"舍人道无以立佛法。……是则佛法以道人为镃基"⑤。而"人道"即包括"夫妇之间"的"民生日用之常"⑥。汤显祖也深受这种风气的影响。《南柯记》中还体现了汤显祖对佛教别样的理解,表现有四:首先,还佛于自然。他所理解的"佛"是:"人间玉岭青霄月,天上银河白昼风。"⑦他所理解的"法"是:"绿蓑衣下携诗卷,黄篾楼中挂酒篘。"⑧佛法,并不是绝食人间烟火、清规森然的规范,而是随缘自在的"口头禅"。其次,方便的度脱途径。《南柯

---

① 钱南扬校点:《汤显祖集·戏曲集·南柯记》第四十四出《情尽》,中华书局1962年版,第2274页。

② 钱南扬校点:《汤显祖集·戏曲集·南柯记》第四十四出《情尽》,中华书局1962年版,第2275页。

③ [明]德清阅:《紫柏尊者全集》卷二十三《与汤义仍》,《卍续藏经》第73册,第346页。

④ 徐朔方笺校:《汤显祖集·诗文集》卷三十一《如兰一集序》,中华书局1962年版,第1062页。

⑤ [明]德清撰述:《憨山老人梦游集》卷四十五《论行本》,《卍续藏经》第73册,第769页。

⑥ [明]德清撰述:《憨山老人梦游集》卷四十五《论行本》,《卍续藏经》第73册,第769页。

⑦ 钱南扬校点:《汤显祖集·戏曲集·南柯记》第八出《情著》,中华书局1962年版,第2114页。

⑧ 钱南扬校点:《汤显祖集·戏曲集·南柯记》第八出《情著》,中华书局1962年版,第2114—2115页。

第八章 "可上人之雄""李百泉之杰":汤显祖的"尚情论"及革新派的创作高标"临川四梦" 273

记》中《情著》一出,汤显祖将《法华经·普门品》悉数谱入,是颇具深意的。《法华经科注》卷八曰:"普门即圆通门也。"①"普门品"原是宣说观世音示现三十三身,普使一切众生圆通于佛道,以显示观世音的神通之力。而《南柯记》中着意表现的是这样一段对白:"〈生〉谨参大师:'小生曾居将帅,杀人饮酒,怕不能度脱也?'〈净〉'经明说着:应以天大将军身度者,菩萨即现其身而度之。有甚分别?'"②作者旨在开出通往佛国的廉价门票,泯灭僧、俗之间的区别。再次,对佛教教义的怀疑。在《转情》一出中,淳于棼燃指祈请,结果檀萝国蝼蚁三万四千户首先升天,淳于棼十分费解,哀叹道:"哎,檀萝国是我之冤仇,我这一坛功德,颠倒替他生天,怎了?怎了?"③勤修功德而不见报应,在"普地生天"的欢呼声中,佛教迷人的灵光也黯然消失了。最后,对佛教直接的忤触和嘲讽。被虔恭膜拜的如来宝座意是"人肉样的莲花业作台"④。佛教的经典并无公道可言:"想来则有妇女苦,生男种女大家的,便是产时昏闷,倾污水于溪河,也是丈夫之罪。怎那经文呵,明写着外面无干,偏则是女人之谴"⑤等等。汤显祖疑佛乃至忤佛的重要原因是要在"佛"与"情"的矛盾之中,尚情的思想得到延续。他虽然在惆怅失意之时有过"情了为佛"的"末后偶兴",但"为情作使"才是他的真实人生。因此《南柯记》中对僧侣的形象虽着墨甚多,但仍难脱苍白无力之感。

其次,"梦了为觉"与入世精神的矛盾。汤显祖曾自述其戏曲创作是

---

① [元]徐行善科注:《法华经科注》卷八《妙法莲华经观世音菩萨普门品第二十五》,《卍续藏经》第31册,第156页。
② 钱南扬校点:《汤显祖集·戏曲集·南柯记》第八出《情著》,中华书局1962年版,第2116页。
③ 钱南扬校点:《汤显祖集·戏曲集·南柯记》第四十三出《转情》,中华书局1962年版,第2266页。
④ 钱南扬校点:《汤显祖集·戏曲集·南柯记》第七出《偶见》,中华书局1962年版,第2109页。
⑤ 钱南扬校点:《汤显祖集·戏曲集·南柯记》第二十三出《念女》,中华书局1962年版,第2175页。

"因情成梦,因梦成戏"①。"梦"是其剧作的基本构架,但梦虽同,"立言神旨"则各各有别。

中国古代梦幻文学的开山祖当推庄周。一部《庄子》计三十三篇,涉及梦的内容达十篇之多,与不尚言梦的儒家形成了鲜明的对比。紫柏也屡有梦幻之论,《紫柏老人集》中写梦的文字甚多。庄周与紫柏言梦互有异同,相同之处在于庄周认为圣人"大觉"②,紫柏则认为"觉为梦本"③,但庄周的"圣人大觉"与"真人无梦,愚人不觉"等观点都被对后人影响很大的"梦蝶"说所掩盖,而这正是庄周与紫柏的根本殊异。

庄子曰:"昔者庄周梦为胡蝶,栩栩然胡蝶也,自喻适志与!不知周也。俄然觉,则蘧蘧然周也。不知周之梦为胡蝶与,胡蝶之梦为周与?周与胡蝶,则必有分矣。此之谓物化。"④庄子站在哲人的高度,说明万物都是大道变化而成,庄周与蝴蝶、觉与梦,都统一于"道",无由分别,这就是庄子的齐物论。庄子沉浸于这种"不知周之梦为胡蝶与,胡蝶之梦为周与"的物我为一的浑沌境界之中,因此,梦与现实、梦与人生完全是自然无碍、融为一体的。而紫柏则不同,他强调"觉为梦本",曰:"醒梦大导师,我故稽首敬,众人不稽首,不知醒梦恩。"⑤"觉为梦本"是因为梦与觉的不同,梦是虚幻的。梦中地裂,无处逃遁,但"春梦顿觉"⑥之后则晏然无事。同时,在他看来,"梦"又是与"欲"联系在一起的,"人在欲中,觉生则能梦除"⑦。紫柏强调"觉",其意在于要求人们破除对"欲"的追求,而最终把人们引向超脱于人世的"天国",达到他所说的"大觉"境界。他说:

---

① 徐朔方笺校:《汤显祖集·诗文集》卷四十七《复甘义麓》,中华书局1962年版,第1367页。
② [清]郭庆藩撰,王孝鱼点校:《庄子集释》卷一下《齐物论第二》,中华书局2012年版,第104页。
③ [明]德清阅:《紫柏尊者全集》卷九《法语》,《卍续藏经》第73册,第223页。
④ [清]郭庆藩撰,王孝鱼点校:《庄子集释》卷一下《齐物论第二》,中华书局2012年版,第112页。
⑤ [明]德清阅:《紫柏尊者全集》卷十九《醒梦偈》,《卍续藏经》第73册,第311页。
⑥ [明]德清阅:《紫柏尊者全集》卷九《法语》,《卍续藏经》第73册,第223页。
⑦ [明]德清阅:《紫柏尊者全集》卷九《法语》,《卍续藏经》第73册,第217页。

"梦觉则梦除,觉觉则觉除,觉梦俱除,始名大觉焉。"①具此"大觉"者便能"以梦时无色处见色之情,验寤时有色处见色之妄。皎如日星,更有何惑哉"②。紫柏强调"觉"乃至"大觉",目的在于弥补"以理折情"③的理论不足,以佛教的立场说明人世、自然情欲的虚幻,彼岸世界的永恒,这与庄周的"梦蝶"说区别显然。汤显祖有得于"梦觉则梦除""觉为梦本"思想的更明显痕迹体现在万历二十七年(1599),亦即构思《南柯记》前夕所作的《梦觉篇》之中:

戊戌岁除,达公过我江楼,吊石门禅,登从姑哭明德先生往反。己亥上元,别吴本如明府去栖铲峰,别予章门。予归,春中望夕寝于内后,夜梦床头一女奴,明媚甚。戏取画梅裙着之。忽报达公书从九江来,开视则刻成小册也。大意本原色触之事,不甚记。记其末有大觉二字,又亲书海若士三字。起而敬志之。公旧呼予寸虚,此度呼予广虚也。

花朝风雨深,同人醉三市。寻常独眠睡,此夜兴偶尔。鸡鸣床帐前,何得小皓齿?瘦生巧言笑,青衣乃裙绮。窥帷映窗旭,历曤如可喜。忽忽堂上音,云是达公使。有书似剞劂,印以金粟纸。装缥若禅夹,璘璨字盈指。床头就披盥,开读不及几。似言空有真,并究色无始。送末有弘愿,相与大觉此。向后指轮笔,自书海若士。如痴复如觉,览竟自惊起。达公今何处?宛自官亭止。起念在一微,九江有千里。达公虽心通,何得便飞耳!感此重恩念,泪如花坠蕊。中观诚浅悟,大觉有深旨。瓶破乌须飞,薪穷火将徙。骷髅半百岁,犹自不知死。顶礼双足尊,回旋寸虚子。④

---

① [明]德清阅:《紫柏尊者全集》卷九《法语》,《卍续藏经》第 73 册,第 217 页。
② [明]德清阅:《紫柏尊者全集》卷三《法语》,《卍续藏经》第 73 册,第 170 页。
③ [明]德清阅:《紫柏尊者全集》卷首,《卍续藏经》第 73 册,第 147 页。
④ 徐朔方笺校:《汤显祖集·诗文集》卷十四,中华书局 1962 年版,第 535—536 页。

就"临川四梦"而言,汤显祖在《紫钗记》《牡丹亭》中对梦幻的描写与庄周的思想基本一致。两剧中"梦"的描写往往是为其后的情节发展打下伏笔。梦的内容虽然与现实有一定的乖隔,但往往是主人翁心迹的自然流露,梦中之境很快便得以实现。霍小玉因思夫"梦去了多回次"①,重逢之前,小玉又以"鞋儿"一梦昭示了大团圆的结局。《牡丹亭》中,杜丽娘游园遇柳梦梅,一见钟情,由此展开了缠绵悱恻的爱情故事。因此,"梦"与"觉"是基本统一的。

《南柯记》《邯郸记》则受到了紫柏梦幻思想的影响。淳于棼入梦而成驸马、一郡之主,但一觉醒来,余酒尚温,"大槐安国""南柯郡"仅是一窝蝼蚁。而卢生也是依枕信梦,历经磨难终于位列三公,"礼绝百寮之上,盛在一门之中"②。梦中"六十年光景",醒来之时,还"熟不的半箸黄粱",③那"尽陛华要"的四子,是店中鸡儿、狗儿变的,患难与共的妻子也仅是青驴所变。虽然在唐人小说《南柯太守传》《枕中记》中已经初具两剧的基本情节,但作者再创作的过程中更突出了觉对梦的否定,梦中功名利禄的虚幻不实。两剧的"卒章"之"志"竟是:"普天下梦南柯人似蚁"④,"则要你世上人梦回时心自忖"⑤。可堪注意的是,两剧并未因主人的醒悟而落幕,而是在其后加上了《转情》《情尽》及《合仙》的关目。作者的创作意图与紫柏的"大觉"之论一样:"寤"并未臻于大彻大悟的境界,淳于棼、卢生梦醒之后还是世情中人,只有使其成为"达道者"或"大觉"方能最后摆脱尘缘之累。因此,淳于棼"寻寤"之后又以"立地成佛"

---

① 钱南扬校点:《汤显祖集·戏曲集·紫钗记》第四十九出《晓窗圆梦》,中华书局1962年版,第1774页。
② 钱南扬校点:《汤显祖集·戏曲集·邯郸记》第二十七出《极欲》,中华书局1962年版,第2407页。
③ 钱南扬校点:《汤显祖集·戏曲集·邯郸记》第二十九出《生寤》,中华书局1962年版,第2422页。
④ 钱南扬校点:《汤显祖集·戏曲集·南柯记》第四十四出《情尽》,中华书局1962年版,第2275页。
⑤ 钱南扬校点:《汤显祖集·戏曲集·邯郸记》第三十出《合仙》,中华书局1962年版,第2432页。

作结,卢生醒后,也仅是"妄蚤醒",又受到了八仙的轮番奚落、一阵痛骂才"这一会他敢醒也",情欲顿忘而"领了旨,拜谢仙翁",①最终达到了紫柏所说的"觉觉则觉除"的"大觉"②境界。汤显祖正是通过两剧,超越了中观之悟,豁然晓悟大觉"深旨",实现了与紫柏"相与大觉此"的"弘愿"。这与《紫钗记》《牡丹亭》中"觉""梦"浑然一体的特质迥然有别。

紫柏严分"梦""觉",体现了他的出世精神。但紫柏又是一位具有强烈入世精神的社会活动家,他秉性"好直""颈腰有铁"③。汤显祖出于对这位师友的安全所虑,曾屡次劝其披发入山,紫柏也深知"披发入山易,与世浮沉难"④。但他为了天下苍生之"大德",避易就难,宁愿"断头"也在所不惜。这种积极有为的精神才是紫柏、汤显祖思想共通、感情深笃的根本契合点。万历二十六年(1598),紫柏为矿税而赴京之前曾访汤显祖。紫柏卒死狱中,汤显祖惊悼痛绝。紫柏强烈的入世精神同样影响了后"二梦"的创作。

"临川四梦"中《紫钗记》《牡丹亭》主要是以男女情爱为主题的。两剧与传统思想悖背之处主要集中在伦理道德领域。而《南柯记》《邯郸记》则不同,两剧虽然被神秘的仙佛面纱所笼罩,但作者以深沉冷峻的笔触剖析了社会政治的黑暗:科举是虚伪的,卢生依"家兄"(金钱)之力,从落卷之中翻出,中了状元;官场是黑暗的,《南柯记》中淳于梦身世随着裙带关系的有无而兴衰迭替,《邯郸记》中宇文融陷害同列、阴险狡诈,卢生虽屡屡建功,但性命叵测;君主是昏愦的,《南柯记》中"大槐安国"国王"非我族类"即生疑忌,《邯郸记》中大唐皇帝骄奢淫逸,为"备圣驾东游",

---

① 钱南扬校点:《汤显祖集·戏曲集·邯郸记》第三十出《合仙》,中华书局1962年版,第2431页。
② [明]德清阅:《紫柏尊者全集》卷九《法语》,《卍续藏经》第73册,第217页。
③ [明]德清阅:《紫柏尊者全集》卷五《法语》,《卍续藏经》第73册,第184页。
④ [明]德清阅:《紫柏尊者全集》卷二十三《与汤义仍》,《卍续藏经》第73册,第347页。

"开河三百余里","选下殿脚采女千人"。① 作者对封建官场政治进行了辛辣的批判,而这种批判又是借助于佛教"一切相不真实"②的虚无幻灭精神为武器的,作者将其一一置于梦中之境而予以根本的否定。汤显祖与紫柏一样,出世与入世既相互矛盾,又交融于一体。但是,以佛教虚无幻灭的观点否定行将"陨沉坠裂"的世界,毕竟是消极的途径。这与同时代的李贽、袁宏道等人有所不同,李、袁等人对佛学的探究远过于汤显祖,而受佛教的消极影响又较汤显祖为少。产生这一现象的根本原因在于:李、袁等人较多地注重于以佛学思想与正统儒学思想相抵牾,较多地吸取了佛教(尤其是禅宗)的某些离经叛道的思想(如袁宏道推崇道一、庞蕴、丹霞、德山等人),阐扬其反传统的政治、文学主张,而汤显祖则以佛教虚无的思想来解释社会现象,必然会陷入怀疑论的泥潭。汤显祖在佛教方面很"合理"的失足,在晚明特有的社会背景下并不鲜见,这也与泰州学派吸取佛学的途径有一定的关系。

---

① 钱南扬校点:《汤显祖集·戏曲集·邯郸记》第十四出《东巡》,中华书局1962年版,第2341页。
② 钱南扬校点:《汤显祖集·戏曲集·南柯记》第四十四出《情尽》,中华书局1962年版,第2275页。

第九章 论学宗儒、论文尚本:公安派先驱袁宗道重"学"冲和的文论

袁宗道(1560—1600),字伯修,号玉蟠,又号石浦,湖北公安县人。万历十四年(1586)会试第一,授庶吉士,官至右庶子。泰昌期被追录光宗讲官,赠礼部右侍郎。著有《白苏斋类集》。公安袁氏昆仲三人,性情各有不同,尤其是宗道与其两弟的差异较著。宗道主张"居人间,当敛其锋锷,与世抑扬"①。而宏道则谓"凤凰不与凡鸟共巢,麒麟不共凡马伏枥,大丈夫当独往独来,自舒其逸耳,岂可逐世啼笑,听人穿鼻络首!"②对此,李贽评道:"伯也稳实,仲也英特。"③陶望龄在给伯修的尺牍中亦载曰:"二令弟每讪家兄作本分诗,以仆观之,自是令弟过分耳,争怪得阿兄耶?"④三人虽然文学旨趣相似,而持论的激烈程度则有所不同。比较而言,宗道较平和允妥、冲夷冷静;宏道才情高旷,激越豪横;中道先承宏道之狂诞,而后又匡正纠偏。尽管如此,伯仲三人都是桴鼓相应的文坛弄潮儿。宏道堪称魁杰,但宗道、中道或骍骖开道于先,或克尽其功于后,他们与黄辉、陶望龄、江进之等人声应气求,为矫除钩棘篇章、万喙一音的文坛风习贡献了各自的才识和不附流俗的勇气。宗道曾说:"但举世皆为格套所拘,而

---

① [明]袁中道著,钱伯城点校:《珂雪斋集》卷十八《吏部验封司郎中中郎先生行状》,上海古籍出版社2019年版,第801页。
② [明]袁中道著,钱伯城点校:《珂雪斋集》卷十八《吏部验封司郎中中郎先生行状》,上海古籍出版社2019年版,第801页。
③ [明]袁中道著,钱伯城点校:《珂雪斋集》卷十八《吏部验封司郎中中郎先生行状》,上海古籍出版社2019年版,第801页。
④ [明]陶望龄撰,李会富编校:《陶望龄全集·歇庵集》卷十五《与袁石浦》,上海古籍出版社2019年版,第881页。

一人极力摆脱,能免末俗之讥乎?"①可以想象,没有昆仲之间的声应气求,宏道的"性灵"孤声,不但难以响贯文坛,能否形成也尚难逆料。

第一节 首开公安派之骅骝

与袁氏兄弟,尤其是中道交谊甚笃的钱谦益说宗道"其才或不逮二仲,而公安一派实自伯修发之"②。又云:"丙戌、己丑馆选最盛,公安、南充、会稽标新竖义,一扫烦芜之习,而风气则已变矣。"③"公安"即指袁宗道,"南充"指黄辉,"会稽"指陶望龄。可见公安派文学起于青蘋之末的微澜,首先是宗道等人从馆阁之中漾起的,并且是先由文而后及诗的。宗道长宏道八岁,长中道十岁。当宗道居京为官时,宏道、中道尚搏击科场。他们与焦竑、李贽等名士往还,也首先以宗道为中介。

宗道的文学思想虽然没有宏道那样声宏气壮,并且当宏道的文学风格形成之后,还"为中郎意见所转,稍稍失其故步"④。但公安派文学思想

---

① [明]袁宗道著,钱伯城标点:《白苏斋类集》卷十六《大人书》,上海古籍出版社2007年版,第216页。

② [清]钱谦益撰集,许逸民、林淑敏点校:《列朝诗集·丁集》第十二《袁庶子宗道》,中华书局2007年版,第5315页。

③ [清]钱谦益撰集,许逸民、林淑敏点校:《列朝诗集·丁集》第十一《冯尚书琦》,中华书局2007年版,第5169页。朱彝尊虽然对公安、竟陵多有贬词,但亦视伯修为肇端。其《静志居诗话》云:"自裒伯修出,服习香山、眉山之结撰,首以白、苏名斋,既导其源,中郎、小修继之,益扬其波,由是公安流派盛行。然白、苏各有神采,顾乃颓波自放,舍其高洁,专尚鄙俚。钟、谭从而再变,枭音鴃舌,风雅荡然,泗鼎将沈,魑魅齐见,言作俑者,孰谓非伯修也邪?"([清]朱彝尊著,姚祖恩编,黄君坦校点:《静志居诗话》卷十六《袁宗道》,人民文学出版社1990年版,第465页)

④ 袁中道《珂雪斋集》卷二十一《书方平弟藏慎轩居士卷末》:"时中郎作诗,力破时人蹊径,多破胆险句。伯修诗稳而清,慎轩诗奇而藻,两人皆为中郎意见所转,稍稍失其故步。"([明]袁中道著,钱伯城校点:《珂雪斋集》卷二十一《书方平弟藏慎轩居士卷末》,上海古籍出版社2019年版,第947页)宗道对宏道也十分推挹,云:"岑寂中读家弟诸剂,如笼鹁鸪,忽闻林间鸣唤之音,恨不即掣条裂锁,与之偕飞。"([明]袁宗道著,钱伯城标点:《白苏斋类集》卷十五《陶编修石篑》又,上海古籍出版社2007年版,第214页)作《南平社六人各一首·中郎弟进士》诗赞宏道云:"前年羽猎献长杨,归去三湘问雁行。作赋丽如袁彦伯,通经精似蔡中郎。角巾领袖高阳侣,尘尾凭陵侠少场。梦草真堪对小谢,种花无那去河阳。"([明]袁宗道著,钱伯城标点:《白苏斋类集》卷三《南平社六人各一首·中郎弟进士》,上海古籍出版社2007年版,第29页)

的基本内核及论学取向则始发于宗道,即便其后对宏道迥绝一时的文学思想的附应中,宗道所具有的影响也并未湮没。宗道对公安派的先发之功,主要体现在:

其一,首开融通三教的学术路径。公安"三袁"悦禅顿悟、论究心性是"性灵说"产生的理论基础,但这也是由宗道首肇其端,并以此启教宏道、中道。对此,中道所撰《珂雪斋集》中载之颇详:

> 己丑,焦公竑首制科,瞿公汝稷官京师,先生(宗道)就之问学,共引以顿悟之旨。而僧深有为龙潭高足,数以见性之说启先生,乃遍阅大慧、中峰诸录,得参求之诀。久之,稍有所豁。先生于是研精性命,不复谈长生事矣。是年,先生以册封归里。仲兄与予皆知向学,先生语以心性之说,亦各有省,互相商证。①

中道又说:"蕞尔之邑,不知有所谓圣学禅学,自兄从事于官,有志于生死之道,而后我兄弟始仰青天而见白日矣。"②"时伯修方为太史,初与闻性命之学,以启先生(中郎)。先生深信之。"③可见,宏道、中道初知问学,也是受到了宗道的启示。而宗道的学问特点即是三教兼宗而以儒为本。宗道云:

> 三教圣人,门庭各异,本领是同。所谓学禅而后知儒,非虚语也。先辈谓儒门澹泊,收拾不住,皆归释氏。故今之高明有志向者,腐朽吾鲁、邹之书,而以诸宗语录为珍奇,率终身濡首其中,而不知返。不知彼之所有,森然具吾胠中,特吾儒浑含不泄尽耳,真所谓淡而不厌

---

① [明]袁中道著,钱伯城点校:《珂雪斋集》卷十七《石浦先生传》,上海古籍出版社2019年版,第751—752页。
② [明]袁中道著,钱伯城点校:《珂雪斋集》卷十九《告伯修文》,上海古籍出版社2019年版,第835页。
③ [明]袁中道著,钱伯城点校:《珂雪斋集》卷十八《吏部验封司郎中中郎先生行状》,上海古籍出版社2019年版,第800页。

者也。闲来与诸弟及数友讲论,稍稍借禅以诠儒,始欣然舍竺典,而寻求本业之妙义。予谓之曰:"此我所行同事摄也。"既知此理之同,则其毫发之异,久之自明矣。①

当然,三人学术主张也是同中有异。宏道旨在混儒佛于一统,中道则诚如钱穆先生所说,是"由儒参禅"②。而真正认可"至宝原在家内"③的仅宗道一人而已。他虽然也谈禅论佛,但是,为学旨趣则在于儒佛合一,而终归于儒,只是"借禅以诠儒"而已。与宏道、中道相比,宗道鲜有儒佛优劣之论,而多以佛理阐证儒学意蕴,归趣还在于儒学。如,他以佛学阐释王阳明的"良知"云:"伯安所揭良知,正所谓'了了常知'之知,'真心自体'之知,非属能知所知也。"④他所谓"了了常知",是达摩指示慧可壁观之后,问慧可何以征验"虽绝诸念,亦不断灭"之时,慧可所答的"了了常知,言不可及"一句。⑤ 他对时人认为阳明良知说乃"借路葱岭"而得颇不以为然,认为"夫谓其借路,固非识伯安者",原因是"理一而已",⑥是体道之不约而同。他对孔子"未知生,焉知死"一句,感到"此理难解,非言可诠"⑦,则以《妙喜语录》求解。妙喜曾对"未生之前,毕竟在甚么处"以及当人死后"四大五蕴,一时解散。有耳不闻声,有眼不见物。有个肉团心,分别不行。有个身,火烧刀斫,却不觉痛。这里历历孤明底,却向甚么处

---

① [明]袁宗道著,钱伯城标点:《白苏斋类集》卷十七《说书类》,上海古籍出版社2007年版,第237页。
② 钱穆:《中国学术思想史论丛》七《记公安三袁论学》,生活·读书·新知三联书店2019年版,第256页。
③ [明]袁中道著,钱伯城点校:《珂雪斋集》卷十七《石浦先生传》,上海古籍出版社2019年版,第752页。
④ [明]袁宗道著,钱伯城标点:《白苏斋类集》卷十七《读大学》,上海古籍出版社2007年版,第239—240页。
⑤ 详见[明]袁宗道著,钱伯城标点:《白苏斋类集》卷十七《读大学》,上海古籍出版社2007年版,第239页。
⑥ [明]袁宗道著,钱伯城标点:《白苏斋类集》卷十七《读大学》,上海古籍出版社2007年版,第239页。
⑦ [明]袁宗道著,钱伯城标点:《白苏斋类集》卷十七《读论语》,上海古籍出版社2007年版,第248页。

去"发问,说明"生死不知"①。宗道以此解释了孔子所谓"未知生,焉知死"。同样,他又借《中峰语录》诠解孔子。《中峰语录》中云:"欲觅生死,如睡觉人求梦中事,安有复得之理。当知生死本空,由悟方觉。"②宗道视其"实吾夫子'未知生,焉知死'之注疏也"③。尽管如此,袁氏昆仲融通三教的学术取向还是基本一致的。

宗道的著作今存的仅《白苏斋集》二十二卷,其中间有谈禅论佛的内容。佛学专论《西方合论叙》实乃宗道、中道合作而成。④ 其实宗道曾为《圆觉经》《楞严经》作注,惜已不传。⑤ 在习禅论佛方面,宗道对宏道、中道的影响亦可寻。宗道称庞蕴为"师",曾赋诗云:"细鸟语高枝,幽斋事事宜。香奁安佛像,贝典教妻儿。施食檐禽狎,玄谭阶树知。道缘应不浅,庞叟是吾师。"⑥而宏道称引佛教中人最多的也是庞蕴,并作诗云:"角巾散带亦何为,白首庞公是我师。"⑦宏道、中道的悦禅,也是经宗道首先研习,而后两兄弟才"始仰青天而见白日"⑧的。对于公安派的核心文学观念——"性灵说",宗道并无宏道那样擎旗奔突,凌越王、李之阵的雄肆气概。虽然昆仲三人都援阳明及佛禅以谭道证性,为性灵说植本,但宗道

---

① 详见[明]袁宗道著,钱伯城标点:《白苏斋类集》卷十七《读论语》,上海古籍出版社2007年版,第248页。
② [明]袁宗道著,钱伯城标点:《白苏斋类集》卷十七《读论语》,上海古籍出版社2007年版,第249页。
③ [明]袁宗道著,钱伯城标点:《白苏斋类集》卷十七《读论语》,上海古籍出版社2007年版,第249页。
④ 袁中道云:"中郎作《西方合论》成,伯修为作引,命予属草,伯修稍裁省用之。"([明]袁中道:《珂雪斋集·外集》卷十二《箓录·禅语》,明万历四十六年刻本)
⑤ 袁中道《师友见闻语》载:"伯修庚子夏满室皆书生死警切之语,夏,间旁注《楞严》,凡滞塞不通者,皆曲畅其意,极为明析。至秋月遂弃世。壬寅,黄太史慎轩过此,取之以去。今不知在何所。"又载:"伯修曾注《圆觉》,陈正甫太守刻于新安,今亦无本。"([明]袁中道:《珂雪斋集·外集》卷十三《师友见闻语》,明万历四十六年刻本)
⑥ [明]袁宗道著,钱伯城标点:《白苏斋类集》卷四《偶成》,上海古籍出版社2007年版,第38—39页。
⑦ [明]袁宏道著,钱伯城笺校:《袁宏道集笺校》卷十二《丁酉十二月初六初度》其三,上海古籍出版社2018年版,第587页。
⑧ [明]袁中道著,钱伯城点校:《珂雪斋集》卷十九《告伯修文》,上海古籍出版社2019年版,第835页。

还援《四书》以证性,为性灵说增添了别样的理论元素。这主要体现在两个方面。第一,将性体观念与情感论相贯通,将性灵说与文学缘情传统相联系。他说:"《孟子》一书,只是以性善二字为主。此善字,非善恶之善,如《大学》所谓至善也。性离文字,离言说,离心缘,不可见矣,见之于初发之情耳。"①虽然理学家们对性情关系论述已该备详赡,但宗道的着意点稍有不同,他从"文字""言说"等维度论性、情之别,赋予了情之"表现"功能,这也是辞章诗赋之士论性以济文学的动因与归趣。第二,调和性、念,承袭李贽"童心说",为"不拘格套"的自然抒写张本。王龙溪变王阳明四句教而为四无说,根本原因即在于阳明心、意体用关系存在着内在的矛盾。袁宗道则直面要害,以赤子之一念弥缝其说,趋念以近于性,云:"盖论性难矣,举其全,则岂惟第一念是性,即念外生念,千状万态,总是性也。"②这是因为"若无本性,不生忘念,故即性",但因为"性本离念,念即离性,故云非性",故而"第一念总不是性"。③ 因为性"不可指示"④,因此,往往取念之生念,千状万态之念以当之,乃至对性的体认愈远而愈失其真。袁宗道提出"不若指第一念为近之",因为"第一念离性未远,虽曰情识,尚属自然也"。⑤ 而其"第一念"即是赤子之心,云:"赤子之心无分别,无取舍,所谓第一念也。"⑥与李贽童心说相呼应,赋予了性灵说以强烈的自然表现的内涵。这是袁宗道援"四书"而为性灵说注入的别样意蕴。

---

① [明]袁宗道著,钱伯城标点:《白苏斋类集》卷十九《读孟子》,上海古籍出版社2007年版,第267页。
② [明]袁宗道著,钱伯城标点:《白苏斋类集》卷十九《读孟子》,上海古籍出版社2007年版,第267页。
③ [明]袁宗道著,钱伯城标点:《白苏斋类集》卷十九《读孟子》,上海古籍出版社2007年版,第267页。
④ [明]袁宗道著,钱伯城标点:《白苏斋类集》卷十九《读孟子》,上海古籍出版社2007年版,第268页。
⑤ [明]袁宗道著,钱伯城标点:《白苏斋类集》卷十九《读孟子》,上海古籍出版社2007年版,第268页。
⑥ [明]袁宗道著,钱伯城标点:《白苏斋类集》卷十九《读孟子》,上海古籍出版社2007年版,第275页。

其二，公安派的先导。宗道的著作难以系年，但是，无论是年岁还是入翰林以及与文苑名士相推荡的时间都早在宏道之前。钱谦益所谓"公安一派实自伯修发之"①当为允论。宗道较早地提出了古今的语言、文学不断嬗变的理论：

> 口舌代心者也，文章又代口舌者也。展转隔碍，虽写得畅显，已恐不如口舌矣，况能如心之所存乎？故孔子论文曰："辞达而已。"达不达，文不文之辨也。唐、虞、三代之文，无不达者。今人读古书，不即通晓，辄谓古文奇奥，今人下笔不宜平易。夫时有古今，语言亦有古今。今人所诧谓奇字奥句，安知非古之街谈巷语耶？……余曰："古文贵达，学达即所谓学古也，学其意不必泥其字句也。"今之圆领方袍，所以学古人之缀叶蔽皮也；今之五味煎熬，所以学古人之茹毛饮血也。何也？古人之意期于饱口腹，蔽形体。今人之意亦期于饱口腹，蔽形体，未尝异也。彼摘古字句入己著作者，是无异缀皮叶于衣袂之中，投毛血于肴核之内也。大抵古人之文，专期于达；而今人之文，专期于不达。以不达学达，是可谓学古者乎！②

宗道主张文学当因时而变，文学的语言当与时代相适应，文章当写"口舌"，不鄙俚辞俗语，切不可递相规仿，盲目崇拜古人、依傍古人。与宏道所谓"周书《大诰》《多方》等篇，古之告示也，今尚可作告示不？毛诗《郑》《卫》等风，古之淫词媟语也，今人所唱《银柳丝》《挂柳丝》之类，可一字相袭不"③大致相似。宗道也从语言的古今之变来对拟古派提出批评，认为时代变易，语言亦因时代而发生变化，今人所不熟悉的奇字奥句，

---

① ［清］钱谦益撰集，许逸民、林淑敏点校：《列朝诗集·丁集》第十二《袁庶子宗道》，中华书局 2007 年版，第 5315 页。
② ［明］袁宗道著，钱伯城标点：《白苏斋类集》卷二十《论文》上，上海古籍出版社 2007 年版，第 283—284 页。
③ ［明］袁宏道著，钱伯城笺校：《袁宏道集笺校》卷十一《江进之》，上海古籍出版社 2018 年版，第 551 页。

恰恰是古人的街谈巷语。诚如郭绍虞先生所云:"伯修以摘古字句,为王、李之病,可谓一针见血之谈。"①同时,宗道还对词垣领袖李梦阳的文学观念提出了批评,云:

> 空同不知,篇篇模拟,亦谓反正。后之文人,遂视为定例,尊若令甲,凡有一语不肖古者,即大怒,骂为野路恶道。②

表面看来,这是对空同(李梦阳)发论,但是"迨嘉靖朝,李攀龙、王世贞出,复奉(李梦阳)以为宗。天下推李、何、王、李为四大家,无不争效其体"③。可见梦阳"后之文人"是指李攀龙、王世贞诸人。这是"讥评王、李,其持论迥绝时流"④的徐渭之后,又一位正面批评后七子派的人物。李梦阳虽然"卓然以复古自命"⑤,但晚明文学思潮中的主要代表人物除汤显祖在《孙鹏初遂初堂集序》中批评其诗文"气刚而色不能无晦"⑥之外,很少人对其有所物议,而宗道则指出了空同文章"篇篇模拟"的负面影响,锋芒直逼明代复古文学的始作俑者。同时,宗道的批评不乏节制和辩证,说"不知空同模拟,自一人创之,犹不甚可厌。迨其后以一传百,以讹益讹,愈趋愈下,不足观矣。且空同诸文,尚多己意,纪事述情,往往逼真"⑦。这在多矫激之论的明代文坛,颇为难得。

宗道掊击文坛尊古、拟古之风,还巧妙地援圣发论。他说:"孔子论文

---

① 郭绍虞:《中国文学批评史》六〇《公安派》,上海古籍出版社 1979 年版,第 417 页。
② [明]袁宗道著,钱伯城标点:《白苏斋类集》卷二十《论文》上,上海古籍出版社 2007 年版,第 284 页。
③ [清]张廷玉等:《明史》卷二百八十六《李梦阳传》,中华书局 1974 年版,第 7348 页。
④ [清]钱谦益撰集,许逸民、林淑敏点校:《列朝诗集·丁集》第十二《徐记室渭》,中华书局 2007 年版,第 5227 页。
⑤ [清]张廷玉等:《明史》卷二百八十六《李梦阳传》,中华书局 1974 年版,第 7348 页。
⑥ 徐朔方笺校:《汤显祖集·诗文集》卷三十一《孙鹏初遂初堂集序》,中华书局 1962 年版,第 1060 页。
⑦ [明]袁宗道著,钱伯城标点:《白苏斋类集》卷二十《论文》上,上海古籍出版社 2007 年版,第 284 页。

曰：'辞达而已。'达不达，文不文之辨也。"①宗道援孔子"辞达"圣训，反诘以古相高的空同后嗣。讽其如同学古人以缀叶蔽皮一般可笑。复古文人常常嫌时制不文，"取秦、汉名衔以文之"②，实际效果则是"大抵古人之文，专期于达；而今人之文，专期于不达"，反诘其"以不达学达，是可谓学古者乎"。③宏道正面高张"信腕信口""不拘格套"，与从外面攻营拔寨不同，宗道阳副尊古之论，以尊古的逻辑以反复古，从内部动摇复古的理论根基。王、李云雾为之一扫，宗道与宏道取径有别，其功则一。就过程先后而言，宗道筚路蓝缕，宏道踵事增华，将晚明文学推向高潮，最终涤除了文坛的蹈袭之习。

其三，推奉白、苏。晚明革新派文人不事钉饾、俊迈雄视、遍排时流、历诋往哲，以自出机杼、空所依傍相标榜，力矫七子派不求意味、唯仿字句的弊习，但是他们对白居易、苏轼（尤其是后者）推挹殊甚。推尊苏轼成了他们与拟古派相区别的一个重要标志。钱谦益云："伯修在词垣，当王、李词章盛行之日，独与同馆黄昭素（辉）厌薄俗学，力排假借盗窃之失。于唐好香山，于宋好眉山，名其斋曰白苏，所以自别于时流也。"④独标白、苏是"自别于时流"的重要特征。当然，这并非始于公安"三袁"。钱谦益云："万历之季，海内皆诋訾王、李，以乐天、子瞻为宗。"⑤虞淳熙论万历文坛有这样的形象比况："当是时，文苑东坡临御，东坡者，天西奎宿也，自天堕地，分身者四：一为元美，身得其斗背；一为若士，身得其灿眉；一为文长，身得其韵之风流，命之磨蝎；袁郎晚降，得其滑稽之口，而已借光壁府，

---

① ［明］袁宗道著，钱伯城标点：《白苏斋类集》卷二十《论文》上，上海古籍出版社2007年版，第283页。

② ［明］袁宗道著，钱伯城标点：《白苏斋类集》卷二十《论文》上，上海古籍出版社2007年版，第284页。

③ ［明］袁宗道著，钱伯城标点：《白苏斋类集》卷二十《论文》上，上海古籍出版社2007年版，第284页。

④ ［清］钱谦益撰集，许逸民、林淑敏点校：《列朝诗集·丁集》第十二《袁庶子宗道》，中华书局2007年版，第5315页。

⑤ ［清］钱谦益著，［清］钱曾笺注，钱仲联标校：《牧斋初学集》卷三十一《陶仲璞遁园集序》，上海古籍出版社1985年版，第919页。

散炜布宝。"①但袁氏伯仲三人推尊苏轼则始于宗道。② 表面看来,主张抒写一己之性灵,一空依傍的文学之士,何以规摹前人,而有肖七子派之嫌?这似乎令人难以索解。这主要是因为:首先,白居易为中唐诗人,苏轼为宋代文人。标举白、苏,便直接与七子派"诗必盛唐"的文学观念相颉颃。其次,白居易、苏轼都是兼融三教的文士,这与晚明士风正相符合。③ 再次,白居易仿民歌采用三三七的句调,及语言"用常得奇"④,使白诗具有明了易晓的特点,这与晚明文人所倡导的宁今宁俗的旨趣正相符契。最后,苏轼无论是豪纵的性情,还是畅达的文风,兼综融通的学识,尤其是作品"其妙处,皆从文字入禅,复以禅游戏文字,暮鼓晨钟,自足发人深省"⑤,更被晚明文人视为圭臬。因此,晚明文坛形成了荒经蔑古、独尊苏轼的局面,苏轼成了他们与复古派颉颃的一面旗帜。袁氏伯仲都标举白、

---

① [明]虞淳熙:《袁宏道评点徐文长集序》,载[明]袁宏道著,钱伯城笺校:《袁宏道集笺校》附录三,上海古籍出版社 2018 年版,第 1865 页。

② 宏道推崇白、苏当与宗道有关。宗道很早即崇白苏,且以"白苏斋"名其室。据中道《白苏斋记》载:"伯修赋性整洁,所之必葺一室,扫地焚香宴坐;而所居之室,必以'白苏'名。去年买一宅长安,阶上竹柏森疏,香藤怪石,大有幽意。乃于抱瓮亭后,洁治静室。室虽易,而其名不改,其尚友乐天、子瞻之意,固有不能一刻忘者。"([明]袁中道著,钱伯城点校:《珂雪斋集》卷十二《白苏斋记》,上海古籍出版社 2019 年版,第 565 页)据中道《石浦先生传》:"移家长安里中,栽花剃药,不问世事。癸未,大人强之赴试。"([明]袁中道著,钱伯城点校:《珂雪斋集》卷十七《石浦先生传》,上海古籍出版社 2019 年版,第 751 页)可知宗道在长安买宅是在"癸未年"(1583 年)之前,而宗道此前未曾移家。据"室虽易,而其名不改"知宗道与父母昆仲同居故里时即以"白苏"名其斋。退一步论,即以癸未年计,时宏道才十六岁,距中举(1588年)尚有五年之久,仍在宗道的启教之下。宏道最早论及东坡迟至十数年后的 1596 年,如,《识张幼于惠泉诗后》:"此事政与东坡河阳美猪肉事相类,书之并博幼于一笑。"([明]袁宏道著,钱伯城笺校:《袁宏道集笺校》卷四《识张幼于惠泉诗后》,上海古籍出版社 2018 年版,第 209 页)而正面评价东坡更迟至 1597 年,如《江进之》:"近日读古今名人诸赋,始知苏子瞻、欧阳永叔辈见识,真不可及。"([明]袁宏道著,钱伯城笺校:《袁宏道集笺校》卷十一《江进之》,上海古籍出版社 2018 年版,第 551 页)

③ 如,宗道在论及自己与乐天之同时云:"独乐天学禅,吾亦学禅。"([明]袁宗道著,钱伯城标点:《白苏斋类集》卷十六《寄三弟》,上海古籍出版社 2007 年版,第 230 页)

④ [清]刘熙载著,袁津琥笺释:《艺概笺释》卷二《诗概》一二八,中华书局 2019 年版,第 332 页。

⑤ [明]黄辉:《杞菊斋藏书·坡仙遗事序》,清嘉庆刻本。

苏，宗道"慕白乐天、苏子瞻为人，所之以'白苏'名斋"①，其著作也以"白苏斋集"称名。诚如宏道所云："伯修酷爱白、苏二公，而嗜长公尤甚。每下直，辄焚香静坐，命小奴伸纸，书二公闲适诗，或小文，或诗余一二幅，倦则手一编而卧，皆山林会心语，近懒近放者也。"②他步和前人诗韵的作品仅有两题：一为《咏怀效白》，一为《和东坡戒杀诗遗陈季常韵三首》，足见其对白、苏的崇挹之情。他对同道友朋佳作的推许，亦常常以白、苏为喻。如，宗道在致陶望龄的书牍中云："《览镜》诸作，绝似元、白。《五泄》六咏，非坡老不能为也。"③同样，宏道与中道也推奉白、苏，如宏道云："苏公之诗，出世入世，粗言细语，总归玄奥，恍惚变怪，无非情实。盖其才力既高，而学问识见，又迥出于二公（李白、杜甫）之上，故宜卓绝千古。"④又云："诗文是吾辈一件正事，去此无可度日者，穷工极变，舍兄不极力造就，谁人可与此道者？如白、苏二公，岂非大菩萨？"⑤中道则将敬奉者喻若苏轼，云："龙湖先生，今之子瞻也。"⑥无疑，规慕白、苏实源自宗道。当然，"若曰韵言近白，大篇类苏，又非被人涎沫，自辟门户之意。故读之者，第当呼之曰白苏斋，不当以白、苏诗文看《白苏斋集》可也"⑦。公安"三袁"独唱互赓，在诗尊盛唐之时，标举白、苏与其相颉颃，以求辟门户于趁舌应声世界，一扫王、李模拟之习，这才是他们的真实文学实践。

---

① ［明］袁中道著，钱伯城点校：《珂雪斋集》卷十七《石浦先生传》，上海古籍出版社2019年版，第753页。

② ［明］袁宏道著，钱伯城笺校：《袁宏道集笺校》卷三十五《识伯修遗墨后》，上海古籍出版社2018年版，第1203页。

③ ［明］袁宗道著，钱伯城标点：《白苏斋类集》卷十六《答陶石篑》，上海古籍出版社2007年版，第233页。

④ ［明］袁宏道著，钱伯城笺校：《袁宏道集笺校》卷二十一《答梅客生开府》，上海古籍出版社2018年版，第792页。

⑤ ［明］袁宏道著，钱伯城笺校：《袁宏道集笺校》卷四十三《黄平倩》，上海古籍出版社2018年版，第1366页。

⑥ ［明］袁中道著，钱伯城点校：《珂雪斋集》卷十《龙湖遗墨小序》，上海古籍出版社2019年版，第503页。

⑦ ［明］姚士麟：《白苏斋类集序》，载［明］袁宗道著，钱伯城标点：《白苏斋类集》卷首，上海古籍出版社2007年版，第2页。

宗道对宏道或隐或显的影响远不限于此。当然,这种影响又是相互的,他们的共通之处,使得文学新思潮更加声宏气壮,其殊异同样具有相互补苴之功。

第二节 培本尚学与冲和允洽的文学革新论

正如他们感喟于天地间真文澌灭,而力主文人当"手眼各出,机轴亦异"①一样,袁氏昆仲之间又决非简单的同音一调,这正应合了中国古代"以他平他"②的"和"的文化范则。宗道与宏道、中道乃至整个公安派文人稍有不同之处,在于他重"学"尚"本"。其要点有如下几方面。

其一,"士先器识而后文艺"。宗道云:

夫惟杜机葆贞,凝定于渊默之中,即自毖其才,卒不得不显。盖其本立,其用自不可秘也。今夫花萼蕃郁,人睹木之华,而树木者固未尝先溉其枝叶,而先溉其根;丹腹绀碧,人睹室之华,而治室者固未尝先营其榱栋,而先营其基者,何也?所培在本也。良玉韫于石,不待剖而山自润;明珠含于渊,不待摘而川自媚;莫邪藏于匣,不待操而精光自烁,人不可正睨者,何也?有本在焉,其用自不可秘也。

而晚代文士,未窥厥本,呶呶焉日私其土苴而诧于人。单辞偶合,辄气志凌厉;片语会意,辄傲睨千古。谓左、屈以外,别无人品;词章之外,别无学问。是故长卿摛藻于《上林》,而聆窃赀之行者汗颊矣。子云苦心于《太玄》,而诵《美新》之辞者腼颜矣。正平弄笔于《鹦鹉》,而诵江夏之厄者扪舌矣。杨修斗捷于色丝,而悲舐犊之语者惊魄矣。康乐吐奇于春草,而耳其逆叛之谋者秒谭矣。下逮卢、

---

① [明]袁宏道著,钱伯城笺校:《袁宏道集笺校》卷四《诸大家时文序》,上海古籍出版社2018年版,第199页。
② [春秋](旧题)左丘明撰,徐元诰集解,王树民、沈长云点校:《国语集解·郑语第十六·桓公为司徒》,中华书局2002年版,第470页。

骆、王、杨,亦皆用以负俗而贾祸,此岂其才之不赡哉?本不立也。本不立者,何也?其器诚狭,其识诚卑也。故君子者,口不言文艺,而先植其本。凝神而敛志,回光而内鉴,锷敛而藏声,其器若万斛之舟,无所不载也……盖昔者咎、禹、尹、虺、召、毕之徒,皆备明圣显懿之德,其器识深沉浑厚,莫可涯涘。而乃今读其训诰谟典诗歌,抑何尔雅闳伟哉!千古而下,端拜颂哦,不敢以文人目之,而亦争推为万世文章之祖。则吾所谓其本立,其用自不可秘者也。譬之麟之仁,凤之德,日为陆离炳焕之文,是为天下瑞。而长卿以下,有意耀其才者,何异山鸡而凤毛,犬羊而麟趾,人反异而逐之,而或以贾衅,乌睹其文乎!信乎器识文艺,表里相须,而器识猥薄者,即文艺并失之矣。虽然,器识先矣,而识尤要焉。盖识不宏远者,其器必且浮浅;而包罗一世之襟度,固赖有昭晰六合之识见也。大其识者宜何如?曰:豁之以致知,养之以无欲,其庶乎!①

宗道认为君子当"口不言文艺,而先植其本"。其本,其器识,即是学问,他曾说"有一派学问,则酿出一种意见。有一种意见,则创出一般言语"②。文学当以学问为基础,"从学生理,从理生文"③。"学问"是"圣人为下学方便门"④,是审问、慎思、明辨、笃行的前提,也是"文"能"达"的前提。他批评复古病症乃是:"浮浮泛泛,原不曾的然做一项学问,叩其胸中,亦茫然不曾具一丝意见,徒见古人有立言不朽之说,又见前辈有能诗能文之名,亦欲搦管伸纸,入此行市;连篇累牍,图人称扬。夫以茫昧之

---

① [明]袁宗道著,钱伯城标点:《白苏斋类集》卷七《士先器识而后文艺》,上海古籍出版社2007年版,第91—93页。
② [明]袁宗道著,钱伯城标点:《白苏斋类集》卷二十《论文》下,上海古籍出版社2007年版,第285页。
③ [明]袁宗道著,钱伯城标点:《白苏斋类集》卷二十《论文》下,上海古籍出版社2007年版,第286页。
④ [明]袁宗道著,钱伯城标点:《白苏斋类集》卷十八《读中庸》,上海古籍出版社2007年版,第263页。

胸,而妄意鸿巨之裁,自非行乞左、马之侧,募缘残溺,盗窃遗矢,安能写满卷帙乎?"①宗道指出复古派的继踵者学浅识乏,勉强为文,因此而"不得不假借模拟"②。宗道视学问、意见为文之根基与内容。文坛模拟之风盛炽,乃是缺乏文学的根本与内容使其然。这与宏道所论稍有不同,宏道尚"趣"而轻贱学问,云:"趣得之自然者深,得之学问者浅","入理愈深,然其去趣愈远矣",③将学问与艺文对立而论。宗道多重视学殖,宏道则尚性情、感悟。但他们都集矢于复古派为文鲜有真体悟、真感受。尚真缀伪,是他们的共同祈向。

公安"三袁"虽然都推敬李贽,但所得亦有不同。宏道、中道得其狂禅,得其任适,得其睥睨傲兀的狂者性情,而宗道则推崇李贽"读书老更强"④的精神。李贽自云"自壮至老,无有亲宾往来之扰,得以一意读书",故而作四言长篇"《读书乐》以自乐",⑤宗道作《书读书乐后》自视为李贽的"赏音人":

> 龙湖老子手如铁,信手许驳写不辍。纵横圆转轻古人,迁也无笔仪无舌。一语能寒泉下胆,片言堪肉夜台骨。我自别公苦寂寞,况闻病肺那忘却。忽有两僧致公书,乃是手书《读书乐》。自夸读书老更强,胆气精神不可当。歌笑无情有真乐,问公垂老何飞扬。诗既奇崛字遒绝,石走岩皴格力苍。老骨棱棱精炯炯,对此恍如坐公傍。龙湖老子果希有,此诗此字应不朽。莫道世无赏音人,袁也宝之胜琼玖。⑥

---

① [明]袁宗道著,钱伯城标点:《白苏斋类集》卷二十《论文》下,上海古籍出版社2007年版,第285页。
② [明]袁宗道著,钱伯城标点:《白苏斋类集》卷二十《论文》下,上海古籍出版社2007年版,第285页。
③ [明]袁宏道著,钱伯城笺校:《袁宏道集笺校》卷十《叙陈正甫会心集》,上海古籍出版社2018年版,第495—496页。
④ [明]袁宗道著,钱伯城标点:《白苏斋类集》卷一《书读书乐后》,上海古籍出版社2007年版,第7页。
⑤ [明]李贽:《焚书》卷六《〈读书乐〉并引》,中华书局2009年版,第226页。
⑥ [明]袁宗道著,钱伯城标点:《白苏斋类集》卷一《书读书乐后》,上海古籍出版社2007年版,第7页。

与皓首穷经的"书厨"完全不同,宗道颂扬李贽,是由读书而得的"胆气精神"。李贽自谓其读书"是非大戾昔人"①,宗道甚而认为其"纵横圆转轻古人",这些都是有悖前人的读书旨趣,而与晚明文学尚今鄙古的精神相仿佛。同样,宏道、中道等人都有轻贱学问、重视才情的倾向。他们骄节高标、超世绝尘,赋诗作文唯求真我,宏道有诗云:"莫把古人来比我,同床各梦不相干。"②因此,当宏道乍出之时"其诗文变板重为轻巧,变粉饰为本色",从而"致天下耳目于一新"。③ 但是公安末流又继踵宏道,唯恃聪明、轻贱学殖,于是给后人留下了"学三袁者乃至矜其小慧,破律而坏度。名为救七子之弊,而弊又甚焉"④的口实。即使承续公安的竟陵文人钟惺也有类似的看法:"学袁(宏道)、江(盈科)二公,与学济南诸君子何异?恐学袁、江二公,其弊反有甚于学济南诸君子也。"⑤就此而论,宗道重学殖、尚读书,确实对公安文学的偏失具有补苴作用。当然,三袁之中,虽然宗道"既导其源"⑥,但在"中郎之论出"⑦之后,文士们"翕然臻向"⑧,宗道重学殖的理论倾向渐被宏道的"宁今宁俗""信心放笔"⑨的力矫复古之流弊的声浪所湮没。公安末流的质直浅露之病,虽然宗道在世时尚未流行,但是,他对之已有所察,并提出了疗救的药方。其重学殖的

---

① [明]李贽:《焚书》卷六《读书乐并引》,中华书局2009年版,第226页。
② [明]袁宏道著,钱伯城笺校:《袁宏道集笺校》卷二十八《新买得画舫,将以为庵,因作舟居诗》其七,上海古籍出版社2018年版,第987页。
③ [清]永瑢等:《四库全书总目》卷一七九《袁中郎集》提要,中华书局1965年版,第1618页。
④ [清]永瑢等:《四库全书总目》卷一七九《袁中郎集》提要,中华书局1965年版,第1618页。
⑤ [明]钟惺著,李先耕、崔重庆标校:《隐秀轩集》卷二八《与王穉恭兄弟》,上海古籍出版社2017年版,第539页。
⑥ [清]朱彝尊著,姚祖恩编,黄君坦校点:《静志居诗话》卷十六《袁宗道》,人民文学出版社1990年版,第465页。
⑦ [清]钱谦益撰集,许逸民、林淑敏点校:《列朝诗集·丁集》第十二《袁稽勋宏道》,中华书局2007年版,第5317页。
⑧ [清]陈田辑:《明诗纪事》戊签卷十四《周祚》,上海古籍出版社1993年版,第1652页。
⑨ [清]钱谦益撰集,许逸民、林淑敏点校:《列朝诗集·丁集》第十二《附见雷检讨思霈》,中华书局2007年版,第5357页。

思想,笃实的学风,正是宏道等人所欠缺的。宏道后期的学术、文学观念都有所变化:修持净土,重"趣"尚"质",注重学养对创作的培本功能,云:"博学而详说,吾已大其蓄矣,然犹未能会诸心也。久而胸中涣然,若有所释焉,如醉之忽醒,而涨水之思决也。"①中道后期检点平生时,"久而知非",决心"今而后参须实参,悟须实悟,常居学地,兼修净业",②这些都与宗道重学养的观念有关。文学是依循于一定的发展规律,随着整个文化背景的不断演进而发展变化的,社会生活、人生情感体验,固然是作家创作的源泉,但作家同样要受到人类既有文明成果的熏陶。因此,作家当该博兼修综博学,切不可局促于一业,如同游井而忽海之辈,沉滞乏变。诚如葛洪所说:"百家之言,虽不皆清翰锐藻,弘丽汪濊,然悉才士所寄心,一夫澄思也。"③宗道主张学习古人之"意"而不泥于字句,云:"古文贵达,学达即所谓学古也,学其意不必泥其字句也。"④在文坛真意渐漓之时,袁宏道等人矫以清新宕逸的风格,直写胸臆、自铸伟辞、大格颓风,其矫枉之功毋庸置疑,但是这并不能掩盖其理论的某些偏颇之处。相对而言,宗道的文学观念更为公允而近实。

其二,"从学生理,从理生文"——承续唐宋派以反拟古。后七子在前七子沉寂了仅二十多年之后为何又步踵而起,重新张皇旧说?李攀龙在《送王元美序》中云:"今之文章,如晋江(王慎中)、毘陵(唐顺之)二三君子,岂不亦家传户诵?而持论太过,动伤气格,惮于修辞,理胜相掩。"⑤即后七子的兴起与唐宋派有关。他们不满意于唐宋派的主要在于两方

---

① [明]袁宏道著,钱伯城笺校:《袁宏道集笺校》卷五十四《行素园存稿引》,上海古籍出版社2018年版,第1710页。

② [明]袁中道著,钱伯城点校:《珂雪斋集》卷二十二《心律》,上海古籍出版社2019年版,第1026页。

③ [晋]葛洪著,杨明照校笺:《抱朴子外篇校笺》第四十四卷《百家》,中华书局1991年版,第441页。

④ [明]袁宗道著,钱伯城标点:《白苏斋类集》卷二十《论文》上,上海古籍出版社2007年版,第284页。

⑤ [明]李攀龙著,包敬第标校:《沧溟先生集》卷十六《送王元美序》,上海古籍出版社2014年版,第491页。

面:一是"惮于修辞"。唐宋派标举本色论,这是高标古典成言、法则的拟古派所不能认同的。二是"理胜相掩"。如前所述,唐宋派受王学浸润较甚,唐顺之、王慎中都曾向王畿问学,他们论文时也着染了王学色彩。唐顺之自评其诗文云:"其为诗也,率意信口,不调不格,大率似以寒山、《击壤》为宗而欲摹效之,而又不能摹效之然者。其于文也,大率所谓宋头巾气习,求一秦字汉语了不可得。"①唐宋派确实带有成、弘年间陈庄体的某些痕迹,这也是他们与前七子异趣而受到李、王诘难的一个重要因素。但是,李、王对唐宋派的批难仍然是沿袭传统的审美方式,唐宋派的本色直抒正是对前七子"刻意古范,铸形宿镆,而独守尺寸"②的反拨,是符合文学发展规律的创新之举。唐宋派受王学沾溉而重内省直觉、切己而发,是对模袭前人,而故作高声大语的假古董的矫除。虽然以其论诗未必允洽,但这一学术取向对于文人们从摹拟前人的怪圈中走出来,不无积极意义。因此,唐宋派在公安派的先驱者那里就成了可以依傍的一个奥援。宗道的尚学之论的意旨之一,正是援唐宋派而对七子派发难,云:

余少时喜读沧溟、凤洲二先生集。二集佳处,固不可掩,其持论大谬,迷误后学,有不容不辨者。沧溟赠王序,谓"视古修词,宁失诸理"。夫孔子所云辞达者,正达此理耳,无理则所达为何物乎?无论《典》《谟》《语》《孟》,即诸子百氏,谁非谈理者?道家则明清净之理,法家则明赏罚之理,阴阳家则述鬼神之理,墨家则揭俭慈之理,农家则叙耕桑之理,兵家则列奇正变化之理。汉、唐、宋诸名家,如董、贾、韩、柳、欧、苏、曾、王诸公,及国朝阳明、荆川,皆理充于腹而文随之。彼何所见,乃强赖古人失理耶?凤洲《艺苑卮言》,不可具驳,其赠李序曰:"《六经》固理薮已尽,不复措语矣。"沧溟强赖古人无理,

---

① [明]唐顺之著,马美信、黄毅点校:《唐顺之集》卷六《答皇甫百泉郎中》,浙江古籍出版社2014年版,第257页。
② 李叔毅等点校:《何大复集》卷三十二《与李空同论诗书》,中州古籍出版社1989年版,第575页。

而凤洲则不许今人有理,何说乎？此一时遁辞,聊以解一二识者模拟之嘲,而不知其流毒后学,使人狂醉,至于今不可解喻也。然其病源则不在模拟,而在无识。若使胸中的有所见,苞塞于中,将墨不暇研,笔不暇挥,兔起鹘落,犹恐或逸;况有闲力暇晷,引用古人词句耶？故学者诚能从学生理,从理生文,虽驱之使模,不可得矣。①

宗道尚理、尚学,是针对"沧溟(李攀龙)赠王序,谓'视古修词,宁失诸理'"及王世贞"六经固理数已尽,不复措语矣"而发的。宗道认为"沧溟强赖古人无理,而凤洲则不许今人有理",他以尚理、尚学反对复古派务求"古文辞",而鄙薄前人之"意"之"理"。这是从真"识"真"学"的角度来剖析复古之论的。他为模拟者把脉,云:"其病源则不在模拟,而在无识。"而李贽、袁宏道等人则从真"才情"的角度来抨击复古理论。宗道尚理,也在于破斥模拟。他们都倡导一己之真,因此殊途而同归。我们大可不必谈"理"色变,因为宗道所论的"理",并不单指理学家所言之天理,而与文学作品所反映的内容相仿佛。他所说的"理"是"道家则明清净之理,法家则明赏罚之理,阴阳家则述鬼神之理,墨家则揭俭慈之理,农家则叙耕桑之理,兵家则列奇正变化之理"。"理",综有万象,并不囿于伦理的范畴。事实上,宗道正是挟词翰、名理、性宗一体浑融之势,"陡辟门户于趁舌应声世界"②,肇启文坛新风的。诚如姚士麟《白苏斋类集序》所云:"盖不必以词翰謷名理,不必以名理碍性宗,又不必以词翰宗理规规上合乎秦、汉、唐、宋,而惟毕运我真,用诣万情。情契真,真生新,只见情情新来,笔笔新赴。亦不自知其笔之快于言,言之快于情。而为词翰,为名理,为性宗,种种头头,提人新情,换人新眼,称有明自辟大家也。"③名理、

---

① [明]袁宗道著,钱伯城标点:《白苏斋类集》卷二十《论文》下,上海古籍出版社 2007 年版,第 285—286 页。
② [明]姚士麟:《白苏斋类集序》,载[明]袁宗道著,钱伯城标点:《白苏斋类集》卷首,上海古籍出版社 2007 年版,第 1 页。
③ [明]姚士麟:《白苏斋类集序》,载[明]袁宗道著,钱伯城标点:《白苏斋类集》卷首,上海古籍出版社 2007 年版,第 1 页。

性宗与词翰,恰如宏道所谓"脉络"与"格式",一体铸成了直刺王、李窠臼之锋芒。同样,宗道诗歌中亦有如此愤激之辞:"数卷陈言逐字新,眼前君是赏音人。家家椟玉谁知赝,处处描龙总忌真。再舍肉胾居易句,重捐金铸浪仙身。一从马粪《卮言》出,难洗诗林入骨尘。"①当然,宗道虽然因王世贞等七子派而发论,但他培本尚学之论也显示了一些与七子派折中调和的色彩。七子派中王世贞最称赅博,他认为"诗以专诣为境",但又"宜博"。② 病亟之时,仍讽玩《苏子瞻集》,因而被虞淳熙视为苏轼分身之一。他推扬苏轼的诗文,也是因其才情、学养,云:"读子瞻文,见才矣,然似不读书者。读子瞻诗,见学矣,然似绝无才者。"③不论其是否近实④,但也可见其才、学并重的思维路径。谢榛也主张诗人当"养气",要"蕴乎内,著乎外",学者能"集众长合而为一,若易牙以五味调和,则为全味矣"⑤。但是,宗道与七子派重视学博的归趣稍有不同。宗道重学问而又要发乎自然,学问是表达自我的手段,而不是要表现学问本身。因此,他说:"士戒乎有意耀其才也","长卿以下,有意耀其才者,何异山鸡而凤毛,犬羊而麟趾,人反异而逐之"。⑥ 宗道注重的主要是哲学等思辨层面的学术涵养,而不是如七子派那样主要就文学本身而言,如谢榛所谓"熟读初唐、盛唐诸家所作"⑦。同样,王世贞所重视的学问,主要是指秦汉之文、盛唐之

---

① [明]袁宗道著,钱伯城标点:《白苏斋类集》卷五《同惟长舅读唐诗有感》,上海古籍出版社2007年版,第63页。
② [明]王世贞:《艺苑卮言》卷一,载丁福保辑:《历代诗话续编》,中华书局2006年版,第960页。
③ [明]王世贞:《艺苑卮言》卷四,载丁福保辑:《历代诗话续编》,中华书局2006年版,第1018页。
④ 此论受到了清人刘大櫆的驳议,详见刘著《论文偶记》。([清]刘大櫆:《论文偶记》二六,人民文学出版社1959年版,第11页)
⑤ 详见[明]谢榛:《四溟诗话》卷三,载丁福保辑:《历代诗话续编》,中华书局2006年版,第1180页。
⑥ [明]袁宗道著,钱伯城标点:《白苏斋类集》卷七《士先器识而后文艺》,上海古籍出版社2007年版,第91—92页。
⑦ [明]谢榛:《四溟诗话》卷三,载丁福保辑:《历代诗话续编》,中华书局2006年版,第1180页。

诗,要"熟读涵泳之,令其渐渍汪洋"①。他们所谓"学",是指作家的文学素养,尤其是指所谓繁简奇正的"篇法",抑扬顿挫的"句法",金石绮彩的"字法",等等。

其三,宗儒而求"稳实"之学。袁氏昆仲会合三教,途径有所不同。宏道、中道以悦禅为多,重佛而轻儒;宏道等人崇奉佛教,主要是利用和汲取禅宗离经慢教的精神。这样,晚明文学思潮多少带有重性灵、轻学问的倾向。空疏是王学一病,更是禅学的特色。比较而言,李贽、宏道、中道等人的佛禅色彩较浓。宗道虽然也谈禅论佛,借以说明"口舌代心""文章又代口舌"的文学主张,如他曾胪列了两种习禅者:一种是"其上者堆积一肚佛法,包裹沉重;还嫌禅学疏浅,钻研故纸不休。此等人正是为有,何曾为空乎";另一种则是"口里说我学禅学道,其实昏昏兀兀,接客之暇,筹计家私;饱饭之后,算量资俸。三乘十二分教,一字不看;一千七百则公案,一语未闻"。②对向心故纸而不悟,或以习禅为俗事资粮的行为颇不以为然,这些都带有晚明禅学通脱恣纵的特色。从其诗作可以看出,其修净之心不可谓不诚,如:"一自辞亲返禁林,随人啼笑到如今。三生白业施功浅,半世乌纱染俗深。往事休污念佛口,新来初歇著书心。朝来顶礼金容后,一榻跏趺对水沉。"③诗歌中状写习禅阅藏生活的情形在在可见,或"香龛安佛像,贝典教妻儿"④,"竹窗朝受日,棐几对维摩"⑤;或与友朋"清夜论诗罢,深谈契佛乘"⑥;或因闺人禅诵甚勤,喜而赠诗云:"应是新

---

① [明]王世贞:《艺苑卮言》卷一,载丁福保辑:《历代诗话续编》,中华书局 2006 年版,第 964 页。
② [明]袁宗道著,钱伯城标点:《白苏斋类集》卷十五《李卓吾》又,上海古籍出版社 2007 年版,第 210 页。
③ [明]袁宗道著,钱伯城标点:《白苏斋类集》卷五《有感》,上海古籍出版社 2007 年版,第 64 页。
④ [明]袁宗道著,钱伯城标点:《白苏斋类集》卷四《偶成》,上海古籍出版社 2007 年版,第 39 页。
⑤ [明]袁宗道著,钱伯城标点:《白苏斋类集》卷五《晨起》,上海古籍出版社 2007 年版,第 54 页。
⑥ [明]袁宗道著,钱伯城标点:《白苏斋类集》卷五《饮杨刺史园二首》其二,上海古籍出版社 2007 年版,第 47 页。

第九章　论学宗儒、论文尚本：公安派先驱袁宗道重"学"冲和的文论

年福力增,六时功课胜山僧。每持贝叶询难字,时向蒲团学小乘。一缕天风吹梵呗,半轮闰月照香灯。"①佛理禅机,是其诗歌表达的重要内容,诚如陈田所云："伯修深入禅理,兴趣萧远,诗特寄耳。"②伯修在与友人的尺牍中,还说："惟愿文酒之暇,无忘却菩提本愿,时取大慧、中峰二禅师语录置案头,朝夕相对。"③他读解《四书》,其中也时有佛禅机趣。但是宗道又论而有节,因为教外别传、以心传心的禅宗,毕竟与原始佛教乃至隋唐以来产生的中国佛教其他诸宗诸派有所不同。他论佛也重渐修,要"持此一念,坚实长远之心,庶几将勤补拙"④,鲜有狂禅任适之论,对晚明期间借佛学以悖正统的风气也提出了苛责："'本来具足,个个圆成'等语,是泻情垢之巴豆,断意根之利刃。今人却认作补中益气汤,引一辈盲流,日日咀嚼。"⑤这不啻是对李贽、宏道等人的訾议。因此,他论佛时也没有丢弃以儒为本的学术宗旨。与宏道混儒释为一脉、视儒释等重的做法不同,他认为"以诸宗语录为珍奇"而"濡首其中"的是"不知返"者。⑥他没有其弟那样高蹈远慕、屏居山林、静心修悟的行谊,热切地关注现实、强烈的入世精神是其人生特色。他在致友朋的尺牍中表现出了这样的忧世情怀："今世界如一大舶在惊涛中,只靠数辈老长年,有不得出者,又有欲归者,其奈苍生溺何？"⑦因此,昆仲三人论学时"始复读孔孟诸书,乃知至宝原

---

① [明]袁宗道著,钱伯城标点：《白苏斋类集》卷五《闺人禅诵甚勤,喜赠二首》其一,上海古籍出版社2007年版,第54—55页。
② [清]陈田辑：《明诗纪事》庚签卷五《袁宗道》,上海古籍出版社1993年版,第2300页。
③ [明]袁宗道著,钱伯城标点：《白苏斋类集》卷十六《答箫赞善玄圃》,上海古籍出版社2007年版,第220页。
④ [明]袁宗道著,钱伯城标点：《白苏斋类集》卷十六《李宏甫》,上海古籍出版社2007年版,第222页。
⑤ [明]袁宗道著,钱伯城标点：《白苏斋类集》卷十六《答友人》,上海古籍出版社2007年版,第227页。
⑥ [明]袁宗道著,钱伯城标点：《白苏斋类集》卷十七《说书类》,上海古籍出版社2007年版,第237页。
⑦ [明]袁宗道著,钱伯城标点：《白苏斋类集》卷十五《梅开府》,上海古籍出版社2007年版,第211页。

在家内"①。其实这仅是宗道一人的学问旨趣,虽然他与宏道论禅时都乐于称引大慧宗杲,但目的并不相同。宏道指斥默照禅,崇信宗杲所倡的看话禅,是要效仿看话禅从古德话头中参悟,视古德话头为"工夫",实质是对前期轻贱学问的过激之论的悔悟,是针对"悟得容易,便不肯修行,久久为魔所摄"②的现象而发的,而宗道论宗杲则是因为"子韶与杲公游,透悟禅宗,其发明吾孔子奥言甚多"③。在论及大慧、中峰的生死之论时借禅诠儒的特色表现得更为显豁,他说:"妙喜所示,即子路所疑,而中峰所明,实吾夫子'未知生,焉知死'之注疏也。"④佛理还是为儒学所融摄。在公安派及其同调之中,宗道是宗孔倾向最为显著者之一。在论及后世学者诠释"性相近,习相远"时,他说:

  指性同者,则有子舆性善之说在;指性异者,则有荀卿恶、扬雄浑、告子湍水、佛氏作用之说在。而孔氏云"性相近也,习相远也",无乃处乎异而同、同而异之间,持两端者乎!嗟夫,孟氏专言理以维世,扬、荀辈专言气以惑世,而孔氏则理气合一,一语而备性之全体矣。⑤

在宗道看来,无论是佛家的高僧大德,还是儒门贤士,都被孔子该备无遗。宗道在晚明禅风寖盛之时,仍然宗祧儒家学理。而儒家"中和""中庸"的思想传统,与狂禅的呵佛骂祖、荒经蔑古、顺任自然、无所拘牵的精神迥然有别。宗道执守儒家正脉,贬斥告子"性恶浑杞柳作用之

---

① [明]袁中道著,钱伯城点校:《珂雪斋集》卷十七《石浦先生传》,上海古籍出版社2019年版,第752页。
② [明]袁宏道著,钱伯城笺校:《袁宏道集笺校》卷二十二《答陶石篑》,上海古籍出版社2018年版,第853页。
③ [明]袁宗道著,钱伯城标点:《白苏斋类集》卷十七《读论语》,上海古籍出版社2007年版,第245页。
④ [明]袁宗道著,钱伯城标点:《白苏斋类集》卷十七《读论语》,上海古籍出版社2007年版,第249页。
⑤ [明]袁宗道著,钱伯城标点:《白苏斋类集》卷七《性习解》,上海古籍出版社2007年版,第82页。

说",主张"后之谭性者,必合孔、孟之论,而后性学揭日月而行矣"①。这一学术路径,决定了其文学思想"致中"的特质。于此而形成的文论,则注重辨体,主张"后之人有能绍明作者之意,修古人之体,而务自发其精神,勿离勿合,亦近亦远,庶几哉深于文体,而亦雅不悖辑者本旨,是在来者矣,是在来者矣"②。所以如此,与其职在翰林,隐然具有"茂昭大德,宣鬯恺泽,仰荷倚毗,俯作楷范,以无忝太上之业"③的身份期许有关。这也是伯修于昆仲之中持论更为稳实冲和的外在诱因。

其四,和会朱、王及其文论。与李贽、宏道、中道等人宗扬阳明学而贬斥朱学有所不同,宗道基本采取了对朱熹、王阳明和会兼综的学术态度,认为朱、王的理论并不相碍。如,他说:"明德,考亭释为虚灵不昧,甚妙。即伯安先生所拈良知者是矣。"④对朱子之学,宗道不像李贽、宏道等人那样一意驳诘,所论常有朱学的痕迹。他也像朱熹推重《四书》那样,著有《读大学》《读论语》《读中庸》《读孟子》。他心目中的理想人格,不是恣肆逍遥、不羁礼法的庄周和魏晋中人,而仍是儒学中的圣人,云:"盖自古称真正英雄者,放勋风动,则莫若尧、舜;明光勤政,则莫若姬公;而贯百王,拔类萃,则莫若孔子。"⑤而"彼漆园者流,逍遥徜徉,见以为适;而竹林诸子,箕踞啸傲于醉乡,见以为能解粘去缚。语之以圣贤之战兢,若狙之絷于樊中,不胜其苦,而求逸去。而叩其中,遂乃空疏如糠瓢石田之无当于用",认为"朱氏曰:'真正英雄从战战兢兢中来。'岂弗信哉"⑥。"持

---

① [明]袁宗道著,钱伯城标点:《白苏斋类集》卷七《性习解》,上海古籍出版社2007年版,第82页。
② [明]袁宗道著,钱伯城标点:《白苏斋类集》卷七《刻文章辨体序》,上海古籍出版社2007年版,第82页。
③ [明]袁宗道著,钱伯城标点:《白苏斋类集》卷七《拟翰林院学士题名记》,上海古籍出版社2007年版,第86页。
④ [明]袁宗道著,钱伯城标点:《白苏斋类集》卷十七《读大学》,上海古籍出版社2007年版,第238页。
⑤ [明]袁宗道著,钱伯城标点:《白苏斋类集》卷七《真正英雄从战战兢兢来》,上海古籍出版社2007年版,第80页。
⑥ [明]袁宗道著,钱伯城标点:《白苏斋类集》卷七《真正英雄从战战兢兢来》,上海古籍出版社2007年版,第80页。

敬"涵养,是朱学的一个重要特色,朱熹曾作《敬斋铭》,"书斋壁以自警"①,以至要求做到保持"常惺惺,自无客虑"②。朱熹云:"凡日用之间,动止语默,皆是行处。且须于行处警省,须是战战兢兢,方可。"③又说:"至于至微至细底事,皆当畏惧戒谨,战战兢兢,惟恐失之,这便是礼之卑处。"④可见,宗道所服膺的完全是朱学的人生涵养方法。"格物致知"是朱学认识论的核心,宗道基本承续了朱熹的认识方法,并以其论"情":"情念不孤起,必缘物而起,故名情念为物也。初入道人,如何用功,须是穷自己情念起处。穷之又穷,至于穷不得处,自然灵知显现,迥然朗然,贯通今古,包罗宇宙,则知致矣。故曰致知在格物。"⑤情念与朱熹等人的人性论并无根本的区别。朱熹所谓"心统性情"之"情",仍是形而上的东西。而朱熹所谓"格物致知"之"物",也主要是指天理、人伦等道德方面的内容。⑥ "情"与"物"所涉及的内容都主要超脱于道德之外,但是朱熹并没有直接将情与物联系起来。宗道的"情念为物"说,强调的是"情"之不可抑灭的特征。情不是似有若无、虚灵不实的。情之发动是合乎道理的,是因"物"而起的,既然如此,就不能为一定的理念抑制而消失。因此,他在《读论语》中论及"情"时又说:"任之者妄,而欲灭之者亦妄也。"⑦汤显祖等人虽然也提出了尚情理论,但是,汤氏主要通过塑造一个个感人的

---

① [清]王梓材、[清]冯云濠编撰,沉芝盈、梁运华点校:《宋元学案补遗》卷四十九《晦翁学案补遗》下《敬斋箴》,中华书局2012年版,第2753页。
② [宋]黎靖德编,王星贤点校:《朱子语类》卷十二《持守》,中华书局1986年版,第200页。
③ [宋]黎靖德编,王星贤点校:《朱子语类》卷十三《力行》,中华书局1986年版,第222页。
④ [宋]黎靖德编,王星贤点校:《朱子语类》卷七十四《易十》,中华书局1986年版,第1907页。
⑤ [明]袁宗道著,钱伯城标点:《白苏斋类集》卷十七《读大学》,上海古籍出版社2007年版,第240页。
⑥ 朱熹云:"格物之论,伊川意虽谓眼前无非是物,然其格之也,亦须有先后缓急之序,岂遽以为存心于一草木器用之间,而忽然悬悟也哉?今为学而不穷天理、明人伦、讲圣言、通世故,乃兀然存心于草木器用之间,此是何学问!如此而望有所得,是炊沙而欲其成饭也。"([清]江永注:《近思录集注》卷三《格物穷理》,上海书店出版社1987年版,第60页)可见,朱熹所谓"格物致知"是指"穷天理,明人伦,讲圣言,通世故"。
⑦ [明]袁宗道著,钱伯城标点:《白苏斋类集》卷十七《读论语》,上海古籍出版社2007年版,第243页。

艺术形象而表现"情"的魅力,宗道的"情念为物"虽然逻辑上不无缺憾,但是,以"物"论"情",与晚明文学情感论的流行大势正相吻合。

当然,宗道毕竟是公安派中之宗道,他的人生既有"真正英雄从战战兢兢来"的认识,赋性整洁,同时又有袁氏昆仲性情的异中之同,所谓:"都门仕宦者,独有二乐事:第一多美酒,第二饶朋辈。欲得不思归,呼朋时一解。"①其"收敛者,所以为恢弘"②。就学而言,袁氏昆仲都深受阳明影响,宗道亦然。对王阳明,宗道屡有论及,在《读大学》中云:

> 良知二字,伯安自谓从万死得来,而或者谓其借路葱岭。夫谓其借路,固非识伯安者,然理一而已,见到彻处,固未尝有异也。……伯安所揭良知,正所谓"了了常知"之知,"真心自体"之知,非属能知所知也。或曰:"伯安以知善知恶为良知,将无与真心自体之知异乎?"余曰:"知善知恶,彼为中下根人权说耳。"王汝中所悟无善无恶之知,则伯安本意也。汝中发伯安之奥也,其犹荷泽发达磨之秘乎!③

宗道汲汲于为伯安(王阳明)的学术思想进行回护解说,目的是说明王阳明的"良知"说的是"真心自体之知",是超乎善恶而又包蕴着善恶的。他还将"情识"与"良知"进行比较,云:"情识之视良知,真不翅垒块之在大泽也。"④这与王学传人所论无异,推尊阳明于斯可见。当然,宗道对阳明的推敬又是与对龙溪、淮南派的肯认相联系的。通过阳明对汝中

---

① [明]袁宗道著,钱伯城标点:《白苏斋类集》卷二《对酒》,上海古籍出版社2007年版,第12页。
② [明]袁宗道著,钱伯城标点:《白苏斋类集》卷七《真正英雄从战战兢兢来》,上海古籍出版社2007年版,第79页。
③ [明]袁宗道著,钱伯城标点:《白苏斋类集》卷十七《读大学》,上海古籍出版社2007年版,第239—240页。
④ [明]袁宗道著,钱伯城标点:《白苏斋类集》卷十七《读论语》,上海古籍出版社2007年版,第252页。

所见的嘉许,称其为"传心秘藏"①,且详细记述了汝中妙年任侠,"日日在酒肆博场中,阳明亟欲一会,不来也",阳明巧选门生,"直寻真金"的情形:"阳明却日令门弟子六博投壶,歌呼饮酒。久之,密遣一弟子瞰龙溪所至酒家,与共赌。龙溪笑曰:'腐儒亦能博乎?'曰:'吾师门下日日如此。'龙溪乃惊,求见阳明,一睹眉宇,便称弟子矣。"②同时,因李贽称叹淮南一派由心斋骨刚气雄、奋不顾身的精神气质,而形成的对此派"负万死不回之气"③传统的由衷赞叹,足见袁氏三兄弟倡以性灵文学背后共同的学术祈向。宗道理论重点是"性"而非"情","情"仅是森罗万象中的一个因子,而"穷之又穷",以至于"穷不得处"的本体④,则是所谓"灵知",也即王阳明所谓"良知",或者谓之"性体"。这种"性体"是"无善恶,无向背,无取舍,离彼离此,而卓尔独存"的,而"瞥生情念,便纡曲了也"。⑤ 这又具有明显地贬斥"情念"的意向。在袁氏三兄弟中,宗道论"性"最多,对宏道的性灵说具有一定的先导之功。但是,"灵知"之"性",在宗道与宏道的思想中具有不同的含义。宗道所谓"离彼离此""卓尔独存""巍然孤立"的质直之"性",是"直如千仞峭壁,非心意识之所能攀跻"的,基本沿袭了理学家的原初涵义。⑥ 他论说《四书》,探究学问,往往抑制纵情任适的人生态度。他说:"第常人纵情念而不知有真,学者又欲灭情念以存

---

① [明]袁宗道著,钱伯城标点:《白苏斋类集》卷二十二《杂说》,上海古籍出版社2007年版,第307页。
② [明]袁宗道著,钱伯城标点:《白苏斋类集》卷二十二《杂说》,上海古籍出版社2007年版,第307页。
③ [明]袁宗道著,钱伯城标点:《白苏斋类集》卷二十二《杂说》,上海古籍出版社2007年版,第308页。
④ [明]袁宗道著,钱伯城标点:《白苏斋类集》卷十七《读大学》,上海古籍出版社2007年版,第240页。
⑤ [明]袁宗道著,钱伯城标点:《白苏斋类集》卷十七《读论语》,上海古籍出版社2007年版,第244—245页。
⑥ [明]袁宗道著,钱伯城标点:《白苏斋类集》卷十七《读论语》,上海古籍出版社2007年版,第245页。

真。"①他所说的性体是"虚而灵,寂而照"的,"情生""意立"都是有违性体本义的。② 而宏道的"性灵说"虽然论"情"不多,但从其任心适性的人生态度、独抒性灵的文学思想中,可以看出与谨守儒学的宗道之"性"论的区别。宗道与宏道的分歧,在某种意义上可以说是理学与狂禅的分歧。但是,宗道认为"性"与"心"有别,性是无善无恶、虚灵不昧的,而"人心多欲也"③。扬性抑心,恰恰可见其对"性灵说"的启导。"性灵说"的主体性特征在宗道的思想中也可见端倪。如"诚"是源于《孟子》《中庸》等思孟学派的一个重要理论范畴。宗道在《读中庸》中也有论及,但这不是"五常之本,百行之原"④的道德范畴,也不是周敦颐《通书》中所说的"'大哉乾元,万物资始',诚之源也""'乾道变化,各正性命',诚斯立焉""元、亨,诚之通;利贞,诚之复"⑤等宇宙论的"诚",而是一种主体性原则。"自我"是"诚"的精核:"诚者自诚也,而道自道也。自者全体现成,不假求索。若求之趋之,是从他觅,非自也。"⑥他认为"耳目口鼻见闻觉知,全仗诚力,无诚则无物矣"⑦。袁宗道还以佛教的观点对其申论:耳目口鼻,以及由此而产生的见闻觉知,"皆因缘而合,缘尽而散"⑧。唯有其"诚",

---

① [明]袁宗道著,钱伯城标点:《白苏斋类集》卷十七《读论语》,上海古籍出版社2007年版,第243页。
② [明]袁宗道著,钱伯城标点:《白苏斋类集》卷十七《读论语》,上海古籍出版社2007年版,第243页。
③ [明]袁宗道著,钱伯城标点:《白苏斋类集》卷十七《读论语》,上海古籍出版社2007年版,第251页。
④ [清]黄宗羲原撰,[清]全祖望补修,陈金生、梁运华点校:《宋元学案》卷十一《濂溪学案》上,中华书局1986年版,第483页。
⑤ [宋]周敦颐著,陈克明点校:《周敦颐集》卷二《通书》,中华书局1990年版,第12—13页。
⑥ [明]袁宗道著,钱伯城标点:《白苏斋类集》卷十八《读中庸》,上海古籍出版社2007年版,第264页。
⑦ [明]袁宗道著,钱伯城标点:《白苏斋类集》卷十八《读中庸》,上海古籍出版社2007年版,第264页。
⑧ [明]袁宗道著,钱伯城标点:《白苏斋类集》卷十八《读中庸》,上海古籍出版社2007年版,第264页。

"诚之在人,如空在诸相中,春在花木里",是"人所谓无,而不知其实有也"。① 宗道融摄儒佛,改造和发展了"诚"的概念,羼入晚明的个性精神,并以此"学问"为"文章"的根植。

第三节 清润婉妙的诗文

宗道以其先发之功、重视理论的特色而成为公安派的重镇之一,但无论是才情,还是理论的力度都不及宏道、中道。尽管如此,从作品中同样可见其文学旨趣。《白苏斋类集》凡二十卷,存诗一百七十三题,二百五十首。作品内容和风格也不尽相同,前期规摹古法,部分作品风格典正沉郁,不乏关注现实的内容,如《寒食有感》:

荒村鬼火烧枯树,照见一片伤心处。古屋直西黑树林,暗风凄雨愁杀人。堂上姑,堂下妇;短命儿,薄命母。新魂旧魂一处所,老鸱呼风夜啼虎。白日自寒天自黑,有子为官亦何益。泉台缓急不得力,儿生三十亦良艰。尔孙相见能传言,慎勿为儿伤心肝。②

作者效摹白居易,也有"惟歌生民病"③的现实内容。这首诗虽然不是状写的黎民之状,但是,全诗浓郁的凄苦情调,不失为社会现实的剪影。

自从"为中郎所转"④以后,宗道诗风有所改变,往往多摹写山容水意、丰草长林,或抒写自己恬适无为的人生体验,这类诗歌在艺术上比前

---

① [明]袁宗道著,钱伯城标点:《白苏斋类集》卷十八《读中庸》,上海古籍出版社2007年版,第264页。
② [明]袁宗道著,钱伯城标点:《白苏斋类集》卷一《寒食有感》,上海古籍出版社2007年版,第5页。
③ [唐]白居易撰,谢思炜校注:《白居易诗集校注》卷一《讽谕一·寄唐生》,中华书局2006年版,第78页。
④ [清]钱谦益撰集,许逸民、林淑敏点校:《列朝诗集·丁集》第十五《黄少詹辉》,中华书局2007年版,第5808页。

期臻于圆熟,如《憩有斐亭》:

　　空亭堪徙倚,一水带疏林。乱石含芳草,危桥度远岑。野垣远竹色,淇澳尚泉音。岂不怀君子,高踪何处寻。①

《携尊江上》其二:

　　一到江湖上,浮生事事轻。寒烟迷古渡,白浪抱荒城。两岸花争发,中流鸟不惊。扁舟如可问,一任五湖行。②

这些作品格调清逸,遣词平易中见秀润,与闲适超逸的心境十分和谐熨帖,与宏道、中道的诗风相近。但宏道、中道堪称狂者,而宗道则近狷。狂者往往骨带烟霞,能"视青云如浮沤,轻绿绶如秋叶"③,是真正的超逸。而狷者则往往因受到环境的迁变,情绪也有起落,在仕途坎壈、落拓受扼之时,虽然也借优游以遣怀,但是愁倦的心情就像沉霾一样难以拂去。这种情愫会自然地流注于字里行间。宗道虽然也有"丘壑之骨"④,但儒家的济世精神、忠孝观念始终驱使着他"兢兢守官"⑤。诗歌格调沉郁委婉,有时往往陷入一种莫名的自怨自艾之中:"检点平生多可恨,排愁忏罪仗空门。"⑥尤其是屡遭不幸,家境迭变之时,更是感喟良多,笔下的物境也

---

① 〔明〕袁宗道著,钱伯城标点:《白苏斋类集》卷三《憩有斐亭》,上海古籍出版社2007年版,第19页。
② 〔明〕袁宗道著,钱伯城标点:《白苏斋类集》卷三《携尊江上》其二,上海古籍出版社2007年版,第27—28页。
③ 〔清〕汤汝楳:《新刻袁中郎全集序》,载〔明〕袁宏道著,钱伯城笺校:《袁宏道集笺校》附录三,上海古籍出版社2018年版,第1869页。
④ 〔明〕袁宗道著,钱伯城标点:《白苏斋类集》卷十六《徐惟得》,上海古籍出版社2007年版,第221页。
⑤ 〔明〕袁宗道著,钱伯城标点:《白苏斋类集》卷十六《寄三弟》,上海古籍出版社2007年版,第229页。
⑥ 〔明〕袁宗道著,钱伯城标点:《白苏斋类集》卷三《有感》其一,上海古籍出版社2007年版,第30页。

充盈着忧郁的情调,如《保安驿道中》:

> 此乡经大祲,此路复愁霖。怪雀啼村市,饥人窜莽林。暝烟连雨脚,云气起山心。薄暮昆阳道,行行忧滞淫。①

诚谨自守的宗道,在李贽、宏道的影响下,偶尔在诗作中长抒出一口不平之气:"厌将礼法绳腰骨,且看经钞浇肺肠。"②因此,参禅礼法也时常成为其诗作的题材,如《挽同年李检讨成甫四首》其一:

> 草草来还去,人间三十年。飞扬心慕侠,清峭骨如仙。对洒常扶病,逢人爱说禅。竹窗寒月夜,忆尔泪潺湲。③

这些诗歌虽然不像宏道作品那样才情沛然四溢,有"藻思奔逸,不可驯伏"④之势,但也言能尽意,平易而不俚恶,基本印证了他的文学思想。宗道之文,也与宏道、中道相似,以游记类最为可读,如《游西山三》:

> 宿碧云之次日,枥罢即绕山麓南行。垣内尖塔如笔,无虑数十。塔色正白,与山隈青霭相间,旭光薄之,晶明可爱。南望朱碧参差,隐起山腰,如堆粉障。导者曰:"此香山寺也。"寺南一山,松萝竹柏,交罗密荫,独异他山。行度桥下,鱼朱黑二种,若游空中。⑤

---

① [明]袁宗道著,钱伯城标点:《白苏斋类集》卷四《保安驿道中》,上海古籍出版社2007年版,第40页。
② [明]袁宗道著,钱伯城标点:《白苏斋类集》卷五《春日闲居》其三,上海古籍出版社2007年版,第56页。
③ [明]袁宗道著,钱伯城标点:《白苏斋类集》卷四《挽同年李检讨成甫四首》其一,上海古籍出版社2007年版,第43页。
④ [明]曾可前:《三袁先生集序》,载[明]袁宏道著,钱伯城笺校:《袁宏道集笺校》附录三,上海古籍出版社2018年版,第1859页。
⑤ [明]袁宗道著,钱伯城标点:《白苏斋类集》卷十四《游西山三》,上海古籍出版社2007年版,第182页。

伯仲三人都矢志林壑,山水游记量多质胜。但是宏道、中道的游踪甚广,所记有江南的秀润山水,又有北国的怪石老柏,宗道则主要以北京附近的古刹巉岩为题材。就形式而言,宏道的游记多短制、单篇;宗道、中道的多为"分题合咏"的连篇。就风格而言,宗道的游记多客观描摹,用语平实,借江山而消胸中郁悫,于静思中彻悟人生,且多写山势,显示了作者"卒泽于仁义"①的资禀;宏道则尤其擅长摹写"澎湃之势,渊洄沦涟之象"②,且寓情于景,视若佳人处子,如他状写晴雪之后的山色:"山峦为晴雪所洗,娟然如拭,鲜妍明媚,如倩女之靧面,而髻鬟之始掠也。"③吴调公先生对袁氏三兄弟得江山之助,表现"山水精神"的不同有精辟的论述:"袁宗道的静美,偏于冲淡和收敛,标志着公安派的发轫。袁宏道的动美,偏于性灵倾泻,奇峰迭起,机锋横溢,标志着公安派斩关破敌的开拓高潮。最后,袁中道的动静兼施,从侧帽少年转而为律宗的自我忏悔,成为一个有志于纠公安之偏的矫枉者,则显然是总结公安派传统的尾声的标志了。"④当然,三袁的山水游记又都着染着晚明的人文色彩,他们的笔端流注着对生命的关注,他们登临的往往不是远避尘嚣的荒寒之境,是喧嚣人声中的一方山水,他们笔下山水的灵动之处在于人。人的游踪、人对自然的解读在他们的作品中占有重要的分量。自古文人游记中的人物,往往多是雪髯高僧、焚香灵童,而晚明文人笔下,常有凡俗之人、村落街市。宗道也是如此,如:

> 自乌山口起,两畔乱峰束涧,游人如行弄中。中有村落,麦田林屋,络络不绝。馌妇牧子,隔篱窥诧,村犬迎人。至接待庵,两壁突起

---

① [明]曾可前:《三袁先生集序》,载[明]袁宏道著,钱伯城笺校:《袁宏道集笺校》附录三,上海古籍出版社2018年版,第1858页。
② [明]袁宏道著,钱伯城笺校:《袁宏道集笺校》卷十七《文漪堂记》,上海古籍出版社2018年版,第738页。
③ [明]袁宏道著,钱伯城笺校:《袁宏道集笺校》卷十七《满井游记》,上海古籍出版社2018年版,第733页。
④ 吴调公:《论公安派三袁美学观之异同》,《文学评论》1986年第1期。

粘天,中间一罅。①

作者在不经意的描述之中,传达出了人性复苏的时代精神。当然,人与自然融契互通的程度有所不同,宗道的作品中主体的人与客体的灵山秀水,往往相待而立,宗道矜持而静处的性格使得他似乎只是一个睿智而又沉静的观者。而宏道的作品中往往臻于一化境,主客之间泯合无痕。宗道的作品中主体以悟取胜,宏道的作品中主客体以融摄见长。宗道虽然"其才或不逮二仲"②,诗文的成就不及宏道、中道那样字句中"有一段逸气挟之而行,一种灵心托之而出"③,但是,在七子派高倡复古,一时靡然景仰俯从,"犹如斗之有杓,山之有岱"④的情形之下,宗道务求辞达、倡求因时而变化的理论,及尚未尽脱七子派之格法的诗文创作,已殊堪珍贵。同时,宏道以诗论见长,宗道以文论为主。伯仲之间的互补显而易见。

当然,我们也不能讳言宗道在尚理重学的思想中,还夹杂着封建道德的陈因,使其诗文理论方面的某些新锐的见解,与其道德理念方面滞后的言辞杂陈错出,形成了较大的反差。后者远不及李贽、宏道那样恣肆无碍,这自然使其文学理论破人之执缚的锐气驽钝不少。其原因一方面在于首开风气者难免带有旧有理论的陈因;另一方面,宗道沉静稳实的性格,也使其理论多带有"允执厥中"⑤的特点。

---

① [明]袁宗道著,钱伯城标点:《白苏斋类集》卷十四《上方山一》,上海古籍出版社2007年版,第186页。
② [清]钱谦益撰集,许逸民、林淑敏点校:《列朝诗集·丁集》第十二《袁庶子宗道》,中华书局2007年版,第5315页。
③ [清]汤汝楫:《新刻袁中郎全集序》,载[明]袁宏道著,钱伯城笺校:《袁宏道集笺校》附录三,上海古籍出版社2018年版,第1869页。
④ [清]贺熙龄:《重刻梨云馆本叙》,载[明]袁宏道著,钱伯城笺校:《袁宏道集笺校》附录三,上海古籍出版社2018年版,第1871—1872页。
⑤ [唐]孔颖达等疏:《尚书正义》卷四《大禹谟》,[清]阮元校刻《十三经注疏》,中华书局2009年版,第285页。

第十章　阳明濡染、卓吾发皇：袁宏道"性灵说"与晚明文学思潮的高涨

袁宏道(1568—1610)，字中郎，号石公，又号六休，石头居士，湖北公安县人，与其兄袁宗道、弟袁中道一起历诋往哲，遍排时流，主张抒写一己之性灵，掀起了晚明文学革新思潮，其势若狂飙突进，一扫文坛蹈袭摹拟之习。他们那迥绝时艺、清新隽逸的性灵文字，如同在亢庄之音已使人们的耳鼓生腻之时，吹奏出的一声清扬短笛。这一以其昆仲为主体的文学派别被称为"公安派"。三袁之中宏道声誉最隆，文学成就最高，是公安派的主要代表。

宏道的文学实践除了早期受七子派影响而"掇拾陈言，株守俗见"[1]外，大致可以分为两个不同的阶段。前期所作主要是《锦帆集》《解脱集》《广陵集》《瓶花斋集》以及《潇碧堂集》中的部分作品。这是其最富文学革新锐气的时期，也是宏道兼综儒释，推奉阳明、李贽最甚的时期。大约在万历二十七年(1599)前后，其学术思想由"精猛"趋"稳实"，对前期的"狂禅"之论多有悔悟，佛学思想由禅入净，"觉龙湖等所见，尚欠稳实"[2]，对李贽时有物议而又追慕道家自然淡适的美学风格，丰富了"性灵说"的内涵。随着学术思想的变化，文学革新的锐气有所消减，文学观念亦由矫激而归于理性。经过几年高卧柳浪的"潜心道妙"[3]，创作风格也逐渐发

---

[1] ［明］袁中道著，钱伯城点校：《珂雪斋集》卷十八《吏部验封司郎中中郎先生行状》，上海古籍出版社2019年版，第801页。

[2] ［明］袁中道著，钱伯城点校：《珂雪斋集》卷十八《吏部验封司郎中中郎先生行状》，上海古籍出版社2019年版，第804页。

[3] ［明］袁中道著，钱伯城点校：《珂雪斋集》卷十八《吏部验封司郎中中郎先生行状》，上海古籍出版社2019年版，第804页。

生了变化,由前期的"如象截急流,雷开蛰户"①变为"字字鲜活,语语生动,新而老,奇而正"②。由此可见,以儒释道为主体的学术思想,是宏道文学活动的重要理论依凭。

第一节 王学与"性灵说"

晚明文士一般都错综众说、学宗多元,正是这种不谨守门户的宽阔的学术精神,为晚明文学革新思潮的肇兴和高涨提供了学术土壤。宏道是晚明文学思潮的重要代表人物,他所标示的"性灵说",也是受到三教为主的学术思想的浸润而产生的。与其他晚明文人相比,宏道融通三教更见系统。他说:"一切人皆具三教,饥则餐,倦则眠,炎则风,寒则衣,此仙之摄生也。小民往复,亦有揖让,尊尊亲亲,截然不紊,此儒之礼教也。唤着即应,引着即行,此禅之无住也。触类而通,三教之学,尽在我矣。奚必远有所慕哉?"③在他看来,三教融通已深深地融入了百姓日用之中,是毋庸辩说的事实。无须远慕,不假外求、自然而然。晚明期间虽然三教融通之论甚多,但不落理障,即身而自得,莫过于宏道。这是因为在他看来,三教本出一源,他作诗云:"堂堂三圣人,同宗偶异胤。刻影求飞鸿,雾眼自生晕。白水涌冰轮,千江同一印。"④他作《广庄》,但"语有禅锋"⑤,而"自

---

① [明]袁中道著,钱伯城点校:《珂雪斋集》卷十八《吏部验封司郎中中郎先生行状》,上海古籍出版社2019年版,第801页。

② [明]袁中道著,钱伯城点校:《珂雪斋集》卷十八《吏部验封司郎中中郎先生行状》,上海古籍出版社2019年版,第804页。

③ [明]袁宏道著,钱伯城笺校:《袁宏道集笺校》卷四十四《德山麈谭》,上海古籍出版社2018年版,第1401页。

④ [明]袁宏道著,钱伯城笺校:《袁宏道集笺校》卷四十七《三教堂诗为杜总戎日章》,上海古籍出版社2018年版,第1512页。

⑤ [明]陆云龙:《广庄·齐物论》评语,载[明]袁宏道著,钱伯城笺校:《袁宏道集笺校》卷二十三《齐物论》,上海古籍出版社2018年版,第865页。

为一庄"①,因此,陆云龙叹其"直为三教之冶"②。对于儒佛之间的关系,宏道以佛学诠解《大学》,诠解"格物",云:"下学工夫只在格物。格者,穷究也。物即制念也。意不能空起,必有所寄托,故意之所在即物也。穷究这意念,从何起? 从何灭? 是因缘生,是自然生,是真的,是假的,是主人,是奴仆。如此穷究,便名格物。此格物,即禅家之参禅也。到得悟了时,便名致知。物即是知,叫做诚意。知即是物,叫做正心。故一格物而大学之工夫尽矣。"③当问及《中庸》首章与禅家宗旨是否符合时,宏道说:"了此一章,别无禅宗可学。"④《大学》《中庸》与禅学是互该互摄的关系,格物致知与参禅顿悟完全同一,儒佛之间了无区别。对于三教关系,昆仲三人的志趣大致相同,钱穆先生论宗道的学术取向时说:"当时已群然逃儒皈禅,伯修矫之,借禅诠儒,则其所以为儒者亦可知矣。"⑤在宏道上述论述中可以看出,宏道同样也是以儒该备佛学。当然,论及宏道儒释互诠的思想,自然会遇到这样的问题:如何对宏道这样的表述作出合理的解释? 他说:"始则阳明以儒而滥禅,既则豁渠诸人以禅而滥儒。禅者见诸儒汩没世情之中,以为不碍,而禅遂为拨因果之禅;儒者借禅家一切圆融之见,以为发前贤所未发,而儒遂为无忌惮之儒。不惟禅不成禅,而儒亦不成儒矣。"⑥宏道这一尺牍作于万历二十七年(1599),收入于《瓶花斋集》之中。这时,其学术思想开始由矫激转向稳实,尤其是对狂禅多有批难,而

---

① [明]袁宏道著,钱伯城笺校:《袁宏道集笺校》卷二十二《答李元善》,上海古籍出版社2018年版,第824页。
② [明]陆云龙:《广庄·齐物论》评语,载[明]袁宏道著,钱伯城笺校:《袁宏道集笺校》卷二十三《齐物论》,上海古籍出版社2018年版,第865页。
③ [明]袁宏道:《珊瑚林》上卷,载王闰吉:《袁宏道〈珊瑚林〉〈金屑编〉校释》,中国社会科学出版社2017年版,第4页。
④ [明]袁宏道:《珊瑚林》上卷,载王闰吉:《袁宏道〈珊瑚林〉〈金屑编〉校释》,中国社会科学出版社2017年版,第5页。
⑤ 钱穆:《中国学术思想史论丛》七《记公安三袁论学》,生活·读书·新知三联书店2019年版,第251页。
⑥ [明]袁宏道著,钱伯城笺校:《袁宏道集笺校》卷二十二《答陶石篑》,上海古籍出版社2018年版,第853页。

"狂禅"又是以"似儒非儒,似禅非禅"①为特征的,因此,宏道才有这样的意气之论。而宏道学问屡变,当其认识到"小根魔子"妄议禅门诸宿,其流弊"百倍于狂禅"之时,他的思想又发出了改变,转而视"阳明、近溪,真脉络也"。② 因此,我们并不能以此作为宏道一生中主要的理论取向,对于儒佛互诠,宏道在此前与此后都曾论及。如,他说:"至近代王文成、罗盱江辈出,始能抉古圣精髓,入孔氏堂,揭唐、虞竿,击文、武铎,以号叫一时之聋聩。"③宏道对于时儒"疑信相参",即使其信者"亦只信其皮貌,以自文其陋而已"的现象深为不满,乃至描述了这一别样的学统:"余尝谓唐、宋以来,孔氏之学脉绝,而其脉遂在马大师诸人。及于近代,宗门之嫡派绝,而其派乃在诸儒。"④宏道混儒佛于一统,"以儒滥禅",即使是在融通三教风气甚炽的晚明也几乎罕有出其右者,他对"寒灰子儒心而缁服,明教禅心而儒服"⑤深为激赏。他认为儒宗在于"天地位,万物育",而禅宗则绝心意识学,"一人发真,十方皆殒"⑥。但是两者正相补益,"不殒则不位,不位则不殒,殒与位似反而实相成也"。⑦ 因此,儒佛互诠互补,是宏道一生基本的学术取向,而在高倡"独抒性灵",力矫模拟之习的前期尤为显著。综汇三教的宽阔学术取向,为其不拘格法的文学理论提供了重要的学术奥援。这在对时贤与往哲的推尚中得到了体现。在前期,宏

---

① 详见嵇文甫:《晚明思想史论》第三章《所谓狂禅派》,东方出版社1996年版,第50页。
② [明]袁宏道著,钱伯城笺校:《袁宏道集笺校》卷四十三《答陶周望》,上海古籍出版社2018年版,第1359—1360页。
③ [明]袁宏道著,钱伯城笺校:《袁宏道集笺校》卷四十一《为寒灰书册寄郧阳陈玄朗》,上海古籍出版社2018年版,第1329页。
④ [明]袁宏道著,钱伯城笺校:《袁宏道集笺校》卷四十一《为寒灰书册寄郧阳陈玄朗》,上海古籍出版社2018年版,第1329页。
⑤ [明]袁宏道著,钱伯城笺校:《袁宏道集笺校》卷四十一《为寒灰书册寄郧阳陈玄朗》,上海古籍出版社2018年版,第1329页。
⑥ [明]袁宏道著,钱伯城笺校:《袁宏道集笺校》卷四十一《明教说》,上海古籍出版社2018年版,第1332页。
⑦ [明]袁宏道著,钱伯城笺校:《袁宏道集笺校》卷四十一《明教说》,上海古籍出版社2018年版,第1332页。

道承教于王学,同时,性灵说又是直接受教于泰州学派王襞门人李贽而形成的。

明代嘉靖、隆庆以后阳明学渐成思想界主脉。诚所谓"正嘉间姚江之学盛行,人人称说良知"①,"姚江之学,嘉隆以来,几遍天下"②。其中,王门别派之一——泰州学派,"诸公掀翻天地,前不见有古人,后不见有来者"③。虽然他们"非名教之所能羁络"④的结论在泰州后学论学内容中难以得到实证支撑,而主要是时人摘取爰书等材料而得出。但泰州学派乃"云龙风虎,各从其类",其体现出的"一代高似一代"的"英雄"气禀⑤,成为李贽等人质疑传统经典的心理动能。李贽等思想界"教主"形成的理论旋风,同时也成为荡涤王、李摹拟云雾的强大动力。其文学革新之运势,乃是文理、学理、心理交互作用,共同形成沉雄激越的摧廓力量,文坛方由摹拟陈因变而为肆心为文。因此,阳明、泰州之学对于晚明文学思潮兴起的学理、精神肇因毋庸忽视。这可谓是解读晚明文学思潮肇兴缘起时,于文学内部无法全面准确回答而又不可回避的问题。而我们沿着晚明文人涵茹与汲取阳明及其后学的客观记述,则可以探寻真相,提供较清晰的线索。王门后学虽然有演阳明而成新说的,但王门后学的思想端绪则肇始于阳明。因此,袁宏道对阳明及其后学都十分推崇,他认为明代可超迈前代者,"惟阳明一派良知学问而已"⑥。袁照谓之"数岁即具神悟,后沿姚

---

① [明]叶向高:《苍霞续草》卷十五《河南按察司副使午河许公偕配刘安人墓表》,明万历刻本。
② [清]汤斌:《汤子遗书》卷五《答陆稼书书》,清文渊阁四库全书本。
③ [清]黄宗羲著,沈芝盈点校:《明儒学案》卷三十二《泰州学案》一,中华书局2008年版,第703页。
④ [清]黄宗羲著,沈芝盈点校:《明儒学案》卷三十二《泰州学案》一,中华书局2008年版,第703页。
⑤ [明]李贽:《焚书》卷二《为黄安二上人三首》其一,中华书局2009年版,第80页。
⑥ [明]袁宏道著,钱伯城笺校:《袁宏道集笺校》卷二十一《答梅客生》又,上海古籍出版社2018年版,第797页。

江余习,深通名理"①,时人也认为其"识如王文成,胆如张江陵"②。其孜孜于三教融合,也是以服务于证明"王文成、罗盱江辈出","以号叫一时之聋聩"这一终极目标的。③ 作为性灵文学旗手袁宏道目中的"聋聩"之症,何尝不与文坛"王、李之学盛行,黄茅白苇,弥望皆是"④的现象有关。因此,阳明及其后学的学术思想是宏道标举文学革新旆帜的重要学理动能,表现尤著者有以下两个方面:

首先,宏道从阳明及其后学形成的独特学脉中悟到了随缘自在的思想气息,并为其高扬文学革新的旗帜提供了思想基础。宏道赞佩阳明一派的良知学问,认为王学"不腐"而能"抉古圣精髓"⑤。王阳明的这些思想端绪得到了王门弟子的发挥和弘扬,诚如黄宗羲所云:"阳明先生之学,有泰州、龙溪而风行天下。"⑥宏道对阳明的赞佩实质上也表明了其对阳明学派,即"阳明一派良知学问"⑦的全面推敬,尤其是对王门后学王畿、罗汝芳等人通脱的学术思想的敬奉。因此,对于王学,他首先视其为一个动态的学脉,这种学脉与唐宋道学家所标示的道统截然不同。唐宋道学家标举道统的目的是与佛统相颉颃,是以儒家的伦常观念为其主干的。而袁宏道所理解的则是在明代始于王阳明而称盛于泰州学派的罗汝芳等人的学脉。征之往古,这一学脉又承续于孔子、马祖道一等人。在形式方面,宏道公然以儒佛合一为特征,以马祖道一作为上承孔子、下启王学的

---

① [清]袁照辑:《袁石公遗事录叙》,载《袁石公遗事录》卷首,清同治八年刻本。
② [明]袁中道著,钱伯城点校:《珂雪斋集》卷十八《吏部验封司郎中中郎先生行状》,上海古籍出版社 2019 年版,第 808 页。
③ [明]袁宏道著,钱伯城笺校:《袁宏道集笺校》卷四十一《为寒灰书册寄郧阳陈玄朗》,上海古籍出版社 2018 年版,第 1329 页。
④ [清]钱谦益撰集,许逸民、林淑敏点校:《列朝诗集·丁集》第十二《袁稽勋宏道》,中华书局 2007 年版,第 5317 页。
⑤ [明]袁宏道著,钱伯城笺校:《袁宏道集笺校》卷四十一《为寒灰书册寄郧阳陈玄朗》,上海古籍出版社 2018 年版,第 1329 页。
⑥ [清]黄宗羲著,沈芝盈点校:《明儒学案》卷三十二《泰州学案》一,中华书局 2008 年版,第 703 页。
⑦ [明]袁宏道著,钱伯城笺校:《袁宏道集笺校》卷二十一《答梅客生》又,上海古籍出版社 2018 年版,第 797 页。

第十章 阳明濡染、卓吾发皇：袁宏道"性灵说"与晚明文学思潮的高涨

中介人物，而将宋代理学弃之不论。儒释合一论者，往往以儒释之间的简单比附为特征，而袁宏道则从根本上泯灭了儒佛之间的区别。① 在内容方面，宏道将先儒崇奉的"道"撇开不谈，要作"世间酒色场中大快活人"②。由此可见，这种学脉乃是与唐宋诸儒所倡的道统相对立的。因此，他于儒推举"入孔氏堂"③的王阳明、罗汝芳，于佛则推举唐代著名禅师马祖道一。不难看出，王、罗、马祖理论的契合点就是"学脉"的内容。这在王阳明则为"良知只是一个，随他发见流行处，当下具足，更无去求，不须假借"④。在罗汝芳则是"解缆放船，顺风张棹，无之非是"⑤。在马祖则为"平常心是道"⑥。马祖虽然也谈"道"，但他所说的是"平常心"，即本来具足的圣心。悟得此心则行住坐卧，应机接物都是"道"，穿衣吃饭、言谈应对、六神运用，一切施为都是法性。因此，这一学脉是自然无碍，随缘任运的"学脉"，是"大快活人"的学脉，是被袁宏道于儒释之中抉出的最富人文精神的"古圣精髓"⑦。这是他推赞阳明及其后学的根本原因。

其次，袁宏道的"性灵说"是受到阳明及其后学心性理论的沾溉而形

---

① 袁宏道此论与同时而稍晚的刘宗周不同。刘宗周认为，认阳明而为禅，乃是佛学主动服膺阳明之学，他说："今之言佛氏之学者，大都盛言阳明子，止因良知之说于性觉为近，故不得不服膺其说，以广其教门，而衲子之徒亦浸假而良知矣。呜呼！古之为儒者，孔、孟而已矣，一传而为程、朱，再传而为阳明子，人或以为近于禅；即古之为佛者，释迦而已矣，一变而为五宗禅，再变而为阳明禅，人又以为近于儒；则亦玄黄浑合之一会乎？而识者曰：'此殆佛法将亡之候，而儒教反始之机乎？'"。（详见[明]刘宗周：《答胡嵩高、朱绵之、张莫夫诸生》，载吴光主编：《刘宗周全集》第三册《文编上》，浙江古籍出版社 2007 年版，第 349 页）
② [明]袁宏道著，钱伯城笺校：《袁宏道集笺校》卷四十一《为寒灰书册寄郧阳陈玄朗》，上海古籍出版社 2018 年版，第 1329 页。
③ [明]袁宏道著，钱伯城笺校：《袁宏道集笺校》卷四十一《为寒灰书册寄郧阳陈玄朗》，上海古籍出版社 2018 年版，第 1329 页。
④ [明]王守仁撰，吴光等编校：《王阳明全集》卷二《传习录中·答聂文蔚》二，上海古籍出版社 2011 年版，第 96 页。
⑤ [清]黄宗羲著，沈芝盈点校：《明儒学案》卷三十四《泰州学案》三《参政罗近溪先生汝芳》，中华书局 2008 年版，第 762 页。
⑥ [宋]赜藏主编集，萧萐父、吕有祥、蔡兆华点校：《古尊宿语录》卷四《镇州临济慧照禅师语录》，中华书局 1994 年版，第 63 页。
⑦ [明]袁宏道著，钱伯城笺校：《袁宏道集笺校》卷四十一《为寒灰书册寄郧阳陈玄朗》，上海古籍出版社 2018 年版，第 1329 页。

成的。"心性"是中国古代哲学,尤其是宋明理学的一个重要范畴。"心"在中国古代主要是作为思维器官,是表示人的主体精神的范畴;"性"则"从心,生声"①,与"心"密切相关,主要是指人的本质,它肇端于春秋战国时期孔、孟、荀的思想之中。隋唐时期,佛教天台、华严、禅宗等都侧重于心性问题的讨论,使中国哲学自汉魏以来的理论热点由宇宙本体论转移到了心性论,即人本体论。宋明时期心性问题终于成了哲学家们讨论的核心问题。宋代理学集大成者朱熹主张心性二元说,以"性"作为最高的道德理性,而陆九渊力主心性一元说。一般说来,"心"的认知功能,往往是各家都接受的,但对于"性"是否具有灵明的意识特征众说不一。陆九渊从心性一物的观点出发,明确指出"性"亦有灵有知。王阳明则认为心、性、理是统一的,"所谓汝心,却是那能视听言动的,这个便是性,便是天理"②。这种理论的意义在于,克服了陆九渊"性理""物理"上的矛盾,使心性论更加完备,突出了主体自律的原则,同时又避免了"性"的空疏特征。既然心、性是统一的,而"心之虚灵明觉,即所谓本然之良知也","良知是天理之昭明灵觉处","虚灵明觉""昭明灵觉"是"良知"的特点,③同时也是心、性所具备的。这一理论本可以成为文学克服模拟之习的哲学依据,但是,王阳明的所谓心、性、良知本体,仍然是指"至善"的形而上的道德本体,与人的自然情感还有很大的差距,是所谓"见父自然知孝,见兄自然知弟,见孺子入井自然知恻隐,此便是良知,不假外求"④。因此,在受王学影响的唐宋派那里,王慎中虽然注意到了内省的倾向,但他所褒赞的曾巩之文,也仅是因为"思出于道德"⑤。

---

① [汉]许慎撰,[清]段玉裁注,许惟贤整理:《说文解字注》第十篇下《心部》,凤凰出版社2015年版,第876页。
② [明]王守仁撰,吴光等编校:《王阳明全集》卷一《传习录上》,上海古籍出版社2011年版,第41页。
③ [明]王守仁撰,吴光等编校:《王阳明全集》卷二《传习录中·答欧阳崇一》,上海古籍出版社2011年版,第81页。
④ [明]王守仁撰,吴光等编校:《王阳明全集》卷一《传习录上》,上海古籍出版社2011年版,第7页。
⑤ [明]王慎中:《遵岩集》卷九《曾南丰文粹序》,清文渊阁四库全书本。

不同时代的不同哲学家对心性的阐释存在着一定的差异,心性理论对文学思想的影响也各自有别。对晚明文学思潮和袁宏道"性灵说"产生直接影响的则是左派王学的心性理论。这种影响主要体现在左派王学心性论所体现出的灵知活泼及道德色彩的淡化。左派王学继承了王阳明心性论"昭明灵觉"的特点,同时,道德色彩明显淡化。何心隐直截了当地提出"心不能以无欲"①。王襞等人则将偏枯的道德之"心"改造成了"莹彻虚明""通变神应"活泼充融的心体。② 左派王学的上述思想影响于文学,其意义在于:自《诗大序》起强调文学作品"经夫妇,成孝教,厚人伦,美教化,移风俗"的教化功能得到了淡化,这在受王学影响的屠隆那里就可以看出③,他说"夫诗由性情生者也"④。唐诗之所以为人们所称扬,就是因为其"生乎性情者也"⑤。屠隆以人的自然情感作为诗歌反映的内容。袁宏道的"性灵说"进一步把儒学心性论的灵知特点化成了"变化纵横,不可方物"⑥的灵动才思,乃至视为文学创作的本源——以"独抒性灵"为旨归。这种灵动的心性,将传统的儒家道德律令视若草芥,认为孝悌忠廉信节都是"冷淡不近人情之事"⑦,主张"率性而行"⑧"任性而发"⑨,具有某些近代自然人性论的色彩。这些思想体现

---

① 容肇祖整理:《何心隐集》第二卷《辩无欲》,中华书局1960年版,第42页。
② [明]王襞:《新镌东厓王先生遗集》卷上,明万历刻明崇祯至清嘉庆间递修本。
③ 屠隆十分信奉王学,曰:"而余姚王先生,则揭良知以示学者。学者如披云雾而睹青天。……故致良知,则大道毕矣。'良知'二字,孰不知之? 至王先生揭出之,而人斯恍然觉悟,而寂感巨细,不必他务远索,而惟反而求之吾心之灵明。如夜行者,朗月在天,而犹操炬而行,试语以朗月,则炬可立废,而不知朗月固在天也。岂寻幽摘新以骇耳目而夺心神者哉?"([明]屠隆著,汪超宏主编:《屠隆集》第三册《白榆集·文集》卷一《刘鲁桥先生文集序》,浙江古籍出版社2012年版,第220—221页)
④ [明]屠隆:《由拳集》卷十二《唐诗品汇选释断序》,明万历刻本。
⑤ [明]屠隆:《由拳集》卷十二《唐诗品汇选释断序》,明万历刻本。
⑥ [清]汤汝楳:《新刻袁中郎全集序》,载[明]袁宏道著,钱伯城笺校:《袁宏道集笺校》附录三,上海古籍出版社2018年版,第1869页。
⑦ [明]袁宏道著,钱伯城笺校:《袁宏道集笺校》卷四十一《为寒灰书册寄郧阳陈玄朗》,上海古籍出版社2018年版,第1329页。
⑧ [明]袁宏道:《袁中郎全集》卷十六《识张幼于箴铭后》,明崇祯刊本。
⑨ [明]袁宏道著,钱伯城笺校:《袁宏道集笺校》卷二《答李子髯》其二,上海古籍出版社2018年版,第87页。

于他的"性灵说"中则是强调"真"。他认为"喜怒哀乐嗜好情欲"的自然流露乃为"真声"①,唯有其"真"才符合"趣"的审美规范。袁宏道正是以"疏瀹心灵,搜剔慧性"的创作原则,荡涤了文坛"摹拟涂泽之病",②因为对于相同的素材,作家主体的感悟是千差万别的,以师心反对师古,简洁明了而又行之有效。这一思想的产生受王学"心性论"的启悟至为关键。

表 10-1 《袁宏道集笺校》中论及王阳明、王畿、罗汝芳的情况简表③

篇名	写作年份	卷次页码	语摘
《答梅客生》又	万历二十六年(1598)	卷21 页797	故仆谓当代可掩前古者,惟阳明一派良知学问而已。
《王氏两节妇传》	万历二十七年(1599)	卷19 页778	余问箕仲何从得此,箕仲乃出其乡先辈王塘南语示余。余一见骇愕,谓阳明死,天下无学,不意临济儿孙,犹有在者,箕仲可谓能自得师也。
《李龙湖》	万历二十七年(1599)	卷22 页832	平生推服盱江(罗汝芳),今得作对,当知庆幸之甚。
《答陶石篑》	万历二十七年(1599)	卷22 页853	近代之禅,所以有此流弊者,始则阳明以儒而滥禅,既则豁渠诸人以禅而滥儒。
《题出世大孝册》	万历二十九年(1601)	卷41 页1320	若夫阳明大儒之言,固儒家之绳尺也,师既已圆顶而方袍矣,又安所用之?
《答陶周望》	万历三十一年(1603)	卷43 页1359	白、苏、张、杨,真格式也;阳明、近溪,真脉络也。

---

① [明]袁宏道著,钱伯城笺校:《袁宏道集笺校》卷四《叙小修诗》,上海古籍出版社2018年版,第202页。
② [清]钱谦益撰集,许逸民、林淑敏点校:《列朝诗集·丁集》第十二《袁稽勋宏道》,中华书局2007年版,第5317页。
③ 《袁宏道集笺校》中述及王门后学,尤其是泰州学派的李贽、焦竑、陶望龄的内容甚多,不胜枚举,兹仅列王学中对袁宏道影响甚大的阳明及"二溪"三人。本章表格中文献及其版本是[明]袁宏道著,钱伯城笺校:《袁宏道集笺校》,上海古籍出版社2018年版。

续表

篇名	写作年份	卷次页码	语摘
《为寒灰书册寄郧阳陈玄朗》	万历三十二年（1604）	卷41 页1329	至近代王文成、罗盱江辈出，始能抉古圣精髓，入孔氏堂，揭唐、虞竿，击文、武铎，以号叫一时之聋瞆。……故余尝谓唐、宋以来，孔氏之学脉绝，而其脉遂在马大师诸人。及于近代，宗门之嫡派绝，而其派乃在诸儒。
《德山麈谭》	万历三十二年（1604）	卷44 页1400—1410	王龙溪书多说血脉，罗近溪书多说光景。辟如有人于此，或按其十二经络，或指其面目手足，总只一人耳。但初学者，不可认光景，当寻血脉。罗近溪有一门人，与诸友言我有好色之病，请诸公一言之下，除我此病。时诸友有言好色从心不从境者，有言此不净物无可好者，如此种种解譬，俱不能破除。最后问近溪，近溪厉声曰："穷秀才家只有个丑婆娘，有甚么色可好！"其友羞惭无地，自云除矣。有人问近溪先生云："如何是不虑而知？"近溪云："你此疑，是我说来方疑，是平时有此疑？"答："是平时有此疑。"近溪云："既平时有此疑，乃不得不疑者，此谓不虑而知。"故好字从好，恶字从恶，此意罗盱江发得极透。应以宰官得度者，即现宰官身而为说法，阳明是也。若能打倒自家身子，安心与世俗人一样，非上根宿学不能也。此意自孔、老后，惟阳明、近溪庶几近之。
《答陶周望》	万历三十四年（1606）	卷43 页1385	罗近溪曰："圣人者，常人而肯安心者也。常人者，圣人而不肯安心者也。"此语抉圣学之髓。然近溪少年亦是撇清务外之人，故已登进士，犹为僧肩行李；已行取，犹匿山中。后来经百番锻炼，避之如毒蛇，仇之如怨贼，而后返吾故吾，故吾出，而真圣贤真佛子出矣。此别传之正脉络也。

续表

篇名	写作年份	卷次页码	语摘
《寿何孚可先生八十序》	万历三十五年（1607）	卷54 页1672	夫阳明之学，一传而为心斋，再传而为波石，三传而为文肃，谓之淮南派。

第二节 李贽与"性灵说"

李贽是晚明文学思潮的精神依凭，是阳明后学（尤其是王龙溪、罗近溪）影响于文坛的重要精神枢纽。袁宏道力矫文坛摹拟之风，最直接的启导者是李贽。宏道是因访晤李贽之后，文学思想才发生根本改变的。中道云："先生（宏道）既见龙湖，始知一向掇拾陈言，株守俗见，死于古人语下，一段精光，不得披露。至是浩浩焉如鸿毛之遇顺风，巨鱼之纵大壑。"①与公安派交谊甚笃的钱谦益亦云："万历之季，海内皆诋訾王、李，以乐天、子瞻为宗，其说唱于公安袁氏。而袁氏中郎、小修，皆李卓吾之徒，其指实自卓吾发之。"②李贽对宏道"性灵说"的影响主要在前期，表现在以下两方面：

其一，性灵说的内容：抒写一己之真情。李贽倡论的"童心"本质是"绝假纯真"③。宏道"性灵说"的要义亦在于抒写一己之真情及主张文学因时而变。就"真"与"变"的关系而言，"变"是求"真"的必然要求，"真"是"变"的根本目的。因此，求"真"是"性灵说"的精核。宏道云："大抵物真则贵，真则我面不能同君面，而况古人之面貌乎？"④"真"，表现在文学作品的内容方面，就是一己之真"情"，他说："大概情至之语，自能感人，

---

① ［明］袁中道著，钱伯城点校：《珂雪斋集》卷十八《吏部验封司郎中中郎先生行状》，上海古籍出版社2019年版，第801页。
② ［清］钱谦益著，［清］钱曾笺注，钱仲联标校：《牧斋初学集》卷三十一《陶仲璞通园集序》，上海古籍出版社1985年版，第919页。
③ ［明］李贽：《焚书》卷三《童心说》，中华书局2009年版，第98页。
④ ［明］袁宏道著，钱伯城笺校：《袁宏道集笺校》卷六《丘长孺》，上海古籍出版社2018年版，第304页。

是谓真诗,可传也。"①发乎真情之作,才具有恒久的生命力。而当时的诗坛景况则是:"句比字拟,务为牵合,弃目前之景,撼腐滥之辞,有才者诎于法,而不敢自伸其才,无之者,拾一二浮泛之语,帮凑成诗。"②显然,文坛鲜有真情淋漓之作,是因为摹拟古人、胶执格法所致。因此,如何抒写一己之真情,这是纠矫文坛风习的关键。对此,宏道论之甚详,其受李贽的影响也显而易见。

在情性的表现方面,李贽反对拘于古法而主张自然抒写,云:"盖声色之来,发于情性,由乎自然,是可以牵合矫强而致乎?"③又云:"追风逐电之足,决不在于牝牡骊黄之间;声应气求之夫,决不在寻行数墨之士;风行水上之文,绝不在于一字一句之奇。"④一切程式规范皆为赘物。真情的宣泄乃至臻于"发狂大叫,流涕恸哭,不能自止"的地步,这是"真能文者"之所为。⑤ 宏道也与李贽一样,以"信腕直寄"⑥为法。他说:"独抒性灵,不拘格套,非从自己胸臆流出,不肯下笔。有时情与境会,顷刻千言,如水东注,令人夺魄。"⑦抒写真情,便不必拘守前人格套,自写胸臆,"文章新奇,无定格式,只要发人所不能发,句法字法调法,一一从自己胸中流出,此真新奇也"⑧。在这方面,宏道特别注重主体的情境,在他看来,以劳人思妇,郁勃不遇,乃至病中的沉吟之作最为自然、最为真切。宏道认为穷

---

① [明]袁宏道著,钱伯城笺校:《袁宏道集笺校》卷四《叙小修诗》,上海古籍出版社2018年版,第203页。
② [明]袁宏道著,钱伯城笺校:《袁宏道集笺校》卷十八《雪涛阁集序》,上海古籍出版社2018年版,第765—766页。
③ [明]李贽:《焚书》卷三《读律肤说》,中华书局2009年版,第132页。
④ [明]李贽:《焚书》卷三《杂说》,中华书局2009年版,第97页。
⑤ [明]李贽:《焚书》卷三《杂说》,中华书局2009年版,第97页。
⑥ [明]袁宏道著,钱伯城笺校:《袁宏道集笺校》卷三十五《叙曾太史集》,上海古籍出版社2018年版,第1198页。
⑦ [明]袁宏道著,钱伯城笺校:《袁宏道集笺校》卷四《叙小修诗》,上海古籍出版社2018年版,第202页。
⑧ [明]袁宏道著,钱伯城笺校:《袁宏道集笺校》卷二十二《答李元善》,上海古籍出版社2018年版,第848页。

愁贫病之时,"痛哭流涕,颠倒反覆,不暇择音"①,是真情的自然流注。如,中道所作"发之于诗,每每若哭若骂,不胜其哀生失路之感"②,这是困于场屋之不遇的悲叹;徐渭所作"如嗔如笑,如水鸣峡,如种出土,如寡妇之夜哭,羁人之寒起"③,这是"英雄失路,托足无门"的郁勃;陶孝若所作"忽然而鸣,如瓶中之焦声,水与火暴相激也;忽而展转诘曲,如灌木之萦风,悲来吟往,不知其所受也"④,这是病中无奈的焦躁与苦痛。宏道之所以认为这些是自然抒写之作,是因为在他看来,这些作品是"迫而呼者不择声"⑤的自然之音。本于"劳人思妇"所作多为真声这样的逻辑前提,必然导致对民间俗文学的肯定。袁宏道分析了俗文学具有恒久生命力的原因,说:"夫迫而呼者不择声,非不择也,郁与口相触,卒然而声,有加于择者也。古之为风者,多出于劳人思妇,夫非劳人思妇为藻于学士大夫,郁不至而文胜焉,故吐之者不诚,听之者不跃也。"⑥宏道引据《诗经》为证,目的在于指陈明代文坛弊端,他推服明代流行于闾阎百姓的民歌时调说:"今之诗文不传矣,其万一传者,或今闾阎妇人孺子所唱《擘破玉》《打草竿》之类,犹是无闻无识真人所作,故多真声,不效颦于汉、魏,不学步于盛唐,任性而发,尚能通于人之喜怒哀乐嗜好情欲,是可喜也。"⑦他还赋诗

---

① [明]袁宏道著,钱伯城笺校:《袁宏道集笺校》卷四《叙小修诗》,上海古籍出版社2018年版,第203页。
② [明]袁宏道著,钱伯城笺校:《袁宏道集笺校》卷四《叙小修诗》,上海古籍出版社2018年版,第203页。
③ [明]袁宏道著,钱伯城笺校:《袁宏道集笺校》卷十九《徐文长传》,上海古籍出版社2018年版,第772页。
④ [明]袁宏道著,钱伯城笺校:《袁宏道集笺校》卷三十五《陶孝若枕中呓引》,上海古籍出版社2018年版,第1207页。
⑤ [明]袁宏道著,钱伯城笺校:《袁宏道集笺校》卷三十五《陶孝若枕中呓引》,上海古籍出版社2018年版,第1207页。
⑥ [明]袁宏道著,钱伯城笺校:《袁宏道集笺校》卷三十五《陶孝若枕中呓引》,上海古籍出版社2018年版,第1207页。
⑦ [明]袁宏道著,钱伯城笺校:《袁宏道集笺校》卷四《叙小修诗》,上海古籍出版社2018年版,第202页。

云:"当代无文字,间巷有真诗。"①民间真声与文人雅士的摹拟肤熟文字形成了鲜明的对比。俗文学的兴盛,原因在于"不效颦于汉、魏,不学步于盛唐"②。这也是革新派与拟古派论争的焦点。

李贽对俗文学推赞殊甚,尤其表现在文学体裁方面,这从他对《水浒传》等作品的评价即可看出。③ 同样,宏道也对小说、戏曲等俗文学体裁倾情尤多,如他说:"唐诗外,即宋词、元曲绝今古,而《双文》一剧,尤推胜国冠军。要其妙只在流丽晓畅,使观之目与听之耳,歌若诵之口,俱作欢喜缘,此便出人多多许。"④他常常对小说讽玩不已,赞叹关汉卿、罗贯中"识见极高"⑤,可与司马迁相提并论。他还是见诸史乘的最早读过《金瓶梅》抄本的文士。他的这一通尺牍因此也成了研究《金瓶梅》的重要史料,云:

> 一月前,石篑见过,剧谭五日。已乃放舟五湖,观七十二峰绝胜处,游竟复返衙斋,摩霄极地,无所不谈,病魔为之少却,独恨坐无思白兄耳。
>
> 《金瓶梅》从何得来?伏枕略观,云霞满纸,胜于枚生《七发》多矣。后段在何处,抄竟当于何处倒换?幸一的示。⑥

---

① [明]袁宏道著,钱伯城笺校:《袁宏道集笺校》卷二《答李子髯》其二,上海古籍出版社 2018 年版,第 87 页。
② [明]袁宏道著,钱伯城笺校:《袁宏道集笺校》卷四《叙小修诗》,上海古籍出版社 2018 年版,第 202 页。
③ 如李贽曾作《忠义水浒传序》,云:"《水浒传》者,发愤之所作也。"([明]李贽:《焚书》卷三《忠义水浒传序》,中华书局 2009 年版,第 109 页)在《童心说》中,其在历述诗文变化时云:"诗何必古选,文何必先秦。降而为六朝,变而为近体;又变而为传奇,变而为院本,为杂剧,为《西厢曲》,为《水浒传》,为今之举子业,皆古今至文,不可得而时势先后论也。"([明]李贽:《焚书》卷三《童心说》,中华书局 2009 年版,第 99 页)
④ [明]袁宏道:《歌代啸序》,载[明]袁宏道著,钱伯城笺校:《袁宏道集笺校》附录一,上海古籍出版社 2018 年版,第 1781 页。
⑤ [明]袁宏道著,钱伯城笺校:《袁宏道集笺校》卷五《龚惟长先生》,上海古籍出版社 2018 年版,第 222 页。
⑥ [明]袁宏道著,钱伯城笺校:《袁宏道集笺校》卷六《董思白》,上海古籍出版社 2018 年版,第 309 页。

《七发》是标志着汉赋形成的第一篇作品,被后代许多作者所规仿而被称奉为"七"体。但是袁宏道认为《金瓶梅》的成就更在《七发》之上,足证其对《金瓶梅》的推奉。

其二,性灵说的美学形式:尚"趣"绌"理"。"趣"是宏道"性灵说"重要的审美追求之一。关于"趣"与宏道"性灵说"的关系,陆云龙说:"小修称中郎诗文云率真。率真则性灵现,性灵现则趣生。即其不受一官束缚,正不蔽其趣,不抑其性灵处。"①陆氏认为,宏道所论的"趣"本乎率真,本乎"性灵",既是一个美学范畴,又是一种人生情致,这一阐释大致符合实情。关于"趣",宏道云:

> 世人所难得者唯趣。趣如山上之色,水中之味,花中之光,女中之态,虽善说者不能下一语,唯会心者知之。今之人慕趣之名,求趣之似,于是有辨说书画,涉猎古董以为清;寄意玄虚,脱迹尘纷以为远;又其下则有如苏州之烧香煮茶者。此等皆趣之皮毛,何关神情。夫趣得之自然者深,得之学问者浅。当其为童子也,不知有趣,然无往而非趣也。面无端容,目无定睛,口喃喃而欲语,足跳跃而不定,人生之至乐,真无逾于此时者。孟子所谓不失赤子,老子所谓能婴儿,盖指此也。趣之正等正觉最上乘也。山林之人,无拘无缚,得自在度日,故虽不求趣而趣近之。愚不肖之近趣也,以无品也,品愈卑故所求愈下,或为酒肉,或为声伎,率心而行,无所忌惮,自以为绝望于世,故举世非笑之不顾也,此又一趣也。迨夫年渐长,官渐高,品渐大,有身如梏,有心如棘,毛孔骨节俱为闻见知识所缚,入理愈深,然其去趣愈远矣。②

宏道这篇论"趣"之文作于万历二十五年(1597),收录于《解脱集》之

---

① [明]陆云龙:《叙袁中郎先生小品》,载[明]袁宏道著,钱伯城笺校:《袁宏道集笺校》附录三,上海古籍出版社 2018 年版,第 1870 页。
② [明]袁宏道著,钱伯城笺校:《袁宏道集笺校》卷十《叙陈正甫会心集》,上海古籍出版社 2018 年版,第 495—496 页。

中。此时,作者乍脱宦网,如游鳞纵壑、倦鸟还山,心情恬然自适,也是宏道文学思想和创作最为平易晓畅的时期。因此,论"趣"并不是胶执于前人陈说,而是将其融摄于"性灵说"之中,成为其"力矫敝习,大格颓风"①的文论的一部分。

袁宏道论"趣",明显受到了李贽的影响。李贽沿着王阳明崇心绌理的思路,从根本上否定了"理"的作用,同时还克服了王阳明"心"所具有的道德理性色彩。他所说的"童心说"是一种未受任何道德浸染的感性自然存在,是"绝假纯真,最初一念之本心也"②。"童心"是与闻见、道理直接对立的,"童心"的丧失,是由于闻见、道理的增加所致。"道理闻见"其实就是他所痛恶的道学家所说的具有道德属性的"天理"。袁宏道承续了李贽摒弃"道理闻见"的路径,认为"趣"是与"学问"对立的。同时,与李贽以童子为例论"童心"一样,袁宏道亦以童子释"趣":"当其为童子也,不知有趣,然无往而非趣也。"③可见,宏道论趣,主要是汲取了李贽"童心说"与古代文论中有关"趣"的论述而形成的。但是,李贽倡言"童心"主要是出于反道学的目的,袁宏道所论之"趣"是"性灵说"的一个组成部分。袁宏道"理""趣"之论与"童心说"又有一定的区别。首先,袁宏道提出了基于"童心说"的"又一趣",曰:"愚不肖之近趣也,以无品也,品愈卑故所求愈下,或为酒肉,或为声伎,率心而行,无所忌惮,自以为绝望于世,故举世非笑之不顾也,此又一趣也。"④李贽只论述了随着道理闻见日以益多而童心遽失的情形,袁宏道则提出了"率心而行"乃是保全"趣"不失的方式。因此,李贽重在批判,袁宏道则在批判的同时又有建树。其次,"趣"作为古已有之的文论范畴,具有一定的内涵,袁宏道则以"童心

---

① [明]袁中道著,钱伯城点校:《珂雪斋集》卷九《解脱集序》,上海古籍出版社 2019 年版,第 480 页。
② [明]李贽:《焚书》卷三《童心说》,中华书局 2009 年版,第 98 页。
③ [明]袁宏道著,钱伯城笺校:《袁宏道集笺校》卷十《叙陈正甫会心集》,上海古籍出版社 2018 年版,第 495 页。
④ [明]袁宏道著,钱伯城笺校:《袁宏道集笺校》卷十《叙陈正甫会心集》,上海古籍出版社 2018 年版,第 495—496 页。

说"对它进行了新的诠释。宏道认为前人所论之"趣"皆"趣之皮毛,何关神情"①,他将童子原初固有的"趣",与求真尚情、宁今宁俗的"性灵说"联系了起来,将其提到一个新的高度:"夫诗以趣为主。"②即如他十分推崇的李白、苏轼也"皆未及其趣也"③。因此,在袁宏道这里,"趣"是诗歌中常人难以企及的境界。再次,李贽以"童心"与"道理闻见"相对立。袁宏道说:"入理愈深,然其去趣愈远矣。"④"理"与"道理闻见"的内涵无甚区别,但由于道学家赋予"理"以浓厚的封建伦理色彩,因此,每当人文思潮勃兴之时,批判的锋芒都直接指向"理"或"天理"。袁宏道以"理"代替"道理闻见",使批判的目标更具有确定性,也更能体现出革新思潮与复古派的区别。两者不仅是形式上的模拟与创新之别,更主要的是内容上的迥异。

李贽对于宏道文学思想的影响是具体、直接的,除了以上论及的崇"趣"绌"理"的学术取向、信腕直寄的创作风格,还表现为"童心"与"性灵"都具有本于自性而不假外求的特色。此外,李贽疏狂侠义的性情、冲决罗网的勇气和出入佛禅的学术取向,都对三袁,尤其是袁宏道影响甚深。如,宏道在致陈志寰的尺牍中说:

《华严经》以事事无碍为极,则往日所谈,皆理也。一行作守,头头是事,那得些子道理。看来世间,毕竟没有理,只是事。一件事是一个活阎罗,若事事无碍,便十方大地,处处无阎罗矣,又有何法可修,何悟可顿耶? 然眼前与人作障,不是事,却是理。⑤

---

① [明]袁宏道著,钱伯城笺校:《袁宏道集笺校》卷十《叙陈正甫会心集》,上海古籍出版社 2018 年版,第 495 页。

② [明]袁宏道著,钱伯城笺校:《袁宏道集笺校》卷五十一《西京稿序》,上海古籍出版社 2018 年版,第 1616 页。

③ [明]袁宏道著,钱伯城笺校:《袁宏道集笺校》卷三十七《开先寺至黄岩寺观瀑记》,上海古籍出版社 2018 年版,第 1242 页。

④ [明]袁宏道著,钱伯城笺校:《袁宏道集笺校》卷十《叙陈正甫会心集》,上海古籍出版社 2018 年版,第 496 页。

⑤ [明]袁宏道著,钱伯城笺校:《袁宏道集笺校》卷六《陈志寰》,上海古籍出版社 2018 年版,第 284 页。

袁宏道对于"理"之恶,与李贽关于"道理闻见"的摒绝完全一致。如果说李贽"童心说"主要是远祧《孟子》,近得阳明、泰州的学脉,那么,袁宏道对于"理"的排斥,则更多地援诸《华严》以及马祖道一的南宗禅法。袁宏道对于阳明学的承祧色彩虽不如李贽清晰,但其直接受李贽影响的痕迹昭然可寻。就基本学术取向而言,他们都深植而又不胶执于三教。不依定理,而认同"实实是佛,实实是道",缘此而作为自然为文的根据。对此,《德山麈谭》中有一段与李贽《童心说》相顾盼的答问:

> 问:孔、孟及诸佛教典,岂非理邪? 曰:孔、孟教人,亦依人所常行,略加节文,便叫做理。若时移俗异,节文亦当不同,如今吴、蜀、楚、闽各以其所习为理,使易地而行,则相笑矣。诸经佛典乃应病施药,无病不药,三乘不过药语,那有定理? 故我所谓无理,谓无一定之理容你思议者。人惟执着道理,东也有碍,西也有碍,便不能出脱矣。①

李贽《童心说》以经典为权,谓六经、《语》、《孟》等经典"纵出自圣人,要亦有为而发,不过因病发药,随时处方,以救此一等懵懂弟子,迂阔门徒云耳"②。宏道认为"诸经佛典乃应病施药,无病不药,三乘不过药语,那有定理"。李贽认为"古今至文,不可得而时势先后论也"③。宏道亦认为"时移俗异",孔孟教人之"节文"也有变化。④ 他们都从时序的角度论述了经典的相对性。除此,袁宏道更从空间上阐述了经典的相对性。宏道与李贽一样深恶名理,云:"大都士之有韵者,理必入微,而理又不可以得韵。故叫跳反掷者,稚子之韵也;嬉笑怒骂者,醉人之韵也。醉者无心,稚

---

① [明]袁宏道著,钱伯城笺校:《袁宏道集笺校》卷四十四《德山麈谭》,上海古籍出版社 2018 年版,第 1403—1404 页。
② [明]李贽:《焚书》卷三《童心说》,中华书局 2009 年版,第 99 页。
③ [明]李贽:《焚书》卷三《童心说》,中华书局 2009 年版,第 99 页。
④ 详见[明]袁宏道著,钱伯城笺校:《袁宏道集笺校》卷四十四《德山麈谭》,上海古籍出版社 2018 年版,第 1403 页。

子亦无心,无心故理无所托,而自然之韵出焉。由斯以观,理者是非之窟宅,而韵者大解脱之场也。"①宏道深受李贽的影响,既见龙湖,始"发为语言,一一从胸襟流出,盖天盖地,如象截急流,雷开蛰户,浸浸乎其未有涯也"②。我们有理由相信,宏道带有些许"非圣"色彩的"无理"之说,只能从李贽《童心说》中"六经、《语》、《孟》,乃道学之口实,假人之渊薮"③的表述中寻得理论端绪。同时,与李贽于儒学主要集矢于周、程、张、朱一样,袁宏道也将孔子与后儒所讲的理学作区别。他说:"孔子所言洁矩,正是因,正是自然。后儒将矩字看作理字,便不因,不自然。"④自然而不拘格套,是宏道论文的核心要义。与《童心说》由《西厢记》而论及"童心",论及"诗何必古选,文何必先秦"⑤一样,瞻顾文学乃是视"诗文是吾辈一件正事"⑥的袁宏道谈禅论道、倡说"无理"的基本心理动因。所谓"执着道理,东也有碍,西也有碍,便不能出脱矣",不啻是"独抒性灵,不拘格套"⑦的遮诠表述。其见诸文论中的绌理倾向在在可见:"入理愈深,然其去趣愈远。"⑧"香山之率也,玉局之放也,而一累于理,一累于学。"⑨为文即是去除理障的过程:"一变而去辞,再变而去理,三变而吾为文之意忽

---

① [明]袁宏道著,钱伯城笺校:《袁宏道集笺校》卷五十四《寿存斋张公七十序》,上海古籍出版社 2018 年版,第 1679 页。
② [明]袁中道著,钱伯城点校:《珂雪斋集》卷十八《吏部验封司郎中中郎先生行状》,上海古籍出版社 2019 年版,第 801 页。
③ [明]李贽:《焚书》卷三《童心说》,中华书局 2009 年版,第 99 页。
④ [明]袁宏道著,钱伯城笺校:《袁宏道集笺校》卷四十四《德山麈谭》,上海古籍出版社 2018 年版,第 1401 页。
⑤ [明]李贽:《焚书》卷三《童心说》,中华书局 2009 年版,第 99 页。
⑥ [明]袁宏道著,钱伯城笺校:《袁宏道集笺校》卷四十三《黄平倩》,上海古籍出版社 2018 年版,第 1366 页。
⑦ [明]袁宏道著,钱伯城笺校:《袁宏道集笺校》卷四《叙小修诗》,上海古籍出版社 2018 年版,第 202 页。
⑧ [明]袁宏道著,钱伯城笺校:《袁宏道集笺校》卷十《叙陈正甫会心集》,上海古籍出版社 2018 年版,第 496 页。
⑨ [明]袁宏道著,钱伯城笺校:《袁宏道集笺校》卷三十五《叙啺氏家绳集》,上海古籍出版社 2018 年版,第 1195 页。

第十章 阳明濡染、卓吾发皇:袁宏道"性灵说"与晚明文学思潮的高涨

尽,如水之极于澹,而芭蕉之极于空,机境偶触,文忽生焉。"①宏道为文的绌理倾向,在对苏轼的态度中也得到了体现。宏道虽极崇东坡,但对"说道理"稍有憾评,云:"东坡诸作,圆活精妙,千古无匹。惟说道理,评人物,脱不得宋人习气。"②"宋人习气"当是指"诸作"中的性理气息,由此可见宏道为文绌理意志之坚。

当然,李贽对袁宏道影响最大的还在于其人生态度,他在给徐㧑卿的尺牍中说:"仆少时曾于小中立基,枯寂不堪。后遇至人,稍稍指以大定门户,始得自在度日,逢场作戏矣。"③其"大定门户"即是一种自在精神,袁宏道"谓凤凰不与凡鸟共巢,麒麟不共凡马伏枥,大丈夫当独往独来,自舒其逸耳,岂可逐世啼笑,听人穿鼻络首"④。这正是其遇"至人",亦即李贽从容于三教之间而以主体为归的狂禅精神。这也是宏道倡以"不拘格套,独抒性灵"文学观最根本的心理动因。

表10-2 《袁宏道集笺校》中与李贽有关的诗文简表

篇名	写作年份	卷次页码	语摘
《得李宏甫先生书》	万历十八年(1590)	卷1 页26	似此瑶华色,何殊空谷音。悲哉击筑泪,已矣唾壶心。迹岂《焚书》白,病因老苦侵。有文焉用隐,无水若为沉。
《别无念》其三	万历十九年(1591)	卷1 页48	辛苦李上人,白发寻知己。为尔住龙湖,尔胡滞于此?

---

① [明]袁宏道著,钱伯城笺校:《袁宏道集笺校》卷五十四《行素园存稿引》,上海古籍出版社2018年版,第1710页。
② [明]袁宏道著,钱伯城笺校:《袁宏道集笺校》卷四十四《德山麈谭》,上海古籍出版社2018年版,第1400页。
③ [明]袁宏道著,钱伯城笺校:《袁宏道集笺校》卷十一《徐㧑卿》,上海古籍出版社2018年版,第536页。
④ [明]袁中道著,钱伯城点校:《珂雪斋集》卷十八《吏部验封司郎中中郎先生行状》,上海古籍出版社2019年版,第801页。

续表

篇名	写作年份	卷次页码	语摘
《送焦弱侯老师使梁,因之楚访李宏甫先生》	万历二十年(1592)	卷2 页63	丹书早发凤凰楼,杨柳青阴满陌头。征马晚嘶梁苑月,孤帆晴指洞庭秋。莲开白社来陶令,瓜熟青门谒故侯。自笑两家为弟子,空于湖海望仙舟。
《怀龙湖》	万历二十一年(1593)	卷2 页73	汉阳江雨昔曾过,岁月惊心感逝波。老子本将龙作性,楚人元以凤为歌。朱弦独操谁能识,白颈成群尔奈何。矫首云霄时一望,别山长是郁嵯峨。
《阻雨》	万历二十一年(1593)	卷2 页74	云霄极目古亭州,江上凄其感昔游。天下文章怜尔老,潇湘风雨动人愁。云眠楚国黄泥坂,潮打巴陵青雀舟。敢向乾坤寻胜览,只因李耳在西周。
《龙潭》	万历二十一年(1593)	卷2 页78	孤舟千里访瞿昙,纵迹深潜古石潭。天下岂容知己二,百年真上洞山三。云埋龟岭平如障,水落龙宫湛似蓝。爱得芝佛好眉宇,六时僧众礼和南。
《别龙湖师八首》	万历二十一年(1593)	卷2 页79	十日轻为别,重来未有期,出门余泪眼,终不是男儿。
《余凡两度阻雨冲霄观,俱为访龙湖师,戏题壁上》	万历二十一年(1593)	卷2 页83	江树萧森江水长,今朝风雨又潇湘。冲霄道士迎门揖,笑指看花前度郎。 我从观里拜青牛,忽忆龙湖老比丘。李贽便为今李耳,西陵还似古西周。
《李宏甫》	万历二十三年(1595)	卷5 页238	幸床头有《焚书》一部,愁可以破颜,病可以健脾,昏可以醒眼,甚得力。有便莫惜佳示。
《陶石篑》	万历二十四年(1596)	卷6 页283	近日得卓僧《豫约》诸书,读之痛快,恨我公不见耳。
《梅客生》	万历二十五年(1597)	卷11 页519	卓老一袈裟地竟不能有,天下事安得不以理论哉!

第十章 阳明濡染、卓吾发皇:袁宏道"性灵说"与晚明文学思潮的高涨　333

续表

篇名	写作年份	卷次页码	语摘
《张幼于》	万历二十五年（1597）	卷11页539	仆自知诗文一字不通,唯禅宗一事,不敢多让。当今勍敌,唯李宏甫先生一人。
《与李龙湖》	万历二十七年（1599）	卷21页810	小修帖来,知翁在栖霞,彼中有何人士可与语者？生在此甚闲适,得一意观书。学中又有《廿一史》及古名人集可读,穷官不须借书,尤是快事。
《寄杨鸟栖》	万历二十七年（1599）	卷21页812	卓叟既到南,想公决来接。弟谓老卓南中既相宜,不必撑拨去湖上也。
《答梅客生》又	万历二十七年（1599）	卷21页816	卓老久无帖,去湖上意似亦果生。三明春若无他往,当骑驴冲寒至矣。
《李龙湖》	万历二十七年（1599）	卷22页832	得丘长孺书,知翁结庵白下,闻之潘尚宝亦云。南中山水清佳,仆亦有卜居之志,俟转部当即图改。近日读何书？有何得意事？乞见示。平生推服盱江,今得作对,当知庆幸之甚。南中有伴侣矣,若为不南也！
《答王以明》	万历二十七年（1599）	卷22页833	曹公曰："老而好学,惟吾与袁伯业。"当知读书亦是难事。求之于今,若老秃、去华、弱侯其人也。
《李龙湖》	万历二十七年（1599）	卷22页836	两通书,侍者并无一耗,岂书皆不达耶？闻公结庵栖霞,栖霞木石俱佳,但面西,度夏苦热耳。……宏稍转即图改南,与公闲话之期近矣。
《冯琢庵师》又	万历二十七年（1599）	卷22页843	宏实不才,无能供役作者。独谬谓古人诗文,各出己见,决不肯从人脚根转,以故宁今宁俗,不肯拾人一字。词客见者,多戟手呵骂,唯李龙湖、黄平倩、梅客生、陶公望、顾升伯、李湘洲诸公,稍见许可。

续表

篇名	写作年份	卷次页码	语摘
《李龙湖》	万历二十八年（1600）	卷22 页855	今丛林中，如临济、云门诸宗，皆已芜没，独牛山道场，自唐以来不坏。由此观之，果孰偏而孰圆耶？《净土诀》爱看者多，然白业之本戒为津梁，望翁以语言三昧，发明持戒因缘，仆当募刻流布，此救世之良药，利生之首事也。幸勿以仆为下劣而摈斥之。
《德山遇大智，龙湖旧侣也》	万历三十二年（1604）	卷31 页1088	湖上烟峦一抹青，他时亲见望州亭。也知鲁国真男子，要识中郎旧典刑。好伴青山作主人，门前衲子去如尘。法堂草长深三尺，更与腰镰走一巡。
《陶周望祭酒》	万历三十四年（1606）	卷43 页1382	李龙湖以友为性命，真不虚也。
《汪两海像赞》	万历三十四—三十八年（1606—1610）	卷54 页1700	不知其人，视其子；不知其子，视其子之师。其师，龙湖老人也。
《书念公碑文后》	万历三十八年（1610）	卷54 页1725	彼时龙湖老人犹在通州，谈大乘者，海内相望。

第十一章　推挹庞蕴、别解禅法：佛学与袁宏道前期文学思想

宏道是晚明著名的居士①，对佛学有深湛的研究，所著的《西方合论》《德山麈谭》《珊瑚林》《金屑编》《六祖坛经节录》《宗镜摄录》（已佚）等全面地体现了其佛学思想。曾自云："仆自知诗文一字不通，唯禅宗一事，不敢多让。当今勍敌，唯李宏甫先生一人。"②虽然此乃负气自矜之辞，但袁宏道精研佛理，仅一部《西方合论》即"超绝乐邦诸典"③，乃至四大高僧之一的智旭苦于禅门僭滥而不忍见闻，而"每每中夜痛哭流涕"之时，得袁宏道的《西方合论》而深生随喜，心胸为之舒畅，"谓之空谷足音"。④ 同时，佛理禅意又成为其文学思想的重要依傍，并见诸其创作

---

① 袁宏道堪称是最著名的居士之一，从丛林高僧的高度推赞中可见一斑。如，明释如奇在《西方合论标注跋》中有这样的记述："往予携鄠中张明教参访袁中郎先生，一日出《西方合论》相视，予惊叹其禅土合源，超绝乐邦诸典。"（[明]明教标注：《西方合论标注》卷十《西方合论标注跋》，《卍续藏经》第61册，第818页）明释智旭在《西方合论序》中云："袁中郎少年颖悟，坐断一时禅宿舌头，不知者以为聪慧文人也。后复深入法界，归心乐国，述为《西方合论》十卷，字字从真实悟门流出，故绝无一字蹈袭，又无一字杜撰。虽台宗堂奥，尚未诣极，而透彻禅机，融贯方山清凉教理无余矣。或疑佛祖宗教，名纳老宿，未易遍通，何少年科第，五欲未除，乃克臻此。殊不知，多少熏习，非偶然也。传闻三袁，是宋三苏后身。噫，中郎果是东坡，佛法乃大进矣。……中郎少年风流洒落，亦为缁素所忽，试读彼《西方合论》，可复忽乎？"（[明]智旭：《灵峰蕅益大师宗论》卷六《西方合论序》，《嘉兴大藏经》[新文丰版]第36册，第365页）清释德楷在《与太谷众居士》中称叹所作的净土书云："展读再三，可与袁中郎并驾齐驱，自为不朽之书也。"（[清]德楷说，行悟等编次：《山西柏山楷禅师语录》卷五，《嘉兴大藏经》[新文丰版]第39册，第861页）

② [明]袁宏道著，钱伯城笺校：《袁宏道集笺校》卷十一《张幼于》，上海古籍出版社2018年版，第539页。

③ [明]明教标注：《西方合论标注》卷十《西方合论标注跋》，《卍续藏经》第61册，第818页。

④ [明]智旭：《灵峰蕅益大师宗论》卷六《鲍性泉天乐鸣空集序》，《嘉兴大藏经》（新文丰版）第36册，第368页。

之中。对此,宗道所作的《西方合论叙》中有这样的描述:"石头居士,少志参禅,根性猛利,十年之内,洞有所入,机锋迅利,语言圆转,寻常与人论及此事,下笔千言,不踏祖师语句,直从胸臆流出,活虎生龙,无一死语。"①他涵茹佛典得其灵感:"闷观《百喻经》,奇胜千《齐谐》。"②"茶勋凭水策,诗理入禅参"③是石头居士闲雅的生存方式。

宏道的佛学思想与文学思想相仿佛,分为前后不同的两个阶段。前期以习禅为主,对于禅宗,他曾颇为自得地说:"唯禅宗一事不敢多让,当今勍敌,唯李宏甫先生一人。"但在万历二十七年(1599)前后,又对习禅无所获而感到苦恼,在高卧柳浪期间,读经阅藏,人生态度也由疏狂渐至稳实,佛学思想同样也经历了由禅入净的转变,撰成《西方合论》,表示要皈依净土。对此,彭绍升云:"已而得见中郎《西方合论》,三复之不厌。而伯修所为序,忏悔切深,辟荆榛,由坦道。甚矣!袁氏兄弟之善补过也。"④彭绍升从释氏立场出发,认为袁氏昆仲由最初参禅而循"逢场作戏"的"大定门户"⑤,终而归心净土,乃是稳实补过的过程。但就其对文学思想的影响而言,修净远不及禅悟,正如宏道后期的文学思想不及前期那样坦荡宏肆、真意淋漓一样。了解宏道前期的习禅经历,对我们探求前期那说得破、道得出的文论不无启迪。

---

① [明]袁宗道:《西方合论叙》,载[明]袁宏道:《西方合论》卷首,《大正藏》第47册,第387页。

② [明]袁宏道著,钱伯城笺校:《袁宏道集笺校》卷二十五《庵中阅经示诸开士,用前韵》,上海古籍出版社2018年版,第908页。

③ [明]袁宏道著,钱伯城笺校:《袁宏道集笺校》卷二十五《又次前韵》,上海古籍出版社2018年版,第906页。

④ [清]彭绍升撰,张培锋校注:《居士传校注》四十六《袁伯修》,中华书局2014年版,第415页。

⑤ [明]袁宏道著,钱伯城笺校:《袁宏道集笺校》卷十一《徐汉卿》,上海古籍出版社2018年版,第536页。

第十一章 推挹庞蕴、别解禅法:佛学与袁宏道前期文学思想

第一节 推挹庞蕴及其思想动因

袁宏道的禅学著述不及净土丰富,但他对禅门居士庞蕴颇为推敬,且称引最多。袁宏道对庞蕴的推敬贯及前期论禅与后期持净的全过程。他直接以"庞公"称代"禅"①,或以"庞公"自况②,屡屡以庞蕴自期,诗云:"禅锋示妻子,轮我作庞公",③"扑头随衲子,犹可作庞翁"④。尤其是其初度日自吟,期期以庞蕴为法:"角巾散带亦何为,白首庞公是我师"⑤,"销心白傅诗,遣老庞公偈"⑥。且他以庞蕴喻中道,在致梅客生的尺牍中云:"家弟白云中归,极口称梅开府才略盖世,识见绝伦,且意气投合,不减庞道玄之遇于节使也。"⑦通过宏道论庞蕴,我们可以看到其论禅的特色及其谈禅论佛的诗学目的。

庞蕴,字道玄,唐衡阳人。"世本儒业,少悟尘劳,志求真谛"⑧,贞元初谒石头,且作了流播甚广的"日用"偈。其举家入道,信佛而不剃染。后

---

① 如,袁宏道《闲居杂题》其二:"酒障诗魔都不减,何曾参得老庞禅。"([明]袁宏道著,钱伯城笺校:《袁宏道集笺校》卷八《闲居杂题》其二,上海古籍出版社 2018 年版,第 352 页)《述内》:"陶潜未了乞儿缘,庞公不是治家宝。"([明]袁宏道著,钱伯城笺校:《袁宏道集笺校》卷八《述内》,上海古籍出版社 2018 年版,第 369 页)《乙巳初度口占》其一:"蛮歌社酒时时醉,不学佛家独跳禅。"([明]袁宏道著,钱伯城笺校:《袁宏道集笺校》卷三十三《乙巳初度口占》其一,上海古籍出版社 2018 年版,第 1174 页)
② 如,袁宏道《和散木韵》其二:"禅锋示妻子,输我作庞公。"([明]袁宏道著,钱伯城笺校:《袁宏道集笺校》卷二十九《和散木韵》其二,上海古籍出版社 2018 年版,第 1034 页)
③ [明]袁宏道著,钱伯城笺校:《袁宏道集笺校》卷二十九《和散木韵》其二,上海古籍出版社 2018 年版,第 1034 页。
④ [明]袁宏道著,钱伯城笺校:《袁宏道集笺校》卷三十《暑中舟行入村舍,偕泠云及明教居士》其二,上海古籍出版社 2018 年版,第 1077 页。
⑤ [明]袁宏道著,钱伯城笺校:《袁宏道集笺校》卷十二《丁酉十二月初六初度》其三,上海古籍出版社 2018 年版,第 587 页。
⑥ [明]袁宏道著,钱伯城笺校:《袁宏道集笺校》卷十六《赠王以明纳赀归小竹林》,上海古籍出版社 2018 年版,第 713 页。
⑦ [明]袁宏道著,钱伯城笺校:《袁宏道集笺校》卷五《梅客生》,上海古籍出版社 2018 年版,第 247—248 页。
⑧ [宋]普济著,苏渊雷点校:《五灯会元》卷三《马祖一禅师法嗣·庞蕴居士》,中华书局 1984 年版,第 186 页。

随马祖参承二年①,其后机辩迅捷,声名远播。据《祖堂集》载:"平生乐道偈颂可近三百余首,广行于世。皆以言符至理,句阐玄猷,为儒彦之珠金,乃缁流之箧宝。"②但散佚较多,于頔编集《庞居士语录》凡三卷。袁宏道对庞蕴称引除一次之外,均在诗中。③ 这与今存《庞居士语录》的内容有关。诸本《庞居士语录》除记录其行实之外,都是诗偈。这与同时的希迁有《参同契》,马祖有《大寂禅师语录》《马祖道一禅师广录》颇有殊异。因此,文中对庞蕴的论述甚少,而与其将马祖那样列为接武先秦儒学、下启王学的关键人物不同。同样,彭际清《居士传》在历述庞蕴行实后亦仅言及其诗禅,云:"予少读寒山大士诗,乐之,如游危峰邃涧,中闻悬泉滴乳,松籁徐吹,五蕴聚落,一时杳寂。已而读庞居士诗,又如刺船入海,天水空同,四大浮根,脱然沤谢。"缘此而生度人之功:"呜呼,鱼山清梵,伽陵仙音,刹刹尘尘,度生无尽矣。"④时人亦将宏道与庞蕴并视,更有学者认为宏道了义更彻,如冯贲《跋珊瑚林》云:"从来居士中第一了手,共推庞公。惜偈颂之外,语不多见。张无垢深入玄奥,与妙喜相伯仲,而语一涉玄,辄为其甥删去。阳明诸大老得禅之髓,录之者讳言竺乾,语多回护,令人闷闷。"⑤而宏道则"谈儒、谭释皆是了义,无一剩语",

---

① 但是,据《祖堂集》卷四《丹霞和尚》载:"(丹霞)少亲儒、墨,业洞九经。初,与庞居士同侣入京求选,因在汉南道宿次,忽夜梦日光满室。有鉴者云:'此是解空之祥也。'又逢行脚僧,与吃茶次,僧云:'秀才去何处?'对曰:'求选官去。'僧云:'可惜许功夫!何不选佛去?'秀才曰:'佛当何处选?'其僧提起茶垸曰:'会摩?'秀才:'未测高旨。'僧曰:'若然者,江西马祖今现住世说法,悟道者不可胜记,彼是真选佛之处。'二人宿根猛利,遂返秦游而造大寂。"([南唐]释静、[南唐]释筠编撰,孙昌武、[日]衣川贤次、[日]西口芳男点校:《祖堂集》卷四《丹霞和尚》,中华书局 2007 年版,第 209 页)

② [南唐]释静、[南唐]释筠编撰,孙昌武、[日]衣川贤次、[日]西口芳男点校:《祖堂集》卷十五《庞居士》,中华书局 2007 年版,第 699 页。

③ 袁宏道《与友人》:"应世者,以世为应迹而应之者也,如周濂溪、庞道玄其人是也,应亦出也。"([明]袁宏道著,钱伯城笺校:《袁宏道集笺校》卷四十三《与友人》,上海古籍出版社 2018 年版,第 1367 页)

④ [清]彭绍升撰,张培锋校注:《居士传校注》十七《庞居士》,中华书局 2014 年版,第 155 页。

⑤ [明]冯贲:《跋珊瑚林》,载王闰吉:《袁宏道〈珊瑚林〉〈金屑编〉校释》,中国社会科学出版社 2017 年版,第 67 页。

第十一章 推挹庞蕴、别解禅法:佛学与袁宏道前期文学思想

冯贲期冀学人们与"庞老、石公把臂共行",以"知迦文宣尼原一鼻孔"的为学宗趣。① 由此亦可见宏道在居士佛教史上有与庞蕴相近的地位与影响。

袁宏道心仪庞蕴,最重要的原因是庞蕴深得洪州禅法而又居家以奉佛,不为丛林所囿,"不变儒形,心游像外。旷情而行符真趣,浑迹而卓越人间,实玄学之儒流,乃在家之菩萨"②。缘此,居士对世俗社会的影响更甚于禅师。袁宏道对庞蕴的体认也是如此,云:"应世者,以世为应迹而应之者也,如周濂溪、庞道玄其人是也,应亦出也。"③加之,庞蕴机辩迅捷,诗偈及公案中体现的洪州禅意,较之于禅门大德的影响更著,更易于为具有禅悦取向的文人们接受与应和,遂至"诸方响之"④。因此,庞蕴与维摩诘一样,都深受文人学士的喜爱,而被视为中国的维摩居士。与庞蕴有关的偈颂公案对袁宏道的影响最著者当数"日用"偈及其参谒马祖时的公案。

庞蕴以即世求解脱,云:"诸佛与众生,元来同一家。"⑤庞蕴初谒希迁,论对问答之后,写下了一首著名的禅偈:

> 日用事无别,唯吾自偶谐。头头非取舍,处处没张乖。朱紫谁为号,北山绝点埃。神通并妙用,运水及搬柴。⑥

---

① [明]冯贲:《跋珊瑚林》,载王闰吉:《袁宏道〈珊瑚林〉〈金屑编〉校释》,中国社会科学出版社 2017 年版,第 67 页。
② [南唐]释静、[南唐]释筠编撰,孙昌武、[日]衣川贤次、[日]西口芳男点校:《祖堂集》卷十五《庞居士》,中华书局 2007 年版,第 699 页。
③ [明]袁宏道著,钱伯城笺校:《袁宏道集笺校》卷四十三《与友人》,上海古籍出版社 2018 年版,第 1367 页。
④ [宋]普济著,苏渊雷点校:《五灯会元》卷三《马祖一禅师法嗣·庞蕴居士》,中华书局 1984 年版,第 186 页。
⑤ [唐]于頔编集:《庞居士语录》卷二《庞居士诗》卷中,《卍续藏经》第 69 册,第 138 页。
⑥ [宋]普济著,苏渊雷点校:《五灯会元》卷三《马祖一禅师法嗣·庞蕴居士》,中华书局 1984 年版,第 186 页。

最后两句几乎成了洪州禅随缘任运宗风的典型表述。这与马祖所谓"平常心是道"①的思想完全吻合。他将人的自然、现实的生活要求与玄妙的佛理统一起来,人的欲求被合理化,中国佛教被人化了。这种随缘任运的生活态度也体现在其诗偈之中,如:"无贪胜布施,无痴胜坐禅。无瞋胜持戒,无念胜求缘。尽见凡夫事,夜来安乐眠。寒时向火坐,火本实无烟。不忌黑暗女,不求功德天。任运生方便,皆同般若船。若能如是学,功德实无边。"②这对深受时代思潮沐染、习禅而又任运,"一帙《维摩》三斗酒,孤灯寒雨亦欢欢"③的袁宏道来说,不啻是隔世知音。即使宏道后期佛学思想发生了变化,但对庞蕴的推敬一仍其旧。这是因为袁宏道认为庞居士之禅与净土无碍。为此,他在《西方合论·第八见网门》为"欲修正因,首割邪见之网",遂"今约诸家负堕,略分十则"。④ 其中第三则"随语堕者"⑤,主要列出对庞居士偈颂的误解而发,云:

> 六祖言:"东方人造罪,念佛求生西方;西方人造罪,念佛求生何国?"庞居士云:"事上说佛国,此去十万里;大海渺无边,动即黑风起。"因此一辈无知,传虚接响,谓净土不足修,自障障他,深可怜悯。夫论宗门提唱,尚不言有佛,何况佛国;为欲破相明心,是非俱划。如吹毛利刃,执则伤手;金刚栗棘,岂是家常茶饭。且宗门中,此等语句甚多,若一一执之,释迦老子出世,将真以饲云门狗子乎!又古德云:"如何是佛?干屎橛。"果尔则凡见粪车粪檐溷厕,应当一一礼拜供

---

① [宋]赜藏主编集,萧萐父、吕有祥、蔡兆华点校:《古尊宿语录》卷四《镇州临济慧照禅师语录》,中华书局1994年版,第63页。
② [唐]于頔编集:《庞居士语录》卷二《庞居士诗》卷中,《卍续藏经》第69册,第135页。
③ [明]袁宏道著,钱伯城笺校:《袁宏道集笺校》卷十五《和韵赠黄平倩》,上海古籍出版社2018年版,第686页。
④ [明]袁宏道:《西方合论》卷八《第八见网门》,《大正藏》第47册,第408页。
⑤ [明]袁宏道:《西方合论》卷八《第八见网门》,《大正藏》第47册,第410页。

养。……然宗门中,此等一期之语最多,亦不足辩。噫!学人果能顿悟顿修,解行相应,如六祖投金汉水,游戏生死中;如庞老虽不求生,亦何害于生哉。①

袁宏道以庞居士之偈颂为典型,以破斥胶执文词而生的歧解,以说明六祖、庞蕴无害往生西方净土。② 这足以显示袁宏道对庞蕴的极端重视。同时,还应看到袁宏道后期虽经历了由禅入净之变,但并未完全断灭禅悦之趣,尤其是仍推信看话禅,贬斥的仅是所谓"默照邪禅"③。后期推敬庞蕴当与看话禅有关。看话禅始于宗杲,一般认为溯其源可直至赵州从谂。其实从谂之前的庞蕴则首先揭橥了看话禅的端绪。《五灯会元·庞蕴居士传》有这样一段记载:"(庞蕴)尝游讲肆,随喜《金刚经》,至'无我无人'处致问曰:'座主!既无我无人,是谁讲谁听?'主无对。"④明代秀天端禅师主要参"谁"字,明清之际莲池之后,净土念佛之风大盛,清代以参"念佛是谁"⑤为最普遍,这明显可溯源于庞蕴。因此,推信看话禅是袁宏道后期仍然推举庞蕴的一个重要因素。宏道所谓"白首庞公是我师"⑥,是与尊信大慧宗杲完全一致的。大慧是一位称引庞蕴公案、偈颂最多的禅师之一。他称"日用"偈云:"这个是俗士中参禅样子,决欲究竟此事,请依此老法式。"⑦同时,他还对"但愿空诸所有,切勿实诸所无"偈十分推

---

① [明]袁宏道:《西方合论》卷八《第八见网门》,《大正藏》第47册,第410页。
② 成时评点云:"六祖庞老亦何害生西方,千古至言。"([明]成时评点节要:《净土十要》卷十《西方合论·第八见网门·三随语堕者》,《卍续藏经》第61册,第772页)
③ [宋]蕴闻编:《大慧普觉禅师语录》卷十七《大慧普觉禅师普说》,《大正藏》第47册,第884页。
④ [宋]普济著,苏渊雷点校:《五灯会元》卷三《马祖一禅师法嗣·庞蕴居士》,中华书局1984年版,第186页。
⑤ [清]道霈:《净土旨诀·答龚岸斋居士净土八问》,《卍续藏经》第62册,第24页。
⑥ [明]袁宏道著,钱伯城笺校:《袁宏道集笺校》卷十二《丁酉十二月初六初度》,上海古籍出版社2018年版,第587页。
⑦ [宋]蕴闻编:《大慧普觉禅师语录》卷二十《示廓然居士》,《大正藏》第47册,第896页。

信,云:"若觑得这一句子,破无边恶业无明当下瓦解冰销。"①乃至认为"如来所说一大藏教,亦注解这一句子不出。当人若具决定信知,得有如是大解脱法。只在知得处,拨转上头关棙子,则庞公一句与佛说一大藏教,无异无别,无前无后,无古无今,无少师剩"②。宗杲还说:"老庞云:'但愿空诸所有,切勿实诸所无',只了得这两句,一生参学事毕","以老庞两句,为行住坐卧之铭箴,善不可加。若正闹时生厌恶,则乃是自扰其心耳。若动念时只以老庞两句提撕,便是热时一服清凉散也"③。足证宗杲对庞蕴意脉的承因。

庞蕴参马祖时的公案也屡被后世称引:"问曰:'不与万法为侣者是甚么人?'祖曰:'待汝一口吸尽西江水,即向汝道。'士于言下顿领玄旨。"④对于马祖所云,克勤有这样的阐释:"若体究得毕竟心落处,即领略得'一口吸尽西江水'。才生异见起一念疑心,即没交涉也。要须放下诸缘杂知杂解,令净尽到无计较处,蓦尔得入,即打开自己库藏,运出自己家财也。"⑤克勤所释甚是,《庞居士语录》载,待马祖言后,庞居士"于言下顿领玄旨,遂呈偈,有'心空及第'之句"⑥。袁宏道亦将马祖因乎庞居士所言作为禅家最具深蕴意味的古德宿语之一。他于万历二十五年(1597)与张幼于发生争执,在其绝交之书中,自视"唯禅宗一事,不敢多让。当今勍敌,唯李宏甫先生一人"⑦。而问难张幼于的禅林三个公案之一,云:"如

---

① [宋]蕴闻编:《大慧普觉禅师语录》卷二十三《示陈机宜》,《大正藏》第 47 册,第 908 页。
② [宋]蕴闻编:《大慧普觉禅师语录》卷二十三《示陈机宜》,《大正藏》第 47 册,第 908 页。
③ [宋]蕴闻编:《大慧普觉禅师语录》卷二十五《答曾侍郎》,《大正藏》第 47 册,第 918 页。
④ [宋]普济著,苏渊雷点校:《五灯会元》卷三《马祖一禅师法嗣·庞蕴居士》,中华书局 1984 年版,第 186 页。
⑤ (嗣法)子文编:《佛果克勤禅师心要》卷三《示张仲友宣教》,《卍续藏经》第 69 册,第 478 页。
⑥ [唐]于頔编集:《庞居士语录》卷上,《卍续藏经》第 69 册,第 131 页。
⑦ [明]袁宏道著,钱伯城笺校:《袁宏道集笺校》卷十一《张幼于》,上海古籍出版社 2018 年版,第 539 页。

何是'下三点',如何是'扇子跳踯上三十三天',如何是'一口汲尽西江水'？幼于虽通身是口,到此只恐亡锋结舌去。"①宏道于《金屑编》中亦引此公案,且阐之："一口吸尽西江水,哑在这里。帝释眉毛二丈长,虼蚤高声唱啰哩。"②袁宏道对这一机锋禅意的关注与苏轼十分相似。庞居士乃是苏门文学的重要题材之一。苏轼不但曾作《马祖庞公真赞》云："南岳坐下一马,四蹄踏杀天下。马后复一老庞,一口吸尽西江。天下是老师脚,西江即渠侬口。不知谁踏谁杀,何缘自吸自受"③,且常常以其入诗。如《江西一首》云："江西山水真吾邦,白沙翠竹石底江。舟行十里磨九泷,篙声荦确相舂撞。醉卧欲醒闻淙淙,直欲一口吸老庞。何人得隽窥鱼矼,举叉绝叫尺鲤双。"④当然,毋庸讳言,宏道会心于西方净土,也是文学激情消解之时。其《西方合论·第九修持门》列出免堕魔罥,如法而修的十种途径,其中的第八种净处门中便提出"诗坛文社斗章摘句处当远"⑤。

庞蕴不剃染⑥,不出家⑦,袁宏道也"是释长鬓须"⑧,认为"佛不舍太子乎？达磨不舍太子乎？当时便在家何妨,何必掉头不顾,为此偏枯不可

---

① [明]袁宏道著,钱伯城笺校:《袁宏道集笺校》卷十一《张幼于》,上海古籍出版社2018年版,第538—539页。
② [明]袁宏道:《金屑编》,载王闰吉:《袁宏道〈珊瑚林〉〈金屑编〉校释》,中国社会科学出版社2017年版,第150页。
③ [宋]苏轼撰,[明]茅维编,孔凡礼点校:《苏轼文集》卷二十二《马祖庞公真赞》,中华书局1986年版,第635页。
④ [宋]苏轼撰,[清]王文诰辑注,孔凡礼点校:《苏轼诗集》卷三十八《江西一首》,中华书局1982年版,第2050页。
⑤ [明]成时评点节要:《净土十要》卷十《西方合论·第九修持门·八净处者》,《卍续藏经》第61册,第777页。
⑥ 袁宏道《重九日登钓鱼台,限韵》:"道玄唯有发。"([明]袁宏道著,钱伯城笺校:《袁宏道集笺校》卷四十七《重九日登钓鱼台,限韵》,上海古籍出版社2018年版,第1510页)
⑦ 袁宏道《王太古令郎有父风,即赋》:"庞公有子识机锋";《袁宏道集笺校》卷三十《偶成示卫道人,用前韵》:"庞叟随缘示女妻。"([明]袁宏道著,钱伯城笺校:《袁宏道集笺校》卷十二《王太古令郎有父风,即赋》,上海古籍出版社2018年版,第1071页)
⑧ [明]袁宏道著,钱伯城笺校:《袁宏道集笺校》卷三十三《人日自笑》,上海古籍出版社2018年版,第1146页。

训之事"①。因此,对于袁宏道来说"庞家别有一枝灯"②,因而对其推崇备至,以师尊之:"白首庞公是我师。"③宏道依傍庞蕴而以法喜自娱,于佛理更为通达随缘。他对总戎杜将军以胄士之身而萧然尘外,化叱咤为啸歌的人生态度,以四乐为精舍标目颇为肯认,遂引庞蕴之言"护生须用杀,杀尽始安居"④,为杜将军独特人生经历作解。当然,袁宏道较之于庞蕴更加洒脱自在,在其初度日自吟之作,既有"角巾散带亦何为,白首庞公是我师"⑤之肯认,亦有不以庞蕴为碍,更加疏放的人生态度。如《乙巳初度口占》其一:"蛮歌社酒时时醉,不学庞学独跳禅。"⑥与其《闲居杂题》其二中所表现的"酒障诗魔都不减,何曾参得老庞禅"⑦同一意蕴。

庞蕴诗偈直白浅显的风格与袁宏道所尚的信腕信口的诗风亦有相似之处,如:

焰水无鱼下底钩,觅鱼无处笑君愁。可怜谷隐孜禅伯,被唾如何

---

① [明]袁宏道著,钱伯城笺校:《袁宏道集笺校》卷五《曹鲁川》,上海古籍出版社2018年版,第273页。
② [明]袁宏道著,钱伯城笺校:《袁宏道集笺校》卷八《得罢官报》,上海古籍出版社2018年版,第363页。
③ [明]袁宏道著,钱伯城笺校:《袁宏道集笺校》卷十二《丁酉十二月初六初度》其三,上海古籍出版社2018年版,第587页。
④ [明]袁宏道著,钱伯城笺校:《袁宏道集笺校》卷四十七《四乐精舍铭》,上海古籍出版社2018年版,第1511页。《五灯会元》卷三《庞蕴居士》:士有偈曰:"心如境亦如,无实亦无虚,有亦不管,无亦不拘。不是贤圣,了事凡夫。易复易,即此五蕴有真智。十方世界一乘同,无相法身岂有二?若舍烦恼入菩提,不知何方有佛地。护生须是杀,杀尽始安居。会得个中意,铁船水上浮。"([宋]普济著,苏渊雷点校:《五灯会元》卷三《马祖一禅师法嗣·庞蕴居士》,中华书局1984年版,第187页)
⑤ [明]袁宏道著,钱伯城笺校:《袁宏道集笺校》卷十二《丁酉十二月初六初度》其三,上海古籍出版社2018年版,第587页。
⑥ [明]袁宏道著,钱伯城笺校:《袁宏道集笺校》卷三十三《乙巳初度口占》其一,上海古籍出版社2018年版,第1174页。
⑦ [明]袁宏道著,钱伯城笺校:《袁宏道集笺校》卷八《闲居杂题》其二,上海古籍出版社2018年版,第352页。

第十一章　推挹庞蕴、别解禅法：佛学与袁宏道前期文学思想　345

见亦羞。①

因此，袁宏道将庞蕴的偈颂与白居易的诗视为同类，曰："销心白傅诗，遣老庞公偈。"②袁宏道受白居易的影响很明显（且有摹拟之作），其对庞蕴的推崇之理自可推绎。

表 11-1　《袁宏道集笺校》中与庞蕴有关的诗文简表

序号	诗文题目	写作年份	卷次页码	语摘
1	《梅客生》	万历二十四年（1596）	卷 5 页 247—248	家弟自云中归，极口称梅开府才略盖世，识见绝伦，且意气投合，不减庞道玄之遇于节使也。
2	《闲居杂题》其二	万历二十五年（1597）	卷 8 页 352	酒障诗魔都不减，何曾参得老庞禅。
3	《得罢官报》	万历二十五年（1597）	卷 8 页 363	南北宗乘参取尽，庞家别有一枝灯。
4	《述内》	万历二十五年（1597）	卷 8 页 369	陶潜未了乞儿缘，庞公不是治家宝。
5	《王太古令郎有父风，即赋》	万历二十五年（1597）	卷 12 页 585	陶令无儿闲纸笔，庞公有子识机锋。
6	《丁酉十二月初六初度》其三	万历二十五年（1597）	卷 12 页 587	角巾散带亦何为，白首庞公是我师。
7	《伯修斋中同汪参知诸兄共谭》	万历二十七年（1599）	卷 16 页 711	毛孔薰旃檀，庞公以为鉴。

---

①　[宋]计有功撰，王仲镛校笺：《唐诗纪事》卷四十九《庞蕴》，中华书局 2007 年版，第 1656 页。据《唐诗纪事》记载，庞蕴与谷隐禅师斗机锋，随后"隐把住居士，居士蓦面便唾，隐无语"。庞蕴便作此一颂。（详见[宋]计有功撰，王仲镛校笺：《唐诗纪事》卷四十九《庞蕴》，中华书局 2007 年版，第 1656 页）

②　[明]袁宏道著，钱伯城笺校：《袁宏道集笺校》卷十六《赠王以明纳赀归小竹林》，上海古籍出版社 2018 年版，第 713 页。

续表

序号	诗文题目	写作年份	卷次页码	语摘
8	《赠王以明纳赀归小竹林》	万历二十七年（1599）	卷16 页713	销心白傅诗,遣老庞公偈。
9	《和散木韵》其二	万历三十一年（1603）	卷29 页953	禅锋示妻子,输我作庞公。
10	《偶成示卫道人,用前韵》	万历三十二年（1604）	卷30 页1071	寒山宛尔称兄弟,庞叟随缘示女妻。
11	《暑中舟行入村舍,偕冷云及明教居士》其二	万历三十二年（1604）	卷30 页1077	扑头随衲子,犹可作庞翁。
12	《和东坡聚星堂韵》	万历三十二年（1604）	卷32 页1140	杨岐偈子再三题,庞老机锋时一瞥。
13	《刘元质宅宴,得金字》	万历三十三年（1605）	卷33 页1160	庞公见亦悔,湘水错沉金。
14	《乙巳初度口占》其一	万历三十三年（1605）	卷33 页1174	蛮歌社酒时时醉,不学庞家独跳禅。
15	《与友人》	万历三十三年（1605）	卷43 页1367	应世者,以世为应迹而应之者也,如周濂溪、庞道玄其人是也,应亦出也。
16	《西来僧云平倩初病痹,今已痊复,志喜》	万历三十四年（1606）	卷34 页1193	僧言真实否？吾欲让庞公。
17	《重九日登钓鱼台,限韵》	万历三十六年（1608）	卷47 页1510	道玄唯有发,中散竟无书。
18	《四乐精舍铭》	万历三十六年（1608）	卷47 页1511	抑庞公有言:"护生须用杀,杀尽始安居。"

第二节　佛禅与"性灵说"

"性灵说"是袁宏道在多元学术基础之上提出的晚明文学思潮标志性理论。就佛学而言,袁宏道精研《楞严经》《宗镜录》,佛学思想资源丰

第十一章 推挹庞蕴、别解禅法:佛学与袁宏道前期文学思想

富了其性灵说的内涵。

袁宏道借《楞严经》以扬佛抑道。禅宗论性,以见性成佛;仙道讲命,以祈求长生。在佛教徒看来,性命双修是因为仙道傍附佛教的空观默照而产生的,实质是佛道融合的结果。道教借禅宗明心见性的教理,认为性即光,回光观照能清净其心,所以他们认为炼心是成仙的一半功夫。袁宏道则借鉴《楞严经》义理,将仙道置为破魔对象,以成楞严大定①,并成为"性灵说"的一个基本学理铺垫。其《与仙人论性书》云:

> 夫心者万物之影也,形者幻心之托也,神者诸想之元也。生死属形,去来属心,细微流注属神。形有生死;心无生死;心有去来,神无去来。形如箕,然诸仙赴箕,偶尔一至,箕之成坏,无与于仙。若使为仙者认箕为我,心欲使之坚固不坏,则亦愚惑甚矣。心虽不以无物无,然必以有物有,辟之神若无箕则无所托。因问有对,因尘有想,因异同有分别。此心无前尘,与瓦石无异,故曰妄言,妄者言其谬妄不实,如俗言说谎扯淡是也。神者变化莫测,寂照自由之谓。然莫测即测,自由亦自,自即有所,由是何物。极而言之,亦是心形炼极所现之象,虽脱根尘,实不离根尘。经曰"湛入合湛,归识边际"是也。识即神也。玄沙云:"纵汝到秋潭月影,静夜钟声,随叩击以无亏,逐波涛而不散,犹是生死岸头事。"正是指此神识。此识生天生地,生人生物,不识不知,自然而然。从上大仙,皆是认此识为本命元辰,所以个个堕落有为趣中,多少豪杰,被其没溺,可不惧哉!然除却箕,除却形,除却心,除却神,毕竟何物为本命元辰?弟子至此,亦眼横鼻竖,

---

① 袁宏道曾潜心研究《楞严经》,《答王以明》:"时方结夏,料理《楞严》宗旨,故未暇作文字业耳。"([明]袁宏道著,钱伯城笺校:《袁宏道集笺校》卷四十二《答王以明》,上海古籍出版社2018年版,第1349页)《答黄竹实》云:"《楞严》《圆觉》,入道路程,唯细心研究,勿轻下注脚,是第一义。"([明]袁宏道著,钱伯城笺校:《袁宏道集笺校》卷五十五《答黄竹实》,上海古籍出版社2018年版,第1758页)是相嘱,亦是自期。

未免借注脚于灯檠笔架去也。笑笑。

　　夫师现今有知所不足者,非身也,一灵真性,亘古亘今,所不足者,非长生也。毛孔骨节,无处非佛,是谓形妙;贪嗔慈忍,无念非佛,是谓神妙。天堂地狱,无情有情,无佛非佛,是谓拔宅飞身,但恐师未到此境界耳。若透此关,我身我心我神,皆如镜中之影,水上之沫,有何闲图度为他计算长久哉?一切计较,皆缘见性未真,误以神识为性。既误认神,便未免认神之躯壳,既误认躯壳,便将形与神对,性与命对。性与命对,故曰性命双修;形与神对,故曰形神俱妙。种种过计,皆始于此。若夫真神真性,天地之所不能载也,净秽之所不能遗也,万念之所不能缘也,智识之所不能入也,岂区区形骸所能对待者哉?鄙意如此,不知玄旨以为如何?唯终教之。①

《与仙人论性书》体现的价值取向显然是依循《楞严经》破魔显正的思路,文中所引"湛入合湛,归识边际"②,乃是《楞严经》卷十中破除五阴魔中识阴魔的描述,即入湛是浅界,合湛是深界。所入之湛入境与无所入之合湛境是识阴的边际。而宏道认为"识即神也",此神识"生天生地,生人生物,不识不知,自然而然"。虽然"从上大仙,皆是认此识为本命元辰",③但是据《楞严经》中佛在法会将罢之时,无问自说,以破魔而终篇,这些都是佛陀所破之"识阴"④。宏道所谓"个个堕落有为趣中,多少豪杰,被其没溺,可不惧哉"⑤正是佛陀所描述的为魔所牵而陷入的魔境。

---

① [明]袁宏道著,钱伯城笺校:《袁宏道集笺校》卷十一《与仙人论性书》,上海古籍出版社2018年版,第523—524页。
② [明]袁宏道著,钱伯城笺校:《袁宏道集笺校》卷十一《与仙人论性书》,上海古籍出版社2018年版,第524页。
③ [明]袁宏道著,钱伯城笺校:《袁宏道集笺校》卷十一《与仙人论性书》,上海古籍出版社2018年版,第524页。
④ 赖永海主编,刘鹿鸣译注:《楞严经》卷二,中华书局2013年版,第103页。
⑤ [明]袁宏道著,钱伯城笺校:《袁宏道集笺校》卷十一《与仙人论性书》,上海古籍出版社2018年版,第524页。

第十一章　推挹庞蕴、别解禅法：佛学与袁宏道前期文学思想　349

宏道亦缘此而提出"一切计较，皆缘见性未真，误以神识为性"①，性命双修、形神俱妙都是其表现。他所孜求的是明乎"真神真性"②，亦即《楞严经》中所言之"常住真心，性净明体"③。不难看出，宏道之破魔显真、破妄显正，实乃以释正道的论证过程。

宏道有得乎《楞严》等经典，还表现在其为"见即教"、见教一体佐证，并为文学信腕信口说张本。针对耿天台"以圆判见地，以方判教体"的观念，袁宏道驳斥道："若见定圆，则圆亦是方，此一个圆字，便是千劫万劫之系驴橛矣，可不慎与？若教定方，则历代圣贤，各具一手眼，各出一机轴，而皆能垂手为人，何与？"因此，他认为"见若定圆，见必不深；教若定方，教必不神，非道之至者"。他的结论是"见即教，教即见，非二物也"。而其据以为证的学理都来自佛经："见即教，《金刚》以无我相，灭度众生；教即见，《楞严》以一微尘，转大法轮。"④宏道见教一体，与洪州"触类是道而任心"⑤的禅法甚为符称，且与其"宁今宁俗"⑥、"信腕信口"⑦矫激文学观的思维路径相契。

"性灵说"还深受禅宗心性论的主体性特征和《宗镜录》心本论的影响。禅宗心性论的主体性特征与天台宗的自性、儒学的心性论相近，而与印度佛教的"无我"和《大乘起信论》的性起说有明显的区别。禅宗强调

---

① ［明］袁宏道著，钱伯城笺校：《袁宏道集笺校》卷十一《与仙人论性书》，上海古籍出版社2018年版，第524页。
② ［明］袁宏道著，钱伯城笺校：《袁宏道集笺校》卷十一《与仙人论性书》，上海古籍出版社2018年版，第524页。
③ 赖永海主编，刘鹿鸣译注：《楞严经》卷一，中华书局2013年版，第14页。
④ ［明］袁宏道著，钱伯城笺校：《袁宏道集笺校》卷五《管东溟》，上海古籍出版社2018年版，第253页。
⑤ ［唐］宗密述：《圆觉经大疏》上卷之二，《卍续藏经》第9册，第334页。
⑥ ［明］袁宏道著，钱伯城笺校：《袁宏道集笺校》卷二十二《与冯琢庵师》又，上海古籍出版社2018年版，第843页。
⑦ ［明］袁宏道著，钱伯城笺校：《袁宏道集笺校》卷十八《雪涛阁集序》，上海古籍出版社2018年版，第766页。

"本心"就是众生自家的心,"识心见性"①就是"自识本心,自见本性"②,还认为本心即自心所成,佛性即自性所作。本体与主体是体用不二、完全同一的。同时本体又是由主体开出的:"佛是自性作,莫向身求。"③成佛的过程就是顿悟自性的过程:"自性悟,众生即是佛。"④强调自心自性的主体性特征无过于禅宗。袁宏道的"性灵说"也是以此为重要的理论依凭。他认为古人诗文垂范后世,是因为本于这样的原则:"独谬谓古人诗文,各出己见,决不肯从人脚根转。"⑤对当时人也标以"独抒性灵,不拘格套,非从自己胸臆流出,不肯下笔"⑥的创作原则。袁宏道以主体性的"己意"作为与拟古派的根本区别之一。

袁宏道对《宗镜录》有深入的研究,《宗镜录》继承了华严宗的思想,以一心为终始,以一心圆摄一切法,不论是论生死或涅槃,八识或四智,妄境与真如,都在唯一真心之内。而《宗镜录》中所论的"心"与禅宗有别,具有本体性色彩,《宗镜录》将心分为四种:纥利陀心(肉团心)、缘虑心、质多心、乾栗驮心(坚实心)。袁宏道在受到禅宗心性论影响的同时,也往往强调"心"的本体特征。他所说的"师心"之"心"与"质多心"(即阿赖耶识)、"乾栗驮心"(即不生不灭的自性清净心)的含义更为接近。他以"性灵"作为创作的本原,但他又说:"夫性灵窍于心。"⑦袁中道说宏道的诗"出自灵窍"⑧,"灵窍"与"心"的含义是基本一致的。由此可见《宗镜录》的心本论之于袁宏道的"性

---

① [唐]慧能著,郭朋校释:《坛经校释》八,中华书局1983年版,第15页。
② [唐]慧能著,郭朋校释:《坛经校释》一六,中华书局1983年版,第31页。
③ [唐]慧能著,郭朋校释:《坛经校释》三五,中华书局1983年版,第66页。
④ [唐]慧能著,郭朋校释:《坛经校释》三五,中华书局1983年版,第66页。
⑤ [明]袁宏道著,钱伯城笺校:《袁宏道集笺校》卷二十二《与冯琢庵师》又,上海古籍出版社2018年版,第843页。
⑥ [明]袁宏道著,钱伯城笺校:《袁宏道集笺校》卷四《叙小修诗》,上海古籍出版社2018年版,第202页。
⑦ [明]江盈科撰,黄仁生点校:《江盈科集·雪涛阁集》卷八《敝箧集引》,岳麓书社2008年版,第275页。
⑧ [明]袁中道著,钱伯城点校:《珂雪斋集》卷十一《中郎先生全集序》,上海古籍出版社2019年版,第553页。

第十一章　推挹庞蕴、别解禅法：佛学与袁宏道前期文学思想

灵说"的影响。

佛学对"性灵说"的影响还表现在将真常不坏的"性"作为文学的本源。公安"三袁"对"性"都有过阐论，宗道与中道认为"性"不但具有某种本体的含义，而且还具有恒常不变的特征。宗道云："此性亘古至今，不动不变，本自无生，又宁有死。"①中道云："此（心性）乃至灵至觉，至虚至妙，不生不死，治世出世之大宝藏焉。"②但宏道则说："一灵真性，亘古亘今。所不足者，非长生也。"③这似乎与宗道、中道有所不同。但是，这仅是没有透过所谓"天堂地狱，无情有情，无佛非佛"④之关的认识。反之，"若夫真神真性，天地之所不能载也，净秽之所不能遗也，万念之所不能缘也，智识之所不能入也"⑤，这仍是一种真性不灭的思维路径。他所谓"神"，不是道教长生久视的载体，而是所谓"无处非佛""无念非佛""无佛非佛"。⑥ 可见，"神"，实质还是讲的佛性，讲的是超越生死之界的不泯的本体，他们认为文学作品所应表现的本体即在于此。当然，这并不是袁氏昆仲的独创，而是明代后期较为普遍的一种理论取向，如徐渭所谓"真我"，就是"立万物基，收古今域"⑦，"真我"便具有恒常不坏的品质。晚明文人将生命过程与哲学的本体观念结合在一起，并据此形成了他们独特的文源论，其中明显贯注着佛教真常不变的观念。因为在三教之中，唯有佛教将生命视为超越生死之界的流动不灭的过程，佛教所谓"真如"也是说的

---

① ［明］袁宗道著，钱伯城标点：《白苏斋类集》卷十七《读论语》，上海古籍出版社2007年版，第242页。
② ［明］袁中道著，钱伯城点校：《珂雪斋集》卷十《传心篇序》，上海古籍出版社2019年版，第483页。
③ ［明］袁宏道著，钱伯城笺校：《袁宏道集笺校》卷十一《与仙人论性书》，上海古籍出版社2018年版，第524页。
④ ［明］袁宏道著，钱伯城笺校：《袁宏道集笺校》卷十一《与仙人论性书》，上海古籍出版社2018年版，第524页。
⑤ ［明］袁宏道著，钱伯城笺校：《袁宏道集笺校》卷十一《与仙人论性书》，上海古籍出版社2018年版，第524页。
⑥ ［明］袁宏道著，钱伯城笺校：《袁宏道集笺校》卷十一《与仙人论性书》，上海古籍出版社2018年版，第524页。
⑦ ［明］徐渭：《徐渭集·徐文长三集》卷一《涉江赋》，中华书局1983年版，第36页。

常住不变的本体。《成唯识论》二曰:"真谓真实显非虚妄,如谓如常表无变易,谓此真实于一切位常如其性,故曰真如。"①宏道等人的所谓"性",实质即佛教真常性体。正因为"性"是一个具有本源、本体意义的范畴,具有超度义和普遍义,才使其成为涵盖文学思想的最根本的范畴,是涉及文源论、风格论、创作论诸方面的具有一定系统性的文学理论。虽然这一理论不无宗教的悠谬,但是,宗教与文学作为两种不同的意识形态,自其产生时便具有密切的联系,这种影响在晚明文人所主张的直写心性之中同样得到了体现。

受儒佛心性论影响而产生的袁宏道的"性灵说",强化了文学的主体性功能,使儒家传统的文学"明道""教化"作用得到了淡化,这对于文学因循自身规律的发展,具有积极的意义。但是,这也存在着一个"度"的把握问题。他们在矫枉的同时,又过于夸大了主体性在文学创作中的作用,片面注重灵区奥腑作为创作之源,忽视了社会生活对于文学的作用。他们或返观自照,或优游任适,超然于社会之外,必然会限制作家的视野,其结果必将限制作家才情的发挥,最终主体精神也不会得到充分表达。公安派之后,竟陵派的创作视野更囿于心灵一隅,题材更加狭窄。因此,公安与竟陵乍起即衰与他们过于强调返观自照的思维取向有着直接关系。

第三节　别解"禅"义与文学通变观

定、寂是禅宗的基本特点之一,佛教的宗旨也是要求解脱而达到寂然界,所以"一切诸法是寂静门"②。禅宗的证悟也是以心的寂静为旨归,袁宏道深明其意,但他论禅主要是借禅而发罢了。他释"禅"不是根据梵语"禅那"的本义,而是从中国古代语源学的角度来申论自己的观点。他

---

① [唐]玄奘译:《成唯识论》卷九,《大正藏》第31册,第48页。
② [南朝宋]求那跋陀罗译:《大方广宝箧经》卷上,《大正藏》第14册,第470页。

第十一章 推挹庞蕴、别解禅法：佛学与袁宏道前期文学思想

说："既谓之禅，则迁流无已，变动不常，安有定辙，而学禅者，又安有定法可守哉？"①这样诠释的目的是为文学亦无"定法可守"张本。宏道反对拟古的文论，特别阐论了"时"与"法"的关系，云：

> 文之不能不古而今也，时使之也。妍媸之质，不逐目而逐时。是故草木之无情也，而鞓红鹤翎，不能不改观于左紫溪绯。唯识时之士，为能堪其瞆而通其所必变。夫古有古之时，今有今之时，袭古人语言之迹，而冒以为古，是处严冬而袭夏之葛者也。《骚》之不袭《雅》也，《雅》之体穷于怨，不《骚》不足以寄也。后之人有拟而为之者，终不肖也，何也？彼直求《骚》于《骚》之中也。至苏、李述别及《十九》等篇，《骚》之音节体致皆变矣，然不谓之真《骚》不可也。古之为诗者，有泛寄之情，无直书之事；而其为文也，有直书之事，无泛

---

① ［明］袁宏道著，钱伯城笺校：《袁宏道集笺校》卷五《曹鲁川》，上海古籍出版社2018年版，第272页。袁宏道如此释"禅"，亦与其由禅入净，创作《西方合论》有关。宏道弟子明善《西方合论跋》云："净土玄门，失阐久矣。云栖大师重揭义天，海内共仰。而曹鲁川辈，犹谬执《方山合论》，谬争权实。盖由未透圆宗，徒取圆融广大语声故也。"（［明］智旭撰，于海波点校：《净土十要》第十《西方合论·第十释异门·旧跋》，中华书局2015年版，第556页）曹鲁川与袾宏的讨论见载于《净土十要》第七。曹鲁川指斥袾宏将《华严》"与《弥陀经》并称，已似未妥。因此遂有著论腾之，驾净土于《华严》之上者"乃"朱紫溷淆之谓何，鹿马互指又何说也"。（［明］智旭撰，于海波点校：《净土十要》第七《附录：莲池大师答苏州曹鲁川书》，中华书局2015年版，第264页）主张为净土根人说净土，为《华严》根人说《华严》，"毋相消，亦毋相滥"。五教并陈，三根尽摄。袾宏则认为："《华严》圆极，《弥陀经》得圆少分，是《华严》之眷属流类，非并也。"（［明］智旭撰，于海波点校：《净土十要》第七《附录：莲池大师答苏州曹鲁川书》，中华书局2015年版，第265—266页）古称《华严》与余经，喻如杲日丽天，夺众景之耀；须弥横海，落群峰之高。虽然他们都视李通玄之论为千古雄谈，极深探赜、穷微尽玄，但曹鲁川重李通玄而轻清凉（澄观），谓其"实不会《华严》义旨，草草将全经裂为四分以隶四法，舍那妙义，委之草莽矣"。（［明］智旭撰，于海波点校：《净土十要》第七《附录：莲池大师答苏州曹鲁川书》，中华书局2015年版，第265页）而袾宏则认为方山得清凉而始为大备，并对方山列十种净土，视极乐是权的观点提出批评。袁宏道《西方合论》持论近袾宏。宏道对袾宏的肯认，亦在于单提念佛法、往生净土。他说："莲池戒律精严，于道虽不大彻，然不为无所见者。至于单提念佛一门，则尤为直捷简要，六个字中，旋天转地，何劳捏目更趋狂解，然则虽谓莲池一无所悟可也。一无所悟，是真阿弥，请急着眼。"（［明］袁宏道著，钱伯城笺校：《袁宏道集笺校》卷十《云栖》，上海古籍出版社2018年版，第468页）《与方子论净土》中，亦记述了伯修之子念佛往生的情形，以证云栖诸僧所言不虚。（详见［明］袁宏道著，钱伯城笺校：《袁宏道集笺校》卷十《与方子论净土》，上海古籍出版社2018年版，第510页）

> 寄之情,故诗虚而文实。晋、唐以后,为诗者有赠别,有叙事;为文者有辨说,有论叙。架空而言,不必有其事与其人,是诗之体已不虚,而文之体已不能实矣。古人之法,顾安可概哉!
>
> ……
>
> 近代文人,始为复古之说以胜之。夫复古是已,然至以剿袭为复古,句比字拟,务为牵合,弃目前之景,摭腐滥之辞,有才者诎于法,而不敢自伸其才,无之者,拾一二浮泛之语,帮凑成诗。智者牵于习,而愚者乐其易,一唱亿和,优人驵子,皆谈雅道。吁,诗至此,抑可羞哉!夫即诗而文之为弊,盖可知矣。①

宏道认为古今不同时,文学的语言、形式也当随时代而发生变化。今人肖拟古人,必不会得古人神韵。同时,他并没有彻底否定古法之于文学发展的重要作用,而是通过因变关系说明了文学发展的历程,即他所谓"因于敝而成于过"②。他认为,格法当因时而变,以自然性情为依归。一代有一代之文学,不必崇古而鄙今。唐诗并没有拘执于《文选》,宋代的陈、欧、苏、黄诸人,也没有在唐诗的声华笼罩之下裹足不前,宋人不以唐诗为准的,我们也不应以宋人不似唐而轻贱宋诗,云:"至其不能为唐,殆是气运使然,犹唐之不能为《选》,《选》之不能为汉、魏耳。今之君子,乃欲概天下而唐之,又且以不唐病宋。夫既以不唐病宋矣,何不以不《选》病唐,不汉、魏病《选》,不《三百篇》病汉,不结绳鸟迹病《三百篇》耶?果尔,反不如一张白纸,诗灯一派,扫土而尽矣。夫诗之气,一代减一代,故古也厚今也薄。诗之奇之妙之工之无所不极,一代盛一代,故古有不尽之情,今无不写之景。然则古何必高,今何必卑哉?"③

---

① [明]袁宏道著,钱伯城笺校:《袁宏道集笺校》卷十八《雪涛阁集序》,上海古籍出版社 2018 年版,第 764—766 页。
② [明]袁宏道著,钱伯城笺校:《袁宏道集笺校》卷十八《雪涛阁集序》,上海古籍出版社 2018 年版,第 765 页。
③ [明]袁宏道著,钱伯城笺校:《袁宏道集笺校》卷六《丘长孺》,上海古籍出版社 2018 年版,第 304—305 页。

随着时代的变化,作品的内容与形式都会发生变化,今人不必希风枚马,不必尊古贱今。

宏道认为,今人不必效摹古人,这是因为古今不同时,文学随着历史的发展而发展,"变"是"势"之所至,云:"古之不能为今者也,势也。"①文学由繁乱艰晦而简明,而流丽痛快,也是因时势而变化的。今人所谓古辞雅句,其实是古人的俗语方言,因此,古不必高,今不必卑。他说:"辟如周书《大诰》《多方》等篇,古之告示也,今尚可作告示不?毛诗《郑》《卫》等风,古之淫词媟语也,今人所唱《银柳丝》《挂柳丝》之类,可一字相袭不?世道既变,文亦因之,今之不必摹古者也,亦势也。"②就赋体而言,"张、左之赋,稍异扬、马,至江淹、庾信诸人,抑又异矣。唐赋最明白简易,至苏子瞻直文耳",结果赋体日变,赋心益工,因此,"古不可优,后不可劣"③。同时,今人不必效摹古人,还因为古今是相对的,他说:"夫以后视今,今犹古也","后千百年,安知不瞿、唐而卢、骆之,顾奚必古文词而后不朽哉?"④他论文学的发展以"时"为要,慨叹道:"嗟夫,彼不知有时也,安知有文!"⑤他认为"时"是文学发展变化的根据,云:"举业之用,在乎得隽。不时则不隽,不穷新而极变,则不时。是故虽三令五督,而文之趋不可止也,时为之也。"⑥宏道的这些迥乎时议的矫枉之论,起到了廓清文坛蹈袭之风的作用。他以由禅及诗的"无定法"来驳诘拟古派文人,虽阐释失之牵强,但可以清楚地看出其习禅的目的之一是借此为理论奥援。这也是他

---

① [明]袁宏道著,钱伯城笺校:《袁宏道集笺校》卷十一《江进之》,上海古籍出版社2018年版,第551页。
② [明]袁宏道著,钱伯城笺校:《袁宏道集笺校》卷十一《江进之》,上海古籍出版社2018年版,第551页。
③ [明]袁宏道著,钱伯城笺校:《袁宏道集笺校》卷十一《江进之》,上海古籍出版社2018年版,第551页。
④ [明]袁宏道著,钱伯城笺校:《袁宏道集笺校》卷四《诸大家时文序》,上海古籍出版社2018年版,第198—199页。
⑤ [明]袁宏道著,钱伯城笺校:《袁宏道集笺校》卷四《诸大家时文序》,上海古籍出版社2018年版,第199页。
⑥ [明]袁宏道著,钱伯城笺校:《袁宏道集笺校》卷十八《时文叙》,上海古籍出版社2018年版,第758页。

一方面习禅自矜,另一方面又常"目无诸佛"①、"学道不学禅"②的原因。

尽管佛学对袁宏道的人生态度、文学思想与创作都产生了不可忽视的影响,但他仍以文学自命,云:"诗文是吾辈一件正事,去此无可度日者","如白、苏二公,岂非大菩萨?"③他亦认为"古宿偈颂,理掩其致,何关风雅","青莲之嗜仙也,东坡之嗜佛也,世所知也。举世皆信二公之为词人,而未有信二公之真仙佛者,虽二公亦不自信也"。④ 当然,袁宏道较之于青莲、东坡等文士之嗜更为深笃,他认为"二公不能自信其真,而波波外骛,此则二公之过也"⑤。宏道极崇东坡,而尤以其文为甚,云:"坡公作文如舞女走竿,如市儿弄丸,横心所出,腕无不受者","其至者如晴空鸟迹,如水面风痕,有天地来,一人而已",同时又指出"而其说禅说道理处,往往以作意失之,所谓吴兴小儿,语语便态出,他文无是也"⑥。对此,智旭深以为然,云:"传闻三袁,是宋三苏后身。噫,中郎果是东坡,佛法乃大进矣。"⑦袁宏道对东坡谭理之作的评价迥乎常人,乃至使弟子张明教愕然而起。宏道何以对东坡有如是之评?其结穴乃是文学与宗教的关系。他以两《赤壁赋》为例,云:"前赋为禅法道理所障,如老学究着深衣,通体是板。后赋直平叙去,有无量光景,只似人家小集,偶尔饤饾,欢笑自发,比特地排当者其乐十倍。至末一段,即子瞻亦不知其所以妙,语言道绝,默

---

① [明]袁宏道著,钱伯城笺校:《袁宏道集笺校》卷十《记药师殿》,上海古籍出版社2018年版,第498页。

② [明]袁宏道著,钱伯城笺校:《袁宏道集笺校》卷九《别石篑》其五,上海古籍出版社2018年版,第432页。

③ [明]袁宏道著,钱伯城笺校:《袁宏道集笺校》卷四十三《黄平倩》,上海古籍出版社2018年版,第1366页。

④ [明]袁宏道著,钱伯城笺校:《袁宏道集笺校》卷五十四《雷太史诗序》,上海古籍出版社2018年版,第1663页。

⑤ [明]袁宏道著,钱伯城笺校:《袁宏道集笺校》卷五十四《雷太史诗序》,上海古籍出版社2018年版,第1664页。

⑥ [明]袁宏道著,钱伯城笺校:《袁宏道集笺校》卷四十一《识雪照澄卷末》,上海古籍出版社2018年版,第1322页。

⑦ [明]智旭:《灵峰蕅益大师宗论》卷六《西方合论序》,《嘉兴大藏经》(新文丰版)第36册,第365页。

第十一章　推挹庞蕴、别解禅法：佛学与袁宏道前期文学思想

契而已。故余尝谓坡公一切杂文，活祖师也，其说禅说道理，世谛流布而已。"①亦即，得乎禅但不可"特地排当"而为"禅法道理所障"。因乎为文之自然意趣，"语言道绝，默契而已"，如此方能成"有无量光景""欢笑自发"之文，而成文坛之"活祖师"。宏道对东坡之文的认识，不啻是其佛学与文学关系的清晰表达。当我们寻绎宏道的佛禅思想与文学关系时，尚需注意宏道同道友朋陶望龄的这一表述："袁中郎以禅废诗，复以律废谈禅。仆二事皆不及，而亦效之，于诗甘取近代，于禅甘居小乘。"②诗禅相兼而有别，袁宏道、陶望龄都有清醒的认识。

基于这样的事实，宏道的文学思想与创作有得于佛禅而呈现出两方面的特色。其一，得其精神而不孜求正解。宏道云："今之慕禅者，其方寸洁净，戒行精严，义学通解，自不乏人，我皆不取。我只要个英灵汉，担当此事耳。"③他对梅客生信中所说的"实实有佛，实实有道"④深为认同，且别解如是："仆谓官与冶客，即佛位也，故曰实实有佛。解作官作客，即佛道也，故曰实实有道。然官之理无尽，冶客荡子之理亦无尽，格套可厌，气习难除，非真正英雄，不能于此出手。"⑤遂而对"今代讲文章事功者腐"的现状提出批评，"文章之灿烂，若北地、太仓辈，岂曰无才"，但"不敢与有宋诸君子敌，遽敢望汉、唐"，正是缺其"真正英雄"气概；而宏道独钟之徐文长，"其诗为近代高手"。⑥ 正是依乎"实实是

---

① ［明］袁宏道著，钱伯城笺校：《袁宏道集笺校》卷四十一《识雪照澄卷末》，上海古籍出版社2018年版，第1322页。
② ［明］陶望龄撰，李会富编校：《陶望龄全集·歇庵集》卷十六《与新安某君》，上海古籍出版社2019年，第943页。
③ ［明］袁宏道著，钱伯城笺校：《袁宏道集笺校》卷四十四《德山麈谭》，上海古籍出版社2018年版，第1406页。
④ ［明］袁宏道著，钱伯城笺校：《袁宏道集笺校》卷二十一《答梅客生》又，上海古籍出版社2018年版，第797页。
⑤ ［明］袁宏道著，钱伯城笺校：《袁宏道集笺校》卷二十一《答梅客生》又，上海古籍出版社2018年版，第797页。
⑥ ［明］袁宏道著，钱伯城笺校：《袁宏道集笺校》卷二十一《答梅客生》又，上海古籍出版社2018年版，第797页。

佛""实实是道"①,丢却可厌之格套,实"真正英雄"之所为。其二,通融之理解。"安有定辙？而学禅者,又安有定法可守哉。"②以我解佛,而不胶执于佛典本身,即所谓:"佛语本自和会,读者自作分别解耳。"③而"自作分别解"的一个重要维度即是为文学立命,为文学立尊。因此,他对《金刚经》中"若以色见我,以音声求我,是人行邪道,不能见如来",以及《大般若波罗蜜多经》中"有能受持、读诵,若供养者,其福德不可思议"作出了这样的"分别解":"夫供养是以色见也,诵读是以声求也。色见声求,大慈所诃,而得无量不可譬喻功德,何耶？今观载籍所传,谁非以诵经获果者？其求佛于声色之外,世盖无几也","当知佛所谓无相者,不舍声色之无相也。"④《金刚经》之扫相宗旨,袁宏道以己意而作权说,既是因"恐今时狂禅有为取相之讥者"⑤寻求支撑,更是因其在谈禅论道的前提下,为摹写声色之文学立基。⑥

宏道高倡文学革新的前期,在学术思想方面错综三教,以谈禅为多,儒佛心性论为其"性灵说"提供了学术土壤。

---

① [明]袁宏道著,钱伯城笺校:《袁宏道集笺校》卷二十一《答梅客生》又,上海古籍出版社2018年版,第797页。
② [明]袁宏道著,钱伯城笺校:《袁宏道集笺校》卷五《曹鲁川》,上海古籍出版社2018年版,第272页。
③ [明]袁宏道著,钱伯城笺校:《袁宏道集笺校》卷十八《金刚证果引》,上海古籍出版社2018年版,第768页。
④ [明]袁宏道著,钱伯城笺校:《袁宏道集笺校》卷十八《金刚证果引》,上海古籍出版社2018年版,第767页。
⑤ [明]袁宏道著,钱伯城笺校:《袁宏道集笺校》卷十八《金刚证果引》,上海古籍出版社2018年版,第768页。
⑥ 宏道以己意而别解佛禅与其文学思维有关,如他在释"如是我闻"时云:"心境合一曰如,超于是非两端曰是,不落眼耳鼻舌身意曰我,不从语言文字入曰闻。"([明]袁宏道著,钱伯城笺校:《袁宏道集笺校》卷四十四《德山麈谭》,上海古籍出版社2018年版,第1395页)宏道一改置于经首的"如是我闻"四字,以信受经言的目的,而释之以空观和禅意。宏道的这一奇特的释佛途径与其诗学思维路向有关。

第十二章 《合论》净土、自为一《庄》：袁宏道后期学术思想及美学旨趣

万历二十七年（1599）前后，袁宏道的文学思想也逐渐发生了一些变化，而这种变化首先由哲学、宗教思想肇其端。袁中道在《吏部验封司郎中中郎先生行状》中说："先生（中郎）之学复稍稍变，觉龙湖等所见，尚欠稳实。以为悟修犹两毂也，向者所见，偏重悟理，而尽废修持，遣弃伦物，侗背绳墨，纵放习气，亦是膏肓之病。……遂一矫而主修，自律甚严，自检甚密，以澹守之，以静凝之。"①宏道学术思想有所变化主要表现为：由禅入净，对李贽时有物议；尚慕道家人生旨趣，研习《庄子》，著成《广庄》。这一切都为其以后数年开始发生的文学思想的变化提供了学术基质。而典试秦中之时，袁宏道更是将文论与制义结合，高倡因学而为文，云："以学为文者，言出于所解，而响传于所积，如云族而雨注，泉涌而川浩。"②学道与艺术审美之间的体现关系，即其所谓"夫乐与咏歌，固学道人之波澜色泽也"③，"山有色，岚是也；水有文，波是也；学道有致，韵是也。"④袁宏道后期学渐稳实，与其文学观念向传统的复归乃同步互动、一体共振的关系。

---

① ［明］袁中道著，钱伯城点校：《珂雪斋集》卷十八《吏部验封司郎中中郎先生行状》，上海古籍出版社2019年版，第804页。
② ［明］袁宏道著，钱伯城笺校：《袁宏道集笺校》卷五十四《陕西乡试录序》，上海古籍出版社2018年版，第1666页。
③ ［明］袁宏道著，钱伯城笺校：《袁宏道集笺校》卷五十四《寿存斋张公七十序》，上海古籍出版社2018年版，第1679页。
④ ［明］袁宏道著，钱伯城笺校：《袁宏道集笺校》卷五十四《寿存斋张公七十序》，上海古籍出版社2018年版，第1678页。

第一节　修持净土与注重学殖

宏道在万历二十七年(1599)给无念的信中说:"所云意识行不得一着子,不知念禅如何受用?……若生与公,全不修行,我慢贡高,其为泥犁种子无疑,此时但当恸哭忏悔而已。……公如退步知非,发大猛勇,愿与公同结净侣;若依前只是旧时人,愿公一字亦莫相寄,徒添戏论,无益矣。"①无念是麻城龙湖芝佛院住持,服膺李贽的佛禅思想,执弟子之礼。由此可见,袁宏道对李贽的"狂禅"已有所不满,次年他在给李贽的尺牍中也表示了皈依净业的愿望,云:"然白业之本戒为津梁。"②企盼李贽以语言三昧,发明持戒因缘。他认为弘扬净土是"救世之良药,利生之首事"③。在这一尺牍中,宏道竭诚为净土辩解,引述孔子"下学而上达",及枣柏大士"其知弥高,其行弥下"等言论,以说明修行持戒即是向上事,与其相对立的则是"彼言性言心,言玄言妙者,皆虚见惑人,所谓驴橛马桩者也"④。这无异于是对李贽禅法的直接论难。

与宏道论禅所得无多不同,他对净土有较系统精到的论解,这主要表现在他作于万历二十七年的《西方合论》之中。关于其创作缘起,宏道云:

> 永明为破狂慧之徒,言万善之总是。灭火者水,水过即有沉溺之灾,生物者日,日盛翻为枯焦之本。如来教法,亦复如是。五叶以来,单传斯盛;迨于今日,狂滥遂极。谬引惟心,同无为之外道;执言皆

---

① [明]袁宏道著,钱伯城笺校:《袁宏道集笺校》卷二十二《答无念》,上海古籍出版社2018年版,第839页。
② [明]袁宏道著,钱伯城笺校:《袁宏道集笺校》卷二十二《李龙湖》,上海古籍出版社2018年版,第855页。
③ [明]袁宏道著,钱伯城笺校:《袁宏道集笺校》卷二十二《李龙湖》,上海古籍出版社2018年版,第855页。
④ [明]袁宏道著,钱伯城笺校:《袁宏道集笺校》卷二十二《李龙湖》,上海古籍出版社2018年版,第855页。

是，趋五欲之魔城。①

宏道自谓十年学道堕此狂病，后触机省发，遂简尘劳，归心净土，由此而撰成《西方合论》。这时，他认为最富宗教精神、最具宗教情怀者还是净土。袁宏道前期所习主要是李贽"狂禅"，而李贽认为"率性而行，不拘小节，方是成佛作祖根基"②。此时，宏道认为净土称名念佛是"稳实"③的工夫，"净业如筑土御水，厚则不溃"，而禅则"不可行不可知"——崇净土而抑禅宗之意十分明显。④ 由于宏道后期由禅入净是基于以上的认识，因此，他所作的《西方合论》明显体现了重经教、求稳实，以净土为依归的特征。这主要表现在：

首先，以净摄禅，以净土为依归。禅宗重直觉体悟，以彻见心性的本源为主旨，而净土则以念佛为实践修行法门。无论是净土的定心念佛还是称名念佛，都比禅法易于把握，更显稳实。摄禅归净，是《西方合论》的主要宗旨。诚如明代高僧智旭所说："袁中郎《西方合论》，皆远公之的裔也。"⑤

袁宏道在《西方合论》中详分净土为十，以摄受十方一切有情不可思议净土为最胜。其划分净土的形式也参酌《华严》的方式。其中，对李通玄多有引据，但李通玄基于强烈的东方立场以论佛，贬抑西方净土，尊位属东方的文殊、普贤菩萨。因此，他论述净土分"权""实"，体现了华严宗人的判教特色。而袁宏道则以净土为圆极教，以"摄受十方一切有情不可

---

① ［明］袁宏道：《西方合论引》，载［明］袁宏道：《西方合论》卷首，《大正藏》第47册，第388页。

② ［元］施耐庵撰，［元］罗贯中编，［明］李贽评点：《李卓吾先生批评忠义水浒传》第五回总评，明容与堂刻本。

③ ［明］袁宗道：《西方合论叙》，载［明］袁宏道：《西方合论》卷首，《大正藏》第47册，第387页。

④ ［明］袁宏道著，钱伯城笺校：《袁宏道集笺校》卷五十四《题宝公册》，上海古籍出版社2018年版，第1718页。

⑤ ［明］智旭：《灵峰蕅益大师宗论》卷五《儒释宗传窃议》，《嘉兴大藏经》（新文丰版）第36册，第347页。

思议净土"为最胜。① 他在《西方合论引》中说:"今之学者,贪嗔邪见炽然如火,而欲为人解缚,何其惑也! 余十年学道,坠此狂病;后因触机,薄有省发,遂简尘劳,归心净土。……如贫儿得伏藏中金,喜不自释。"② 可见

---

① 袁宏道与李贽一样,对李通玄甚为推敬,但万历二十七年(1599)作《西方合论》时,对李通玄视净土"非权非实"以及"表法"提出了批评。《西方合论·第八见网门》中的"十圆实堕者",主要因李通玄而发:"故长者言:'西方净土,是权非实。以情存取舍,非法界如如之体故。'答:'若约真论,则华藏世界亦是权立,何独西方? 如论中言,理智无边,名之为普;知随根益,称之曰贤。是普贤菩萨亦权也。文殊师利,是自心善简择妙慧;觉首、目首等菩萨,是随信心中理智现前。是文殊菩萨等亦权也。又如此方圣贤,尼父、颜渊等,《论》中皆云是表法,本无是人,是一切贤圣皆权也。……若言实,则是长者诳凡灭圣,犯大妄语。'"([明]智旭撰,于海波点校:《净土十要》第十《西方合论·第八见网门》,中华书局 2015 年版,第 532—533 页)在撰写《西方合论》同时,宏道在致陶望龄的尺牍中,对李通玄所说"古来圣贤如仲尼、颜渊等,皆是表法,实无是人"颇有疑问,祈"兄试为弟通之"。([明]袁宏道著,钱伯城笺校:《袁宏道集笺校》卷二十二《答陶石篑》,上海古籍出版社 2018 年版,第 854 页)袁宏道对李通玄的批评,其实是源于对西方净土立场的持守而作的权说。当然,这也是袁宏道与李贽对李通玄认识殊异的关键所在,抑或是李贽对于《西方合论》"不转一语"(董广曙语,转引自〔日〕荒木见悟:《明末清初的思想与佛教·李通玄在明代》,上海古籍出版社 2010 年版,第 90 页)的原因。万历三十二年(1604)在德山与诸衲论道时,袁宏道深以李长者所说为是,如《珊瑚林》上卷:"枣柏说:'文殊表智,普贤表行。'原无此等人,都是取象。释迦佛,亦据众人见闻,说有释迦耳,其实释迦未曾生,未会说法,即如仲尼表高义,颜渊表深义,亦无是人。枣柏此等议论,非是破相之谈,实在是如此。"([明]袁宏道:《珊瑚林》上卷,载王闰吉:《袁宏道〈珊瑚林〉〈金屑编〉校释》,中国社会科学出版社 2017 年版,第 24 页)宏道屡屡引李长者所言为据,如他说:"建立如彼其旷,时世如此其久,凡圣如彼其多。此正李长者所谓,无边刹海,自他不隔于毫端;十世古今,始终不离于当念。此四句,不唯尽《杂华》之旨,即《法华》全部,亦越此宗旨不得。"([明]袁宏道:《珊瑚林》上卷,载王闰吉:《袁宏道〈珊瑚林〉〈金屑编〉校释》,中国社会科学出版社 2017 年版,第 14 页)视李长者之言为《华严》《法华》两经宗旨,等等。宏道对李通玄推尊的原因亦与李贽相似,在于李通玄论佛具有圣凡平等的取向以及殊为强烈的中国文化情怀。其自心本觉、重智轻悲的理论体现了鲜明的主体意识。李贽、袁宏道等晚明文人推尊长者概因于是。同时,还需注意的是,宏道对于李通玄表法的肯定,尚有不以尊佛为是,而期以追求背后义理为是的祈向。对此,荒木见悟有这样的分析:"(《华严合论》)'表'(表象或象征)字随处可见,如此一来,就将经典上登场的佛、菩萨与事相从佛典教学的限制中解放出来,开启了一条以普遍义来理解佛典的道路。故袁中郎曰:'枣柏说:文殊表智,普贤表行,原无此等人,都是取象,释迦佛亦据众人见闻,说有释迦耳。其实释迦未曾生,未曾说法。'(《珊瑚林》卷上)如此一来,信奉《合论》,同时也就带有不拘儒释差别,一心追求普遍真理的意味。这对那些以不得已必须以信奉儒教为口号的士人而言,反而开启了为了扩充教养学识的范围所不可或缺的要籍这样一条特殊的进路。"(〔日〕荒木见悟:《明末清初的思想与佛教·李通玄在明代》,上海古籍出版社 2010 年版,第 85—86 页)

② [明]袁宏道:《西方合论引》,载[明]袁宏道:《西方合论》卷首,《大正藏》第 47 册,第 388 页。

其以净土为归的旨趣。《西方合论》中对净土的赞语随处可见，如："唯念佛一门，频形赞叹。如高峦之峙平原，跃空而出；类金星之晃沙碛，映日即明。法门殊胜，未有逾此一门者也。"①"禅宗密修，不离净土；初心顿悟，未出童真，入此门者，方为坚固不退之门。"②明代高僧智旭在《评点西方合论序》中将《西方合论》重谋付梓的目的表述为"普使法界有情，从此谛信念佛法门至圆至顿，高超一切禅教律，统摄一切禅教律。不复有泣歧之叹也"③，以确立净土统摄一切的地位。当然，融通众说是袁宏道一生中基本的学术取向，这在《西方合论》中同样得到了体现。他在《珊瑚林》中曾说："《西方合论》一书，乃借净土以发明宗乘，因谈宗者，不屑净土；修净者，不务禅宗。故合而论之。"④意欲沿着"永明为破狂慧之徒，言万善之总是"⑤的路径，师法永明"既悟达磨直指之禅，又能致身于极乐上品"⑥。他反对的主要是所谓"狂禅"之属，他著《西方合论》其意在于求"稳实"。宏道的题旨，袁宗道在《西方合论叙》中有清晰点示："纵使志在参禅，不妨兼以念佛。世间作官作家，犹云不碍，况早晚礼拜念诵乎？且借念佛之警切，可以提醒参禅之心；借参门之洞澈，可以金固净土之信。适两相资最为稳实。"⑦

《西方合论》是一部阐扬西方净土，被视为超绝乐邦诸典的著作，受到了丛林高僧袾宏、智旭的一致推赞。同时，《西方合论》又是具有袁氏著文风格、文士色彩的著作。《西方合论》不啻是一部体现晚明文学与佛教相互影响，乃至文学之士反哺释氏的作品。宏道诗文以独抒性灵为的。

---

① ［明］袁宏道：《西方合论》卷三，《大正藏》第47册，第395页。
② ［明］袁宏道：《西方合论》卷二，《大正藏》第47册，第395页。
③ ［明］智旭撰，于海波点校：《净土十要》第十《评点西方合论序》，中华书局2015年版，第435页。
④ ［明］袁宏道：《珊瑚林》上卷，载王闰吉：《袁宏道〈珊瑚林〉〈金屑编〉校释》，中国社会科学出版社2017年版，第25页。
⑤ ［明］袁宏道：《西方合论引》，载［明］袁宏道：《西方合论》卷首，《大正藏》第47册，第388页。
⑥ ［明］袁宏道：《西方合论》卷二，《大正藏》第47册，第394页。
⑦ ［明］袁宗道：《西方合论叙》，载［明］袁宏道：《西方合论》卷首，《大正藏》第47册，第387页。

在智旭看来,《西方合论》也是"字字从真实悟门流出,故绝无一字蹈袭,又无一字杜撰"①,遂而受到智旭的推敬,视其为旷世知音:"迩来禅门借滥,不忍见闻,无论果证绝响,虽路头端正者亦不易得,每每中夜痛哭流涕,故独于袁石公之《西方合论》深生随喜,谓之空谷足音。"②《合论》本质是"采金口之所宣扬,菩萨之所阐明,诸大善知识之所发挥,附以己意"③而成,不以佛门格套畦界所拘,述其自解,抒其独运。宗道谓其"不踏祖师语句,直从胸臆流出,活虎生龙,无一死语"④。这既是概述其佛门旨趣,又何尝不是其一以贯之的为文风格的展示。虽然这时宏道的学术已渐趋稳实,但为文抒写性灵的特质并未改变。

其次,博取经教,以《华严经》的方法圆融众说。《西方合论》中所使用的名相,与一般的净土宗迥异其趣,这主要是因为宏道错综众说、不拘一经,以华严的圆融精神,含摄五教,通贯六阶而使之然。融会众说,重视诸种经教,是《西方合论》的根本特征。如,文中有关称性而行的论述。袁宏道认为法性无边、行海巨量,故一刹那之中,能满足三祇行,将大乘诸行总入一行,以信心行、止观行、六度行、悲愿行、称法行等五行分而论之。这是融摄了华严、天台诸宗的妙行,即一行一切行的思想。宏道在该书中兼综博取,诚如其自述:"取龙树、天台长者、永明等论,细心披读。"⑤而对莲宗大德也广泛汲取、称引,他称颂"如天亲、智者、海东、越溪等,皆抉发幽微,举扬宗趣"⑥。他披读往哲的著述,显示了与前期悦禅时不同的路径。当然,《西方合论》兼容诸宗之说,归趣还在净土。

---

① [明]智旭:《灵峰蕅益大师宗论》卷六《西方合论序》,《嘉兴大藏经》(新文丰版)第36册,第365页。
② [明]智旭:《天乐鸣空集序》,载[明]鲍宗肇述,[明]智旭定:《天乐鸣空集》卷首,《嘉兴大藏经》(新文丰版)第20册,第469页。
③ [明]袁宗道:《西方合论叙》,载[明]袁宏道:《西方合论》卷首,《大正藏》第47册,第388页。
④ [明]袁宗道:《西方合论叙》,载[明]袁宏道:《西方合论》卷首,《大正藏》第47册,第387页。
⑤ [明]袁宏道:《西方合论引》,载[明]袁宏道:《西方合论》卷首,《大正藏》第47册,第388页。
⑥ [明]袁宏道:《西方合论》卷十,《大正藏》第47册,第417页。

《西方合论》的主体结构,也吸取了《华严》的方法。宏道在净土思想中引入华严,与其后期的佛学思想注重经教、反对空疏的取向完全一致。宏道在《西方合论》中列论有关西方净土的经典时,虽然对禅宗、天台等宗派的经典并未列出,但还是将《华严经》视为"纬中之经",也是"言西方大事"的重要经典之一。其后,他曾将《楞严》与《法华》《华严》进行比较:"《楞严》文奥而义浅,《法华》《华严》文浅而义深。《楞严》可讲,《法华》《华严》不可讲,《楞严》说工夫,说次第,非了义之教,《法华》《华严》处处皆真方为了义。"①他首先申论了这样观点:"即性即相,非有非空,理事之门不碍,遮表之诠互用。"②这同样是华严的意趣。同时,他也以华严的境量和架构结构本书,全书分为十章,每章尽可能列出十目,以示十十无尽,也是显示华严的圆融周遍的内容。《西方合论》中到处可见华严的影子,他开篇便说:"诸佛化现亦异,或权或实,或偏或圆,或暂或常,或渐或顿,一月千江。波波具涵净月;万灯一室,光光各显全灯。理即一谛,相有千差。"③这显然是华严一多相即、理事无碍的思想。当然,他的归趣仍然是净土,这也是袁宏道与李通玄的根本区别。宏道虽然将诸经中"言西方大事者一概收入"④,但是按其高下分成不同的四类:经中之经、经中之纬、纬中之经、纬中之纬。列于第一类的是《无量平等清净觉经》《无量寿经》《阿弥陀经》等,列于第二类的是《鼓音声王经》,列于第三类的,即"纬中之经"才是《华严经》。净土才是圆融一切的圆极教。要言之,《西方合论》是华严的方法,净土的立场。《西方合论》受到了莲宗学者的高度推赞。智旭将其选列于《净土十要》之中,是《十要》中唯一的居士著作。《十要》甄选甚严,即使连在净土看来影响甚大的智颛所著的《观经疏》、四明知礼的《妙宗钞》、云栖的《弥陀疏钞》均未列入。而宏道则"少年科

---

① [明]袁宏道:《珊瑚林》上卷,载王闰吉:《袁宏道〈珊瑚林〉〈金屑编〉校释》,中国社会科学出版社2017年版,第18页。
② [明]袁宏道:《西方合论》卷五,《大正藏》第47册,第401页。
③ [明]袁宏道:《西方合论》卷一,《大正藏》第47册,第389—390页。
④ [明]袁宏道:《西方合论》卷三,《大正藏》第47册,第395页。

第,五欲未除,乃克臻此"①。由此亦可见《西方合论》在莲宗中的特殊地位了。

从《西方合论》的内容不难看出,此时宏道论佛的路径有了明显的变化,这就是:不再单以直觉体悟为归趣,而是请经阅藏、博取广求,重笃实的修行。与其相应的是,宏道后期在文学思想方面,逐渐变浅易为注意博茂学殖,与前期摒弃道理闻见,论"趣"时认为"得之学问者浅"②有所不同,他也注意到了学殖对于创作的作用,云:

> 博学而详说,吾已大其蓄矣,然犹未能会诸心也。久而胸中涣然,若有所释焉,如醉之忽醒,而涨水之思决也。虽然,试诸手犹若掣也。一变而去辞,再变而去理,三变而吾为文之意忽尽,如水之极于澹,而芭蕉之极于空,机境偶触,文忽生焉。③

除此,袁宏道还借佛教八识以济道家思想,对前期"信腕信口"的性灵抒写方式有所调适。他将八识与庄学进行对应比较,以显其缘释道以论自然的取向,云:"自然而然,此老庄所证的,乃第七识事;若夫竖穷三际,横亘十方,空空洞洞,连自然也没有,此则第八识事;今恭学人所执自然的,所执空洞遍十方的,又非七八二识,乃第六识。缘想个自然空洞的光景耳。"④宏道之自然,主要基于释道的思想资源,他说:"第六识审而不恒,如平时能分别,至熟睡时则忘,中毒中风时则忘。第八识恒而不审,虽持种子,而自体瞢昧。惟第七识亦恒亦审,是为自然。老氏之学,极玄妙

---

① [明]智旭撰,于海波点校:《净土十要》第十《评点西方合论序》,中华书局 2015 年版,第 434 页。

② [明]袁宏道著,钱伯城笺校:《袁宏道集笺校》卷十《叙陈正甫会心集》,上海古籍出版社 2018 年版,第 495 页。

③ [明]袁宏道著,钱伯城笺校:《袁宏道集笺校》卷五十四《行素园存稿引》,上海古籍出版社 2018 年版,第 1710 页。

④ [明]袁宏道:《珊瑚林》上卷,载王闰吉:《袁宏道〈珊瑚林〉〈金屑编〉校释》,中国社会科学出版社 2017 年版,第 11 页。

处，惟止于七识。儒家所云格致诚正，皆是第六识也。所云道生天地，亦是以第八识为道也。"①宏道认第七识即末那识为自然，末那即思量之义，其特征即为恒审思量。此识包含着两种可能：因为此识为我执根本，如执著迷妄就会造诸恶业；若断灭烦恼恶业，则能悟得人法二空真理，因此而被称为染净识。显然，宏道视末那识为自然，赋予自然亦恒亦审的意蕴，这正是其后期学术与文学的基本取向。

当"王、李之云雾一扫"②之后，公安派已被时人讥为浅易。宏道后期注意到了作家创作过程中积学储宝、陶钧文思的作用。文学理论少了几分矫激，多了几分平允理性，这与其后期论佛时请经阅藏、修净稳实的旨趣完全一致。后期的作品"无一字无来历，无一语不生动，无一篇不警策"③，同样也基于相似的学术基础。

第二节 《广庄》及其"淡""质"的美学旨趣

宏道一生中，除了受王学及佛禅的浸染而外，对道家著作早已研习，万历十四年（1586）所作的诗中即有"闭门读《庄子》，《秋水》《马蹄》篇"④之句。及长，对列子、阮籍等"适世者"⑤最为喜欢。为吴县县令期间曾连呈七牍，觉得"在官一日，一日活地狱也"⑥，终于解绶而去，后来虽然由于

---

① ［明］袁宏道：《珊瑚林》上卷，载王闰吉：《袁宏道〈珊瑚林〉〈金屑编〉校释》，中国社会科学出版社2017年版，第27页。
② ［清］钱谦益撰集，许逸民、林淑敏点校：《列朝诗集·丁集》第十二《袁稽勋宏道》，中华书局2007年版，第5317页。
③ ［明］袁中道著，钱伯城点校：《珂雪斋集》卷十一《中郎先生全集序》，上海古籍出版社2019年版，第553页。
④ ［明］袁宏道著，钱伯城笺校：《袁宏道集笺校》卷一《病起独坐》，上海古籍出版社2018年版，第10页。
⑤ 佩兰居本分玩世、出世、谐世、适世四类人，列御冠、阮籍等人为"玩世"一类，而吴郡本小修本则分为出世、谐世、适世三类，列其为"适世"类。吴郡本是现存最早的刊本，且分为三类，正与佛、儒、道三家的人生态度相符合，因此，无论从内容还是版本流变来看，都当以后者为是。
⑥ ［明］袁宏道著，钱伯城笺校：《袁宏道集笺校》卷五《罗隐南》，上海古籍出版社2018年版，第245页。

种种原因又重返仕途,但一生为宦总共不过数载,大部分时间花费在漫游名山大川、高卧柳浪湖上,寄情于长林丰草之间。由这样的生活经历可以看出,道家思想对他的影响是终其一生的。当然,宏道受道家思想浸润较深,则始于万历二十六年(1598)著成《广庄》之后。大约作于同时的《闲居杂题》诗,描述了其时的学术取向,云:

> 儒衣脱却礼金仙,三十偷闲也少年。芊草如毡花欲舞,淡烟垂幕柳高眠。兴来学作春山画,病起重笺《秋水》篇。酒障诗魔都不减,何曾参得老庞禅。①

这几乎是儒佛皆废,唯道是尊了。《广庄》便是这一思想的集中体现。《广庄》者,宏道自谓乃"广者推广其意,自为一《庄》"②。陈于廷《广庄叙》阐述得更加清楚:"楚袁中郎之《广庄》,非广《庄》也,广读《庄》者之狭劣不能自济于闪谲无涯之波辨者也。涉江湖者涛头白,则五采无主,客为陈说沧瀛溟沃天溅日之势,而后稍定,此以广济广之说也。"③但对于《广庄》宗旨,论者所见不同。陈于廷的判断是:"《逍遥》理解,《齐物》天籁,要于《德符》《帝应》以仍其世于人间,固《礼》《乐》《诗》《书》之神杼,而端冕委佩者之一嚏一欠也。"④认为宏道所论之旨乃"庄生拯世,非忘世,其为书求入世,非求出世也"⑤。但宏道著《广庄》是在泯会三教、消弭主体,以求与天地自然大化同一,而破斥的则是拘儒小士:"乃欲以所

---

① [明]袁宏道著,钱伯城笺校:《袁宏道集笺校》卷八《闲居杂题》其二,上海古籍出版社2018年版,第352页。

② [明]袁宏道著,钱伯城笺校:《袁宏道集笺校》卷二十二《答李元善》,上海古籍出版社2018年版,第824页。

③ [明]陈于廷:《广庄叙》,载[明]袁宏道著,钱伯城笺校:《袁宏道集笺校》附录三,上海古籍出版社2018年版,第1848页。

④ [明]陈于廷:《广庄叙》,载[明]袁宏道著,钱伯城笺校:《袁宏道集笺校》附录三,上海古籍出版社2018年版,第1848页。

⑤ [明]陈于廷:《广庄叙》,载[明]袁宏道著,钱伯城笺校:《袁宏道集笺校》附录三,上海古籍出版社2018年版,第1848页。

常见常闻,辟天地之未曾见未曾闻者,以定法缚己,又以定法缚天下后世之人。"①与其相反,"圣人知一己之情量,决不足以穷天地也,是故于一切物,无巨细见;于古今世,无延促见;于众生相,无彼我见"②。宏道之谓圣人,决非局限于孔圣,而是直为三教之冶,浑物我、泯是非、消弭我根,明乎入世、出世之诀的宏通超逸之士,如他在论及肥遁至人时云:"古之至人,号肥遁者,非遁山林也,遁我也。"③基于这样的学术体验和人生境界,以释解庄时的宏道乃清净根识,以空观世,"舌有辘轳,气如长虹"④的宏道。这样的学术取向,是为前期的文论作学理辨,亦是为其后的稳实平淡之变立基。就前者而言,出入三教以广《庄》意之时,不坠文学本怀,借三教圣人以智证"宁今宁俗"⑤:"圣无时。无时者古今一时,是故伏羲、神农至今犹在;无果者无因非果,仲尼表高,子渊表深,杏坛陋巷,本无是事⑥;无体者诸法同体,三教圣人,末世众生,同一眼见,同一耳闻,同一气出入。此非识心分别可知,智证乃见。"⑦"以古折今者,是以北冈之旧垒,难南山之新垒也。"⑧其仍带有既见龙湖之后,受教于童心说,"发为语言,一一从胸

---

① [明]袁宏道著,钱伯城笺校:《袁宏道集笺校》卷二十三《广庄·逍遥游》,上海古籍出版社2018年版,第860页。
② [明]袁宏道著,钱伯城笺校:《袁宏道集笺校》卷二十三《广庄·逍遥游》,上海古籍出版社2018年版,第860页。
③ [明]袁宏道著,钱伯城笺校:《袁宏道集笺校》卷二十三《广庄·人间世》,上海古籍出版社2018年版,第870页。
④ 陆云龙语,载[明]袁宏道著,钱伯城笺校:《袁宏道集笺校》卷二十三《广庄·齐物论》,上海古籍出版社2018年版,第865页。
⑤ [明]袁宏道著,钱伯城笺校:《袁宏道集笺校》卷二十二《与冯琢庵师》又,上海古籍出版社2018年版,第843页。
⑥ 宏道此时明显依循了李通玄《华严合论》的思想,而与《西方合论》中所谓"长者辄凡灭圣,犯大妄语"迥然不同。可见,宏道此时尚未有持守西方净土之念,其对李通玄的质疑仅是其作《西方合论》时的权说而已。
⑦ [明]袁宏道著,钱伯城笺校:《袁宏道集笺校》卷二十三《广庄·大宗师》,上海古籍出版社2018年版,第877页。
⑧ [明]袁宏道著,钱伯城笺校:《袁宏道集笺校》卷二十三《广庄·齐物论》,上海古籍出版社2018年版,第863页。

襟流出"①的思想余绪:"婴儿之生也,即知求乳,是婴儿知养生也。三月之后,以手麾之,即知闭目,见风则啼,是婴儿亦知卫生也。婴儿非真有知也,养生之道,与生偕来,不待知而知者也。"②"婴儿激之不嗔,誉之不喜,太山摧于前而目不瞬,天之至也。"③这些论述明显体现了前期学术取向与文学观念的延续。就后者而言,宏道援佛学破执无我观念解庄、泯是非,并依傍庄学关于自然朴质的理论,提出了"淡""质"的美学旨趣,而与前期"盖天盖地,如象截急流,雷开蛰户"④的激越文风明显不同,集中体现在对"淡"与"质"的美学意趣的推尚。

首先,关于"淡"。袁宏道论"淡"主要集中于《叙咼氏家绳集》中,他说:

> 苏子瞻酷嗜陶令诗,贵其淡而适也。凡物酿之得甘,炙之得苦,唯淡也不可造;不可造,是文之真性灵也。浓者不复薄,甘者不复辛,唯淡也无不可造;无不可造,是文之真变态也。风值水而漪生,日薄山而岚出,虽有顾、吴,不能设色也,淡之至也。元亮以之。东野、长江欲以人力取淡,刻露之极,遂成寒瘦。香山之率也,玉局之放也,而一累于理,一累于学,故皆望岫焉而却,其才非不至也,非淡之本色也。⑤

苏轼与袁宏道都是深受佛、道思想影响的文坛巨擘,苏轼曾说:"所贵

---

① [明]袁中道著,钱伯城点校:《珂雪斋集》卷十八《吏部验封司郎中中郎先生行状》,上海古籍出版社1989年版,第756页。
② [明]袁宏道著,钱伯城笺校:《袁宏道集笺校》卷二十三《广庄·养生主》,上海古籍出版社2018年版,第866页。
③ [明]袁宏道著,钱伯城笺校:《袁宏道集笺校》卷二十三《广庄·应帝王》,上海古籍出版社2018年版,第879页。
④ [明]袁中道著,钱伯城点校:《珂雪斋集》卷十八《吏部验封司郎中中郎先生行状》,上海古籍出版社2019年版,第801页。
⑤ [明]袁宏道著,钱伯城笺校:《袁宏道集笺校》卷三十五《叙咼氏家绳集》,上海古籍出版社2018年版,第1195页。

乎枯澹者,谓其外枯而中膏,似淡而实美,渊明、子厚之流是也。若中边皆枯澹,亦何足道。"①他对"淡"的意蕴作了深入开掘,认为"淡"包蕴着深邃内涵,曰:"发纤秾于简古,寄至味于澹泊。"②苏轼对陶渊明诗作的酷嗜亦本于此。袁宏道则将"淡"的审美范畴引入到了"性灵说"之中。"淡"是"文之真性灵"③。"淡"的风格表现于自然物境则是"风值水而漪生,日薄山而岚出"④,"水清石碧"⑤。"淡"是"无不可造"⑥的,是变化之本,"淡"是不假雕琢,与真、自然联系在一起的。袁宏道对东野、长江刻露而成寒瘦的不满,也是对自己前期刻露之病的悔悟和纠矫。

"淡"的美学旨趣原本于庄子,他说"澹然无极而众美从之"⑦。庄子的"淡"是与"真""朴"等概念联系在一起,是"自然"的朴素呈现,是极致之美,即所谓"朴素而天下莫能与之争美"⑧。可见,"朴素"与"淡"具有相类似的含义,因此,庄子之"淡"是"恬淡"而素朴的,并不强调其内涵的丰厚。苏轼、袁宏道都论"淡",苏轼受司空图的影响较明显,强调"淡"的内涵,与他诗文中所体现出的"理趣"是能够统一的,而袁宏道论"淡"则更近于庄学的本来面目,是一种自然而恬淡的意境。他认为"淡"的境界,唯"元亮(陶渊明)以之",而东野(孟郊)、长江(贾岛)之淡未得自然

---

① [宋]苏轼撰,[明]茅维编,孔凡礼点校:《苏轼文集》卷六十七《评韩柳诗》,中华书局1986年版,第2109—2110页。
② [宋]苏轼撰,[明]茅维编,孔凡礼点校:《苏轼文集》卷六十七《书黄子思诗集后》,中华书局1986年版,第2124页。
③ [明]袁宏道著,钱伯城笺校:《袁宏道集笺校》卷三十五《叙咼氏家绳集》,上海古籍出版社2018年版,第1195页。
④ [明]袁宏道著,钱伯城笺校:《袁宏道集笺校》卷三十五《叙咼氏家绳集》,上海古籍出版社2018年版,第1195页。
⑤ [明]袁宏道著,钱伯城笺校:《袁宏道集笺校》卷五十一《西京稿序》,上海古籍出版社2018年版,第1617页。
⑥ [明]袁宏道著,钱伯城笺校:《袁宏道集笺校》卷三十五《叙咼氏家绳集》,上海古籍出版社2018年版,第1195页。
⑦ [清]郭庆藩撰,王孝鱼点校:《庄子集释》卷六上《刻意第十五》,中华书局2012年版,第537页。
⑧ [清]郭庆藩撰,王孝鱼点校:《庄子集释》卷五中《天道第十三》,中华书局2012年版,第458页。

之趣,即"以人力取淡,刻露之极"。① 而香山(白居易)淡而失之于率易,玉局(苏轼)淡而失之于疏放,"一累于理,一累于学",都"非淡之本色"。② 显然,宏道之"淡"还是企慕陶潜自然闲淡的风格,这与其深为推敬的白、苏并不相同。此之"淡"是摒除理念,以枯淡出腴润,本色浑成的风格,与其论"趣"时所谓"得之学问者浅"③完全一致,是得之于道家的"自然"美学风格。显然,这是一种道家的美学原则。

其次,关于"质"。与庄子将"淡"与"朴素"联系在一起一样,袁宏道后期也强调为文求其"质"。在《行素园存稿引》中,他说:

> 物之传者必以质,文之不传,非曰不工,质不至也。树之不实,非无花叶也;人之不泽,非无肤发也,文章亦尔。行世者必真,悦俗者必媚,真久必见,媚久必厌,自然之理也。故今之人所刻画而求肖者,古人皆厌离而思去之。古之为文者,刊华而求质,敝精神而学之,唯恐真之不极也。博学而详说,吾已大其蓄矣,然犹未能会诸心也。久而胸中涣然,若有所释焉,如醉之忽醒,而涨水之思决也。虽然,试诸乎犹若掣也。一变而去辞,再变而去理,三变而吾为文之意忽尽,如水之极于澹,而芭蕉之极于空,机境偶触,文忽生焉。风高响作,月动影随,天下翕然而文之,而古之人不自以为文也,曰是质之至焉者矣。大都入之愈深,则其言愈质,言之愈质,则其传愈远。夫质犹面也,以为不华而饰之朱粉,妍者必减,媸者必增也。④

---

① [明]袁宏道著,钱伯城笺校:《袁宏道集笺校》卷三十五《叙咼氏家绳集》,上海古籍出版社2018年版,第1195页。
② [明]袁宏道著,钱伯城笺校:《袁宏道集笺校》卷三十五《叙咼氏家绳集》,上海古籍出版社2018年版,第1195页。
③ [明]袁宏道著,钱伯城笺校:《袁宏道集笺校》卷十《叙陈正甫会心集》,上海古籍出版社2018年版,第495页。
④ [明]袁宏道著,钱伯城笺校:《袁宏道集笺校》卷五十四《行素园存稿引》,上海古籍出版社2018年版,第1709—1710页。

关于"质",儒家要求"文质彬彬"①,即质朴与文采配合适当、两者并重。而道家则强调自然朴素,老子说:"为天下谷,常得乃足,复归于朴。"②《玉篇》引老子"朴散则为器"之"朴"为"璞",释为"玉未治者"③。因此,"朴"即是质朴本然的含义。明人何良俊曾引用庄子的话并申论道:"庄子云:'文灭质,博溺心'此谈文之最也,唯文不灭质,博不溺心,斯可以言作家矣。"④庄子重质而轻文,与儒学有别。袁宏道所论之"质"明显与道家的美学思想一致:"夫质犹面也,以为不华而饰之朱粉,妍者必减,媸者必增也。"⑤宏道认为"质"与"真"是统一的:"物之传者必以质","行世者必真"。⑥"质"的精核在于"真","质"是"真"文所显现出的自然的美学风格,云:"行世者必真,悦俗者必媚,真久必见,媚久必厌,自然之理也。故今之人所刻画而求肖者,古人皆厌离而思去之。古之为文者,刊华而求质,敝精神而学之,唯恐真之不极也。"⑦显然,道家思想是宏道论"质"的理论奥援。

宏道认为,臻于"质"的境界殊为不易:要具备渊博的学识并冥会于心,然后经过久久酝酿,了然于胸,才思如决堤之水,飞泻而出,再引笔为文,洗尽铅华,不为理障,妙合自然而后方可到达。这与前期所倡的"信腕直寄"的创作方法区别朗然,虽然都是崇尚自然,但内涵并不相同。"信腕直寄"、自然抒写,对于矫除文坛字程句仿、陈陈相因之弊的作用自不待言,但对创作过程中学术、艺术积累,作家运思等环节注重不够,而求之于

---

① 程树德撰,程俊英、蒋见元点校:《论语集释》卷十二《雍也下》,中华书局 1990 年版,第 400 页。
② 朱谦之:《老子校释》二十八章,中华书局 1984 年版,第 113 页。
③ 详见[宋]陈彭年修:《重修玉篇》卷一《玉部第七》,清文渊阁四库全书本。
④ [明]何良俊:《四友斋丛说》卷二十三《文》,中华书局 1959 年版,第 203 页。
⑤ [明]袁宏道著,钱伯城笺校:《袁宏道集笺校》卷五十四《行素园存稿引》,上海古籍出版社 2018 年版,第 1710 页。
⑥ [明]袁宏道著,钱伯城笺校:《袁宏道集笺校》卷五十四《行素园存稿引》,上海古籍出版社 2018 年版,第 1709 页。
⑦ [明]袁宏道著,钱伯城笺校:《袁宏道集笺校》卷五十四《行素园存稿引》,上海古籍出版社 2018 年版,第 1709—1710 页。

"质"的"自然"则是经过复杂的创作过程而后达到的更高层次上的"自然"。可见,宏道本于道家思想而形成的尚"淡"尚"质"的美学追求,不但丰富了"性灵说"的内涵,也是对前期矫激之论的反拨。对后期学术、文学思想的转变,也应如同分析宏道前期的矫激之论的合理性一样,结合当时文坛现状作出判断。此时文坛摹拟涂泽之病既除,而附应宏道的公安派末流又衍成率易轻浅之风,乃至有"鄙俚公行,雅故灭裂,风华扫地"①之讥。因此,宏道后期注重学术涵茹,重"稳实"、尚蕴藉,使前期"情景太真,近而不远"②的矫枉文风渐趋平实,向风雅传统的理性回归。这未尝不是宏道荡涤摹拟之习之先的既设进路。深察宏道心曲的袁中道、钱谦益均认为"乌焉三写,必至之弊耳,岂先生之本旨哉"③,宏道之"本旨",当是矫枉除弊而得其中。明乎此,方可准确理解宏道之冲激、宏道之回旋,以意役法之初衷。从这个意义上说,宏道后期"意有所喜,笔与之会。合众乐以成元音,控八河而无异味"④的诗文境界,才是宏道的文学本趣,而不能简单地以"倒退"视之。

---

① [清]钱谦益撰集,许逸民、林淑敏点校:《列朝诗集·丁集》第十二《袁稽勋宏道》,中华书局 2007 年版,第 5317 页。
② [清]钱谦益撰集,许逸民、林淑敏点校:《列朝诗集·丁集》第十二《袁稽勋宏道》,中华书局 2007 年版,第 5318 页。
③ [明]袁中道著,钱伯城点校:《珂雪斋集》卷十一《中郎先生全集序》,上海古籍出版社 2019 年版,第 554—555 页。[清]钱谦益撰集,许逸民、林淑敏点校:《列朝诗集·丁集》第十二《袁稽勋宏道》,中华书局 2007 年版,第 5318 页亦引之:"乌焉三写,弊有必至,非中郎之本旨也。"
④ [明]袁中道著,钱伯城点校:《珂雪斋集》卷十一《中郎先生全集序》,上海古籍出版社 2019 年版,第 553 页。

第十三章 禅光佛影、老庄风韵:袁宏道性灵诗文的学术氤氲

宏道的诗文,是其"性灵说"的体现,同样也根植于其以儒释道三教为主体的学术思想中。宏道的作品也不乏现实题材,他曾发出"痛民心似病,感事泪成诗"①的慨叹。诗文中表现作者忧时痛国的情愫,一般都真挚感人,如《闻省城急报》《巷门歌》等。有时,他还表现了欲说还休的无奈和苦闷,如他作诗云:

> 野花遮眼酒沾涕,塞耳愁听新朝事。邸报束作一筐灰,朝衣典与裁花市。新诗日日千余言,诗中无一忧民字。旁人道我真聩聩,口不能答指山翠。自从老杜得诗名,忧君爱国成儿戏。言既无庸默不可,阮家那得不沉醉?眼底浓浓一杯春,恸于洛阳年少泪!②

这些作品无论是形式还是内容,都堪称宏道诗歌中的上品,是王夫之所说的"郑重""沉滞"③之作。但是,关注现实的题材毕竟不是其作品的主流,就内容而言,宏道的诗文或放旷山水,或抒写闲适意趣,多写一己之情怀;就风格而言,他对"温柔敦厚"的儒家诗教也鲜有遵守,而尚慕直写

---

① [明]袁宏道著,钱伯城笺校:《袁宏道集笺校》卷三《赠江进之》其一,上海古籍出版社2018年版,第146页。
② [明]袁宏道著,钱伯城笺校:《袁宏道集笺校》卷十六《显灵宫集诸公,以城市山林为韵》其二,上海古籍出版社2018年版,第701—702页。
③ 王夫之云:"中郎诗以郑重为佳,不患其沉滞也。"([明]王夫之著,周柳燕校点:《明诗评选》卷七《虎丘》评语,上海古籍出版社2011年版,第309页)

胸襟、"如水东注"①般恣肆无碍的风格,或对"盐味胶青"②的美学旨趣多有追慕。显然,对宏道诗文创作影响最大的并不是儒家精神,而多为庄、禅超旷空灵的意蕴。无论是关注现实不足之"失",还是高妙轻灵之"得",都显示了宏道作品的特质,显示了宏道诗文中不可掩抑的禅光佛影、老庄风韵。有鉴于此,兹将佛、道对宏道创作的影响分论如下。

第一节 "好句逢僧得":佛理禅意与诗歌创作

宏道受佛学浸润甚深,佛禅的影响不但体现于宏道的文论之中,还体现于其作品的内容和风格上,其中对诗歌的影响尤为显著。所谓"好句逢僧得"③,主要指诗歌而言。他一生写下了数量颇多的与佛学有关的诗歌,从中也可透视出袁宏道的佛学思想、文学风格与人生态度。

一、佛理与诗歌的内容

袁宏道与佛教有关的诗,很多是以山寺、佛教名相为诗料,这类诗大致可分为两类。一类既无偈颂传示教理的特征,亦无隐微的理趣蕴含其中,往往是诗人信笔所如,将僧侣、寺庙作为现实的人、境摄入诗中。一般来说,这类诗除了说明诗人的行踪交游与佛禅密切相关而外,别无特别的意义,如《昌平道中》:

> 庵前乞得老僧茶,一派垂杨十里沙。乌笼白篮凭拣取,麝香李子枕头瓜。④

---

① [明]袁宏道著,钱伯城笺校:《袁宏道集笺校》卷四《叙小修诗》,上海古籍出版社2018年版,第202页。
② [明]袁中道著,钱伯城点校:《珂雪斋集》卷二十四《寄曹大参尊生》,上海古籍出版社2019年版,第1094页。
③ [明]袁宏道著,钱伯城笺校:《袁宏道集笺校》卷二十七《冬尽》,上海古籍出版社2018年版,第956页。
④ [明]袁宏道著,钱伯城笺校:《袁宏道集笺校》卷十四《昌平道中》,上海古籍出版社2018年版,第649页。

诗中的"老僧""庵前",对全诗的内容及主旨并无特别的影响。因为宏道佛学功力深湛,诗歌中以佛学为诗料的现象在在可见,故而中道有"人不通三藏者,不可以读中郎诗"①之叹。中道《师友见闻语》有这样的记载:

> 陶潜《桃源诗》有"鸡犬互鸣吠"语,苏子瞻和之"杞狗或夜吠",皆佳。后中郎和之曰:"岫老鹧鸪斑,溪浅琉璃吠。"偶学子有不知者以问予,予曰:"西域有吠琉璃。"《楞严经》中如大琉璃,古德以为必是吠琉璃,译者误也。吠是琉璃色,故中郎以对斑鹧鸪。斑比之古鼎彝耳。故人不通三藏者,不可以读中郎诗。②

另一类同样以佛教名、物为素材,但与全诗的基调融摄为一体,使全诗充盈着浓郁的佛理禅味。如《明空住柳浪五月,附余舟南下,别于归宗道上,因作柳浪三叠以送之》:

> 青池白石每谈空,销却寒釭几炷红。记取柳浪湖上柳,夜禅听尽碧丝风。③

诗中的"空""禅"二字着佛教痕迹,但并不限于此。燃香成烬,可以想象还有缕缕袅袅的轻烟,悠远的记忆当中,还隐约留存着弱柳轻风的朦胧图画,"空"的意境笼罩于全诗,而不再是枯涩、孤独的一佛教名相而已。

这类诗虽然思想内容并无可取之处,但在艺术形式方面,全诗的意境更为空灵而淡远,增强了诗歌的表现力。而更多的则是体现其佛学思想特征的借诗论佛之作,这是宏道有关佛教诗作的主体,大致可以分为三类:

一是直接陈述佛理。这类诗数量不多,形式上还留有偈颂的痕迹。

---

① [明]袁中道:《珂雪斋集·外集》卷十三《师友见闻语》,明万历四十六年刻本。
② [明]袁中道:《珂雪斋集·外集》卷十三《师友见闻语》,明万历四十六年刻本。
③ [明]袁宏道著,钱伯城笺校:《袁宏道集笺校》卷二十六《明空住柳浪五月,附余舟南下,别于归宗道上,因作柳浪三叠以送之》其一,上海古籍出版社2018年版,第938页。

如《仲春十八日宿上天竺》其二中论"有我""无我"之理:

> 若以色见我,是人行邪道。饶他紫金身,只是泥与草。朝来自照面,三十二种好。终日忙波波,忘却自家宝。①

二是借诗以表达三教融通的思想。这类诗作不多,但可以弥补和印证文中论述之不足。如论佛道融通的《游惠山作》其二:

> 雪后青山暖复鲜,疏黄浅绿也堪怜。高僧执卷供谈柄,少妇明妆送佛钱。向子无端儿与女,华阳多事道兼禅。浮生早被微名误,迟向人间醉五年。②

诗中的"华阳"疑指柳华阳③,倡性命双修。从颔联和尾联来看,诗人对佛、道无一贬意,但柳华阳"道兼禅"又何以为"多事"之举呢?因为宏道虽有性命双修之意,但以"性"为本,与柳华阳的性命并提而以修命为先不同,其作《慧命经》,目的即是"会萃先圣之真传,即后来万劫励志者,悟

---

① [明]袁宏道著,钱伯城笺校:《袁宏道集笺校》卷八《仲春十八日宿上天竺》其二,上海古籍出版社 2018 年版,第 374 页。
② [明]袁宏道著,钱伯城笺校:《袁宏道集笺校》卷八《游惠山作》其二,上海古籍出版社 2018 年版,第 365 页。
③ 关于柳华阳的生卒年不可考,概有明、清人两说。主其为清人者,概因《慧命经》卷首有清乾隆甲寅孙廷璧所作的叙文,其中有这样的记载:"兹华阳知(和)尚者,有《金仙证论》一书,盐官吴君既悦其言而为之序,会予以署协篆至皖城,又以《慧命经》索弁言。"(天津图书馆藏清乾隆刻本《慧命经》卷首)主其为明人者,是因为《慧命经自序》有这样的记载:"(华阳)忽发一念,于每夕二鼓,五体投地,盟誓虔叩上苍,务求务得。阅及半载,幸遇合伍冲虚师传余秘旨,豁然通悟,乃知慧命之道,即我所本有之灵物。"(清乾隆刻本《慧命经》卷首)伍冲虚即伍守阳,为明代后期著名的内丹清修派的集大成者,与袁宏道年相若。先于或与袁宏道同时以"道兼禅"为特色,而又以"华阳"为名者,遍索无人。合此者唯柳华阳一人。柳华阳《慧命经自叙》云:"华阳,洪都之乡人也,幼而好佛,因人梵宇有悟,常怀方外想。"且《慧命经》多引据《楞严经》等佛教经典以证,又述及遇伍冲虚(守阳)传其内丹清修秘旨,正是"道兼禅"的典范。因此,宏道所说的"华阳",极可能是柳华阳,且与宏道同时住世。"华阳多事道兼禅"是判定柳华阳生卒年间,勘定明、清两说何说为是的珍贵材料。

佛道修慧命之根本，使见之者即自了悟，契合佛祖之真旨，而成己又成人，则佛道之果证矣。"①对此，他在《与仙人论性书》中曾有阐论。同样，《别石篑》其九、《戊戌初度》等都表达了相似的内容，也印证了三教合一是袁宏道的主导思想。这类诗在形式上都摆脱了偈颂枯燥直白的面孔，多借助于生动活泼的形象，如以上称引的诗中既有"疏黄浅绿"、色彩明丽、气象温润的"青山"，又有明妆清丽的少女形象，与"浮生"之"微名"形成了鲜明的对照。这与第一类诗的区别主要是由其内容决定的。三教融合本身即是通达任适之举，自然与纯粹的宣示，佛理区别朗然。

三是表达了随缘方便、任运自适的佛学观点。袁宏道的这一思想特征，在文中有明显的表露，但并不充分，真正富有晚明文人特色而时常越出佛教界限的思想，主要体现在其诗中。这是由诗与文的区别而产生的。中国古代诗歌虽然强调"言志"之旨，但仍给"缘情"留下了一方天地，而文则基本限于"明道"的功用。在国外，诗人则被赋予特别的权利和要求："诗人的标志在于，他宣示的是未经人语的。"②给人留下更加广阔的思维空间。袁宏道诗歌中这一特点得到了充分的展露。此类诗数量较多，如《柳浪杂咏》：

假寐日高春，青山落枕中。水含苍藓色，窗满碧畴风。适性营花石，书方去鸟虫。酒人多道侣，醉里也谈空。③

这首诗较集中地体现了袁宏道谈禅论道与自适人生互不相碍的观点。诗中物境清幽、悦目怡人，碧水盈盈、苔藓片片、绿野平畴、轻风习习，人则在罢笔之后，莳花逗鸟，俨然如桃花源中人，而尾联突兀而出，点出全诗的旨归，谈空、豪饮集于一身。人，竟是佞佛之人，并非墨守清规、严守戒律的

---

① [明]柳华阳：《慧命经·集说慧命经第九》，清乾隆刻本。
② [美]爱默生著，范圣宇编：《爱默生集·诗人》，花城出版社2008年版，第118页。
③ [明]袁宏道著，钱伯城笺校：《袁宏道集笺校》卷二十九《柳浪杂咏》其一，上海古籍出版社2018年版，第1027页。

枯僧，而是毫无顾忌的逍遥居士。表达同样内容的还有，如"一帙《维摩》三斗酒，孤灯寒雨亦欢欢"①，"冥心真契理，瓮里有莲邦"②，"旋开曲社通莲社，痛饮南家又北家"③，"禅兄兼酒弟，傲杀世间人"④等。又如：

> 病起心情泰，闲来礼法疏。愁听传事板，懒答问安书。不去终渐鹄，无才合类樗。何如逃世网，髡发事空虚。⑤

更进一步，袁宏道甚至将恣情纵欲与参禅持戒联系在一起，这与其说是谈禅论佛，不如说是对佛教的莫大讽刺。如《庵中阅经示诸开士，用前韵》：

> 乘急参淫女，戒急却闻钗。香象截河流，一非划众皆。闷观《百喻经》，奇胜千《齐谐》。八十翁怜儿，庄语间诙俳。我愿作书鱼，死即藏经埋。胜彼火坑子，以身殉粉娃。⑥

恣情任性的进一步发展则是对佛学的正面否定，完全冲破佛教的藩篱。所谓"幽窗一枕腾腾去，炼佛求仙事总虚"⑦。这与前面纵欲与礼佛之间的附会有着明显的不同，与唐代丹霞、德山等人的呵佛骂祖也有区别，因

---

① ［明］袁宏道著，钱伯城笺校：《袁宏道集笺校》卷十五《和韵赠黄平倩》，上海古籍出版社 2018 年版，第 686 页。
② ［明］袁宏道著，钱伯城笺校：《袁宏道集笺校》卷十六《秋日集江进之、王以明、方子公、王章甫、小修饮崇国寺，分韵得邦字》，上海古籍出版社 2018 年版，第 712 页。
③ ［明］袁宏道著，钱伯城笺校：《袁宏道集笺校》卷二十五《寒香》，上海古籍出版社 2018 年版，第 929 页。
④ ［明］袁宏道著，钱伯城笺校：《袁宏道集笺校》卷十二《摄山纪游，游者为无念、潘髯、丘大、袁大蕴璞、袁三、潘四及两吴歌》其二，上海古籍出版社 2018 年版，第 558 页。
⑤ ［明］袁宏道著，钱伯城笺校：《袁宏道集笺校》卷三《病起》，上海古籍出版社 2018 年版，第 132 页。
⑥ ［明］袁宏道著，钱伯城笺校：《袁宏道集笺校》卷二十五《庵中阅经示诸开士，用前韵》，上海古籍出版社 2018 年版，第 908 页。
⑦ ［明］袁宏道著，钱伯城笺校：《袁宏道集笺校》卷十六《和江进之杂咏》其四，上海古籍出版社 2018 年版，第 706 页。

为他们还承袭着禅宗的世系。就以德山为例,他在痛骂诸经诸佛后,有一僧人不满其说,德山认为"须是我打你始得",于是将其痛打一顿,结果这僧人还是低头纳拜,口称"师(德山)子儿"。① 在他看来,棒喝比划还是悟道的途径,外在的经典、偶像虽然被骂倒了,靠身体感悟的心中之佛还是存在的。而袁宏道则不同,他不受佛教徒的绳墨所限,因此,这一否定,是对佛教的根本否定。这虽不能说是终其一生的思想,但时常显现的否定态度,更加深了他一生论佛而不礼佛的态度。

总之,袁宏道诗歌中以佛教为素材的内容十分纷杂,但总的倾向是比文章中体现得更偏激、更彻底。袁宏道诗中所言更多地体现了他不礼佛的人生态度及行为方式,因为在诗歌王国中,更能使其个性乃至不合社会规范的追求得以流露,而其文章以"论佛"为主,主要是对佛理的探究。两者虽有联系,但亦有幽微的区别,稍加辨析可更准确地理解袁宏道。

二、佛理与诗歌的艺术形式

自佛教传入中国及中国佛教产生以来,即对文学产生了影响。袁宏道对佛教理论有精深的研究,同时又是晚明文学思潮的主将,诗文创作也明显受其影响。撮其要端,主要体现在朴质自然的语言风格、空灵的意境等方面。

首先,朴质自然的语言风格。

偈颂是佛教经典中的一种文体,梵文作伽陀,是佛经中的赞颂词。虽然在梵文中偈颂有严格的文体音律规范,但经汉译的过程,仅成了字数一定,而全无韵律要求的介于诗文之间的文体。文辞也仅求达意,通俗拙朴。虽然唐代以后出现了辞藻华美、对仗工整、音韵和谐的诗偈,但"偈不在工,取其顿悟而已"②。偈颂与诗歌的功能不同,朴质平易是偈颂的主流风格,这对唐代以后诗人们创作的白话诗有重要的影响。唐代的王梵

---

① [宋]普济著,苏渊雷点校:《五灯会元》卷七《龙潭信禅师法嗣·德山宣鉴禅师》,中华书局1984年版,第374页。

② [元]方回:《桐江续集》卷三十三《清渭滨上人诗集序》,清文渊阁四库全书本。

志、寒山、拾得等人便是诗、偈结合而走浅俗自然一路的代表。袁宏道所推崇的庞蕴、白居易虽然所作的一是禅偈,一是白话诗,但共同的特点都是通俗自然的语言风格。禅宗心性自然论对其"信腕直寄"①、"宁今宁俗"②文学主张的形成产生了影响,同时也影响了他的诗文风格,尤其集中于前期。如《余杭雨》:

不恨今日雨,却恨前日晴。无端放隙光,诱我余杭行。余杭有何趣?败寺老和尚。若使在西湖,亦得闲眺望。出门无去处,袖手东西顾。桑下见蚕娘,泥滓沾衣裤。只是去临安,已觉步步难。何况径山路,千盘与万盘。③

全诗无一生冷之词,无一处用典,自然畅达如行云流水,用散文化的句式娓娓道来。"不恨今日雨,却恨前日晴。无端放隙光,诱我余杭行",平易而不乏情趣;"出门无去处,袖手东西顾",诗人举步维艰的心态与处境跃然纸上。此诗作于万历二十五年(1597),诗人这时屡费周折始解绶而去,"如初出阿鼻,乍升兜率,情景不可名状",心情本是欢愉的,但"掷却进贤冠,作西湖浪荡子",不久就遇到余杭之行的窘困。④"泥滓沾衣裤"的桑下蚕娘,看似与全诗的气韵稍有乖隔,其实正是诗人以刚刚解职的县令的独特视角,为全诗定下了沉郁、凄凉的基调。当然,这些诗往往蕴藉含蓄不够,该诗亦是如此。

这类诗的数量很多,是前期诗作的主流。后期诗风稍变,直露浅率之

---

① [明]袁宏道著,钱伯城笺校:《袁宏道集笺校》卷三十五《叙曾太史集》,上海古籍出版社 2018 年版,第 1198 页。
② [明]袁宏道著,钱伯城笺校:《袁宏道集笺校》卷二十二《与冯琢庵师》又,上海古籍出版社 2018 年版,第 843 页。
③ [明]袁宏道著,钱伯城笺校:《袁宏道集笺校》卷九《余杭雨》其一,上海古籍出版社 2018 年版,第 401 页。
④ [明]袁宏道著,钱伯城笺校:《袁宏道集笺校》卷十一《张幼于》,上海古籍出版社 2018 年版,第 513 页。

病有所克服,但语言风格变化并不明显。前期所作与白居易的诗歌风格相似,后期则与陶渊明的诗风更为接近。如《暮春偕苏潜夫、丘长孺、李茂实、僧宝方、雪照出郭》:

> 且复须臾坐,夕阳山气佳。人归烟雨寺,春到海棠花。茜甲缘畦吐,青溪带郭斜。楼台深隐隐,种竹定谁家。①

诗歌语言平淡清丽,意境淡泊幽美,和前期诗作一样,不着雕琢痕迹。

总之,袁宏道在诗歌语言风格方面,通俗自然是终其一生的特色。这固然与民间俗文学(尤其是小说、戏曲)的昌盛有关,但与袁宏道同时而稍后的钟、谭等人体现的则是"幽深孤峭"的风格,处于相同的时代,由于各人的个体差异有别,作品的风格也各有特色。袁宏道与钟惺等人对佛教都有探讨,但由于受其影响的角度不同,作者气禀不同,语言风格的殊异也在情理之中。

其次,空灵的意境。

中唐以后,随着离经慢教之风的盛行,出现了"鸢飞鱼跃"②、"透网金鳞"③的禅家精神,但溯其源,虚无空寂的如来清静禅则更具有本质的意义。古代的文论家们以禅喻诗往往也主要集中于禅宗的空灵静寂、"对境无心"的观念与诗歌悠远冲淡意境的契合方面。袁宏道的诗歌后期着意于意境的追求,与佛禅的理论联系较为明显。前期也有诗禅之论,虽然被"信腕直寄"的文学主张所掩盖,但间或也有一些意境空灵的诗作。如《扬州舟中晨起》:

---

① [明]袁宏道著,钱伯城笺校:《袁宏道集笺校》卷四十七《暮春偕苏潜夫、丘长孺、李茂实、僧宝方、雪照出郭》,上海古籍出版社2018年版,第1521页。
② [明]智旭述:《遗教经解》,《卍续藏经》第37册,第642页。
③ [宋]赜藏主编集,萧萐父、吕有祥、蔡兆华点校:《古尊宿语录》卷二十二《黄梅东山(法)演和尚语录》,中华书局1994年版,第417页。

> 薄月层冰上,飞飞叫去鸿。梦寒孤渚雪,茶响一罏风。冻网悬枯木,荒崖依病枫。繁华无用处,陡觉恋虚空。①

诗中尾联虽然略嫌直露,但也流露出了诗人执意于冥会佛禅的诗旨,前三联明显体现了诗中的禅意:以归鸿的鸣叫,反衬荒窅静寂;以茶之"响"反衬梦的虚空。还有薄月、层冰、孤渚、冻网、枯木、荒崖、病枫,无一不是静穆的物境。薄、孤、冻、枯、荒、病,这些飒肃的文字,更增添了全诗空幻的色彩。诗人万虑洗然而留恋虚空的心境与空无静谧的物境,共同化成为诗禅交融的独特意境。

与前人一样,袁宏道亦常常以"空"字来点化这种境界。② 如"古木坐寒禽,写影空窗里"③,"石根搜古云,踏遍秋空碧"④,"一匜衔古光,方空如水洗"⑤,"空岩着古花,石路水纹斜"⑥等。乃至一首小诗中,"空"字迭现,如:

> 梦绕陌花熏,残宫没野耘。秋空吼凤唳,阴谷女龙云。古水空沉照,飞蛾每化裙。苔封埋半碣,斑剥有遗文。⑦

---

① [明]袁宏道著,钱伯城笺校:《袁宏道集笺校》卷十二《扬州舟中晨起》,上海古籍出版社2018年版,第602页。
② 如王维"夜坐空林寂,松风直似秋"(《过感化寺昙兴上仙院》),"空山不见人,但闻人语响"(《鹿柴》),李端"焚香居一室,尽日见空林"(《同皇甫侍御题惟一房上人》)。
③ [明]袁宏道著,钱伯城笺校:《袁宏道集笺校》卷十六《崇国寺同王章甫、小修看月》,上海古籍出版社2018年版,第715页。
④ [明]袁宏道著,钱伯城笺校:《袁宏道集笺校》卷十六《宿千像寺柬钟刺史》,上海古籍出版社2018年版,第717页。
⑤ [明]袁宏道著,钱伯城笺校:《袁宏道集笺校》卷十六《游天门开》,上海古籍出版社2018年版,第719页。
⑥ [明]袁宏道著,钱伯城笺校:《袁宏道集笺校》卷十六《寒溪道中》,上海古籍出版社2018年版,第721页。
⑦ [明]袁宏道著,钱伯城笺校:《袁宏道集笺校》卷十六《丛台》,上海古籍出版社2018年版,第728页。

第十三章 禅光佛影、老庄风韵:袁宏道性灵诗文的学术氤氲

与前人在月轮中体悟圆融三昧,铸就诗魂一样①,他经常以清冷孤寂的明月来寄寓"静"的意境,如"净绿云千树,玲珑月一池"②,"夜深蜡焰残,月色净诸峦"③,"月沉风止两无言,一方积雪照冥昊"④,"岩欹天古拙,石瘦月高寒"⑤等。

他还常将"空"的意境、"月"的物境,融于同一首诗中,如《柳浪馆月中泛舟》:

> 烟树湿茫茫,残缸细隐红。池容通国水,柳散一城风。僧静能消月,庭方好贮空。幽窗渔梵冷,童子印香终。⑥

表 13-1 袁宏道诗集中使用"空""月"次数统计表⑦

诗集名称	总数	空(次)	月(次)
《敝箧集》	138 题 172 首	30	14
《锦帆集》	72 题 89 首	19	8
《解脱集》	88 题 187 首	19	4
《广陵集》	76 题 97 首	11	9
《瓶花斋集》	163 题 250 首	65	26

---

① 唐代诗人王维此类诗歌甚多,如:"明月松间照,清泉石上流。"(《山居秋暝》)"林深人不知,明月来相照。"(《竹里馆》)"月出惊山鸟,时鸣春涧中。"(《鸟鸣涧》)
② [明]袁宏道著,钱伯城笺校:《袁宏道集笺校》卷二十九《秋夜独坐看月》,上海古籍出版社 2018 年版,第 1027 页。
③ [明]袁宏道著,钱伯城笺校:《袁宏道集笺校》卷二十七《元夕舟中同马元龙夜话》,上海古籍出版社 2018 年版,第 967 页。
④ [明]袁宏道著,钱伯城笺校:《袁宏道集笺校》卷二十八《和东坡梅花诗韵,今年雪多,梅开不甚畅,为花解嘲,复以自解云耳,同惟长先生作》其三,上海古籍出版社 2018 年版,第 991 页。
⑤ [明]袁宏道著,钱伯城笺校:《袁宏道集笺校》卷二十八《入琼台观》其一,上海古籍出版社 2018 年版,第 1000 页。
⑥ [明]袁宏道著,钱伯城笺校:《袁宏道集笺校》卷二十五《柳浪馆月中泛舟》,上海古籍出版社 2018 年版,第 922 页。
⑦ "月"在诗中作"月份"义概未统计在内。

续表

诗集名称	总数	空(次)	月(次)
《潇碧堂集》	348题573首	76	105
《破研斋集》	133题225首	25	26
合计	1593首	245	192

这类诗是袁宏道诗歌的主体,值得注意的是,袁宏道的佛禅素养虽然远胜前代诗人,但在诗境的创造方面,基本还是步武前人。关于袁宏道的诗歌代有定评,都认为远逊于文。原因是多方面的,其诗歌难脱前人窠臼也是重要的因素。他虽然反对模拟前人,最终不自主地又落入俗套。这一颇值玩味的现象,是诗歌发展过程中带有某种必然性的结果。明代文人虽在诗歌的创作方面屡次纠偏,最终还是难以走出新路,而文学样式方面的创新,俗文学的兴盛,才是明代文学超迈前代之所在。

表13-2 袁宏道与佛教有关的诗文统计表

诗文集名称	体裁	总数	有关佛教	写作年份
《敝箧集》	诗	128题172首	31首	万历十二年(1584)—二十二年(1594)
《锦帆集》	诗	72题89首	8首	万历二十三年(1595)—二十五年(1597)
《锦帆集》	游记等	131篇	14篇	万历二十三年(1595)—二十五年(1597)
《解脱集》	诗	88题187首	31篇	万历二十五年(1597)
《解脱集》	游记、杂著	47篇	13篇	万历二十五年(1597)
《解脱集》	尺牍	30篇	11篇	万历二十五年(1597)
《广陵集》	诗	76题97首	19首	万历二十五年(1597)
《瓶花斋集》	诗	163题205首	44首	万历二十六年(1598)—二十八年(1600)
《瓶花斋集》	记	8篇	5篇	万历二十七年(1599)—二十八年(1600)

续表

诗文集名称	体裁	总数	有关佛教	写作年份
《瓶花斋集》	叙	12 篇	2 篇	万历二十七年(1599)—二十八年(1600)
《瓶花斋集》	传	4 篇	2 篇	万历二十七年(1599)—二十八年(1600)
《瓶花斋集》	尺牍	67 篇	19 篇	万历二十六年(1598)—二十八年(1600)
《潇碧堂集》	诗	328 题 573 首	128 首	万历二十八年(1600)—三十四年(1606)
《潇碧堂集》	叙、游记等	108 篇	53 篇	万历二十八年(1600)—三十四年(1606)
《破研斋集》	诗	133 题 225 首	27 首	万历三十四年(1606)—三十七年(1609)
《华嵩游草》	诗	66 题 84 首	16 首	万历三十七年(1609)

第二节 "十分漆园学得五"①:道家思想与山水游记

宏道在学术取向方面,错综众说、出入三教。其中,受道家的影响也昭然可见。就文学思想来说,儒家的温柔敦厚,与道家的致趣天娴有别。而道家思想中对文学影响最为显著的是庄子,他那法天贵真、汪洋捭阖的美学风格,对后代文人产生了深刻的影响,袁宏道也不例外。中道谓之"天纵异才,与世人有仙凡之隔"②,虽然不无溢美之嫌,但也道出了宏道超逸高蹈的人生态度。杨汝楫称宏道"骨带烟霞,心栖丘壑,视青云如浮

---

① [明]袁宏道著,钱伯城笺校:《袁宏道集笺校》卷八《闲居杂题》其四,上海古籍出版社 2018 年版,第 353 页。
② [明]袁中道著,钱伯城点校:《珂雪斋集》卷十一《中郎先生全集序》,上海古籍出版社 2019 年版,第 555 页。

沤,轻绿绶如秋叶"①,这既写出了宏道的任适性情,又述及了宏道的灵妙文思有得于江山之助的特征。虽然其诗文涉及道家的数量不及佛教,但道家思想的影响则昭然可寻。除了他在后期论及"性灵"时尚"淡"尚"质"而外,宏道寄意于丰草长林之间,妙合自然之趣的山水游记充分体现了道家神韵。

出于对自然的眷恋,中国古代诗人们模山范水的传统由来已久。虽然儒家也以仁者、智者称颂之,但佛、道两家更显突出。佛教(尤其是禅宗)僧徒是乐处山林的,礼佛而大量创作山水诗的谢灵运不说,禅宗的实际创始人慧能"游境内,山水胜处,辄憩止,遂成兰若十三所"②。唐代山水诗人笔下常常出现的深山古刹、悠远钟鸣,都与佛教有关。而道家逍遥任适、乐天以处的人生态度,冥会自然、浑忘物我的思维路径,以及以天地为至美的审美追求,都显示了道家思想是古代山水文学肇兴、发展的重要理论基础。佛道同写山水,但方式有所不同,道家描摹自然体现了老子"和其光,同其尘"③、庄子"坐忘"的物我同一的特色。佛教虽然也有"青青翠竹,总是法身,郁郁黄花,无非般若"④,万相与佛性统一的观点,但这是牛头禅融会了道家的思想而后盛行的。静观、默照则是禅宗产生前禅学所固有的特色。因此,道家写山林,重在物我谐和;佛禅写山林,重在如明镜般地裎露自然,体现禅家"对境无心"⑤的精神。宏道描写山容水意、花态柳情的作品具有很高的成就,是山水文学大家。明末的游记大家张岱云:"古人记山水手,太上郦道元,其次柳子厚,近时则袁中郎。"⑥宏道

---

① [清]汤汝楫:《新刻袁中郎全集序》,载[明]袁宏道著,钱伯城笺校:《袁宏道集笺校》附录三,上海古籍出版社2018年版,第1869页。
② 马元、释真朴重修:《重修曹溪通志》卷一《花果院》,《大藏经补编》第30册,第24页。
③ 朱谦之:《老子校释》五十六章,中华书局1984年版,第228页。
④ [宋]普济著,苏渊雷点校:《五灯会元》卷三《马祖一禅师法嗣·大珠慧海禅师》引马鸣语,中华书局1984年版,第157页。
⑤ [宋]普济著,苏渊雷点校:《五灯会元》卷八《黄龙机禅师法嗣·吕岩洞宾真人》引马鸣语,中华书局1984年版,第497页。
⑥ [明]张岱著,夏咸淳辑校:《张岱诗文集·张岱文集》卷五《跋寓山注二则》其二,上海古籍出版社2014年版,第386页。

第十三章　禅光佛影、老庄风韵：袁宏道性灵诗文的学术氤氲

的同道好友江盈科亦云："夫近代文人纪游之作，无虑千数，大抵叙述山川云水亭榭草木古迹而已，若志乘然。宏道所叙佳山水，并其喜怒动静之性，无不描画如生。譬之写照，他人貌皮肤，君貌神情。"①之所以能取得独步一时的成就，固然与其精研佛理禅机有关，而更主要的原因是宏道的人生态度颇得道家意趣。他的道家精神是其游记创作的思想基础。

首先，谐合"物""我"的思想意蕴。

老子讲"和光同尘"，庄子讲"齐生死，同人我"，道家讲物我谐和统一，乃至有"无我"之论，似乎要忘却主体的存在，但这仅是其表象。对此，冯友兰先生所言极是：

> 老、庄又都讲"无我"。其实他们所谓"无我"，正是"为我"之极致。"为我之极"，就向其对立面转化，以至于"无我"。②

我国古代的游记作品内容丰富，表现手法、题旨意蕴也各有不同。陆游《入蜀记》、徐霞客的游记等，一般都忠实地记录了所见的山山水水，这类作品充满着清新的自然美和纯朴美，而不同于文人雅士们让造化服从感情的驱遣，使山水迁就意趣的剪裁。柳宗元以"清莹秀澈，锵鸣金石"③的精美语言刻画了自然山水，但是，柳氏笔下的自然景观寄予着的是作者遭逢贬谪后落寞之情怀，因此，其所记幽潭是"寂寥无人，凄神寒骨，悄怆幽邃"④的荒寒景色。宏道的游记则体现了晚明时期的价值观念，他的游记作品同样寄予了作者的情感，着染着浓郁的主体色彩，"我"是宏道游记中的灵魂所在。袁宏道笔下的图景，往往聚焦在人的活动，表现的往往

---

① ［明］江盈科：《解脱集序二》，载［明］袁宏道著，钱伯城笺校：《袁宏道集笺校》附录三，上海古籍出版社2018年版，第1839页。
② 冯友兰著，邵汉明编：《冯友兰文集》第一册《中国哲学史新编》第九章《道家的发生与发展和前期道家》，长春出版社2017年版，第176页。
③ ［唐］柳宗元：《柳河东集》卷二十四《愚溪诗序》，上海古籍出版社2008年版，第408页。
④ ［唐］柳宗元：《柳河东集》卷二十九《至小丘西小石潭记》，上海古籍出版社2008年版，第473页。

是游者强烈的主体意识,如在《游高梁桥记》中他写道:

> 三月一日,偕王生章甫、僧寂子出游。时柳梢新翠,山色微岚,水与堤平,丝管夹岸。趺坐古根上,茗饮以为酒,浪纹树影以为侑,鱼鸟之飞沉,人物之往来,以为戏具。堤上游人,见三人枯坐树下若痴禅者,皆相视以为笑。①

山光水色、浪纹树影、游鱼飞鸟都成了任作者主观意趣驱遣的戏具,描摹景物目的在于自娱而已。应该说,从作家描摹的客观对象中得到主体的愉悦,是人类共同的一种审美体验,德国学者尧斯称之为"审美利益"。他说:"自我不仅享受了它的现实对象即审美对象,而且也享受了它的对应物即同样未实现的主体,这个主体从它的总是既定的现实中解放了出来。"又说:"在审美活动中,主体总是享受比它自己更多的东西。"②这种审美利益既是鉴赏者的,也是作者的。这种本于主体的审美体验在中国古代传统文化中,只有在道家思想中能够寻绎出理论的渊源。道家"天地与我并生,而万物与我为一"③的理论,正是宏道游记作品中"著我"现象的思想基础。与道家乐生逍遥的人生态度相仿佛,宏道的游记作品中时常表现晚明所特有的世俗风情。他笔下的游记与宋人所饶有的"理趣"不同,多的是"人欲",如在游历东南时写道:"山前长堤一带,几与湖埒,堤上桃柳相间,每三月时,红绿灿烂,如万丈锦。落花染成湖水作胭脂浪,画船箫鼓,往来湖上。堤中妖童丽人,歌板相属,不减虎林、西

---

① [明]袁宏道著,钱伯城笺校:《袁宏道集笺校》卷十七《游高梁桥记》,上海古籍出版社 2018 年版,第 735 页。
② 〔德〕汉斯·罗伯特·尧斯著,朱立元译:《审美经验论》第三章《审美愉快和对创造、美觉、净化的主要经验》,作家出版社 1992 年版,第 73 页。
③ [清]郭庆藩撰,王孝鱼点校:《庄子集释》卷一下《齐物论第二》,中华书局 2012 年版,第 79 页。

第十三章 禅光佛影、老庄风韵:袁宏道性灵诗文的学术氤氲

湖。"①描绘的是一幅春日游冶的图景。再如他笔下的荷花荡:

> 舟中丽人,皆时妆淡服,摩肩簇舄,汗透重纱如雨。其男女之杂,灿烂之景,不可名状。大约露帏则千花竞笑,举袂则乱云出峡,挥扇则星流月映,闻歌则雷辊涛趋。苏人游冶之盛,至是日极矣。②

画面之中充盈着历代游记从未有过的市井气息,即使是在游历古迹之时,悼古伤怀,也常常为青娥叹怀,如在游灵岩吴王井、西施洞时,他最后发出了这样的感喟:

> 嗟乎,山河绵邈,粉黛若新。椒华沉彩,竟虚待月之帘;夸骨埋香,谁作双鸾之务?既已化为灰尘白杨青草矣。百世之后,幽人逸士犹伤心寂寞之香跌,断肠虚无之画屧,矧夫看花长洲之苑,拥翠白玉之床者,其情景当何如哉?③

人性的复苏,反映人的自然欲求,成了宏道游记的重要特色和内容。因此,他的游记,不同于一般描写超然物外的自然山水,而是在寻常的生活氛围之中也能体悟到自然之美。他所谓"游"不一定是登临远游,郊甸的远足也能使他神驰心醉;不一定是名山大壑,绿野平畴、无名峦岱同样可以给他以情感愉悦。如《满井游记》:

> 廿二日,天稍和,偕数友出东直,至满井。高柳夹堤,土膏微润,

---

① [明]袁宏道著,钱伯城笺校:《袁宏道集笺校》卷四《光福》,上海古籍出版社 2018 年版,第 183 页。
② [明]袁宏道著,钱伯城笺校:《袁宏道集笺校》卷四《荷花荡》,上海古籍出版社 2018 年版,第 183 页。
③ [明]袁宏道著,钱伯城笺校:《袁宏道集笺校》卷四《灵岩》,上海古籍出版社 2018 年版,第 178 页。

> 一望空阔,若脱笼之鹄。于时冰皮始解,波色乍明,鳞浪层层,清彻见底,晶晶然如镜之新开,而冷光之乍出于匣也。山峦为晴雪所洗,娟然如拭,鲜妍明媚,如倩女之靧面,而髻鬟之始掠也。柳条将舒未舒,柔梢披风,麦田浅鬣寸许。游人虽未盛,泉而茗者,罍而歌者,红装而蹇者,亦时时有。风力虽尚劲,然徒步则汗出浃背。凡曝沙之鸟,呷浪之鳞,悠然自得,毛羽鳞鬣之间,皆有喜气。始知郊田之外,未始无春,而城居者未之知也。①

乃至对瓜棚藤架、菘路韭畦的田园也兴味甚浓。② 显然,宏道所钟心的乃自然之趣,是与人事相关的自然。不难看出,宏道虽然有得于道家旨趣,但是,又着染了浓郁的晚明色彩。晚明期间,人的自然欲求得到了前所未有的肯定,文士们执着任性、无所拘碍。固然是因为有得于道家精神以及规慕魏晋士风所致,但是,无论是道家精神,还是魏晋玄风,都带有浓厚的消极色彩。如果说道家以及魏晋文人多因对社会的不满而消极避世、遁迹山林、超然高蹈,那么,袁宏道等晚明文人往往是以一种积极的姿态,对传统的价值观念提出了挑战。因此,他们的人生态度是有得于道家而又不尽合于道家。他们往往是将道家思想潜蕴着的"为我"的意趣明朗化、扩大化,而舍弃了道家"忘我"的一面。从宏道的游记中感受更多的是晚明期间所具有的强烈的主体气息。

其次,谐和质朴的审美特征。

道家认为天地之"大美"是和谐而质朴的。庄子在《应帝王》中描述了一个寓言,讲述了几个帝神的故事,其中的中央之帝就名为浑沌。虽然庄子没有对浑沌进行正面的审美评判,但是从他对浑沌被凿而死的慨叹中,不难看出庄子的审美意向:浑沌即包蕴着和谐与自然的含义。同样,

---

① [明]袁宏道著,钱伯城笺校:《袁宏道集笺校》卷十七《满井游记》,上海古籍出版社2018年版,第733—734页。

② 详见[明]袁宏道著,钱伯城笺校:《袁宏道集笺校》卷十七《抱瓮亭记》,上海古籍出版社2018年版,第736页。

第十三章　禅光佛影、老庄风韵：袁宏道性灵诗文的学术氤氲

道家的鼻祖老子所谓"和其光,同其尘"①,也是指物我同一的和谐。宏道的游记中"著我"的意趣较浓,而在艺术表现方法上,他着意于人、境的和谐统一,有些作品乃至臻于一自然浑成的化境,如《雨后游六桥记》：

> 寒食后雨,予曰此雨为西湖洗红,当急与桃花作别,勿滞也。午霁,偕诸友至第三桥,落花积地寸余,游人少,翻以为快。忽骑者白纨而过,光晃衣,鲜丽倍常,诸友白其内者皆去表。少倦,卧地上饮,以面受花,多者浮,少者歌,以为乐。偶艇子出花间,呼之,乃寺僧载茶来者。各啜一杯,荡舟浩歌而返。②

通篇充盈着和谐之美。色彩是和谐的：见"骑者白纨而过",则"诸友白其内者皆去表";人与自然是和谐的："卧地上饮,以面受花","偶艇子出花间"。在这幅和谐的画面中,人与自然神韵相通,"当急与桃花作别"一句,不仅仅是拟人的修辞格,而且是这幅人与自然无间的画面中有机的组成部分,从中我们不难悟出道家的审美意趣。

道家的审美理想是直接裎露自然之美,朴质自然,无须雕琢、无须粉饰,如庄子说："天地有大美而不言,四时有明法而不议,万物有成理而不说。"③因为他们最高的本体范畴是"道",而"道法自然"。自然之美是由"道"所派生的,是"道"的一种属性。因此,他们尚"质"绌"文"。宏道论文尚"质",诗文不避俚俗、不拘格法、清新自然。其山水游记也具同样的风格。他的游记作品,一般都用笔简淡,天然浑成,略无藻绘,如《阴澄湖》：

---

① 朱谦之：《老子校释》五十六章,中华书局1984年版,第228页。
② [明]袁宏道著,钱伯城笺校：《袁宏道集笺校》卷十《雨后游六桥记》,上海古籍出版社2018年版,第456—457页。
③ [清]郭庆藩撰,王孝鱼点校：《庄子集释》卷七下《知北游第二十二》,中华书局2012年版,第735页。

> 由潼子门下船,北去一里,为阴澄湖。湖三面受风,每盛夏时,游舟绮错,日不下百余艘。玉腕青眉,娇歌缓板,来往罗泊中,亦胜游也。王百谷曰:"湖上有龙王祠,阴澄盖应泽之讹云。"
>
> 丙申六月,与顾靖甫放舟湖心,披襟解带,凉风飒然而至,西望山色,出城头如髻。挥麈高谈,不知身之为吏也。少顷,邮者报台使者至宝带桥,客主仓惶,未成礼而别。①

自然抒写,宛若信口而谈。这也是对其"刊华而求质"②美学旨趣的最好注脚。

当然,宏道受道家的影响并不限于此,尤其是宏道的生死观、出处论都出于道家,这在其《广庄》中皆有所阐论。而其游记作品则综汇了道家高蹈任适的人生态度与自然淡朴的美学理想。因此,在某种意义上这是道家思想在宏道身上最生动、最集中的体现。

总之,无论是宏道前期文学思想的恣肆无碍,还是后期的检束反拨,都与儒释道为主体的学术思想的变化有关。宗道与宏道虽然桴鼓相应,但其文学思想的差异也显而易见。这种差异不仅仅是性情之别,而且还与伯仲二人出入三教而取法不同有关。宗道多有得于儒家思想,而宏道受佛道的影响明显多于儒学。这也是他高倡性灵,力矫文坛风习的重要学术基础。宏道是荡除明代后期文坛拟古之风的主将,他那清俊宕逸的诗文、峻厉矫激的文论以及冲关破隘的豪隽气概,与桴鼓相应的同道友朋呼应之声一起,共同标志着晚明文学思潮进入了最为澎湃恣肆的阶段。

---

① [明]袁宏道著,钱伯城笺校:《袁宏道集笺校》卷四《阴澄湖》,上海古籍出版社 2018 年版,第 181 页。

② [明]袁宏道著,钱伯城笺校:《袁宏道集笺校》卷五十四《行素园存稿引》,上海古籍出版社 2018 年版,第 1710 页。

第十四章 学承阳明、兼习佛禅：公安派羽翼陶望龄的"偏至说"与"内外论"

陶望龄（1562—1609），字周望，号石篑，会稽人。万历己丑进士第三名，授翰林院编修，转太子中允，左春坊右谕德兼翰林院侍读。后起国子监祭酒，以母病不出。著有《水天阁集》《歇庵集》《解老》《解庄》等。今有李会富编校《陶望龄全集》（上海古籍出版社2019年版）。

第一节 融汇三教的学殖

陶望龄被誉为"词苑之鸿儒，庙堂之岢望"①，之所以誉著当时，以至"海内二十年来，远近识不识，靡不称有陶会稽先生"②，在于其与文士普遍"才为才矜，理为理掩"③不同，陶望龄如"再见坡仙"的文学才禀和如"慈湖、阳明再世"的学问，与深得佛禅之趣，乃至"里社妇孺、缁流耆老交口赞曰：'是竺乾古先生'"。④ 正是这种牢笼群科的学殖，使陶望龄之文超越于古文辞与经义之上，成为明代文坛文道兼备的一时之选。这就是时人胡承谟所追慕的陶望龄诗文中呈现的独有的宏大气象："根极性命，笼罩天人，本之六经，以求其理，参之《左》《史》，以撷其华，广搜乎屈、宋、

---

① ［清］张廷玉等：《明史》卷二百十六《顾锡畴传》，中华书局1974年版，第5723页。
② ［明］余懋孳：《歇庵集小引》，载［明］陶望龄撰，李会富编校：《陶望龄全集》附录二，上海古籍出版社2019年版，第1396页。
③ ［明］黄汝亨：《歇庵集序》，载［明］陶望龄撰，李会富编校：《陶望龄全集》附录二，上海古籍出版社2019年版，第1395页。
④ ［明］余懋孳：《歇庵集小引》，载［明］陶望龄撰，李会富编校：《陶望龄全集》附录二，上海古籍出版社2019年版，第1396页。

庄、列、韩、苏,以扩其识,反覆于《道德》《楞严》《法华》《性理》诸书,以求其悟,然后思奥而不诡,言大而有本,纵横于古今宇宙而擅一家。是故诗文、经义左右逢原,始能合弘正、秦汉、唐宋而集其成。"①黄汝亨也极叹其诗文炯如、超如,其学又秉铎于孔子,云:"陶子于文,有《史》《汉》,有《骚》《雅》,而长于序记,其谭道证性,略物综事,炯如也;于诗,为陶为柳,间为长吉,而品置泉石,啸吟烟云,超如也。其才不敢谓出秦、汉诸文人上,而取理出新,不为宋人之掩,学阳明子而不为辩说,得禅之深而一秉铎于孔氏。"②涵濡三教,不但是陶望龄文学思想形成的重要学术路径,也是陶望龄诗文浓厚的学术底色。

陶望龄对王学的主要代表人物王守仁、王畿、罗汝芳等人推崇备至。他推赞王守仁、王畿曰:"天下言文者,以二先生故归之,若曰:'明文在焉。'达者曰:'二先生之文也,非文人之文,而文王、孔子之文。孔子既没,文不在兹乎?'盖以当代而得二人焉,以系千圣,跨作者。郁郁乎,明文于斯为盛!"③虽"未尝见二先生(王畿、罗汝芳),独嗜其书耳。而嗜近溪语尤甚"④,称誉罗汝芳"微谈剧论,所触若春行雷动"⑤。他认为明代文明之甚,在于谭道证性的学术思想而非文学,盛修古业的词章虽然数量很多,但卓然可垂诸后世者十分鲜见,对唐宋文学不但不能超迈,且鲜有可比肩而称者。而阳明、龙溪二人"明兴二百年,其较然可耀前代、传来兹者,惟是而已"⑥。可见其对王学的热情推扬。这也是《明史》未将其列于

---

① [明]胡承谟:《石篑先生文集序》,载[明]陶望龄撰,李会富编校:《陶望龄全集》附录二,上海古籍出版社 2019 年版,第 1401 页。
② [明]黄汝亨:《歇庵集序》,载[明]陶望龄撰,李会富编校:《陶望龄全集》附录二,上海古籍出版社 2019 年版,第 1395 页。
③ [明]陶望龄撰,李会富编校:《陶望龄全集·歇庵集》卷三《海门文集序》,上海古籍出版社 2019 年版,第 159 页。
④ [明]陶望龄撰,李会富编校:《陶望龄全集·歇庵集》卷三《盱江要语序》,上海古籍出版社 2019 年版,第 160 页。
⑤ [明]陶望龄撰,李会富编校:《陶望龄全集·歇庵集》卷三《明德诗集序》,上海古籍出版社 2019 年版,第 161 页。
⑥ [明]陶望龄撰,李会富编校:《陶望龄全集·歇庵集》卷三《海门文集序》,上海古籍出版社 2019 年版,第 159 页。

《文苑》,而是与吴山、余继登、冯琦等人同列的原因。对于陶望龄的学术承绪,黄宗羲在《明儒学案》中将陶望龄列于泰州学案,其主要根据则是"先生之学,多得之海门(周汝登别号)"①。陶望龄自己也说"望龄蒙鄙,获以乡曲事先生(周海门),受教最久"②,对周汝登甚为敬服,受其影响甚深,如致书周汝登云:"望龄根器劣弱,力不精猛,染指此道,动逾数年,而见处未彻,信力未充,日夜忧念,未有安歇。重荷垂闵蒙蔽,意将拯而引之。自惟钝昏无以为地,每念若刀刃刺心。使至,辱手教征诘,盖将令之刳肠剖脏,发露病源,投以神药。敢自匿瑕恶,仰孤盛心?"③"辱教拳切,真如提奖痴儿,诱归亡子。"④但经学者考述,无论从地域、思想传承还是自我认同来看,周汝登都应当作为王龙溪的弟子而归入浙中王门。⑤据此,陶望龄亦当视为王畿之再传弟子。当然,我们尚需注意这一现象:陶望龄虽然深受周汝登的影响,但尺牍互通,陶望龄始终以兄弟相称,如《与周海门先生十三首》之三:"舍弟偶至外家。渠资性视弟稍利。"⑥之四:"弟本拟乘秋爽南棹。"⑦之五:"弟时下谋归甚亟。"⑧之十三:"如惠然肯然,弟亦当摄衣以从也。"⑨周汝登与其亦以兄弟相称,所撰陶望龄祭文云:"兄契最上真宗,二三不杂,而弟有直截之句,乐取不疑。肝胆相倾,芥

---

① [清]黄宗羲著,沈芝盈点校:《明儒学案》卷三十六《泰州学案》五《文简陶石篑先生望龄》,中华书局2008年版,第868页。
② [明]陶望龄撰,李会富编校:《陶望龄全集·歇庵集》卷三《海门文集序》,上海古籍出版社2019年版,第159页。
③ [明]陶望龄撰,李会富编校:《陶望龄全集·歇庵集》卷十五《与周海门先生十三首》之一,上海古籍出版社2019年版,第873页。
④ [明]陶望龄撰,李会富编校:《陶望龄全集·歇庵集》卷十五《与周海门先生十三首》之七,上海古籍出版社2019年版,第878页。
⑤ 详见彭国翔:《周海门学派归属辨》,《浙江社会科学》2002年第4期。
⑥ [明]陶望龄撰,李会富编校:《陶望龄全集·歇庵集》卷十五《与周海门先生十三首》之三,上海古籍出版社2019年版,第876页。
⑦ [明]陶望龄撰,李会富编校:《陶望龄全集·歇庵集》卷十五《与周海门先生十三首》之四,上海古籍出版社2019年版,第876页。
⑧ [明]陶望龄撰,李会富编校:《陶望龄全集·歇庵集》卷十五《与周海门先生十三首》之五,上海古籍出版社2019年版,第877页。
⑨ [明]陶望龄撰,李会富编校:《陶望龄全集·歇庵集》卷十五《与周海门先生十三首》之十三,上海古籍出版社2019年版,第881页。

针相合,十余年来,愈久愈孚。"①与周汝登的学术之谊,黄汝亨《祭酒陶先生传》中的记载可资参考:"上剡溪,谒海门周子,质疑送难,所往复书系数百言,不具载。然每自抚膺叹曰:'吾此中终未稳在。'"②与周汝登"质疑送难"、抵掌商论而未必服膺当是实情。对于陶望龄的学殖渊源,其弟陶奭龄的体认尤其值得重视。陶奭龄在其《先兄周望先生行略》中仅称其"服膺文成之教","于宋悦慈湖子,辑《慈湖金錍》;于近世悦龙溪子、近溪子,辑《盱江语要》","慈湖师陆,文成之所自出;余子皆文成之裔"。③陶奭龄对黄宗羲所说的"多得于周海门"的学术脉理并未论及。纵观陶望龄的学术旨趣,依泰州④、龙溪而归诸"服膺文成之教",是其基本的学术取向。诚如刘宗周所记:"吾乡自阳明先生倡道龙山时,则有钱、王诸君子并起为之羽翼,嗣此流风不绝者百年。至海门、石篑两先生,复沿其绪论,为学者师。迨二先生没,主盟无人,此道不绝如线,而陶先生有弟石梁子,于时称二难,士心属望之久矣。"⑤陶望龄与周汝登更具学侣性质。因此,关于周汝登的学派归属之辨对于贞定陶望龄的学术属性影响并不显著。

可堪注意的是,陶望龄服膺的"文成之教"乃文道并美之教,这从其《海门文集序》中对阳明学的体认可以看出:"望龄尝闻诸达人,明文学最盛,修古业、为词章者多矣;而卓然可垂无穷者盖鲜,非独无以加诸宋、唐,

---

① [明]周汝登:《祭文》,载[明]陶望龄撰,李会富编校:《陶望龄全集》附录一,上海古籍出版社2019年版,第1370页。

② [明]黄汝亨:《祭酒陶先生传》,载[明]陶望龄撰,李会富编校:《陶望龄全集》附录一,上海古籍出版社2019年版,第1352页。

③ [明]陶奭龄:《先兄周望先生行略》,载[明]陶望龄撰,李会富编校:《陶望龄全集》附录一,上海古籍出版社2019年版,第1346—1347页。

④ 陶望龄虽非泰州学派的直接传人,但对罗汝芳极为敬服,其《盱江要语序》云:"心斋数传至近溪,近溪与龙溪一时并主讲席于江左右,学者又称二溪。余友人有获侍二溪者,常言'龙溪笔胜舌,近溪舌胜笔'。余生既晚而愚,未尝见二先生,独嗜其书耳。而嗜近溪语尤甚。"([明]陶望龄撰,李会富编校:《陶望龄全集·歇庵集》卷三《盱江要语序》,上海古籍出版社2019年版,第160页)

⑤ [明]刘宗周:《证人会约书后》,载吴光主编:《刘宗周全集》卷二册《语录》,浙江古籍出版社2007年版,第497页。

而鲜有及焉。自阳明先生盛言理学,雷声电舌,雨云邕施,以著为文词之用,龙溪绍厥统,沛乎江河之既汇,于是天下闻二先生遗风,读其书者,若饥得饱,热得濯,病得汗解。盖不独道术至是大明,而言语文字足以妙乎一世。"①同样,他虽"二溪"同敬,而"嗜近溪语尤甚"②,也是因"近溪语"文道兼胜更过于龙溪,云:"《近溪语录》已写出,共得八十叶,无一语不精妙,无一字不紧切,真人天之眼,贤圣之腮。我朝别无一事可与唐、宋人争衡,所可跨跱其上者,唯此种学问出于儒绅中为尤奇伟耳。"③与其不同的是:"龙溪语,知者或闷。"④"文",是其品评时贤往哲殊为重要的因素。陶望龄对于阳明、近溪的体认,正可作为寻绎其"词苑之鸿儒"⑤形成的学殖背景。这也从时人对陶望龄的评说中得到了证明。黄汝亨认为陶望龄是承绍阳明文道兼擅传统的中坚,其《歇庵集序》中以"虚灵之妙,至道之旨"⑥为文章极诣,而汉之董仲舒,唐之韩愈,宋之欧阳修、苏轼,明之王阳明:"之数子者,吾不谓其吐即经,咏即《雅》,然而董之醇、韩之刚、欧阳之逸、苏子之通,而阳明子之悟于道,皆殆庶而出入于虚与灵无滑也。"⑦但是"自阳明子没,文士辈出。近亦有坛墠秦汉人而俎豆宋人者,然才为才矜,理为理掩,二者皆讥"⑧,出现了才、理分途相轧的情形。但黄氏认为,陶望龄之文则承绍阳明的传统而光大之,体现了文与道的完美

---

① [明]陶望龄撰,李会富编校:《陶望龄全集·歇庵集》卷三《海门文集序》,上海古籍出版社2019年版,第159页。
② [明]陶望龄撰,李会富编校:《陶望龄全集·歇庵集》卷三《盱江要语序》,上海古籍出版社2019年版,第160页。
③ [明]陶望龄撰,李会富编校:《陶望龄全集·歇庵集》卷十五《与何越观七首》之三,上海古籍出版社2019年版,第907页。
④ [明]陶望龄撰,李会富编校:《陶望龄全集·歇庵集》卷十五《与何越观七首》之三,上海古籍出版社2019年版,第907—908页。
⑤ [清]张廷玉等:《明史》卷二百十六《顾锡畴传》,中华书局1974年版,第5723页。
⑥ [明]黄汝亨:《歇庵集序》,载[明]陶望龄撰,李会富编校:《陶望龄全集》附录二,上海古籍出版社2019年版,第1394页。
⑦ [明]黄汝亨:《歇庵集序》,载[明]陶望龄撰,李会富编校:《陶望龄全集》附录二,上海古籍出版社2019年版,第1395页。
⑧ [明]黄汝亨:《歇庵集序》,载[明]陶望龄撰,李会富编校:《陶望龄全集》附录二,上海古籍出版社2019年版,第1395页。

融合，云："乃今得之周望陶子矣。陶子于文，有《史》《汉》，有《骚》《雅》，而长于序记，其谭道证性，略物综事，炯如也；于诗，为陶为柳，间为长吉，而品置泉石，啸吟云烟，超如也。其才不敢谓出秦、汉诸文人上，而取理出新，不为宋人之掩，学阳明子而不为辨说，得禅之深而一秉铎于孔氏，无迹践形摹，而虚灵之所契，追琢成文，游戏成解，结撰成法，笃古而耦时，卓乎为陶子之文，行千载无疑也。"①同样，黄宗羲也认为石篑之文"昌明博大，一洗剿袭模仿之套，盖宗法阳明者也"②。当然，在黄宗羲看来，陶望龄不及阳明之处在于"阳明出之无意，歇庵出之有意"③，存在大而未化之失。而邵廷采亦将阳明、石篑视为越中之文的典范，云："越中古文，推阳明、石篑，冠绝有明。阳明洒然自德性流溢；石篑镕铸周汉八家，归之冲淡。"④不难看出，陶望龄文道相兼，润学而为文乃时人共识，袁中道谓其"从灵液中流出片语只字，皆具三昧"⑤，正是就陶望龄深厚的学殖之于文学表现而言的。

除了受阳明学沾溉之外，陶望龄还是一位深契佛乘的居士。其"泛滥于方外"⑥的为学旨趣，与周汝登殊为相得。对此，黄宗羲有云："明初以来，宗风寥落。万历间，儒者讲席遍天下，释氏亦遂有紫柏、憨山，因缘而起。至于密云、湛然，则周海门、陶石篑为之推波助澜。"⑦陶望龄在上剡

---

① ［明］黄汝亨：《歇庵集序》，载［明］陶望龄撰，李会富编校：《陶望龄全集》附录二，上海古籍出版社2019年版，第1395页。
② ［明］黄宗羲编：《明文授读》卷二十二《拟与友人论文书》评点，《四库全书存目丛书》集部第400册，齐鲁书社1997年版，第655页。
③ ［明］黄宗羲编：《明文授读》卷二十二《拟与友人论文书》评点，《四库全书存目丛书》集部第400册，齐鲁书社1997年版，第655页。
④ ［清］邵廷采：《思复堂文集》卷一《王门弟子传》，《四库全书存目丛书》集部第251册，齐鲁书社1997年版，第306页。
⑤ ［明］袁中道著，钱伯城点校：《珂雪斋集》卷二十四《答蔡观察元履》，上海古籍出版社2019年版，第1111页。
⑥ ［清］黄宗羲著，沈芝盈点校：《明儒学案》卷三十六《泰州学案》五《文简陶石篑先生望龄》，中华书局2008年版，第868页。
⑦ ［清］黄宗羲著，陈乃乾编：《黄梨洲文集·碑志类·张仁庵先生墓志铭》，中华书局2009年版，第234页。

溪，与周汝登参证，抚膺而叹"此中终未稳在"①之后，彭绍升《居士传》据黄汝亨《祭酒陶先生传》以及陶望龄尺牍有这样的描述："一日，读方山《合论》，手足忭舞，曰：'吾从前真自生退屈矣。'海门尝致书诘其所得。周望复书曰：'窃闻《华严》十信，初心即齐佛智。佛智者，无待之智也，何阶级之可言哉。然必五十位升进，邻于二觉，后契佛乘。'"②陶望龄与周汝登谈禅论佛的内容文献记载甚详。③ 入都之后，他与焦竑、袁宗道、黄辉讲性命之学，精研内典。④ 据载："己亥庚子间，楚中袁玉蟠太史同弟中郎，与皖上吴本如、蜀中黄慎轩，最后则浙中陶石篑以起家继至，相与聚谈禅学，旬月必有会，高明士夫翕然从之。"⑤谈禅论佛是这批馆阁名公与论诗衡文相辅共成的尚好，如黄辉曾说："陶周望同年真兄弟，今复作法门畏友。"⑥值得指出的是，当时沈一贯柄政，憎恶禅悦之风。随着紫柏禅师入都，以文人雅会为特色的谈禅论道被时人赋予了复杂的政治色彩。黄辉始觉物情渐异，乃引疾归里。不久大狱陡兴，紫柏罹祸。但陶望龄不以为

---

① ［明］黄汝亨：《祭酒陶先生传》，载［明］陶望龄撰，李会富编校：《陶望龄全集》附录一，上海古籍出版社2019年版，第1352页。

② ［清］彭绍升撰，张培锋校注：《居士传校注》四十四《陶周望（附奭龄）》，中华书局2014年版，第375页。

③ 如周汝登《与陶太史石匮及石梁文学》云："记观中曾论：迁善改过若明得人正好用工。尊教所示，岂不谛当！但作止是病，而迁之改之何以别于作止？古人立论种种不同如懒安说牧牛：'一回入草去，蓦鼻拽将回。'大慧亦云：'学道人制恶念，当如懒安牧牛，起时急着精彩，拽转头来。'张拙秀才则云：'断除是病，趋向是邪。'拽转与断除，能隔多少！灵山会上，广额屠儿立地成佛，献珠女子弹指成正等觉，此外更有何事！而圭峰则云：'真理即悟而顿圆，妄情息之而渐尽。'则是屠儿、女子当有未尽之妄情。牛头问四祖：'于境起时，心如何对治？'四祖云：'汝但随心自在，无复对治。'荐福云：'顿明自性，与佛同俦。然有无始染习，故假渐修对治。'牛头、荐福俱宗门中人，一云无复对治，一云故须对治，将以何语为是？夫于前语一一明了，方自迁改不差。观中未尽究竟，乃再伸此问。惟二知识各出一言，诚不胜愿幸也。"（［明］周汝登：《东越证学录》卷十，《四库全书存目丛书》集部第165册，齐鲁书社1997年版，第605—606页）

④ 详见［清］钱谦益撰集，许逸民、林淑敏点校：《列朝诗集·丁集》第十五《陶祭酒望龄》，中华书局2007年版，第5818页。

⑤ ［明］沈德符：《万历野获编》卷二十七《紫柏祸本》，中华书局1959年版，第690—691页。

⑥ ［明］袾宏：《云栖法汇（选录）·云栖大师遗稿》卷一《答四川黄慎轩太史》又，《嘉兴大藏经》（新文丰版）第33册，第122页。

意,尝言:"吾自悦禅,从此得力,何能顾人非议耶?"①谈禅论佛是他们消释拘累,共逃于形骸礼数之外,相与赋诗抒怀,为文属意,成为他们共同的精神寄托。这也是晚明文人以诗禅友契不可忽视的原因。当然,比较而言,陶望龄嗜佛更甚,他与丛林高僧亦过从甚密,"其时湛然、澄密、云悟皆先生引而进之,张皇其教,遂使宗风盛于东浙"②。袁宏道曾说:"陶周望是真实参禅人。"③"真实",乃是指陶望龄之于佛禅,是真参实悟,而决非凭风辅翼。这从其致书胞弟时亦以"暇时于《楞严》《圆觉》当时时钻研,不可放过"④,相嘱且自勉即可以看出。明乎此,便可理解袁宏道何以与陶望龄谈禅论学最为频密了。

陶望龄是深通儒释的硕学之士。就其性情而言,介不离群、通不诡世。因此,《歇庵集》之中论及老庄之学的内容并不多,但他也著有《解老》《解庄》传世。对于撰著原因,陶履中在《刻老庄解后跋》中记述了陶望龄在丁母忧之时,"茕然苦次中,貌甚柴毁,耳目无他营,独不释卷。偶阅《老庄翼》,得其微旨,辄举以训不肖中,犹虑中之有所忘也,于是标其要义,书诸册端,凡若干段,未及竟而先生已朝露矣"⑤。显然,《解老》《解庄》是陶望龄在孤寂落寞之时,受到焦竑《老子翼》《庄子翼》的启示而作的传示后裔的未竟之什。尽管如此,这两部作品仍然显示了陶望龄独特的学术、文学旨趣,其中最为突出的是援佛以解《老》《庄》,如他在释《老子》"常无,欲观其妙"⑥时云:"常无,空观也。常有,假观也。同谓之玄,

---

① [清]邵廷采:《思复堂文集》卷一《王门弟子传》,《四库全书存目丛书》集部第251册,齐鲁书社1997年版,第306页。
② [清]黄宗羲著,沈芝盈点校:《明儒学案》卷三十六《泰州学案》五《文简陶石篑先生望龄》,中华书局2008年版,第868页。
③ [明]袁宏道著,钱伯城笺校:《袁宏道集笺校》卷四十二《王则之宫谕》,上海古籍出版社2018年版,第1351页。
④ [明]陶望龄撰,李会富编校:《陶望龄全集·歇庵集》卷十六《甲午入京寄君奭弟书五首》之五,上海古籍出版社2019年版,第958页。
⑤ [明]陶履中:《刻老庄解后跋》,载[明]陶望龄撰,李会富编校:《陶望龄全集》附录二,上海古籍出版社2019年版,第1409页。
⑥ 朱谦之:《老子校释》一章,中华书局1984年版,第6页。

中道观也。"①并与焦竑《老子翼》一样,广引罗什语作解。比较而言,他较焦竑解《老》的佛学空幻色彩更浓,如在释"希言自然"②时不满焦竑之释,云:"无然无自,乃破自然之文。《笔乘》若以无自无然为说,却成自然。"③解《庄》之时亦援佛以证,如在释《养生主》时云:"如《楞严》波斯匿王,不妨浅解,何必更求之?"④陶望龄援佛以解《老》《庄》,体现了不拘学术畛界的宏阔襟怀。这也是他们破除复古派尊唐抑宋,引绳操墨的思想动力。因此,陶望龄之诠解《老》《庄》,不仅仅是述其义理,还应注意其文学本怀,一如其服膺阳明之教,乃是属意于文道并美一样。事实上,陶望龄对《庄子》最为推尊的是"文之了邕事理"⑤。在他看来,晚明文人最为推敬的苏轼,便是深得《庄子》文风的一位文坛巨擘。其《精选苏长公合作引》云:

> 长公有言:"求物之妙,如系风捕影,能使是物了然于心者,盖千万人而不一遇,而况能使了然于口与手者乎?是之谓辞达。"予惊怖其言,以为非长公不能作此文,非长公不能作此言。尝执此以上下千古,文之了邕事理,无如《盘庚》八诰及庄生《南华经》。而俗儒泥今疑古,不通方言,视诂训不啻吃,且墨守师说,谓庄生怪诞不伦。大抵目未经见,命之曰奇,见未能解,命之曰怪,世人恒态,无足异者。至长公文,则世人偏嗜之,而卒不知所以嗜。一二踽强之老,抵掌秦汉,至晚节末路,始游其藩,而才华都尽,不复能竟其所至,于是长公遂得独有千古。余窃论文之雄奇瑰丽,典则玄幻,代所不乏,然直辞耳,不

---

① [明]陶望龄撰,李会富编校:《陶望龄全集·解老》卷上,上海古籍出版社2019年版,第1083页。
② 朱谦之:《老子校释》二十三章,中华书局1984年版,第94页。
③ [明]陶望龄撰,李会富编校:《陶望龄全集·解老》卷上,上海古籍出版社2019年版,第1093页。
④ [明]陶望龄撰,李会富编校:《陶望龄全集·解庄》卷一《养生主第三》,上海古籍出版社2019年版,第1129页。
⑤ [明]陶望龄撰,李会富编校:《陶望龄全集·佚文·精选苏长公合作引》,上海古籍出版社2019年版,第1332页。

足言达。所言达者,行于辞之中而不可测于辞之外,作者忽不知其所出而自合,读者可了于心而不可了于口,可了于口而不可了于手,使人心恖意薄,如渴饮甘露,饥飡王膳,更无一毫犹夷不足之怀。若此者,自《南华》后,长公一人而已。俗儒泥今疑古,拘儒是古非今,谓三代秦汉而下,无复有文字,而辄以长公侧于唐宋诸人之例,此宇宙间一大不平之事也。长公于文无所不可,而或稍似不可;于诗无所不肖,而似《南华》为极肖。①

陶望龄认为,苏轼以"了然于口与手者"为标准的"辞达",是常人难以臻达的为文境界,而决非代所不乏的"直辞"可比。"直辞"仅具"雄奇瑰丽,典则玄幻"之象而已,而"辞达"则具有多方面的意蕴,具有丰富的言外之意:"行于辞之中而不可测于辞之外。"得乎自然之趣而了无刻琢痕迹:"作者忽不知其所出而自合。"就接受者而言,"读者可了于心而不可了于口","使人心恖意薄,如渴饮甘露,饥餐王膳,更无一毫犹夷不足之怀"。而陶望龄认为,臻此了然于心、口、手的"了恖事理"境界之文,唯有《盘庚》八诰与《庄子》。《庄子》之后,唯有苏轼一人。显然,陶望龄之崇《庄》,主要在于《庄子》恣肆畅达的书写境界,而非《庄子》的人生哲学。明乎此,我们便不难理解四库馆臣对《解庄》所作的解题:"是编仅寥寥数则,归安茅兆河取与郭正域所评合刻之,均无所发明。"②如果说陶望龄服膺阳明之教着意于文道并美,那么,服膺庄周,则主要是洸洋自恣以适己的无碍文风。同时,陶望龄尊东坡而及于庄子又以诘难复古派为旨归,抨击是古非今之"拘儒","谓三代秦汉而下,无复有文字",无视苏轼的存在,乃"宇宙间一大不平之事"。其中,尤其值得注意的是陶望龄的这一段文字:"至长公文,则世人偏嗜之,而卒不知所以嗜。一二踞强之老,抵

---

① [明]陶望龄撰,李会富编校:《陶望龄全集·佚文·精选苏长公合作引》,上海古籍出版社2019年版,第1332页。
② [清]永瑢等:《四库全书总目》卷一百四十七《解庄》提要,中华书局1965年版,第1256页。

掌秦汉,至晚节末路,始游其藩,而才华都尽,不复能竟其所至,于是长公遂独有千古。"陶氏所记,当与王世贞有关。王世贞虽然前期"始与李攀龙狎主文盟","其持论,文必西汉,诗必盛唐,大历以后书勿读",但迄于晚年,随着攻驳之声渐起,"世贞顾渐造平淡","其手苏子瞻集,讽玩不置也"。① 因此,虞淳熙亦将其列为明代后期"东坡临御"②的表征之一。陶望龄"晚节末路,始游其藩"③的记载,当是为王世贞抱憾。虽然虞淳熙将元美视若东坡分身之一,但在陶望龄看来,远不能承《庄子》、东坡以降的任运自在的为文境界,致使"长公遂独有千古"④。陶望龄对王世贞尊而有憾,悔其晚矣的描述,恰恰传达出其与七子派迥绝的文学主张。他称扬的是由《庄子》而及于苏轼的为文走丸决溜、纵横无端、了彻事理的"辞达"传统。陶望龄于庄学乃至道家看似买椟还珠的承继,恰恰是文论家们对道家思想及其表现方法的合理汲取。

第二节　援经论诗的独特途径

陶望龄错综三教的学殖,论学而瞻顾文学的取向,为其文学观念的形成与表现提供了纵横裕如的多维空间,形成了陶氏文论特有的博洽含浑,合经义与诗文为一的文论特色,为纠矫文坛剽攘之习提供了独特的理论

---

① ［清］张廷玉等:《明史》卷二百八十七《王世贞传》,中华书局1974年版,第7381页。
② ［明］虞淳熙:《徐文长集序》,载［明］徐渭:《徐渭集》附录,中华书局1983年版,第1354页。
③ ［明］陶望龄撰,李会富编校:《陶望龄全集·佚文·精选苏长公合作引》,上海古籍出版社2019年版,第1332页。
④ 陶望龄虽然深恶七子摹拟之风,但对王世贞殊为敬服。当其申论"简之必终乎巨也,犹古之必今也"的文学观时,从文章流变的历史的角度,对王世贞有这样的褒赞:"庄周述老而广于老,韩非祖申中不害而肆于申,子长继左而畅于左,景、宋师屈原而繁于原,数子相去武距随之间耳,又况其远者哉? 西京以还,文士之集日盛。至六朝,王俭盈六十卷,王融、沈约皆至百卷。而李唐韩氏之徒樊宗师者,多至二百九十卷。此所谓词从字顺、臆创无前之文也。其博也如是,不亦奇诡轶绝之观哉? 而近世王元美氏所著复四百五十卷,滋其盛矣。《易》曰:'富有之谓大业,日新之谓盛德。'文字之在天壤,其出弥新而又弥富。"([明]陶望龄撰,李会富编校:《陶望龄全集·歇庵集》卷三《漱六斋集序》,上海古籍出版社2019年版,第171—172页)

支撑。陶望龄认为，古之学者统博该备，"道德、政事、文章之途，常出于一"，其后"道又下衰，于是朴学专解诂，词家工藻翰，儒林、文苑划为二辙"。① 他认为，明代随着修词家蔚起，古文与经义之文又判为二途，失却了古之学者的赅博传统，这也是七子派兴盛的时期。与其相反，"唐、宋巨家，取法庀材，皆元本六籍。金陵、眉山辈虽名为文章士，而精讨创构，其勤过于老宿，以故其所著酝涵浩博，往往可诵"②。陶望龄认为，"近之君子"失却了唐宋名家传统，"其为经义，羔雉而已；为古业，剽攘而已"，"当治经，既不暇古业；为古业，又不暇求本于六经。哄市集潦，积薄流浅，佻侻而鄙俭。盖经术、艺文之道，至此而交受其敝"。③ 依循同样的思维路向，陶望龄还援孔子"辞达而矣"为据，以文道相济浑一作为纠矫文坛之弊的途径，云："孔子之所谓词达，言有蓄也。如水澄渟渊汇，决决然其欲溢也，导之而泓然尔，纵之而鳞然尔。涸其源，枯其窦，而又奚达焉？凡文之组缀藻绣，矜饰乎外者，皆其中之无有者也。"④陶望龄将学殖、道视为源，由此方可言达，方可纠文坛组缀藻绣、空洞无物之敝。缘此，陶望龄以文道浑一的衡文标准，申述了无问今古、唯问优劣的文学观："凡文有优劣而无古今，非文之无古今，而其作者不可为古今。其善古者不必尊古，而善尊古者不必卑今。桓谭谓扬子云书过老聃，而柳宗元又以韩退之旷荡自恣，扬子云所不及，虽推奖已甚，然实有所契，非苟相诩已也。"⑤陶望龄援学问以纠矫复古，以儒林与文苑浑一为途辙，这似乎有悖于曹丕《典论》肇其端，刘勰《文心雕龙》极其盛的分疏辨体、擘肌分理，以深入探究

---

① ［明］陶望龄撰，李会富编校：《陶望龄全集·歇庵集》卷三《潜学编序》，上海古籍出版社 2019 年版，第 163 页。
② ［明］陶望龄撰，李会富编校：《陶望龄全集·歇庵集》卷三《潜学编序》，上海古籍出版社 2019 年版，第 163 页。
③ ［明］陶望龄撰，李会富编校：《陶望龄全集·歇庵集》卷三《潜学编序》，上海古籍出版社 2019 年版，第 163 页。
④ ［明］陶望龄撰，李会富编校：《陶望龄全集·歇庵集》卷十三《拟与友人论文书》，上海古籍出版社 2019 年版，第 784 页。
⑤ ［明］陶望龄撰，李会富编校：《陶望龄全集·歇庵集》卷十三《拟与友人论文书》，上海古籍出版社 2019 年版，第 784—785 页。

不同文体独特规律的传统。但由于复古派摹拟剽袭之弊的形成,主要即是沿着高棅"别体制之始终"①的路径,引绳操墨,最终形成了归慕极则、遵体循环的封闭轨迹,辨体分疏成了阻滞文学发展的重要障碍。就诗歌而言,他们细辨音声格律,研磨体式,以"琢句入神"②相标榜,以体式、时间为畦畛,走向极致,最终则事与愿违。陶望龄则通过淡化"体制"界限,寻求汲取"体制"之外的营养,为文学发展提供新的动能。

陶望龄论文如此,论诗亦然。他在致焦竑的尺牍中云:"弟闲时颇以古今诗集妄加校勘,益信何、李诸人直是浅陋。欲拣择数篇,以备一代之作,而难于下手,乃知白沙、荆川辈真可人也。"③轻何、李而重白沙、荆川,是其泯合儒林、文苑,学术与文学的思维路向的必然结果。陈白沙乃明代心学的肇兴者、性气诗派的重要代表。白沙不以诗体为碍,认为"诗之工,诗之衰也"④,尚求诗歌可以辅相皇极,左右六经而教无穷。唐顺之乃南中王门的重要成员,以文而非诗称著于文坛,曾自述其诗的特点是:"率意信口,不调不格,大率似以寒山、《击壤》为宗而欲摹效之。"⑤这些都与七子派分途异辙。明乎此,便不难理解陶望龄何以称其诗为"真可人"了。

陶望龄文道相济文学观的极致表征是针对张九成《论语绝句》而提出的以诗诠圣的方法。宋人张九成,字子韶,号无垢、横浦,南宋绍兴二年(1132)状元,官至礼部侍郎兼刑部侍郎,从学杨时。全祖望云:"龟山弟子以风节光显者,无如横浦,而驳学亦以横浦为最。晦翁斥其书,比之洪

---

① [明]高棅编纂,汪宗尼校订,葛景春、胡永杰点校:《唐诗品汇·唐诗品汇总叙》,中华书局2015年版,第8页。
② [明]谢榛:《四溟诗话》卷三,载丁福保辑:《历代诗话续编》,中华书局2006年版,第1186页。
③ [明]陶望龄撰,李会富编校:《陶望龄全集·歇庵集》卷十六《与焦弱侯年兄二十七首》之十,上海古籍出版社2019年版,第976页。
④ [明]陈献章著,孙通海点校:《陈献章集》卷一《认真子诗集序》,中华书局1987年版,第5页。
⑤ [明]唐顺之著,马美信、黄毅点校:《唐顺之集·荆川先生文集》卷六《答皇甫百泉郎中》,浙江古籍出版社2014年版,第257页。

水猛兽之灾,其可畏哉!然横浦之羽翼圣门者,正未可泯也。"①其与大慧宗杲过从甚密,子韶格物、妙喜物格亦成为儒佛互证的著名公案。张九成著有《横浦集》等。另有署名张九成所著的《论语绝句》一卷,今有艺海珠尘本传世。但该书后世论之甚少,原因固然因该书真伪存疑②,同时,亦与以诗证圣的方式有关,如明人郑鄤云:"予往得是书(《论语绝句》)于蜀中老人,其言曰:'孺子静讽之,无刻解,刻解即塞夫圣门说诗,读者之解不必似作者之意。理与神迎,阒然已远,故曰兴于诗,言悟也。夫学以悟传,悟以静得,若起意,如飞尘竖说;若箍桶,则矻矻穷年,终成檐板。如蝇入窗,无出期矣。'予自后颇有所会,实从此书而入。读之二十年不敢轻下注脚,则犹之老人之教也。"③亦即,署名张九成的《论语绝句》虽有益于悟证《论语》,但对《论语绝句》本身论解者鲜,原因在于刻解则是"理与神迎",效果则"阒然已远"。可见,《论语绝句》甚少被言说涉及诗是否可解的问题。但在《论语绝句》沉寂三百年之后,陶望龄的友人张懋之等人与张九成作异世唱和,为此,陶望龄作《无垢先生论语颂唱和引》:

> 《论语》之有子韶《绝句》,犹禅家之有颂古也。诸老宿依样葫芦,络索满纸,独子韶诸诗少有继者。吾友张懋之与其友白子熙、祁尔光始从而和焉。余笑谓懋之:"宣尼有没弦琴一张,传之二千年矣,而子韶始为作谱。子韶谱后复三百年,而三君子始为之足曲。真儒门一段奇特,但恐世上少能弹者耳。"夫诸禅老提唱大似雪上加霜,子韶颂《论语》似蜜中著蔗,虽总是舌根下事,在知味者入口自殊。子

---

① [清]黄宗羲原撰,[清]全祖望补修,陈金生、梁运华点校:《宋元学案》卷四十《横浦学案》,中华书局1986年版,第1302—1303页。
② 如宋人周煇《清波杂志》载:"(张无垢)其甥于恕裒集《语录》十二卷,既已刊行,其间《论语绝句》,读者疑焉。盖公自有《语解》,亦何假此发明奥义?尝叩公门人郎晔,晔云,此非公之文也,《语录》亦有附会者。"([宋]周煇撰,刘永翔校注:《清波杂志校注》卷九《无垢语录》,中华书局1994年版,第378页)
③ [明]郑鄤:《峚阳草堂诗文集·文集》卷九《题论语绝句》,民国二十一年活字本。

韶不喜忠国师,以为老婆禅,决定可删,而肯自以死语系缚人乎?①

张九成的著述甚多,但自晚宋以来即被诋为"禅者之经"②而遭摈斥,不得与训故家并行。而晚明文坛禅悦之风称盛,对张九成的传圣之功多有认同,焦竑肯定其"于圣人之密旨,业升其堂而入于室矣",著述"发明载籍之韫奥甚晰",其中有关《语》《孟》著述"凿凿乎截疑网之宝剑,抉盲目之金鎞也"。③但焦竑并未言及《论语绝句》。陶望龄则肯定了张子韶《绝句》对于体悟《论语》意蕴的作用。陶望龄将其与禅家颂古相比较,但效果判若云泥:一似"蜜中著蔗",一似"雪上加霜"。所以如此,当是其认同大慧宗杲对于颂古的态度。宗杲痛心于颂古末流变简劲之风而为巧琢变弄,浮华冗漫,遂倡议将《碧岩录》刻板付诸一炬。陶望龄对于《论语绝句》的肯认,体现了其文道相兼互用一贯思想的同时,又体现了其对于诗歌审美特征的持守。陶望龄肯定子韶而非诸禅老提唱之颂古,是因为子韶《绝句》如同无言之乐,而非颂古末流"老婆禅"之"死语"④。陶望龄将诗歌用诸体悟经典、证求圣心,与《潜学编序》《拟与友人论文书》中纠矫摹拟胶执之弊而依循的文道相兼的路径一脉相承。

陶望龄泯会学术与文学还表现为援《易》解《诗》之"群""怨"功能。当其在回答关于《诗》之"群""怨"的策问时,陶望龄将《易》《夬》卦辞中的"孚号""惕号"与《诗》之"怨"相互佐论。陶望龄认为,《易》中,阳长而极盛、阴消而几至陨灭的无过于《夬》卦。此时五阳协作以决垂亡之一阴,正是群贤极盛,可谈笑而图之之时,但"今观其象爻之词,一曰'孚

---

① [明]陶望龄撰,李会富编校:《陶望龄全集·歇庵集》卷十四《无垢先生论语颂唱和引》,上海古籍出版社2019年版,第815页。
② [宋]黎靖德编,王星贤点校:《朱子语类》卷十一《读书法下》,中华书局年1986版,第193页。
③ [明]焦竑:《书张横浦先生集》,载[明]焦竑撰,李剑雄点校:《澹园集》附编一,中华书局1999年版,第1185—1186页。
④ [明]陶望龄撰,李会富编校:《陶望龄全集·歇庵集》卷十四《无垢先生论语颂唱和引》,上海古籍出版社2019年版,第815页。

号',再曰'惕号',其群之未合而叫呼以求之也"。而当"及其群合,其交孚"之时,"则又曰'不利即戎'"。以《易》之《夬》卦说明《诗》之"群"的社会功能,得出这样的结论:"盖天下有难猝犯之机,而无不可静图之事,惟厚集其交,而后得以徐乘其便,故《易》于君子之合每致意焉。"①对于"怨",他说:"《易》所谓号,殆《诗》所谓怨。叫呼而惧靡应也,故用号;疾呼而犹患闻也,故类怨。怨者,慕君忧国、忠诚恳怛之极思;而号者,意召声求、同寅协恭之要术。匪号无以明怨,匪怨无以致号。"②这样,陶望龄借助于《易》《夬》卦阳盛之时,以说明"群""怨""固非盛时之所宜讳也"③的普遍意义。从《易》学的角度,很贴切、经典地为《诗》之"群""怨"功能找到了学理依傍。同时,又据《易》巧妙地佐证了"群"与"怨"的内在联系,并很好地回答了策问中"愤者将离群绝类,自托于孤芳;而爱者必忧惕号呼,求侪偶以图其济。故能怨者必能群,而不能群者殆未足与言怨也"④提示的问题。

与袁宏道高擎"独抒性灵,不拘格套"的大旗正面破阵的途径不同,陶望龄以错综于三教的深厚学殖,从学术的维度对七子派的胶执之论进行了抨击,通过复古派所标举的"第一义"时期的学术与文学错综关系,证明了其以时代判高下论调的荒谬。这种迂回于论敌内部的破斥往往更具杀伤力,同时,也需具有深湛广博的学术。陶望龄之于晚明文学思潮的作用,很大程度上体现在其依傍于经典而得出了文学因时代变的结论。

---

① [明]陶望龄撰,李会富编校:《陶望龄全集·歇庵集》卷七《策·第五问》,上海古籍出版社2019年版,第425页。
② [明]陶望龄撰,李会富编校:《陶望龄全集·歇庵集》卷七《策·第五问》,上海古籍出版社2019年版,第426页。
③ [明]陶望龄撰,李会富编校:《陶望龄全集·歇庵集》卷七《策·第五问》,上海古籍出版社2019年版,第426页。
④ [明]陶望龄撰,李会富编校:《陶望龄全集·歇庵集》卷七《策·第五问》,上海古籍出版社2019年版,第425页。

第三节　讲性气、重才情以反复古

陶望龄学术与文学相生相发的第一个特点是讲性气以反复古。由于陶氏擅谈学理,因此,其赋诗为文也颇重理趣。这与明代前期的性气诗派相仿佛,而与信腕直寄的公安派意趣稍有不同。宋人邵雍的《伊川击壤集》受到明代理学家的普遍推崇,薛瑄、陈献章、庄昶等人或作诗规仿伊川《击壤集》,或推赞邵雍的诗作,谓其"真天生温厚和乐,一种好性情也"①,形成了"性气诗派"。陶望龄踵事增华,似乎比陈、庄更重性气,如他说:

> 白沙子曰:"子美诗之圣,尧夫更别传。"予谓子美诗既圣矣,譬之犹以甜说蜜者也,尧夫蜜说甜者也。梧桐月照,杨柳风吹,人耶?诗耶?此难以景物会而言语解也。盱江明德罗先生闻道于泰州之徒,尽超物伪,独游乎天与人偕,顾盼咳欠,微谈剧论,所触若春行雷动,因而兴起者甚众。予未尝见先生之诗,而平日持论窃谓先生全体即《三百篇》。其顾盼咳欠,微谈剧论即其章句耳。……论者或谓:《伊川击壤》,率取足胸次,不拘于法,而先生律调兼具,直类诗人之诗,若异乎所谓别传者。……尧夫之趣于诗,诗之外也,其意远,其诗传;先生之趣于诗,诗之内也,诗不必尽传,而意为尤远。若其以诗为人,以人为诗,以己为天地万物,以天地万物为己,好而乐之,安而成之,则二先生所同也。诗之工拙,传弗传,置不论已。②

陶望龄认为,不论后人如何评骘罗汝芳的诗歌,其律调兼具、意蕴悠远应该予以首肯。陶望龄肯定邵、罗的诗作,并不是要以议论为诗,而是

---

①　[明]陈献章著,孙通海点校:《陈献章集》卷一《批答张廷实诗笺》,中华书局1987年版,第74页。

②　[明]陶望龄撰,李会富编校:《陶望龄全集·歇庵集》卷三《明德诗集序》,上海古籍出版社2019年版,第161—162页。

要"以己为天地万物,以天地万物为己",专注于内求,以心学与理学相颉颃。在这一方面他与陈献章等人并无二致。黄淳为陈献章文集作序称:"先生之学,心学也。先生心学之所流注者,在诗文。"①陈献章主张:"须将道理就自己性情上发出,不可作议论说去,离了诗之本体,便是宋头巾也。"②陶望龄比陈献章更注重诗歌描写带有人性色彩的自然万物,即他所谓:"梧桐月照,杨柳风吹,人耶?诗耶?"陶望龄认为罗汝芳的诗歌并没有囿于温柔敦厚的儒学矩矱,如"春行雷动",是个性的自然舒张,是"顾盼呿欠,微谈剧论"的实录,是"尽超物伪"性情的真实坦露。至此,陶望龄与袁宏道又殊途同归了。只是比较而言,袁宏道近狂,常常以峻烈不羁的语气,张皇宣说文学新论,激情所至,难免过正;陶望龄则近狷,他"模楷人伦而不为标,经纬当世而密其绪"③。故而,陶氏持论不失醇雅,而宏道不无矫激。陶望龄推赞罗诗,与陈献章等人推赞邵诗还具有不同的背景:"性气诗派"乍兴之时,明代文坛的复古之风尚未形成,当时诗风虽渐趋靡弱,但"作者递兴,皆冲融演迤,不事钩棘"④。直至弘、正之后,"李梦阳、何景明倡言复古,文自西京,诗自中唐而下,一切吐弃,操觚谈艺之士翕然宗之"⑤。陶望龄承性气诗派之流风余韵,显然是对复古派所谓"诗必盛唐"的异动,因此,他承荫泰州,推赞罗汝芳,与其反对复古的文学旨趣是并行不悖而互相发明的。

在论文方面,陶也对复古派的"文必秦汉"大张挞伐,云:

明兴二百余年,代有作者,率道斯路。弘、正之极,一二能文之士

---

① [明]黄淳:《重刻白沙子序》,载[明]陈献章著,孙通海点校:《陈献章集》附录三,中华书局1987年版,第903页。
② [明]陈献章著,孙通海点校:《陈献章集》卷一《次王半山韵诗跋》,中华书局1987年版,第72页。
③ [明]黄汝亨:《歇庵集序》,载[明]陶望龄撰,李会富编校:《陶望龄全集》附录二,上海古籍出版社2019年版,第1395页。
④ [清]张廷玉等:《明史》卷二百八十五《文苑一》,中华书局1974年版,第7307页。
⑤ [清]张廷玉等:《明史》卷二百八十五《文苑一》,中华书局1974年版,第7307页。

始以时代为上下,谓西京以降无文焉。天下缀学之士,靡然响风。其持论薄八家,不为其著作,又非能超八家而上之者,徒取秦汉子史残膏剩馥,钉饾纫缀,衣被而合说之,如枯杨之华,只增索然,而不见其所有,迄今而弊极矣。①

这种犀利的谈锋,是晋江毗陵辈不可比拟的,显示了晚明新潮文学家无所拘碍的思想锐气。唐宋派矫秦汉派,也仅是将唐宋八大家列于文统而已,如孙慎行说:"唐之韩、柳,即汉之马迁;宋之欧、曾、苏、王,即唐之韩、柳。"②即所谓"文章千古一脉"。而陶氏则视其为"残膏剩馥""枯杨之华"。这种矫激之论,也与亲炙"掀翻天地""非名教之所能羁络"的泰州后学不无关系。③

陶望龄学术与文学相生相发的第二个特点是重才情以反复古。公安派与徐渭、李贽、汤显祖等人共同的文学尚求在于:无论是徐渭的"真我",汤显祖的"情至",李贽的"情性""童心",还是袁宏道的"性灵"说,都主张文学当抒写作家真实的个人情感。他们或荒经蔑古,或主张师习古人真精神,都反对衣冠古人,徒袭皮毛,陶望龄也是如此,云:"嘻!古人之为文,其取夫称心而卑相袭也皆然。已无契乎独知,而古是摹,虽程意袭矩,犹谓之盗,况蔫蔫文句之末哉?……夫舍情与词,则无文,剽古而依今,词则归诸古人,情则傅诸流俗,己不一与焉,而谓之文,吾且得信之乎?"④作品当是作家情感、思想的自然发抒。李贽描述创作当是这样的情境:"其胸中有如许无状可怪之事,其喉间有如许欲吐而不敢吐之物,其

---

① [明]陶望龄撰,李会富编校:《陶望龄全集·歇庵集》卷三《八大家文集序》,上海古籍出版社2019年版,第144页。
② [明]孙慎行:《玄晏斋集》卷一《读外大父荆翁集识》,明崇祯刻本。
③ [清]黄宗羲著,沈芝盈点校:《明儒学案》卷三十六《泰州学案》一,中华书局2008年版,第703页。
④ [明]陶望龄撰,李会富编校:《陶望龄全集·歇庵集》卷三《方布衣集序》,上海古籍出版社2019年版,第173页。

口头又时时有许多欲语而莫可以告语之处,蓄极积久,势不能遏。"①袁宏道在《叙小修诗》中描述了小修愁极而吟,因此是"每每若哭若骂,不胜其哀生失路之感"②。陶望龄也主张一任自然,莫辨雅俗。他列举了《诗经》中的《国风》为例。《国风》"多里巷之语、一夫一妇所偶述",但为何这样的诗还能被采录,以其"辨谣习,规政教,相准而施,不失铢两",根本在于不假"缀采饰藻",即所谓"根实",在于其发乎自然:"冲口而成之,顺途而咏之,薰于气,满于心,而动于不得已。如空穴之中,刁调出焉。"③当然,陶望龄比李贽、"三袁"受王学的影响更深,诗文理论也更重理趣。他说:"约体为文,文成而理胜,则吾服膺子瞻。"④他的自然论也具有更明显的王学烙印,更富性气的色彩。他以儒学经论为例,云:"夫六经、《语》、《孟》非有意之言也,所谓经生者证之吾心而已。离心而求之章句,则远;离章句而求之传注,则又远。"⑤基于重质实、尚自然的理论,他还提出了论诗歌风格的"偏至说",云:

> 刘邵志人物,尝言:"具体而微,谓之大雅;一至而偏,谓之小雅。"盖以诗喻人耳。予尝覆引其论,以观古今之所谓诗辞,求其具体者,不可多见。因妄谓自屈、宋以降,至于唐、宋,其间文人韵士大抵皆小雅之流而偏至之器。惟人就其偏,而后诗之大全出焉。夫人之性有所蔽,材有所短。短而蔽者若穷于此,而后修而通者始极于彼。此恒数也。古之人缘性而抒文,因能而效法,文以达意,法以达材,务自致于所通,而不求全于所短,如火炎则弥扬之,水下则弥浚之,醴盈其

---

① [明]李贽:《焚书》卷三《杂说》,中华书局2009年版,第97页。
② [明]袁宏道著,钱伯城笺校:《袁宏道集笺校》卷四《叙小修诗》,上海古籍出版社2018年版,第203页。
③ [明]陶望龄撰,李会富编校:《陶望龄集·歇庵集》卷三《吴越菁华录序》,上海古籍出版社2019年版,第187页。
④ [明]陶望龄撰,李会富编校:《陶望龄集·歇庵集》卷三《章宁州诗集序》,上海古籍出版社2019年版,第177页。
⑤ [明]陶望龄撰,李会富编校:《陶望龄集·歇庵集》卷三《吴越菁华录序》,上海古籍出版社2019年版,第187页。

甘，醯究其酸，不独无以揉之也，而且为之极焉。故其势充，其量满，其神理，所至自足以轶往古、垂将来。吾观唐之诗至开元盛矣。李、杜、高、岑、王、孟之徒，其飞沉舒促，浓淡悲愉，固已若苍素之殊色，而其流也，抑又甚焉。元、白之浅也，患其入也，而郊、岛则惟患其不入也。韦、柳之冲也，患其尽也，而籍、建则惟患其不尽也。温、许之冶也，患其椎也，而卢、刘则惟患其不椎也。韩退之氏抗之以为诘崛，李长吉氏探之以为幽险。予于是叹曰：诗之大，至是乎！偏师必捷，偏嗜必奇。诸君子者，殆以偏而至，以至而传者与！众偏之所凑，夫是之谓富有；独至之所造，夫是之谓日新。①

复古派与革新派文学风格论的一个重要区别在于以何为法，革新主张以自然为法，复古派主张"格古、调逸"②。这种"高格"，复古派内部也有不同的诠释，李梦阳主张柔淡、沉著、含蓄、典厚，何景明主张清俊响亮。但他们都主张有不可变易之法，即李梦阳所谓"圆规而方矩者也"③，何景明所谓"辞断而意属，联类而比物"④。后七子首领李攀龙也主张"不以规矩，不能方圆，拟议成变"，推崇古人所作"其成言班如也，法则森如也"。⑤ 末五子之一胡应麟认识到"体以代变""格以代降"⑥的文学嬗变规律，但是他仍然反对信阳以后的"后生秀敏"不拘古法，意欲自开堂奥的精神，主张兼工古法，"集其大成"。⑦ 他十分推敬的王世贞，就是以兼工诸体见

---

① ［明］陶望龄撰，李会富编校：《陶望龄集·歇庵集》卷三《马曹稿序》，上海古籍出版社2019年版，第166—167页。
② ［明］李梦阳撰，郝润华校笺：《李梦阳集笺校》卷四十八《潜虬山人记》，中华书局2020年版，第1617页。
③ ［明］李梦阳撰，郝润华校笺：《李梦阳集笺校》卷六十二《驳何氏论文书》，中华书局2020年版，第1918页。
④ 李叔毅等点校：《何大复集》卷三十二《与李空同论诗书》，中州古籍出版社1989年版，第576页。
⑤ ［明］王世贞：《弇州四部稿》卷八十三《李于鳞先生传》，明万历刻本。
⑥ ［明］胡应麟：《诗薮·内编》卷一《古体上》，上海古籍出版社1958年版，第1页。
⑦ ［明］胡应麟：《诗薮·续编》卷一《国朝上》，上海古籍出版社1958年版，第348—349页。

长。其对王世懋所说的"诗家集大成,千古惟子美,今则吾兄(王世贞)"①甚为赞同。陶望龄虽然也论创作方法,但他主张"缘性而抒文,因能而效法,文以达意,法以达材"。"法"不是规矩方圆,而是文学作品的创作规律,作家的性情、境遇、才禀、气质是作品风格的决定性因素,因此,陶望龄论法,以张扬个性为前提。在他看来,本于个性之"偏"不但不足抱憾,反而"偏师必捷,偏嗜必奇",且"偏而至"之作,可以传诸后世。考诸历史,从李、杜到韩退之、李长吉,都是以独自擅胜的风格见著于文学史册,因此,对于"偏",他主张充其势、满其量,以至极致,只有充分抒写出一己之独特感悟、发挥出迥异于他人的风格,才可以创作出"轶往古、垂将来"的不朽之作。显然,陶望龄的"偏至论"是与李贽、袁宏道等人神韵互通的,如李贽认为作家的"性格""性情"有异,作品的风格便迥然不同:"故性格清澈者音调自然宣畅,性格舒徐者音调自然舒缓,旷达者自然浩荡,雄迈者自然壮烈,沉郁者自然悲酸,古怪者自然奇绝。"②当然,与李贽等人相比,陶望龄论诗时浓郁的性理气味,冲淡了他汰除复古之习的锐气。同时,具体而微的"大雅"仍是其论诗时最为完善的审美追求:"众偏之所凑,夫是之谓富有","人就其偏,而后诗之大全出焉"。③"大全"该备,是欲达而难以臻达的目标。退而求次,不得已而以偏凑全,这与李贽一意张扬个性相比较便显示了其锋芒的驽钝。李、陶之差异,根本原因在于两人的学术取向、性情有所不同:李贽所谓"情性"是本于一己、本于自然的情感,陶望龄虽然也尊崇个性,但更喜欢矜谈形而上的"人之性";李贽以狂者的姿态,以"异端"的色彩蜚声士林,陶望龄虽然对李贽推崇备至,称颂其"目如辰曦,胆如悬瓠。口如震霆,笔如飞雨。万蛰俄开,群萌毕怒",称

---

① [明]胡应麟:《诗薮·续编》卷二《国朝下》,上海古籍出版社1958年版,第353页。
② [明]李贽:《焚书》卷三《读律肤说》,中华书局2009年版,第132—133页。
③ [明]陶望龄撰,李会富编校:《陶望龄集·歇庵集》卷三《马曹稿序》,上海古籍出版社2019年版,第166页。

叹其"呜呼先生！大鹏九万"，自谓议论李贽"如彼玄驹，而谈驷马"，①但他实质还是"修悟交深，权实互用，而还证于圆"②，理论远不及李贽那样雄肆。因此，他说："古之善为文者，其始未尝无华盛之观、豪爽不可驯之气也，然必退就平实而后谓之至。"③他的诗文理论中，谈性论学与性气诗派相关；肯定"里巷之语"④，注重国风，与台阁体所谓"闾巷小夫女子之为"⑤、李梦阳所谓"途咢而巷讴"⑥不无关系。他对何景明予以很高的评价："大复先生自孝宗朝以古诗文显名，其振起功几为一代立统。"⑦其对何氏裔孙"秀润雅澹"⑧而具何景明遗风的诗歌亦颇为赞赏，亲撰《赠何先生序》褒扬之。

同时，陶望龄颇富理论色彩的文学理论还表现于其"内外"论，云：

> 凡事之难，恐求好未能得，其劣下者何须学慕，但肯自废弃，失足便成千仞。今人不晓作文，动言有奇平二辙，言奇言平，诖误后生。吾论文亦有二种，但以内外分好恶，不作奇平论也。凡自胸膈中陶写出者是奇是平，为好；从外剽贼沿袭者非奇非平，是为劣。骨相奇者以面目，波涛奇者以江河。风恬波息，天水澄碧，人曰此奇景也；西子双目两耳，人曰此奇丽也：岂有二哉？但欲文字佳胜，亦须有胜心。

---

① ［明］陶望龄撰，李会富编校：《陶望龄全集·歇庵集》卷十一《祭李卓吾先生》，上海古籍出版社 2019 年版，第 656—657 页。
② ［明］余懋孳：《歇庵集小引》，载［明］陶望龄撰，李会富编校：《陶望龄全集》附录二，上海古籍出版社 2019 年版，第 1396 页。
③ ［明］陶望龄撰，李会富编校：《陶望龄全集·歇庵集》卷三《张世调制义序》，上海古籍出版社 2019 年版，第 191 页。
④ ［明］陶望龄撰，李会富编校：《陶望龄集·歇庵集》卷三《吴越菁华录序》，上海古籍出版社 2019 年版，第 187 页。
⑤ ［明］杨荣：《文敏集》卷十一《逸世遗音集序》，清文渊阁四库全书本。
⑥ ［明］李梦阳撰，郝润华校笺：《李梦阳集笺校·李梦阳诗文补遗·诗集自序》，中华书局 2020 年版，第 2051 页。
⑦ ［明］陶望龄撰，李会富编校：《陶望龄集·歇庵集》卷五《赠何先生序》，上海古籍出版社 2019 年版，第 309 页。
⑧ ［明］陶望龄撰，李会富编校：《陶望龄集·歇庵集》卷五《赠何先生序》，上海古籍出版社 2019 年版，第 309 页。

老杜言:"语不惊人死不休。"陆平原云:"谢朝华于既披,启夕秀于未振。"昌黎曰:"唯陈言之务去,戛戛乎难哉!"自古不新不足为文,不平不足为奇。熔范之工,归于自然,何患不新、不古、不平、不奇乎? 时文虽小伎,然有神机,须悟得之。能悟者,看一句书明,经书皆明;读古人一篇文字,得其机杼,全部在是;作一篇文,便如百十篇。若看一句止是一句,做一篇止当一篇,则何益哉? 并其一篇一句亦非矣。余虽不足及此,于中亦少有领略。①

明代科举以八股文试士,制义之文成了士子们关注的焦点。② 当时的一些著名文学家也是制义名家,如唐顺之、归有光、汤显祖等。虽然制义之文须代圣人立言,僵化古板,而非文学之属,但由于特殊的令甲地位,文士们常借抬高时文以与古文相颉颃。因此,李贽③、袁宏道④等人也都借论时文以申论其文学思想。陶望龄的"内外论"也是就制义之文而发。奇丽和平淡是两种不同的风格,而当时明代的制义之文雅好奇怪之风,以博取主闱者的青睐,因此茅坤说:"近年来,举业已多务新奇,每一放榜,一番炫眼。"⑤而陶望龄主张寓奇丽于平淡之中。他说:"文之平淡者,乃奇丽之极。"⑥但奇丽与平淡并非陶望龄所关注的根本问题,内外之别才是陶氏论文的精要所在。内者:"自胸膈中陶写出者";外者:"剽贼沿袭

---

① [明]陶望龄撰,李会富编校:《陶望龄集·歇庵集》卷十六《登第后寄君奭弟书五首》其三,上海古籍出版社 2019 年版,第 953 页。
② 详见拙著:《刘基评传》第八章《"学而后入官,试之事然后用之"——教育、科选、人才思想》,南京大学出版社 1995 年版,第 251 页。
③ 如《焚书》卷三《时文后序》。
④ 如《袁宏道集笺校》卷四《诸大家时文序》,《袁宏道集笺校》卷十八《时文序》,《袁宏道集笺校》卷三十五《郝公琰诗叙》等。
⑤ 张大芝、张梦新校点:《茅坤集·茅鹿门先生文集》卷五《与胡举人朴庵书》,浙江古籍出版社 1993 年版,第 291 页。
⑥ [明]陶望龄撰,李会富编校:《陶望龄集·歇庵集》卷十六《甲午入京寄君奭弟书五首》其一,上海古籍出版社 2019 年版,第 955 页。

者"。① 晚明文人反对模拟因袭,但理论各具特色,有尚情,有求真,有唯求自我,有独抒性灵,但除了性灵论前人语焉不详之外,其他都是中国古代文论中的传统范畴。而陶望龄的内外之论堪称独创。

陶望龄之所以拈出这两个带有浓厚哲学色彩的范畴来论文,首先是王学当时因"泰州、龙溪而风行天下"②所致。众所周知,王学与程朱之学的根本区别之一在于:程朱认为"遍求"事物方可"达理",要即物穷理;王阳明认为"吾心之良知,即所谓天理也"③,求理不在"格物",而在"致知",在"心即理"。虽然王学也认为"致吾心良知之天理于事事物物,则事事物物皆得其理矣"④,"天地万物与人原是一体"⑤,"心"与万物同一,但是他特别申论万物"发窍之最精处,是人心一点灵明"⑥,"充天塞地中间,只有这个灵明"⑦,"心"才是最高本体:"人者,天地万物之心也;心者,天地万物之主也。心即天,言心则天地万物皆举之矣,而又亲切简易。"⑧乃至其又衍生出"心外无理""心外无物"⑨的结论。陶望龄深得王学宗传,一方面主张"道"(心)、"事"无碍,云"道之不明于天下也,事事而道道

---

① [明]陶望龄撰,李会富编校:《陶望龄集·歇庵集》卷十六《登第后寄君奭弟书五首》其三,上海古籍出版社2019年版,第953页。
② [清]黄宗羲著,沈芝盈点校:《明儒学案》卷三十二《泰州学案》一,中华书局2008年版,第703页。
③ [明]王守仁撰,吴光等编校:《王阳明全集》卷二《传习录中·答顾东桥书》,上海古籍出版社2011年版,第51页。
④ [明]王守仁撰,吴光等编校:《王阳明全集》卷二《传习录中·答顾东桥书》,上海古籍出版社2011年版,第51页。
⑤ [明]王守仁撰,吴光等编校:《王阳明全集》卷三《传习录下》,上海古籍出版社2011年版,第122页。
⑥ [明]王守仁撰,吴光等编校:《王阳明全集》卷三《传习录下》,上海古籍出版社2011年版,第122页。
⑦ [明]王守仁撰,吴光等编校:《王阳明全集》卷三《传习录下》,上海古籍出版社2011年版,第140页。
⑧ [明]王守仁撰,吴光等编校:《王阳明全集》卷六《答季明德》,上海古籍出版社2011年版,第238页。
⑨ [明]王守仁撰,吴光等编校:《王阳明全集》卷四《与王纯甫》二,上海古籍出版社2011年版,第175页。

也","道之外必无事,事之外必无道,不可二也"。① 另一方面其也以心为本体、主宰,云:"向在京师,时苦诸色工夫间断难守。忽一日,觉得此心生生不息之机,至无而有,至变而一,自幸以为从此后或易为力矣。"②"心"以哲学的观点言是生化万物的本体,在道德的角度而言是善。"尧谓之中,孔谓之仁,至阳明先生揭之曰良知。"③在此理论基础上产生的文学创作的"内外"论,肯定了"胸膈中陶写出者"④,无论是奇丽还是平淡,都是自然之文,都是好作品。如同王阳明泛滥词章,遍读考亭之书而终无所得,后出入佛老而学凡三变,"忽悟格物致知之旨"⑤一样,陶望龄也经历了一个诸色工夫难守的痛苦过程,也是由"泛滥于方外"⑥,而"觉得此心生生不息之机"⑦的。"悟"是王、陶学术思想变化的契机、手段。不管是王阳明对佛教"阳抑而阴扶",还是陶望龄引湛然、澄密、云悟等人"张皇其教,遂使宗风盛于东浙",⑧公开认同佛教,他们都受佛禅的影响,因"悟"而明心。陶望龄也以此论文,虽然他所说的是如何学习"时文",但也可透视出其文学主张在于得古人真精神,而非一篇一句地步趋形似。可见,无论是陶望龄的"内外论",还是因"悟"而得"古人机杼",都植根于王学乃至佛禅的理论之上而与复古派相颉颃。

---

① [清]黄宗羲著,沈芝盈点校:《明儒学案》卷三十六《泰州学案》五《文简陶石篑先生望龄·论学语》,中华书局2008年版,第871页。
② [清]黄宗羲著,沈芝盈点校:《明儒学案》卷三十六《泰州学案》五《文简陶石篑先生望龄·论学语》,中华书局2008年版,第869页。
③ [清]黄宗羲著,沈芝盈点校:《明儒学案》卷三十六《泰州学案》五《文简陶石篑先生望龄·论学语》,中华书局2008年版,第871页。
④ [明]陶望龄撰,李会富编校:《陶望龄集·歇庵集》卷十六《登第后寄君奭弟书五首》其三,上海古籍出版社2019年版,第953页。
⑤ [清]黄宗羲著,沈芝盈点校:《明儒学案》卷十《姚江学案·文成王阳明先生守仁》,中华书局2008年版,第180页。
⑥ [清]黄宗羲著,沈芝盈点校:《明儒学案》卷三十六《泰州学案》五《文简陶石篑先生望龄》,中华书局2008年版,第868页。
⑦ [清]黄宗羲著,沈芝盈点校:《明儒学案》卷三十六《泰州学案》五《文简陶石篑先生望龄·论学语》,中华书局2008年版,第869页。
⑧ [清]黄宗羲著,沈芝盈点校:《明儒学案》卷三十六《泰州学案》五《文简陶石篑先生望龄》,中华书局2008年版,第868页。

第四节　陶望龄与公安"三袁"的唱和交谊

陶望龄与公安"三袁"(尤其是宏道)交谊笃厚,过从甚密。公安派能够使"学者多舍王、李而从之"①,与其乃一文学团体,而非一二才隽的孤独呼号不无关系。公安派中,袁宏道堪称白眉,成就最著、声誉最隆,但作为一种文学派别,自然有一些声气相求、桴鼓相应的同道好友。陶望龄、黄辉、雷思霈、江盈科、曾可前、梅蕃祚、丘坦、袁宗道、袁中道等人便是宏道的重要羽翼,他们一起激荡推扬,最终形成了一股文学革新思潮。其中,具有高科重望的陶望龄、黄辉、袁宗道还有先发之功。钱谦益云:"万历中年,汰除王、李结习,以清新自持者,馆阁中平倩、周望为眉目云。"②清人陈田曰:"公安楚咻,始于伯修。黄平倩、陶周望与伯修同馆,声气翕合。中郎稍晚出,推波助澜,二人益降心从之。"③其交谊在他们的诗文中多有描述。袁宏道《别石篑》诗云:"君携我如头,我从君若尾,不是西看山,便是东涉水。谁家薄福缘,生此两狂子?受用能几何,苦他双脚底。"④陶望龄亦云:"我心实敬君,君心亦予爱。"⑤陈继儒亦云:"(思白董公)读中秘书,日与陶周望、袁伯修游戏禅悦,视一切功名文字直黄鹄之笑壤虫而已。"⑥陶望龄与公安"三袁"堪称是"我肠寄君心,君言出我口",

---

① [清]张廷玉等:《明史》卷二百八十八《袁中道传》,中华书局1974年版,第7398页。
② [清]钱谦益撰集,许逸民、林淑敏点校:《列朝诗集·丁集》第十五《陶祭酒望龄》,中华书局2007年版,第5818—5819页。
③ [清]陈田辑:《明诗纪事》庚签卷十六《陶望龄》,上海古籍出版社1993年版,第2524页。
④ [明]袁宏道著,钱伯城笺校:《袁宏道集笺校》卷九《别石篑》其四,上海古籍出版社2018年版,第431页。
⑤ [明]陶望龄撰,李会富编校:《陶望龄集·歇庵集》卷二《别袁六休七章》其四,上海古籍出版社2019年版,第67页。
⑥ [明]陈继儒:《容台文集叙》,载[明]董其昌:《容台文集》卷首,《四库全书存目丛书》集部第171册,齐鲁书社1997年版,第237—238页。

"万里为奇偶"的友朋。① 他们一起谈禅论学,看山听泉。陶望龄的学术、文学思想也因与宏道的过从而变化,他曾说:"袁中郎以禅废诗,复以律废谈禅。仆二事皆不及,而亦效之,于诗甘取近代,于禅甘居小乘。"②陶望龄与"三袁"之间的相得相宜,源于他们相似的学殖与文学观念。陶望龄之于晚明文学思潮中的地位又是与袁宏道的同气相求有直接的关系。

袁宏道与陶望龄的相得,是因为他们属文赋诗唯求自运。陶氏昆仲的作品"立意出新机,自冶自陶铸"③,一如袁氏兄弟之"独抒性灵,不拘格套",他们有相似的文学观。袁宏道以性灵相倡,一扫王、李之云雾,陶望龄也痛诋七子派是古非今的文学观:

> 江淹有言:"玄黄金碧,亦合其美并善而已。"古今尽然,何惑于后世哉?必相摹而后为文,是《典》《谟》以后,商周不得称浑噩,又何论秦汉邪?今世学者不胜贫窭,终身守数十百字,便为博古,不惟神气意色去之愈远,而哀集累牍,蔽以一篇,作述如林,仅出一手,更自推第,动云"西京、建安以还,澌洗欲尽",虽盛世多材乎司马子长之俦,亦未宜若斯之众也。④

陶、袁二人都少挟仙骨、雅负隽才。陶氏馆课之什,与袁郎属文吴中,异地同心,相与讥弹文坛敝习,其"万里为奇偶"⑤之谊,是基于共同的文学诉求。当然,他们的同气相求还集中地表现为对前贤与时人的推挹,为

---

① [明]袁宏道著,钱伯城笺校:《袁宏道集笺校》卷九《别石篑》其二,上海古籍出版社2018年版,第431页。
② [明]陶望龄撰,李会富编校:《陶望龄集·歇庵集》卷十六《与新安某君》,上海古籍出版社2019年版,第943页。
③ [明]袁宏道著,钱伯城笺校:《袁宏道集笺校》卷九《喜逢梅季豹》,上海古籍出版社2018年版,第414页。
④ [明]陶望龄撰,李会富编校:《陶望龄全集·歇庵集》卷十三《拟与友人论文书》,上海古籍出版社2019年版,第785页。
⑤ [明]袁宏道著,钱伯城笺校:《袁宏道集笺校》卷九《别石篑》其二,上海古籍出版社2018年版,第431页。

晚明文学思潮提供了与复古派相颉颃的经典标的,壮大了晚明革新派声容。从这个意义上说,树昔贤之高标,缩秋潦而见原泉,于稠人广众之中觅得奇伟卓荦之士,以荡涤文坛芜秽之习,其廓清之效,不让于其倡求文学新论、创作疏瀹性灵的诗文。

回溯历史,著晚明文学革新先鞭的徐渭乃是一位名不出乡里的"牢骚肮脏士"①。而识得其"眼空千古,独立一时"②雄迈之气,欲起文长于地下,与之把臂,发抒相见恨晚之慨,惊呼拜跪,并使之誉著文坛,成为晚明文坛一道亮丽风景的,正是陶、袁二人。据陶望龄《徐文长传》载:"文长没数载,有楚人袁宏道中郎者来会稽,于望龄斋中见所刻初集,称为奇绝,谓'有明一人',闻者骇之。若中郎者,其亦渭之桓谭乎!"③袁宏道亦记述道:"余一夕坐陶太史楼,随意抽架上书,得《阙编》诗一帙,恶楮毛书,烟煤败黑,微有字形。稍就灯间读之,读未数首,不觉惊跃,急呼周望:'《阙编》何人作者,今邪古邪?'周望曰:'此余乡徐文长先生书也。'两人跃起,灯影下读复叫,叫复读,僮仆睡者皆惊起。"④徐渭"随便付随便佚"的著述,得以梓播人间,也是因陶望龄友人商景哲的收藏与刊布,陶望龄的诠次⑤,袁宏道"援笔为序,陶公和之"⑥。其后两人为文长作传,"为文长吐

---

① [明]钟人杰:《四声猿引》,载[明]徐渭:《徐渭集》附录,中华书局1983年版,第1356页。
② [明]袁宏道:《徐文长传》,载[明]徐渭:《徐渭集》附录,中华书局1983年版,第1343页。
③ [明]陶望龄撰,李会富编校:《陶望龄全集·歇庵集》卷十二《徐文长传》,上海古籍出版社2019年版,第713页。
④ [明]袁宏道著,钱伯城笺校:《袁宏道集笺校》卷十九《徐文长传》,上海古籍出版社2018年版,第771页。
⑤ 从陶望龄的记述来看,袁宏道亦有参与编次徐渭集的计划。陶望龄《与袁六休》云:"天池遗稿甚富,今正拘写,已得四五。弟亦稍为校阅,诗存其九,文存其五。校毕,当集为善板流行,兄亦不须更写也。"([明]陶望龄撰,李会富编校:《陶望龄全集·歇庵集》卷十五《与袁六休二首》其一,上海古籍出版社2019年版,第883页)
⑥ [明]商维浚:《刻徐文长集原本述》,载[明]徐渭:《徐渭集》附录,中华书局1983年版,第1347页。

气"①。他们竭力推赞的文长"如嗔如笑,如水鸣峡,如种出土,如寡妇之夜哭,羁人之寒起"②的诗作,也成为其力倡的"独抒性灵,不拘格套"文学观合法性的绝佳注脚。

公安派虽然以师心自用,一空依傍相号召,但由于诗歌等文学样式是经过长期的历史演变而形成的,具有独特的审美规范、表现方式等等,这也是不同的体裁样式存在的内在根据。因此,师习往古经典作品是创作的必要途径。从这个意义上说,公安派主张的"信腕信口"其实是深谙经典前提之下的自然抒写。七子派与公安派及晚明革新派文人的区别实乃是否胶执于特定取法对象、特定风格等等。与七子派以"诗必盛唐"相标榜不同,晚明文人往往对宋代文化魁杰苏轼推尊殊胜,苏轼不让于前贤的突出成就也成为革新派文人破斥七子派"诗必盛唐"的利器。《歇庵集》中仅存的致袁宏道的两通尺牍之一③,便是集中讨论这一堪称是晚明文学思潮重要表征的核心问题。陶望龄云:"弟初读苏诗,以为少陵之后一人而已。再读,更谓过之。初言之,亦觉骇人。及见子由已先有此论,兄言又暗合,益知非谬。永叔诗虽好,终不如子瞻。盖子瞻如海,永叔如三山,虽仙灵所都,终是大海中物。……时贤未曾读书,读亦不识,乃大言宋无诗,何异梦语!"④陶望龄极崇子瞻而直击七子派的要害,痛诋其"大言宋无诗,何异梦语",以"未曾读书,读亦不识"的轻贱语气嘲讽曾久持文

---

① [明]袁宏道著,钱伯城笺校:《袁宏道集笺校》卷二十二《答陶石篑》,上海古籍出版社 2018 年版,第 840 页。

② [明]袁宏道:《徐文长传》,载[明]徐渭:《徐渭集》附录,中华书局 1983 年版,第 1343 页。

③ 陶望龄致袁宏道的尺牍当遗佚甚多。今存《袁宏道集笺校》中,以《答陶石篑》《答陶石篑编修》为题的即有九通。另有九通以《陶石篑》《与陶石篑》《与陶祭酒》《陶周望宫谕》《陶周望祭酒》等为题。《歇庵集》中仅存两通,两辑所存数量悬殊。据袁宏道自述:"四月不得一字,悬念殊甚。"([明]袁宏道著,钱伯城笺校:《袁宏道集笺校》卷二十一《与陶石篑》,上海古籍出版社 2018 年版,第 808 页)足见两人音问何其频繁。其中偶有伯修代致之外,现存袁宏道文集中即有多处"得兄书""得来札""僧来,读手书""细绎来札""藻来""得手书"等陶望龄致书袁宏道的明证。

④ [明]陶望龄撰,李会富编校:《陶望龄全集·歇庵集》卷十五《与袁六休二首》其二,上海古籍出版社 2019 年版,第 883—884 页。

柄、以古相高的七子派文人。对此，袁宏道有同好之应，云："放翁诗，弟所甚爱，但阔大不如欧、苏耳。近读陈同甫集，气魄豪荡，明允之亚。周美成诗文近可人。世间骚人全不读书，随声妄诋，欺侮先辈。前有诗客谒弟，偶见案上所抄欧公诗，骇愕久之，自悔从前未曾识字。弟笑谓真不识字，非漫语也。"①他们在商论互证之中，借助于对前贤的归慕，强化了共同的文学诉求。

陶望龄之所以与袁宏道能成为"万里为奇偶"②的友朋，并辅成以袁宏道为中坚的晚明文学思潮，这与他们具有共同的学术旨趣不无关系。宏道在致伯修的尺牍中尝云："石篑间一为诗，弟无日不诗；石篑无日不禅，弟间一禅。此是异同处。"③谈禅论诗乃至诗禅互证是他们共同的雅好。就佛学而言，他们都见列于清人彭绍升的《居士传》之中。陶望龄与袁宏道都曾着意于百卷《宗镜录》的删摄。陶望龄曾对《宗镜》"磨勘十年，约束三章，昭融片念"④，作《宗镜广删》。对其内容，黄汝亨有这样的描述："析教阐宗，神理无毫发之憾；说详还约，脉络若元气之周。且复从旁点抹，如数发而抽丝；择要标题，似洞筋而吸血。使凡夫豁眼，智者开胸。"⑤惜原书已佚。一如袁宏道所作《宗镜摄录》、袁中道作《宗镜摄摄录》不见存于世一样。所著《新释楞伽经序》《妙法莲华经观世音菩萨普门品备解序》《净业要编序》《永明道迹序》阐论了他的佛学观念。其中陶望龄对永明延寿的融通观念尤为激赏，曰：

---

① [明]袁宏道著，钱伯城笺校：《袁宏道集笺校》卷二十二《答陶石篑》，上海古籍出版社2018年版，第840页。
② [明]袁宏道著，钱伯城笺校：《袁宏道集笺校》卷九《别石篑》其二，上海古籍出版社2018年版，第431页。
③ [明]袁宏道著，钱伯城笺校：《袁宏道集笺校》卷十一《伯修》，上海古籍出版社2018年版，第527页。
④ [明]黄汝亨：《宗镜广删序》，载[明]陶望龄撰，李会富编校：《陶望龄全集》附录二，上海古籍出版社2019年版，第1416页。
⑤ [明]黄汝亨：《宗镜广删序》，载[明]陶望龄撰，李会富编校：《陶望龄全集》附录二，上海古籍出版社2019年版，第1416页。

故永明大师嗣兴，浑理事而以身范焉。大师，法眼之嫡孙，韶师之真子，妙契单传，亲蒙记莂。然禅宗不立文字，而师乐说无碍，百卷河悬；禅宗呵斥坐禅，而师跏趺九旬，鹊巢衣褋；禅宗指决唯心，无他净土，而师经行持念，角虎示人；禅宗但贵眼正，不贵行履，而师万善同归，勤行百八。所以抑虚滥，示之堤防；导因心，趣于极果。真金出冶，盛作庄严；大海吞流，不辞涓滴。真祖位大成之圣、法王金轮之尊者也。①

同样，袁宏道曾倾力于《宗镜录》的提撮，"逐句丹铅，稍汰其烦复"②作《宗镜摄录》。陶、袁都曾对《宗镜录》的内容有过疑议。袁宏道《宗镜摄录》今虽不存，但其对永明延寿的体认在智旭的记述中可略窥一二。智旭《校定宗镜录跋四则》之一云："永明大师，相传为弥陀化身，得法于韶同师，乃法眼嫡孙。宗眼圆明，梵行清白。睹末运宗教分张之失，爰集三宗义学沙门于宗镜，尝广辨台贤性相旨趣，而衡以心宗，辑为《宗镜录》百卷，不异孔子之集大成也。未百年法涌诸公，擅加增益，于是支离杂说，刺人眼目。致袁中郎辈，反疑永明道眼未彻，亦可悲矣。"③陶望龄亦然。据袁宏道致陶望龄的尺牍载："石篑寄伯修书云：'近日看《宗镜录》，可疑处甚多。即如三界唯心，一切唯识二语，三岁孩儿说得，八十岁翁翁行不得。'又问伯修：'此事了得了不得？'"④两人就此问题进行讨论，宏道云：

但既云"唯心"，一切好恶境界，皆自心现量也，更何须问行与不

---

① [明]陶望龄撰，李会富编校：《陶望龄全集·歇庵集》卷三《永明道迹序》，上海古籍出版社2019年版，第152页。
② [明]袁中道著，钱伯城点校：《珂雪斋集》卷十一《宗镜摄录序》，上海古籍出版社2019年版，第550页。
③ [明]智旭：《灵峰蕅益大师宗论》卷七之一《较定宗镜录跋四则》，《嘉兴大藏经》（新文丰版）第36册，第379页。
④ [明]袁宏道，钱伯城校笺：《袁宏道集笺校》卷二十一《答陶石篑》，上海古籍出版社2018年版，第794页。

行？此何异牛肚中虫，计量天地广狭长短哉？夫三岁孩儿说得，此是三岁孩儿神通也；八十岁翁行不得，此是八十岁翁衰颓也。于本分事何涉，而自作葛藤耶？了事不了事，此在当人，但不知兄以何为了？若以不疑为了，则指屈项伸鼻高眼低，种种可疑者甚多。若石篑又谓指屈项伸鼻高眼低，此是当然，原不足疑，则世间举无可疑者矣。若以不怕死为了，世间自有一等决烈男子，甘刃若饴者矣，可俱谓之了生死乎？①

宏道还以如下的故事开示陶望龄：

> 小说载一担夫，为圣僧肩行李入山，途中问曰："观公威德，与佛何别？"圣僧曰："佛自在，我却不自在。"担夫乃耸肩疾走而言曰："你看我有甚不自在？"圣僧具天眼者，即时见夫相好具足，因合掌作礼，取行李自肩。行未数步，担夫忽念："彼从万劫修来，尚未成佛，我乃凡夫，安得诇尔？"念未既，圣僧见担夫威光顿灭，因诃之曰："尔依前不得自在矣，速荷担去！"此语浅率，大有妙义。愿兄着眼，无作退心担夫也。②

显然，针对陶望龄关于《宗镜录》"三界唯心""一切唯识"思想以及说得与行得、了得了不得之问，袁宏道的回答，实乃是关于随缘自在、自然具足思想的申论，这是与宏道力倡的"独抒性灵，不拘格套"的文学思想相符契的佛学认知。尤其难能可贵的是，宏道以性灵相倡，而讥弹物议渐起③，但陶望龄深以与袁宏道过从为自得，其致友人书云："袁中郎礼部，

---

① ［明］袁宏道著，钱伯城校笺：《袁宏道集笺校》卷二十一《答陶石篑》，上海古籍出版社2018年版，第794页。
② ［明］袁宏道著，钱伯城校笺：《袁宏道集笺校》卷二十一《答陶石篑》，上海古籍出版社2018年版，第795页。
③ 对此，袁宗道《大人书》载："二哥有书来，正同陶石篑游齐云山，自云过真州度夏。新刻大有意，但举世皆为格套所拘，而一人极力摆脱，能免末俗之讥乎？"（［明］袁宗道著，钱伯城标点：《白苏斋类集》卷十六《大人书》，上海古籍出版社2007年版，第216页）

天才秀出,蚤年参究,深契宗旨,近复退就平实,行履精严。然不知者或指目为怪罔,而疑仆不宜与游。夫仆何人而敢与中郎游乎?"①由此亦可见陶望龄谈禅论诗深受袁宏道的影响,两人围绕《宗镜录》的讨论实乃是其文学思想的学理铺垫。从这个意义上说,探求陶望龄在晚明文学思潮的作用及其学术影响,不妨从晚明文学思潮的主将袁宏道致陶望龄的尺牍中寻绎其端绪。

陶、袁的学术互动,促进了袁宏道后期学术思想的形成。袁宏道的佛学思想经历了由南禅顿悟而不废渐修,最终归心净土的过程。其中,陶望龄是其最为重要的禅友,与陶望龄的参证商论,是袁宏道佛学及文学思想形成的重要机制之一。如,袁宏道学术渐至稳实时,在《答陶石篑》中,表达了对禅修的认识:

> 妙喜与李参政书,初入门人不可不观。书中云:"往往士大夫悟得容易,便不肯修行,久久为魔所摄。"此是士大夫一道保命符子,经论中可证者甚多。姑言其近者:四卷《楞伽》,达摩印宗之书也;龙树《智度论》、马鸣《起信论》,二祖师续佛慧灯之书也;《万善同归》六卷,永明和尚救宗门极弊之书也。兄试看此书,与近时毛道所谈之禅,同耶否耶?②

晚明居士文人对大慧宗杲推崇甚至,而尤以公安"三袁"为最。这通尺牍作于《西方合论》甫著后,袁宏道着意于净业,谈禅亦重禅修,以与"近时毛道所谈之禅"相区别。值得注意的是,宏道的这一学术转向,还溯及阳明,云:

---

① [明]陶望龄撰,李会富编校:《陶望龄全集·歇庵集》卷十五《与友人》,上海古籍出版社2019年版,第897页。
② [明]袁宏道著,钱伯城校笺:《袁宏道集笺校》卷二十二《答陶石篑》,上海古籍出版社2018年版,第853页。

> 近代之禅,所以有此流弊者,始则阳明以儒而滥禅,既则豁渠诸人以禅而滥儒。禅者见诸儒汨没世情之中,以为不碍,而禅遂为拨因果之禅;儒者借禅家一切圆融之见,以为发前贤所未发,而儒遂为无忌惮之儒。不惟禅不成禅,而儒亦不成儒矣。①

晚明文学思潮是深植于阳明学的学理之上而形成的,其代表人物徐渭、李贽、公安"三袁"、汤显祖都深受阳明学的濡染。袁宏道亦有云:"当代可掩前古者,惟阳明一派良知学问而已。"②但随着袁宏道对高张性灵、不拘格套的文学思想的调适,在学术思想上对阳明以及泰州学派渐有不满之辞。陶望龄生于阳明学的发源地,深受王畿、罗汝芳、周汝登等人的影响,被视为继承阳明学泽的儒林中人。因此,当袁宏道为学渐趋稳实之时,其对阳明及其后学态度的改变,亦通过与陶望龄的互证中得以呈现。袁宏道在对阳明及其后学物议之时,亦对陶望龄"受教最久"③的周海门的学术取向略有微词,云:"海门居士于此事亦有入处,弟许之者,非谓其止此而已。若复自以为足,则尚是观场之人,与此道何啻千里。"④不难看出,袁宏道与陶望龄的尺牍互通,是袁宏道学术思想演变的重要载体以及申论学术与文学关系的平台。袁宏道与陶望龄谈禅论诗的过程当中,提出了道与文学的清晰关系,云:"川勤之悟也,而与高安终身不相下;妙喜之悟也,而圆悟痛戒之以性气。此等若以俗眼观可,讵以人天眼目相许耶? 白、苏、张、杨,真格式也;阳明、近溪,真脉络也。近有小根魔子,日间挨得两餐饥,夜间打得一回坐,便自高心肆臆,不唯白、苏以下诸人遭其摈

---

① [明]袁宏道著,钱伯城校笺:《袁宏道集笺校》卷二十二《答陶石篑》,上海古籍出版社2018年版,第853页。
② [明]袁宏道著,钱伯城校笺:《袁宏道集笺校》卷二十一《答梅客生》又,上海古籍出版社2018年版,第797页。
③ [明]陶望龄撰,李会富编校:《陶望龄全集·歇庵集》卷三《海门文集序》,上海古籍出版社2019年版,第159页。
④ [明]袁宏道著,钱伯城校笺:《袁宏道集笺校》卷二十二《答陶石篑》,上海古籍出版社2018年版,第853页。

斥,乃至大慧、中峰,亦被疑谤。此等比之默照邪禅,尚隔天渊,若遇杲公,岂独唾骂呵叱而已?"①袁宏道不以俗眼视妙喜之悟,而以文道相洽为尚,脉络、格式相融为归,这正是学术与文学关系的典型表述,也是以袁宏道为代表的公安派乃至晚明文学思潮兴起机制的客观呈现。袁宏道所痛斥的"小根魔子"恰恰也是以诗禅相兼为表征之一的,这从大约同时的钱谦益《楞严经疏解蒙钞》中的一段表述可以得到印证:"声论宜明,婆娑教体,大化东流,弥文日盛,房公雄文润色,冥契佛旨,正欲不离文字,摄化此方,妙义流传,机缘熏习,慧业者得意于筌罤,小根者染神于点墨。"②宏道后期归心净土之时,表达了对狂禅之滥的不满之后,更有对小根魔子的痛切批难,云:

> 弟往见狂禅之滥,偶有所排,非是妄议宗门诸老宿。自今观之,小根之弊,有百倍于狂禅者也。……宗门与教,原自别派。永嘉云:"闻说如来顿教门,恨不灭除令瓦碎。"如今小根所执膻,而悦之者如蛆,宁复可恨,近溪而下,真可恨者也。愿兄高着眼,莫落断常坑也。③

袁宏道对狂禅与小根魔子的批评,都出现在与陶望龄的尺牍中。袁宏道批难对象,固然是就宗门风气而言,但同时又涉及阳明学。"狂禅之滥"源于王阳明与邓豁渠,而"小根魔子"也体现在"近溪而下"的学术流衍之中,且警示陶望龄"高着眼,莫落断常坑"。因此,宏道所痛恶的"小根魔子"显然是有别于"狂禅"的兼及诗禅的另一极,并存在于陶望龄所及的学术环境之中。宏道与陶望龄的尺牍互通,真切地记录了袁宏道学术与文学的这一回环演变的过程。诚如其致陶望龄的另一通尺牍中所

---

① [明]袁宏道著,钱伯城校笺:《袁宏道集笺校》卷四十三《答陶周望》,上海古籍出版社2018年版,第1359—1360页。
② [明]钱谦益钞:《楞严经疏解蒙钞》卷末五录《传译第一》,《卍续藏经》第13册,第851页。
③ [明]袁宏道著,钱伯城校笺:《袁宏道集笺校》卷四十三《答陶周望》,上海古籍出版社2018年版,第1360页。

云:"弟学问屡变,然毕竟初入门者,更不可易。其异同处,只矫枉过直耳,岂有别路可走耶?据兄所见,则从前尽不是,而今要求个是处,此事岂可一口尽耶?今日如此,明日又如此,才有重处,随即剿绝。今日之剿,在明日又为重处矣。"①袁宏道自述的学术迁变历史,何尝不是其文学观念演变的同步轨迹?不难看出,陶望龄与袁宏道的交谊互证,对晚明文学思潮中坚袁宏道思想的演变起到了重要催化作用。如果说江盈科对于袁宏道的文学新论更多应和与附翼②,那么,陶望龄于袁宏道文学观念得以产生的学殖则更多互动和启示之功。揆诸学术之于晚明文学思潮肇兴的理论引领之功,陶望龄之于公安派的作用也显得更加深厚,对于理解儒释与晚明文学思潮的关系更富典型意义。

陶望龄虽不是公安主将,但是他与宗道、黄辉等人不驱附时流,声闻馆阁,为袁宏道力倡性灵说创造了良好的氛围。同时,袁宏道长于创作,后人有"叫嚣浅卤"③的诟病。而陶望龄深受王学浸润,富有"谭道证性"④之资,对公安派的理论有补苴之功。但是由于陶著自明万历年间初刻后,鲜有重锓,流布不广,因而后人对其研究甚少。但陶望龄与"三袁"一起推荡呼应,为公安派文学的形成及流布曾产生了重要的作用。陶望

---

① [明]袁宏道著,钱伯城校笺:《袁宏道集笺校》卷四十二《答陶周望》,上海古籍出版社2018年版,第1350页。

② 对此,钟惺云:"袁仪部所以极喜进之者,缘其时历诋往哲,遍排时流,四顾无朋,寻伴不得。忽遇一江进之,如空谷闻声,不必真有人迹,闻跫然之音而喜。今日空谷中已渐为轮蹄之所,不止跫然之音,且不止真有人迹矣!"([明]钟惺著,李先耕、崔重庆标校:《隐秀轩集》卷二八《与王穉恭兄弟》,上海古籍出版社2017年版,第539—540页)袁宏道前期的诗文集《敝箧集》《锦帆集》《解脱集》,江盈科都撰写序文,其中《解脱集》为序两篇。江盈科致宏道尺牍仅存一通,当是与他们分别为吴县与长洲县令,过从面晤甚多有关。钱希言《锦帆集序》云:"是时,桃源江侯进之亦其乡人,又同年友也,适令长洲,能以文学饰吏治。一时两邑之政并称神明,议者方之鲁中矣、单父云。使君(袁宏道)暇则与江侯联骑循行,引父老子弟问诸所疾苦,务尽下情;或相与咏歌田野间,觉翠微渐覆口角,仰视沉瀯,因风而送曼声,悠然乐也。已复相携登姑苏台废址,抚夷光之屐迹,想像于圮墟,慷慨兴怀焉。"([明]钱希言:《锦帆集序》,载[明]袁宏道著,钱伯城校笺:《袁宏道集笺校》附录三,上海古籍出版社2018年版,第1836页)

③ 钱锺书:《谈艺录》二九《竟陵诗派》,中华书局1984年版,第102页。

④ [明]黄汝亨:《歇庵集序》,载[明]陶望龄撰,李会富编校:《陶望龄全集》附录二,上海古籍出版社2019年版,第1395页。

龄实为一公安派重镇。

第五节　颇得佛理禅意的诗歌

陶望龄的创作成就主要体现在诗歌。数量不很多,但无不受其"学"与"思"的浸润。作品的成就诚如钱谦益所云:"万历中年,汰除王、李结习,以清新自持者,馆阁中平倩、周望为眉目。"①他不顾别人劝阻,与袁宏道等人相推求,谈禅论学、赋诗论文。诗歌也以清新自持,对晚明文坛风气的转变产生了一定的作用。对陶诗的分析和评价,兹从朱彝尊所论谈起,朱氏在《静志居诗话》中云:

> 周望早年诗格清越,超超似神仙中人。中岁讲学逃禅,兼惑公安之论,遂变芸夫荛竖面目。白沙在泥,与之俱黑,良可惜也。②

朱彝尊对公安派的偏见实质是复古派文人的老调重弹。陶望龄与袁宏道的过从在当时即受到讥诃,但陶望龄本人对其很不以为然。事实上,陶望龄早年的"清越"之音在王、李结习之时,已成诗坛"眉目"③,与宏道实为志趣相得的唱和附随者。"芸夫""荛竖"之谓,完全是封建文人卑夷民众的偏见,而"诗格清越,超超似神仙中人"则颇值一议。

遍读陶诗,我们确实感受到扑面而来的悠扬清音,但是其馆课文字当除外,如《塞下曲四首》:

> 胡氛荡尽羽书稀,戍鼓无声猎马归。并州侠少经征战,但话休兵

---

① [清]钱谦益撰集,许逸民、林淑敏点校:《列朝诗集·丁集》第十五《陶祭酒望龄》,中华书局2007年版,第5818—5819页。
② [清]朱彝尊著,姚祖恩编,黄君坦校点:《静志居诗话》卷十六《陶望龄》,人民文学出版社1990年版,第469页。
③ [清]钱谦益撰集,许逸民、林淑敏点校:《列朝诗集·丁集》第十五《陶祭酒望龄》,中华书局2007年版,第5819页。

泪满衣。(其一)

寒沙月黑生残烧,陇水秋高足断云。谁上孤台夜吹笛? 傍河胡帐几千群。(其二)①

这些积极用世的诗歌,就如同其"秉铎于孔氏","谭道证性,略物综事"的表论序记文字一样。风格也苍劲浑厚、古朴本色。但是陶诗更多的是"品置泉石,啸吟烟云"等表达其"超如"洒脱的人生态度的作品,风格也清俊秀逸,意境闲谧深邃。②

朱彝尊喻陶望龄早年似"神仙中人"未必恰当。陶望龄醉心山水、描摹自然的作品,是"得禅之深"③使其然。诗、禅相得,往往在诗歌中形成了一些共同的意象、物境,如闲云、幽林、鸣蝉、啼鸟等等,而尤以明月最为达意。这是因为月华如水,温润朗丽,没有骄阳的炫目,但澄澈空灵,给人以更多的感悟、想象的空间,这与佛教禅悟的旨趣多相吻合。同时,中国佛教尤重圆融,天台、华严的判教理论更是如此。天台的所谓五时八教,按释迦五时说法的教理浅深,分成藏、通、别、圆四种,认为《法华经》为佛在最后的说法,被判为化导的终极,纯圆独妙高出八教之表。华严的判教则是五教十宗,其终极之宗教分别是大乘圆教。因此,月轮的虚灵、圆满成了诗人们表现禅味的重要途径。望龄诗歌中也与宏道一样,多有月轮之象,如《长春园十景十首》其九:

明月在溪上,月影漾溪底。溪月两澄映,侬心亦如此。④

---

① [明]陶望龄撰,李会富编校:《陶望龄全集·歇庵集》卷一《塞下曲四首》其二,上海古籍出版社2019年版,第39页。
② [明]黄汝亨:《歇庵集序》,载[明]陶望龄撰,李会富编校:《陶望龄全集》附录二,上海古籍出版社2019年版,第1395页。
③ [明]黄汝亨:《歇庵集序》,载[明]陶望龄撰,李会富编校:《陶望龄全集》附录二,上海古籍出版社2019年版,第1395页。
④ [明]陶望龄撰,李会富编校:《陶望龄全集·歇庵集》卷一《长春园十景十首》其九,上海古籍出版社2019年版,第18页。

《暑月抱病戏成六绝》其一：

> 汲水闲煎新茗，拂石独坐苍苔。鸟外片云自去，竹间明月常来。①

《怀昭素年兄近体四章》其二：

> 秋月色偏苦，黄花影亦寒。一尊花月底，相对别离难。酒罢月刚堕，客行花已残。年年花发处，不忍月中看。②

再如"虚斋斜月栏杆"③、"灵祠落月虚"④、"月轮尚抱千秋镜"⑤等，都是借明月写空灵的物境、澄静的心境，体现了陶望龄精研内典的学殖。

陶望龄自云："虽以文词为识，而冗僭芜废，无少窥见。复耽味虚寂，增其疏陋。至所谓虚寂者，虽颇爱其言，实又无得也。"⑥虽然对嗜虚寂之言有所懊恼，抑或是自谦，但诗歌中的虚寂之境确实较为经见。上引《长春园十景》诗，诗人描写的不是碧空皓月，而是溪底水月，以月影写"依心"，这是典型的佛教"月轮观"。佛教认为金刚界以满月圆明之体与菩提心相类。如《心地观经》卷八曰："凡夫所观菩提心相，犹如清静圆满月

---

① ［明］陶望龄撰，李会富编校：《陶望龄全集·歇庵集》卷一《暑月抱病戏成六绝》其一，上海古籍出版社 2019 年版，第 18 页。
② ［明］陶望龄撰，李会富编校：《陶望龄全集·歇庵集》卷一《怀昭素年兄近体四章》其二，上海古籍出版社 2019 年版，第 60 页。
③ ［明］陶望龄撰，李会富编校：《陶望龄全集·歇庵集》卷一《暑月抱病戏成六绝》其六，上海古籍出版社 2019 年版，第 19 页。
④ ［明］陶望龄撰，李会富编校：《陶望龄全集·歇庵集》卷一《淮阴侯祠二首》其二，上海古籍出版社 2019 年版，第 23 页。
⑤ ［明］陶望龄撰，李会富编校：《陶望龄全集·歇庵集》卷一《圣节朝贺》，上海古籍出版社 2019 年版，第 35—36 页。
⑥ ［明］陶望龄撰，李会富编校：《陶望龄全集·歇庵集》卷十五《与友人》，上海古籍出版社 2019 年版，第 896—897 页。

轮,于胸臆上明朗而住。"①《法华轨》曰:"如秋月光明澄静仰在心中。"②陶望龄诗歌中的澄月与心相的比况互证,传达出的是作者"谭道证性"③的佛学旨趣。《暑月抱病戏成六绝》其一,并不像上一首那样明显地表现禅义,描写的是一远离尘嚣的幽独闲适之境,虽然诗中运用了汲、煎、指、坐、去、来诸动词,但是全诗给人们的印象则人是"闲""独"之人,境是片云、明月、幽篁。寓灵动于静寂,其中的深意也颇值玩味。

中国诗僧的作品以王梵志、寒山、拾得为最,其中王梵志的诗歌唐宋以来一直受到僧俗人士的喜爱,唐宋文人对梵志诗多有效摹,如王维在《胡居士皆病寄此诗兼示学人》注为"二首梵志体",克勤也曾改作梵志的《土馒头》诗。此外,皎然、黄庭坚以及诗僧慧洪等人也都曾仿效梵志诗,但明清以来王梵志及其诗歌长期湮没无闻,清康熙年间编纂《全唐诗》对王诗只字未录,其生平仅见于唐人冯翊的《桂苑丛谈》和宋人修纂的《太平广记》之中。直至清末敦煌藏书被发现,梵志诗又重新受到国内外学人的重视。梵志诗的特点是语言平白如话,口语、俚语皆可入诗,但又富于理趣,富言外之韵。在陶望龄所处的晚明时期,效拟梵志的作品十分鲜见,现存的《歇庵集》中诗作并不多见,但其中竟有八首为效拟梵志诗。题为《袁伯修见寄效梵志诗八章拟作》:

腐烂光明萤火,细酸习气醯鸡。妍丑衫儿宽窄,是非帽子高低。(其一)
水上踏车彻困,屋底推磨生盲。终日脚忙脚乱,那得半里途程。(其二)
梦中捏紧拳头,捉得生狞一鬼。狂呼大叫傍人,摔着自家双耳。(其三)
老鼠相语穴口,笑杀飞空蝙蝠。饶尔健翅梢云,不及仓中有谷。(其四)
竺文儒典道经,浪说是非非是,都将付与村丁,还他黑字白纸。(其五)

---

① [唐]般若译:《大乘本生心地观经》卷八《发菩提心品第十一》,《大正藏》第 3 册,第 328 页。
② [唐]不空译:《成就妙法莲华经王瑜伽观智仪轨》,《大正藏》第 19 册,第 601 页。
③ [明]黄汝亨:《歇庵集序》,载[明]陶望龄撰、李会富编校:《陶望龄全集》附录二,上海古籍出版社 2019 年版,第 1395 页。

泥馒头里肉馅,四板汤中糁头。好趁庖人未到,权时抹粉搽油。(其六)
莫笑蜉蝣暮死,就中定有彭殇。几代才消一局,神仙未是年长。(其七)
负心莫讦他人,孤恩最是吾身。日奉千金供养,偿伊一掬灰尘。(其八)①

陶望龄一反前人效拟梵志的俗途,翻空出奇,竟然以清一色的六言诗拟作梵志的五言。今存梵志诗390首中,仅《傍看数个大憨痴》《人受百岁不长命》等数首为七言,《学问莫倚聪明》等数首为六言,其余多为五言诗。② 陶望龄所为,颇令人费解。但他在《徐文长三集序》中所云,也许会有助于我们解开个中之秘:

夫物相杂曰文,文也者,至变者也。古之为文者,各极其才而尽其变。故人有一家之业,代有一代之制,其洼隆可手模,而青黄可目辨,古不授今,今不蹈古,要以屡迁而日新,常用而不可弊。③

反对徒袭皮毛,追摹形式是晚明文学思潮,尤其是公安派文人的主要文学主张。陶望龄与公安"三袁""声气翕合"④,也主张文学当"屡迁而日新"。他师拟梵志,也仅限于俚俗直质的语言风格和浓郁的佛理禅味。而以六言拟五言,这一奇特的模拟方法,正是陶望龄反对剿袭形式,而师习前人神韵的文学思想的体现。从现存梵志诗来看,陶望龄的拟作确实与李攀龙模拟古诗十九首而作的《古诗后十九首》那样"制辔策于垤中"⑤明显不同,其中仅第六、第八首稍见化王诗而出的意旨,但已不着因袭之

---

① [明]陶望龄撰,李会富编校:《陶望龄全集·歇庵集》卷二《袁伯修见寄效梵志诗八章拟作》,上海古籍出版社2019年版,第76—78页。
② 详见[唐]王梵志著,项楚校注:《王梵志诗校注》,中华书局2019年版。
③ [明]陶望龄撰,李会富编校:《陶望龄全集·歇庵集》卷三《徐文长三集序》,上海古籍出版社2019年版,第168页。
④ [清]陈田辑:《明诗纪事》庚签卷十六《陶望龄》,上海古籍出版社1993年版,第2524页。
⑤ [明]李攀龙著,包敬第标校:《沧溟先生集》卷三《古诗后十九首并引》,上海古籍出版社2014年版,第88页。

迹。如王梵志诗：

> 城外土馒头①，馅草在城里。一人吃一个，莫嫌没滋味。②

如果说王梵志诗中的"著我"之意比较明显的话，但他的那种"我"还是"不净脓血袋，四大共为因"③的类似于"补特伽罗"④的被动的、消极的、不完全意义的自我，而陶望龄拟作中表现的才是较为完整意义上的自我，具有较为鲜明的主体意识，即晚明文人所弘扬的"真我"。陶望龄拟作的第三首是"梦中捏紧拳头，捉得生狞一鬼。狂呼大叫傍人，捽着自家双耳"⑤。身是亲身，性是自性，望龄所拟不但有五言、六言之别，而且"脱胎换骨"，意趣也有所不同。陶望龄拟作中"好趁疱人未到，权时抹粉搽油"⑥，反映了晚明士人恋世乐生的人生追求。

陶望龄的拟古之作罕见，唯独对沉寂多时的王梵志情有独钟，这首先是因为梵志诗作的俚俗朴质的语言风格与晚明文人宁今宁俗的文学旨趣具有相通之处。此外，王梵志"外示惊俗之貌，内藏达人之度"⑦的行谊风度与晚明文人疏狂不俗的性情也颇多相似。即如陶望龄这样的狷者，也着染了疏狂之气、禅悦之风。他曾赠诗给友人云："我亦清狂公记取，十旬

---

① 《通俗编》卷二《地理》："土馒头，墓冢之庾辞也。"（［清］翟灏撰，颜春峰点校：《通俗编》卷二《地理》，中华书局2013年版，第25页）
② ［唐］王梵志著，项楚校注：《王梵志诗校注》卷六《城外土馒头》，中华书局2019年版，第600页。
③ ［唐］王梵志著，项楚校注：《王梵志诗校注》卷五《不净脓血袋》，中华书局2019年版，第480页。
④ ［唐］玄奘译：《阿毗达磨识身足论》卷二《识身足论补特伽罗蕴第二之一第一嗢拕南颂初》，《大正藏》第26册，第537页。
⑤ ［明］陶望龄撰，李会富编校：《陶望龄全集·歇庵集》卷二《袁伯修见寄效梵志诗八章拟作》其三，上海古籍出版社2019年版，第77页。
⑥ ［明］陶望龄撰，李会富编校：《陶望龄全集·歇庵集》卷二《袁伯修见寄效梵志诗八章拟作》其六，上海古籍出版社2019年版，第77页。
⑦ ［唐］皎然著，李壮鹰校注：《诗式校注》卷一《跌宕格二品·骇俗》，人民文学出版社2003年版，第49页。

三度净慈游。"①影响陶望龄最深的不是神仙之"道",而是禅悦之风。不但如此,陶望龄堪称是晚明文坛奉佛最笃者,其廉隅甚峻,布衣蔬食终其生。陶望龄与焦竑的尺牍中,曾有"古人见性空以修道,今人见性空以长欲"②之叹。后"参云栖宏公,受菩萨戒"③,乃至与诸友创放生会于城南,著《放生解惑篇》,且作《放生诗》十首,表达了"共修三坚法,人兽两无负"④的祈愿。诗作字字痛切,非一般戒杀之作可比,是陶望龄诗作中殊为突出的一类,而深受后人推挹。清人方文欲注而刻之,以劝世人,称叹"此诗渊古,细玩方得知"⑤。钱谦益亦选录八首收于《列朝诗集》。⑥ 陶望龄《放生诗》受到后世的褒评,乃因奉佛虔敬使其然。虽然这与革新派的主流文学观念并无关涉,但从一个侧面体现了晚明文人独特的学术取向与精神状貌。

---

① ［明］陶望龄撰,李会富编校:《陶望龄全集·歇庵集》卷二《陈侍御西湖庄》,上海古籍出版社 2019 年版,第 86 页。
② ［明］陶望龄撰,李会富编校:《陶望龄全集·歇庵集》卷十六《与焦弱侯年兄二十七首》其十五,上海古籍出版社 2019 年版,第 979 页。
③ ［清］彭绍升撰,张培锋校注:《居士传校注》四十四《陶周望（附奭龄）》,中华书局 2014 年版,第 376 页。
④ ［明］陶望龄撰,李会富编校:《陶望龄全集·歇庵集》卷二《放生诗十首书王堇父慈无量集以凡百畏刀杖无不爱寿命为韵》其九,上海古籍出版社 2019 年版,第 108 页。
⑤ ［清］方文:《嵞山集》卷三《续集鲁游草·书陶石篑先生放生诗后》,清康熙二十八年王概刻本。
⑥ 陶望龄、陶奭龄昆仲是有明一代鲜见的创作放生诗的文人。陶奭龄亦以"凡百畏刀杖,无不爱寿命"为韵,分别作《放生诗》十首、《戒杀诗》十首。(详见［明］陶奭龄:《今是堂集》卷一,明崇祯刻本)

第十五章 "中行"与禅悟:公安派殿军袁中道继踵哲昆、力矫其偏的文论

袁中道(1570—1624),字小修,万历丙辰年(1616)进士,授徽州教授,迁国子博士,改南礼部主事,五十四岁而卒。中道虽然不像宗道那样对公安派有首倡之功,也没有宏道那样纵送恣宕,一洗文坛诘曲钉饾之习的矫激气势,但中道对公安派也有其独特的贡献。这是因为:宏道矫厉恣肆的文论,对文坛模拟之习有廓清之功,但也失之偏颇,因此也受到了时人的讥诃、诟病。即便是与"三袁"过从甚密的钱谦益亦谓其"机锋侧出,矫枉过正,于是狂瞽交扇,鄙俚公行,雅故灭裂,风华扫地"①。诗作中种种芸夫、荛竖的面相,渐受识者讥弹。作为公安派重要成员之一的袁中道,他一方面与宗道、宏道桴鼓相应,另一方面因势而为,对公安派的偏颇之论多有调适。公安派是一个流动的,不断地修正调整着自己理论、风格的文学流派。袁氏三兄弟的文学活动在某种程度上显示了公安派变化的轨迹,这就是:宗道如起于青蘋之末的微风,宏道如浩荡突进的狂飙,中道则如狂飙之后的熨波之清风。当然,中道的文学思想和创作也经历了一个变化的过程。他天才早慧,早年行谊恣肆雄迈,据载:"十岁余,著《黄山》《雪》二赋,五千余言。长而通轻侠,游于酒人,以豪杰自命,视妻子如鹿豕之相聚,视乡里、小儿如牛马之尾行,而不可与一日居也。泛舟西陵,走马塞上,穷览燕、赵、齐、鲁、吴、越之地,足迹几半天下,而诗文亦因以日

---

① [清]钱谦益撰集,许逸民、林淑敏点校:《列朝诗集·丁集》第十二《袁稽勋宏道》,中华书局2007年版,第5317页。

进。归而学于李龙湖,有志出世。操觚应举,怀利刃切泥之叹。"①对于中道前期的诗歌,宏道极为赞叹,云:"大都独抒性灵,不拘格套,非从自己胸臆流出,不肯下笔。有时情与境会,顷刻千言,如水东注,令人夺魄。"②可见,中道正是宏道所谓"性灵"文学的最早践履者,是与宏道一起狂歌突进,矫除文坛摹拟之习的重要应和者。事实上,宏道"性灵说"的形成,正是以《叙小修诗》为主要标志。中道也有附应宏道的文论,如,他认为文学"关乎气运",应当发展变化,"不能强同"。③ 他也尚俚俗,反格套,云:"文人有俚语,无套语。"而"专以套语为不痛不痒之章"者,是"作乡愿以欺世",其作品"无关謦笑,有若嚼札,更无一篇存于世矣"。④ 这些都可见中道早年锐意创新的情志。但中道早期的"破胆惊魂之句"⑤在其《珂雪斋集》中所存不多,被宏道与钱谦益述及的作于早期的《黄山》《雪》二赋,也未见列其中,与宏道相顾盼策应的文论也颇为鲜见。可见,中道早期的作品大多已散佚。因为中道的作品《珂雪斋近集》《珂雪斋前集》最早刊刻于万历四十五年(1617)以后,即在中道逝世前数年,所以其中收录的一般都是中道中后期的作品。这主要有两方面的原因:其一,中道对早期的作品多有淘炼,如宏道所说的《黄山》《雪》等作品,多有"刻画钉饾"之迹,因此而"自厌薄之,弃去"。⑥ 他后期对少作悔叹甚多,如他说前期不满七

---

① [清]钱谦益撰集,许逸民、林淑敏点校:《列朝诗集·丁集》第十二《袁仪制中道》,中华书局 2007 年版,第 5337 页。
② [明]袁宏道著,钱伯城笺校:《袁宏道集笺校》卷四《叙小修诗》,上海古籍出版社 2018 年版,第 202 页。
③ [明]袁中道著,钱伯城点校:《珂雪斋集》卷十一《宋元诗序》,上海古籍出版社 2019 年版,第 527 页。
④ [明]袁中道著,钱伯城点校:《珂雪斋集》卷十七《江进之传》,上海古籍出版社 2019 年版,第 771 页。
⑤ [明]袁中道著,钱伯城点校:《珂雪斋集》卷十《蔡不瑕诗序》,上海古籍出版社 2019 年版,第 486 页。
⑥ [明]袁宏道著,钱伯城笺校:《袁宏道集笺校》卷四《叙小修诗》,上海古籍出版社 2018 年版,第 201 页。

子之作,"自谓不少,而固陋朴鄙处,未免远离于法"①,谓自己的作品"兼之频岁移徙,中间散佚已多,所存什五,荒野固陋,常欲付之祖龙一炬"②。宏道也谓其"散逸者多矣"③。早在宏道为官吴中时,为其刊刻诗集,就是因为宏道"惧其复逸也,故刻之"④。可见,中道作品因为自身的原因散佚较多。其二,旧刻曾遭火焚,影响了流布。据自撰《珂雪斋集选序》载:"予诗文若干卷,外集若干卷,刻于新安。后官太学博士,携之而北。及改南仪曹,遂留京师。已付友人汪惟修南归舟中,不意行至河西务,偶有火变,板遂毁。"⑤

由于两兄弟早已入仕,中道则科场蹭蹬,"一生心血,半为举子业耗尽"⑥,遂有忧生之嗟,文学观念也渐趋冲和调适,以纠公安末流之偏为主。现存的作品多反映了作为公安派文学殿军的袁中道对公安派文学思想的修正和对公安末流的批评,这标志着晚明文学思潮由澎湃激荡的高潮期逐渐过渡到了冲融和会的修正期。中道文学观念的转变、锐气的消靡,原因固然甚多,如,公安末流轻浅薄学而颇受时人讥诃等等,同时也与其后期崇尚中行的人生态度及修持香光之业不无关系。其自谓:"所谓慧业文人,我不敢让。"⑦"修词有慧脉。"⑧晚明儒释融会之风盛行于儒林、

---

① [明]袁中道著,钱伯城点校:《珂雪斋集》卷十《蔡不瑕诗序》,上海古籍出版社2019年版,第486—487页。
② [明]袁中道:《珂雪斋前集自序》,载[明]袁中道著,钱伯城点校:《珂雪斋集》卷首,上海古籍出版社2019年版,第2页。
③ [明]袁宏道著,钱伯城笺校:《袁宏道集笺校》卷四《叙小修诗》,上海古籍出版社2018年版,第201页。
④ [明]袁宏道著,钱伯城笺校:《袁宏道集笺校》卷四《叙小修诗》,上海古籍出版社2018年版,第201页。
⑤ [明]袁中道:《珂雪斋集选序》,载[明]袁中道著,钱伯城点校:《珂雪斋集》卷首,上海古籍出版社2019年版,第1页。
⑥ [明]袁中道著,钱伯城点校:《珂雪斋集》卷二十四《答秦中罗解元》,上海古籍出版社2019年版,第1120页。
⑦ [明]袁中道著,钱伯城点校:《珂雪斋集》卷二十五《答谢青莲》,上海古籍出版社2019年版,第1171—1172页。
⑧ [明]袁中道著,钱伯城点校:《珂雪斋集》卷五《感怀诗五十八首》其三十一,上海古籍出版社2019年版,第210页。

文苑,中道也深受濡染,其心性理论、"盐味胶青"①之说,无不贯注着儒释融通的学术精神。

第一节 "性灵说"与三教学殖

明代文学基本因循着这样环环连接的方式向前递进:你未唱罢,我已登场。但是在众多文学派别逞胜于一时之后,为何唯有公安派还为今人所乐道呢?这除了"性灵说"基本反映了文学的人学原则之外,还因为它不是一般的少年豪胜的意气而为,它是从明代中后期所特有的思想大潮中衍生出来的,是植根于深厚的思想土壤之上的。心性理论是中国哲学中富有主体精神和理论色彩的一部分,也是儒佛思想之相契点。公安派的"性灵说"便是深受当时三教融会思潮的影响,受到儒佛心性论的启迪而产生的。中道与昆仲交相互证,据学殖以论性灵,主要体现在以下几个方面。

首先,龙溪、近溪学脉及其文学意义。与宏道相似,中道亦以龙溪、近溪为学脉正宗,并以亲证二溪之学为自得。中道对二溪的体认,同样也是混儒佛为一体的,其重悟证亦是如此,云:"但勤求悟理,心地开通,使般若气类日深,则习气日以微薄。昔之杨大年,今之罗近溪,吾辈之师也,亦何必顿除事障碍密因耶!"②其悟理以积般若之气,证悟密因而不求顿除事障。古今师者,仅列杨大年、罗近溪二人。杨大年乃是中道最为推尊的得禅理极深的大夫之悟的代表。他说:"大年于禅理极为深入,真所谓一闻千悟,得大总持者,自有禅以来,大大夫之悟最上乘,彻底掀翻者,惟大年与李都尉为最,其余多文字解会,苏白皆远出其下。"③且将宗道、宏道与

---

① [明]袁中道著,钱伯城点校:《珂雪斋集》卷二十四《寄曹大参尊生》,上海古籍出版社2019年版,第1094页。
② [明]袁中道著,钱伯城点校:《珂雪斋集》卷二十三《答吴本如》,上海古籍出版社2019年版,第1043页。
③ [明]袁中道:《珂雪斋集·外集》卷十三《师友见闻语》,明万历四十六年刻本。

大年比类,云:"伯修中郎皆止四旬余,而伯修无子,颇与宋杨文公大年相似。"①他认为伯修于禅学造诣介于杨大年、张商英与白居易、李邴之间,云:"伯修于参学信解已久,即不能如杨大年、张无尽(张天觉,字商英,号无尽居士)之彻底干净,其于为白乐天、李汉老(李邴,谥文敏)之流有余矣。"②可见,龙溪、近溪的学脉,是融通儒佛的学脉。

中道推崇龙溪、近溪,源于其归慕不假修行,但求心中自得的境界,其云:"若情之所常有者,不待其自为消融;而把执太过,则未免走入缚执。一路将迎,意必沦入阴界鬼窟。且有如近溪所云:'锦绣乾坤,翻作凄凉世界'者矣。龙溪、近溪,真学脉也。后之学者,又谓二老见地极明,特不修行。欲以修行救其弊,又何曾梦见二老。假令二老不留纤毫破缝,作模作样,只图外面好看,不图心中自得,则亦徇外为人之流而已矣。"③这也是卓吾、宏道等人推敬"二溪"的根本原因。与这种求心中自得的论学的"脉络"相符称的"格式",便是以白居易、苏东坡为代表的自然抒写的文学。④ 中道亦"自谓于龙溪、近溪之脉,可以滴血相证"⑤。此之脉,"即不敢谓廓清涤荡之功便同前辈,而觉此一路,至平至澹,至简至易"⑥。中道归慕的"廓清涤荡之功",既是指其不学不虑、浑沦顺适、解缆放船、顺风张棹的自得之学,又何尝不是袁氏昆仲借二溪于文坛"浩浩焉如鸿毛之遇

---

① [明]袁中道:《珂雪斋集·外集》卷十三《师友见闻语》,明万历四十六年刻本。
② [明]袁中道著,钱伯城点校:《珂雪斋集》卷二十三《答陶石篑》,上海古籍出版社 2019 年版,第 1032 页。
③ [明]袁中道著,钱伯城点校:《珂雪斋集》卷二十三《寄陶石篑》,上海古籍出版社 2019 年版,第 1045—1046 页。
④ 详见[明]袁宏道著,钱伯城校笺:《袁宏道集笺校》卷四十二《答陶周望》,上海古籍出版社 2018 年版,第 1350 页。
⑤ [明]袁中道著,钱伯城点校:《珂雪斋集》卷二十三《答左心源御史》,上海古籍出版社 2019 年版,第 1047 页。
⑥ [明]袁中道著,钱伯城点校:《珂雪斋集》卷二十三《答左心源御史》,上海古籍出版社 2019 年版,第 1047—1048 页。

顺风，巨鱼之纵大壑"①，于文坛"荡涤摹拟涂泽之病"②的文学实践。事实上，阳明、二溪之学源于本体既悟，情念自歇时浑沦顺适的言说方式，中道同样深有体味，云："偶阅阳明、龙、近二溪诸说话，一一如从自己肺腑流出，方知一向见不亲切，所以时起时倒。顿悟本体一切情念，自然如莲花不着水，驰求不歇而自歇，真庆幸不可言也。自笑一二十年间，虽知有此道，毕竟于此见在一念，不能承当，所以全不受用。"③可见，中道"滴血相证"④于阳明、二溪之学脉，是其对广大高明的形上之境、顿悟本体之学以及与其相应的"一一如从自己肺腑流出"⑤的抒写形式浑然一体的精神互契。所以如此，根本的原因还在于二溪顿悟本体之学正是"从自己肺腑流出"的逻辑前提，并共同成为袁氏昆仲力倡的性灵说所涵的文学本体论、形式论的基本学殖。

中道虽然与宏道一样会通三教，但其更尊奉阳明涉佛而"不肯逗漏之旨"⑥。中道曾将儒家先哲"道心"之论，衷为一集，目的在于"使欲悟尧舜之道心者，从此路入，不必求顿悟于禅门也"⑦。援儒以论"心"，云：

> 心者何？即唐虞所传之道心也。人心者，道心中之人心也。离人心，则道心见矣。道心见，则即人心皆道心矣。见道心故谓之悟，

---

① ［明］袁中道著，钱伯城点校：《珂雪斋集》卷十八《吏部验封司郎中中郎先生行状》，上海古籍出版社2019年版，第801页。
② ［清］钱谦益撰集，许逸民、林淑敏点校：《列朝诗集·丁集》第十二《袁稽勋宏道》，中华书局2007年版，第5317页。
③ ［明］袁中道著，钱伯城点校：《珂雪斋集》卷二十三《寄中郎》，上海古籍出版社2019年版，第1049页。
④ ［明］袁中道著，钱伯城点校：《珂雪斋集》卷二十三《答左心源御史》，上海古籍出版社2019年版，第1047页。
⑤ ［明］袁中道著，钱伯城点校：《珂雪斋集》卷二十三《寄中郎》，上海古籍出版社2019年版，第1049页。
⑥ ［明］袁中道著，钱伯城点校：《珂雪斋集》卷九《枝江大令赵凤白初度序》，上海古籍出版社2019年版，第470页。
⑦ ［明］袁中道著，钱伯城点校：《珂雪斋集》卷十《传心篇序》，上海古籍出版社2019年版，第484页。

即人心皆道心则修也。悟到即修到,非有二也。圣贤之学,期于悟此道心而已矣。此乃至灵至觉,至虚至妙,不生不死,治世出世之大宝藏焉。①

人心、道心之论,显然承秉儒门伦理本位的传统,这与朱熹的理论颇为相似。朱熹认为"道心"出于天理或性命之正,本来便秉备了仁义礼智的内容,发而为恻隐、羞恶、是非、辞让,则为善。"人心"则出于形气之私,指饥食渴饮之类的人的自然欲求。"道心"与"人心"是主从关系:"道心则是义理之心,可以为人心之主宰,而人心据以为准者也。"②中道也期期以修悟"道心"为务。但他的"人心""道心"之论,又有与宋儒不尽相同之处,他所谓"即人心皆道心",具有将人的自然情感、自然欲求合理化的倾向。同时,"悟到即修到",仅"明心"即可,不必过于桎梏拘挛,正如他所说:"心体本自灵通,不借外之见闻","心体本自潇洒,不必过为把持"。③在这个意义上,他又对宋儒有所不满,认为有宋诸儒为格物支离之学,使先秦儒学陷入沉昏阴浊,不尽合于儒学的原典精神。因此,他也像焦竑等人那样,着意于儒释互补,认为"世间高明之士"④厌弃宋儒而趋之于禅并不足怪。他论"心"也兼采了佛学的义理,所谓"至灵至觉、至虚至妙、不生不死"之心,明显具有佛禅心性论的色彩。他不谨守儒门,"心"也是"出世之大宝藏"。其以"心"论及文学,兼采佛学的倾向更为明显。如他说:"(阮)集之才甚高,学甚博,下笔为诗,本之以慧心,出之以深心,而尤

---

① [明]袁中道著,钱伯城点校:《珂雪斋集》卷十《传心篇序》,上海古籍出版社2019年版,第483页。
② [宋]黎靖德编,王星贤点校:《朱子语类》卷六十二《中庸一》,中华书局1986年版,第1488页。
③ [明]袁中道著,钱伯城点校:《珂雪斋集》卷十《传心篇序》,上海古籍出版社2019年版,第483页。
④ [明]袁中道著,钱伯城点校:《珂雪斋集》卷十《传心篇序》,上海古籍出版社2019年版,第483页。

不肯以轻心慢心掉之。"①"盖中郎别有灵源,故出之无大无小,皆具泠然之致。"②这些灵源慧心,都是自家所固有的,即禅宗所谓"自心自性"。此之"慧心",亦即"性灵"。

其次,取法《华严经》、兼融儒佛以论"性"。正如中道能兼济革新与师古的文学观念一样,他对佛教也鲜有门户之执,既作《禅宗正统》,在诗禅比附时又推尊《华严经》《瑜伽师地论》《大乘起信论》等经论,以及道生、僧肇、智𫖮、法藏等不同宗门的高僧大德。其学术立场比仲兄宏道更为通脱。他在论"性"时,便主要取法于《华严》③。关于"性",中道云:

> 然则以何者为性?曰性不可言也,姑言之,言其大则山河世界,皆性中物也,而指为一身之内者,非也。性如海也,形色如沤也。性之大海,既结为形色之一沤,则一沤之中,而全海隐隐具焉。但去沤之所以凝结者,而海体可复矣。去其填塞此海者而虚,去其障蔽此海者而灵。虚灵之性圆,而全潮在我矣。曰悟所以觉之也,曰修所以纯之也,皆所以复此无善无恶之体者也。无善无恶者,千万世不化之性;而有善有恶者,千万世相沿之习。④

---

① [明]袁中道著,钱伯城点校:《珂雪斋集》卷十《阮集之诗序》,上海古籍出版社2019年版,第490页。
② [明]袁中道著,钱伯城点校:《珂雪斋集》卷十《吴表海先生诗序》,上海古籍出版社2019年版,第494页。
③ 中道研读《华严经》的事实在《珂雪斋集》中时有记述,如曾作诗《无锡夜汲惠山泉烹茶时方读〈华严〉戏作》。《送虚白请经序》载"遂有志读经,而往秣陵首请《华严》"([明]袁中道著,钱伯城点校:《珂雪斋集》卷十《送虚白请经序》,上海古籍出版社2019年版,第521页)。《游居杮录》载:"自为斋主,于三圣阁起华严会。时禅堂衲子宝方、怡山而下五六人,本寺戒僧本空而下数十人,皆聚于阁。三时念佛,二时诵《华严经》各一卷。"([明]袁中道著,钱伯城点校:《珂雪斋集·游居杮录》卷六,上海古籍出版社2019年版,第1315页)《游居杮录》又载:"赴本寺华严会,夜坐甚爽。"([明]袁中道著,钱伯城点校:《珂雪斋集·游居杮录》卷六,上海古籍出版社2019年版,第1320页)《游居杮录》又载:"日唯诵《华严》二卷,课佛数千声,将勤补拙,了此末后事也。"([明]袁中道著,钱伯城点校:《珂雪斋集·游居杮录》卷十,上海古籍出版社2019年版,第1413页)《导庄》等作品屡引《华严》以论《庄》。
④ [明]袁中道著,钱伯城点校:《珂雪斋集》卷二十四《示学人》,上海古籍出版社2019年版,第1123页。

这是中道论学颇为自得的一段文字。在《珂雪斋集》中先以《论性》为题,其后又将《论性》《论学》诸篇,采摘示于学人,系于尺牍卷末。中道对自己的著述"觉其冗滥,不欲流通"①,意欲"放笔芟剃"②。但这段文字却重复收录,并以《示学人》为题,必当是中道淘炼再三的经意之作,表达了其成熟的思想。中道曾以《华严经》比附《诗三百》③,足见其对《华严》的尊奉。上述论"性"之作,也主要依据《华严》。华严宗有事法界、理法界、理事无碍法界、事事无碍法界等四种法界。中道所谓"性""形色",与华严的理事含义相仿佛。所谓"性如海也,形色如沤也","一沤之中,而全海隐隐具焉",就是理事无碍法界的形象比况。

中道论"性"又有兼融儒佛的特点。他所谓"性",一方面具有哲学本体论的含义,"性是万世不化"的:"言其大则山河世界,皆性中物也","尽性之功,必极之于多生之后,而后其量满"。④ 这是他论性"合佛氏之言"的一面。同时"性"还具有强烈的道德伦理色彩。"性"之善恶,是中国先秦儒家讨论的核心命题之一。

从孔子"性相近也,习相远也",孟子的性善,告子的性无善无不善,再到宋儒张载分天地之性、气质之性。心性理论在论辩之中不断得到深化。自阳明言"无善无恶心之体"以来,围绕着心(或性)之"无善无恶"⑤问题,论辩迭起,成为晚明思想界的著名公案。万历二十年(1592)在南都的一次名公毕集的讲会上,许孚远对"无善无恶"说提出九条问难,谓之"九谛"。次日,周汝登逐条回应,谓之"九解"。内容为周汝登《东越证学

---

① [明]袁中道著,钱伯城点校:《珂雪斋集》卷二十五《答钱受之》,上海古籍出版社2019年版,第1141页。

② [清]钱谦益撰集,许逸民、林淑敏点校:《列朝诗集·丁集》第十二《袁仪制中道》,中华书局2007年版,第5337页。

③ 详见[明]袁中道著,钱伯城点校:《珂雪斋集》卷十《送虚白请经序》,上海古籍出版社2019年版,第521页。

④ [明]袁中道著,钱伯城点校:《珂雪斋集》卷二十四《示学人》,上海古籍出版社2019年版,第1123—1124页。

⑤ 王阳明是心性合一论者。尝言:"君子为学,心学也。心,性也;性,天也。"([明]王守仁著,王晓昕、赵平略点校:《王文成公全书》卷七《谨斋说》,中华书局2015年版,第320页)

录》与黄宗羲《明儒学案》悉数载入。万历二十五年(1597)以后,东林学派肇始者顾宪成辟东林,集同志,论学吴中,其宏纲深意,核心即是批难无善无恶,其目的是要树立为善之坚卓心,杜绝随俗袭非、阉然媚世、临难苟免的余地,以学术拯救世风。顾宪成的论难渐而成为东林学人高攀龙、钱一本、薛敷教、史孟麟等的群体意识。其时,与东林士人一样风骨峥嵘,以绝学自居的管志道与顾宪成展开论辩,双方互通书牍达十余万言。其内容,顾宪成编成《质疑》,管志道编成《问辩》。对无善无恶的探究是东林书院肇兴的主要学术动因。① 对于思想界的这一公案,袁氏昆仲伯修与小修也未缺席。他们与东林士人论辩无善无恶时关注工夫论的社会效应不同,而是肯定阳明学无善无恶起到了弥缝孟子性善论的不足,肯定了阳明着眼于先天未画之前认清本来面目,是基于超越于秉彝实德之上的本源性立场。② 这一思想与禅家所说"心生本空,而非垢净"不期而同。袁氏昆仲对这一命题的体认既不同于周汝登,也不同于管志道。宗道、中道

---

① 胡慎:《东林书院志序》:"至万历之季,始有端文顾子、忠宪高子振兴东林,修得道南之神祀,仿白鹿洞规为讲学会,力阐'性善'之旨,以辟无善无恶之说,海内翕然宗之,伊洛之统复昌明于世。"(载《东林书院志》卷首,中华书局 2004 年版,第 10 页)

② 公安派在政治上附翼东林。袁宏道于万历三十七年(1609)任吏部考功司郎中时曾上《录遗佚疏》,痛陈亟须取通隐山林之才,当为东林顾宪成等人而发:"皇上临御以来,如天之网,未见扩于先朝,而不时之摧折,殆二百年所未有。是故有以指斥乘舆去者,有以弹劾大臣去者,有以株连去者,有以矿税去者,有叹知己之不逢而去者,有以隐鳞藏羽托逃而去者,此等皆科目之俊,辟之木有杞梓豫章。二十年来,半委沟壑,落落晨星,所余无几,则亦深可惜矣。今大僚边抚,在在乏人,每一推举,心为之碎。辟如贫儿排当,东那西贷,酸寒之色,见于几席,此岂复有太平景象乎? 再阅数年,不知成何局面,一木之叹,恐复见于今矣。皇上聪明盖世,博极群书,但观前史所载,危言极谏摘发权贵者,忠邪佞邪? 与貂珰为仇执法不回者,正邪邪邪? 遁迹长林甘心遗世者,清邪浊邪? 此不待辩而知者也。故臣等遵奉恩诏,择其人久而论定者,次第开列,仍乞皇上即时录用。他日柱石之需,端在此中。如谓臣部市恩,则目下要路,非无小臣,朝上夕报,宁不可市,而必取之山林之中,干雷电之威,以乞此不可知之恩泽,亦不智之甚矣。臣言若欺,九庙之灵,实诛殛之。朴诚祈恳,不知所云。未敢擅便,谨题请旨。"([明]袁宏道著,钱伯城笺校:《袁宏道集笺校》卷五十三,上海古籍出版社 1981 年版,第 1509—1510 页)同年袁宏道典试秦中,《顾端文公年谱·万历三十七年八月》载:"袁考功宏道主陕西乡试,发策有'过劣巢、由'之语,监临者问意云何? 袁曰:'今吴中大贤亦不出,将令世道何所倚赖? 故发此感尔。'"(载《续修四库全书》第 553 册,第 400 页)此可佐证袁宏道与汤显祖一样,在政治态度上附翼东林。但东林以诘难阳明无善无恶为立学之旨,袁氏昆仲则肯认无善无恶之说,这体现了公安派笃守阳明学的旨归。

的论述角度也稍有不同。比较而言,宗道维护阳明、龙溪的立场更加鲜明。他将无善无恶的命题与阳明良知说结合在一起,认为良知说并非着意借路葱岭,而是因为"理一而已,见到彻处,固未尝有异也",与佛禅乃是不求同而自同而已。"知"正是佛教中的"了了常知"之"知"、"真心自体"之"知",亦即自性清净心,而非能知所知之"知"。袁宗道认为王畿的四无说正是发明了阳明本意,云:"王汝中所悟无善无恶之知,则伯安本意也。汝中发伯安之奥也,其犹荷泽发达磨之秘乎。"①袁宗道既精准地体认到了阳明无善无恶别立无对虚位的目的,肯定了王畿体用一贯、自然流行的合法性。而中道的论述更能体现文人论学的超然态度。袁中道援"夫子之言"以证姚江之学,认为性无善无恶,有善有恶的是"习"而非"性"。与宗道以禅诠儒和宏道的禅悦之论有所不同,中道径以"夫子之言,合佛氏之言"②,将"习"与佛教轮回说结合在一起,云:"吾所谓习,非一生之习也,乃多生之习也。"隐然以业报说辅助儒家性善论,使其成为周延的成德学说,体现了文士论说性理的恣肆与直截。袁中道言性,不及宗道言"知"那样抽象精妙,但其铸成文学"性灵说"学理基础的色彩更加明显。其特点有二:其一,以海喻性,具文学形象性。他说:"性如海也,形色如沤也。性之大海,既结为形色之一沤,则一沤之中,而全海隐隐具焉。但去沤之所以凝结者,而海体可复矣。"性乃本体而又可感。其二,申论"性"之"虚灵"特征,实现"性"与"灵"的完美结合,为文论植基。他说:"去其填塞此海者而虚,去其障蔽此海者而灵。虚灵之性圆,而全潮在我矣。"③这种虚灵的"心""性",即是他所说的创作之源。他在《马远之碧云篇序》中这样描写心灵与文学创作的关系:"今年入都,逐队操觚,觉断绠枯井,殊无微澜。惟得冶城旧社友马远之文,读之灵潮汩汩自生,始知

---

① [明]袁宗道著,钱伯城标点:《白苏斋类集》卷十七《读大学》,上海古籍出版社1989年版,第239—240页。
② [明]袁中道著,钱伯城点校:《珂雪斋集》卷二十《论性》,上海古籍出版社2019年版,第903页。
③ [明]袁中道著,钱伯城点校:《珂雪斋集》卷二十四《示学人》,上海古籍出版社2019年版,第1123页。

天地之名理，与人心之灵慧，搜之愈出，取之不既。"①他赞叹袁宏道作品"非世匠所及"之处，即是因为其"出自灵窍，吐于慧舌，写于铦颖。萧萧泠泠，皆足以荡涤尘情，消除热恼"。② 又赞叹其："俱从灵源中溢出，别开手眼。"③所谓"灵窍""灵源"亦即理学所谓虚灵之性，释氏所谓自性。事实上，他认为宏道的文学事业，仅如"真龙一滴之雨"而已，其"源"则在于学问；师习宏道，亦当从学问之源处着手，云："先生（宏道）天纵异才，与世人有仙凡之隔。而学问自参悟中来，出其绪余为文字，实真龙一滴之雨，不得其源，而强学之，宜其不似也。要以众目自虚，众心自灵。"④此之虚灵之心，就"学"而言，即为心性；就"文"而言，即是"性灵"。

宏道与中道虽然都论"性灵"，但内涵稍有不同，宏道的"性灵说"是因中道的诗歌而首先提出的，他称羡中道的诗歌"大都独抒性灵，不拘格套，非从自己胸臆流出，不肯下笔"，发之性灵之作，"其间有佳处，亦有疵处，佳处自不必言，即疵处亦多本色独造语"，而宏道"则极喜其疵处"。⑤显然，宏道之"性灵"强调的是真性直寄、不避俚俗。中道所谓"性灵"之作，则以宏道的作品为范则。他论宏道的作品"以发抒性灵为主"，其特征则是"大畅其意所欲言"与"极其韵致，穷其变化"的有机融合，而"稍入俚易，境无不收，情无不写，未免冲口而发，不复检括"，则是"及其后也，学之者"所为。⑥ 因此，他提出"今之功中郎者，学其发抒性灵，而力塞后来

---

① ［明］袁中道著，钱伯城点校：《珂雪斋集》卷十《马远之碧云篇序》，上海古籍出版社2019年版，第511页。
② ［明］袁中道著，钱伯城点校：《珂雪斋集》卷十一《中郎先生全集序》，上海古籍出版社2019年版，第553页。
③ ［明］袁中道著，钱伯城点校：《珂雪斋集》卷十八《吏部验封司郎中中郎先生行状》，上海古籍出版社2019年版，第803页。
④ ［明］袁中道著，钱伯城点校：《珂雪斋集》卷十一《中郎先生全集序》，上海古籍出版社2019年版，第555页。
⑤ ［明］袁宏道著，钱伯城笺校：《袁宏道集笺校》卷四《叙小修诗》，上海古籍出版社2018年版，第202页。
⑥ ［明］袁中道著，钱伯城点校：《珂雪斋集》卷十《阮集之诗序》，上海古籍出版社2019年版，第490页。

俚易之习"①。显然,中道所谓"性灵",其表达方法,是摒弃"俚易"的;其题材,是有不收之境、不写之情的。这与宏道所谓"本色独造语""顷刻千言,如水东注"②,即无所不写显然有别。明显可见中道对宏道文学思想的修正。而中道"性灵"论的一个重要特征是"极其韵致"③,就其学术本源而言,便是他屡有阐论的灵心慧性。

最后,解《老》导《庄》的求真取向。袁氏昆仲为学为文交相互证。但初期曾尝试不同的学术契入点。对此,中道有这样的记载:"万历庚寅,伯修从都门归,共相与参究宗乘,各得一入路,伯修著《海蠡篇》,明圣学;中郎作《金屑篇》,拈公案诵子;予解《老子》,后予以所解寄李卓吾,卓吾曰:'以识解笺古语自不难,要真参实悟耳。'遂弃之,今无稿矣。"④中道解《老》的内容虽已不可得,从卓吾所言来看,其解《老》当鲜有自得,因此为卓吾所不屑。这与宏道《金屑编》受到卓吾的热情褒赞,而有"诵君《金屑》句,执鞭亦欣慕。早得从君言,不当有老苦"⑤的极致之评迥然不同。尽管如此,中道早年好习道家著述是客观事实。据袁宏道《叙小修诗》记载:"(小修)顾独喜读老子、庄周、列御寇诸家言,皆自作注疏,多言外趣,旁及西方之书,教外之语,备极研究。"⑥中道研摩道家著述,又是在伯仲"共相与参究宗乘,各得一入路"⑦,亦即统合三教而各有侧重的背景之下进行的。因此,会通互证是其基本为学路向,诚如其所云:"右手持《净

---

① [明]袁中道著,钱伯城点校:《珂雪斋集》卷十《阮集之诗序》,上海古籍出版社2019年版,第491页。
② [明]袁宏道著,钱伯城笺校:《袁宏道集笺校》卷四《叙小修诗》,上海古籍出版社2018年版,第202页。
③ [明]袁中道著,钱伯城点校:《珂雪斋集》卷十《阮集之诗序》,上海古籍出版社2019年版,第490页。
④ [明]袁中道:《珂雪斋集·外集》卷十三《师友见闻语》,明万历四十六年刻本。
⑤ [明]袁中道:《珂雪斋集·外集》卷十三《师友见闻语》,明万历四十六年刻本。
⑥ [明]袁宏道著,钱伯城笺校:《袁宏道集笺校》卷四《叙小修诗》,上海古籍出版社2018年版,第201页。
⑦ [明]袁中道:《珂雪斋集·外集》卷十三《师友见闻语》,明万历四十六年刻本。

名》,左手持《庄周》。"①万历二十七年(1599)前后,宏道与中道都曾研精覃思《庄子》,分别作《广庄》《导庄》。对各自的特色,宏道有这样的表述:"寒天无事,中道著《导庄》,弟(宏道)著《广庄》,各七篇。导者导其流,似疏非疏也;广者推广其意,自为一《庄》,如左氏之《春秋》,《易经》之《太玄》也。"②

中道作《导庄》的旨趣,在其引言中有明确表述:"庄生内篇,为贝叶前茅,暇日取其与西方旨合者,以意笺之。觉此老牙颊自具禅髓,固知南华仙人的是大士分身入流者也。作《导庄》。"③显然,此时的中道,已将庄子置于佛学的思维背景之下,且可能是宏道、中道相互影响的产物。万历二十六年(1598)始,宏道入都,授顺天府教授,居东直房。次年任国子监助教。中道入太学,昆仲三人聚于京,结葡萄社。宏道著《广庄》,亦"语有禅锋"④。中道称叹《庄子》高妙超逸之论,是以贝典未入中土为前提的,如其所云:"仲尼隐而不发,老氏发而未畅,兼之西方之贝叶未来,大雄之消息尚隐。人滞有海,家弊尘封,而大仙崛起,纵谭出世,视古今为一息,目死生如梦幻。……积迷为之呼回,长夜从此而旦。"⑤"不知贝典未入,而《庄》已倒困而发之。"⑥可见,佛学方是其《导庄》的终极理论归趣。同时,中道还论述了《庄》学之于儒佛的相济之功。如,对于《庄子》中子綦言及的天籁,超越了孔子和释氏拈花微笑的含义。因此而感喟云:"细

---

① [明]袁中道著,钱伯城点校:《珂雪斋集》卷五《感怀诗五十八首》其十,上海古籍出版社2019年版,第203页。
② [明]袁宏道著,钱伯城笺校:《袁宏道集笺校》卷二十二《答李元善》,上海古籍出版社2018年版,第824页。
③ [明]袁中道著,钱伯城点校:《珂雪斋集》卷二十二《导庄》,上海古籍出版社2019年版,第993页。
④ [明]陆云龙:《广庄·齐物论》评语,载[明]袁宏道著,钱伯城笺校:《袁宏道集笺校》卷二十三《齐物论》,上海古籍出版社2018年版,第865页。
⑤ [明]袁中道著,钱伯城点校:《珂雪斋集》卷二十二《导庄·逍遥游》,上海古籍出版社2019年版,第994页。
⑥ [明]袁中道著,钱伯城点校:《珂雪斋集》卷二十二《导庄·大宗师》,上海古籍出版社2019年版,第1006页。

味玄旨,妙合圆顿之教。谁谓无碍至理,独出于西方圣人乎哉!"①释道互济是中道的论《庄》特色。

宏道谓中道《导庄》"似疏非疏"②,缘《庄》以发己意才是中道著《导庄》的根本动因,除了论解"庄生内篇,为贝叶前茅"③的宗旨之外,以性灵文人的角度"自为一《庄》"④的旨趣同样隐然可见。其中,《大宗师》中别解"真人""真知"尤为显著。⑤ 与《庄子》中真人不逆寡、不雄成、不谟士不尽相同,中道着意于通过与"假"的对立分判以凸显对"真"的理解,云:"真人者,超于一切诸假之外者也,大宗师也。不计假多寡,不问假成亏,不设假谋虑,不畏假水火,不作假梦,不徇假嗜欲,不逐假往来,不立假喜怒,不执假仁义,不成假名节,不道假语言。"⑥借《庄子》屏落节义理学,是《导庄》的重要目的。其终篇云:"夫节义理学,天下之最善也,而汉、宋以亡。何也? 大混沌凿也,为之之弊至此夫!"⑦与公安派的启导者李贽阐论绝假纯真的"童心"异曲同工。

要之,中道解《老》导《庄》,为其不拘格套地独抒性灵打下了深厚的自由求真的基质,这种基质滋育了中道精神心理的养成,即其所谓"吾所云逍遥者,自在也。自在者,自由也"⑧。他追慕的不是三教圣哲的豁蒙

---

① [明]袁中道著,钱伯城点校:《珂雪斋集》卷二十二《导庄·齐物论》,上海古籍出版社 2019 年版,第 996 页。
② [明]袁宏道著,钱伯城笺校:《袁宏道集笺校》卷二十二《答李元善》,上海古籍出版社 2018 年版,第 824 页。
③ [明]袁中道著,钱伯城点校:《珂雪斋集》卷二十二《导庄》,上海古籍出版社 2019 年版,第 993 页。
④ [明]袁中道著,钱伯城点校:《珂雪斋集》卷二十二《导庄·大宗师》,上海古籍出版社 2019 年版,第 1006 页。
⑤ 详见[明]袁中道著,钱伯城点校:《珂雪斋集》卷二十二《导庄·大宗师》,上海古籍出版社 2019 年版,第 1005 页。
⑥ [明]袁中道著,钱伯城点校:《珂雪斋集》卷二十二《导庄·大宗师》,上海古籍出版社 2019 年版,第 1005 页。
⑦ [明]袁中道著,钱伯城点校:《珂雪斋集》卷二十二《导庄·应帝王》,上海古籍出版社 2019 年版,第 1010—1011 页。
⑧ [明]袁中道著,钱伯城点校:《珂雪斋集》卷二十二《导庄·逍遥游》,上海古籍出版社 2019 年版,第 994 页。

论说,而是乘天地而御六龙,纵心所欲,脱然自在的"大而无待"①的人生境界。同时中道还醉心于道家著作,尤其是《庄子》汪洋恣肆,放乎绳尺之外的为文风格。诚如其所云:"且夫今之言汪洋自恣,莫如《庄子》。"②其《庄》《骚》并置③,即是因其对庄子独与天地精神往来的气韵与恣肆无碍为文风格的一体倾慕。

第二节 "中行"、佛禅与含蓄蕴藉

与宏道后期相似,中道对公安派文学主张及创作的不足有清醒的认识,认为"天下无百年不变之文章。有作始,自有末流;有末流,还有作始。其变也,皆若有气行乎其间。创为变者,与受变者,皆不及知"④。效颦学步是七子之病,也是公安末流之病。七子派末流万喙一音、陈因生厌,公安派起而排诋之后,诗文风格由板重而为轻巧,粉饰而为本色。但是,其后的学者靡然而从,致使"名为救七子之弊,而弊又甚焉"⑤。对此,不待他人的诘难,袁中道便坦诚直言:

> 国朝有功于风雅者,莫如历下。其意以气格高华为主,力塞大历后之窦。于时宋元近代之习,为之一洗。及其后也,学之者浸成格套,以浮响虚声相高;凡胸中所欲言者,皆郁而不能言,而诗道病矣。先兄中郎矫之,其意以发抒性灵为主,始大畅其意所欲言,极其韵致,

---

① [明]袁中道著,钱伯城点校:《珂雪斋集》卷二十二《导庄·逍遥游》,上海古籍出版社 2019 年版,第 994 页。
② [明]袁中道著,钱伯城点校:《珂雪斋集》卷十七《李温陵传》,上海古籍出版社 2019 年版,第 767 页。
③ 袁中道《新亭成即事》云:"量来八笏已周遭,左置庄周右《楚骚》。"([明]袁中道著,钱伯城点校:《珂雪斋集》卷四《新亭成即事》,上海古籍出版社 2019 年版,第 166 页)
④ [明]袁中道著,钱伯城点校:《珂雪斋集》卷十《花雪赋引》,上海古籍出版社 2019 年版,第 487 页。
⑤ [清]永瑢等:《四库全书总目》卷一百七十九《袁中郎集》提要,中华书局 1965 年版,第 1618 页。

穷其变化,谢华启秀,耳目为之一新。及其后也,学之者稍入俚易,境无不收,情无不写,未免冲口而发,不复检括,而诗道又将病矣。由此观之,凡学之者,害之者也;变之者,功之者也。中郎已不忍世之害历下也,而力变之,为历下功臣。后之君子,其可不以中郎之功历下者功中郎也哉?①

文学发展的历史是继承和变革相辅以进的历史,革故鼎新并非割断历史,因此,变革就是发展。他认为宏道独抒新意,不取程于世匠之作,并非凭空产生的,而是"其实得唐人之神,非另创也"②。宏道变革七子的诗文风格,实是有功于七子,公安后嗣者同样应该如此。当然,变更前者是以承认前者的不足为前提的。中道虽服膺宏道最甚,如他说:"本朝数百年来,出两异人,识力胆力,迥超世外,龙湖、中郎非欤?"③但他对宏道作品的瑕疵也并不讳饰,指出:"今人好中郎之诗者忘其疵,而疵中郎之诗者掩其美,皆过矣。"④中道这一平允的文学观念,与其学殖取向密切相关。中道学术与文论的互渗主要体现在以下几方面。

一、私淑王塘南与文学观念的调适

如果说公安派前期的儒学主要以尊奉龙溪、近溪学脉为特征,那么,后期对王塘南之学的敬服则是其儒学思想转变的表征之一。王时槐(1522—1605),字子直,号塘南。历官至陕西参政。著有《友庆堂合稿》等。⑤ 黄宗羲在《明儒学案》中将其单列一卷于《江右王门学案》。袁氏昆

---

① [明]袁中道著,钱伯城点校:《珂雪斋集》卷十《阮集之诗序》,上海古籍出版社2019年版,第490页。
② [明]袁中道著,钱伯城点校:《珂雪斋集》卷十《吴表海先生诗序》,上海古籍出版社2019年版,第494页。
③ [明]袁中道著,钱伯城点校:《珂雪斋集》卷二十四《答须水部日华》,上海古籍出版社2019年版,第1113页。
④ [明]袁中道著,钱伯城点校:《珂雪斋集》卷十《蔡不瑕诗序》,上海古籍出版社2019年版,第487页。
⑤ 今有[明]王时槐撰,钱明、程海霞编校:《王时槐集》,上海古籍出版社2020年版。

仲体认王时槐学术颇具偶然性。袁宏道于万历二十七年(1599)得知其同门友王箕仲为学有得于王塘南，宏道自述其情形云："箕仲乃出其乡先辈王塘南语录示余。余一见骇愕，谓阳明死，天下无学，不意临济儿孙，犹有在者。"①他们认为王塘南是得阳明正脉的学者，这与黄宗羲的评价相似。黄宗羲云："先生谓：'知者，先天之发窍也。谓之发窍，则已属后天矣。虽属后天，而形气不足以干之。故知之一字，内不倚于空寂，外不堕于形气，此孔门之所谓中也。'言良知者未有如此谛当。"②他们对王塘南的推敬，是与对阳明学脉的尊奉联系在一起的。中道屡屡述及私淑塘南的心志，动因亦在于是："东越良知之学，大行于江以西，而庐陵尤得其精华。盖东越之学，以悟入之，以修守之。近世一二大儒，于本体若揭日星，而其行事之迹，未免落人疑似。惟塘南先生，广大绵密，庶几兼之。予未得亲炙其人，而幸读其书以私淑。"③又说："阳明之学，传之淮南而后，近惟塘南先生悟圆而行方，实为嫡派，予私淑之久矣。"④从袁氏较早与闻塘南之学的时间来看，万历二十七年，正是公安派文学思想发生转向，由前期的矫激而渐趋理性，在学术方面慨叹阳明卒后"天下无学"的时期。显然，中道对于阳明后学中的现成派有了一些新的认识。归慕阳明正脉，悟后而修、提撕醒觉，对前期思想的些许反拨，成为袁氏昆仲的主导性倾向。当然，袁氏昆仲学虽调适，但吟写性灵并未中绝，因此，对王塘南关于性之灵的种种言说更多了一份亲近与惊喜。这当是袁氏昆仲在阳明后学中，对王时槐青眼有加的学术、文学及心理动因。就中道而言，称叹塘南，原因概有其三。

---

① ［明］袁宏道著，钱伯城笺校：《袁宏道集笺校》卷十九《王氏两节妇传》，上海古籍出版社2018年版，第778页。
② ［清］黄宗羲著，沈芝盈点校：《明儒学案》卷二十《江右王门学案》五《太常王塘南先生时槐》，中华书局2008年版，第467页。
③ ［明］袁中道著，钱伯城点校：《珂雪斋集》卷九《枝江大令赵凤白初度序》，上海古籍出版社2019年版，第469页。
④ ［明］袁中道著，钱伯城点校：《珂雪斋集》卷十《郧水素言序》，上海古籍出版社2019年版，第508页。

首先,塘南之学行"悟圆而行方"①。何以称塘南为"悟圆"? 王塘南在回答"性贵悟,而后天贵修,然则二者当并致其力乎"②的问题时曾云:"非然也。是分性相,判有无,岐隐显,自作二见,非知道者也。善学者,自生身立命之初,逆溯于天地一气之始,穷之至于无可措心处,庶其有悟矣。"③而所谓"穷之至于无可措心处",显然与公安昆仲殊为推敬的大慧宗杲的妙悟甚为相似,宗杲云:"但将思量世间尘劳底心回在干屎橛上,思量来思量去,无处奈何,伎俩忽然尽,便自悟也。"④中道熟谙大慧、中峰的禅法,云:"入悟之法,大略具大慧、中峰二语录中。若不于无义语中,逼拶一番,只成文字依通,非到家消息也。"⑤这与王塘南所谓"穷之至于无可措心处,庶其有悟矣"甚为契合。同时,中道所谓"悟圆"还本于王塘南构建的性、命、知、意等范畴的体系一体圆融的关系。在王塘南看来,性作为先天之理是本不容言、无可致力的。因此,性不假修,只可云悟。知觉、意念则是性之呈露,乃为命。知与意又是一体无二的,意乃知之默运。知则是连接先天后天、体与用的中介,所谓"知属发窍,是先天之子,后天之母也。此知在体用之间"⑥。而作为性体呈露的命,则"不无习气隐伏其中",因此,"此则有可修矣"。⑦ 由于命乃性之呈露,因此,"修命者,尽性

---

① [明]袁中道著,钱伯城点校:《珂雪斋集》卷十《郧水素言序》,上海古籍出版社2019年版,第508页。
② [清]黄宗羲著,沈芝盈点校:《明儒学案》卷二十《江右王门学案》五《太常王塘南先生时槐·语录》,中华书局2008年版,第485页。
③ [清]黄宗羲著,沈芝盈点校:《明儒学案》卷二十《江右王门学案》五《太常王塘南先生时槐·语录》,中华书局2008年版,第485页。
④ [宋]蕴闻编:《大慧普觉禅师语录》卷二十八《答吕舍人》,《大正藏》第47册,第931页。
⑤ [明]袁中道著,钱伯城点校:《珂雪斋集》卷二十四《寄龙君御》,上海古籍出版社2019年版,第1100页。
⑥ [清]黄宗羲著,沈芝盈点校:《明儒学案》卷二十《江右王门学案》五《太常王塘南先生时槐·论学书》,中华书局2008年版,第474页。
⑦ [清]黄宗羲著,沈芝盈点校:《明儒学案》卷二十《江右王门学案》五《太常王塘南先生时槐·论学书》,中华书局2008年版,第474页。

之功"①。不难看出,中道之"悟圆",乃是对王塘南悟性以及悟证方法的肯定。中道所谓"行方",其实也就是对王塘南悟修相兼,亦即与阳明"以悟入之,以修守之","庶几兼之"②的学术传统的肯定。这从他们对卓吾的态度中可以看出。公安派可谓因卓吾而肇兴,但后期则对卓吾之学时有反思,核心即在于是否悟修相兼。据《游居柿录》载,其与云浦论学,主张顿悟必须渐修,认为阳明所云"吾人虽渐悟自心,若不随时用渐修工夫,浊骨凡胎,无由脱化"是真实语,批评"卓吾诸公一笔抹杀,此等即是大病痛处。盖此道有所入者,只愁歇了置之无事甲里,日久月深,熟处愈熟,生处愈生"。③而王塘南尝言:"盱江言性有不学不虑之说,以此言性是矣。但世人不无习气之弊,不知兢兢业业操练研摩以入精实,而冒认以为不学不虑之性,其不放恣而叛道者几希。"④中道滴血相证于二溪学脉,而又私淑塘南"久矣",从塘南对近溪的承转中亦可觅得个中信息。

其次,性本及其性之灵。黄宗羲谓王塘南论学"以透性为宗,研几为要"⑤。王塘南自述其学,在弃官归里之后志益精专,始而自觉本性空寂,后又自觉体用未融,遂而"密密生疑,密密体认,久之,乃自觉性虽空寂,实常运不息"⑥。王塘南论学以性为本,云:"太极者性也,天地万物皆从性中流出,一切人畜、草木、瓦石,均禀受焉者也。故曰:性者万物之一原,非

---

① [清]黄宗羲著,沈芝盈点校:《明儒学案》卷二十《江右王门学案》五《太常王塘南先生时槐·论学书》,中华书局2008年版,第474页。
② [明]袁中道著,钱伯城点校:《珂雪斋集》卷九《枝江大令赵凤白初度序》,上海古籍出版社2019年版,第469页。
③ [明]袁中道著,钱伯城点校:《珂雪斋集·游居柿录》卷八,上海古籍出版社2019年版,第1387页。
④ 转引自[清]张怡撰,魏连科点校:《玉光剑气集》卷十三《理学》,中华书局2006年版,第549页。
⑤ [清]黄宗羲著,沈芝盈点校:《明儒学案》卷二十《江右王门学案》五《太常王塘南先生时槐》,中华书局2008年版,第467页。
⑥ [明]唐鹤征:《塘南王先生传》,载[明]王时槐撰,钱明、程海霞编校:《王时槐集》附录二,上海古籍出版社2020年版,第820页。

有我之得私。"①王塘南之"透性为宗"②,以生生之理言性,与双江、念庵之说不同。他说:"盈天地间只一生生之理,是之谓性。"③性之寂然本体是通过知以明觉天地万物的,即其所谓"性之灵",王塘南云:"性不容言,知者性之灵也。知非识察照了分别之谓也。是性之虚圆莹彻,清通净妙,不落有无,能为天地万物之根,弥六合,亘万古,而炳然独存者也。"④而"性灵之真知,非动作计虑以知",亦即性之灵是自然明觉,不虑而知的,这与意之灵、形之灵"必动作计虑以缘外境"有别。⑤ 不难想象,偶阅王塘南关于"性之灵"的表述,性灵文士袁氏昆仲产生的心灵应和,一如袁宏道从陶太史楼得徐渭《阙编》诗一帙惊跃急呼的情形。虽然袁氏与闻塘南之学也晚,对其文学性灵说并未有直接的启导,而与其得于李卓吾的情形明显不同。但这种心灵的契合,理应会强化他们对于性灵文学的持守。加之,王塘南悟性于修、修悟双融的学术旨趣,亦深契袁氏后期持论渐至理性稳实的趋向。从塘南不学虑而得乎自然的性之灵以及"修后天,正所以完先天之性"⑥的诸种思想的叠加,便不难理解中道何以对塘南之学心仪归慕、抠衣礼敬而"滴血相证"⑦,发出"私淑之久矣"⑧的浩叹了。

最后,涉佛而主儒的论学旨趣。王塘南曾究心禅学,而又以儒学为

---

① [明]王时槐撰,钱明、程海霞编校:《王时槐集·友庆堂合稿》卷四《三益轩会语》,上海古籍出版社 2020 年版,第 480 页。
② [清]黄宗羲著,沈芝盈点校:《明儒学案》卷二十《江右王门学案》五《太常王塘南先生时槐》,中华书局 2008 年版,第 467 页。
③ [清]黄宗羲著,沈芝盈点校:《明儒学案》卷二十《江右王门学案》五《太常王塘南先生时槐·论学书》,中华书局 2008 年版,第 472 页。
④ [明]王时槐撰,钱明、程海霞编校:《王时槐集·友庆堂合稿》卷四《三益轩会语》,上海古籍出版社 2020 年版,第 481 页。
⑤ [明]王时槐撰,钱明、程海霞编校:《王时槐集·友庆堂合稿》卷四《三益轩会语》,上海古籍出版社 2020 年版,第 481 页。
⑥ [清]张怡撰,魏连科点校:《玉光剑气集》卷十三《理学》,中华书局 2006 年版,第 549 页。
⑦ [明]袁中道著,钱伯城点校:《珂雪斋集》卷二十三《答左心源御史》,上海古籍出版社 2019 年版,第 1047 页。
⑧ [明]袁中道著,钱伯城点校:《珂雪斋集》卷十《郧水素言序》,上海古籍出版社 2019 年版,第 508 页。

归,即黄宗羲所谓"故于弥近理而乱真之处,剖判得出"①。塘南云:"禅家之学,与孔门正脉绝不相侔。今人谓孔、释之见性本同,但其作用始异,非也。心迹犹形影,影分曲真,则形之欹正可知。孔门真见,盈天地间只一生生之理,是之谓性,学者默识而敬存之,则亲亲、仁民、爱物自不容已。何也?此性原是生生,由来之末,万古生生,孰能遏之?故明物察伦,非强为也,以尽性也。"②袁氏昆仲中,宏道涉佛最深,体悟佛学也最为精细入微。中道出入佛禅也经历了一个变化过程,其初亦与江右庐陵王性海相似,专注于禅学,三教互证,但"及其久也,始觉两家源一,而门庭设施,决不容相滥"③。其路径与王塘南该禅而不事禅的佛学旨趣甚合,因此,中道对王塘南"有合阳明先生不肯逗漏之旨"深为叹服,曾对周廷旦云"君与大殁(刘大殁,王塘南另一及门弟子)同出其门,则臭味我三人同矣",故而"此后奉塘南先生为绳尺,无异议"。④ 值得注意的是,中道与王塘南及其门人之间的过从与激赏,既因其道人之气,又因其具文人之藻。道、文相得乃是塘南门下士的共同特点。中道与塘南门下赵凤白,倾盖相得,"叩之以学,则瓶泻云兴,往复无滞","发箧而见其诗若文,皆浚发于性灵,风水相遭,而成澜漪者也"⑤。由此亦可推得,其性灵之文亦是根植于瓶泻云兴、往复无滞之学的自然呈现,即其所谓:"得中行独复之资,而有所依归;密受其炉锤之妙,从虚明中流出,为真文章。"⑥

---

① [清]黄宗羲著,沈芝盈点校:《明儒学案》卷二十《江右王门学案》五《太常王塘南先生时槐》,中华书局2008年版,第467页。
② [清]黄宗羲著,沈芝盈点校:《明儒学案》卷二十《江右王门学案》五《太常王塘南先生时槐·论学书》,中华书局2008年版,第472—473页。
③ [明]袁中道著,钱伯城点校:《珂雪斋集》卷九《枝江大令赵凤白初度序》,上海古籍出版社2019年版,第470页。
④ [明]袁中道著,钱伯城点校:《珂雪斋集》卷九《枝江大令赵凤白初度序》,上海古籍出版社2019年版,第470页。
⑤ [明]袁中道著,钱伯城点校:《珂雪斋集》卷九《枝江大令赵凤白初度序》,上海古籍出版社2019年版,第470页。
⑥ [明]袁中道著,钱伯城点校:《珂雪斋集》卷九《枝江大令赵凤白初度序》,上海古籍出版社2019年版,第470页。

二、"中行"与含蓄蕴藉

与宏道相比,中道对含蓄蕴藉的风格甚为推尚,而论及这一美学风格时,是以儒家"中行"的理想人格为喻的。他说:

> 天下之文,莫妙于言有尽而意无穷,其次则能言其意之所欲言。《左传》《檀弓》《史记》之文,一唱三叹,言外之旨蔼如也。班孟坚辈,其披露亦渐甚矣。苏长公之才,实胜韩柳,而不及韩柳者,发泄太尽故也。诗亦然。《三百篇》及苏李《河梁》《古诗十九首》,何其沉郁也。陈思王、谢康乐辈出,而英华始渐泄矣。杜工部、李青莲之才,实胜王维、李颀,而不及王维、李颀者,亦以发泄太尽故也。举业文字,在成弘间,犹有含蓄有蕴藉。至于今,而才子慧人,蜚英吐华,穷其变化,其去言有余而意不尽者远矣。虽然,由含裹而披敷,时也,势也。惟能言其意之所欲言,斯亦足贵已。楚人之文,发挥有余,蕴藉不足。然直摅胸臆处,奇奇怪怪,几与潇湘九派同其吞吐。大丈夫意所欲言,尚患口门狭,手腕迟,而不能尽抒其胸中之奇,安能嗫嗫嚅嚅,如三日新妇为也。不为中行,则为狂狷。效颦学步,是为乡愿耳。①

中行、狂狷、乡愿是儒家三种不同的人格类型。孔子曰:"不得中行而与之,必也狂狷乎!狂者进取,狷者有所不为也。"②其后孟子又对"中行""狂狷"进行诠释,虽不尽符合孔子原意,但亦可备参考:

> 孟子曰:"孔子'不得中道而与之,必也狂狷乎!狂者进取,狷者有所不为也'。孔子岂不欲中道哉?不可必得,故思其次也。""敢问何如斯可

---

① [明]袁中道著,钱伯城点校:《珂雪斋集》卷十《淡成集序》,上海古籍出版社2019年版,第515页。
② 程树德撰,程俊英、蒋见元点校:《论语集释》卷二十七《子路下》,中华书局1990年版,第931页。

谓狂矣?"曰:"如琴张、曾晳、牧皮者,孔子之所谓狂矣。""何以谓之狂也?"曰:"其志嘐嘐然,曰:'古之人,古之人。'夷考其行而不掩焉者也。狂者又不可得,欲得不屑不洁之士而与之,是狷也,是又其次也。"①

中行、狂、狷是德行由高及低的三个不同的层次,最卑下者为乡愿。孔子曰:"乡愿,德之贼也。"②孟子曰:"阉然媚于世也者,是乡原也。"③这是先秦儒家的原初含义。迄至晚明,人们往往将狂狷并提,狷"有所不为"的含义趋于淡化。狂狷者都是一些"高旷豪举"之士,他们啸傲疏放、特立独行,对"中行"的人格标准往往虚悬一格而鲜有详论。徐渭、李贽、袁宏道等人都是以狂狷为尚者。中道虽然早期也曾"以豪杰自命"④,但是,后期则多有悔意,论学也注重中行与狂者之间的区别,云:"狂者,是资质洒脱,若严密得去,可以作圣。既至于圣,则狂之迹化矣。必谓狂即是圣,此无忌惮者之所深喜也。"⑤此之"无忌惮者",不啻是对李贽、宏道的訾议。当然,在《淡成集序》中中道以中行与狂狷比况文学,对"狂者"仍不无首肯,以"直撼胸臆处,奇奇怪怪,几与潇湘九派同其吞吐"为"狂狷",但是,他明确以"言有尽而意无穷"为中行。⑥ 这样,宏道等人所尚的"直撼胸臆"的创作方法则退居次格,"一唱三叹,言外之旨蔼如也"⑦的文学作品则被奉为最上品,这明显是调和性灵派与格调派的中和之论。中道的这

---

① [汉]赵岐注,[宋]孙奭疏:《孟子注疏》卷十四《尽心章句下》,[清]阮元校刻《十三经注疏》,中华书局2009年版,第6048页。
② 程树德撰,程俊英、蒋见元点校:《论语集释》卷三十五《阳货下》,中华书局1990年版,第1219页。
③ [汉]赵岐注,[宋]孙奭疏:《孟子注疏》卷十四《尽心章句下》,[清]阮元校刻《十三经注疏》,中华书局2009年版,第6049页。
④ [清]钱谦益撰集,许逸民、林淑敏点校:《列朝诗集·丁集》第十二《袁仪制中道》,中华书局2007年版,第5337页。
⑤ [明]袁中道著,钱伯城点校:《珂雪斋集》卷二十四《示学人》,上海古籍出版社2019年版,第1121页。
⑥ [明]袁中道著,钱伯城点校:《珂雪斋集》卷十《淡成集序》,上海古籍出版社2019年版,第515页。
⑦ [明]袁中道著,钱伯城点校:《珂雪斋集》卷十《淡成集序》,上海古籍出版社2019年版,第515页。

一纠偏之论,是经历了晚明以直露反对因循的文学变革之后,对中国传统美学标准的复归。所谓"文外之旨",前人论之甚详,如刘勰《文心雕龙·隐秀第四十》中所谓"文外之重旨""秘响""伏采",①"深文隐蔚"②,陆机《文赋》中所谓"石韫玉而山晖,水怀珠而川媚"③,司空图所谓"韵外之致"④,"超以象外,得其环中"⑤,严羽《沧浪诗话》中所谓"言有尽而意无穷"⑥,都是论述的含蓄蕴藉的美学风格。中道矫公安末流俚易浅露之偏,与宏道晚年的思想基本一致。宏道也曾省察其浅露之病,他的尚质、尚淡之论便是对"情随境变,字逐情生,但恐不达,何露之有"⑦的文学观念的修正。中道以中行、狂狷、乡愿三种不同的人格层次比况文学,明确将含蓄蕴藉的美学风格居于首位,受秉于儒学的痕迹清晰可见。

三、佛理禅意与"盐味胶青"⑧

袁氏昆仲都谈禅论佛,中道对于佛学,虽然间或也有如上所述的取法华严之论,但总体而言,以禅净二宗为多。

中道修持净土,主要原因是"怖生死甚"⑨,但是,中道绝非笃信佛理的枯僧,他论净土充分体现了随缘任适的人生态度。如果说宏道的禅净

---

① [梁]刘勰著,范文澜注:《文心雕龙注·隐秀第四十》,人民文学出版社1958年版,第632页。
② [梁]刘勰著,范文澜注:《文心雕龙注·隐秀第四十》,人民文学出版社1958年版,第633页。
③ [晋]陆机著,杨明校笺:《陆机集校笺》卷一《文赋》,上海古籍出版社2016年版,第27页。
④ [唐]司空图:《司空表圣文集》卷二《与李生论诗书》,四部丛刊景旧钞本。
⑤ [唐]司空图著,罗仲鼎、蔡乃中注:《二十四诗品·雄浑》,浙江古籍出版社2013年版,第1页。
⑥ [宋]严羽著,郭绍虞校释:《沧浪诗话校释·诗辨》五,人民文学出版社1961年版,第12页。
⑦ [明]袁宏道著,钱伯城笺校:《袁宏道集笺校》卷四《叙小修诗》,上海古籍出版社2018年版,第203页。
⑧ [明]袁中道著,钱伯城点校:《珂雪斋集》卷二十四《寄曹大参尊生》,上海古籍出版社2019年版,第1094页。
⑨ [明]袁中道著,钱伯城点校:《珂雪斋集》卷二十四《答曾太史》,上海古籍出版社2019年版,第1077页。

之变尚有由"精猛"到"稳实"的意趣,那么中道的参禅修净仅是得口头三昧,而并非诚心笃信。由于中道屡困场屋,所以他论净土时说:"弟自信弟之作举业,即净业也,即菩萨行也。"①他认为"专修净业,必山中清闲无事之人为之,作官时可不必耳",又说:"其实父母、妻子、儿女、宗族、奴仆,处置得宜,令无失所,皆净业也,到此纤毫不必移动矣。出也可,处也可,忙也可,闲也可。至简至易,至妥至贴。"②自古关于弥陀的净土问题有不同的观点,即有所谓报土与化土的不同。摄论师以彼土为报土,认为凡夫不能往生,迦才等认为彼土有报土和化土两种,即地上菩萨生于报土,凡夫二乘生于化土。虽然唐代高僧善导主张弥陀净土为报土,认为五浊凡夫都能入弥陀报土,但还是要具备一定的条件,即安心、起行和作业。对作业还提出了四个条件,即所谓恭敬修、无余修、无间修、长时修。与此相比较,中道的"至简至易,至妥至贴"简易方便的"近日见地"③,明显地带有晚明士人任性自适的特征。但尽管如此,中道屡屡以慧业文人自居。其文集名、书斋名都取自佛经,曰:"弟前岁一病几殆,故取近作寿之于梓,名为《珂雪斋集》。盖弟有斋名珂雪,取《观经》'观如来白毫相如珂雪'意也。"④足见其对佛学的崇仰,对其诗文理论也不无影响。

如果说其净土之论还仅是随处说法,对诗文理论的影响还不甚明显的话,那么,参禅与论诗则更显契合。对于禅宗,宏道著有《宗镜摄录》,中道则又拣其最精者为《宗镜摄摄录》。除此,他还著有《禅宗正统》一卷⑤,虽然今不可得见,但足以说明他是一位禅悦之士。尤其是得妙悟之法于大慧、中峰,对此,他屡有论及,如《答宝庆李二府》云:"初求之贝叶文字,

---

① [明]袁中道著,钱伯城点校:《珂雪斋集》卷二十三《答陈布政志寰》,上海古籍出版社 2019 年版,第 1034 页。

② [明]袁中道著,钱伯城点校:《珂雪斋集》卷二十三《答陈布政志寰》,上海古籍出版社 2019 年版,第 1034—1035 页。

③ [明]袁中道著,钱伯城点校:《珂雪斋集》卷二十三《答陈布政志寰》,上海古籍出版社 2019 年版,第 1035 页。

④ [明]袁中道著,钱伯城点校:《珂雪斋集》卷二十五《答钱受之》,上海古籍出版社 2019 年版,第 1141 页。

⑤ 详见[清]张廷玉等:《明史》卷九十八《艺文志三》,中华书局 1974 年版,第 2455 页。

了无所得;其后始知达摩直指一路,真为摄精夺髓之法,然亦无可措手。后又得大慧、中峰语录,始知此事,决要妙悟。妙悟全在参求,参求定须纯一。悟后之修,乃为真修,不然即系盲修。"①又云:"闻近来持《金刚经》,且深悟禅理,此是千古英雄归根一着子。不然,即功高天下,名震一世,终归堕落。大慧云:'但热恼逼时,朗诵《金刚》六如偈语,便是一贴清凉散也。'况深入之者乎!入悟之法,大略具大慧、中峰二语录中。若不于无义语中,逼拶一番,只成文字依通,非到家消息也。"②得其妙悟而诗禅互诠互证,这在中道的作品中屡有表现。

中道文学理论的特质之一是在"取裁吟臆,受法性灵,意动而鸣,意止而寂"与"妙在含裹,不在披露"之间寻求契合点。③ 他以儒学"中行"之高标,表达其审美理想。但在描述这一美学标准时,还是依循于传统的诗禅比附路径。他所谓"盐味胶青"便充满着佛理禅味。他说:"盖天下事,未有不贵蕴藉者,词意一时俱尽,虽工不贵也。近日始细读盛唐人诗,稍悟古人盐味胶青之妙。"④"诗莫盛于唐,一出唐人之手,则览之有色,扣之有声,而嗅之若有香。"⑤"吾观(马)远之之文,盐味胶青,若有若无。"⑥所谓"盐味胶青"是古人论诗时常用的一个比喻,表示雅淡自然而又饶有韵外之致的风格,鉴赏者须通过体悟默识方可解读其内在的意蕴。妙悟是鉴赏其神韵的必然途径,又是这类诗歌创作时作者所具备的主观条件。中道以禅论诗摒弃了以往论及诗禅共命时所谓"言语道断""不立文字"

---

① [明]袁中道著,钱伯城点校:《珂雪斋集》卷二十三《答宝庆李二府》,上海古籍出版社2019年版,第1059页。
② [明]袁中道著,钱伯城点校:《珂雪斋集》卷二十四《寄龙君御》,上海古籍出版社2019年版,第1100页。
③ [明]袁中道著,钱伯城点校:《珂雪斋集》卷十一《宋元诗序》,上海古籍出版社2019年版,第528页。
④ [明]袁中道著,钱伯城点校:《珂雪斋集》卷二十四《寄曹大参尊生》,上海古籍出版社2019年版,第1094页。
⑤ [明]袁中道著,钱伯城点校:《珂雪斋集》卷十一《宋元诗序》,上海古籍出版社2019年版,第527页。
⑥ [明]袁中道著,钱伯城点校:《珂雪斋集》卷十《马远之碧云篇序》,上海古籍出版社2019年版,第511页。

等偏颇神秘之论。他将"悟"分为"真悟"和"解悟",云:"有真悟,有解悟。何谓真悟?从现量入者是也。何谓解悟?从文字入者是也。"①佛教诸经典中所谓"解悟",往往多指"先悟而修",指因理解而得知,而与因实践而体得的证悟相区别。中道则云"解悟之学,要朋友薰蒸,自己淘炼"②,颇类似于文学创作知音激荡、陶钧文思的过程。其对解悟的诠释为见诸文字的诗歌留下了空间。关于是否"立文字",中道有这样一段问答语:

> 或曰:"学佛在参求耳,不立文字,曷取文字?"予曰:"古之悟道者,多由文字。圭峰从《圆觉》发悟,玄沙从《楞严》发悟。如此类者甚多。文字何碍,人自为文字碍耳。"③

"悟"既是禅悟,也可理解为体味"盐味胶青"的诗之妙悟。他论及禅悟,每每依经而发(如前文所引述),虽然中道论禅,列举的是临济的两名宗匠,仍具有禅法蒙昧主义的气味,但是大慧宗杲的看话禅毕竟比正觉的默照禅稍稍注重一些古德宿语(详见后章),而且引用的也是宗杲主张朗诵《金刚》的一段话,因此,中道所重的参悟之法,还是主张依经而为的。与此相关,他不但没有呵佛骂祖、荒经蔑古,而且大谈请经,并以此比附文学,云:

> 禅与诗,一理也。汝(虚白)诗人之后也,姑与汝以诗论禅。汝祖诗,体无所不备,而其源实出于《雅》《颂》,则《三百篇》非乎?夫昙氏之教,《华严》诸经,佛语也,《三百篇》也。《瑜伽师地》《起信》《大智度论》,菩萨语也,汉魏诗也。支那撰述,若生、肇、台、贤,及五宗诸提唱之篇,皆诸老宿语也,三唐诗也。诗必穷经,禅可舍经而旁及枝蔓

---

① [明]袁中道:《珂雪斋集·外集》卷十二《箨录·禅语》,明万历四十六年刻本。
② [明]袁中道:《珂雪斋集·外集》卷十二《箨录·禅语》,明万历四十六年刻本。
③ [明]袁中道著,钱伯城点校:《珂雪斋集》卷十九《当阳报恩寺募藏经文》,上海古籍出版社2019年版,第864页。

也乎哉?①

昆仲三人早年受学于龙湖的"狂禅",后来各有不同程度的悔悟之意,宗道发现"至宝原在家内"②,复归于儒学,宏道感到"尚欠稳实"③后,逐渐依经修持,转而归向净土。中道则摆脱了禅学教外别传、以心传心的神秘证悟途径,着着实实地诵经阅藏。这与其后期的文学主张完全一致:他虽仍然复沓申论公安派"一一从肺腑流出,盖天盖地"④的文学主张,但又认为"诗以三唐为的,舍唐人而别学诗,皆外道也"⑤,推尚唐代诗歌浑含丰润的风格,主张诗歌当如万派千流以赴峡的江涛,既要有澎湃之势,又要如峡山"束而堤之,使无旁溢"⑥,依循于格法声律。论佛时宗经法祖与论文时"得唐人之神"⑦互相发明,意脉互通。

中道不但以真悟、解悟矫空疏之弊。他还悟修相兼,以显其为学为文渐趋稳实的特征。他说:"古人专言悟则有时而遮修,不如是则悟不显,而非不必修也。专言修则有时而遮悟。不如是则修不显,而非不必悟也。"⑧何为修行? 他认为挥洒文字即是修行,云:"予终日读书、选书,或时有挥洒。人问予,何不见公修行? 予曰:'即此是予修行也。'予读书时常取法水灌溉心胸,发为文字赞叹波若,此等业还属情耶? 想耶? 则谓予

---

① [明]袁中道著,钱伯城点校:《珂雪斋集》卷十《送虚白请经序》,上海古籍出版社2019年版,第521页。
② [明]袁中道著,钱伯城点校:《珂雪斋集》卷十七《石浦先生传》,上海古籍出版社2019年版,第752页。
③ [明]袁中道著,钱伯城点校:《珂雪斋集》卷十八《吏部验封司郎中中郎先生行状》,上海古籍出版社2019年版,第804页。
④ [明]袁中道著,钱伯城点校:《珂雪斋集》卷十《马远之碧云篇序》,上海古籍出版社2019年版,第511页。
⑤ [明]袁中道著,钱伯城点校:《珂雪斋集》卷十《蔡不瑕诗序》,上海古籍出版社2019年版,第486页。
⑥ [明]袁中道著,钱伯城点校:《珂雪斋集》卷十《吴表海先生诗序》,上海古籍出版社2019年版,第495页。
⑦ [明]袁中道著,钱伯城点校:《珂雪斋集》卷十《吴表海先生诗序》,上海古籍出版社2019年版,第494页。
⑧ [明]袁中道:《珂雪斋集·外集》卷十二《箨录·禅语》,明万历四十六年刻本。

非大修行不可。"①中道的修行,是涵茹法水,得其学养,遂而发为文字。虽然取法水灌溉心胸的文字多以"赞叹波若"为目的,但其为文赋诗的路径与方法,正是公安派性灵文学的基本内涵。

四、论苏轼以见旨趣

与崇尚蕴藉的美学风格有关,中道对苏轼的态度也与晚明崇效苏轼的风习有所不同。如前所述,晚明文人推敬苏轼殊甚,如宗道所居之处,必葺一室,且以"白苏"称名,宏道"每以长苏自命"②,对苏轼有"有天地来,一人而已"③的过誉。陶望龄亦云:"弟初读苏诗,以为少陵之后一人而已。再读,更谓过之。"④他们推尊苏轼,是由于苏轼恣肆豪放的性情、自然为文的文学旨趣与晚明文人神韵相通,于是形成了晚明文人傲兀前古、独崇苏轼的现象。但是,在中道的视野之中,苏轼的作品并非至妙无瑕,云:"苏长公之才,实胜韩柳,而不及韩柳者,发泄太尽故也。"⑤苏轼并非独步前人的文学圭臬,不足之处即在于缺乏蕴藉。当然,尽管如此,他仍然推崇苏轼。昆仲三人或仕或隐,宏道以子瞻、子由相喻,中道也深以为然。⑥ 他将十分推敬的李贽,比作今世之苏轼,云:"龙湖先生,今之子瞻也,才与趣不及子瞻,而识力胆力,不啻过之。"⑦但他推赞苏轼,不是因为其披露显豁、恣纵豪横,而是春温玉润般的蕴藉之"趣"。他说:"夫

---

① [明]袁中道:《珂雪斋集·外集》卷十二《箨录·禅语》,明万历四十六年刻本。
② [清]孙锡蕃:《袁宏道传》,载[明]袁宏道著,钱伯城笺校:《袁宏道集笺校》附录二,上海古籍出版社2018年版,第1809页。
③ [明]袁宏道著,钱伯城笺校:《袁宏道集笺校》卷二十一《与李龙湖》,上海古籍出版社2018年版,第810页。
④ [明]陶望龄撰,李会富编校:《陶望龄集·歇庵集》卷十五《与袁六休二首》又,上海古籍出版社2019年版,第883页。
⑤ [明]袁中道著,钱伯城点校:《珂雪斋集》卷十《淡成集序》,上海古籍出版社2019年版,第515页。
⑥ 详见[明]袁中道著,钱伯城点校:《珂雪斋集》卷十二《听雨堂记》,上海古籍出版社2019年版,第561—562页。
⑦ [明]袁中道著,钱伯城点校:《珂雪斋集》卷十《龙湖遗墨小序》,上海古籍出版社2019年版,第503页。

名士者,固皆有过人之才,能以文章不朽者也。然使其骨不劲,而趣不深,则虽才不足取。昔子瞻兄弟,出为名士领袖,其中若秦、黄、陈、晁辈,皆有才有骨有趣者。"①名士必当骨劲趣深,"名士领袖"之苏轼,自然更是如此。众所周知,苏轼的文学观念、创作风格,经历了一个由"超迈豪横"到晚年推崇陶潜等人"高风绝尘"诗风的过程。苏轼晚年以禅论诗,云:"欲令诗语妙,无厌空且静。静故了群动,空故纳万境。阅世走人间,观身卧云岭。咸酸杂众好,中有至味永。诗法不相妨,此语更当请。"②宏道等人崇仰苏轼,主要因其才情富健,因其挥洒自如,如陶望龄说:"永叔诗虽好,终不如子瞻。盖子瞻如海,永叔如三山,虽仙灵所都,终是大海中物。"③而中道则主要着眼于苏轼晚年"高风绝尘"的风格,崇尚其蕴藉隽永的美学风格。虽然这不是苏轼所长,但在"文苑东坡临御",一片崇仰之声的晚明,中道崇而有节、尚求蕴藉,对于矫公安率易直露之偏,不无裨益。中道所崇的苏轼之"趣",实乃禅趣。钱谦益曾云:"北宋已后,文之通释教者,以子瞻为极则。"④子瞻之人、子瞻之文自然为深得禅趣的中道所心仪。

第三节　于山水自然中证悟灵慧之心

　　禅僧大多栖居静寂幽冥的山林,以远离尘网,修心悟道,因此,诗僧也多以大自然为题材,描摹鸣泉灌木、秀山丰草等自然物象。文人雅士虽然

---

① [明]袁中道著,钱伯城点校:《珂雪斋集》卷十《南北游诗序》,上海古籍出版社 2019 年版,第 485 页。
② [宋]苏轼撰,[清]王文诰辑注,孔凡礼点校:《苏轼诗集》卷十七《送参寥师》,中华书局 1982 年版,第 906—907 页。
③ [明]陶望龄撰,李会富编校:《陶望龄集·歇庵集》卷十五《与袁六休二首》又,上海古籍出版社 2019 年版,第 883 页。
④ [清]钱谦益著,[清]钱曾笺注,钱仲联标校:《牧斋初学集》卷八十三《读苏长公文》,上海古籍出版社 1985 年版,第 1756 页。

不忘仕途奔竞,但仍十分艳羡山水之清晖。中道在尚未"叨得一第"①之前(中道四十六岁,即万历四十四年考取进士),"山水之趣"便"勃勃不能自已",云:"四十之后,始好之(山水)成癖,人有诧予为好奇者"。②他除了少数诗作如《戏赠善印章程生从军》《赠别梅子马督木北上》等具有关注现实的内容外,大部分诗歌以登临优游为题材,从自然景观中陶冶性情、悟道参禅,以为"天下之质有而趣灵者莫过于山水"③。他又说:

> 凡慧则流,流极而趣生焉。天下之趣,未有不自慧生也。山之玲珑而多态,水之涟漪而多姿,花之生动而多致,此皆天地间一种慧黠之气所成,故倍为人所珍玩。④

在中道看来,山水之自然成趣,是因为慧黠之气使之然。中道对于"慧"的内涵并未阐释,但隐约可见佛学所谓"达于无为之空理"的"慧"的意蕴。"慧"是一种遍及天地自然、世道人心的理念,这与宏道所重的无所依傍,一任自然之"趣"稍有不同。中道认为山水自然正是"慧黠"之气所钟,他的友朋马远之文章,之所以"灵潮汩汩自生",便是因为其"有逸韵""爱烟岚"。⑤他自己也是以优游山水以证悟灵慧之心的,其山水诗中常常体现这样的意蕴,如《听泉》:

> 一月在寒松,两山如昼朗。欣然起成行,树影写石上。独立巉岩

---

① [明]袁中道著,钱伯城点校:《珂雪斋集》卷二十五《与愚庵》,上海古籍出版社2019年版,第1136页。
② [明]袁中道著,钱伯城点校:《珂雪斋集》卷十《王伯子岳游序》,上海古籍出版社2019年版,第488—489页。
③ [明]袁中道著,钱伯城点校:《珂雪斋集》卷十《王伯子岳游序》,上海古籍出版社2019年版,第488页。
④ [明]袁中道著,钱伯城点校:《珂雪斋集》卷十《刘玄度集句诗序》,上海古籍出版社2019年版,第484—485页。
⑤ [明]袁中道著,钱伯城点校:《珂雪斋集》卷十《马远之碧云篇序》,上海古籍出版社2019年版,第511页。

间,侧耳听泉响。远听语犹微,近听涛渐长。忽然发大声,天地皆萧爽。清韵入肺肝,濯我十年想。①

其二:

山白鸟忽鸣,石冷霜欲结。流泉得月光,化为一溪雪。月色入水滑,水纹带月洁。疾流与石争,山川为震裂。安得一生听,长使耳根悦。②

诗人在白山冷石之间听泉览月、洗濯尘缨,心灵得到了栖息和净化。但是,客观地说,中道作品中真正臻于六根清净、空明静寂之境的作品十分鲜见。这与唐代诗人王维、常建等人有所不同,因为王维等人是自发地在禅趣中获得心灵的澄净,而晚明文人更多的是因为不满礼义的羁绊,以佛禅与之颉颃,悦禅往往带有功利的目的。他们本身就是一群疏狂任性之士,高扬个性是这一群体的共同特征,他们躁动的心灵与禅宗幽独静寂的旨趣难以调适,因此,描写山水自然的诗歌,也往往仅得禅诗皮相,不时流露出强烈的主体色彩。对人的观照,反映了晚明人性复苏的时代特征。中道的山水诗中这一特征表现得较为明显,如《琉璃桥口占》其二:

余霞犹自宿林丘,烟蕊岚翘天际头。十里长桥莹似雪,一泓清水带冰流。③

诗人在不经意间描绘了一组远离尘嚣的自然景观,似乎不着人的痕

---

① [明]袁中道著,钱伯城点校:《珂雪斋集》卷三《听泉》其一,上海古籍出版社2019年版,第133—134页。
② [明]袁中道著,钱伯城点校:《珂雪斋集》卷三《听泉》其二,上海古籍出版社2019年版,第134页。
③ [明]袁中道著,钱伯城点校:《珂雪斋集》卷七《琉璃桥口占》其二,上海古籍出版社2019年版,第363页。

迹,但尽管如此,长桥十里,透视出了这仍是人间世俗之境。他在为程申之文集作序时说:"而其山水之清美,且足以发灵慧之性,而助其深湛之思。"① 其"灵慧之性""深湛之思"主要不是佛禅的静寂之趣,而是人性的自觉自悟。佛理与人心的矛盾,在他们的诗歌中常见以附会佛理的形式表现出来,如在关羽堂前,中道竟然写出了这样的诗作:

  一腔血尽了生缘,静向山中礼法筵。人道肝肠能死国,我言肋骨好参禅。涧岩震怒如雷地,草水淋漓易雨天。日暮乌啼人迹断,自搜残碣自尝泉。②

  侵天荆棘挂人衣,几个能开生死围。三世如来血性汉,大刀响处是禅机。③

就佛教来说,虽然有所谓"一阐提"可以成佛,及后期禅宗呵佛骂祖、不拘戒律等随缘方便的思想,但并没有"大刀响处是禅机"的惊人之语。中道附会牵强,将忠烈殉国的凛然义举,与参禅悟道混为一谈,表现了公安派重一己而轻世事的一面。他们虽然是个性解放思潮的鼓荡者,但他们优游任适、疏狂自放,缺乏其后陈子龙等人所具有的蒿目时艰的社会责任感。上述附会之作的消极作用也不容讳言,后人对公安派的诟谩,并非无稽之言。

  在山水自然中证悟自性,这在游记散文中表现得比诗歌更为突出。与宏道的游记相比,中道更胜于在整饬中见情韵,常顺着游踪,写下一组组绮丽多姿的美文。中道的游记中既有林烟水色,又有飞阁危楼,但相对

---

① [明]袁中道著,钱伯城点校:《珂雪斋集》卷十一《程申之文序》,上海古籍出版社2019年版,第551页。
② [明]袁中道著,钱伯城点校:《珂雪斋集》卷三《题关将军祠》,上海古籍出版社2019年版,第133页。
③ [明]袁中道著,钱伯城点校:《珂雪斋集》卷三《重过关将军二偈》其二,上海古籍出版社2019年版,第135页。

而言,他更喜欢"山家清奥之趣"①。因为人工之作,往往仅"骋象马之雄图"而"无丘壑之妙思"。② 尽管如此,与其诗歌一样,他很注重人、景相得,"我"仍是自然山水之灵,如《爽籁亭记》:

> 玉泉初如溅珠,注为修渠,至此忽有大石横峙,去地丈余,邮泉而下,忽落地作大声,闻数里。予来山中,常爱听之。泉畔有石,可敷蒲,至则趺坐终日。其初至也,气浮意嚣,耳与泉不深入,风柯谷鸟,犹得而乱之。及瞑而息焉,收吾视,返吾听,万缘俱却,嗒焉丧偶,而后泉之变态百出。初如哀松碎玉,已如鹍弦铁拨,已如疾雷震霆,摇荡川岳。故予神愈静,则泉愈喧也。泉之喧者,入吾耳而注吾心,萧然泠然,浣濯肺腑,疏瀹尘垢。洒洒乎忘身世而一死生。故泉愈喧,则吾神愈静也。夫泉之得予也,予为导其渠之壅滞,除其旁之草莱,汰其底之泥沙。濯足者有禁,牛马之蹂践者有禁。予之功德于泉者,止此耳。自予之得泉也,旧有热恼之疾,根于生前,蔓于生后,师友不能箴,灵文不能洗;而与泠泠之泉遇,则无涯柴棘,若春日之泮薄冰,而秋风之陨败箨,泉之功德于我者,岂其微哉!泉与予又安可须臾离也。③

"予"与自然相契无隙,在自然之中,尘缨热恼,如春阳泮水、疾风陨箨,荡然无存。在《柴紫庵记》中,中道列举了山居的五条理由:假澄波以贮慧月;涉事难守,离境易防;借叠叠之山,湛湛之水,除胸中之柴棘;可潜心于取东国之灵文,西方之秘典,作后世津梁;可采药煮石,延年保身。因此,

---

① [明]袁中道著,钱伯城点校:《珂雪斋集》卷十二《西山十记》记七,上海古籍出版社2019年版,第573页。
② [明]袁中道著,钱伯城点校:《珂雪斋集》卷十二《西山十记》记三,上海古籍出版社2019年版,第570页。
③ [明]袁中道著,钱伯城点校:《珂雪斋集》卷十五《爽籁亭记》,上海古籍出版社2019年版,第694—695页。

中道发誓云:"居山之事,吾志久定,吾计永决,终不舍此更逐世路矣。"①中道及晚明文人之所以嗜求涉险奥、饱烟云,主要是不满于世俗礼义,而求得心灵解脱。其对自然的迷醉,起因于对自我的迷醉,无论是近禅还是近道,都在"疏瀹性灵"②、抒写自我的母题下得到了统一。

不难看出,中道的文论多为对公安派前期矫枉过正的反省,有融合性灵派与格调派的倾向。与宏道融会儒释以倡导不拘格法的文论不同,中道兼融儒释,多为诠释其中和平允的文论。当然,在中道的山水游记中,证悟自心自性,仍具有浓郁的时代色彩。我们认为,中道文学理论中革新锐气的消减,不可简单地视为倒退。因为当袁宏道病故之后,文坛拟古之风已被荡除,而随之产生的新的流弊,不在于拟古,而在于公安派末流步趋宏道,变宏道的清俊宕逸为率易轻浅,逐渐衍成了新的摹拟之风。中道平和持正的文论就是在这样的背景下提出的。

---

① [明]袁中道著,钱伯城点校:《珂雪斋集》卷十五《柴紫庵记》,上海古籍出版社 2019 年版,第 694 页。

② [明]袁中道著,钱伯城点校:《珂雪斋集》卷十四《砚北楼记》,上海古籍出版社 2019 年版,第 662 页。

第十六章 大慧临御:公安"三袁"推尊宗杲的学术与文学意义

晚明文学思潮的中坚公安"三袁"的文学思想与实践深受佛学的涵濡,清人彭际清《居士传》遴选传主甚苛,但公安"三袁"全部入列,且独成一卷。时人乃至将袁宏道与居士第一了手庞公并提。① 公安"三袁"虽然不拈椎、不竖拂,但或以"香光居士"为号;或偕诸僧憩德山塔院婆娑古槐树下,谈禅以论诗;或以"我自未老喜逃禅"②自矜。他们与晚明高僧交游互证,深受往昔高僧大德思想的濡染。其中,大慧宗杲对公安"三袁"的影响尤著。

第一节 承学宗杲的显性表现

大慧宗杲(1089—1163),俗姓奚,号妙喜,是南岳下十四世圆悟克勤法嗣,因看话禅而见著于佛教历史。对此,明人胡应麟云:"自宗杲出,而学徒遍天下,缙绅儒流茅靡麕集,无论云门、曹洞,即黄龙一派亦寂寥矣。"③清人陈建云:"禅学兴于达磨,盛于慧能,极于宗杲。"④宗杲还是一位对文士影响深远的禅师。住世期间,与江西诗派吕本中、徐俯、韩驹等人过从甚密,对江西诗派影响显豁。迄至明代,文士对大慧宗杲依然崇仰

---

① 冯贲云:"后来居士中第一了手,共推庞公。惜偈颂之外,语不多见。……先生(袁宏道)谈儒,谭释皆是了义,无一剩语。……览者能向是中挨身直入,当知迦文宣尼原一鼻孔,正不妨与庞老、石公(袁宏道)把臂共行。"([明]冯贲:《跋〈珊瑚林〉》,载王闰吉:《袁宏道〈珊瑚林〉〈金屑编〉校释》,中国社会科学出版社2017年版,第67页)
② [明]袁中道著,钱伯城点校:《珂雪斋集》卷一《寒食郭外踏青,便憩二圣禅林》,上海古籍出版社2019年版,第10页。
③ [明]胡应麟:《少室山房笔丛》卷四六,上海书店出版社2009年版,第480页。
④ [明]陈建:《学蔀通辨·续编》卷上,明嘉靖刻本。

备至,被誉为"开国文臣之首"的宋濂云:"济北正宗传至我大慧普觉禅师,以大乘根器总摄天上人间,诸文字相化为慈云遍布索诃世界,鼓以雷风,树为法雨,有识含灵咸被沾润。"①关于公安"三袁"习读大慧宗杲的过程,中道《石浦先生传》有载:

> 己丑,焦公竑首制科,瞿公汝稷官京师,先生(宗道)就之问学,共引以顿悟之旨。而僧深有为龙潭高足,数以见性之说启先生,乃遍阅大慧、中峰诸录,得参求之诀。久之,稍有所豁。②

其后袁宗道更是"时取大慧、中峰二禅师语录置案头,朝夕相对"③。而宏道则"一日,见张子韶论格物处,忽然大豁,以证之伯修。伯修喜曰:'弟见出盖缠,非吾所及也。'然后以质之古人微言,无不妙合,且洞见前辈机用。白雪田中,能分鹭鸟;红罗扇外,瞥见仙人。一一提唱,聊示鞭影,命名曰《金屑》"④。"张子韶论格物"是指张九成与宗杲关于格物物格的公案,这直接诱使袁宏道写成了《金屑编》。⑤《金屑编》乃袁宏道

---

① [明]宋濂:《宋学士文集》卷五十七《芝园后集》卷七,四部丛刊景明正德本。
② [明]袁中道著,钱伯城点校:《珂雪斋集》卷十七《石浦先生传》,上海古籍出版社2019年版,第751页。
③ [明]袁宗道著,钱伯城标点:《白苏斋类集》卷十六《答萧赞善玄圃》,上海古籍出版社2007年版,第220页。
④ [明]袁中道著,钱伯城点校:《珂雪斋集》卷十八《吏部验封司郎中中郎先生行状》,上海古籍出版社2019年版,第800页。
⑤ 袁宏道对《大慧普觉禅师语录》的内容精研细读,已达到了然于胸而不自觉的程度,这从其《广庄》引佛经以证《逍遥游》可资证明。宏道云:"婆婆世界,非其一骨节之虚空处邪?人物鸟兽,贤圣仙佛,非其三万六千中之一种族耶?《经》曰:'发毛爪齿,皮肉筋骨,皆归于地。'吾是以知地特发毛之大者。"([明]袁宏道著,钱伯城校笺:《袁宏道集笺校》卷二十三《广庄·逍遥游》,上海古籍出版社2018年版,第860页)所谓《经》,当是指《圆觉经》。但宏道所引《圆觉经》原文稍异,《圆觉经》三《普眼章》:"所谓发、毛、爪、齿、皮、肉、筋、骨、髓、脑、垢、色,皆归于地。"(张保胜释译:《圆觉经》三《普眼章》,东方出版社2016年版,第50页)而与袁宏道所引完全一致,而漏《圆觉经》原文中"髓脑垢色"四字的则是《大慧普觉禅师普说》卷三《程总干请普说》。(详见[宋]蕴闻录:《大慧普觉禅师普说》卷三《程总干请普说》,《卍正藏经(新文丰版)》,第59册,第925页)显然,这是认宗杲所说乃"士大夫一道保命符子"([明]袁宏道著,钱伯城校笺:《袁宏道集笺校》卷二十二《答陶石篑》,上海古籍出版社2018年版,第853页)的袁宏道误记宗杲语录为《圆觉经》原文的明显表征,可见宏道于《大慧普觉禅师语录》已精熟于心。

"拈出古宿言"而作,"其间意兴到处,亦有纯写古词者,皆呈百千诸佛相传之髓"。① 借文学形式以现"诸佛相传之髓",是袁宏道初现于文坛的特色。而这部著作还是李贽与袁宏道相知相惜,并促使宏道鼓荡起晚明文学思潮不可忽略的因素。对此,中道在仲兄的《行状》中载:"时闻龙湖李子冥会教外之旨,走西陵质之。李子大相契合,赠以诗,中有云:'诵君《金屑》句,执鞭亦忻慕。'"②袁宏道少李贽四十一岁,而被时人誉为"二大教主"之一的李贽,能热情"留三月余,殷殷不舍,送之武昌而别"③,与"诵君《金屑》句"密切相关。④ 而袁宏道"既见龙湖,始知一向掇拾陈言,株守俗见,死于古人语下,一段精光,不得披露。至是浩浩焉如鸿毛之遇顺风,巨鱼之纵大壑。能为心师,不师于心;能转古人,不为古转。发为语言,一一从胸襟流出,盖天盖地,如象截急流,雷开蛰户,浸浸乎其未有涯也"⑤。不难看出,从某种意思上说,大慧宗杲及佛学思想,是晚明文学思潮兴起不可忽视的学理背景及机缘之一。

对于肇启这一机缘的伯仲悟证"张子韶论格物"公案的细节,中道《石浦先生传》亦有载:"(宗道)偶于张子韶与大慧论格物处有所入,急呼

---

① [明]袁宏道:《〈金屑编〉自叙》,载王闰吉:《袁宏道〈珊瑚林〉〈金屑编〉校释》,中国社会科学出版社2017年版,第141页。
② [明]袁中道著,钱伯城点校:《珂雪斋集》卷十八《吏部验封司郎中中郎先生行状》,上海古籍出版社2019年版,第800—801页。
③ [明]袁中道著,钱伯城点校:《珂雪斋集》卷十八《吏部验封司郎中中郎先生行状》,上海古籍出版社2019年版,第801页。
④ 《金屑编》乃袁宏道二十三岁时所作。袁中道云:"李龙湖乍见中郎,相得欢甚,比之于孔文举,故送之诗。其一云:'此路少人行,迢迢至古亭。自称通家子,扪门见李膺。'其二云:'诵君《金屑》句,执鞭亦欣慕。早得从君言,不当有老苦。'时龙湖以老年无朋,著书名曰《老苦》,而《金屑篇》则中郎提唱诸家公案语也。时中郎年二十三矣。"其详情中道又有载:"中郎少时于禅有所入,作《金屑篇》,诵古德因缘,刻一帙示卓吾,苦为一小引,其前曰:'昔赵州少年出家,壮年悟道,八十岁犹有疑,一百二十岁乃蝉蜕而去,其难也如此。今君二十学道,二十一证果,其视《法华》之龙女,《华严》之善才有何殊也?'然君无师之智,不用金口指诀,则虽善才不敢比肩,而况赵州老子乎?因喜而书之,此老炉锤之妙如此。"(以上引自[明]袁中道:《珂雪斋集·外集》卷十三《师友见闻语》,明万历四十六年刻本)
⑤ [明]袁中道著,钱伯城点校:《珂雪斋集》卷十八《吏部验封司郎中中郎先生行状》,上海古籍出版社2019年版,第801页。

仲兄与语。甫拟开口,仲兄即跃然曰:'不必言!'相与大笑而罢。"①显然,伯仲认为这一公案是不可言说的。对此,宗道在《读大学》中还详述了对这一公案的理解:

> 昔张子韶至径山,与冯给事诸公议格物。妙喜曰:"公只知有格物,而不知有物格。"子韶茫然,妙喜大笑。子韶曰:"师能开谕乎?"妙喜曰:"不见小说载唐人有从安禄山者,其人先为闾守,有画像在焉。明皇幸蜀见之,怒令侍臣以剑击其首。时闾守居陕西,首忽堕地。"子韶闻之,遂大悟,题不动轩壁曰:"子韶格物,妙喜物格,欲识一贯,两个五百。"余去年默坐正心轩下,偶一同参举此,余豁然有省。时有友问余,此义如何。余曰:"犀因玩月纹生角,象被雷惊花入牙。"友人不契,将知妙喜所示,子韶所悟,所谓金刚圈,栗棘蓬。即辨如庄叟,难究微言;博似张华,岂穷玄趣。而奈何欲置孤灯于太阳之下,摇轻箑于飘风之间者乎,多见其不知量已。②

在宗道看来,"妙喜所示,子韶所悟"所蕴含的言意内涵,是"孤灯"之于"太阳"、"轻箑"之于"飘风"的关系。这也正是中道在仲兄《行状》中所记,宏道早期沉潜多年,"索之华、梵诸典,转觉茫然。后乃于文字语言意识不行处,极力参究,时有所解,终不欲自安歧路,恃爝火微明,以为究竟。如此者屡年,忘食忘寝,如醉如痴"③。而终不得其解,直到子韶格物、妙喜物格的公案方"忽然大悟"④。当然,作为一代辞章妙手,袁氏昆

---

① [明]袁中道著,钱伯城点校:《珂雪斋集》卷十七《石浦先生传》,上海古籍出版社2019年版,第752页。
② [明]袁宗道,钱伯城标点:《白苏斋类集》卷十七《读大学》,上海古籍出版社2007年版,第240页。
③ [明]袁中道著,钱伯城点校:《珂雪斋集》卷十八《吏部验封司郎中中郎先生行状》,上海古籍出版社2019年版,第800页。
④ [明]袁中道著,钱伯城点校:《珂雪斋集》卷十八《吏部验封司郎中中郎先生行状》,上海古籍出版社2019年版,第800页。

第十六章　大慧临御:公安"三袁"推尊宗杲的学术与文学意义

仲悟得的不仅仅是性命之学、教外之旨,更是对其独抒性灵的赋诗方式的启示。

比较而言,中道受宗杲的显性影响清晰地表现在话语同构方面。他在述及宏道既见龙湖之后抒写性灵的情形,云:"一一从胸襟流出,盖天盖地,如象截急流,雷开蛰户,浸浸乎其未有涯也。"①相似的表述还见于《马远之碧云篇序》:"所谓一一从肺腑流出,盖天盖地者也。"②《成元岳文序》:"时义虽云小技,要亦有抒自性灵,不由闻见者。古人云:'一一从自己胸臆中流出,自然盖天盖地。'真得文字三昧。"③这一表述最早出自唐代岩头禅师所言:"他后若欲播扬大教,一一从自己胸襟流出,将来与我盖天盖地去。"④其后,宗杲《示曾机宜》中,将岩头之言略作改造,且予以诠释与发挥:

> 岩头云:"若欲他时播扬大教,须是一一从自己胸襟流出,盖天盖地始是大丈夫所为。"岩头之语,非特发明雪峰根器,亦可作学此道者万世规式。……凡有言句,非离真而立处,立处即真,所谓"胸襟流出,盖天盖地"者,如是而已。非是做言语求奇特,他人道不出者,锦心绣口,意句尖新,以为"胸襟流出"也。⑤

宗杲所引,省去了岩头"将来与我",且将体现"播扬大教"效果的"盖天盖地"变成了"胸襟流出"的言说特征。中道所言,显然源自宗杲。更

---

① [明]袁中道著,钱伯城点校:《珂雪斋集》卷十八《吏部验封司郎中中郎先生行状》,上海古籍出版社2019年版,第801页。
② [明]袁中道著,钱伯城点校:《珂雪斋集》卷十《马远之碧云篇序》,上海古籍出版社2019年版,第511页。
③ [明]袁中道著,钱伯城点校:《珂雪斋集》卷十《成元岳文序》,上海古籍出版社2019年版,第512页。
④ [宋]普济著,苏渊雷点校:《五灯会元》卷七《德山鉴禅师法嗣·雪峰义存禅师》,中华书局1984年版,第380页。
⑤ [宋]蕴闻编:《大慧普觉禅师法语》卷二十二《示曾机宜》,《大正藏》第47册,第906页。

重要的是,宗杲所引目的是说明"言句"以表现"立处即真"思想的特质,这恰恰正是公安派揭橥的性灵说的基本内涵。毋庸置疑,中道屡屡引述此言,并书诸仲兄《行状》,显然是将其作为宏道文学思想最为激越时期的典型表述。从这个意义上说,这也堪称是宏道所标举的"独抒性灵,不拘格套,非从自己胸臆流出,不肯下笔"①,亦即性灵说的另一种言说形式。由此亦可见宗杲对公安派文学思想的显性沾溉。

第二节　承学宗杲的内涵及其文学意义

除显性线索之外,公安派受宗杲禅学思想内涵的沾溉更为沉蕴丰富。因公安派文学思想具有历时特征,受益于宗杲禅法的内涵也明显不同。总体而言,前期隐微,后期显豁。在公安派前期鼓荡文学新思潮之时,他们依傍宗杲,主要体现在以下两个方面。

首先,"立处即真"②对公安派宁今宁俗、信腕信口文学观的启示。大慧宗杲主张佛道在世间、在当下,"道无不在,触处皆真。非离真而立处,立处即真"③。参禅悟法于行住坐卧一切时中。宗杲屡屡申说南宗禅的精神,云:"即心是佛,佛不远人;无心是道,道非物外。"④宗杲的禅法以得自然为的,对于聪明汉参禅,宗杲示之曰:"如生师子返掷。在当人日用二六时中,如水银落地,大底大圆,小底小圆,不用安排,不假造作,自然活泼泼地,常露现前。正当恁么时,方始契得一宿觉,所谓不见一法即如来,方得名为观自在。"⑤这样的禅法也得到了公安派的尊奉。宏道《珊瑚

---

① [明]袁宏道著,钱伯城笺校:《袁宏道集笺校》卷四《叙小修诗》,上海古籍出版社2018年版,第202页。
② [宋]蕴闻编:《大慧普觉禅师法语》卷二十二《示曾机宜》,《大正藏》第47册,第906页。
③ [宋]蕴闻编:《大慧普觉禅师法语》卷二十三《示妙明居士》,《大正藏》第47册,第911页。
④ [宋]蕴闻编:《大慧普觉禅师语录》卷二,《大正藏》第47册,第819页。
⑤ [宋]蕴闻编:《大慧普觉禅师语录》卷十九《示东峰居士》,《大正藏》第47册,第892页。

第十六章　大慧临御:公安"三袁"推尊宗杲的学术与文学意义

林》载:

> 问:"大慧云:'不许起心管带,不得将心忘怀。'似非初学可到?"答:"譬之诸公,连日在敝舍聚首,并不见一人走入我闱内去,此心何曾照管,亦何曾非照管也?又今在座者,谢生多髯,然其齿颊间,谈笑饮食,自与髯不相碍,非必忘其为须,始得自在。即此可见,是天然忘怀,不需作为。"①

揆诸文学,袁宏道自谓其所作"至于诗,则不肖聊戏笔耳。信心而出,信口而谈"②,"不肖诗文多信腕信口"③。其性灵说的核心即是抒写真性情,抒写目前之景、当下之境,因乎自然,无论雅俗。宏道云:"出自性灵者为真诗尔。夫性灵窍于心,寓于境。境所偶触,心能摄之;心所欲吐,腕能运之。心能摄境,即蝼蚁蜂虿皆足寄兴,不必《雎鸠》《驺虞》矣;腕能运心,即谐词谑语皆足观感,不必法言庄什矣。以心摄境,以腕运心,则性灵无不毕达,是之谓真诗,而何必唐,又何必初盛之为沾沾!"④宏道窍于心,寓于境,不耻蝼蚁蜂虿,不卑谐词谑语的诗学创作论,与其崇奉的宗杲"立处即真""即心是佛"的禅法贯通无碍,学理流脉宛然可识。

宗杲屡屡提及自家理会本命元辰,而"不被古人方便文字所罗笼"⑤。宗杲在论及自心明妙受用,究竟安乐,如实清净解脱变化之妙的前提,"须是当人自见得自悟得,自然不被古人言句转,而能转得古人言句。如清净摩

---

① [明]袁宏道:《珊瑚林》上卷,载王闰吉:《袁宏道〈珊瑚林〉〈金屑编〉校释》,中国社会科学出版社2017年版,第31页。
② [明]袁宏道著,钱伯城笺校:《袁宏道集笺校》卷十一《张幼于》,上海古籍出版社2018年版,第537页。
③ [明]袁宏道著,钱伯城笺校:《袁宏道集笺校》卷四十二《袁无涯》,上海古籍出版社2018年版,第1357页。
④ [明]江盈科:《敝箧集引》引袁宏道语,载[清]黄宗羲编:《明文海》卷二百七十,清涵芬楼钞本。
⑤ [宋]蕴闻编:《大慧普觉禅师书》卷二十六《答江给事》,《大正藏》第47册,第920页。

尼宝珠置泥潦之中,经百千岁亦不能染污,以本体自清净故,此心亦然"①。中道标示的文学成就也正是"能转古人,不为古转"②。其理路与大慧宗杲何其相似？宗杲屡屡批评"近年以来学此道者,多弃本逐末,背正投邪,不肯向根脚下推穷,一味在宗师说处著到,纵说得盛水不漏,于本分事上了没交涉"③。古德话头,只是"古人不得已,见学者迷头认影,故设方便诱引之,令其自识本地风光明见本来面目而已"④。宗杲的禅法特别注重从自己脚跟下理会,云:"欲学此道,当于自己脚跟下理会,才涉秋毫知见,即蹉过脚跟下消息。脚跟下消息通了,种种知见无非尽是脚跟下事。"⑤同样,宏道认为古代的名篇雅什也是"各出己见,决不肯从人脚跟转"之作,乃至他提出了"宁今宁俗,不肯拾人一字"的矫激之论。⑥ 宗杲认为,若欲知佛的境界,需"内不放出,外不放入,如空中云,如水上泡。瞥然而有,忽然而无,只向这里翻身一掷抹过太虚。当恁么时,安排他不得,恫钉他不得",还说:"今时士大夫学此道者,平昔被聪明灵利所使,多于古人言语中作道理,要说教分晓。殊不知,枯骨头上决定无汁可觅,纵有闻善知识所诃肯,离言说相离文字相,又坐在无言无说处,黑山下鬼窟里不动,欲心所向无碍无窒,不亦难乎？"⑦袁宏道批评"以剿袭为复古,句比字拟,务为牵合,弃目前之景,摭腐滥之辞"⑧的文坛流弊,其得乎宗杲的证道途

---

① [宋]蕴闻编:《大慧普觉禅师书》卷二十六《答陈少卿》,《大正藏》第 47 册,第 923 页。
② [明]袁中道著,钱伯城点校:《珂雪斋集》卷十八《吏部验封司郎中中郎先生行状》,上海古籍出版社 2019 年版,第 801 页。
③ [宋]蕴闻编:《大慧普觉禅师法语》卷二十三《示妙明居士》,《大正藏》第 47 册,第 910 页。
④ [宋]蕴闻编:《大慧普觉禅师法语》卷二十三《示妙明居士》,《大正藏》第 47 册,第 910 页。
⑤ [宋]蕴闻编:《大慧普觉禅师语录》卷十九《示东峰居士》,《大正藏》第 47 册,第 891 页。
⑥ [明]袁宏道著,钱伯城笺校:《袁宏道集笺校》卷二十二《冯琢庵师》又,上海古籍出版社 2018 年版,第 843 页。
⑦ [宋]蕴闻编:《大慧普觉禅师法语》卷二十四《示成机宜》,《大正藏》第 47 册,第 912 页。
⑧ [明]袁宏道著,钱伯城笺校:《袁宏道集笺校》卷十八《雪涛阁集序》,上海古籍出版社 2018 年版,第 765—766 页。

辙宛然可寻。

其次,宗杲"妙悟"禅法对公安派诗学的影响。袁中道说:"禅与诗,一理也。"①诗禅互通之理诚如严羽所说:"大抵禅道惟在妙悟,诗道亦在妙悟。"②顿悟是南宗禅的证佛正道,而公安文人的诗禅之悟,则最终得之于大慧、中峰的看话禅。对此,中道有明确记载:"初求之贝叶文字,了无所得;其后始知达摩直指一路,真为摄精夺髓之法,然亦无可措手。后又得大慧、中峰语录,始知此事,决要妙悟。妙悟全在参求。参求定须纯一。悟后之修,乃为真修,不然即系盲修。"③中道所谓的"定慧一也"的禅法,与大慧的看话禅也大致相似,云:"嗟乎!定慧一也。大定即慧,妙慧即定。然学者以定入慧,往往坐黑山之下,作鬼窟之计。即有光景,未离意识。而以慧入定者不然。其始不重息念,而重起疑;其始不重止念,而重得悟。"④所谓"以定入慧",大致是指默照禅,中道肯认的"以慧入定"大致与宗杲看话禅相似。深为公安派叹服的宗杲禅悟,是一种穷绝无奈之悟,宗杲曾示法于人,云:"但将思量世间尘劳底心回在干屎橛上,思量来思量去,无处奈何,伎俩忽然尽,便自悟也。"⑤三袁深得宗杲禅悟要领,袁宏道云:"大慧一书,将人所走的门路,一一塞尽,观者唯增迷闷而已。"⑥袁中道亦云:"入悟之法,大略具大慧、中峰二语录中。若不于无义语中,逼拶一番,只成文字依通,非到家消息也。"⑦

---

① [明]袁中道著,钱伯城点校:《珂雪斋集》卷十《送虚白请经序》,上海古籍出版社2019年版,第521页。
② [宋]严羽著,郭绍虞校释:《沧浪诗话校释·诗辨》四,人民文学出版社1961年版,第12页。
③ [明]袁中道著,钱伯城点校:《珂雪斋集》卷二十三《答宝庆李二府》,上海古籍出版社2019年版,第1059页。
④ [明]袁中道著,钱伯城点校:《珂雪斋集》卷十八《广济寺宝藏禅师行实》,上海古籍出版社2019年版,第812页。
⑤ [宋]蕴闻编:《大慧普觉禅师书》卷二十八《答吕舍人》又,《大正藏》第47册,第931页。
⑥ [明]袁宏道:《珊瑚林》下卷,载王闰吉:《袁宏道〈珊瑚林〉〈金屑编〉校释》,中国社会科学出版社2017年版,第53页。
⑦ [明]袁中道著,钱伯城点校:《珂雪斋集》卷二十四《寄龙君御》,上海古籍出版社2019年版,第1100页。

虽然妙悟在《华严经》等佛经中已有论及,而宗杲之妙悟,主要是惩默照禅之弊而提出的,他说:"往往士大夫,为聪明利根所使者,多是厌恶闹处,乍被邪师辈指令静坐,却见省力,便以为是,更不求妙悟,只以默然为极则。"①"妙",即如同良医应病与药,是因应默照禅之"枯"而言的。同时,以妙得悟,又必然带有艺术思维的色彩。事实上,宗杲论妙悟即曾引文章技艺、工艺技艺为证,云:"或以无言无说,坐在黑山下鬼窟里,闭眉合眼,谓之威音王那畔父母未生时消息,亦谓之默而常照,为禅者。如此等辈,不求妙悟,以悟为落在第二头,以悟为诳呼人,以悟为建立。自既不曾悟,亦不信有悟底。妙喜常谓衲子辈说,世间工巧技艺,若无悟处,尚不得其妙。"②又云:"世间文章技艺,尚要妙门,然后得其精妙,况出世间法?"③宗杲之妙悟又是由心本妙明性决定的,他曾引真净答朱世英所问之言,云:"佛法至妙无二,但未至于妙,则互有长短;苟至于妙,则悟心之人,如实知自心究竟本来成佛,如实自在,如实安乐,如实解脱,如实清净。"至于妙即是"不拟心一一天真,一一明妙,一一如莲华不著水",因此,妙悟就是"当人自见得自悟得,自然不被古人言句转,而能转得古人言句"④,亦即公安派孜求的抒写性灵、破斥七子模拟之习的途径与方法。对此,袁宏道云:"悟后人心地了彻,然后随顺世缘,波波和和,同于婴儿,岂不快哉无烦。"⑤在公安"三袁"看来,宗杲及其禅宗的明心见性之悟,也是创作之前心灵澄彻的过程。明乎此,我们就不难理解公安派何以将《大慧普觉禅师语录》置诸案头,朝夕相对了。他们在阅读时的会心与神契超越了生死心之外,而成为其"性灵说"的重要理论奥援。从这个意义上

---

① [宋]蕴闻编:《大慧普觉禅师书》卷二十六《答陈少卿》,《大正藏》第47册,第923页。

② [宋]蕴闻编:《大慧普觉禅师书》卷三十《答张舍人状元》,《大正藏》第47册,第941页。

③ [宋]蕴闻编:《大慧普觉禅师普说》卷十八,《大正藏》第47册,第887页。

④ [宋]蕴闻编:《大慧普觉禅师书》卷二十六《答陈少卿》,《大正藏》第47册,第923页。

⑤ 转引自[明]袁中道:《珂雪斋集·外集》卷十三《师友见闻语》,明万历四十六年刻本。

说,公安派有得于宗杲的妙悟,与严羽以"第一义"为则,作为诗之别材的妙悟迥然有异。

与传统的诗禅相喻不同,公安派论域中的诗禅是深层互动的关系。公安派文人不但从宗杲妙悟中得到文学启示,他们还论及了文学艺术之于参禅悟道的作用,宏道云:"学道人若不遇作家,莫说此生不悟,即多生亦不得悟。盖不遇作家,必走错路,与悟门相反。"①他们认为"每于诗外旨,悟得句中禅"②。公安派对于宗杲妙悟禅法的深层体认,历时绵久,加之时有质疑之声的诗禅互证,在公安派这里形成了诗禅一体互融的理论形态。

第三节 承学宗杲与公安派学术思想的调适

公安袁氏昆仲互相补益而各有偏胜,在晚明文学思潮中起到了不尽相同的作用:宗道最长,"其才或不逮二仲,而公安一派实自伯修发之"③。朱彝尊亦谓宗道"既导其源,中郎、小修继之,益扬其波,由是公安流派盛行"④。宗道对"性灵说"的提出有骖靳开道之功。宏道最富才情,持论也最为卓异,是公安派乃至晚明文学思潮的中坚。中道的文学思想和创作则经历了一个变化的过程。他天才早慧,年当束发之时,作诗即有"破胆惊魂之句"⑤,但更多的是对宏道的偏颇之论的修正。

随着公安派学术、文学思想的改变,他们对先哲时贤的宗奉亦发生了

---

① [明]袁宏道:《珊瑚林》下卷,载王闰吉:《袁宏道〈珊瑚林〉〈金屑编〉校释》,中国社会科学出版社2017年版,第46页。
② [明]袁宏道著,钱伯城笺校:《袁宏道集笺校》卷九《潘庚生馆同诸公得钱字》,上海古籍出版社2018年版,第412页。
③ [清]钱谦益撰集,许逸民、林淑敏点校:《列朝诗集·丁集》第十二《袁庶子宗道》,中华书局2007年版,第5315页。
④ [清]朱彝尊著,姚祖恩编,黄君坦校点:《静志居诗话》卷十六《袁宗道》,人民文学出版社1990年版,第465页。
⑤ [明]袁中道著,钱伯城点校:《珂雪斋集》卷十《蔡不瑕诗序》,上海古籍出版社2019年版,第486页。

变化，尤以袁宏道为著。据中道所撰《行状》记载，入都之后，"先生（中郎）之学复稍稍变，觉龙湖（李贽）等所见尚欠稳实，以为悟修犹两毂也。向者所见偏重悟理而尽废修持。遣弃伦物，偭背绳墨，纵放习气，亦是膏肓之病"①。宏道后期又云："近代之禅，所以有此流弊者，始则阳明以儒而滥禅，既则豁渠诸人以禅而滥儒。"②但他们对于大慧宗杲的崇奉则一仍其旧。所以如此，这与宗杲的禅法特征有关。

宗杲以看话禅见著于佛教史。看话禅是因应学道之人的二种大病而发。一种是"多学言句，于言句中作奇特想"的文字禅；一种是拨弃言句，"一向闭眉合眼，做死模样"的默照禅。③宗杲的看话禅是依经所云："不著众生所言说，一切有为虚妄事。虽复不依言语道，亦复不著无言说。"④通过看个话头，行住坐卧时时提撕，"当于自己脚跟下理会"⑤。默照邪禅的特点之一便是"才涉语言便唤作落今时"⑥。可见，看话禅与默照邪禅有"不落今时"与"当于自己脚跟下理会""不离日用"的不同。这也是公安派前期尊奉宗杲的重要原因。同时宗杲又主张行住坐卧时时提撕，注重修持的一面。宗杲开示李汉老云："往往利根上智者，得之不费力，遂生容易心，便不修行，多被目前境界夺将去。作主宰不得，日久月深迷而不返，道力不能胜业力，魔得其便，定为魔所摄持。临命终时亦不得力。千万记取，前日之语，理则顿悟乘悟并销，事则渐除因次第尽。行住坐卧切

---

① ［明］袁中道著，钱伯城点校：《珂雪斋集》卷十八《吏部验封司郎中中郎先生行状》，上海古籍出版社 2019 年版，第 801 页。

② ［明］袁宏道著，钱伯城笺校：《袁宏道集笺校》卷二十二《答陶石篑》，上海古籍出版社 2018 年版，第 853 页。

③ ［宋］蕴闻编：《大慧普觉禅师法语》卷二十《示真如道人》，《大正藏》第 47 册，第 895 页。

④ ［宋］蕴闻编：《大慧普觉禅师法语》卷二十《示真如道人》，《大正藏》第 47 册，第 895 页。

⑤ ［宋］蕴闻编：《大慧普觉禅师语录》卷十九《示东峰居士》，《大正藏》第 47 册，第 891 页。

⑥ ［宋］蕴闻编：《大慧普觉禅师法语》卷二十一《示吕机宜》，《大正藏》第 47 册，第 901 页。

第十六章　大慧临御:公安"三袁"推尊宗杲的学术与文学意义

不可忘了。"①而这正是公安派后期屡屡称引,并以示人的证道方式。宏道云:"妙喜与李参政书,初入门人不可不观。书中云:'往往士大夫悟得容易,便不肯修行,久久为魔所摄。'此是士大夫一道保命符子,经论中可证者甚多。"②宏道据意而引,显然对此已了然于心。同样,中道亦云:"予参求既久,于性体稍有所契。但吾辈初心,顿明此理,犹有无始旷劫习气,未能净尽。且理须顿悟,事以渐除。无论经有明文,即大慧杲所以教李汉老者,实是第一方便,不可谓一了百了,反出入尘劳,诸取炽然,同凡夫无明去也。"③大慧中峰的妙悟并非一了百当的黄花即般若,这对袁宗道、袁中道以及后期的宏道深有启示,且是他们鲜论达摩、慧能而溯学宗杲的最重要的原因。如宗道云:"大慧、中峰,言教尤为紧切。血诚劝勉,惟恐空解着人,堕落魔事,何曾言一悟之后,不假修行。顿同两足之尊,尽满涅槃之果。后世不识教意,不达祖机,乃取呵佛骂祖,破胆险句,以为行持。"④中道亦云:"昔妙喜参禅二十余年,所遇如湛堂、无尽、觉范诸公,皆是明师胜友,及后参久,普说也说得,颂子也作得,转语也转得,诸方皆称其已悟。而妙喜独曰:'我若再遇师家说我已悟,我便着无佛无禅论去也。'"⑤又说:"达磨西来专提悟门,以不悟何所修,既悟则自知修,求悟则不暇修。如今学者止办得求悟一事,古人忘食忘寝二三十年,偷心尽绝乃可云悟。既悟而修只须保护,故不为难,所以诸家都不讲修。"⑥中道所谓"忘食忘寝二三十年"之"古人",显然是指大慧宗杲。宗杲禅修的重要内容是"看

---

① [宋]蕴闻编:《大慧普觉禅师书》卷二十五《答李参政》,《大正藏》第 47 册,第 920 页。
② [明]袁宏道著,钱伯城笺校:《袁宏道集笺校》卷二十二《答陶石篑》,上海古籍出版社 2018 年版,第 853 页。
③ [明]袁中道著,钱伯城点校:《珂雪斋集》卷二十二《心律》,上海古籍出版社 2019 年版,第 1011 页。
④ [明]袁宗道著,钱伯城标点:《白苏斋类集》卷二十二《杂说》,上海古籍出版社 2007 年版,第 318 页。
⑤ [明]袁中道著,钱伯城点校:《珂雪斋集》卷二十三《复李孟白》,上海古籍出版社 2019 年版,第 1045 页。
⑥ [明]袁中道:《珂雪斋集·外集》卷十二《箨录·禅语》,明万历四十六年刻本。

经教及古德入道因缘"①。将其延及诗禅关系,中道没有荒经蔑古,而是大谈请经,并比附于文学。

重修持、重经教,于文学必重"第一义"之经典,因此,公安派后期对盛唐诗歌的审美价值有了新的体认,云:"盖天下事,未有不贵蕴藉者,词意一时俱尽,虽工不贵也。近日始细读盛唐人诗,稍悟古人盐味胶青之妙。"②袁宏道在佛禅意趣转变之后,其赋诗为文的体验也发生了变化,云:"博学而详说,吾已大其蓄矣,然犹未能会诸心也。久而胸中涣然,若有所释焉,如醉之忽醒,而涨水之思决也。虽然,试诸乎犹若掣也。一变而去辞,再变而去理,三变而吾为文之意忽尽,如水之极于淡,而芭蕉之极于空,机境偶触,文忽生焉。"③在其看来,创作是经过了博学冥会,摒除理碍辞藻而会诸心,最终触机而发的过程。

昆仲三人早年受学于龙湖的"狂禅",后来各有不同程度的悔悟之意,但他们对宗杲的尊奉更盛于前期,根本原因即在于宗杲的悟后之修,时时提撕,几乎与净业修持并无本质区别。禅净相较,文士情怀无疑与禅家更加通契。文人居士们由禅入净主要是生死心驱使之下不得已的稳实选择,而大慧宗杲的禅修思想则是他们调和生死心切与文人情怀矛盾的理想选择。宗杲崇拜源起于文士们冲和心理矛盾而生的禅喜,助成于其禅法对矫激传统文论的多元启示。

第四节 大慧临御的原因及影响

明人陈继儒云:"唐宋而后,天下无才子,聪明辨才之士往往窜为高僧,如永明觉范、大慧、中峰,其所为文章,纵横自在,有今之文人不能措其

---

① [宋]蕴闻编:《大慧普觉禅师法语》卷二十《示无相居士》,《大正藏》第47册,第894页。
② [明]袁中道著,钱伯城点校:《珂雪斋集》卷二十四《寄曹大参尊生》,上海古籍出版社2019年版,第1094页。
③ [明]袁宏道著,钱伯城笺校:《袁宏道集笺校》卷五十四《行素园存稿引》,上海古籍出版社2018年版,第1710页。

一语者。"①宗杲所以受到公安三袁的尊奉与其弘法颇具诗性色彩不无关系。史籍中亦有宗杲以文人自视的记载,且为公安"三袁"所接受。袁宗道《杂说》载:"《江乡志》末卷,记佛日大师宗杲,每住名山。七月遇苏文忠忌日,必集其徒修供以荐。尝谓张子韶曰:'老僧东坡后身。'子韶曰:'师笔端有大辨才,前身应是坡耳。'"②公安"三袁"崇坡备至,如宏道"每以长苏自命"③,并以其为范:"近日裁诗心转细,每将长句学东坡。"④同样,宗道也"酷爱白、苏二公,而嗜长公尤甚"⑤,乃至以"白苏"名其书斋。虽然"世传东坡为五祖戒后身,然未有称其为妙喜前身者,亦奇闻也"⑥,但大慧宗杲富有诗性色彩的法语在在可见,如对明心见性这一"不错路"的诠释是:"有水皆含月,无山不带云。"⑦再如,"今朝三月十五,已得如膏之雨。农夫鼓腹歌谣,万象森罗起舞。敢问大众:农夫鼓腹理合如是,万象森罗因甚么起舞? 还委悉么? 不见道,一家有好事,引得百家忙"⑧。其说因说果、说可说不可的背景是"再理旧词连韵唱,村歌社舞又重新"⑨。其弘宣之法,既是佛法,亦是诗道,如《大慧语录》载:"今日或有人问径山,古曲无音韵如何和得齐? 只向他道:木鸡啼子夜,刍狗吠天明。"⑩其中所言,自然之音最为和美。再如,宗杲云:"借人口说得底,不

---

① [明]陈继儒:《陈眉公集》卷六《东坡先生禅喜集序》,明万历四十三年刻本。
② [明]袁宗道著,钱伯城标点:《白苏斋类集》卷二十一《杂说》,上海古籍出版社2007年版,第305页。
③ [清]孙锡蕃:《袁宏道传》,载[明]袁宏道著,钱伯城笺校:《袁宏道集笺校》附录二,上海古籍出版社2018年版,第1809页。
④ [明]袁宏道著,钱伯城笺校:《袁宏道集笺校》卷十二《偶作赠方子》,上海古籍出版社2018年版,第579页。
⑤ [明]袁宏道著,钱伯城笺校:《袁宏道集笺校》卷三十五《识伯修遗墨后》,上海古籍出版社2018年版,第1203页。
⑥ [明]袁宗道著,钱伯城标点:《白苏斋类集》卷二十一《杂说》,上海古籍出版社2007年版,第305页。
⑦ [宋]蕴闻编:《大慧普觉禅师语录》卷三,《大正藏》第47册,第823页。
⑧ [宋]蕴闻编:《大慧普觉禅师语录》卷六,《大正藏》第47册,第834页。
⑨ [宋]蕴闻编:《大慧普觉禅师语录》卷六,《大正藏》第47册,第835页。
⑩ [宋]蕴闻编:《大慧普觉禅师语录》卷三,《大正藏》第47册,第823页。

干自己事；自己胸襟流出底，傍观者有眼如盲，有口如哑。"①与袁氏"独抒性灵"的意蕴又何其相似？已深得宗杲禅法心印的公安"三袁"，奉读富有诗性色彩的宗杲语录时，由敬服与崇仰而生的会心、兴奋心理不难体察。谈禅与论诗，在宗杲这里更加圆融、更加深细。

同时，尊崇宗杲又与公安派深受阳明学的濡染有关。公安派疏瀹性灵、妙悟性体亦兼得于阳明，中道云："国朝白沙、阳明皆为妙悟本体，阳明良知，尤为扫踪绝迹，儿孙数传，盗翻巢穴，得直截易简之宗，儒门之大宝藏，揭诸日月矣。"②阳明学中的佛理禅意也隐然可寻，明人董传策云："儒门心脉久多歧，大慧、慈湖一派师。拈出良知真指窍，向来实证得居夷。"③但阳明虽得于禅而又颇多隐晦，诚如冯贲所言："阳明诸大老得禅之髓，录之者讳言竺乾，语多回护，令人闷闷。"④公安派与明代承祧儒学正脉为职志的理学家不同，与丛林高僧灯传法统也明显有别，他们或自诩"唯禅宗一事，不敢多让。当今勍敌，唯李宏甫先生一人"⑤，或论佛又仅得其权，谓："区区行藏，如空中鸟迹，去即是是，留亦非非，自不必以佛法为案。"⑥因此，他们可以优容的心态出入三教，寻求其人生哲学、文学思想的学术资源。乃至袁宏道公然汇儒释于一脉。他在给文学同道陶望龄的尺牍中将文学、阳明学以及"妙喜之悟"⑦浑然合一。他们"妙悟兼三

---

① ［宋］蕴闻编：《大慧普觉禅师语录》卷四，《大正藏》第47册，第828页。
② ［明］袁中道著，钱伯城点校：《珂雪斋集》卷十《传心篇序》，上海古籍出版社2019年版，第484页。
③ ［明］董传策：《董传策集·邕歔稿》卷二《阳明王先生祠像》，明万历刻本。
④ ［明］冯贲：《跋〈珊瑚林〉》，载王闰吉：《袁宏道〈珊瑚林〉〈金屑编〉校释》，中国社会科学出版社2017年版，第67页。
⑤ ［明］袁宏道著，钱伯城笺校：《袁宏道集笺校》卷十一《张幼于》，上海古籍出版社2018年版，第539页。
⑥ ［明］袁宏道著，钱伯城笺校：《袁宏道集笺校》卷五《曹鲁川》，上海古籍出版社2018年版，第273页。
⑦ ［明］袁宏道著，钱伯城笺校：《袁宏道集笺校》卷四十三《答陶周望》，上海古籍出版社2018年版，第1359页。

教,旁综及九流"①,在诸种不同文化形态的比较融合、互诠共证中,其文学思想内涵得到了丰富与深化。公安"三袁"看似不尽纯粹的学术、文学思想的呈现方式,真实地体现了晚明文学思想兴起的多元文化基因。

由于公安派及晚明以诗赋词章见长的文人居士对佛理的深度研析、解读与发挥,助推了佛教文化的传播,他们的审美趣味与丛林枯寂禅伯并不完全相同,袁宏道有云:"山有色,岚是也;水有文,波是也;学道有致,韵是也。山无岚则枯,水无波则腐,学道无韵则老学究而已。"②明乎此,我们便不难理解他们对"闭目合眼,坐在黑山下鬼窟里,思量卜度"③的默照邪禅的不屑与贬斥了。当然,文士论佛除了生死心之外,还因各自的理论诉求差异,不无以己度佛、悟证随心的色彩,乃至袁宏道径言"若无妄想,何以参禅"④。从这个意义上说,晚明佛学与阳明学的传衍境况也颇为相似:阳明学因错综于儒林、文苑,经"泰州、龙溪而风行天下",但亦因此而"渐失其传"。⑤ 晚明佛学在经历了短暂繁盛之后也逐渐趋于庸常平缓。但文人居士对于佛学的别样体认,深化了佛学与文学的互渗融通,其中一个重要的互融途径便是对大慧宗杲的标举与承绍。

---

① [明]袁中道著,钱伯城点校:《珂雪斋集》卷六《哭慎轩黄学士》其三,上海古籍出版社 2019 年版,第 484 页。
② [明]袁宏道著,钱伯城笺校:《袁宏道集笺校》卷五十四《寿存斋张公七十序》,上海古籍出版社 2018 年版,第 1678—1679 页。
③ [宋]蕴闻编:《大慧普觉禅师语录》卷十五,《大正藏》第 47 册,第 876 页。
④ [明]袁宏道:《珊瑚林》上卷,载王闰吉:《袁宏道〈珊瑚林〉〈金屑编〉校释》,中国社会科学出版社 2017 年版,第 30 页。
⑤ [清]黄宗羲著,沈芝盈点校:《明儒学案》卷三十二《泰州学案》一,中华书局 2008 年版,第 703 页。

第十七章 "如说"《楞严》、"遇"适《庄子》：竟陵派对"性灵说"的新变

竟陵派的代表人是钟惺、谭元春。钟惺，字伯敬，号退谷，万历三十八年（1610）进士，历任工部主事，南京礼部郎中，福建提学佥事。谭元春，字友夏，天启七年（1627）乡试第一，会试时卒于旅店之中。钟、谭都是竟陵（今湖北天门）人，二人著作分别收录于《隐秀轩集》《谭元春集》中，并共定《诗归》，一时间名满天下。其作品被称为竟陵体。

第一节 一个屡受非议的文学流派及其学殖

作为增公安之华、纠公安之偏的竟陵派，在经历了"海内称诗者靡然从之"①的一时之盛后，便屡受通人所讥，钱谦益、顾炎武、朱彝尊、王夫之、毛先舒等人无一不然，尤以钱谦益的訾诃为甚，他在《列朝诗集》中评钟惺道：

> 伯敬少负才藻，有声公车间。擢第之后，思别出手眼，另立深幽孤峭之宗，以驱驾古人之上。而同里有谭生元春，为之应和，海内称诗者靡然从之，谓之"钟谭体"。譬之春秋之世，天下无王，桓、文不作，宋襄、徐偃德凉力薄，起而执会盟之柄，天下莫敢以为非伯也。数年之后，所撰《古今诗归》盛行于世，承学之士家置一编，奉之如尼丘

---

① ［清］钱谦益撰集，许逸民、林淑敏点校：《列朝诗集·丁集》第十二《钟提学惺》，中华书局2007年版，第5360页。

第十七章 "如说"《楞严》、"遇"适《庄子》：竟陵派对"性灵说"的新变

之删定。而寡陋无稽，错谬叠出，稍知古学者咸能挟策以攻其短。《诗归》出而钟谭之底蕴毕露，沟浍之盈于是乎涸然无余地矣。当其创获之初，亦尝覃思苦心，寻味古人之微言粤旨，少有一知半见，掠影希光，以求绝出于时俗。久之，见日益僻，胆日益粗，举古人之高文大篇铺陈排比者，以为繁芜熟烂，胥欲扫而刊之，而惟其僻见之是师，其所谓深幽孤峭者，如木客之清吟，如幽独君之冥语，如梦而入鼠穴，如幻而之鬼国，浸淫三十余年，风移俗易，滔滔不返。余尝论近代之诗，抉摘洗削，以凄声寒魄为致，此鬼趣也；尖新割剥，以噍音促节为能，此兵象也。鬼气幽，兵气杀，着见于文章，而国运从之，以一二轻才寡学之士衡操斯文之柄，而征兆国家之盛衰，可胜叹哉！可胜悼哉！……唐天宝之乐章，曲终繁声，名为入破。钟、谭之类，岂亦《五行志》所谓诗妖者乎？余岂忍以蚓窍之音为《关雎》之乱哉！①

....

谭之才力薄于钟，其学殖尤浅，谬劣弥甚，以俚率为清真，以僻涩为幽峭。作似了不了之语以为意表之言，不知求深而弥浅；写可解不解之景以为物外之象，不知求新而转陈。无字不哑，无句不谜，无一篇章不破碎断落。一言之内，意义违反，如隔燕、吴；数行之中，词旨蒙晦，莫辨阡陌。原其初，岂无一知半解，游光掠影，居然谓文外独绝，妙处不传，不自知其识之堕于魔，而趣之沉于鬼也。②

而对竟陵派之先驱——公安派则称誉有加，对袁氏伯仲的不足，仅指出中道"有才多之患"③而已，与其说是批评，不如说是褒赞。钱谦益对竟陵派的讥评如此苛刻，不能不使人起而辩之。清人周亮工对众口一辞的掊击

---

① ［清］钱谦益撰集，许逸民、林淑敏点校：《列朝诗集·丁集》第十二《钟提学惺》，中华书局2007年版，第5360—5361页。
② ［清］钱谦益撰集，许逸民、林淑敏点校：《列朝诗集·丁集》第十二《附见谭解元元春》，中华书局2007年版，第5367页。
③ ［清］钱谦益撰集，许逸民、林淑敏点校：《列朝诗集·丁集》第十二《袁仪制中道》，中华书局2007年版，第5337页。

浪潮愤怒殊甚,云:

> 竟陵矫公安之纤弱,人知复古,不无首功,而后来同声附和,极力交攻,见之染翰者不少,徒令其眼者欲呕,故概为删简,不稍迟躇。①

但这样的申辩之声如空谷足音,和者寥寥。吴调公先生对訾诃竟陵的论点提出了异议,认为竟陵派文人所抒写的"幽情单绪","确实是反映了古代文人中常见的寄心杳冥作为抗愤浊世的精神寄托"②。他们虽然表面冲夷淡逸,实质蕴含着对夜气如磐的明代统治的"发愤不平"之气。其后的《竟陵派与晚明文学革新思潮》一书,收集了众多学者论述竟陵文学的文章,其中褒赞者居多。③ 对竟陵文学的评价究竟以何说为是?我们首先需要对继踵公安之后的竟陵派的文论进行冷静的思考与评价。这里,我们不妨以钟惺《与王穉恭兄弟》中的一段论述为例说明之:

> 江令贤者,其诗定是恶道,不堪再读。从此传响逐臭,方当误人不已。才不及中郎,而求与之同调,徒自取狼狈而已。国朝诗无真初、盛者,而有真中、晚,真中、晚实胜假初、盛,然不可多得。若今日要学江令一派诗,便是假中、晚,假宋、元,假陈公甫、庄孔旸耳。学袁、江二公,与学济南诸君子何异?恐学袁、江二公,其弊反有甚于学济南诸君子也。眼见今日牛鬼蛇神,打油定铰,遍满世界,何待异日?慧力人于此尤当紧着眼。大凡诗文,因袭有因袭之流弊,矫枉有矫枉之流弊。前之共趋,即今之偏废;今之独响,即后之同声。此中机揉,密移暗度,贤者不免,明者不知。袁仪部所以极喜进之者,缘其时历

---

① [清]周亮工纂,张静庐校点:《尺牍新钞三集结邻集》凡例,贝叶山房1936年版,第4页。
② 详见吴调公:《为竟陵派一辩》,《文学评论》1983年第3期。
③ 详见张国光主编,竟陵派文学研究会编:《竟陵派与晚明文学革新思潮》,武汉大学出版社1987年版。

第十七章 "如说"《楞严》、"遇"适《庄子》：竟陵派对"性灵说"的新变

诋往哲，遍排时流，四顾无朋，寻伴不得。忽得一江进之，如空谷闻声，不必真有人迹，闻跫然之音而喜。今日空谷已渐为轮蹄之所，不止跫然之音，且不止真有人迹矣！此一时彼一时，不可作矮子观场。①

钟惺敏锐地提出在宏道性灵文学既兴之后，应和与嗣响者步趋宏道而为同调，实乃"与学济南诸君子何异"的问题，与袁宏道等人纠矫王、李之摹拟之弊，倡以抒写性灵一样。钟惺正视了宏道矫枉复古派之后，同声、继踵者又出现新的因袭的现象，提出"因袭有因袭之流弊，矫枉有矫枉之流弊"。钟惺的这一评价显然是客观理性的，这也是时人普遍的认识。即使是对钟、谭贬斥殊甚的钱谦益亦有类似的评述：他一方面肯定了宏道倡以性灵，荡涤摹拟涂泽之病的功绩，但另一方面对其影响亦有峻厉的批评，谓其"机锋侧出，矫枉过正，于是狂瞽交扇，鄙俚公行，雅故灭裂，风华扫地"②。事实上，公安袁氏昆仲对矫激文论也有较清晰的认识，宏道自己也是"学以年变，笔随岁老，故自《破砚》以后，无一字无来历，无一语不生动，无一篇不警策。健若没石之羽，秀若出水之花，其中有摩诘，有杜陵，有昌黎，有长吉，有元白，而又自有中郎"③。同样，中道对于效摹宏道的现象深致不满，云："龙湖之后，不能复有龙湖，亦不可复有龙湖也。中郎之后，不能复有中郎，亦不可复有中郎也。"④"学之者，害之者也。"⑤可见袁中道对此亦有清醒的认识。因此，钟惺所言，与中道乃至宏道后期之

---

① [明]钟惺著，李先耕、崔重庆标校：《隐秀轩集》卷二十八《与王稺恭兄弟》，上海古籍出版社2017年版，第539—540页。
② [清]钱谦益撰集，许逸民、林淑敏点校：《列朝诗集·丁集》第十二《袁稽勋宏道》，中华书局2007年版，第5317页。
③ [明]袁中道著，钱伯城点校：《珂雪斋集》卷十一《中郎先生全集序》，上海古籍出版社2019年版，第553页。
④ [明]袁中道著，钱伯城点校：《珂雪斋集》卷二十四《答须水部日华》，上海古籍出版社2019年版，第1113页。
⑤ [明]袁中道著，钱伯城点校：《珂雪斋集》卷十《阮集之诗序》，上海古籍出版社2019年版，第490页。

论有异曲同工之趣。这也是王李之习既矫之后,他们基于文坛现实而作出的相似的理性认识,是对文学特征的体认与回归。"矫枉有矫枉之流弊"是在肯定肇始者"历诋往哲,遍排时流"的矫枉之功前提下作出的。钟惺是开风气者袁郎与应和者江令的区别论者,他认识到文学演变是以独响与同声的丕变转换得以实现的。正是基于这种辩证思维,其对石公(袁宏道)与于鳞(李攀龙)的关系是这样定位的:"夫于鳞前无为于鳞者,则人宜步趋之。后于鳞者,人人于鳞也,岂复有于鳞哉?势有穷而必变,物有孤而为奇。石公恶世之群为于鳞者,使于鳞之精神光焰,不复见于世。李氏功臣,孰有如石公者?"①钟惺从文坛穷变演进规律的维度,得出了石公乃李氏功臣的结论。从这个意义上说,钟惺何尝不是石公之功臣?更重要的是,钟、谭承嗣袁宏道的"独抒性灵"而高张之,乃至论者曰:"钟、谭一出,海内始知性灵二字。"②当然,钟惺将性灵赋予了"厚"的内涵,即其所谓:"诗至于厚而无余事矣。然从古未有无灵心而能为诗者,厚出于灵,而灵者不即能厚。"③对于灵与厚的关系,他曾以"险而厚"之汉《郊祀铙歌》、魏武帝《乐府》为例说明:"非不灵也,厚之极,灵不足以言之也。然必保此灵心,方可读书养气,以求其厚。"④而"读书养气"之"读书"范围既有古代经典诗作,也应包含学术典籍,更何况钟惺还浸淫佛典,妙解《楞严》,多诵《金刚经》而至"胸中自能了然"⑤的程度,因此,揆诸其学术文化思想是理解竟陵派文学思想形成缘起及其内涵的重要维度。同时,攻讦竟陵者常常集矢其学养,亦即钟、谭孜孜以求的"厚"。因此,理清

---

① [明]钟惺著,李先耕、崔重庆标校:《隐秀轩集》卷十七《问山亭诗序》,上海古籍出版社2017年版,第309页。
② [清]钱谦益撰集,许逸民、林淑敏点校:《列朝诗集·丁集》第十二《附见谭解元元春》,中华书局2007年版,第5367页。
③ [明]钟惺著,李先耕、崔重庆标校:《隐秀轩集》卷二十八《与高孩之观察》,上海古籍出版社2017年版,第551页。
④ [明]钟惺著,李先耕、崔重庆标校:《隐秀轩集》卷二十八《与高孩之观察》,上海古籍出版社2017年版,第551页。
⑤ [明]钟惺著,李先耕、崔重庆标校:《隐秀轩集》卷二十八《与徐元叹》又,上海古籍出版社2017年版,第571页。

第十七章 "如说"《楞严》、"遇"适《庄子》:竟陵派对"性灵说"的新变　　497

竟陵派的学术缘起,也是客观评价竟陵派诗文理论与实践不可或缺的环节。

有关竟陵派的评价,我们认为钱锺书先生的分析可资参考:

> 以作诗论,竟陵不如公安;公安取法乎中,尚得其下,竟陵取法乎上,并下不得,失之毫厘,而谬以千里。然以说诗论,则钟、谭识趣幽微,非若中郎之叫嚣浅卤。盖钟谭于诗,乃所谓有志未遂,并非望道未见,故未可一概抹杀言之。①

中国古代文学历史上,理论与创作兼胜者固然有之,如白居易、韩愈、汤显祖等,但更多的是或以创作著称,如屈原、李白、曹雪芹;或以理论见长,如钟嵘、刘勰、严羽等。竟陵派理论与实践异步的现象不足称奇。贬之者往往指斥其诗歌境界狭小,缺乏杜甫等人作品"海涵地负"②的宏阔气概,由此而溯及竟陵文人兀自孤求,缺乏博习精神,以至于"轻儇"③。当然,对颇能体现钟、谭文学思想的《诗归》,钱谦益、朱彝尊等人也排诋甚烈,但他们都描述了《诗归》乍出时文士们奉之若圣的事实,乃至"《诗归》出,而一时纸贵"④。文士们服膺钟、谭的正是其"引古人之精神"⑤的文学观念。可见,称竟陵派为"轻儇"显然有失公允,"厚"才是他们的真正追求。他们标举幽深孤峭,是针对公安派流裔别子"才不及中郎,而求与之同调,徒自取狼狈而已"⑥的现象而发的。事实上,他们文论的主体乃承公安而

---

① 钱锺书:《谈艺录》二九《竟陵诗派》,中华书局1984年版,第102页。
② [清]刘熙载著,袁津琥笺释:《艺概笺释》卷二《诗概》八一,中华书局2019年版,第298页。
③ 林纾著,范先渊校点:《春觉斋论文·论文十六忌·忌轻儇》,人民文学出版社1959年版,第100页。
④ [清]朱彝尊著,姚祖恩编,黄君坦校点:《静志居诗话》卷十七《钟惺》,人民文学出版社1990年版,第502页。
⑤ [明]钟惺著,李先耕、崔重庆标校:《隐秀轩集》卷十六《诗归序》,上海古籍出版社2017年版,第289页。
⑥ [明]钟惺著,李先耕、崔重庆标校:《隐秀轩集》卷二十八《与王穉恭兄弟》,上海古籍出版社2017年版,第539页。

起,如谭元春云:"夫作诗者一情独往,万象俱开,口忽然吟,手忽然书。即手口原听我胸中之所流,手口不能测,即胸中原听我手口之所止,胸中不可强,而因以候于造化之毫厘,而或相遇于风水之来去,诗安往哉?"①这种胸中、手口与山水自然的激荡,"诗随人皆现,才触情自生"②的自然抒写,与袁宏道《叙小修诗》中所述何其相似。他们隐然以承续公安自视,谭元春与袁宏道之子袁述之过从甚密,谓"夫述之,中郎子也,奇情古质,与予交如一人"③,且为述之文集作《特丘文稿序》④。其创作尚好孤迥简远,乃其"性情靖如一泓定水"⑤使其然,据其风格而视其为"如木客之清吟,如幽独君之冥语"⑥,"不自知其识之堕于魔,而趣之沉于鬼也"⑦,显然责之过苛。

钟、谭二人的学养常为后人所不屑,其实,在共同标举"性灵"的公安、竟陵之中。钟、谭格外注重学养之于创作的重要,尝谓"挟灵气者多读古书"⑧。他们选编《诗归》,就是要力避鄙俚轻率之弊,涵茹古学、以求开新。他们认为学比才更为重要。钟惺曰:"人之为诗,所入不同,而其所成

---

① [明]谭元春著,陈杏珍标校:《谭元春集》卷二十三《汪子戊己诗序》,上海古籍出版社2018年版,第863页。
② [明]谭元春著,陈杏珍标校:《谭元春集》卷二十三《汪子戊己诗序》,上海古籍出版社2018年版,第862页。
③ [明]谭元春著,陈杏珍标校:《谭元春集》卷二十三《游戏三昧序》,上海古籍出版社2018年版,第888页。
④ 当然,竟陵派亦不讳言公安疵颣,谭元春致袁述之尺牍云:"尝谓爱古人者,绝不宜护其短。""而若其所不足,人当指为疵颣者,夫安知后世之传不即在此?""凡以为文章之道,疑义当析,既于此深入,岂肯浮爱其亲?且君家先生(袁宏道)神灵炯炯,决与弟辈相关。"([明]谭元春著,陈杏珍标校:《谭元春集》卷二十八《答袁述之》,上海古籍出版社2018年版,第1044页)
⑤ [明]谭元春著,陈杏珍标校:《谭元春集》卷二十五《退谷先生墓志铭》,上海古籍出版社2018年版,第936页。
⑥ [清]钱谦益撰集,许逸民、林淑敏点校:《列朝诗集·丁集》第十二《钟提学惺》,中华书局2007年版,第5360页。
⑦ [清]钱谦益撰集,许逸民、林淑敏点校:《列朝诗集·丁集》第十二《附见谭解元元春》,中华书局2007年版,第5367页。
⑧ [明]谭元春著,陈杏珍标校:《谭元春集》卷二十三《九峰静业序》,上海古籍出版社2018年版,第886页。

亦异。从名入、才入、兴入者，心躁而气浮。躁之就平，浮之就实，待年而成者也。从学人者，心平而气实。"①他们期求"奇奥工博"之致，就是要"使人有一唱三叹，深永不尽之趣"。②他们"宁厚无佻"，并非自逞小慧的不学无根之辈。正因为如此，他们所编的《古今诗归》才"盛行于世，承学之士家置一编，奉之如尼丘之删定"③。当然，钟、谭之学，首先是指熟谙古人诗歌的精华，其次是指更广阔的学术文化背景。虽然钟、谭鲜有儒家性理之论④，但他们论文品诗仍以儒家文艺思想为归。其选编《诗归》即依循孟子诗论。谭元春云："孟子曰：'固哉！高叟之为诗。'又曰：'以意逆志。'又曰：'诵其诗，知其人，论其世。'此三言者，千古选诗者之准矣。春虽不能至，窃以自勖。"⑤这是他们通过所选之诗"以古人为归"⑥所依循的不二途径。当然，就钟、谭二人的三教学殖而言，钟惺精于佛学而谭元春虽涉佛更"苦心得趣"⑦于《庄》。

第二节 钟惺《楞严如说》与"古人精神"

钟惺受佛学的浸润较为显著。清人纳兰容若就认为钟惺"于《楞严》

---

① ［明］钟惺著，李先耕、崔重庆标校：《隐秀轩集》卷十七《孙昇生诗序》，上海古籍出版社2017年版，第326页。
② ［明］钟惺著，李先耕、崔重庆标校：《隐秀轩集》卷十八《文天瑞诗义序》，上海古籍出版社2017年版，第339页。
③ ［清］钱谦益撰集，许逸民、林淑敏点校：《列朝诗集·丁集》第十二《钟提学惺》，中华书局2007年版，第5360页。
④ 谭元春自谓："但性命之理，痴黠不能尽。"而以著述千秋之业自励，云："惟生来有志于述作，不敢不尽心。初年求之于神骨，逾数年乃求之于气格，又数年乃求之于词章。前后缓急难易加减之候，惟己得用之，故常以此为快。"（［明］谭元春著，陈杏珍标校：《谭元春集》卷二十八《答刘同人书》，上海古籍出版社2018年版，第1051页）
⑤ ［明］谭元春著，陈杏珍标校：《谭元春集》卷二十七《奏记蔡清宪公前后笺札》其四，上海古籍出版社2018年版，第1030页。
⑥ ［明］钟惺著，李先耕、崔重庆标校：《隐秀轩集》卷十六《诗归序》，上海古籍出版社2017年版，第289页。
⑦ ［明］谭元春著，陈杏珍标校：《谭元春集》卷二十七《与舍弟五人书》，上海古籍出版社2018年版，第1015页。

知有根性"①,钟惺佛学学养在对其訾议殊甚的钱谦益之上。清人彭际清《居士传》将其附于瞿元立传之后。② 谭元春《退谷先生墓志铭》云:

> 年四十八九,始念人生不常,佛种渐失,悲泪自矢,以为读书不读内典,如乞丐食,终非自爨,男子住世数十年,不明生死大事,贸贸而去,一妄庸人耳。乃研精《楞严》,眠食藩溷,皆执卷熟思,著《如说》十卷,病卧犹沾沾念之。③

虽然四十八九岁始著《楞严如说》,但正如李先耕、崔重庆所考订的《钟惺简明年表》所云,在万历二十一年(1593),年仅二十岁时,钟惺即"以多病讽诵佛经"④,诗文中禅光佛影便隐约可见。迄晚年,更孜求佛理,对佛教中的重要经籍多有研习,认为"《金刚经》不能以笔墨训解,只须多诵,胸中自能了然"⑤,又表示"此后当研心《法华》。盖此经指点见成,止是证道分,见修二分全未说破"⑥。当然,钟惺的佛学思想主要集中在对《楞严经》的研究方面。

《楞严经》与《大乘起信论》是佛教经论中真伪问题聚讼最多的两部。其译人、译时均殊堪疑问,原属秘密部,日本的《大正藏》便将其收在密教

---

① [清]纳兰性德著,黄曙辉、印晓峰点校:《通志堂集》卷十八《渌水亭杂识四》,华东师范大学出版社2019年版,第345页。
② 彭际清《居士传》卷四十四载:"钟伯敬,名惺,竟陵人。万历中进士,官礼部主事,出为福建提学。一年,以父忧归,服除不出。年将五十,自念人生无常,佛性渐失,不觉悲泪,乃专精《首楞严经》,眠食造次,皆执卷熟思。与永新贺中男往复参订,成《楞严如说》十卷。"([清]彭绍升撰,张培锋校注:《居士传校注》卷四十四《瞿元立(附钟伯敬)》,中华书局2014年版,第389—390页)
③ [明]谭元春著,陈杏珍标校:《谭元春集》卷二十五《退谷先生墓志铭》,上海古籍出版社2018年版,第937页。
④ 李先耕、崔重庆:《钟惺简明年表》,载[明]钟惺著,李先耕、崔重庆标校:《隐秀轩集》附录二,上海古籍出版社2017年版,第714页。
⑤ [明]钟惺著,李先耕、崔重庆标校:《隐秀轩集》卷二十八《与徐元叹》又,上海古籍出版社2017年版,第571页。
⑥ [明]钟惺著,李先耕、崔重庆标校:《隐秀轩集》卷二十八《与徐元叹》又,上海古籍出版社2017年版,第572页。

部里。但自宋代以后,此经便盛行于禅教之间。智旭在《阅藏知津》中称其"此宗教司南,性相总要。一代法门之精髓,成佛作祖之正印"①。此经所说的常住真心清净体,与天台、贤首的圆教宗旨相吻合,详细说明了圆、顿、禅的途径,特别是大势至菩萨的念佛圆通,观世音菩萨的耳根圆通,无论是台、贤还是禅、净都容易接受。同时,此经的译文辞采华美,也受到了文人学士的喜爱。加之宋元以来,楞严咒又成为丛林的早课之一,因此,对此经的讲习疏解便十分普及。其为袾宏、真可、德清、智旭、圆澄、焦竑、钱谦益、续法等名僧大匠所重视,文人雅士所喜爱,乃至羽客道人也对其颇为关注。如明代著名道士、阴阳派东派的开创者陆西星,除了著有《宾翁自记》等道教著作之外,还撰写了《楞严经说约》《楞严以述旨》。钟惺重视《楞严》,作《如说》十卷,"以文士之笔,代僧家之舌",主要就是因为该经"意义幽深,会者未易"。② 虽然台、贤、禅、净诸家对《楞严经》都有疏解,并互有争论,但钟惺的诠解仍本于禅宗明心见性的宗旨,正如他所云:"菩提之途路无多,真心独露,见性自除。"③他诠说《楞严》,目的亦是"取经中如所如说之语"④。因经阐教,勉为疏缉之作,表现了其祖述原典的学术倾向。这与其选评古诗,"引古人之精神以接后人之心目,使其心目有所止焉"⑤的文学主张及尚厚的美学风格完全一致。他评诗论文、吟诵酬唱时表现出的静寂空灵美学旨趣,与其浸淫佛学有密切关系。

晚明佛教寖盛,士僧之间"声气相求,函盖相合"⑥。居士们精研佛典,染神浃骨,乃至著作迭出,但旨趣则有不同。袁宏道《西方合论》深受

---

① [明]智旭汇集:《阅藏知津》卷十一,《嘉兴大藏经》(新文丰版)第32册,第25页。
② [明]钟惺:《楞严经如说·楞严经如说原序》,《卍续藏经》第13册,第384页。
③ [明]钟惺:《楞严经如说·楞严经如说原序》,《卍续藏经》第13册,第384页。
④ [明]钟惺:《楞严经如说·楞严经如说原序》,《卍续藏经》第13册,第384页。
⑤ [明]钟惺著,李先耕、崔重庆标校:《隐秀轩集》卷十六《诗归序》,上海古籍出版社2017年版,第289页。
⑥ [明]王元翰:《王谏议全集·与野愚僧》,清嘉庆刻本。

丛林高僧推挹,其撰著目的则是"箴诸狂禅而作"①。比较而言,钟惺的《楞严如说》则更具文士注经的色彩。其《楞严经如说原序》则引三怀法师之言,以发己愿,云:"古今名宿,分曹竖义,殚力参微,然意义幽深,会者未易,即文辞巧妙,晦者亦多。近三怀法师,辩才无碍,而不注一经。人问其故,曰不优文辞,安敢注经。若不得已,以文士之笔,代僧家之舌,庶几相济。"②钟惺作《如说》,带有明显的文士疏通文理的色彩。如,卷一,在回答阿难提出的禅定法门最初方便时,佛陀首先抉择正见,在破妄显真,亦即七处征心之后,将要抉择一切众生的二种根本。在此关节点,义学宗师往往循智𫖮五重玄义的解经方法,如檇李云:"攀缘心即有为缘生生灭心也。此心揽尘为体,缘会即有,缘散即无。"③长水云:"众生轮回五道莫穷初际,故云无始。聚缘内摇趣外奔逸,故曰攀缘。"④与一般经典义疏中的释名、辨体、明宗、论用、判教等解经程式不同,钟惺的疏解则以义理结构为主,云:"此下将前性净明体,用诸妄想。复开二种根本,为一经之宗也。心知眼见,是颠倒本,下文若干颠倒,皆由此中发出。"⑤从义理结构着眼,其"文士之笔"的色彩殊为明显。

钟、谭共著《诗归》的旨趣在于"深览古人,得其精神"⑥,"引古人之精神以接后人之心目,使其心目有所止焉"⑦。钟惺认为,后世诗文欲代求其高,在于途径有别。尽管如此,途径"其变有穷也",而"精神者,不能不同者也,然其变无穷也"。⑧他们作《诗归》,即是求古人之精神。钟惺

---

① [明]袁宗道著,钱伯城标点:《白苏斋类集》卷二十二《杂说》,上海古籍出版社2007年版,第316页。
② [明]钟惺:《楞严经如说·楞严经如说原序》,《卍续藏经》第13册,第384页。
③ [宋]思坦集注:《楞严经集注》卷一,《卍续藏经》第11册,第221页。
④ [宋]思坦集注:《楞严经集注》卷一,《卍续藏经》第11册,第221页。
⑤ [明]钟惺:《楞严经如说》卷一,《卍续藏经》第13册,第391页。
⑥ [明]钟惺著,李先耕、崔重庆标校:《隐秀轩集》卷二八《与蔡敬夫》,上海古籍出版社2017年版,第545页。
⑦ [明]钟惺著,李先耕、崔重庆标校:《隐秀轩集》卷一六《诗归序》,上海古籍出版社2017年版,第289页。
⑧ [明]钟惺著,李先耕、崔重庆标校:《隐秀轩集》卷一六《诗归序》,上海古籍出版社2017年版,第289页。

自述其自庚戌以后之作,乃"务求古人精神所在"①。这种寻证古人精神的旨趣,与其"如说"《楞严》,"准佛五语之一也"②神韵贯通。这种精神也显示了"文人之笔"的主体意识。钟、谭著《诗归》"盖举古人精神日在人口耳之下,而千百年未见于世者","一标出之",以"发覆指迷"。③ 钟惺作《楞严经如说》,也是寻求"歇狂妙诀"④,在以"文士之笔,代僧家之舌"⑤援经以"发明正义"⑥时,亦带有鲜明的文人解经的主体色彩。与袁宏道由禅入净而著《西方合论》,为学为文渐趋稳实一样,钟惺论诗评诗以"厚"相高。"厚"境界之臻达,是"约为古学"⑦而成。钟惺作《楞严经如说》,亦体现了其"神而明之,引而伸之"⑧的特征,如钟惺在注《楞严经》卷四由抉择正见转入修证法门,提出"歇即菩提"⑨之时,曾列举室罗城中演若达多,返观己头不见眉目,遂无状狂走以喻迷背真性、执妄生狂,真菩提心之不生不灭。而这只是《楞严经》中佛陀开提阿难,他虽然被称赞为多闻第一,但实际距离菩提、涅槃还很遥远;是佛陀转入开示修证法门,宣说发菩提心之初心二决定义的过渡。因此,历代的释经者对演若达多执妄狂走这一"戏论"并无太多义疏释解,而钟惺则不同,他以演若达多无状狂走为话题,抉发歇狂正义,云:"此狂一歇,当下即证菩提,不劳余

---

① [明]钟惺著,李先耕、崔重庆标校:《隐秀轩集》卷十七《隐秀轩集自序》,上海古籍出版社2017年版,第314页。
② [明]钟惺著,李先耕、崔重庆标校:《隐秀轩集》卷十六《首楞严经如说序》,上海古籍出版社2017年版,第302页。
③ [明]钟惺著,李先耕、崔重庆标校:《隐秀轩集》卷二十八《与蔡敬夫》,上海古籍出版社2017年版,第545页。
④ [明]钟惺:《楞严经如说》卷四,《卍续藏经》第13册,第422页。
⑤ [明]钟惺:《楞严经如说·楞严经如说原序》,《卍续藏经》第13册,第384页。
⑥ [明]钟惺:《楞严经如说》卷四,《卍续藏经》第13册,第422页。
⑦ [明]谭元春著,陈杏珍标校:《谭元春集》卷二十二《诗归序》,上海古籍出版社2018年版,第828页。
⑧ [明]钟惺著,李先耕、崔重庆标校:《隐秀轩集》卷二十三《诗论》,上海古籍出版社2017年版,第458页。
⑨ [明]钟惺:《楞严经如说》卷四,《卍续藏经》第13册,第421页。

力。"①其后又云:"此下发明正义,悟字,知字,是歇狂妙诀。"②且缘此而发挥,云:"由悟本头非自然,非因缘,然后知狂走非自然,非因缘。悟本头,方见本来面目是真;知狂走,才觉向外驰求是妄。言汝自迷家宝,向外驰求,执缘执自,固所不免。若使亲见本来,狂心顿歇,则知因缘自然,俱成戏论,非实义也。我说三缘断故,即菩提心者,即歇狂悟本之法,岂因缘自然之可拟哉?"③钟惺得出的佛陀正义、歇狂妙诀,乃是悟与知。这显然是钟惺的自得之解。经中无状狂走,实乃因缘譬喻及于本事的引子。钟惺则以之作为歇狂正解,显示了钟惺借经以抒己意的主体意识。钟谭文学思想往往是通过涵茹古学体现出来的,钟惺曾述及抄录《诗归》时的感悟,云:"至手钞时,灯烛笔墨之下,虽古人未免听命,鬼泣于幽,谭郎或不能以其私为古人请命也。此虽选古人诗,实自著一书。"④借经典与古人神情互契,冥会古人之真精神,厚植学本。在这一过程中,将古人精神日在人口耳之下而不觉者见诸世,从《楞严经》中得"歇狂妙诀",且借此彰明己意,其快意与选定《诗归》并无二致。当然,钟惺抉发出《楞严经》的"歇狂妙诀"在于"悟"与"知",与其论诗时厚植其本,蕴机锋于极无烟火处的文人注经旨趣有关。钟惺在致谭元春的尺牍中云:"弟近答友人书亦云:'我辈诗文到极无烟火处便是机锋',此语甚深,可思也。痕亦不可强融,惟起念起手时,厚之一字可以救之。如我辈数年前诗,同一妙语妙想,当其离心入手,离手入眼时,作者与读者有所落然于心目,而今反觉味长;有所跃然于心目,而今反觉易尽者何故? 落然者以其深厚,而跃然者以其新奇;深厚者易久,新奇者不易久也。此有痕无痕之原也。"⑤在钟惺看来,诗文之妙境恰在极无烟火处,亦即因乎深厚,形诸无痕的妙语妙想。

---

① [明]钟惺:《楞严经如说》卷四,《卍续藏经》第 13 册,第 421 页。
② [明]钟惺:《楞严经如说》卷四,《卍续藏经》第 13 册,第 422 页。
③ [明]钟惺:《楞严经如说》卷四,《卍续藏经》第 13 册,第 422 页。
④ [明]钟惺著,李先耕、崔重庆标校:《隐秀轩集》卷二十八《与蔡敬夫》又,上海古籍出版社 2017 年版,第 546 页。
⑤ [明]钟惺著,李先耕、崔重庆标校:《隐秀轩集》卷二十八《与谭友夏》又,上海古籍出版社 2017 年版,第 550 页。

显然,这些"味长"之作,无迹可寻之机锋,当需妙悟而得解。"深厚"所自,乃"约为古学",亦即"知"而成。不难看出,钟惺从《楞严经》中得"悟"与"知"为"歇狂妙诀",与其尚"厚"的文论取向不无关系。

钟惺着意于演若达多无状狂走,还与僧得其鼻端、眉宇的旨趣有关。《楞严经》中的演若达多,一日照镜见己头之眉目而喜,返观则不见眉目,以为乃魑魅所作,遂至无状狂走。经中,佛陀以演若达多于镜中之头有眉目,比喻妄取幻境为真性,嗔责己头不见眉目,则比喻迷背真性。从这个意义上说,演若达多的眉头有无便成为破妄显真的表征。而这也是钟惺在诗、僧关系中,僧之真性有无所依凭的经典意象。其《善权和尚诗序》中有这样的表述:

> 金陵吴越间,衲子多称诗者,今遂以为风。大要谓僧不诗,则其为僧不清;士大夫不与诗僧游,则其为士大夫不雅。士大夫利与僧游,以成其为雅;而僧之为诗者,得操其权,以要取士大夫。才一操觚,便时时有"诗僧"二字在其鼻端、眉宇间,拂拂撩人。而僧之鼻端、眉宇,反索然无一有矣。①

钟惺反对"诗而遂失其为僧"②,亦即"僧之鼻端、眉宇,反索然无一有矣"。鼻端、眉宇显然指僧之真性,亦即《楞严经》所示之"常住真心,性净明体"③的佛理"精神"。鼻端、眉宇之谓,显然得乎《楞严经》中演若达多的话头,鼻端、眉宇背后的佛经义理,深化了钟惺为文说诗的内涵。这当是钟惺对《楞严经》中佛陀的寻常譬喻而属意非常的另一原因。

---

① [明]钟惺著,李先耕、崔重庆标校:《隐秀轩集》卷十七《善权和尚诗序》,上海古籍出版社2017年版,第306页。
② [明]钟惺著,李先耕、崔重庆标校:《隐秀轩集》卷十七《善权和尚诗序》,上海古籍出版社2017年版,第306页。
③ 赖永海主编,刘鹿鸣译注:《楞严经》卷一,中华书局2013年版,第14页。

钟惺云:"多读书,厚养气。"①气之"厚"否与读书、学殖有关。因为"厚",钟惺对于时人多作宏通平允的理性之评,与自身受到的峻厉抨击判若天壤,如他论于鳞、石公云:"今称诗不排击李于鳞,则人争异之;犹之嘉、隆间不步趋于鳞者,人争异之也。或以为著论驳之者,自袁石公始。与李氏首难者,楚人也。夫于鳞前无为于鳞者,则人宜步趋之。后于鳞者,人人于鳞也,世岂复有于鳞哉?势有穷而必变,物有孤而为奇。石公恶世之群为于鳞者,使于鳞之精神光焰,不复见于世。李氏功臣,孰有如石公者?今称诗者,遍满世界,化而为石公矣,是岂石公意哉?"②他赋诗称叹王世贞:"大度推扬急,虚怀吐握真。"③与钱牧斋虽晤而不值,但"试看予流寓,何殊子入山"④。他视公安为同道,鼓励归慕者诗文求自得,对周伯孔云:"子喜石公诗,用钟子言,则可。为石公、钟子者,则不可。"⑤立论从容闲雅,格局超胜,了无意气褒贬之习,这与批评钟、谭的峻厉言辞迥然不同。其因读书养气形成了这样的应世态度:"轻诋今人诗,不若细看古人诗;细看古人诗,便不暇诋今人也。"⑥其中,佛禅不但影响了其文论,更涵养了其性情气度。

第三节 "孤行静寄"与静观默照

钟、谭二人选评《诗归》,以救文坛之弊,意在求古人真诗所在,纠公

---

① [明]钟惺著,李先耕、崔重庆标校:《隐秀轩集》卷十七《周伯孔诗序》,上海古籍出版社2017年版,第308页。
② [明]钟惺著,李先耕、崔重庆标校:《隐秀轩集》卷十七《问山亭诗序》,上海古籍出版社2017年版,第309页。
③ [明]钟惺著,李先耕、崔重庆标校:《隐秀轩集》卷八《弇园忆赠王元美先生四首》其四,上海古籍出版社2017年版,第160页。
④ [明]钟惺著,李先耕、崔重庆标校:《隐秀轩集》卷十二《喜钱受之就晤娄江先待予吴门不值》,上海古籍出版社2017年版,第242页。
⑤ [明]钟惺著,李先耕、崔重庆标校:《隐秀轩集》卷十七《周伯孔诗序》,上海古籍出版社2017年版,第308页。
⑥ [明]钟惺著,李先耕、崔重庆标校:《隐秀轩集》卷二十八《谭友夏》又,上海古籍出版社2017年版,第538页。

安派浅俗之偏。求真诗在钟惺看来就是要"察其幽情单绪,孤行静寄于喧杂之中;而乃以其虚怀定力,独往冥游于寥廓之外"①。钟惺认为创作者、鉴赏者都不能在喧氛中迷其所如,而要心定神寂。佛教所谓"定",是说要定心于一境,使其不要散动。"定"概分为两类:一是生得定,为依前世善业之力,自然所得之定地,生于色界、无色界具有此定境界;二是修得定,以后天努力修行所获得者,多在欲界所修。如小乘佛教三学中的定学,大乘佛教六度中的禅定波罗蜜。在印度佛教中,色界谓之禅,无色界谓之定。佛教传至中土,禅宗初祖菩提达摩自南天竺泛海东渡,入嵩山少林寺,面壁而坐,终日默然,时人称为壁观婆罗门。其后,曹洞宗的正觉等人扇扬默照的禅风,曹洞禅法的要义即是要清心潜神、默照内观,彻见诸法本原。当然,禅法的寂静默照,是要彻见心性而成佛,实质上说的是"心寂",这与诗人笔下所描绘的"境寂"不尽相同。受到佛禅沐染的文士们常将禅的观法自觉不自觉地流注于笔端,诗作中表现的也是肃穆沉寂的境界,诗人的心境往往是安闲不迫、超越尘嚣的。如诗人王维佞佛颇甚,其山水诗往往体现出静寂空灵的色调,如《鸟鸣涧》一诗中,虽然也描绘了花落鸟鸣的动境,但目的是以动衬静,人闲、夜静、山空、物我俱寂才是该诗主旨。

钟、谭的诗歌以幽深孤峭见称,其得失是非前人已有详论,兹不赘述。但要说明的是,幽深孤峭既是指造语奇谲、追幽凿险的风格,又体现为寂静空灵、荒寒冷僻的意境。他们和王维一样热衷于在诗歌中表现静寂闲适之境。张泽评价谭元春的诗歌是"道永而静,志坚而清"②,钟惺作诗也期期于"选声穷静理,结构换清思"③。因此,他们艳羡得佛理禅机的诗人

---

① [明]钟惺著,李先耕、崔重庆标校:《隐秀轩集》卷十六《诗归序》,上海古籍出版社2017年版,第290页。
② [明]张泽:《谭友夏合集序》,载[明]谭元春著,陈杏珍标校:《谭元春集》附录一,上海古籍出版社2018年版,第1263页。
③ [明]钟惺著,李先耕、崔重庆标校:《隐秀轩集》卷十二《访邹彦吉先生于惠山园》,上海古籍出版社2017年版,第240页。

王维,如谭元春云:"花红来觏语,吾适念王维。"①但是仔细分析,王维与竟陵派文人所描绘的空寂又有所不同,王维多写的是自然物境,而竟陵派文人更崇尚"性情渊夷,神明恬寂"②,即心灵的静谧。兹举钟惺数首诗歌说明之:

  天寒无不深,不独夜沉沉。难道潮非水,何因风过林? 戏拈生灭候,静阅寂喧音。到眼沙边月,幽人忽会心。③
  空山鸡犬夜无惊,静者深深独往情。石引长松天一笑,桥回寒瀑月三更。云林转觉幽怀上,冰雪能令慧业生。说向高人资画理,比来渐喜梦魂清。④
  读诗交已定,相访庶无猜。室与人俱远,君携我共来。庭空常肃穆,树古自低徊。积学诚关福,居心亦见才。栖寻钦旧物,坐卧出新裁。寒事忧堪媚,冬怀孤更开。鸟声园所始,灯影漏先催。静者方成悦,冰霜照夜杯。⑤

在钟惺看来,"高人有静机",在"丝肉喧阗"的环境中,唯有"静者能通妙理"。⑥ 此之静,不是王维所指定的空山寂林、旷野幽谷,是主体心灵的清静,是神魂栖潜的状态。能达到这一境界的便是深悟禅理的"高

---

① [明]谭元春著,陈杏珍标校:《谭元春集》卷十三《过徐生新居题其初构园》,上海古籍出版社 2018 年版,第 539 页。
② [明]钟惺著,李先耕、崔重庆标校:《隐秀轩集》卷十七《简远堂近诗序》,上海古籍出版社 2017 年版,第 304 页。
③ [明]钟惺著,李先耕、崔重庆标校:《隐秀轩集》卷七《夜》,上海古籍出版社 2017 年版,第 117 页。
④ [明]钟惺著,李先耕、崔重庆标校:《隐秀轩集》卷十一《梦山中题壁有石引长松天一笑之句起而足之往索彭举画》,上海古籍出版社 2017 年版,第 206 页。
⑤ [明]钟惺著,李先耕、崔重庆标校:《隐秀轩集》卷十二《访元叹浪斋》,上海古籍出版社 2017 年版,第 242 页。
⑥ [明]钟惺著,李先耕、崔重庆标校:《隐秀轩集》卷八《喜邹彦吉先生至白门惺以八月十五夜要同李本宁先生及诸词人集俞园并序》,上海古籍出版社 2017 年版,第 148—149 页。

人",他所敬慕的"玉貌铁骨,渊镜肃然"①的督师邹彦吉便深得静者三昧。显然,这与佛教修禅行而远离乱念的"定心"含义颇为相似。《大智度论》卷二十六:"'无不定心'者,'定'名一心不乱。乱心中不能得见实事;如水波荡不得见面,如风中灯不得好照。"②钟惺也注意"默证胸中静躁情"③,并将其表现为诗中境界。

在诗歌理论方面,他们同样如此,钟惺在《陪郎草序》中说:"夫诗,以静好柔厚为教者也","喧不如静,薄不如厚"。④ 竟陵派诗论中的"厚"常被人们论及,尤其常为竟陵派申辩者所引论,以期证明竟陵派文人并非学殖浅陋。贺贻孙曰:"严沧浪《诗话》,大旨不出悟字,钟、谭《诗归》,大旨不出厚字,二书皆足长人慧根。"⑤同时,人们常常引述钟惺《与高孩之观察》中的一段文字,以证明竟陵文人注重"灵"与"厚"的关系。在该文中,钟惺说:"诗至于厚而无余事矣。然从古未有无灵心而能为诗者,厚出于灵,而灵者不即能厚。弟尝谓古人诗有两派难入手处:有如元气大化,声臭已绝,此以平而厚者也,《古诗十九首》、苏、李是也。有如高岩峻壑,岸壁无阶,此以险而厚者也,汉《郊祀铙歌》、魏武帝《乐府》是也。非不灵也,厚之极,灵不足以言之也。然必保此灵心,方可读书养气,以求其厚。"⑥钱锺书先生认为钟惺的诗论是以"厚"为诗学,以"灵"为诗心。吴调公先生也认为"竟陵主要旨趣之一,是极力主张'灵'与'厚'相结合"⑦。相对而言,论者对竟陵派关于"静"与"厚"的关系论述甚少。其

---

① [明]钟惺著,李先耕、崔重庆标校:《隐秀轩集》卷十九《邹彦吉先生七十序》,上海古籍出版社2017年版,第363页。
② [后秦]鸠摩罗什译:《大智度论》卷二十六,《大正藏》第25册,第248页。
③ [明]钟惺著,李先耕、崔重庆标校:《隐秀轩集》卷十《寄谭友夏复招之》,上海古籍出版社2017年版,第195页。
④ [明]钟惺著,李先耕、崔重庆标校:《隐秀轩集》卷十七《陪郎草序》,上海古籍出版社2017年版,第332页。
⑤ [清]贺贻孙著,[清]吴大受删定:《诗筏》,吴兴刘氏嘉业堂刊本。
⑥ [明]钟惺著,李先耕、崔重庆标校:《隐秀轩集》卷二十八《与高孩之观察》,上海古籍出版社2017年版,第551页。
⑦ 吴调公:《为竟陵派一辩》,《文学评论》1983年第3期。

实,在钟惺的诗学理论中"静"是与"厚"同样重要的范畴,两者的融合大致形成了一种沉潜浑穆的美学风格。当然,在钟、谭二人的作品中,静远荒寒的境界随处可见,卓大厚重的风格并不明显。但是,他们提出这一美学观念,无论其是否臻达,都表明了"心向往之"的审美追求。探讨其诗学理论,并不完全需要在创作中逐一得到印证。在《诗归》中,钟、谭两人追求深静幽适美学风格的文字随处可见,他们在谢灵运《夜宿石门诗》中见其"静理"①,对王昌龄《宿裴氏山庄》诗"于静深中看其力量"②。"静"在诗歌中的表现也有不同。从刘长卿《和灵一上人新泉》中见到的是"静远幽厚"③,而对于孟浩然的诗歌"当于清浅中寻其静远之趣"④。钟、谭所谓"寂""静"是静者与静物浑然为一的静远幽深的诗之意境,而尤其强调了创作者与观赏者晶莹澄彻、纤尘不染的心境。因此,他们虽然承认"静是山水之情",但更注重主体的心"静",认为谢灵运《游赤石进帆海》中的"阴霞"二字,"非老于水上静观人不知"⑤;谢庄的《山夜忧》中"庭光尽,山明归"一句,"非极静心眼不知"⑥;谢灵运的《石室山诗》是"静者独步之言"⑦。由于作者心"静",客体的属性也就不足为囿了,旷野幽林固然如此,历史题材也为他们的"静"心所观照。他们评王维《西施咏》云:

---

① [明]钟惺、[明]谭元春选评,张国光、张业茂、曾大兴点校:《诗归·古诗归》卷十一《谢灵运》,湖北人民出版社1985年版,第219页。

② [明]钟惺、[明]谭元春选评,张国光、张业茂、曾大兴点校:《诗归·唐诗归》卷十一《王昌龄》,湖北人民出版社1985年版,第211页。

③ [明]钟惺、[明]谭元春选评,张国光、张业茂、曾大兴点校:《诗归·唐诗归》卷二十五《刘长卿》,湖北人民出版社1985年版,第505页。

④ [明]钟惺、[明]谭元春选评,张国光、张业茂、曾大兴点校:《诗归·唐诗归》卷十《孟浩然》,湖北人民出版社1985年版,第189页。

⑤ [明]钟惺、[明]谭元春选评,张国光、张业茂、曾大兴点校:《诗归·古诗归》卷十一《谢灵运》,湖北人民出版社1985年版,第214页。

⑥ [明]钟惺、[明]谭元春选评,张国光、张业茂、曾大兴点校:《诗归·古诗归》卷十一《谢庄》,湖北人民出版社1985年版,第211页。

⑦ [明]钟惺、[明]谭元春选评,张国光、张业茂、曾大兴点校:《诗归·古诗归》卷十一《谢庄》,湖北人民出版社1985年版,第215页。

"情艳诗到极深细、极委曲处,非幽静人原不能理会。"①由于读者心"静",诗人及诗歌本身的风格则反而并不重要,李白的作品构思奇幻、想落天外、情思奔放,而他们则说,"读太白诗,当于雄快中察其静远精出处"②。竟陵派的这一美学旨趣与他们的诗歌创作实践大致吻合。

值得一提的是,竟陵派文人诗尚"幽深孤峭",诗中的理趣是含而不露、蕴藏深婉的。但是,从诗歌中描述的静寂之理来看,不以通常的明月清空等可感的画面表达其意象,而是直露显豁、一目了然的,如钟惺云:"寒照星星内,能通静者机。"③描写雄奇的岱宗,也以"雍穆无言"显示其峻伟硕大的气概,诗人由此而体味到的也是"深感同来俱静慧,能将愿力答真形"。④ 诗歌中"静"理的直豁与诗论中"幽深"的背离,是钟惺在以诗说佛,但这又恰恰与禅门证悟的旨趣迥然有别。钟惺也力求以禅悟诗,但在论及寂理时,正如他在《感归诗》第十首自注所云"谭友夏作书,谓余以聪明妨禅,语多影响"⑤。他的诗歌"极无烟火"⑥,暗蓄机锋的文字并不多见。钟惺诗的这一特点,与明代后期的禅风有关,当时禅门宗匠虽然孜求翻新,但并无多少创见。临济宗的高僧法藏不得已而别开以义理解释禅机的一路,将本来玄奥难解的禅机说得明明白白,如他说:

> 古人要做工夫而悟道,今人多为做工夫翻不得悟道。盖古人闻得"如何是佛",答个"干矢橛",便反思道:所问是佛,为什么不见答

---

① [明]钟惺、[明]谭元春选评,张国光、张业茂、曾大兴点校:《诗归·唐诗归》卷八《王维》,湖北人民出版社1985年版,第161页。
② [明]钟惺、[明]谭元春选评,张国光、张业茂、曾大兴点校:《诗归·唐诗归》卷十五《李白》,湖北人民出版社1985年版,第300页。
③ [明]钟惺著,李先耕、崔重庆标校:《隐秀轩集》卷六《佛灯》,上海古籍出版社2017年版,第103页。
④ [明]钟惺著,李先耕、崔重庆标校:《隐秀轩集》卷十《岱游告成示康虞茂之》,上海古籍出版社2017年版,第201页。
⑤ [明]钟惺,李先耕、崔重庆标校:《隐秀轩集》卷九《感归诗》其十,上海古籍出版社2017年版,第169页。
⑥ [明]钟惺著,李先耕、崔重庆标校:《隐秀轩集》卷二十八《答同年尹孔昭》,上海古籍出版社2017年版,第554页。

个菩提、涅槃、妙性、真如，而单单道个"干矢橛"，答不如问，有何长处，因此，疑心顿起，放意不过，凭他闹处闲处，总是此疑。如万丝结住，百不能解，愈思愈疑，因之情绝心断，彻见答处的确，谓之悟道。①

文士们也感到禅悟尚欠稳实，而大多走上了禅净合一的途径。因此，他们以禅说诗、以诗类禅也不像唐代诗人那样精纯而"极无烟火"。谭元春谓其"聪明妨禅"，大致是指诗中少禅趣而多理障而已。

对于竟陵派的佛学造诣及诗禅之论，后人的评价不一。纳兰容若认为钟惺悟解《楞严经》"知有根性，钱竟不知也"②，而钱锺书先生则云："余窃以为谭艺者之于禅学，犹如先王之于仁义，可以一宿蓬庐，未宜久恋桑下。伯敬引彼合此，看朱成碧。禅亦生缚，忘维摩之诫；学不知止，昧荀子之言。于是鹦鹉唤人，尽为哑子吃蜜"，结论是"其病痛在此"。③诗禅本不同道，恰是实情。正如钱先生所说："盖禅破除文字，更何须词章之美；诗则非悟不能，与禅之悟，能同而所不同。"④我们认为，虽然有"以心传心""教外别传""不立文字"的祖师禅，但还有依教而修的如来禅，即天台所谓一行三昧。后者在《禅源诸集都序》中被视为最上乘禅，是心法之极致，并认为禅宗初祖菩提达摩门下辗转相传者即是如此。据《楞伽经》注解所云："如来禅者，即首楞严定。"⑤钟惺精研《楞严》，因此，在钟惺那里，禅是禅定而非禅宗，即不是"不立文字"的祖师禅。这样，钱锺书所说的诗、禅之"所"在"立文字"方面之"异"，对钟惺则容当别论，这是我们在探究其佛学思想与诗论、诗歌创作的关系之前理应辨明的。同时，钟惺严

---

① [明]法藏说，弘储记：《三峰藏和尚语录》卷七，《嘉兴大藏经》（新文丰版）第34册，第160页。
② [清]纳兰性德著，黄曙辉、印晓峰点校：《通志堂集》卷十八《渌水亭杂识四》，华东师范大学出版社2019年版，第345页。
③ 钱锺书：《谈艺录》二九《竟陵诗派》，中华书局1984年版，第104页。
④ 钱锺书：《谈艺录》补遗三《钟谭以禅说诗》，中华书局1984年版，第307页。
⑤ [明]宗泐、[明]如玘同注：《楞伽阿跋多罗宝经注解》卷二《一切佛语心品第二》，《大正藏》第39册，第372页。

分诗、僧,尝言:"夫僧不必为诗,亦不必不为诗。僧而诗焉,可也;诗而遂失其为僧,则僧变乌用诗为?而诗又可无论也。余游金陵,所接僧而诗焉者,与之诗而遂失其为僧者,吾不愿见也。"①此言并无"引彼合此,看朱成碧"的胶执附会之论。

第四节　佛教"苦谛"与荒寒境界

佛教认为,凡是有为有漏之法莫不皆含苦性。因此,佛经中说有无量众苦,但是,就身心顺逆缘境来说,总有三苦,即苦苦(由寒热饥渴等苦缘所生之苦)、坏苦(乐境坏时所生之苦)、行苦(一切有为法无常迁动之苦);八苦,即生、老、病、死、忧别离、怨憎会、求不得和五盛阴苦。一切诸苦都归苦谛所摄,苦谛是佛教四谛之一。称其为"谛",是说真实不妄,经如来亲证。"四谛"是佛教的基本教义,是大小乘各宗共修、必修之法。在佛教看来,苦是世间普遍存在的真谛。

钟惺阅藏研经,虽然对佛教四谛并无详细的论述,但诗歌中荒寒冷峭的景致随处可见,写景状物往往涂抹上一层浓浓的凄苦情绪,如:

始见山前光满林,泉流秋气月边深。依然寒照此流水,再踏孤光何所寻。②

游迟畏晚天,晚际反凄妍。好月下山路,顺风归浦船。云涛孤棹外,市坞半灯边。回首苍苍处,金焦在乱烟。③

水天夜无色,所有者苍苍。细火沾林露,遥钟过浦霜。离秋犹未

---

① [明]钟惺著,李先耕、崔重庆标校:《隐秀轩集》卷十七《善权和尚诗序》,上海古籍出版社2017年版,第306页。
② [明]钟惺著,李先耕、崔重庆标校:《隐秀轩集》卷十四《归经蒙惠二泉》,上海古籍出版社2017年版,第264页。
③ [明]钟惺著,李先耕、崔重庆标校:《隐秀轩集》卷七《北固夜归》,上海古籍出版社2017年版,第125页。

远,向晚只微凉。此外还堪着,清寒月一方。①

诗人笔下的情、景、物到处都散发着飒飒逼人的寒气,如"霜落寒流外"②"孤情寒水边"③"清寒真可僦"④"寒江从此阔"⑤"何夜寒河月"⑥"相与成寒空"⑦"天寒群影见慈情"⑧"桥回寒瀑月三更"⑨"寒钟卧古今"⑩"寒影何默然"⑪等,乃至同一首诗中,"寒"字迭见,如:

> 池水澹澹秋飕飕,夜中听睹寒相周。主人哀乐本异人,喧静不同同其幽。有声落叶哀蝉内,难向叶声蝉声求。池月倦来檐雨代,灯光欲去去不收。始知雨外有繁响,化为寒雨鸣中流。一雨秋薄中难障,鼓音人语出两头。此时地天人一籁,悲哉隔雨不隔秋。⑫

---

① [明]钟惺著,李先耕、崔重庆标校:《隐秀轩集》卷七《舟晚》,上海古籍出版社2017年版,第112页。
② [明]钟惺著,李先耕、崔重庆标校:《隐秀轩集》卷六《十五夜月》,上海古籍出版社2017年版,第97页。
③ [明]钟惺著,李先耕、崔重庆标校:《隐秀轩集》卷七《舟晓》,上海古籍出版社2017年版,第112页。
④ [明]钟惺著,李先耕、崔重庆标校:《隐秀轩集》卷六《十七夜到京看月所寓因题其轩曰僦月》,上海古籍出版社2017年版,第106页。
⑤ [明]钟惺著,李先耕、崔重庆标校:《隐秀轩集》卷六《松滋泊风》,上海古籍出版社2017年版,第101页。
⑥ [明]钟惺著,李先耕、崔重庆标校:《隐秀轩集》卷九《感归诗》其十,上海古籍出版社2017年版,第169页。
⑦ [明]钟惺著,李先耕、崔重庆标校:《隐秀轩集》卷二《山月》,上海古籍出版社2017年版,第18页。
⑧ [明]钟惺著,李先耕、崔重庆标校:《隐秀轩集》卷十《山夜闻鸦同诸子分韵即成》,上海古籍出版社2017年版,第196页。
⑨ [明]钟惺著,李先耕、崔重庆标校:《隐秀轩集》卷十一《梦山中题壁有石引长松天一笑之句起而足之往索彭举画》,上海古籍出版社2017年版,第206页。
⑩ [明]钟惺著,李先耕、崔重庆标校:《隐秀轩集》卷十二《九日至玉泉与友夏居易登览宿于寺》,上海古籍出版社2017年版,第232页。
⑪ [明]钟惺著,李先耕、崔重庆标校:《隐秀轩集》卷三《宿乌龙潭》,上海古籍出版社2017年版,第39页。
⑫ [明]钟惺著,李先耕、崔重庆标校:《隐秀轩集》卷五《隔雨听鼓吹歌宴俞仲茅驾部水榭作》,上海古籍出版社2017年版,第78—79页。

第十七章 "如说"《楞严》、"遇"适《庄子》:竟陵派对"性灵说"的新变

中国古代的杰出诗人一般都是善得江山之助者,刘勰说"若乃山林皋壤,实文思之奥府"①。文人们的理想往往是亲近自然之境、沉湎山水之美,山水诗至东晋时已"蔚成大国"②。诗人们融情于自然之中,如仲长统"蹰躇畦苑,游戏平林,濯清水,追凉风,钓游鲤,弋高鸿,讽于舞雩之下,咏归高堂之上"③,即在灵山秀水之中,情感得到了升华,心灵得到了净化和解脱。他们笔下的奇山异水一般都有很强的审美价值,大诗人李白即使复沓噫吁,"蜀道之难,难于上青天",以神奇莫测之笔,摹写了蜀道的奇险,但是全诗始终昂扬着亢壮雄奇的基调,表现的是诗人心仪惊羡的情绪。另一些作家则以"性本爱丘山"的文人情致,写下了许多风格清新秀丽的山水佳作。他们的作品如同一支恬静优美的抒情乐曲,给人以清新的美感。而钟惺笔下的山水自然景观则以荒寒飒肃的基调在文坛独标异帜。这固然是由其"深幽孤峭"的诗学旨趣所决定,同时,也与他受佛学的浸润,深悟苦谛有关。虽然佛教所谓苦谛,是指众生外有寒热饥渴等逼恼之身苦,内有烦恼之心苦,主要就主体而言。而诗歌中描写的则主要是"苦境",但诗歌是诗人"言志""缘情"的载体,诗人视野中的客观物象,林林总总的大千世界,无不受作家情感的沐染,也是其主观精神的体现。凄怆荒寒的自然景观,是作家孤苦寂寞心境的外现,自然山水也着染了佛理。正如钟惺注杜甫《万丈潭》"清溪合冥寞"句所云:"读此三字,谓山水无理,吾不信也。山水无理,决不能幽灵。"④就受佛学浸润而言,谭元春不及钟惺。钟、谭的诗学理论也稍有不同,谭元春曾说:"盖明公之诗,厚

---

① [梁]刘勰著,范文澜注:《文心雕龙注·物色第四十六》,人民文学出版社1958年版,第694—695页。
② [梁]刘勰著,范文澜注:《文心雕龙注·诠赋第八》,人民文学出版社1958年版,第134页。
③ [南朝宋]范晔撰,[唐]李贤等注:《后汉书》卷四十九《仲长统传》,中华书局1965年版,第1644页。
④ [明]钟惺、[明]谭元春选评,张国光、张业茂、曾大兴点校:《诗归·唐诗归》卷十八《杜甫》,湖北人民出版社1985年版,第368页。

而不浊,清而不寒,近情而不刻,剜肠而不苦。"①通过对玉华、大酉、玉田之景的比较说明,亦可见其诗学旨趣:

> 大都玉华是仙宅,玉田是蛟窟;玉华如万花,大酉如老柏;大酉之妙,使人可入可出,玉田之妙,使人一出不敢入,玉华之妙,使人既出复思入,再出再入而不厌;玉田如极寒炼师,大酉如极真老衲,玉华如极幽文人。②

"苦""寒"在谭元春看来是诗学一病,他倡导的是"清""幽"境界。他最推赞玉华,以其喻人,最推文人之"幽",实质是以其说明诗歌的不同境界。钟、谭有别,究其学术根底,是谭元春虽偶染佛禅,但又研习老庄,最终撰成《遇庄》。谭元春读《庄》心得颇多,但并没有如庄子那样主客体大化同一,人与自然融为一体。虽然谭元春同曹学佺"发三山,来建康,上匡庐观瀑布,游阳羡探善权、玉女之奇"③,但他们很少从自然之中得到愉悦。存乎胸中、发乎笔端的是"寂寞之滨""宽闲之野",④自然山水也就成了森然窅冥、落落瑟瑟的凄然景观。谭元春虽力避苦寒三昧,但诗歌中仍然拂动着寒光冷气,如:

> 明月涵南湖,湖中凫雁呼。霜气结乱声,能使明月孤。明月平湖水,水明光未已。奇寒欲作冰,冰成寒不止。⑤

---

① [明]谭元春著,陈杏珍标校:《谭元春集》卷二十七《奏记蔡清宪公前后笺札》其四,上海古籍出版社 2018 年版,第 1030 页。
② [明]谭元春著,陈杏珍标校:《谭元春集》卷二十七《奏记蔡清宪公前后笺札》其五,上海古籍出版社 2018 年版,第 1032 页。
③ [清]王士禛撰,宫晓卫等点校:《王士禛全集·蚕尾续文集》卷一《林翁茂之挂剑集序》,齐鲁书社 2007 年版,第 1992—1993 页。
④ [唐]韩愈著,刘真伦、岳珍校注:《韩愈文集汇校笺注》卷六《答崔立之书》,中华书局 2010 年版,第 688 页。
⑤ [明]谭元春著,陈杏珍标校:《谭元春集》卷三《南湖十一月二十四夜月》,上海古籍出版社 2018 年版,第 57 页。

因忆胡居士,将画时一看。在目但须臾,行遍江南山。空阴结积翠,群林声响乾。苍苍溪云并,溪寒云亦寒。人度石梁尽,晴开野亭闲。高卑幽气入,下笔非有端。可以独依依,愁中通夕安。①

谭元春除了这些直接描写苦寒之境的作品而外,描写秋草霜露之景、荒榛幽独之所,同样也涂抹上了一层凄婉的色彩。虽然谭元春诗歌的数量和成就不及钟惺,但意境并无本质的区别。竟陵文人的这种诗学特质,直接继承了李贺、孟郊等人的风格,正所谓"险怪如夜壑风生,暝岩月堕,时时山精鬼火出焉;苦涩如枯林朔吹,阴崖冻雪,见者靡不惨然"②。

第五节 谭元春"化身庄子"与宽闲气象

《庄子》堪称是谭元春用力最勤的一部学术经典。他曾著《遇庄》一书,其《序》云:"童年读《庄》,未有省也。十五年间凡六阅之,手眦出没,微殊昔观。其间四阅本文,一阅本文兼郭注,一阅郭、吕注,旁及近时焦、陆诸注,又回旋本文,撰《遇庄总论》三十三篇。"③这是一部谭元春"苦心得趣"之作。题名之义在于"道路间或一遇之,不敢以为堂室在此"④。其阅《庄子》方法是"藏去故我,化身庄子,坐而抱想,默而把笔,泛然而游,昧昧然涉,我尽庄现"⑤。谭元春虽然屡阅注本,但撰《遇庄总论》毕,"益

---

① [明]谭元春著,陈杏珍标校:《谭元春集》卷三《开看胡彭举画》,上海古籍出版社2018年版,第68—69页。
② [明]谢榛:《四溟诗话》卷四,载丁福保辑:《历代诗话续编》,中华书局2006年版,第1217页。
③ [明]谭元春著,陈杏珍标校:《谭元春集》卷三十三《遇庄序》,上海古籍出版社2018年版,第1208页。
④ [明]谭元春著,陈杏珍标校:《谭元春集》卷二十七《与舍弟五人书》,上海古籍出版社2018年版,第1015页。
⑤ [明]谭元春著,陈杏珍标校:《谭元春集》卷三十三《遇庄序》,上海古籍出版社2018年版,第1208页。

叹是书那复须注"①。阅《庄子》而化身庄子,《庄子》为其审美意象平添了奇诡的学理资源。其云:

> 古人无不奇文字,然所谓"奇"者,漠漠皆有真气。弟近日止得潜心《庄子》一书,如"解牛"何事也,而乃曰"依乎天理";"渊"何物也,而乃曰"默";"惑"有何可钟也,而乃曰"以二缶钟惑"。推此类具思之,真使人卓然自立于灵明洞达之中。《庄子》曰:"言隐于荣华。"又曰:"高言不止于众人之心。"今日之务,惟使言不敢隐,又不得不止于吾心足矣。②

又云:

> 予昔评《骈拇》,筋弩肉缓,气绵力薄,正与四篇(指:《让王》《盗跖》《渔父》《说剑》)文气不殊,且其说尽于《胠箧》十数行中……而至使人有疑其筋弩肉缓、气绵力薄之文,呜乎! 此庄之所以奇也。③

谭元春读《逍遥游》,沉浸庄子之境而"睁目远想,但作天眼观,从天际下视,亦苍苍色,亦远无至极,不添鹏眼,更深荒邈"④。化身庄子,逍遥乎荒邈物外,任天而游无穷的精神体验是其阅庄的基本心理定式,乃至于谭元春对《齐物论》的理解同样依循着从《逍遥游》中悟得的学理,有得于

---

① [明]谭元春著,陈杏珍标校:《谭元春集》卷三十三《遇庄序》,上海古籍出版社2018年版,第1208页。
② [明]谭元春著,陈杏珍标校:《谭元春集》卷二十八《又答袁述之》,上海古籍出版社2018年版,第1045—1046页。
③ [明]谭元春著,陈杏珍标校:《谭元春集》卷三十三《遇庄总论·阅骈拇第八》,上海古籍出版社2018年版,第1218页。
④ [明]谭元春著,陈杏珍标校:《谭元春集》卷三十三《遇庄总论·阅逍遥游第一》,上海古籍出版社2018年版,第1211页。

"乘云气,骑日月,而游乎四海之外"①,而有人天同息、一光所涵、世界霁白的一体感喟,得出了"齐物即逍遥游"②的结论。钟惺在《诗归序》中有言:"真诗者,精神所为也。察其幽情单绪,孤行静寄于喧杂之中;而乃以其虚怀定力,独往冥游于寥廓之外。"③钟惺及竟陵派屡屡论及的真精神,其中,庄学的神韵自在其中,其"独往冥游于寥廓之外",隐然可见庄子逍遥游的影子。谭元春《遇庄》独得之见在在可见,尤其是对前贤因《庄子》而发的种种论述多有评骘。其中《阅齐物论第二》有云:"被向秀、郭象陷《庄子》为齐物之书,真古今一恨。"④我们姑且不论谭元春对于向秀、郭象的评判是否公允,但谭元春本人就是以《逍遥游》解《齐物论》,认为"齐物即逍遥游""物化之为齐物"。⑤ 作者如此"坐而抱想",遂至"默而把笔",其荒遐阔大的气象,自然为存乎胸中的"宽闲之野",在"化身庄子"后得到了呈现。⑥

　　谭元春及竟陵派的审美取向与孤迥的人生,从《庄子》中得到了丰富的精神滋养。如,谭元春在《阅大宗师》中云:"吾欲留此想像,以幻宵其神明,抽绎出世之理……即庄子亦自抱玄冥,有'两忘而化其道'之语,……庄子倔强孤迥,独于是篇缠绵俳匹。"⑦其阅《在宥》时亦云:"庄子寂莫恬憺根株,全胎此中,乃藏于《在宥》之篇,其篇为庄子所停神结想无

---

① [清]郭庆藩撰,王孝鱼点校:《庄子集释》卷一下《齐物论第二》,中华书局 2012 年版,第 96 页。
② [明]谭元春著,陈杏珍标校:《谭元春集》卷三十三《遇庄总论·阅齐物论第二》,上海古籍出版社 2018 年版,第 1212 页。
③ [明]钟惺著,李先耕、崔重庆标校:《隐秀轩集》卷十六《诗归序》,上海古籍出版社 2017 年版,第 290 页。
④ [明]谭元春著,陈杏珍标校:《谭元春集》卷三十三《遇庄总论·阅齐物论第二》,上海古籍出版社 2018 年版,第 1212 页。
⑤ [明]谭元春著,陈杏珍标校:《谭元春集》卷三十三《遇庄总论·阅齐物论第二》,上海古籍出版社 2018 年版,第 1212 页。
⑥ [明]谭元春著,陈杏珍标校:《谭元春集》卷三十三《遇庄序》,上海古籍出版社 2018 年版,第 1208 页。
⑦ [明]谭元春著,陈杏珍标校:《谭元春集》卷三十三《遇庄总论·阅大宗师第六》,上海古籍出版社 2018 年版,第 1216—1217 页。

疑也。"①谭元春还借助于支道林对于《逍遥游》的论解,为其孤寂情怀找到了理论支撑。在《阅逍遥游》中,谭元春云:"我无宥然丧其天下之物,从何宥然;天下滞物,从谁许丧。真宥然者,天下不足丧矣。所谓宥然丧其天下者何物? 支道林所云至足是也。支公拔新于二家之外,支理大兴。今观其论曰:'夫逍遥者,明至人之心也。'标此一言,名理尽矣。"②支道林释《庄子》与向秀、郭象不同。向、郭认为大鹏、尺鷃"大小虽差,各任其性,苟当其分,逍遥一也"③,而支道林认为这一注释不合庄子"有待"之意,逍遥当是"至人乘天正而高兴,游无穷于放浪。物物而不物于物,则遥然不我得;玄感不为,不疾而速,则逍然靡不适"④。而谭元春认为,至人在精神上感通无碍、不受物累,方可真正得"无所待"之逍遥。支道林理解的"至人",又带有"众妙之渊府"⑤般若波罗蜜的色彩,其云:"夫至人也,览通群妙,凝神玄冥,灵虚响应,感通无方。"⑥不难看出,谭元春由《逍遥游》而妙会"至人之心",方为谭元春所理解的《逍遥游》之旨。其"凝神玄冥"的至人之禀,与竟陵派所尚的"孤行静寄"的情怀及审美取向正相符契。

竟陵派继踵公安性灵说,乃至论者有云:"钟、谭一出,海内始知性灵二字。"⑦但他们又以保任"独坐静观者之心",以避免为古代"大家""正

---

① [明]谭元春著,陈杏珍标校:《谭元春集》卷三十三《遇庄总论·阅在宥第十一》,上海古籍出版社 2018 年版,第 1220 页。
② [明]谭元春著,陈杏珍标校:《谭元春集》卷三十三《遇庄总论·阅逍遥游第一》,上海古籍出版社 2018 年版,第 1211 页。
③ 转引自[清]郭庆藩撰,王孝鱼点校:《庄子集释》卷一上《逍遥游第一》,中华书局 2012 年版,第 1 页。
④ 转引自[清]郭庆藩撰,王孝鱼点校:《庄子集释》卷一上《逍遥游第一》,中华书局 2012 年版,第 1 页。
⑤ [晋]支道林:《大小品对比要抄序》,载[梁]释僧祐撰,苏晋仁、萧炼子点校:《出三藏记集》卷八,中华书局 1995 年版,第 298 页。
⑥ [晋]支道林:《大小品对比要抄序》,载[梁]释僧祐撰,苏晋仁、萧炼子点校:《出三藏记集》卷八,中华书局 1995 年版,第 299 页。
⑦ [清]钱谦益撰集,许逸民、林淑敏点校:《列朝诗集·丁集》第十二《附见谭解元元春》,中华书局 2007 年版,第 5367 页。

宗"的风格所牢笼;标榜"藏神奇、藏灵幻之区",以涵养一己之精神。① 对此,谭元春从《庄子·德充符》中不形之德,以水停之盛为法得到体悟,云:"内保而外不荡,成和之修,物不能离,如养丹蓄火,养兰禁风,令胸中平平焉,如水停之盛,不形之德,始名全德。"②谭元春浸淫《庄子》,会心妙解,是其文论及其审美心理的学理依凭。当然,《庄子》胜在汪洋恣肆,独与天地精神往来的气韵,而佛学更以深蕴的思辨胜。谭元春《遇庄》也经常援佛学以深化对《庄子》的理解。他在论解《庄子》德不形如水停之盛时,附翼《楞严经》卷五中月光童子入定化水的故事,谓之:"此与《楞严经》月光童子入定化水何异?"③使庄子《德充符》中的"灵府",具有了如来藏性的内涵。④ 月光童子曾在室中安住禅修,弟子窥窗观室,只见清水遍在室中。童稚无知,取瓦砾投入水中而去。月光童子出定后顿觉心痛。月光童子再次入定,弟子开门除出瓦砾,出定后身质如初。月光童子跟随无量佛修学,证得无自身相,与十方界香水海性合真空,无二无别,皆是同一藏性。这样,自性背后隐藏着的如来功德得以显现。谭元春援《楞严经》解《庄子》,使其屡屡揭櫫的孤怀、孤诣涂上了德惠普世的色彩。即如其在《诗归序》中的精妙譬喻所示:如狼烟之上虚空,袅袅然一线,风摇之,时散时聚,时断时续。当风定烟接之时,终以此乱星月而吹四远。其独坐静观者之心,最终期在文坛四远之境,乱星月而浑化无碍,而这正是

---

① [明]谭元春著,陈杏珍标校:《谭元春集》卷二十二《诗归序》,上海古籍出版社2018年版,第829页。
② [明]谭元春著,陈杏珍标校:《谭元春集》卷三十三《遇庄总论·阅德充符第五》,上海古籍出版社2018年版,第1215页。
③ [明]谭元春著,陈杏珍标校:《谭元春集》卷三十三《遇庄总论·阅德充符第五》,上海古籍出版社2018年版,第1215页。
④ 谭元春著《遇庄》,着意于发掘《庄子》的形上玄旨,如《遇庄总论·阅天地第十二》:"又深又华,珠光错落,拾之不胜拾,而其难з、常不在珠而在海。海者,不能胎珠,而能藏胎珠之物者也。若是篇无华封祝为之海,无伯成子高退耕为之海,无汉阴抱瓮为之海,一启篋而珠见,无余味之事也。珠何在? 在玄。"与其相关,谭元春体悟经典,亦取其玄旨:"大段读经子仙佛书,不须饶舌强解,只清心冥目,读白文,消归一二字,即自洞然无误也。"([明]谭元春著,陈杏珍标校:《谭元春集》卷三十三《遇庄总论·阅天地第十二》,上海古籍出版社2018年版,第1220—1221页)

月光童子入定化水之后随无量佛修学而得"性合真空"的境界。竟陵派招致訾诃，集矢于孤寂窅冥而詈其为"鬼趣"，但如果更深入地了解竟陵派独坐静观的"四远"之期、援诸《楞严》而得"性合真空"的藏性学殖，那么，对竟陵派的文论必然会多一分理性的评骘。正因为这种德性普化的意识，谭元春对黄庭坚的箭锋之喻深为不满①，谓其"恐犹是门外语也"②。

谭元春的学殖与钟惺稍有不同，诗学旨趣亦有些许差异。对此，谭元春在《徐元叹诗序》中云："尝言诗文之道，不孤不可与托想，不清不可与寄迳，不永不可与当机。已孤矣，已清矣，已永矣，曰：如斯而已乎？伯敬以为当入之以厚，仆以为当出之以阔。使深敏勤壹之士，先自处于阔之地，日游于阔之乡，而后不觉入于厚中。一不觉入于厚中，而其孤与清与永日出焉。"③虽然最终都以"厚"相高，但谭元春则是由"阔"以入"厚"。谭元春之"阔"，有别于钟惺得乎佛理定、寂之趣与深微的性命之理。当然，就其学术而言，也与钟惺栖寻众典，研讨数年而作《楞严经如说》不同。谭元春所论与其从《庄子》中得其逍遥自在、"乘云骑龙"的阔大气象不无关系。

总体而言，竟陵派的文学思想和创作，与公安派袁中道一样，是革新高潮过后的沉静的理论思考，是对公安派文学的修正。这从其尚"厚"的美学旨趣、注重学殖的学术追求都可以看出。竟陵派与公安派的关系，诚如郭绍虞先生所说：

公安矫七子肤熟，肤熟诚有弊，然而学古不能为七子之罪。竟陵

---

① 黄庭坚《豫章黄先生文集》卷二十《庄子内篇论》云："以宇观人间，以宙观世，而我无所依。彼推也故去，挽也故来，以德业与彼有者，而我常以不材，故作《人间世》。有德者之验如印印泥。射至百步，力也；射中百步，巧也。箭锋相直，岂巧力之谓哉。子得其母，不取于人而自信，故作《德充符》。"（[宋]黄庭坚：《豫章黄先生文集》卷二十《庄子内篇论》，四部丛刊景宋乾道刊本）

② [明]谭元春著，陈杏珍标校：《谭元春集》卷三十三《遇庄总论·阅德充符第五》，上海古籍出版社2018年版，第1215页。

③ [明]谭元春著，陈杏珍标校：《谭元春集》卷三十一《徐元叹诗序》，上海古籍出版社2018年版，第1112—1113页。

又矫公安之俚僻,俚僻诚有弊,然而性灵又不能为公安之非。竟陵正因要学古而不欲堕于肤熟,所以以性灵救之;竟陵又正因主性灵而不欲陷于俚僻,所以又欲以学古矫之。他们正因这样双管齐下,二者兼顾,所以要于学古之中得古人之精神。这即是所谓求古人之真诗。①

虽然公安派与竟陵派都受佛禅浸润,但公安派主要从"狂禅"中得离经慢教的精神,竟陵派则据此而形成了荒寒孤峭的风格。公安派之失在浅露,竟陵派之失主要在于通过苦寂之境的描写表现了落寞的情绪。当然,对于竟陵派的评骘还需注意这样的事实:虽然竟陵派具荒寒清冷之气,但他们的文学主张则倡导人各为诗。谭元春云:"盖吾辈论诗,止有同志,原无同调。"②在谭元春看来,"调者,志之仇也","有志之士,原本初古,审己度物,清而壮,壮而密,常以内行醇备,中坚外秀,发为自不犹人之言,而其途无所不经"。③ 就诗学表现而言,公安派以信腕信口相号召,与之相较,竟陵派更重"调无人同"④。当然,就其所尚而言,人各有调,谭元春所谓"荒寒独处,稀闻渺见",即使于通都大邑、高官重任、清庙明堂,"而常有一寂寞之滨,宽闲之野,存乎胸中而为之地"。⑤ 这也仅是其一己之调,而非强人同己的审美尚求。

---

① 郭绍虞:《中国文学批评史》六一《竟陵派》,上海古籍出版社1979年版,第436页。
② [明]谭元春著,陈杏珍标校:《谭元春集》卷二十三《万茂先诗序》,上海古籍出版社2018年版,第864页。
③ [明]谭元春著,陈杏珍标校:《谭元春集》卷二十三《万茂先诗序》,上海古籍出版社2018年版,第864页。
④ [明]谭元春著,陈杏珍标校:《谭元春集》卷二十三《万茂先诗序》,上海古籍出版社2018年版,第864页。
⑤ [明]谭元春著,陈杏珍标校:《谭元春集》卷二十三《渚宫草序》,上海古籍出版社2018年版,第869—870页。

第十八章　儒学与"情教说":冯梦龙的通俗文学观及晚明文学思潮的消退

"一代有一代之文学。"明清两代是小说空前繁盛的时期,无论是历史演义、英雄传奇故事、神魔小说,还是世情小说,都取得了很大的成就。随着小说的风行,有关的理论批评也应运而生。明代前期就有关于《剪灯新话》《剪灯余话》的序跋多篇。明代中叶以后,小说不仅广泛流行于闾阎百姓之中,而且受到了一批著名文人的关注,有关长篇通俗小说《三国演义》《水浒传》《西游记》《金瓶梅》的批评尤为多见。如评《水浒传》的就有崔铣、汪道昆、李开先、徐渭、李贽、张凤翼、叶昼、袁宏道、袁中道、胡应麟、徐复祚、沈德符、谢肇淛、陈继儒等。李贽就将《水浒传》列为"有感于童心者之自文"①。明代末年,短篇小说也渐成繁盛之势,最具代表性的当是冯梦龙所编的"三言"(即《喻世明言》《警世通言》《醒世恒言》)和凌濛初所编的"二拍"(即《拍案惊奇》《二刻拍案惊奇》)。他们对民间通俗文学,尤其是小说的搜集、整理、刊行方面的贡献最为突出。同时,在评点及其序跋中也表达了他们的小说理论观点,在这方面,冯梦龙堪称代表。

第一节　一位尚俗的文学活动家

冯梦龙(1574—1646),字犹龙,又字耳犹,别号据陆树仑先生考证,有绿天馆主人、茂苑野史、龙子犹、墨憨斋主人、词奴、顾曲散人、香月居主

---

① [明]李贽:《焚书》卷三《童心说》,中华书局2009年版,第99页。

人、詹詹外史、可一居士等,长洲人。他的小说戏曲理论是公安派文学思想在俗文学领域的延续,如他在《〈古今小说〉序》中,历述"史统散而小说兴"①的文学及小说演化发展,认为古人之作,并未臻于极境,更不能定于一尊,云:"皇明文治既郁,靡流不波。即演义一斑,往往有远过宋人者。而或以为恨乏唐人风致,谬矣。食桃者不废杏,绨縠毳锦,惟时所适。以唐说律宋,将有以汉说律唐,以春秋战国说律汉,不至于尽扫义圣之一画不止。"②这是尚今。又云:"大抵唐人选言,入于文心。宋人通俗,谐于里耳。天下之文心少而里耳多,则小说之资于选言者少,而资于通俗者多。"③这是尚俗。公安派"宁今宁俗"主要是就文学的语言风格而言,冯梦龙所论的"通俗",既指文学体裁,又指语言风格。从文学发展的历史来看,雅文学经历了盛唐之诗、唐宋之文的鼎盛,而经过元代,民间俗文学逐渐受到了文人的重视,明清时期形成了小说戏曲创作的高潮。晚明文学思潮中的几个代表人物,除公安派之外,徐渭、汤显祖都是戏曲名家,李贽的"童心说"即是因《西厢》而发,他还对《水浒传》《幽闺记》《琵琶记》《玉合记》有深细的批评。钟惺、谭元春也曾合评《缟春园传奇》。当然,同属俗文学之列的戏曲、小说等语言风格也不尽一致。如徐渭、汤显祖的剧作便风采有别。徐渭尚求本色,汤显祖则本于其"尚奇"之论,更偏爱"绚焉者如江霞之荡林樾"④的风格。对此,臧懋循尝言:"山阴徐文长《祢衡》《玉通》四北曲,非不伉侠矣,然杂出乡语,其失也鄙。豫章汤义仍庶几近之。"⑤有无乡音俚语是山阴、临川之别,沈自晋亦云:"新词家诸名笔

---

① [明]冯梦龙:《〈古今小说〉序》,载魏同贤主编:《冯梦龙全集·古今小说》卷首,凤凰出版社2007年版,第2页。
② [明]冯梦龙:《〈古今小说〉序》,载魏同贤主编:《冯梦龙全集·古今小说》卷首,凤凰出版社2007年版,第2页。
③ [明]冯梦龙:《〈古今小说〉序》,载魏同贤主编:《冯梦龙全集·古今小说》卷首,凤凰出版社2007年版,第2页。
④ 徐朔方笺校:《汤显祖集·诗文集》卷三十二《王季重小题文字序》,中华书局1962年版,第1075页。
⑤ [明]臧懋循:《负苞堂集》卷三《元曲选后集序》,古典文学出版社1958年版,第57页。

(如临川、云间、会稽诸家),古所未有,真似宝光陆离,奇彩腾跃。"①汤显祖虽然是名贯古今的大剧作家,但作品有重文采而轻贱音韵、格律、唱法的倾向,作品多宜供文人案头阅读而不易演唱。比较而言,徐渭的"本色"风格,更符合中国古代的戏剧传统。冯梦龙之尚俗,与徐渭更为接近。同时,冯梦龙所说的"天下之文心少而里耳多",提出了文学面向民众这一重要课题。冯梦龙与汤显祖所尚的风格有别,这不仅仅是因为冯梦龙属于吴江一派,而主要是冯梦龙比汤显祖更笃志于文学的通俗化,更注重文学"嘉惠里耳"②的功能。他虽然继承了汤显祖"为情作使"③的人生态度、创作旨趣,但他主张戏曲应案头与当场并重,如其《风流梦小引》云:

> 独其填词不用韵,不按律,即若士(汤显祖)亦云:吾不顾揿尽天下人嗓子。夫曲以悦性达情,其抑扬清浊,音律本于自然。若士亦岂真以揿嗓为奇?盖求其所以不揿嗓者而未遑讨,强半为才情所役耳。识者以为此案头之书,非当场之谱。欲付当场敷演,即欲不稍加窜改而不可得也。若士见改窜者,辄失笑,其诗曰:醉汉琼筵风味殊,通仙铁篴海云孤。总饶割就时人景,却愧王维旧雪图。若士既自护其前,而世之盲于音者,又代为若士护之,遂谓才人之笔,一字不可移动。是慕西子之极,而并为讳其不洁。何如浣濯以全其国色之为愈乎?余虽不佞甚,然于此道窃闻其略,僭删改以便当场,即不敢云若士之功臣,或不堕音律中之金刚禅云尔。④

---

① [明]沈自晋:《重定南词全谱凡例》,转引自毛效同编:《汤显祖研究资料汇编》第六编《戏剧》,上海古籍出版社 2016 年版,第 668 页。
② [明]冯梦龙:《〈古今小说〉序》,载魏同贤主编:《冯梦龙全集·古今小说》卷首,凤凰出版社 2007 年版,第 3 页。
③ 徐朔方笺校:《汤显祖集·诗文集》卷三十六《续栖贤莲社求友文》,中华书局 1962 年版,第 1161 页。
④ [明]冯梦龙:《墨憨斋重定三会亲风流梦小引》,载魏同贤主编:《冯梦龙全集·墨憨斋定本传奇·墨憨斋重定三会亲风流梦传奇》卷首,凤凰出版社 2007 年版,第 1047 页。

冯梦龙改若士原作,以便合韵演唱,《牡丹亭》等传世名作也因此而更加普及。冯梦龙之尚俗,不仅表现为对戏曲、小说等俗文学体裁的推崇,其对语言风格也有论及,认为戏曲应务求悦情达性,应场上之需。他对小说的晦涩艰深、文饰藻绘之病也提出了批评,云:"六经国史而外,凡著述皆小说也。而尚理或病于艰深,修辞或伤于藻绘,则不足以触里耳而振恒心。"①其改作《牡丹亭》同样秉持这一原则。

当然,冯梦龙的尚俗之论,主要是就文学体裁而言的。他对正统雅文学提出了非难,批评宣扬名教的"假诗文",还说:"近代之最滥者,诗文是已。性不必近,学未有窥。犬吠驴鸣,贻笑寒山之石;病谵梦呓,争投苦海之箧。独词曲一途,窜足者少。"②他推重《山歌》《挂枝儿》等民间俗文学,因为这是"田夫野竖矢口寄兴之所为,荐绅学士家不道也"③。他认为《山歌》等是真情所寄:"但有假诗文,无假山歌,则以山歌不与诗文争名,故不屑假。"④冯梦龙站在田夫野竖的立场上赞美俗文学,视小说等通俗文学为"六经国史之辅"⑤,认为素来被视为不登大雅之堂的小说,能起到重要的社会作用,它能使"言恒而人恒,人恒而天亦得其恒"⑥。因此,小说之于"万世太平之福,其可量乎",其地位"虽与《康衢》《击壤》之歌,并传不朽可矣"。⑦ 由此可见,冯梦龙是一位鲜见的致力于通俗文学创作与批评的文学家。

---

① [明]冯梦龙:《〈醒世恒言〉叙》,载魏同贤主编:《冯梦龙全集·醒世恒言》卷首,凤凰出版社2007年版,第1页。
② [明]冯梦龙:《叙曲律》,载[明]王骥德:《曲律》卷首,明天启五年毛以燧刻本。
③ [明]冯梦龙:《叙山歌》,载魏同贤主编:《冯梦龙全集·山歌》卷首,凤凰出版社2007年版,第1页。
④ [明]冯梦龙:《叙山歌》,载魏同贤主编:《冯梦龙全集·山歌》卷首,凤凰出版社2007年版,第1页。
⑤ [明]冯梦龙:《〈醒世恒言〉叙》,载魏同贤主编:《冯梦龙全集·醒世恒言》卷首,凤凰出版社2007年版,第2页。
⑥ [明]冯梦龙:《〈醒世恒言〉叙》,载魏同贤主编:《冯梦龙全集·醒世恒言》卷首,凤凰出版社2007年版,第1页。
⑦ [明]冯梦龙:《〈醒世恒言〉叙》,载魏同贤主编:《冯梦龙全集·醒世恒言》卷首,凤凰出版社2007年版,第1页。

第二节　本于儒学的"情教说"

明代中叶以后,士人放任恣肆渐成风气。赵翼在《廿二史札记·明中叶才士放诞之习》中云:"吴中自祝允明、唐寅辈,才情轻艳,倾动流辈,放诞不羁,每出名教外。"①晚明期间,此风愈盛。一方面,冯梦龙受时风所染,纵情任性,征逐秦楼楚馆,狎妓冶游,进而荒经蔑古,对古代的圣贤权威发出挑战,他一一笑谑三教宗师,在《〈广笑府〉序》中说:"我笑那李老聃五千言的《道德》,我笑那释迦佛五千卷的文字,干惹得那些道士们去打云锣,和尚们去打木鱼,弄些儿穷活计,那曾有什么青牛的道理,白牛的滋味!怪的又惹出那达磨老臊胡来,把这些干屎橛的渣儿,嚼了又嚼,洗了又洗。又笑那孔子的老头儿,你絮叨叨说什么道学文章,也平白地把好些活人都弄死。又笑那张道陵、许旌阳,你便白日升天也成何济!"②另一方面,冯梦龙仍以儒学为本,云:"以二教为儒之辅可也。"③因为二教虽导愚适俗,但仍从属于儒学的教化作用。冯梦龙与汤显祖一样,都高擎情感论的旗帜。他尤其注重于将儒家正统观念与人情欲念调和为一,其情感理论,也深植于儒学性情论之中。他也以性情讨论文学,在《〈太霞新奏〉序》中说:"文之善达性情者,无如诗,《三百篇》之可以兴人者,唯其发于中情,自然而然故也。自唐人用以取士,而诗入于套;六朝用以见才,而诗入于艰;宋人用以讲学,而诗入于腐。而从来性情之郁,不得不变而之词曲。……则今日之曲,又将为昔日之诗。词肤调乱,而不足以达人之性

---

① [清]赵翼著,王树民校正:《廿二史札记校正》卷三十四《明中叶才士傲诞之习》,中华书局 2013 年版,第 783 页。
② [明]冯梦龙:《〈广笑府〉序》,载魏同贤主编:《冯梦龙全集·广笑府》卷首,凤凰出版社 2007 年版,第 1 页。
③ [明]冯梦龙:《〈醒世恒言〉序》,引自高洪钧编:《冯梦龙集笺注》卷三《小说编》,天津古籍出版社 2006 年版,第 86 页。

情,势必再变而之《粉红莲》《打枣竿》矣。"①诗歌当以吟咏性情为本,将其悬为令甲,或以其论学明理,都是有悖于"自然而然"之情。与理学家重性抑情不同,他所谓"性情",实乃人之真情,与李贽的"情性"、汤显祖的"情"是完全一致的。冯梦龙是一位饱饫经典的硕学之士,他自称:"不佞童年受经,逢人问道,四方之秘策,尽得疏观;廿载之苦心,亦多研悟。"②其弟冯梦熊亦云:"余兄犹龙,幼治《春秋》,胸中武库,不减征南。居恒研精覃思,曰:'吾志在《春秋》。'墙壁户牖皆置刀笔者,积二十余年而始惬。"③但是,他没有被儒学经典中浓重的道德氛围所湮没,而以"六经注我"的立场,引出了一通惊世骇俗之论:

> 文王、孔子之圣也而情,文正、清献诸公之方正也而情,子卿、澹庵之坚贞也而情,卫公之豪侠也而情,和靖、元章之清且洁也而情。情何尝误人哉?人自为情误耳!④

又云:

> 六经皆以情教也,《易》尊夫妇,《诗》有《关雎》,《书》序嫔虞之文,《礼》谨聘奔之别,《春秋》于姬姜之际详然言之,岂非以情始于男女,凡民之所必开者,圣人亦因而导之,俾勿作于凉,于是流注于君臣、父子、兄弟、朋友之间而汪然有余乎!异端之学,欲人鳏旷以求清

---

① [明]冯梦龙:《〈太霞新奏〉序》,载魏同贤主编:《冯梦龙全集·太霞新奏》卷首,凤凰出版社2007年版,第1页。
② [明]冯梦龙:《〈麟经指月〉发凡》,载魏同贤主编:《冯梦龙全集·麟经指月》卷首,凤凰出版社2007年版,第1页。
③ [明]冯梦熊:《〈麟经指月〉序》,载魏同贤主编:《冯梦龙全集·麟经指月》卷首,凤凰出版社2007年版,第2页。
④ 魏同贤主编:《冯梦龙全集·情史》卷十五《情芽类》总评,凤凰出版社2007年版,第550页。

净,其究不至无君父不止,情之功效亦可知已。①

先圣昔贤,经籍坟典,总括为一"情"字,"情教"是六经之实质。这种直接溯源于儒学的"情"的概念,内涵必然是芜杂的。他的《情史》中,也有表现忠孝节烈之事的《情贞》类,但与一般儒学尤其是与道学不同的是,他不以理范情,认为"自来忠孝节烈之事,从道理上做者必勉强,从至情上出者必真切",指出"世儒但知理为情之范,孰知情为理之维乎",强调了情的作用、情与理的统一。② 其在《情秽类》中则又提出了"情,犹水也。慎而防之"③,这都是冯梦龙受正统观念影响的痕迹。但是,这不是冯梦龙"情教论"的核心。他是这样一个人:"见一有情人,辄欲下拜","尝欲择取古今情事之美者,各著小传,使人知情之可久,于是乎无情化有,私情化公,庶乡国天下,蔼然以情相与,于浇俗冀有更焉"。④ 其"情教论"是一个内涵颇丰的理论框架,既包含文学思想,又有道德、政治乃至宇宙生成的理论。在这方面,其与汤显祖的尚情理论颇为相似,就其主要倾向看,则是反理学而复宗先秦儒学的。谓其反理学,是因为他不以理或太极为本原。在情与理的关系方面,不是尚理节情,而是以情为本、以情为尚。他描述了这样一种宇宙生成模式:

天地若无情,不生一切物。一切物无情,不能环相生。生生而不灭,由情不灭故。四大皆幻设,惟情不虚假。⑤

---

① [明]冯梦龙:《詹詹外史序》,载魏同贤主编:《冯梦龙全集·情史》卷首,凤凰出版社2007年版,第3页。
② 魏同贤主编:《冯梦龙全集·情史》卷一《情贞类》总评,凤凰出版社2007年版,第36页。
③ 魏同贤主编:《冯梦龙全集·情史》卷十七《情秽类》总评,凤凰出版社2007年版,第631页。
④ [明]冯梦龙:《龙子犹序》,载魏同贤主编:《冯梦龙全集·情史》卷首,凤凰出版社2007年版,第1页。
⑤ [明]冯梦龙:《龙子犹序》,载魏同贤主编:《冯梦龙全集·情史》卷首,凤凰出版社2007年版,第1页。

第十八章 儒学与"情教说":冯梦龙的通俗文学观及晚明文学思潮的消退

中国古代的宇宙生成论各各有别,如《周易·系辞上》载:"易有太极,是生两仪,两仪生四象,四象生八卦。"①虞翻认为,太极即是天地之始基之太一。理学产生时,二程第一次将"理"视为最高本体,"理"是"形而上者",是事物之"所以然者","万物皆只是一个天理"②。"理"是永恒不变的宇宙本体,万事万物都是由"理"派生出来的。张载则以"气"为宇宙万物的本原,曰:"气本之虚则湛一无形,感而生则聚而有象。"③这是中国古代思想史上的几种主要的宇宙生成模式。虽然还有其他的理论范畴,如"感""神"等作为生成时的重要环节,但是,将"情"引入宇宙生成过程则十分罕见。如果说自《中庸》开始以"诚"作为沟通宇宙论与人性论的纽带的话,那么,至佛学传入中国,及至宋明理学形成时,心性理论则将本体与人性融为一体,但是,这主要是心或性与理的融合,而情的地位远不及此。极端者主张灭情复性,温和者以性为本,情为表,而冯梦龙则以"情"作为宇宙生成中的重要环节,虽非本原,但仍不失为一个决定性因素。"万物生于情,死于情。"④"情"是他最基本的人性观念,曰:"故人而无情,虽曰生人,吾直谓之死矣。"⑤"情"是超越生死之界的人生主题,曰:"人,死生于情者也;情,不生死于人者也。人生,而情能死之;人死,而情又能生之。"⑥不惟人,生灵万物,无不如此,如"鸟之鸣春,虫之鸣秋"⑦都

---

① [魏]王弼、[晋]韩康伯注,[唐]孔颖达疏:《周易正义》卷七《系辞上》,[清]阮元校刻《十三经注疏》,中华书局2009年版,第169—170页。
② [宋]程颢、[宋]程颐:《二程遗书》卷二上《二先生语二上》,上海古籍出版社2020年版,第79页。
③ [宋]张载著,章锡琛点校:《张载集·正蒙·太和篇第一》,中华书局1978年版,第10页。
④ 魏同贤主编:《冯梦龙全集·情史》卷二十三《情通类》总评,凤凰出版社2007年版,第932页。
⑤ 魏同贤主编:《冯梦龙全集·情史》卷二十三《情通类》总评,凤凰出版社2007年版,第932页。
⑥ 魏同贤主编:《冯梦龙全集·情史》卷十《情灵类》总评,凤凰出版社2007年版,第361页。
⑦ 魏同贤主编:《冯梦龙全集·情史》卷二十四《情迹类》总评,凤凰出版社2007年版,第960页。

是情之所为,即使是无知之草木,也"分天地之情以生,亦往往泄露其象"①。

冯梦龙如此尚情,汤显祖的影响最为直接。汤显祖长冯梦龙二十五岁,当冯梦龙步入文坛时,汤显祖早已蜚声海内。他们对戏曲的观念不尽相同,并且分属于不同的戏剧流派,但冯梦龙倾力将《牡丹亭》改成适合舞台演出的《风流梦》,足以证明冯对汤氏的倾慕。汤显祖曾说过"世总为情"②,冯梦龙循此进路,对"情"进行了哲学升华。当然,他们的情感理论,并没有彻底摒弃封建道德的束缚。汤显祖曾说:"圣王治天下之情以为田,礼为之耜,而义为之种。"③冯梦龙更是如此,云:"我欲立情教,教诲诸众生。子有情于父,臣有情于君,推之种种相,俱作如是观。万物如散钱,一情为线索。散钱就索穿,天涯成眷属。"④这是封建观念异常浓厚的中国,宣扬个性精神的先驱者身上烙上的时代印记。值得注意的是,他们对封建道德的维护,是与关注现实的精神相联系的。这主要是因为中国古代政治与道德之间具有特殊关系,家、国一体的政治统治模式,由亲亲而及忠君,使政治披上了道德的外衣。因此,尽管他们反对理学,但是同样基于关注现实的原因,使得他们与二程等人的政治道德观念并没有本质的不同,只不过一是以理(礼),具有强制的色彩;一是以情,具有温润的色彩。冯梦龙试图以"始于男女"之情,经过圣人的"因而导之",最终"流注于君臣、父子、兄弟、朋友之间而汪然有余"⑤,起到敦化民风,"盗贼

---

① 魏同贤主编:《冯梦龙全集·情史》卷二十三《情通类》总评,凤凰出版社2007年版,第932页。
② 徐朔方笺校:《汤显祖集·诗文集》卷三十一《耳伯麻姑游诗序》,中华书局1962年版,第1050页。
③ 徐朔方笺校:《汤显祖集·诗文集》卷三十四《南昌学田记》,中华书局1962年版,第1117页。
④ [明]冯梦龙:《龙子犹序》,载魏同贤主编:《冯梦龙全集·情史》卷首,凤凰出版社2007年版,第1—2页。
⑤ [明]冯梦龙:《詹詹外史序》,载魏同贤主编:《冯梦龙全集·情史》卷首,凤凰出版社2007年版,第3页。

必不作,奸宄必不起"①的作用。这种善良的政治愿望当然无可厚非,失误则在于对民风衰败的根源缺乏认识。但是,冯梦龙的"情教说"与理学家窒息人欲的性善情恶的理论毕竟有本质的区别,他褒扬的是人间真挚的情感,是纯真的爱情,他说:"情生爱,爱复生情。情爱相生而不已。"②又说:"必也两心如结,计无复之,与其生离,犹冀死合。"③因此,他对君主荒经纵欲(即他所谓"情痴")而致灭身倾国的行为进行责伐,云:"乃堂堂国主,粉黛如云,按图而幸,日亦不给,彼雨花霜柳,皆眇哑之属耳。而乃与匹夫争一夕之欢,谚所谓'舍黄金而抱六砖'者也。"④对于他们,宫苑佳丽大可不必苦其体以市一怜,残其躯以希一面而泯灭童心。冯梦龙"情教说"讨论的核心,不是有情世界的一切,不是孝悌慈爱之情,而是"男女一念之情"⑤,即道学先生们所禁忌的"恶"之情。

虽然爱情是文学永恒的主题,"缘情"说滥觞久远,但自从理学产生后,文学情感论深受理学精神牢笼。明代前期的儒士都是朱子学的支流余裔。他们津津于天理人欲之辨,如曹端说:"于天理人欲之界上截然限断,使不正之言、非礼之色不得接吾耳目,则无以侵挠于内,而天理宁矣。"⑥与此相联系,文学也主要讲求明道之效。李梦阳虽然有尚情的端倪,引述他人之语,说"天下有殊理之事,无非情之音",但仍认为"理之言常也",情往往是"或激之乖则幻化弗测,《易》曰'游魂为变'是也"。⑦ 其

---

① [明]冯梦龙:《龙子犹序》,载魏同贤主编:《冯梦龙全集·情史》卷首,凤凰出版社2007年版,第2页。
② 魏同贤主编:《冯梦龙全集·情史》卷六《情爱类》总评,凤凰出版社2007年版,第217页。
③ 魏同贤主编:《冯梦龙全集·情史》卷七《情痴类》总评,凤凰出版社2007年版,第233页。
④ 魏同贤主编:《冯梦龙全集·情史》卷七《情痴类》总评,凤凰出版社2007年版,第233页。
⑤ 魏同贤主编:《冯梦龙全集·情史》卷十《情灵类》总评,凤凰出版社2007年版,第362页。
⑥ [明]曹端:《曹月川集·语录》,清文渊阁四库全书本。
⑦ [明]李梦阳撰,郝润华校笺:《李梦阳集笺校》卷五十一《结肠操谱序》,中华书局2020年版,第1671页。

所撰《结肠操》为追思亡妻而作，便是非理属情的作品。李氏的这一观念虽然对晚明情、理关系的理论有先导之功，但有两点值得注意：一是理为常，情为变；理为主，情为次。二是情仍未超出正统规范。他说："人之情有七，其感人莫如哀。"①理、情常变之论，也是因追悼亡妻而发，他最擅长抒写的是哀痛之情。真正放笔抒写欲念情爱，则是晚明时期特有的现象。晚明个性解放思潮中，众生平等的观念并不十分显著，这主要是晚明文人虽然有狂狷之态、异端之称，但并没有对专制制度本身进行理性分析，他们的个性精神，主要表现在抒张人之固有的情感欲念。个性主要限于人之所以为人的本能，而不是人之所以为人的权利。抒张人之真情是晚明个性解放思潮最主要的特征，在文学领域，便是情感论的恣肆流行。以文学见著的冯梦龙，鼓扬情教，其归趣当然还在文学：一方面，其言情的典型之作《情史》属于"凭臆成书"②的短篇小说一类，其中的情幻、情灵、情化、情鬼、情妖诸类便具有浓厚的浪漫色彩；另一方面，冯梦龙还直接论述了文学的言情功能，这是作为万物之灵长的人类所特有的将情传之后世的手段。鸟虫鸣之于春秋，固然是情，但"迫于时而不自已，时往而情亦遁矣"，而"人则不然，韵之为诗，协之为词，一日之讴吟叹咏，垂之千百世而不废；其事之关情者，则又传为美谈，笔之小牍。后世诵其诗，歌其词，述其事，而相见其情"。③戏曲、小说等通俗文学的言情旨趣自不待言，即如诗歌等雅文学，只要有"关情"之事，即可传为美谈、垂于后世。他赋予传统"缘情说"以载情传世的新内涵。

冯梦龙的"情教论"直接承嗣了李贽、汤显祖、袁宏道的文学主张。同时，在公安派末流步趋宏道，而渐成新的模拟之风时，冯梦龙又自开町畦，使汤显祖的尚情论、公安派宁今宁俗的文学主张在俗文学领域中得到

---

① ［明］李梦阳撰，郝润华校笺：《李梦阳集笺校》卷五十七《周处士挽诗序》，中华书局2020年版，第1810页。
② ［明］冯梦龙：《詹詹外史序》，载魏同贤主编：《冯梦龙全集·情史》卷首，凤凰出版社2007年版，第3页。
③ 魏同贤主编：《冯梦龙全集·情史》卷二十四《情迹类》总评，凤凰出版社2007年版，第960页。

了新的拓展,在闾阎百姓之中形成了更为广泛的影响。冯梦龙与汤、袁等人声气相求、桴鼓相应,他们的理论和创作实践,不但各有偏胜,而且也分别反映了晚明文学思潮不同时期的特点。徐渭导声于先,袁宏道、陶望龄等人极其推扬其文学成就,谓其"一字一句自有风裁",推举徐渭是不为七子派所转,"几空千古"的杰出人物,无论是"粗莽""奇绝"的文字,还是"超轶不羁"的丰姿,都对公安派文人有直接的影响。① 但徐渭的理论和创作明显存在着先驱者的烙印,无论是对季本、王畿的兼法,还是"中"论,都具有调和的一面,生前的影响主要限于浙东一隅。李贽不但是晚明文学思潮的重要代表人物,而且是明代后期思想界之"教主",他那傲视权贵、疑古非圣的狂者气概,对晚明士人的影响之巨无有其匹。汤显祖以超绝一世之才情,留下了永载青史的作品,其尚情文论显示了与复古派迥然不同的气象。他那"性灵发皇之际,天机灭没,一无所学"②的创新精神,为性灵说的产生作了准备。但当王、李之学盛行之时,虽然文长、义仍崭然有异,但并没有根本改变文坛风尚,直至公安袁宏道以通明之资,以"纵送恣宕,致趣天娴,一洗诘曲钉饾之习"③的清新轻俊之文,倡言排击复古之论,才使王、李之风渐息,"学者多舍王、李而从之"④,标志着这一文学运动高潮的到来。其后钟、谭等人接武公安性灵之说,矫其浅率之弊,倡深幽孤峭之风。同时,他们又主张"约为古学,冥心放怀,期在必厚"⑤,隐然具有以七子之论补矫公安之缺的倾向,标志着晚明文学思潮已进入了修正补苴的时期。冯梦龙致力于通俗文学的创作、汇集、整理,无论是其情感论、通变观还是尚俗的文学旨趣都与汤、袁等人一脉相承。

---

① [明]商维浚:《刻徐文长集原本述》,载[明]徐渭:《徐渭集》附录,中华书局1983年版,第1347页。
② [明]邱兆麟:《汤若士绝句序》,转引自毛效同编:《汤显祖研究资料汇编》第五编《诗文述评》,上海古籍出版社2016年版,第373页。
③ [清]孙锡蕃:《袁宏道传》,载[明]袁宏道著,钱伯城笺校:《袁宏道集笺校》附录二,上海古籍出版社2018年版,第1809页。
④ [清]张廷玉等:《明史》卷二百八十八《袁中道传》,中华书局1974年版,第7398页。
⑤ [明]谭元春著,陈杏珍标校:《谭元春集》卷二十二《诗归序》,上海古籍出版社2018年版,第829页。

他虽然也与徐、袁诸人生活丰姿相似,曾纵情放逸,寄情于歌场青楼,而被时人目为"狂生""畸士",但是他生逢"浊乱之世",内忧外患更加深重,并亲历了明清鼎革之变。因此,冯梦龙忧时疾俗,倡言教化,与前人崇尚自我有所不同。如果说竟陵派显示了某种向明代正统文学复归的倾向,那么,冯梦龙的思想更多地表现了向正统的政治道德观念的回归。其关注时局、关注国家兴亡的精神与其后的陈子龙等人及明末文社诸子感时忧国的志趣颇为相得。至此,晚明文学思潮随着国难的降临、古学的复兴而渐入低潮。明清之际的思想界,二氏之学受到了普遍的排诋,王学末流也受到了以顾宪成、高攀龙为首的东林学派的诘难。程朱之学经过晚明个性解放思潮的冲击也难有新变,随着一批理学流变史著作的问世,延祚数百年的理学在考文审音之学渐兴之时发生了新的转向。性理之学变而为创通经义。以研治经史为主体的经世致用社会思潮在明季逐渐兴起。明末诸子关注现实、忧时托志的文学倾向,便伴随着这样的时代、思想氛围而产生。虽然这是向传统儒家诗教的复归而抒写个性的色彩有所减弱,但他们的经世忧国的现实精神,乃至以身殉国的烈业,自然应该得到后人的褒赞和钦仰。

主要参考文献

［春秋］（旧题）左丘明撰，徐元诰集解，王树民、沈长云点校：《国语集解》，中华书局2002年版。

［汉］班固撰，［唐］颜师古注：《汉书》，中华书局1962年版。

［汉］班固撰集，［清］陈立疏证：《白虎通疏证》，中华书局1994年版。

［汉］司马迁撰，［南朝宋］裴骃集解，［唐］司马贞索隐，［唐］张守节正义：《史记》，中华书局1982年版。

［汉］许慎撰，［清］段玉裁注，许惟贤整理：《说文解字注》，凤凰出版社2015年版。

［晋］葛洪著，杨明照校笺：《抱朴子外篇校笺》，中华书局1991年版。

［晋］陆机著，杨明校笺：《陆机集校笺》，上海古籍出版社2016年版。

［后秦］鸠摩罗什译：《维摩诘所说经》，《大正藏》第14册。

［后秦］鸠摩罗什译：《佛说华手经》，《大正藏》第16册。

［后秦］鸠摩罗什译：《大智度论》，《大正藏》第25册。

［后秦］鸠摩罗什译：《中论》，《大正藏》第30册。

［南朝宋］范晔撰，［唐］李贤等注：《后汉书》，中华书局1965年版。

［南朝宋］求那跋陀罗译：《大方广宝箧经》，《大正藏》第14册。

［梁］宝亮等集：《大般涅槃经集解》，《大正藏》第37册。

［梁］刘勰著，范文澜注：《文心雕龙注》，人民文学出版社1958年版。

［梁］释僧祐撰，苏晋仁、萧炼子点校：《出三藏记集》，中华书局1995年版。

［梁］萧统编，［唐］李善注：《文选》，上海古籍出版社2019年版。

［北齐］刘昼著，傅亚庶校释：《刘子校释》，中华书局1998年版。

［北齐］颜之推撰，王利器集解：《颜氏家训集解》，中华书局1993年版。

［唐］白居易撰，谢思炜校注：《白居易诗集校注》，中华书局2006年版。

[唐]白居易著,谢思炜校注:《白居易文集校注》,中华书局2011年版。

[唐]般若译:《大乘本生心地观经》,《大正藏》第3册。

[唐]般若译:《大乘理趣六波罗蜜多经》,《大正藏》第8册。

[唐]不空译:《成就妙法莲华经王瑜伽观智仪轨》,《大正藏》第19册。

[唐]杜甫著,[清]仇兆鳌注:《杜诗详注》,中华书局1979年版。

[唐]韩愈著,刘真伦、岳珍校注:《韩愈文集汇校笺注》,中华书局2010年版。

[唐]慧能著,郭朋校释:《坛经校释》,中华书局1983年版。

[唐]皎然著,李壮鹰校注:《诗式校注》,人民文学出版社2003年版。

[唐]李通玄:《新华严经论》,《大正藏》第36册。

[唐]柳宗元:《柳河东集》,上海古籍出版社2008年版。

[唐]司空图:《司空表圣文集》,四部丛刊景旧钞本。

[唐]司空图著,罗仲鼎、蔡乃中注:《二十四诗品》,浙江古籍出版社2013年版。

[唐]王梵志著,项楚校注:《王梵志诗校注》,中华书局2019年版。

[唐]王维撰,陈铁民校注:《王维集校注》,中华书局1997年版。

[唐]玄奘译:《大般若波罗蜜多经》,《大正藏》第6册。

[唐]玄奘译:《般若波罗蜜多心经》,《大正藏》第8册。

[唐]玄奘译:《阿毗达磨识身足论》,《大正藏》第26册。

[唐]玄奘译:《成唯识论》,《大正藏》第31册。

[唐]于頔编集:《庞居士语录》,《卍续藏经》第69册。

[唐]宗密述:《圆觉经大疏》,《卍续藏经》第9册。

[南唐]释静、[南唐]释筠编撰,孙昌武、[日]衣川贤次、[日]西口芳男点校:《祖堂集》,中华书局2007年版。

[宋]陈彭年修:《重修玉篇》,清文渊阁四库全书本。

[宋]程颢、[宋]程颐著,王孝鱼点校:《二程集》,中华书局2004年版。

[宋]程颢、[宋]程颐:《二程遗书》,上海古籍出版社2020年版。

[宋]胡宏著,吴仁华点校:《胡宏集》,中华书局1987年版。

[宋]黄庭坚:《豫章黄先生文集》,四部丛刊景宋乾道刊本。

[宋]计有功撰,王仲镛校笺:《唐诗纪事》,中华书局2007年版。

［宋］黎靖德编,王星贤点校:《朱子语类》,中华书局1986年版。

［宋］柳开撰,李可风点校:《柳开集》,中华书局2015年版。

［宋］普济著,苏渊雷点校:《五灯会元》,中华书局1984年版。

［宋］思坦集注:《楞严经集注》,《卍续藏经》第11册。

［宋］苏轼撰,［明］茅维编,孔凡礼点校:《苏轼文集》,中华书局1986年版。

［宋］苏轼撰,［清］王文诰辑注,孔凡礼点校:《苏轼诗集》,中华书局1982年版。

［宋］严羽著,郭绍虞校释:《沧浪诗话校释》,人民文学出版社1961年版。

［宋］蕴闻编:《大慧普觉禅师语录》,《大正藏》第47册。

［宋］赞宁撰,范祥雍点校:《宋高僧传》,中华书局1987年版。

［宋］赜藏主编集,萧萐父、吕有祥、蔡兆华点校:《古尊宿语录》,中华书局1994年版。

［宋］张君房编,李永晟点校:《云笈七签》,中华书局2003年版。

［宋］张载著,章锡琛点校:《张载集》,中华书局1978年版。

［宋］周必大:《文忠集》,清文渊阁四库全书本。

［宋］周敦颐著,陈克明点校:《周敦颐集》,中华书局1990年版。

［宋］朱熹:《晦庵集》,四部丛刊景明嘉靖本。

［宋］朱熹:《四书章句集注》,中华书局1983年版。

［元］方回:《桐江续集》,清文渊阁四库全书本。

［元］郝经:《陵川集》,清文渊阁四库全书本。

［元］施耐庵撰,［元］罗贯中编,［明］李贽评点:《李卓吾先生批评忠义水浒传》,明容与堂刻本。

［元］徐行善科注:《法华经科注》,《卍续藏经》第31册。

［明］鲍宗肇述,［明］智旭定:《天乐鸣空集》,《嘉兴大藏经》(新文丰版)第20册。

［明］曹端:《曹月川集》,清文渊阁四库全书本。

［明］陈继儒:《陈眉公集》,明万历四十三年刻本。

［明］陈建:《学蔀通辨》,明嘉靖刻本。

［明］陈献章著,孙通海点校:《陈献章集》,中华书局1987年版。

［明］陈子龙著，王英志编纂校点:《陈子龙全集》，人民文学出版社2011年版。

［明］德清述:《楞严经通议》，《卍续藏经》第12册。

［明］德清阅:《紫柏尊者全集》，《卍续藏经》第73册。

［明］德清撰述:《憨山老人梦游集》，《卍续藏经》第73册。

［明］董传策:《董传策集》，明万历刻本。

［明］高棅编选:《唐诗品汇》，上海古籍出版社1982年版。

［明］高攀龙著，尹楚兵辑校:《高攀龙全集》，凤凰出版社2020年版。

［明］顾炎武著，［清］黄汝成集释，栾保群、吕宗力校点:《日知录集释》，上海古籍出版社2006年版。

［明］归有光著，周本淳校点:《震川先生集》，上海古籍出版社2007年版。

［明］何良俊:《四友斋丛说》，中华书局1959年版。

［明］何伟然选:《十六名家小品》，明崇祯六年陆云龙刻本。

［明］胡应麟:《诗薮》，上海古籍出版社1958年版。

［明］胡应麟:《少室山房笔丛》，上海书店出版社2009年版。

［明］黄凤翔:《田亭草》，明万历四十年刻本。

［明］黄绾撰，张宏敏编校:《黄绾集》，上海古籍出版社2020年版。

［明］江盈科撰，黄仁生点校:《江盈科集》，岳麓书社2008年版。

［明］焦竑撰，李剑雄点校:《澹园集》，中华书局1999年版。

［明］焦竑撰，李剑雄点校:《焦氏笔乘》，中华书局2008年版。

［明］李开先著，路工辑校:《李开先集》，中华书局1959年版。

［明］李梦阳撰，郝润华校笺:《李梦阳集笺校》，中华书局2020年版。

［明］李攀龙著，包敬第标校:《沧溟先生集》，上海古籍出版社2014年版。

［明］李贽:《李温陵集》，明刻本。

［明］李贽:《阳明先生年谱》，明刻本。

［明］李贽:《藏书　续藏书》，中华书局1974年版。

［明］李贽:《四书评》，上海人民出版社1975年版。

［明］李贽:《初谭集》，中华书局2009年版。

［明］李贽:《焚书》，中华书局2009年版。

［明］李贽:《续焚书》，中华书局2009年版。

[明]刘基著,林家骊点校:《刘基集》,浙江古籍出版社1999年版。

[明]罗钦顺著,阎韬点校:《困知记》,中华书局2013年版。

[明]吕天成撰,吴书荫校注:《曲品校注》,中华书局2006年版。

[明]毛晋编:《六十种曲》,中华书局2007年版。

[明]明教标注:《西方合论标注》,《卍续藏经》第61册。

[明](释)蕅益:《蕅益大师全集》,台北东初出版社1991年版。

[明]钱谦益:《牧斋有学集补遗》,清抄本。

[明]钱谦益著,[清]钱曾笺注,钱仲联标校:《牧斋初学集》,上海古籍出版社1985年版。

[明]钱谦益撰集,许逸民、林淑敏点校:《列朝诗集》,中华书局2007年版。

[明]钱谦益钞:《楞严经疏解蒙钞》,《卍续藏经》第13册。

[明]钱谦益集:《般若心经略疏小钞》,《卍续藏经》第26册。

[明]沈德符:《万历野获编》,中华书局1959年版。

[明]帅机:《阳秋馆集》,清乾隆四年休献堂刻本。

[明]宋濂著,袾宏辑:《护法录》,《嘉兴大藏经》(新文丰版)第21册。

[明]宋濂:《宋学士文集》,四部丛刊景明正德本。

[明]孙慎行:《玄晏斋集》,明崇祯刻本。

[明]谭元春著,陈杏珍标校:《谭元春集》,上海古籍出版社2018年版。

[明]唐顺之著,马美信、黄毅点校:《唐顺之集》,浙江古籍出版社2014年版。

[明]陶奭龄:《今是堂集》,明崇祯刻本。

[明]陶望龄撰,李会富编校:《陶望龄全集》,上海古籍出版社2019年版。

[明]田汝成撰,陈志明编校:《西湖游览志》,东方出版社2012年版。

[明]屠隆:《白榆集》,明万历龚尧惠刻本。

[明]屠隆:《由拳集》,明万历刻本。

[明]屠隆著,汪超宏主编:《屠隆集》,浙江古籍出版社2012年版。

[明]王夫之著,周柳燕校点:《明诗评选》,上海古籍出版社2011年版。

[明]王艮撰,袁承业编纂:《王心斋先生全集》,民国元年(1912)铅印本。

[明]王慎中:《遵岩集》,清文渊阁四库全书本。

[明]王时槐撰,钱明、程海霞编校:《王时槐集》,上海古籍出版社2020年版。

［明］王世懋:《王奉常集》,明万历刻本。

［明］王世贞:《弇州四部稿》,明万历刻本。

［明］王世贞:《读书后》,清文渊阁四库全书补配清文津阁四库全书本。

［明］王守仁撰,吴光等编校:《王阳明全集》,上海古籍出版社2011年版。

［明］王守仁著,王晓昕、赵平略点校:《王文成公全书》,中华书局2015年版。

［明］王锡爵:《王文肃公文集》,明万历刻本。

［明］王元翰:《王谏议全集》,清嘉庆刻本。

［明］吴从先著,吴言生译注:《小窗自纪》,上海古籍出版社2016年版。

［明］吴国伦:《甔甀洞稿》,明万历刻本。

［明］吴宽:《家藏集》,四部丛刊景明正德本。

［明］徐渭:《徐渭集》,中华书局1983年版。

［明］徐渭原著,李复波、熊澄宇注释:《南词叙录注释》,中国戏剧出版社1989年版。

［明］徐祯卿:《迪功集》,清文渊阁四库全书本。

［明］颜钧著,黄宣民点校:《颜钧集》,中国社会科学出版社1996年版。

［明］杨荣:《文敏集》,清文渊阁四库全书本。

［明］叶向高:《苍霞续草》,明万历刻本。

［明］一松说,灵述记:《楞严经秘录》,《卍续藏经》第13册。

［明］虞淳熙:《虞德园先生集》,明末刻本。

［明］袁宗道著,钱伯城标点:《白苏斋类集》,上海古籍出版社2007年版。

［明］袁宏道:《西方合论》,《大正藏》第47册。

［明］袁宏道著,钱伯城笺校:《袁宏道集笺校》,上海古籍出版社2018年版。

［明］袁中道:《珂雪斋集》,明万历四十六年刻本。

［明］袁中道著,钱伯城点校:《珂雪斋集》,上海古籍出版社2019年版。

［明］臧懋循:《负苞堂集》,古典文学出版社1958年版。

［明］张大复:《闻雁斋笔谈》,明万历三十三年顾孟兆等刻本。

［明］张岱著,夏咸淳辑校:《张岱诗文集》,上海古籍出版社2014年版。

［明］张三丰著,方春阳点校:《张三丰全集》,浙江古籍出版社1990年版。

［明］郑鄤:《峚阳草堂诗文集》,民国二十一年活字本。

［明］智旭汇集：《阅藏知津》，《嘉兴大藏经》（新文丰版）第 32 册。

［明］智旭述：《遗教经解》，《卍续藏经》第 37 册。

［明］智旭：《灵峰蕅益大师宗论》，《嘉兴大藏经》（新文丰版）第 36 册。

［明］智旭撰，于海波点校：《净土十要》，中华书局 2015 年版。

［明］智旭撰述，道昉参订：《楞严经文句》，《卍续藏经》第 13 册。

［明］智旭撰述，道昉参订：《楞严经玄义》，《卍续藏经》第 13 册。

［明］钟惺、［明］谭元春选评，张国光、张业茂、曾大兴点校：《诗归》，湖北人民出版社 1985 年版。

［明］钟惺著，李先耕、崔重庆标校：《隐秀轩集》，上海古籍出版社 2017 年版。

［明］钟惺：《楞严经如说》，《卍续藏经》第 13 册。

［明］朱橚：《普济方》，清文渊阁四库全书本。

［明］袾宏辑：《皇明名僧辑略》，《卍续藏经》第 84 册。

［明］袾宏：《云栖法汇（选录）》，《嘉兴大藏经》（新文丰版）第 33 册。

［明］袾宏撰，心举点校：《竹窗随笔》，华东师范大学出版社 2013 年版。

［明］宗泐、［明］如玘同注：《楞伽阿跋多罗宝经注解》，《大正藏》第 39 册。

［明］邹元标：《愿学集》，清文渊阁四库全书补配清文津阁四库全书本。

［明］祖光等编：《楚石梵琦禅师语录》，《卍续藏经》第 71 册。

［清］陈田辑：《明诗纪事》，上海古籍出版社 1993 年版。

［清］道霈：《净土旨诀》，《卍续藏经》第 62 册。

［清］德楷说，行悟等编次：《山西柏山楷禅师语录》，《嘉兴大藏经》（新文丰版）第 39 册。

［清］翟灏撰，颜春峰点校：《通俗编》，中华书局 2013 年版。

［清］方文：《嵞山集》，清康熙二十八年王概刻本。

［清］傅维鳞：《明书》，清畿辅丛书本。

［清］郭庆藩撰，王孝鱼点校：《庄子集释》，中华书局 1961 年版。

［清］何文焕辑：《历代诗话》，中华书局 2004 年版。

［清］贺贻孙著，［清］吴大受删定：《诗筏》，吴兴刘氏嘉业堂刊本。

［清］黄宗羲原撰，［清］全祖望补修，陈金生、梁运华点校：《宋元学案》，中华书局 1986 年版。

［清］黄宗羲著，沈芝盈点校：《明儒学案》，中华书局2008年版。

［清］江永撰，严佐之校点：《近思录集注》，华东师范大学出版社2015年版。

［清］李渔：《李渔全集》，浙江古籍出版社1991年版。

［清］梁廷楠：《曲话》，清《藤花亭十七种》丛书本。

［清］刘大櫆：《论文偶记》，人民文学出版社1959年版。

［清］刘熙载著，袁津琥笺释：《艺概笺释》，中华书局2019年版。

［清］陆陇其：《三鱼堂集》，清康熙刻本。

［清］纳兰性德著，黄曙辉、印晓峰点校：《通志堂集》，华东师范大学出版社2019年版。

［清］彭绍升撰，张培锋校注：《居士传校注》，中华书局2014年版。

［清］阮元校刻：《十三经注疏》，中华书局2009年版。

［清］邵廷采：《思复堂文集》，《四库全书存目丛书》集部第251册，齐鲁书社1997年版。

［清］沈瓒编：《近事丛残》，清刻本。

［清］孙希旦撰，沈笑寰、王星贤点校：《礼记集解》，中华书局1989年版。

［清］汤斌：《汤子遗书》，清文渊阁四库全书本。

［清］王士禛撰，宫晓卫等点校：《王士禛全集》，齐鲁书社2007年版。

［清］王先谦撰，吴格点校：《诗三家义集疏》，中华书局1987年版。

［清］王梓材、［清］冯云濠编撰，沈芝盈、梁运华点校：《宋元学案补遗》，中华书局2012年版。

［清］永瑢等：《四库全书总目》，中华书局1965年版。

［清］张伯行：《正谊堂续集》，清乾隆刻本。

［清］张廷玉等：《明史》，中华书局1974年版。

［清］张怡撰，魏连科点校：《玉光剑气集》，中华书局2006年版。

［清］赵翼著，王树民校正：《廿二史札记校正》，中华书局2013年版。

［清］周中孚著，黄曙辉、印晓峰标校：《郑堂读书记》，上海书店出版社2009年版。

［清］朱彝尊著，姚祖恩编，黄君坦校点：《静志居诗话》，人民文学出版社1990年版。

陈垣:《明季滇黔佛教考》,河北教育出版社2000年版。

程树德撰,程俊英、蒋见元点校:《论语集释》,中华书局1990年版。

邓子勉编:《明词话全编》,凤凰出版社2012年版。

丁福保辑:《历代诗话续编》,中华书局2006年版。

方祖猷、梁一群、李庆龙等编校整理:《罗汝芳集》,凤凰出版社2007年版。

冯友兰著,邵汉明编:《冯友兰文集》,长春出版社2017年版。

福善日录,通炯编辑:《憨山老人梦游集》,《卍续藏经》第73册。

郭绍虞:《中国文学批评史》,上海古籍出版社1979年版。

侯外庐等:《中国思想通史》,人民出版社1957年版。

侯外庐、邱汉生、张岂之主编:《宋明理学史》,人民出版社1984—1987年版。

嵇文甫:《晚明思想史论》,东方出版社1996年版。

赖永海:《中国佛性论》,江苏人民出版社2010年版。

赖永海主编,陈秋平译注:《金刚经 心经》,中华书局2013年版。

赖永海主编,刘鹿鸣译注:《楞严经》,中华书局2013年版。

赖永海主编,王彬译注:《法华经》,中华书局2013年版。

劳思光:《新编中国哲学史》,广西师范大学出版社2005年版。

李叔毅等点校:《何大复集》,中州古籍出版社1989年版。

林海权:《李贽年谱考略》,福建人民出版社1993年版。

吕澂:《中国佛学源流略讲》,中华书局1979年版。

马积高:《宋明理学与文学》,湖南师范大学出版社1989年版。

马元、释真朴重修:《重修曹溪通志》,《大藏经补编》第30册。

毛效同编:《汤显祖研究资料汇编》,上海古籍出版社2016年版。

牟宗三:《心体与性体》,上海古籍出版社1999年版。

牟宗三:《从陆象山到刘蕺山》,上海古籍出版社2001年版。

钱穆:《中国学术思想史论丛》,生活·读书·新知三联书店2019年版。

钱南扬校点:《汤显祖集·戏曲集》,中华书局1962年版。

钱南扬:《汉上宦文存》,上海文艺出版社1980年版。

钱锺书:《谈艺录》,中华书局1984年版。

圣严法师:《明末佛教研究》,宗教文化出版社2006年版。

台湾"中央研究院"历史语言研究所校印:《明实录》第五十九册《明神宗实录》,国立北平图书馆红格本微卷影印本。

唐君毅:《中国哲学原论·原教篇》,中国社会科学出版社2006年版。

王闰吉:《袁宏道〈珊瑚林〉〈金屑编〉校释》,中国社会科学出版社2017年版。

魏同贤主编:《冯梦龙全集》,凤凰出版社2007年版。

吴光主编:《刘宗周全集》,浙江古籍出版社2007年版。

吴震编校整理:《王畿集》,凤凰出版社2007年版。

厦门大学历史系编:《李贽研究参考资料》第一辑,福建人民出版社1975年版。

厦门大学历史系编:《李贽研究参考资料》第二辑,福建人民出版社1976年版。

徐朔方笺校:《汤显祖集·诗文集》,中华书局1962年版。

徐征等主编:《全元曲》,河北教育出版社1998年版。

喻谦:《新续高僧传》,《大藏经补编》第27册。

俞为民、孙蓉蓉编:《历代曲话汇编》,黄山书社2009年版。

张大芝、张梦新校点:《茅坤集·茅鹿门先生文集》,浙江古籍出版社1993年版。

张国光主编,竟陵派文学研究会编:《竟陵派与晚明文学革新思潮》,武汉大学出版社1987年版。

张建业汇编:《李贽研究资料汇编》,社会科学文献出版社2013年版。

周群:《刘基评传》,南京大学出版社1995年版。

周群:《袁宏道评传》,南京大学出版社1999年版。

周群、谢建华:《徐渭评传》,南京大学出版社2006年版。

周祖譔主编:《旧唐书文苑传笺证》,凤凰出版社2012年版。

朱谦之:《老子校释》,中华书局1984年版。

朱自清:《诗言志辨》,广西师范大学出版社2004年版。

〔德〕汉斯·罗伯特·尧斯著,朱立元译:《审美经验论》,作家出版社1992年版。

〔美〕爱默生著,范圣宇编:《爱默生集》,花城出版社2008年版。

〔日〕荒木见悟著,舒志田译:《佛教与儒教》,中州古籍出版社2005年版。

〔日〕荒木见悟著,廖肇亨译:《明末清初的思想与佛教》,上海古籍出版社2010年版。

〔日〕中村元著,吴震译:《比较思想论》,浙江人民出版社1987年版。

后　记

晚明文坛为何能狂飙乍起,王、李云雾为之一扫?一种突出的现象已为时人黄汝亨所察,他从文道关系的角度,将复古派文人与受宋人影响的晚明文人分别描述为"才矜其道"与"理掩其才"。诚如黄氏所述,晚明文人几乎都学尚阳明,且以慧业文人自居。深湛的学殖、玄妙的义理何以与文人的旖旎才情氤氲而成文坛变革的重要动因?三十多年前随卞孝萱先生攻读博士学位时,带着探其究竟的愿景,走进了文道兼擅的晚明文人生活,期以梳理他们文道互动的关系。经过两年半,撰成了博士学位论文,于1993年底受到答辩委员较充分的认可而通过了论文答辩。其后,在博士学位论文的基础上撰成专著《儒释道与晚明文学思潮》,于世纪之交由上海书店出版社出版。这在学科畛界甚严的背景之下,是当时较为鲜见的交叉学科研究尝试。当年选择这一研究路径并非源自西学理论的启示,而是依循古人创作实有形态而然。古人著述,往往出入四部,会通无碍,洪炉鼓铸而后自成一家,诚所谓"水性虚而沦漪结,木体实而华萼振"。今人欲明沦漪何以结,华萼何以振,理应溯其性虚之水、体实之木,究其学殖方可明其真实意蕴。在其后撰著"中国思想家评传丛书"之《徐渭评传》《袁宏道评传》的过程中仍然秉持这一问学旨趣。再次基于文本细读,体察研磨晚明文人涵茹学术、赋诗为文、倡求新论的心理与逻辑理路,对晚明文人"疏瀹性灵"与"搜剔慧性"之间的关系又有了进一步的真切体贴。近两年又对原作进行了全面修改增订,增加了几乎与原稿字数相埒的篇幅。当然,所论是否允洽,释读是否准确,推求是否严谨,尚祈方家不吝指正。

稿竣之时,当年先生胸藏千卷、謦欬洪钟的情景历历如昨。如今先生德音渐远,拱木已繁,但其"在人虽晚达,于树似冬青",终身为学不倦的精神仍然激励着鬓霜弟子。书稿甫竣,首先要感谢商务印书馆将拙作列入"中华当代学术著作辑要"丛书出版。同时,编辑王松景博士精心编校,博士生马东旭同学校核了全部文献。拙作虽有诸多不足,但其确是上承师教之泽,下得来学之助的成果。在此表示对师恩的深切缅怀和对松景、东旭的由衷感谢。

周　群
壬寅冬于远山近藤斋